张炜文存

插图珍藏版 3 长篇小说

家 族

山东教育出版社
SHANDONG EDUCATION PRESS

前　言

从二十世纪七十年代尝试写作到今天，张炜创作发表了大约一千五百万字的作品，这还不包括他亲手毁掉的约四百万字的少作。就体量而言，现当代的严肃作家几乎无人可出其右者。这些文字至广大而尽精微，有宏阔的视野和抱负，也有对人性与存在最幽微处的洞察和发掘。张炜不但代表齐鲁文学的高度，也一直屹立在中国文学的高原。鉴于此，我们请张炜先生编选了这套颇能代表其个人创作实绩的文丛，也希望它能成为引领读者深入张炜丰茂的文学世界的一个精要读本。

阅读张炜，并不是一件轻松的事情。

四十余年来，张炜切实参与了新时期文学的进程，且在每个时段均留下具有范本意义的作品，如《古船》《九月寓言》《你在高原》《融入野地》等代表作无一不被允为中国当代文学的经典。有意味的是，除了在二十世纪九十年代前期以忧愤的态度参与过人文主义精神的讨论，在更多的时间里，他与所谓的文学热点和流行话题自觉保持着距离，他的创作也很难被妥帖地归类到某一文学思潮和概念之下。比如，在一些文学史中，《古船》是反思文学的集大成之作，在另一些文学史中，它是改革文学的扛鼎之作，还有一些文学史则将其放入寻根文学的专章中讨论。事实上，张炜对庞大之物近乎偏执的关怀，他那些让人战栗的道德诘问，他交织着时代的迫力、灵魂创伤与人类苦难的文字所彰显出来的写作的德性和思想性都决定了他不会是一个文坛的"弄潮儿"，恰恰相反，他常常是潮流化写作的反动者。可是，当我们以文学史的眼光回头打量他所置身的文学时代，又会讶异地发现，原来有那么多重要的文学话题，张炜在它们成为热点之前便已做出实践或洞见。比如，批评界一度称许新历史主义写作，尤其推重以个人史、家族史取代阶级史和革命史的写作范式，在批评家们罗列出一通九十年代的重要文本之后，蓦地发现发表于一九八六年的《古船》已经几乎包孕了这个写作范式所有可能的向度，并且以家族史和阶级史并举的方式避免了新历史主义容易滋生的意义偏失。又如，近年来批评界强调发掘中国本土的叙事资源，激活汉语传统美学的意义，而多年来张炜持续与古老而灵性不散的齐文化和更古老的神话传统对话，他在演讲中说过："怪力乱神基本上是文学的巨资。"他在《〈楚辞〉笔记》《也说李白与杜甫》等诠解古代经典的散文中所表现出与前贤思接千载的会心以及借此获得的启悟，在《外省书》中对史传记人方式的创造性化用，也显见他对本土文学传统的倚重。再如，新世纪的底层文学蔚为壮观，欲迷人眼，当批评界顺着"底层"的概念前溯时，即会注意到张炜很早之前即有这样的提醒："一个作家心灵的指针要永远指向生活在最底层的人们。"甚至有时，张炜会因创作上的前瞻意识让他的作品陈义过高而逾越出时代的理解和逻辑框架，导致外界严重的错位式的误读，如对其"道德理想主义"的标签化概括，以及连带的反现代性的保守立场的质疑等，在我看来，即属此例。

关注张炜的人都知道，《九月寓言》发表后，他一直承受着来自标榜启蒙现代性立场人士的非议，认为他的作品存在着一个善恶、正邪、大地伦理与现代文明的二元结构，并以对后者的弃绝将自己变成一个与潮流逆势的具有强烈乌托邦气质的不合时宜者。张炜对此决不妥协，他把道德力量视作一个写作者才华和人格构建的关键部分，依旧以近于独战的姿态横对失范的科技理性和物质欲望。阅读张炜的这些文字，常常让人想到二十世纪思想史和文学史上被划归到文化保守主义阵营的那些名字，学衡派、新儒家、杜亚泉、梁漱溟、梁实秋……他们在历史潮汐的进退中也一度被时人视为逆流而生的卫道士，是螳臂当车的文化反动势力，但当后来的人们跳出时代的烟云却发现，他们的探求和思索与西方近现代以来尤其是启蒙迷思被世界大战轰毁之后兴起的新人文主义思潮遥相呼应，他们代表的是对人类中心主义和工具理性万能论进行自我反省与批判的另一现代性路径，是参与现代性对话的建设性思维，也是与主导性的历史行为和历史观念相对峙的必不可少的制衡力量。当代西方最重要的伦理学家麦金太尔在他的《德性之后》中曾提出一个重要的问题：谁来为失去形而上学品质的现代人的精神立法，或者说，在德性被放逐的时代还有没有对个人而言的至善的目标？他如此质问道："道德行为者从传统道德的外在权威中解放出来的代价是，新的自律行为者可以不受外在神的律法、自然目的论或等级制度的权威的约束来表达自己的主张，但问题在于，其他人为什么应该听从他的意见呢？"他认为当代人深陷一种"情感主义"的道德迷思中，走出这种迷思的根本在于为当代人重建德性，而"德性必定被理解为这样的品质：将不仅维持使我们获得实践的内在利益，而且也将使我们能够克服我们所遭遇的伤害、危险、诱惑和涣散，从而在对相关类型的善的追求上支撑我们，并且还将把不断增长的自我认识和对善的认识充实我们。"我们以为，张炜的"道德理想主义"也应在此意义上理解。他捍卫君子固穷的价值观、严守义利有别的守成文化立场其实是对上述现代人文主义思路的自觉传承，其间固然有接续"斯文"、承袭道统的传统天命意识，亦有在终极关怀的层面重建现代人的意义世界的激进实践意图。他坚守民间的姿态也绝非像某些批判者说的那样是蹈入了老旧道德的泥淖，这些批判者被时代困陷的局限让他们忽略或者说失察了张炜站在全人类立场的超越意识和存在意识。而且，张炜这一信念几乎在他写作之初就建立起来，它当然经过一个不断磨砺和成熟的过程，但并不像一些批评者描述的那样存在着一个从八十年代张炜到九十年代张炜的急遽转型。我们分明可以在老得、隋抱朴和宁伽之间看到一条贯通的精神的丝缕。我们也不应忘记，《你在高原》的写作所经历了漫长的二十二年，没有持之以恒的心力和不为世移的信念，这样一部描写五十年代生人意志、情感和命运的百科全书式的大书不会完成。

明乎此，我们也就不难理解为什么张炜的写作不能被简约地归类了，他的写作对应的并非时代，而是时间。他不存在趋时的问题，自然也就无法被时代利诱或者绑架；他能预知文学的热点，只是因为他内心有对文学恒常价值笃定的判断。也因此，我们以为，出于表达的权宜，人们可以用一些约定俗成的语汇来评价张炜其人其文，但必须警惕这些语汇对其文学世界丰富性的缩减。比如我们一再提到的"民间"。因为参照物的不同，"民间"至少有两重意涵，它既可以指与庙堂相对的知识分子的价值寄居地，亦可指与精英文化相对的大众化的文化生成空间。张炜的民间立场中和了这两种意义的理解，同时又对二者抱有清醒的审视。四十余年中，他像一个真正的地质工作者一样不断漫游在以其故地为中心辐射开的莽野林间，并反复倾诉这种"在民间"的行旅之于写作的滋养，因为这种跋涉不但是对民间的亲历和发掘，还构成与庙堂那种案牍之劳的有效区隔，是逃逸体制化和职业化写作伤害的最有效的方式，漫游让他的写作与那些想象民间的写作之间划开了一道鸿沟。与此同时，他赞美民间的苍茫与混沌，颂扬民间热辣活泼的不驯顺的生命热力，但并不以为这是可以豁免民间藏污纳垢的理由，事实上他也从未搁置对民间之恶的揭示和批判——把张炜的民间简略成浪漫的乡愁或野地的生趣显然是失当的。

同样，我们也应当小心在时下生态写作的浪潮里，对张炜写作呈现出的生态伦理观念的简单追认。的确，他二十年前在《寻找野地》等作品中对大地之灵踪的追觅放之今日依旧是不可掩其光彩的，而他笔下还有那么多多姿多彩、栩栩如生的动物形象，有那么多对自然魅性的倾心书写，但仅以生态立场来解读他的这些作品是远远不够的。他写有情的生灵万物，写悲悯的山河大地，会让人想起《猎人笔记》《鱼王》《白鲸》《草原》《白轮船》，也会让人想起楚辞和诗经里那些精魂不散的草木花树，他以对自然的敬畏尝试建立连接"宇宙的神性"的可能。而且他并没有像很多生态写作者习惯的那样，因为要质疑人类中心主义的僭妄，便把人排除在自然万有之外，在他笔下，我们总能找到一个辽远的人，一个因为自然而获得性灵延展的人，用里尔克的话说，这是一个

"沉潜在万物的伟大的静息中"的人，他"不再是在他的同类中保持平衡的伙伴，也不再是那样的人，为了他而有晨昏和远近。他有如一个物置身于万物之中，无限地单独，一切物与人的结合都退至共同的深处，那里浸润着一切生长者的根"。某种意义上说，张炜文学世界的开阔和深邃来源于他对自然理解的开阔和深邃，来自于他作为野地之子深扎在大地中的根须。

阅读张炜的难度即在于习惯妥协和随顺的我们与一颗灼热的、忧虑的、高远的心灵对话的难度。"伟大的心魂有如崇山峻岭，风雨吹荡它，云翳包围它，但人们在那里呼吸时，比别处更自由更有力。……我不说普通的人类都能在高峰上生存。但一年一度他们应上去顶礼。在那里，他们可以变换一下肺中的呼吸，与脉管中的血流。在那里，他们将感到更迫近永恒。以后，他们再回到人生的广原，心中充满了日常战斗的勇气。"这是罗曼·罗兰在《米开朗琪罗传》的结尾部分谈到的，阅读张炜，我们会有庶几近似的感受。

本卷导读

《家族》最初发表于一九九五年，也是张炜获得第八届茅盾文学奖的长篇巨著《你在高原》的第一卷。

小说以曲府和宁家两大家族四代人的悲喜、将近一个世纪的浮沉兴衰，折射二十世纪中国社会变迁的轨迹，反思与现代革命伴生的罪与罚。在其深层的隐喻层面，"家族"所喻指的则是以"道德—人性"的不同所呈现的超越于血脉传承关系之上的两种不同的精神谱系：一类"家族"中的人永远不断地追求真理，不断经历着实验、失败、再实验的精神历程。另一类"家族"中的人，只注重现实的功利，追逐财富与支配财富的权利，玩弄权术，结党营私。《家族》正是这样一部记载两种"家族"在精神与现实层面交战的现代启示录，一部知识分子在这多层次的复杂战争中所经历的选择、失败、毁灭和再生的心灵史。小说的两位主人公殷弓和宁珂是出生入死的战友，前者出身无产阶级，后者出身地主家庭，只是革命与人性的正义并不由阶级出身决定，宁珂的善良和殷弓的阴鸷形成强烈的对照。然而，在革命走向胜利的过程中，以宁珂为代表的"正义者"家族成员尽管忍辱负重，勇于牺牲，却依然不断在革命阵营中被边缘化，乃至被清楚和摒弃。这种"革命胜利，而革命者失败"和"革命胜利，而家族颓败"的命运走向给读者留下巨大的反思空间，也显现了作家对中国近代以来不断革命的独特观照。

　　整部小说由家族史、现实斗争和情感倾诉三大块组成，而并非家族史和革命史的简单缠绕，表现为一种"锦缎式的结构"，个人与家族、家族与国族之间的纠结关系在这种结构中获得了多重、多视角的观照，且融思辨性和抒情性、历史叩问和现实遭际、灵动的想象和凝重的思考于一体，文笔华美而又凝练。

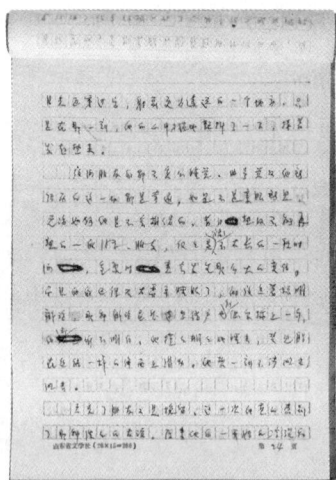

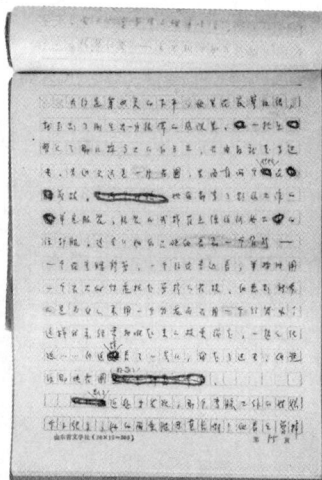

《家族》部分手稿

《家族》书影，香港天地图书有限公司一九九六年版。

目 录

卷　一

第一章

1

我们家从古至今就爱交往一些有趣的人。这些人今天看不仅是可爱，而且还可疑：大概是他们害了我们。

当一场场麻烦——包括战争——过去了，有些人升了，成了，走了，成为人们交口赞誉的英雄；而我们家既没有刻到碑上，也没有记到书上，反而经受了数不清的屈辱。这真不公平。

家里的老人在世时，天天盼着下一辈出一个有志气的人，比如说他能在多年磨难之后挺起来，出去找找公道，为全家讨回清白。这只是个愿望。为了实现这个愿望，不是没人试过，而是多次试过，不行。我从很小起就知道：要实现这个愿望是非常非常难的。但我牢牢记住了，记住了要做什么。

后来我按照家里老人说的，走了很多地方，找了很多人。这样一晃就是十几年。时间只是让我进一步明白了，要做成一件事到底有多么难。

由于总也做不到，最后反而不再焦思如焚了。我在想：我的愤恨和奔波到头来不过是求个结论，而那结论也许一张小纸就写完了。如果我把所知道的一切全记下来呢？那就远远不止一百张纸。

这样一想，我就放弃了那一张小纸。

为了那一张小纸我求了多少人。求人的滋味是难受的，老要忍着……现在行了，现在我只求自己了，只求自己记忆上不要出错，并尽可能地对往事有一个真实的理解。

2

四十岁好像是人的一个坎。过了四十这条线，对好多事物的看法就要改变。比如我在这之前极其崇拜我的外祖父，而这之后主要是崇拜父亲。外祖父很早以前就死了，我没有见过；而父亲，我与他整整相处了五六年。父亲使我大失所望，一直到他死后很久都是这样。外祖父就不同了，没见过，只见过照片，只听外祖母反反复复地讲他；还有母亲，她总是深情地怀念自己的父亲。母亲常常叹息：啊，你要能长成你外祖父那样有本事的一个人就好了。

我知道，我如果长成了那样一个人，不仅完成全家的嘱托不成问题，而且会是仪表堂堂。他高高的身材，浓眉大眼，说话声音洪亮，而且总是打扮得那么得体。一个时期有一个时期的衣着，外祖父在穿戴方面从来都没落伍。他是一个注意仪表、非常精细和在意的人。我渐渐知道，这同时也表明了他爱着很多东西，非常非常爱：爱所谓的生活，爱人——他曾深深地爱着外祖母和别的人。

到现在为止，我这一生有不少时间在探究着关于外祖父的秘密。因

4

为对于我而言，这个人的魅力太大了，而且具有真正的神秘感。他的婚姻、爱情、来来去去好大一沓子事儿，最后还有死，都令我极为费解。

在那个海滨城市里，大概没有人不知道曲府。那是文明和富有的代名词，最时新最光荣的一切总是与它连在一起。比如说，码头上通航了，白色的大轮船上下来的第一个人物是一个戴大檐帽子的人，他是船长——船长首先拜访的人家就是曲府。从黑色小轿车上下来的人、穿了长裙的美女、英国海关里搀着夫人走路的洋人，都少不了要到曲府去一趟。没有多少人议论它的发家史，因为在人们的记忆中，好像自从有了这座城市的那一天，它就富丽堂皇地坐落在这儿了。它的富裕以及某种权威性，是不必怀疑的一个老问题，是先于全城人的记忆而存在的一个事实。

曲府中真正的核心人物，当时人们都知道是老爷。老爷就是曲予的父亲——外祖父曲予那时候刚满十八岁，正真诚而热烈地参与曲府及小城中的很多事务，却从来不被人重视。人们遇到什么事情只说：老爷怎么看？顶多加一句：老太太怎么看？老太太就是我的老姥姥了。

曲予已经在省会读了六七年书，十八岁回到曲府，求学生涯正告一段落。要不要到更远的地方深造，他正犹豫。由于老爷的身体不太好，一年里招过二十余次名医，所以做儿子的也不宜远行。还有老太太，她在儿子离开后总是日夜思念，几次得病都是因为思念。曲予是一个独子，独子一走就带去了全部的母爱。"家里多么好，哪里还能比家里好？"她总是拉着儿子一双白皙的手这么说。

家里真的太好了。曲予也许是最后一次从省会归来才深刻地认识到这一点。古老的府第经过一代代人的翻修改建，如今不仅保留了外观上轩敞的气度，而且内里也越来越讲究舒适了。一些厅堂已经换掉了红硬木家具，而代之皮面沙发；有了连接内室的卫生间，有了抽水马桶。当时全城除了英国人的海关，大概唯有曲府大院里会找到这类东西。

曲予最喜欢的是府中那几棵白玉兰树。它们长得何等旺盛，开的花又大又早。当它们的香气弥漫在院子里时，曲予就有了深深的幸福感和某种莫名的冲动。他常在白玉兰下踱步。可惜围墙太高了，街道上的行人看不到一个英俊的少年在这儿走来走去——他背着手，脸色由于激动而微微发红。他穿了中山服，铜纽扣闪闪生辉。

老太太点燃了小手炉，瞥着窗外，心绪好极了。她的屋子每年总要使用很长时间的小手炉，从秋末一直到初夏。她说这是生儿子时沾了凉水，结果一双手和胳膊特别怕冷。烦人的疾病与最美好的果实有了牵连，也就不算什么了。其实儿子曲予才是她一生中最好的一只小手炉。她伸手到旁边去取茶——她这些年喜欢上了一种加添桂圆和梅子的香茶——手一下碰到了变凉的杯子，脸立刻沉下来。她沉沉的脸是很吓人的，旁边那个细小的、蚊虫似的声音响了一下：老太太。她闭了闭眼。注水之后，热热的杯子递过来。她呷了一口，咳了咳。

老太太旁边的姑娘叫闵葵，平常府里人只叫她葵子。葵子已经十九岁了，还大少爷一岁呢，可是看上去只有十四五岁。她长得又小又瘦，很像南方人；其实她是北方人，生在城北一百多公里的地方，是乡下。可能因为营养不良的关系，小时候没有长起身个。刚才她和老太太一样，也因为多看了踱步的少爷一眼，就耽搁了沏茶。她的心怦怦跳，黑漆漆的大眼垂着，再也不敢抬头了。

葵子主要伺候老太太，余下的时间帮厨。她差不多一天到晚沉默寡言，走起路来都没有声息。她的全部都属于曲府，几乎从未想过将来有一天还会离开这个大院。她已经没有一个亲人了，只把老太太当成母亲——她到了深夜就这样想，因为已经没有母亲了。人总不能没有母亲啊。可是她多么害怕老太太。老太太那双清澈的美目洞察一切，还有黑得不可思议的一头乌发、长长的鼻中沟、红润得与年龄大不相称的嘴唇……所有这些都让她暗暗胆怯。

她相信老太太吃过了传说中的仙桃，因而极有可能长命百岁。她记得十四五岁时，常常跑到城南的林子里玩，那里有看不完的有趣的东西，比如各种野果、动物。她有一种奇怪的本领，能轻而易举地与那些动物沟通。谁不怕狐狸？可是一只长尾红狐有一次跑到离她一两尺远的地方，她清楚地看到了它隐隐的眉毛、那一双永远汪着清水的眼睛。红狐深藏的悲哀她一眼就记住了，惊讶了半天。这在于她是一个谜，即便不是谜也无从讲起。她与谁说说她在林中看到的一切呢？草獾顽皮地笑着，长耳兔在四周徘徊，刺猬大白天咳嗽，一只短耳鸮就沉沉地落在她头顶的一个枝丫上。它们总是这么围拢着，瞅她，看她不紧不慢地往嘴里送野草莓、桑葚、酸枣和小沙果。它们一蹙一蹙的湿漉漉的鼻头闪闪发亮，很像深秋里成熟的坚果。她从春天开始到林子里来，一直玩到深秋。只有冬雪飘下来之后她才蜷在曲府老宅里，像一只冷暖自知的花猫。曲府里人人对她都好，特别是老爷，从来没有呵斥她一句。那个老太太啊，那个被全部的福分埋起来的女人哪，为什么那么令她害怕呢？

忘不了十五岁的那年初冬，乡下母亲死去了。从此她就失去了最后的亲人，除了要牵挂曲府的人，她再也不想别的人。那个冬天她默默地把炭备下，劈好了柴，一个人往南走出城去，寻找那片家乡才有的林子。刚下了一场雪，枝丫上的悬冰偶尔落到身上。她记起母亲领她到林子里去的情景，泪水潸潸流下。这天她的泪水再也没有断过。四周有悄悄跑动的声音，她知道又是那些小动物出来窥视她了。她呆住不走，盯着陷到雪中的双脚，那上面穿了一双紫色小花的高筒棉靴：这是老太太年轻时候穿过的，现在还有七成新呢。多么好的高筒靴。一只野鸽扑动了一下翅膀，接着哗啦啦跌落了一地碎冰，她惊得抬起头来。就在这时她发现了几株碧绿的黑松间隙有一棵矮矮的桃树——树上结了一只桃子。

　　她差不多是一步扑了上去，惊喜得喊了一声。这桃子水灵灵红扑扑，上面一层绒毛都清晰可辨，香味把四周都环绕起来。它竟然一点也没有冻坏，而旁边的一切都被冰挂住了。她想到了什么，一颗心怦怦乱跳。如果早几个月，她会一刻不歇地赶回家，把它交给母亲……泪水哗哗地流，风一吹脸上刀割般疼。可是泪水再也不停歇了——哪里还有母亲呢？人的一生原来只有一个母亲啊。

　　就这样，天黑以前，她双手捧着那只鲜红的、野外采来的冬桃，踏着厚厚的雪粉回到了曲府。她擦干眼泪，毫不犹豫地把它献给了老太太。

3

　　用什么来比喻闵葵这个小家伙垂下的眼睫呢？曲予想到了那傍晚时分一层层闭合的蜀葵花瓣。他由此而急躁不安，在院子里匆匆走动，有时纵身跳起，去扫一下白玉兰最低一层的叶片。那些歌颂春天的诗句被他吟到一半就抛掉了，再换上另一首。他大概是全城唯一喜欢普希金和屈原的人，不知为什么他会同时痴迷于这两个趣味迥然不同、甚至有点对立的诗人。有一阵——是刚回来不久的时候——他甚至提议在曲府的花园那儿来两尊塑像。这可以由他自己动手，虽然他对雕塑一窍不通；他有一股奇怪的自信，认为这一生可以完成任何执意要做的事情。他满手泥巴，兴奋得脸色通红，工程进行了一半才记起曲府里还有个老爷。去找老爷，老爷正在看刚译过来的一本欧洲小说。他抬头看看儿子，轻轻一声就把这事儿吹了：

　　"家里的新鲜玩意儿已经够多了。"

　　"可是……"

　　"够多了。"

　　他恼怒的是老爷竟然把两个诗人的雕像与抽水马桶和皮面沙发之类等量齐观。

　　那是极为失望的一天。后来他去看母亲。每在情绪极为消沉沮丧的时刻，他就渴望看看母亲。这会缓解那种难以忍受的什么东西。此法百试不厌。如果远离家庭的时候，他就用想象来满足自己。他想着母亲，感觉着那一只软软的温温的手抚摸头发的那一小会儿。他推开老太太的门，第一眼看到的却是闵葵。

本来他要像过去那样，依偎到母亲跟前，靠到她的膝头那儿，至少抱住她的一只胳膊，可是这会儿不知为什么有点发窘。当然他不是第一次看到葵子，可是只有这回看清了那一对闭合的蜀葵花瓣。他低声叫一句："妈妈……"妈妈伸手去揽他。往常他就侧侧身子靠在母亲身边。可是这一次他笔直地站在离母亲二尺多远的扶手椅旁。他没有让母亲揽住。他好像第一次明白一个十八岁的男人应该直挺挺地站着。

很久以后他还想：那是他与母亲之间有了第一次隔阂——它的距离就是从他笔直的身躯到扶手椅的那个间隙。回到自己屋里，他觉得一种很奇特的心绪泛上来，他从来也没有过这种体验：它们一丝一缕地泛起。

他开始大声吟唱那两个人的诗句，像是在欣赏自己洪亮的嗓音。后来有人唤他吃饭都没有听见。他闭上眼睛，泪珠从眼角溢出。他终于改大声吟唱为悄声低语，像轻轻叮嘱一样，深情的一句一句的。但他仍然听不见呼唤他用饭的声音。

那是一个与他差不多年纪的男青年，只是更细、更高，眼窝奇怪地深陷着。他是另一个对曲府忠贞不贰的下人，是老爷十年前在街头救起的一个孤儿，甚至连名字都是老爷替他取下的：清漏。曲予曾翻了不少字典以便搞通这名字的含义，最后还是有些迷惑……清漏喊了几句，注视着离他只有几公尺远的少爷，特别是发现了他眼角晶晶的泪珠，就咦了一声，双手在裤子上擦一下，闷闷地跑开。

一会儿老爷过来，沉沉的手搭在他的肩上。

那一顿饭他没有吃出一点味道。闵葵最后端来的是汤，他用一把圆圆的银勺舀了一点，刚离汤钵就全洒下了。

这之后的第一个星期五，也就是码头上开船的日子——当时的客轮每周对开一次——曲予乘船旅行了一回。反正船长是他们家的常客，他上船以后就得到了一个临时腾出来的头等舱。他今生还是第一次乘船外出，心情非常奇特。他行前对老爷和老太太说，他现在那么需要到海北去探望一下朋友——他们都是在省会里结识的，是真正的有为青年。总之近来他想起他们就夜不能寐，如此下去得病只是早晚的事了。母亲长长的鼻中沟抖动了一下，与老爷交换了目光。后来父亲说："去啦。"

船长的大檐帽上饰了金线，这使曲予想到这个海滨城市将有一些完全意想不到的巨大变动，也许一切都要经历一场天翻地覆的摧折。不过他对未来还完全陌生。船长把自己的帽子摘下来给他戴了戴，他站在镶了粗劣枣木框的镜子跟前照了一下，觉得自己美丽极了。当时他准确地觉得是"美丽"而不是英俊。

是的，十八岁的青年，脸色红润得像八月的桃子，上面还有一层桃茸。那清澈乌黑的眸子、有棱角的嘴唇……这一切都让人想起一个女孩。他因为有这种联想而羞愧。船长为了在曲府的人面前表现自己的见多识广和新派，特意从自己的物品中翻出了一点咖啡。"加糖吗？"曲予把大檐帽子摘下来，大声说："不加糖！"

他呷着苦苦的咖啡，想着什么。他又悄声念出普希金的诗句，又一次涌满了感激。一个肥胖滚圆的英国女人缠着船长，船长出去了。他记得在海关上见过这个女人，当时她正跟自己的鬈毛小狗一下接一下地亲吻。他放下杯子到甲板上去。

他差不多吃了一惊。多么美的海面。一个人一辈子不看看深海里平静的水面真是天大的憾事。而只有坐船，坐这样的大客轮才有这种可能。没有一丝风，下午的太阳温柔得像乡下的大婶。这水啊，如此绿、如此清，又如此的可人；它在下午的阳光拂照下，成为最好的诗句，最好的回忆，最好的一个象征。他在心里已经将庭院里那几棵白玉兰移栽了过来。

如果一个人被什么逼迫着、压抑着，挤到了某一个角落，他还有什么办法打发自己呢？他要逃离，逃离，他要把一个种子放在心底、存在旅途，把它捂得严严实实，一直到把它捂熟、捂胀，让它抽出芽来……一会儿蓝一会儿绿的海水像那些诗句一样，让他充满了感激。

他记起海北一个脸色乌黑的朋友说过一句令人丧气的话：富有人家出来的孩子，说到底都是非常脆弱的。他当时据理力争，但心底十分不安。他知道这句话肯定击中了什么。如果不是一年之后他在一本翻译小说中读到相似的一句话，他会怎样钦佩那个黑脸同学啊。不过现在他仍然觉得那个同学了不起。他不太知道那个人的出身，但可以料定他是苦出身，还极有可能是个猎户的孩子。不过这会儿他又在怀疑：猎户的孩子有可能到省会学堂去读书吗？

一闭上眼睛就是合拢的蜀葵重重叠叠的花瓣。他睁开眼，看到海水里阳光的斑点。他默默地发了个誓。

这一次旅行让他受尽了折磨。因为他登陆之后，为找那些昔日好友费尽了力气。不知为什么一个个都销声匿迹了；有的好不容易找到，又发现对方像换了一个人，不冷不热，瞪着一双奇怪的眼睛看他。我怎么了？我是曲予，给予的予。是的，你应该给予了，你们已经掠夺了别人很多——从那个滨海平原到几个城市——当然我们是指你的先人、你的父辈。你能够给予吗？曲予听着这种陌生而奇特的口吻，回答不出一个字。他重重地给了对方一记拳头，那是久别重逢的一种友好表示。可是对方—— 一个长了一对小眯眼的瘦子却煞有介事地抚摸着被捶过的前胸，一字一字吐出："这是来自另一个阶级的拳头，一种打击……"

曲予笑了。他过得极不愉快。在小眯眼的带领下，他又找到了另外几个朋友，发现他们都比过去瘦了，也精神多了，一双双眼睛闪着警醒和敌视的光。但他们仍然承认他是他们的朋友，而且一起喝酒，吃一些粗糙的食物，在最高兴的时候还唱起了一首节奏极其舒缓、调子极为悲伤的外国歌。后来他们都要求他做一些事情，他这才惊讶地发现他们都有点疯狂了：一种相互传染的疯狂。他这才害怕起来，急于离开。但只有他要走开时，朋友们才表现出真正的、巨大的热情，一遍遍挽留他，还提出陪他到野外走一走。

这个建议倒具有诱惑力。他随他们出了城，到了郊区。那些林边农户中有几家是极为默契的，拿出家酿的野葡萄酒招待他们，夜里还讲了很多狩猎故事。曲予很久以后回忆这些，仍对那些故事有一阵神往。住过一夜，带了大量的食物，然后就是进山。黑密的森林中，那些弯弯曲曲的路径朋友们和猎人一样熟悉。更为令他感到惊讶的是，不紧不慢走到天黑时，就必定会来到一个窝棚，而且里面有提前备下的吃物，有点火用的火镰和火石。他看着这些朋友和老猎人一起，耐心地对着一块火绒草敲打那块小石头时，觉得真像在梦中一样。

森林中原来有这么多的窝棚。它们在暗中连成了一个网。朋友们说，这就是最后的退却，这里将来有一天会是"前沿"。他们说话时互相注视，不时地捏紧拳头。他们还仰望远方——远方是层层丛林，密不透风。曲予认为他们的目光正穿过它，射到更为遥远的一个地方。只是在那一刻，他的心中才猛地颤抖了一下，接着发起热来。

夜间朋友们都不怎么睡觉。曲予觉得他所经历的这一切都是奇迹，如果不是亲眼所见，无论如何他是不会相信的。昔日熟得不能再熟的一伙同学、朋友，仅仅是分离了不太长的一段时间，重聚时竟会发生那么大的变化。而且他们已经不太需要睡眠了，彻夜点着松明辩论，那种辩论虽然连老猎户也能偶尔插上一句，他却听不明白。他模模糊糊地睡去，梦见船在丝绒一样的海面上滑动。他想一刻不停地回去、回去。

天亮了朋友又是挽留。这一次他真的感到了那种深深的友谊。原来他们一开始的冷淡和其他表示只是一种无可奈何。他们对他说：记住我们吧，也许有一天我们会到那个城市，去找你或者……

"或者怎么？"曲予问。

他们互相看着。最后是那个小眯眼快言快语地举起右手——他以手代枪，指着他的脑门说："嗵！——这样。"

4

闵葵在宅院的西北角、一片细密的荩草丛中发现了好多株密花舌唇兰。它的白色小花瓣直立着，别有一种风采，她蹲下来，看了一会儿，就一连折了好多枝。后来她在这一带又找到了几株绥草，它的淡红色小花同样让她心动。曲府里有一个大花圃，那些大朵大盆的花木都看熟了，所有这些花都由那个清漏料理，他按时把它们摆到老爷和老太太的房里去。闵葵这时想的是把手里的一束花插到老太太桌上的水瓶里。她记得这一带还有铃兰，这时候正是铃兰开花的季节，哪儿有铃兰呢？

正这时候曲予急急地走过来。他发现闵葵时，脚步立刻放缓了。"少爷！"她垂下了头。曲予一直走到她跟前，一声不吭地站着。"少爷，我回去了。"她稍稍折一下身子，走了几步。后面有声音说："你等一等……"

她就站住了。她抬起头，看到了一双微蹙的眉头，一对她极为熟悉、却又从未见过的目光。这目光灼伤了她，她赶紧转脸。可是一切都晚了，因为他清清楚楚地说道：

"我喜欢你，这样很久了，我一直想当面告诉你……请你回答我一句。"

"不，少爷，我不听，我不敢；我回老太太那儿了……"

曲予再一次拦她："只要是真话就行，你说一句吧，你若不同意，我永远也不会再说什么的……"

"少爷，我什么也没听见，我没听见，我回老太太那儿了……"

她跑开了，手里的花撒了一地。

曲予一枝一枝拾起。不过他没有追上去，而是把这些花拿到自己屋里，插进清水瓶中。他一天到晚盯着那束花，什么也不想做了。一连多少天，他总是晚一些到餐厅去，只为了避开那个娇小的身影。他的嘴唇很快爆起了白皮，后来就病倒了。

医生来看过，给他吃了很多药。直到好多天之后，他仍旧躺在床上，勉强能吃饭看书了。有一天闵葵像一只小鼠一样溜进来，立在旁边。他当时闭着眼睛，只凭嗅觉就感到了她，但仍闭着眼睛。他说："葵子，那天我说的是真话，我反复想过的话。我在心里这样决定了。我只想听一声回答。我会爱护你一辈子……"

闵葵两手蒙着脸哭起来，哭得不能抑制。

"你不能再哭了，不能了……你不能回答我一句话：行、还是不行？"

"我不能，我不敢，少爷！少爷！"

"我明白了，你是厌弃我，又不敢说……我明白了，明白了……啊，葵子，我知道了。"

他睁开眼睛，好好看了一遍蒙着脸的闵葵，长长地叹一声。可他的叹息还没有落地，对方就把手从脸上拿开了，几乎是喊着说：

"不，不！少爷，我是不敢……"

她喊完伏在了床上，抽搐的双肩把床都带动得颤抖起来。曲予的手放在了她光滑浓密的头发上。这样有一刻多钟，他站起来，走出屋子。已经十多天没有出门了，这时候大约是下午三点多钟的样子，天空没有一丝云彩，天蓝得让他想起站在甲板上所见到的海。他真的嗅到了大海的气息。"你知道世上最好闻的是什么吗？"他悄声问了一句。没有回答。他这才记起她还在屋里呢。他返身回屋，把她扶起，又牵她到了院子里。他重复了刚才的问话，她摇头。他认真地告诉她："下午的海，还有……"

"还有什么？"

"还有你的头发。"

她无比浓密的头发一下子垂下来，遮住了他的面庞、他的眼睛。他像进入了温暖的黑夜，一个人在黑影里喃喃自语。

第一个知道这事儿的是清滆。但他一声不语。那一天他去喊少爷吃饭，轻轻进门时，发现了一对相拥的人。他退出去。那一天他劈了很多木柴，又把它们小心地堆好，堆成一座小塔的模样。

曲予将自己的决定告诉了母亲。

老太太站起来，儿子就喋喋不休地讲下去……老太太说好孩子我的心肝，你不要讲不要讲了，再讲我就要死了。她真的身子一歪倚在了一个雕花盆架上，呼吸明显地加重了。儿子赶紧过来扶她，她却用眼睛寻找旁边的闵葵——原来她在曲予进来的一瞬就溜走了。"这个妖……"她吐出半句，认识到它太粗俗，立刻闭了嘴巴。她的手拥住了儿子，泪水不停地涌流。她再不说话，只是央求儿子："不必把这样的话告诉你爸了，他受不住……千万不要。""可是……""千万不要。"

他忍住了，没有在父亲面前提一个字。可也不过是三五天的时间，清滆来喊他了，说老爷让他去一趟。他预感到了什么。

父亲的病一如既往，半倚在一个巨大的沙发上喘息，面前的大理石镶面茶几上放了一碗参鸭汤——这使他记起到了晚饭的时间了。他感到父亲的目光流露出从未有过的失望。就这样被盯视了一刻，老人说话了。他抬起右手，那衣袖有些长，遮去了半个手掌，松松地挥了一下："我看错人了。你是难成大器呀。去吧。"

他怔在那儿。

清漓走近一步："走吧，少爷。"

他跟着清漓出来。他记得一出门，就看到天上出现了稀疏的星星。它们很大，但一点也不亮。这是个没有任何希望的夜。他突然想起了在海北森林中度过的夜晚，想起了点燃的松明和不停地催人入睡的辩论之声……他一点食欲也没有，尽管清漓在后边一再地规劝，还是径直来到了白玉兰下。他在这儿走了很久。

回到房间时已经是午夜了。他想着父亲的那句话，不知怎么，老想从积满了灰尘的地方找点东西翻一翻。

灰尘可真多，他被呛着了。不停地咳，不停地翻。那些古旧的词句很拗口，但他还是大致看明白，这都是自己的族史。上溯几代，这一周遭出了个京官，京官回家省亲，了解到距此二百公里的西部玲山有金银矿脉，回京后就上书朝廷，力昌"发凿山谷"，取"大地间自然之利"。皇上恩准，并命他为督办，奉敕开采。京官随即招用了十余位通晓盐铁经济的地方官吏和名商巨贾，而这其中就有曲姓。尔后的曲贞——他该是老爷的爷爷了，成为督办最得力的助手，并在京官过世后成为当时最有名的三大督办之一。

曲予老要忍住呼吸，以免陈旧纸页上的东西飞进肺部。他极力想象那个督办的模样，想象采金场上隆隆的炮声和"万两黄金一条命"的民谣。曲贞在晚年脱离了采金事业，这也许是他极为高明的一手。他亲手把一个显赫发达的家族从有血腥味儿的地方领上另一条坦途，辞了督办，转而在海北和南方几个城市投资兴办铁场、缫丝业和纺织。后来的事情就顺理成章地过来了，曲府也就成了现在的曲府，老爷是老爷，少爷是少爷，

18

白玉兰迎着每个春天的呼唤开放。

但是曲予心中充满了说不清的厌恶。

他把它们掷到了那个呇兕里，一次又一次洗手。今夜的水怎么这么凉啊，从十指传到心头，令他一连打了好几个抖。他仿佛听到呵气似的声音，立刻跑到窗外看了看，什么也没有。

天亮了，不知什么时候亮的。他一睁眼就看到搭在膝上的毛毯落了淡红色的阳光，接着听见窗外的八哥在拙劣地呼叫："你好！你好！"我一点儿也不好，我的胳膊都抬不动了。曲予觉得不知是着凉还是有什么心火移到了左臂上，试着动了动，又疼又沉。他费力地想了一会儿，才想起从老爷屋里出来，清漏离开之后，他怔怔地站在一棵橡子树下，抬起左手猛地击了一掌橡树。当时竟没有觉得疼。

他想去母亲屋里，又忍住了。

闵葵站在老太太身旁，她的呼吸正散发出玉兰花的香气……曲予一声声呼唤，站起又坐下。门响了，进来的人是清漏。清漏年纪和他差不多，可是却依照老爷的吩咐剃着光头，而且稍稍肥大的黑布裤脚上扎了腿带子。他多次劝他放弃这种打扮，他总说"是啦"，说过了也就说过了。他这会儿把一个木饭盒打开，从里面端出青花瓷器，有两荤一素，一个汤钵。

"见到闵葵了吗？"

清漏点头又摇头。他把汤钵往前推了推，走了。曲予透过窗子，见到清漏正在看那只八哥，眼里好像汪着泪水。

曲予一刻不停地跑出屋子。先到母亲窗外窥了一眼，见里面只有母亲一个人，合手坐着。他又一口气跑到了闵葵住的那个小厢房跟前，隔着窗户就听到了陌生的声音。那种不祥的响动让他发慌，就顾不得敲门闯进去。有两个男人挡住了他的视线。他伸长胳膊拨开他们。闵葵躺在窄窄的小床上，头被白纱布缠住了，通红的血渗出来。他轻轻呼唤，她没有听到。

原来这两个男人是常来曲府的医生。屋子里有一股浓烈的药水味儿。

他握着她烫烫的手。后来她睁开了眼睛，一睁开就闪闪发亮，漆黑的眸子映着他。她说："不怨老太太……少爷，等我能走路了，就回乡下了。"

他抚摸她的手，像是什么也没有听到。

原来她是被老太太用捶布棒槌击伤的。那个微胖的、长了一双美目的女人盯着她，长长的鼻中沟动了动，抓起了木棒槌。"还敢吗？""不敢了。""怎么个不敢？""不敢了。"

她当时双膝一软跪下了。她没有想到那个木棒槌会往那个地方打。而且自从跟随老太太这些年，她没有被主人拧过一下——而据说发火的女主人从来都是用手指拧人的，那是钻心的疼痛啊。她毫无提防时木棒槌落下了，接着什么也不知道了。她醒来就躺在这张小床上。

木槌击出的伤口在后脑偏左一点。他明白了，那个人——就是"老太太"或"母亲"，想一下子把这个身材小小的下人打死。只一下就打死。他浑身一震。

她没有死，看来不会死了。他当着两个医生的面好好地亲了亲她。她竟然那么顺从、甜蜜地承受了。他舍不得再亲她，她渴望地看着他。

两个医生一齐咳着，一边收拾刀剪棉花之类，一边又一阵大咳。

他没有发现两个医生是怎么离去的。他坐在地上，这样头部与她躺平的身体差不多一样高了。"她要把你一下打死。"闵葵惊讶着，连连否认："不呀，她——老太太是管教我。"

"你好好养着吧，养得越快越好。"

"养好了，我就回乡下啦。"

"走吧，或许比乡下还远呢。"

"怎么了？"

"不怎么……"他双手插进漆亮的头发中，很久都没有抽出来。一会儿一只烫烫的手也插进来，他就攥住了它。他把它端到眼前，看到了一丝丝裂纹。多么粗糙的一只手。这说明它为曲府、为那个有长长的鼻中沟的人不停地操劳。可是那个人要一下子打死她。那个人是一点也不能爱了，虽然她无比地爱我。爱自己的亲生骨肉，一切动物都差不多，这说明不了什么。看来她是一点也不能爱了，嗯，真可怕。他闭上眼睛吻着这小小的巴掌，觉得它像粗砾石。

七天过去了，闵葵头上的纱布解掉了。原来半边头发——那芬芳四溢的头发——都被剪掉了。伤口像巴掌那么大。她仍不能起来走动。

又是七天，她第一次离开床。当她头晕时，就赶紧扶住墙壁。

她开始收拾东西，要回乡下了。记得是星期三的晚上，半夜，她惊动了曲予窗外的那只八哥。它一顿混吵，她赶紧去推他的门。他们在暗影里紧紧相拥。"我明天走了，少爷。""我后天也走了，我们一起吧。""别这么说少爷。""行，先不说，你明天半夜里等我。""我不敢少爷……"

第二天半夜，每周里对开的客轮正无声地靠在码头上。曲予扯着闵葵的手从曲府西北角的小门走出来，一直往码头走去。没有风，这是多么好的一个夜晚。原来这个海滨小城半夜里睡得这么好。

　　他们敲开了船长的那个有套间的客房，船长呼呼喘着开了门，但他打开门厅的灯看清了来人时，立刻弯腰问候起来。曲予小声说了几句，船长慌慌地向黑影里张望，连连说："我担不起，少爷！少爷！"曲予把什么沉重的东西压到他的掌心里。他沉默了。

　　本来星期五的下午才要开船。为了安全起见，船长决定让他们在套房里休息一会儿，在天亮前的漆黑里登船。那个上午，就是轮船在这个城市停留的这段时间，他们将在船舱里度过。还是一等舱，更为令人惊喜的，还是他上一次旅行时坐过的那一间。

　　下午三点整，阳光明媚，大客轮启碇。照例是送别的喧哗。他们一直在舱里。最后的时刻他再也忍不住，挤到了走上甲板的旅客中间。他只用眼角扫了一次送行的人，然后就去看这座城市。他最后记住它呈现一片灰蓝色，而且像在水雾中似的。

　　回到舱中，船长正叼着粗长的一支雪茄，对闵葵说话时和蔼到了极点。他问他们咖啡里要不要放糖？曲予毫不迟疑地回答：放糖。

　　5

　　我毕业两年了，一直待在著名的03所。我为顺应新的生活正倾尽全力。可是我一刻也没有忘记有一个蒙冤的家——我的个人档案里或许有一行或数行漆黑的文字。人心里最沉的是关于某种使命、先人的嘱托、自小确立的信念等等。它们如今就像压在我头顶的第三纪沉积层，让我日夜伸出双手撑着。

我永远也没法忘记母亲的眼睛，岁月的积雪压着它，却夺不去那温热的光。这眼睛盯着我，我才能把一切都做好。我要活得像个样子，不辱使命。我在她的注视下走去，不敢走偏一步。我牢牢记住了我是从哪儿来的：这是一个人最为重要的记取了。

我刚来 03 所的那个春天，一个上午，我在一阵阵浓郁的丁香花气息中窘了半天，几乎慌得说不出一个字。对面是一个故作高深的小姑娘，叫苏圆，比我小多了，可是模样很肃穆。她的黑框眼镜加重了这种感觉。当时我没有爱人，心中的渴望有时十分强烈。她的美丽太显而易见了，但我不敢肯定她应该属于哪一类人。苏圆背着手站在写字台前，我并不知道她背着的手中还拿了一份要命的表格。她客气了一会儿，煞有介事地询问了一下我对新的环境新的工作的看法等等，轻轻添上几句鼓励，然后就放下了那份表格。

我的脸可能变得蜡黄，心跳加快了。心跳别人是看不见的。

开始了。从今以后我将有填不完的表格。那上面有关于母亲、父亲……要一一填上去。我的手没法不颤抖着取起来，眼前一片模糊。我不能，也不愿亲手写下对父亲、对其他亲人的污辱。我的声音像蚊虫一样小：好吧，我将按时交给你……

苏圆一转身——我注意到她穿了裙子。这个城市里比较像样的姑娘总是巴早不巴晚地穿上裙子，呢裙。她的那两条笔直、丰腴的腿，与阵阵浓烈的丁香混在了一起。楼下有两排茂盛到极点的丁香花。这种花可爱、迷人，让人冲动又仿佛预示了某种不祥。我记得在大学时，我就是在丁香花下经历了可怕的失败——那种正常人会记上一生的失败。我不是被谁遗弃，而是可怕的失败，是打击。苏圆多好，如果她不是拿表格的姑娘就好了。

她转身时就是一跳。这使她显得比实际年龄要小多了。她需要别人爱吗？这不是非常简单吗？她是怎么了？她什么也不懂吗？

我把那份表格放在抽屉里整整三天三夜。第四天深夜，我把它填好。从此我开始了忐忑不安，不知该交出还是撕掉——我知道撕掉后苏圆可以重新给我一张。我按照自己的理解填过了。如果不是这样，我将难以忍受。

可是这样做过之后，我仍然难以忍受。

大约一个星期之后，所长裴济叫我去一下。开始了。我嗅着越开越浓的丁香，心想我多么不幸，该承受的不该承受的，都一股脑儿交给了我。我用力地忍着，睁着一双圆亮的眼睛走进了裴济的办公室。他像很多大人物一样，设法弄了两大间铺了地毯的办公室，身后是一排棕红色的书架，一直顶到天花板。写字台也大，上面有淡灰色的按码电话和一架地球仪。我知道他会问什么……一个小姑娘，约二十一二岁的样子，蹑手蹑脚地走近了所长，小声说了一句。所长点点头，她又离去。我们所里美丽的姑娘可真多，那个比她更美的小家伙就负责掌管人事档案嘛。我的思绪一转到这上边就要发毛。

"小宁同志……"

所长咳着，伸手搔着背头——又是背头。我从上学之后就对背头有些怵。我们的那个院长也是留了这样的发型。"来所里好久了，哦哦，适应吗？我们该谈谈了……很忙。你怎么站着？坐嘛。"

我坐下。有人——不知是谁，把一杯散发着丁香味的茶放在我旁边。我躲闪着腾起的水汽。

"所里早该添些新生力量了。像我们这些老家伙已经……七七年入校的？好，这一茬学生很重要。过去进这个所起码要是研究生。现在是缺人的时候。百废待兴呀。"

没有我担心的内容。但要慢慢来。我的心悬着，我甚至都能感到它悬起的高度。

"你是哪里人哪？哦哦，你父亲是做什么的呀？今年……"

后面的话我一个字也没有听见。心咚咚一阵狂跳。我咽了一下，牙关不由得咬紧了。有什么顺着发际渗出，我像一个军人一样挺直了上躯。我生涩而准确地回答："我来自那个半岛，先在平原，后来在南部山区生活过一段；入校是从山区走的，毕业来到这里工作……"

我在不知不觉中回避了关于"父亲"的那一问。我希望我会成功。

"哦哦，好的好的。那是个很富庶的地方嘛。那里在战争年代很有一阵子争夺呢。我们流血不少。说起来也巧，我年轻时候就在那一带活动过，当时还是个小鬼，当通讯员……哈哈。很想再去看看。这回不行了。"

他竟然在那儿当过"通讯员"。这一过折我大概再也不会忘记。一种巨大的好奇在心中涌动，它几次让我开口询问，但我用力忍着。

接着才是这次谈话的核心内容。原来半岛地区要搞中外联合开发，其中的重点工程就位于那片平原和山区北部丘陵。这个规划的先期勘察水文地质评估等等事项极为复杂，专门成立一个工作队，计划尽快拿出一个评估报告。工作队的负责人由副所长担任，所里抽调三五个……我这才松了一口气。我显然是这三五个中的一个。

　　离开所长办公室我才觉得有什么不对劲儿。仔细想了想，记起裴济的眼睛很特别，好像散发着陶瓷的光泽……但他的视力显然是正常的。这种眼睛我从未见过。在二楼楼梯口又遇到了那个伏在所长耳朵旁说话的小姑娘，她手里正拿着一条打字纸，带边孔的。这一下我明白了，她是操作微机的。我们俩迎了个正面，她平平淡淡地扫了我一眼。我心里想：起码有一段时间要在副所长领导下工作了。

　　那个人的年纪比所长略小，叫朱亚，脸色发青，看上去严肃到了极点。可是与人搭话时才露出本相：和蔼极了，似乎还有一丝莫名的羞涩。我来后不久就从苏圆嘴里听说，这个人有点怪，学问不错，但爱好太广泛了，业余喜欢写点歌子。最后这点"业余"却使我有忍不住的惊喜，我大声问："写歌？"

　　"写歌——怎么了？"

　　苏圆睁大的眼睛真美。那是因为她长了稍长一些的内眼角。仅仅从形式本身看，我是非常容易喜欢一种事物……然而当一种形式深深地刺疼了一个内容，比如她竟负责保管和翻阅别人的家族表格和……我这会儿不想回答她了。我也没有承认自己已经偷偷地写了好几年歌子。

　　这一天晚上我失眠了。我的脑子被记忆的流水磨得发烫。这个时候如果爬起来写歌一定能文思泉涌。我想得更多的倒是在丁香树下吻那个内眼角很长的姑娘。那样的情景专门折磨我这样的好人。我们没有成，这可不怨我。她只是好好地、尽心尽意地吻过我，我这就欠了她一辈子的情。俺是从大山里钻出来的野娃，草屑子挂在衣领中头发间，脚上老皮如铁似钢，粗话挂在嘴上，好心揣在怀里，那种脾气心性都是乡间的大爷大娘给的，能坏到哪里去？你亲俺搂俺最后还用三句半外语打发俺，不觉得亏心吗？她说一点也不亏，就算你真是一个野人，也从山里钻出来了，今后该着过另一种生活……我们的分手是必然的。分手时我找了个托词。她伤害了我还不知道。她不停地问：你父亲你父亲？！

我轻轻地、迅捷地跑开了……可是这个夜晚我一遍又一遍地想着你。

6

我们这个队就这样下去了。十四五个人，有三分之一是我们所的。朱亚是头儿。他的副手是所里一个副研究员，叫黄湘，长得个子不算矮，脖子特别长，无论进行什么性质的谈话，三五句之后就开始激动。他极少提到朱亚的名字。朱队长刚刚从医院里出来，胃病很重，随身带了那么多药。但我一开始就能感到他远远伸来的关切之手。他告诉我干了这一行免不了要往野地里跑，那么胃就可能是个薄弱环节。

日思夜想的山区和平原，我在心里早把它磨得炽热闪亮了。我不信这队伍中有谁比我更熟悉这一带，这儿的一河一山一草都时刻装在我心中。迎接我们的是春天，富饶的半岛地带真是好好地炫耀了一下自己：到处是绿色，是在阳光下一会儿变浓一会儿变淡的墨绿或嫩青。那在山野间活动的穿红色衣服、扎彩色头巾的姑娘，真是自然而然地入画，显得鲜亮动人。牛羊的叫声此起彼伏，它们新奇而善意地抬头看着所有进入这个地区的行人和车辆。已经有三三两两的花朵绽开了，它们成一簇拥挤在那儿，让你想起初升的几颗大星。风的气味与任何地方都迥然不同，它又浓又厚又鲜又凉，像是穿越了大片的香艾奔到我面前的。

火车一爬上鼍山山脉天就亮了，头儿的身影出现在车内窄窄的通道上。他费力地望着窗外，眯了眯眼。他竟然不懂得激动。我借着早晨的光线稍稍注意了一下，发现他的脸色青得可怕。显然夜里他没有睡好。突然他嘴里轻轻吟哦了几句，又眯了眯眼，回到座位上去了。

黄湘起得更早，他坐在车厢的尽头。那儿离卫生间已经不远了，他正与一个陌生的女人谈话，早就激动了。女人脸色发黄，脸型也很长，不过那双眼睛充满了微笑。黄湘发现我出现在车窗前就过来了。他小声问我："看到刚才那个女人了吗？很厉害呢。"我问："怎么了？""射箭运动员！当然，早就退役了，现在当记者了。不过她身上仍然有其职业特点。她说话有一股帅劲儿，很利索。"

黄湘抬眼寻找朱亚。我随着他的目光转过脸时，朱亚已经快跨进洗手间了。他的背弓得可真厉害。"痨病秧子！"黄湘说。我觉得朱亚真可怜。我说："这次带队真不该他来，身体……"黄湘马上激动了："在其位谋其政嘛，谁叫他是副所长？"

我再不说了。我什么也不懂。

我的平原！春风荡起的层层麦浪溅着飞着，那一只只燕子如同海中鸥鸟，叫着上下翻腾。春天让人愉快的热闹劲儿有几分起码是被燕子给搞起来的。我心目中燕子是过早地穿上了呢裙、只图美丽而不畏寒冷的小姑娘，少不更事，有几分娇憨，脸色黄黄的。看到这片平原我就想：苏圆来队里走一趟就阔了。我知道我瞄上苏圆了。我承认，即便是一个不太浅薄、颇有阅历的大龄青年，也还是容易瞄上一个姑娘，这条件首要的还是方便。我经历的事情可不少，像刚才火车呼哧呼哧攀上的那座大山，我十几岁就一个人在里面混，遇到的各种事儿可以写成十二卷长长的回忆录，其中应有尽有。我的志向、奇怪的眼神、难缠的劲儿、正直和阴郁、撒泼和不屈，还有从头发梢传到脚后跟的过电一般的渴念，都是在这座大山的褶缝里生成的。父母不要我了，准确点说是父亲不要我了，我就一个人被拉着赶着来了。一过就是那么多年，再加上一段可怕的海边童年……世道啊，你逼我吧，我什么都不怕了。我很谦逊也很单纯，我有一双黑亮的眼睛，可是啊，狗东西千万不要惹火了我。我一看到这片山、平原，一想起父亲母亲还有……我就来了火气。这火气是野火，是像大海卷波一样一边烧一边往前卷动的红火，可以给大面积的土地上留下灰烬。

我知道这片平原东西有三百多公里，南北约一百五十公里，是个不规则的椭圆。西北端就是那个滨海城市，那里有我们家一个很大的窝，后来我们又被人从窝里揪出来。那个窝现在边缘破损，里面一点热气都没有了。窝里溅满了血。奇怪的是还有人喜欢那个窝——它从那会儿到现在一直有人占着。其实破损的窝一点儿也不舒服。大概新的主人是要感受某种流失之后仅存的一点余热。那儿能想象昔日的温馨，有极力挽留的一丝虚荣。奇怪极了。时代发展到了今天，仍然有人喜欢那东西。

然而它对于我却不知有多么重要。它是我们全部故事的一个汇聚点，就好比一片山峰中最高的山脊。我不知道我母亲在我懂事后的谆谆告诫和嘱托中，包不包括对它的重新据有？如果包括，那么我认为今天看是毫无必要了。时间会改变一些东西的价值，使其增值或贬值。我耿耿于心的，应该是时间难以改变的东西，比如难以抹去的不幸故事，它的真实。还原一个真实永远都是必须的。

当年我们一家从海滨城市撤出来，沿着西部大海边上的丛林中的泥路向西北方走下去，一直走到我梦牵魂绕的另一片丛林……

吃早饭时射箭运动员也凑过来了，我知道这是因为有黄湘的缘故。她的腿很长，从座椅那儿一直伸到饭桌的这方，露出穿了长筒皮靴的脚。她用一只小钢勺吃饭，红色的小舌头在勺子上绕来绕去。这是她唯一令人神往的地方。她一边吃饭一边与黄湘搭话，鼻音很重，我丝毫也听不出有"几分帅气"。她大概有三十二三岁了，而黄湘已经四十五了。朱亚整个用餐时间一句话也没说。我听到黄湘开始邀请女记者工作之余到我们勘察基地去做客，我们一定欢迎等等，心中略有不安。我想这事儿该由头儿说了算，头儿同意吗？随便让一个人加入到勘察队，况且工作非常紧张，这大概是不合适的。

饭后，我听到黄湘一边擦嘴一边赞扬那个离去的记者，就忍不住说："我们对她又不了解……再说朱队长会批准吗？"黄湘立刻像对待一个凶猛的敌手似的看着我："人家是记者，记者是捏紧了小本子到处走的人——人家能到我们驻地转一转，来个报道，我们花钱还请不来呢！"
我再不吭声。我心里明白，那不过是个杂烂小报的记者，而且此行主要
是到富裕的半岛地区捞钱拉赞助来了。如今这样的杂牌子小报每一个城
市都成打成打的。

　　我们走入了平原深处。驻地一开始选在城郊，那儿以前是军营，现
在基本上废弃了，安顿我们正好。可是队伍中有人嚷叫那儿交通不便，
出奇地闭塞等等，再加上当地有关部门的过人的热情，不到半个月的时
间就搬回了闹市。这一下骚扰就多了，而且每天出去工作的人要坐很远
的车。一开始，所里几个人与海洋所的同志合作，一起搞海陆两大自然
地理单元的水文地质资料，入手处是城西北三十多公里的连岛沙坝。那
儿的未来是一处现代化港口，自然条件非常优越，基本上是一个不冻港。
工作区域离我们一开始选定的驻地非常近，而且随着工作进度，原定驻
地的优势越来越明显。这一来朱亚坚决主张搬回去，有人顽抗，黄湘算
是第一个。朱亚就与海洋所的几个同志，再加上我，一起到城郊来了。
朱亚冷峻的面容常常给人以错觉，其实他是多么软弱。他领导不起一个
工作队。

　　第一次合作就让我遇到了一个沉默寡言的领导。他的眉头几乎天天
皱着，除了安排工作细节，基本上不谈什么。这是个身先士卒的人，乘
船进入北风呼啸的深海、跟钻井队到沙坝左右几十公里的采样区，他一
次都没有缺过。而与此同时，城里的那一拨每天晚上看电影，有的还与
当地姑娘跳舞。勘察队一开始总有些浪漫色彩，他们身上携带的各种器
具在当地人看来也算有趣。这个与我有着奇特联结的城市，它是那么陌

生。我在心里一直规避着它，我宁愿守在脸色铁青的朱亚身边，远远地注视着它。夜里我走出屋子，一个人站在门前看那斑斑点点的满城灯火。左前方是一片浩淼的水，由于海岸拉开了一道弧线，所以从这里看这座城市，它竟像处在了大海之中。一艘客轮离开它驶入深海，这是新开的一条航线吗？它密挤挤的灯光像燃烧的蜂巢。

朱亚每天工作到深夜。有一天半夜了他还在批评一个助手，嫌他的图太草太乱，并且数据的标记上也有问题。他考虑问题周密严谨，并且能够极快地进入一项工作的核心。眼下他的笔记本上已经罗织了不知多少问题，似乎所有的一切都在他的推敲之内，而有一些至少在我看来是多余的。土地、海涂、航道港口、海盐、陆生植物，甚至是芦苇、海藻等，都在他的罗织之中。我有时看到他那不熄的灯光就想，这个平原上有多少人知道正有这样一个人呢？他自觉自愿、不厌其烦地磨损自己，而且不需要犒赏，也不需要别人了解。这真是一种可怕的磨损。

可能是我屋里也亮着灯的缘故，他推门进来了。他让我惊喜的是脸上少有的和气，由于一丝兴奋，那对深深陷下的、有点像欧洲人的眼睛发着动人的光亮。他探过头，我来不及收拾，就让他看到了摊在桌上的一张纸。那是我刚草出来的一首歌。行了，让头儿失望吧。但他无声无息地看，又伸手捏起来，像捏起一块烧红的木炭。他把这块赤红的炭放在离鼻子很近的地方，又恋恋不舍地放下。他开始吟哦，那是一种颤抖，从身心深处发出的颤抖。他的手按在我的肩头，很沉。"多久了？"我明白他问我写了多久。我想了想——是的，需要想一想。我记得从在大山里奔走、无望地奔走的那时起，就开始在纸上涂抹……

那个晚上我们走出来。面对一个灯火通明的城市，他和我离得很近，我听得见他的呼吸。"你知道这座城市的历史吗？"没容我回答，他就谈起了它的昨天、它的地理位置的优越性、它怀抱和依托的平原与山区，以及面临的大海。他对它充满了深情。我只觉得奇怪，因为他完全不知道或者是完全忽略了面前这个年轻人正是这儿出生的。"我第一次从这儿坐船去海北。那时候我才知道海是这个样子……那一次对我的一生都很重要。"他又吟哦起来。我听出那是在屋里吟过的：肯定是他写下来的。

"你小时候见过海吗？"

沉沉的一只大手绷紧了我的肩膀。我感受着这只手的重量。我此刻完全觉得他是个兄长了。但我只是点头，没有回答。我凭直觉懂得了什么。但我绝不急于信任一个人，无论他是谁。

我就出生在这座近在咫尺的城市，大约一落地就溅上了海浪。可惜我面对大海却视而不见。我不记得那以前见过海，没有印象，没有轮廓。我长到七八岁，第一次看到了父亲时，仿佛才看到了大海。我的心狂跳不停，我不敢去认这个从大山深处归来的人。让母亲一夜夜盼望的人就是我的父亲，并且又有这样一双冰冷的眼睛和……纸一般黄的面孔。他身上、脸上都是伤痕。脸上那道发紫的斜着的疤痕是世上最可怕最可耻的一道记号。我想吐。一个人怎么可以有这样的父亲。

瘦弱而干硬的父亲被人赶到了大海边上。那是一种单调的苦役在等着他。焦烤的白沙之上、火毒的太阳之下，夹着一群浑身赤裸的男人，他们都伏在一条粗长的网绠上。海上老大手持一根棍子，有时击打绠绳，有时直接把拉大网的人打倒。惊天动地的号子声压平了海浪，在骇人的号子声中，那些人像蠕动的蚂蚁。除了一个人，其余的全都是黑亮的颜色。老大命令他脱光，他最后还留下一条短裤；老大挥动棍子嚷叫，他才褪下了最后的一丝布缕。

我那时和一帮野孩子伏在海滩上，让滚烫的沙子烙着腹部。妈妈总是驱赶我离开小茅屋到海滩上去，姥姥也呵斥说："到那个人那儿去吧。"她跟父亲几乎不怎么说话。我心里憎恶而又好奇，还有一丝奇怪的关切。我必须这样看着，双手捧腮，直盯盯地看。他每一次被海上老大击倒我都有一种怪异的感觉，一方面怨老大的棍子不狠，另一方面又嫌他仰倒的姿势太丑了。我因为这丑真想大哭一场。

大网靠岸了。网浮围住的半圆开始沸腾，我们老远就能听到噗噗的声音。跑上去，围上去，老大一声怒吼，我们又退回来。大刀一样的鱼垂直跳起，它的身子在阳光下像电火一样。虾、乌贼，各种认识和不认识的海中魔鬼一齐尖声大叫，那吱吱的声音震人耳膜。有一种又大又粗糙的灰皮鱼被人拖到一边，三五下把血淋淋的皮剥下来，噗一声扔在沙子上。有人去抢，抢来后找一个破了底的木桶蒙上，成了一面鼓。太阳越晒鼓皮越紧，两根柴棒就是鼓槌。到后来我们每人都有了这样的一面鼓。

咚咚的鱼皮鼓越敲越狂，我们疯了一般敲，像那群拉网人同样地卖力。鼓皮敲裂了再换一面，反正有的是鱼皮。粗长网缏上的人又弓成了一溜，他们在松软的沙子上挣扎，脚踝骨都陷进了烙铁般烫人的沙土中。那个人由于用力，身子差不多要贴到地上了。汗水像雨一样奔流，洗着他满身的疤痕。我跳起来敲鼓，汗水渗进了我的眼眶，我看不见了。我去搓眼睛，我必须看见他——妈妈和姥姥是让我来看着他的。我必须看着他敲鼓。

7

朱亚倒下了。他一大早就觉得嗓子里发腥，还要挎上那个皮包随船进海，可是一迈步，吐血了。他的脸由青变黄，哼了一声，倒在门边。我把他抱在怀里，大声呼叫。

一群人跑过来。没有医生。随队的卫生员住在城里——我这时才觉得这有多么荒唐，城里本来就有医院……我们把朱亚抬到一辆小斗子杂货车上。我护送着他向城里急驰。太颠簸了，可是我不忍让司机放慢速度。一条白手帕染得通红，我攥在手中等着。

他留在了城里一家医院。一个星期之后又不得不转回省会。我难过极了。回到驻地才发现，他屋里的东西一点也没收拾。我从中间那个抽屉里发现了一个油渍渍的布面笔记本，犹豫了一下，还是打开了。那是几十首歌子。我贪婪地读下来，什么都忘记了。

整个一天我都沉浸在那些词句中。我突然明白了什么才是歌。我过去写了些什么？天哪，什么也不是！我多么思念这个脸色铁青、肃穆得令人惧怕的人。

黄湘骂咧咧地来了。车子一停，他冲下来就骂。不知他骂谁。一开始我还以为他斗胆骂朱亚，后来才发现他在骂"这个鬼地方"。

他懂得这是个什么地方吗？他如果一直骂下去，我说不定会一棒子打碎他的头。我瞥了瞥，发现他的头很大，显出一副蠢相。朱亚病了，他来替班。我让黄湘住在原来朱亚的屋子里，因为那间稍大一些。他鼻子一吭谢绝了。我知道他是嫌别人腌。

黄湘接手这份工作之后脾气很大，埋怨进度太慢，说他负责的那一摊已经时间过半任务过大半。后来他又淡淡一叹：朱亚就是这么个人。他与朱亚的做法正好相反：到工作面去的次数寥寥可数，主要是翻资料。这使我明白了他的"进度"是怎么来的。

每个星期都要放一两天假。理由是天气有问题。黄湘还有个特殊的领导方法：小段包工，让队员们分头出去，不愿出去抄资料也行。反正最后"得把活儿拿回来"。等大家分头去做时，他就回城去，回来时显得异常疲惫。

黄湘也喜欢熬夜，但不是工作，而是瞎聊。他从来不管我睡着还是醒着，只要高兴了就推门。他歪在我的床上，把我逼到案前椅子上听他胡扯。这个很早以前就在所里工作的副研究员竟丝毫也唤不起我专业上的崇敬感。他喜欢穿一条灰色灯芯绒睡裤，甚至不怕海风。他多半在讲他的童年，剩下时间就讲这座城市可笑的民风和可爱的姑娘——"她们个个姿色超人，可就是不懂得打扮，胭脂搽得也太多。有一个好办法，就是放到水里搓一下，像搓水萝卜一样……"他想出一些奇特的比喻，之后大笑。

讲到所里的事情，黄湘有着不能抑制的激动。他不停地赞扬所长裴济，说他功底好，著作等身，人也好——"看看那个模样你就知道，简直是慈父般的心肠……可惜就是太软弱了，太软弱了。"我听不明白他指什么。他总是小心地提到朱亚，谈到对方的病，他就一声不吭。他像是随便地问了一句："朱副所长对裴所长怎么看？他谈过裴所长的著作吗？"

我摇摇头。

对方的目光死死地盯了我一瞬。我被盯过的地方疼了一下。

他赶紧把脸转开，谈一些轻松的话题。他说所里年轻人开始多了，而这在前些年是根本不可能的。也好，这样一来就生气勃勃了。特别是女孩子多了，这是个创举。女人也是半边天，没有女人还想使一个单位一个部门健康发展？做梦去吧。不过他对苏圆评价不高，似乎还隐含着什么恶意。我倒极想听听他对这个姑娘的评价，哪怕是多提几遍她的名字也好。我忍不住总是将话题引到她的身上，谁知他说火就火，大声叫着："那个苏圆，狗东西准是个小骚家伙！"

我觉得有什么割伤了我。我不能容忍一个人在我面前如此粗暴无礼。我有点后悔提到她……浓烈的丁香气味拥住了我。哦，不幸的丁香。我捧住了头。

在火车上遇到的那个女记者来了。谈话中我才知道她以前还到城里找过黄湘。她的脸更黄了，与上次不同的是，她搽了浓浓的口红。那双眼睛仍然充满了微笑。黄湘让她住到一间空屋子里，还找来味美思让她喝："喝吧，里面有藏红花，它对你们女人有好处。"

其实那女人根本用不着劝，她是个饮酒的好手，这让我们大吃一惊。她喝过酒变得一切都不在乎，主动说要献上一段黑人舞，接着噼里啪啦把外套脱下，把首饰也取下，看来要大练一场。可实际跳起来动作幅度很小，不过是两脚动一动，捻捻手指。我怀疑这就是黑人舞蹈。黄湘却大声叫好，完全像个在城里泡剧院的痞子。

女记者住了三天。她走后黄湘一阵沮丧。我问她写了报道吗？黄湘一撇嘴："臭娘们儿，耍嘴皮子行，实干精神一点也没有。"

我独自一人离开驻地，进入了平原正北方那片丛林。我来寻找那些沙丘链，关于它的记述和勘测要由我一手完成。我差不多是把这一任务抢到手的。穿过丛林就会看到那三三两两的大沙丘，它们像巨人的坟墓。

丛林比记忆中的疏淡多了。但一地芳草依然那么柔软。这些温柔的草，几十年前曾经安慰了一辆逃难的马车。它们顶着晨露，眼睁睁地看着从车上下来几个不幸的人……风中的草在凄婉地歌唱，我蹲下来抚摸它们。它们像火焰一样燎我的手，我赶紧缩回。

走出丛林，登上沙丘链，流沙灌满了鞋子。站在丘顶遥望大海：蓝蓝的，没有几个帆影；拉渔的人稀稀疏疏。海边上多了一些闲逛的人，他们穿了方格布衫，戴了雪白的太阳帽。

我一直走到大海边上。海水冲积物多极了，杂乱得让人费解：小木块、破碗、枕头、一截自行车链子、胸罩、手电筒、石油凝块、灯泡、长长的发辫……死鱼烂虾多得目不暇接，连鸥鸟也不愿拣食它们。嘎嘎大叫的海鸟在前头翻飞，像是在进行一场最后的舞蹈。

过去的痕迹几乎再也看不到了。我离开这里太久了。要不是刻在心上，不是这样的一份铭记，我绝不可能准确无误地踏上一条芜草中的小路——我记得再往西会看到一排洋槐，槐树西边是一些壳斗科植物，是灌木丛……那儿有几座长满了荒草的坟墓。它们在荒原上显得小极了，它们可不是风成沙丘，它们真实地埋葬着。

妈妈和姥姥长眠于此，还有另一个人。除了她们和他，还有我的父亲……

从那儿返回驻地的路漫长无边，我直走了好久好久……

迈进小屋，眼前的情景差点使我嚷出来——朱亚半卧在小床上！他见了我没有坐起，只是笑着。

原来他的病稍微好些，就立刻赶了回来。这既令我高兴又令我担忧——我一想起那些殷红的血就心惊肉跳。他说："不要紧，那不过是胃中一根小静脉破了，注意一些就行。"我将信将疑。

黄湘已经回城了。他在此留下的工作是可怕的，朱亚说它们几乎没有任何用处，他领人搞下的所有数据几乎都是错误的，它们大多来自陈旧的资料，有的甚至是臆造的。朱亚在说这些时竟非常平静，他怎么能够平静呢？

我把收起的东西还给他，包括那个布面本子。我没有说自己读过它。

在整个半天的谈话中，他都没有离开小床。我终于明白他有多么虚弱。

夜晚，他的屋子一直亮着灯。我催促他睡觉，他只是点头。后来我过去陪他。有一刻钟他只是盯着台灯座子，使劲咬着牙。我想他在忍受疼痛。我提醒他吃药，他拍拍衣兜说吃过了。他的两个衣兜都是药，以便随时服用。他转过脸，笑了。难得的笑。询问起这几天的收获，我讲起了这片平原的变化——消失的拉网号子和大片的丛林、葡萄园……我不慎说出了一个不愿提及的事实——我是这座城市出生的。

朱亚"啊"了一声,正了正微侧的身子,连连说:"讲讲这儿的过去,讲一讲……"

我告诉他这里的四季是怎样的。冬天的雪岭,河冰下的鱼,还有穿着翻毛皮袄渔猎的老人;春天的丛林,各种野花,特别是像小山一样叠起的洋槐花,它们浓烈的香气怎样招引来全世界的蜜蜂;秋天满地都是果实,因为无论如何也采摘不完,就必然要留给冬天;那些野物用前爪小心地扒开雪封,掏出冰冻的红果,咬得嘎嘎脆亮;夏天是躲闪太阳、钻河入海的日子,是深夜躺在河边沙地点一堆火听故事、仰脸看月亮和星星的日子……

朱亚在我的叙说中一声不吭。他深深地沉浸其中。

那时的丛林无边无际,各种各样的北方树种在这儿都能找到。林中的各种动物都有,只要从林中走一趟,它们就一齐探头观望,然后闹着叫着跑开……

"后来怎么了?它怎么到了今天这一步?"

"后来有了战争。数不清的战争。死了很多人。这片平原是被血泡透的,真的,那片林子……"

朱亚一声不吭。停了一会儿他喃喃自语:"现在看这里根本不适合搞那个大工程。不要讲别的,地下水就不够用。到时候一个好地方会变成一片不毛之地……还有,怎么排污?那不是一般的污染……"

我目不转睛地看他。

"大概我们只会提出一份否定报告……"

我看到他的眼睛中似乎有什么闪烁了一下。他伸手到衣兜里抓药,又停住了。他突然问：

　　"老家这儿还有什么人？父亲在吗？"

　　我的心一阵急跳，条件反射般地叫道：

　　"父亲？不不不……"

　　我用力摇头。

第二章

1

　　站在平原往南遥望，一溜黛青色的影子挡住了视线。那是著名的鼋山山脉。这道山脉似乎分切了两个世界，各自生成了自己不同的故事。如果没有这一架大山，那两个故事也许会很快融合交织到一起。与我的外祖父不同的是，我父亲这一族人就生活在大山南部，准确点说他们是山里人。是否土生土长的山里人不得而知，因为不同的记载相互矛盾。省去其他，简单点讲，宁家是南部山地最富有的一族，这一点即便在平原上提起来也无人不知。它的名声传过高高的鼋山山脉，势力却一直留在山的南面。山这边的平原有声名显赫的外祖父一族，还有差不多与之齐名的"战家花园"，所以宁家要过山来就得小心翼翼了。

　　与外祖父家不同的是，宁家一直在土地上做功夫，到了父亲的老爷爷这一代，他们已经是省内最有名的几个大地主之一了。与很多传统大户一样，祖上有个规矩，就是不准分家。可是一个时代的风气几乎是无坚不摧的，当时"分治"的呼声遍布大江南北，具体到一个大家庭怎么就不可分治？老爷爷兄弟三个分成了三摊，于是大山的那一面一下就有了轰轰烈烈的三个宁家。

我最牵肠挂肚的当然还是我们这个宁家。如果仔细研究一下，我就必须承认，我们从自治的那一天起就有了衰落的征兆，所以后来发生的一切都不必惊诧。刚刚获得权力的老爷爷喜笑颜开，琢磨着办一些有趣的事情。因为继续为增加财富绞脑汁是愚蠢的，我们最不缺少的就是财富了。老爷爷打心眼里喜欢的一些人都成了家中的常客，而且让家里人一律尊称他们为"大师"——这种叫法与今天的意义颇为不同，那是"大师傅"三个字的省略。大师中有变戏法的、唱戏的、看星相的、神医、牲口贩子，甚至还有一个上了年纪的土匪。这个土匪年轻时候连中三枪，而且都在胸部，不但没死，还自己爬出了火网。老爷爷说这样的人不是英雄又是什么？他一直到了暮年还是极为欣赏老土匪身上那三个疤痕。最后的那一年，老爷爷与之交谈最多的就是这个人了，对那些冒险的故事百听不厌。老土匪已经手无缚鸡之力，但那双眼睛还仍然野气生生。

　　在各种各样的大师的陪伴下，我们这个宁家走进了自己奇异的历史。有一些不道德的人不断地打我们的主意，如一个能够单掌劈断青石的人，他的来访曾使全家欢天喜地，可宿了几夜，离开时偷走了我们的三匹好马；还有一个会耍连环刀的人，许诺将功夫传给少爷，结果第七天上欺负了一个丫环，她坐在地上边哭边诉，家里人去寻那人算账，他早已逃之夭夭了。

　　这样，到了我的爷爷宁吉这一代，终于产生了奇迹。我从来没有听到父亲宁珂议论自己的父亲，母亲偶尔提到，父亲的神情也是木木的，不发一言。显然对于一位复杂的历史人物如何评价，对他而言是件非常困难的事情。有一点是显而易见的，即没有那样的一位爷爷，也就没有我的父亲。

爷爷宁吉是被大师们簇拥着长大的。他喜欢每一位大师；但最喜欢的还是好马。他收集了各种各样的骏马，特别钟情于纯一色的马，比如黑的或白的、一色灰的。

当家的去世不久，宁吉就成了一位骑士。

无论一位骑士给一个家族留下了多少坎坷，他带来的丰硕的精神之果却可以饲喂一代又一代人。到他这儿为止，我们宁家终于从喜欢有趣的人走到了自身成为有趣的人这一步。这无论如何是我们家族的骄傲。我直到今天，一想到先人之中有过一个骑士，心中就热乎乎的。

宁吉骑了一匹红骒马，还随身驮了吃物，有酒，有钱，有防身的火器。他要好好看看这个世界，代表从来忠实于土地的宁家去探探险。他一走就是半年不归，扔下了家里数不清的事务，扔下了妻子、年幼的儿子、一群下人和上一辈残留的几个大师。那个土匪大师也死去了，并在临死之前教会了宁吉使用火器。

这支火器是长杆儿"鸡捣米"，用好了可以百步穿杨。宁吉第一次试枪就击毙了一只近在咫尺的芦花大公鸡。这只鸡在鸡群中不停地欺侮幼小的母鸡，而且欺侮时紧紧啄定它们的颈部，一直啄到羽毛四散飞扬。宁吉毫不留情地剪除了它。尽管只是一只鸡，但仍然可以映照出爷爷的侠义心肠，同样也大致能够让人猜想他日后骑士生涯的性质。

关于爷爷和他的马，就是写几本大书也讲述不完。扼要地说，他骑马翻过大山，首先来到平原看海，又在海滨城市里遛了马，知道了这儿有个"曲府"。我猜想他一定跨过曲府的门槛，因为一个骑士既然来了，就不会留下历史的遗憾。他一路上不停地醉酒，也不断地遭劫和获救，结交了无数的朋友。有一阵他在东部沿海遇到了一帮打家劫舍的好汉，领头的几个能吃生鱼，能大碗喝酒，一下就被他喜欢上了。他在他们当中住了很久，还一起参加了几次抢掠。他甚至考虑过自己是否入伙。在随这些好汉周游的日子里，他一阵高兴就指点他们：春天里桃花开放的日子，他们最好能去抢抢南山的某一个宁家，那户人家真是富得流油。说定之后他就慢悠悠地回转，回到宁家时正好山溪开冻，桃花也开了。他对前来迎接的家里人说："准备家伙吧，过不了几天劫匪就来了。"

第五天上那些东部好汉真的来了。他们伏在门口的树下打冷枪，专等大院里乱起来时好下手。奇怪的是人家就是不乱。这样待了两个时辰，突然大门洞开，灯火立刻辉煌起来，接着跑出一个骑大红马的人。这个人仪表堂堂，穿了古代武士的服装，手拿长筒鸡捣米，呐喊着冲出来。长筒鸡捣米响了，但枪子儿并未打到好汉们身上。他们慌忙退却，武士就一阵急追。这是好汉们一生经历的最没有脸面的事情。由于宁吉打扮怪异，又描了浓眉阔口，那些劫匪朋友怎么也想不到会是他。

几天之后，宁吉重新骑马东行，找到了那些好汉，问他们得手了吗？几个人连连哀嚎，说别提了罢。宁吉叹息："这也怪我。我只急于帮帮你们，却忘了告诉一下关节：那户人家这些年出了一个英雄，手持单枪，勇不可挡，要劫财最好打听准了他在不在家。他在，别说你们十个八个，就是一个团也无济于事呀！是吧是吧！"好汉们深以为然。宁吉接着给了他们很多钱，算是这一次失利的安抚。

这就是后来被家里人反复渲染的一个真实故事。就在那次之后，他开始了一生中最漫长的一次旅行。先是自县城往西，一直走到一千多里之外的省会。在省会，他见到了本家一个最重要的人物：省府参事宁周义。宁周义辈分虽高，年纪并大不了多少，但仍然按照长辈的身份训导了这个放浪形骸的侄子，让他立即打马回头。宁吉说："我听着啦。不过我早听说江南一带吃一种醉虾，那虾入口时还是活的，一咬一蹬，鲜鲜的滋味没法言说。我先往南走走，吃过了醉虾就回家来哩。"

这一番话让本家叔气得手抖，他就用这抖抖的手给了他一记耳光。宁吉火了，立刻拔出了鸡捣米，但刚比画了两下就被一旁的卫兵下了。那些卫兵个个英武精神，十分敬重自己身旁的参事，而且都知道参事是省长老爷的至交。

宁吉被押起来，马也拴在公家厩里。按时有人送饭，顿顿饭都有醉虾。饭后总有人问一句："吃过醉虾了吗？"他就硬倔倔地昂起脖子："没有。"

宁周义老家有个妻子，这时随身的是四姨太阿萍，一个娇小的南方人，走路像猫一样悄无声息。醉虾就是她做的。她在窗外看着宁吉，发现他头发梢都竖起来了。她叫着大侄子，劝他说句软话。他就说："俺这南边的小婶子啊，你伙同俺叔干啦，你一遭儿把俺也做成醉虾吧！"

阿萍心软得很，流出了眼泪："我亲手做的醉虾可是正宗的呀，你到了南方，吃的也不过这样……"宁吉说非要在江南吃上醉虾不可。

后来他还是被放开了。有的说是宁周义不忍长期锁着宁家的人，还有的说是阿萍偷偷放了他……反正他依旧骑着那匹红马、拎着长筒鸡捣米往南漫游去了。

他肯定是到了南方。关于他在南方的消息就微乎其微了。在当年，南方给人十分奇特的感觉，它让人感到那是一块温湿的边地，语言不通，风俗怪异，时不时地还有瘟瘴。它比外国还要神秘。所以说当年的宁吉提出到南方吃上醉虾再回家这一说法，包含了多大的狂妄和藐视。这也就完全可以理解他本家叔挥起巴掌绝非小题大做。宁吉去了南国，差不多就是到了另一个世界，等于宣布从此割断了与宁家大院的关系。人们不信一个跨过了黄河和长江的人还能回返。这种判断并没有错，实际上宁吉再也没有回家。

他的漫游有始无终。直到今天，在后来人的心目中，他们的先人中仍然有一位在南方游荡的骑士。

当然，这除了满足一个家族的自豪感、使一代代人有了浓浓不倦的谈兴之外，在当时带给宁家的却是实实在在的灾难。都知道当家人没有了，妻儿老小惊恐不安，连养了多年的护院狗也神色慌张。奶奶哭干了眼泪，她已经在绝望中等待了多年，再也无心料理家事，只专心抚养孩子。由于前些年宁吉的肆意挥霍、更早时候大师们的巨大耗损，宁家的资产已经极为单薄了，要维持日子就不得不变卖山峦土地。其他两大家宁姓出于家族禁忌不愿在这时候收买，旁姓又无力出像样的价钱，所以在当时那些土地都卖得很贱。这早已来不及可惜，因为一家人的出路要紧。在非常拮据的状态下，那些过惯了优越生活、上一代留下的一二位大师只好相继离去。宁家的这处大院突然空旷了许多。

在一个干旱的春季，一场突来的大火在宁家大院燃起，几幢主要的建筑很快毁于一旦。该是结束的时刻了。下人们纷纷寻找出路，女主人——我的奶奶长病不起，在接下来那个炎热的夏天去世了。父亲宁珂当年只有十几岁，他默默地看着这一切。据说他对前来援助的本家婶子说了一句："我还有父亲呢！"

本家婶子盯了他一眼，领上他离开了这个废弃的家。她是遵照另一个老爷的旨意这样做的——当时的宁周义正好回来探家，问起这边的事儿，对宁吉的下落、家道的衰落、大火等等一概不感兴趣，只是问起我的父亲：

"怎样一个孩子？"

"怪好的，大眼，特别伶俐哩！"

"那好，领他来吧。"

就这样，父亲被他的叔伯爷爷好好端详了一番，脑壳被一再地抚摸。叔伯爷爷的手又大又温暖。这可是一只了不起的手，这只手曾经触碰过那个时代里一大批呼风唤雨的人物，它有足够的力量改变人的命运。他当即决定领走宁珂。因为直到那时他还没有一个儿子，仅有的一个娃娃还是个女儿。叔伯爷爷留在老宅的妻子想留下我的父亲，没有成功。

2

宁珂跟在叔伯爷爷身边，接受了当时最好的教育。宁周义坚持让他宿在学校，只允许他周末回家一次，而且不准他乘坐家里的汽车。对他最疼爱的是南方籍的奶奶阿萍，她更像他的母亲，而且年龄比他的母亲还要小几岁呢。他羞于跟她叫"奶奶"，她也常常只是叫他"你这个孩子"：

"你这个孩子，快回家来！""你这个孩子，怎么不坐电车？"她没有孩子，这会儿对宁珂倾注了全部的母爱。

宁周义正焦虑于政事。他与其他几个宁家人物不同的是，已经早早地放弃了对土地的热情，把资产尽可能地转移到几个大城市去。他的钱庄、商店都有人代理，一直蒸蒸日上。但他的注意力如今差不多全不在生意上。在官场上周旋久了会变成两种人：或者是更为狡狯精灵，或者是一颗心越来越沉。宁周义属于后者。他与省长老爷在政见上分歧渐大，但私人友谊仍如从前。这些年他正考虑从一种处境中退出来，专心经营自己的物业资产，但又于心不忍。他对当时活跃着的几个政党派别都有褒贬。北方一些有实力的军事人物对他并未忽略，其中有几位还对他发出多次邀请，他都以各种借口回绝了。他一生都想离枪远一点。

他似乎并不太关心宁珂的学业。他说这种事儿有专门的一拨人去管教也就行了。"他们"指教师。而他只是特别关心孙子的身体，每个周末都要与他一块儿到一个大广场上去练投掷。休息时他们的谈话也让旁边的阿萍笑。他问："你爬过鼋山最高峰吗？"宁珂答："想爬，后来离得远了。以后吧。""以后就太晚了。我七岁就爬过。""啊呀。""你在水里能游多远，一口气？""几尺远……""糟。如果落水了怎么办？""那就……"

下一个周末他就领宁珂去一个露天游泳池了。宁珂第一次见到叔伯爷爷的裸体，它那么光滑，被太阳晒得微黑，肌肉发达。总之它很好看又很有力气。这个裸体一入水就变成了翻腾的蛟龙。它竟然可以腾跃自如，在水里滑翔得多么自由多么优雅。叔伯爷爷喊他，他不得不跃入水中。

可是一会儿他就开始呼救了，叔伯爷爷大笑着过来援助。

夜里阿萍奶奶要陪他——如果宁周义熬夜做事或外出就陪得久一些。常了宁珂就盼叔伯爷爷不在。阿萍大概忽略了她这个孙子已经长大了，早过了拥在怀里一边抚摸一边讲故事的年龄：她总是把他的头扳在胸口，轻轻梳理那光滑乌黑的头发。她把南方渲染得像一个仙境，这就使宁珂大大地原谅了自己的父亲。他最感兴趣的就是问父亲临走那些天的一些事情。

"我爸凶吧？"

"他很凶。最后那几天没有刮脸，胡茬黑得像个土匪。"

"马呢？"

"大红马，拴在公家厩里。它想主人，老要叫。"

"我想我爸。"

阿萍就搂紧他，脸靠着他圆圆的头顶说："你爸，你还是忘了你爸吧。他太喜欢南方的那道菜——太喜欢醉虾了……"

他曾偷偷地要求阿萍奶奶做一次醉虾，阿萍奶奶做了。醉虾扣在一只蓝花小钵中，一掀盖子就有几只蹦到桌上……宁珂决不会将它们吞进肚里。他只是一动不动地看着。他在想自己一去不归的父亲。

几乎每天都要做关于那个人的梦。其实他连他的模样都记不太清晰，因为自他懂事那天起父亲就成了骑士，来去匆匆。他印象最深的只是那匹马和那支枪，他至今还记得父亲一出大院就鞭打快马，奔驰在东边那条马路上的情形。马尾巴飘起来，阳光把它照得真美。父亲的身个多高？脸是什么颜色？他都模模糊糊。身处这座熙熙攘攘的大城市，他时常想起父亲。人好像都有这么一段——专门琢磨自己的父亲。

他回忆着母亲断断续续讲过的父亲。母亲并不太责备那个人，最多的只是牵挂。她担心他一路上风尘仆仆弄坏了身子，还怕他遭遇其他危险，比如劫匪、从马上栽下来，等等。她抱着小宁珂，眼睛凝视一个方向：他知道她的心思并不在自己身上。母亲多么漂亮，他认为她是天下最美丽的一个人，他也听人说过这样的话。

谁有过这样一个不幸而美丽的母亲？她的大眼睛清明纯净如水，亮而深；她从不施脂粉，因为稍稍一动一遮就破坏了那种完美；她高高的身材，像一棵秀挺的红木树。母亲的形象什么时候想起来都清清楚楚。

也许正因为父亲的模糊难辨，他才永远追逐着他。马蹄，踏醒了他的梦。他有时正睡着，突然喊一声就坐起来，大声地喊。

叔伯爷爷和阿萍奶奶都走进来，惊讶地望着他。

"我要一支枪……"

叔伯爷爷笑了。他伸手抚摸着孙子的头发，这头发真是光滑得让人感动。他安抚了一会儿孩子，临走开时说："最强大的人身上可不一定要带枪……"

宁珂中学毕业了。当时宁周义对他的未来有两种打算：一是送到国外深造，二是留在身边，让其尽快进入自己的事业。本来他老人家是极倾向于前一种设计的，可是到了这一天又有些舍不得。最怕孙子离去的是阿萍，她一说到这上边就流泪。当时还有一个紧迫事情，就是分布在各地的产业越来越需要照料，需要有一个更可靠的介入者。将来风云变幻，有这样一个人上下进出就方便多了。这是非常重要的一个退路、一个继承。

　　宁周义唯一的小女儿是老家的妻子生的，叫宁缬，平常只唤做"缬子"。她这时也来到父亲身边，小小年纪就傲横逼人，指着比她还大的宁珂说："快叫姑姑！"宁珂马上叫道："姑姑。"她差不多从来不主动喊阿萍妈妈，背后还说阿萍长得像猫，就叫她"阿猫妈"。父亲有一次听到了，没有听出意思，还以为女儿在撒娇，并未在意；后来看到阿萍哭起来，问了问才知道是怎么回事，就呵斥了女儿。

　　女儿恼恼地看着阿萍。没有别人时她对阿萍说："我长大了也不会对你好。"

　　阿萍于是更为伤心，也更为爱护孙子宁珂。她坚决不主张孙子到国外去，害怕他将一去不归——谁料得到出洋的风险呢？

　　就这样宁珂留下来，并到宁周义的一个大钱庄上去做事；每年里，他还要拿出几个月的时间跑跑其他几个城市，凡是有买卖产业的地方他都要去。有一段时间他俨若成为宁家的全权代理，其实宁周义只是让他当一阵实习生。

　　在宁珂到钱庄做事的第二年，宁周义开始了他一生中最困难的时期。他认识到人生的一个转折来到了：也许对于任何人都存在着某种转折。转折不是转机，转折是逼迫人做出选择。他知道自己长期投入的政治生涯，其实是一场毫无希望的事业。现在正陪伴一帮毫无意义的人，耗失了热情。无穷无尽的追逐和竞争让他说不出地厌恶。在一场分明是没有前途的求索中，维持一个局部一个细节的完美既无可能也无意义。他提出了辞呈，非但没有被接受，而且还被委以更重要的职位。他成了名义上的三两位政要之一，实际上却不怎么问事。他心里明白，在当时这种人人苟且、勉强维持的局面下，有人不过是想借重他在政界军界、特别是民众中的一点点威望罢了。而这种威望本身也许就非常脆弱。

有一次他回老家小住，不知怎么走漏了风声，一入县境就看到县长在领人迎接，而且一群人还拿着小彩旗。他心里厌烦透了，只是忍着。人群欢迎欢迎地叫，他笑得很艰涩。好不容易才挨过这一场。他很快了解到，所有参加欢迎的民众事先都得到了县长的一块大洋。从那次起，他再也没有理那个县长。

宁周义这一段最重视的反倒是自己的实业和家庭。他把大量时间花费在四姨太和孩子身上，再就是带领孙子宁珂到几个城市走走：他要以身示范，教导这个聪慧过人的青年。

有一天宁珂从一个海边城市归来，第一次穿了一套西服，结了领带。阿萍见了就说："快换上长衫吧，爷爷最讨厌洋服。"宁珂于是动手换衣服。正换着叔伯爷爷迈进门来，说："让我看看。"他看过了，点点头："你觉得好就穿吧。不要在乎别人怎么看，要依照自己的兴趣，做事情就是这样。"说完回书房去了。

宁珂长久地记住了那个场景，叔伯爷爷的那句话。

宁周义最宠爱的是身边的阿萍，对她有不倦的热情。他们第一次见面时他刚刚三十岁，阿萍跟随一个当小官僚的远房亲戚来北方这个省城谋事，其实是想让他出钱求学。小官僚极为吝啬，她的饭钱、在大街上买冰棍解渴的钱，他都一一记下，专等有一天让她偿还。没有办法，她在南方已经没有了亲人。那双漆黑的、羞涩的眼睛，宁周义简直不敢直视。

他渴望她能留在身边做点杂事——当时他身边没有家眷，他可以为她出资上学……就这样，阿萍上了仅仅两三年学，他们就再也分不开了。她不上学了，她说他就是最好的老师，她一辈子伺候他了。宁周义明媒正娶，并真的做了她的老师。直到很久以后，他们两人在一起时，阿萍偶尔还称他为"老师"。

缬子很快长高了，也胖了，喜欢打扮，专门模仿一些彩色图片上的时髦女人，浓浓的脂粉味儿呛鼻子。她仍然叫阿萍为"阿猫妈"，还把一些油头粉面的少年领到家里，向他们介绍阿萍说："这是我的阿猫妈。"

宁珂已经是个英俊的小伙子了。他显然正在成为宁家最优秀的人物。宁周义一些重要的事情就直接交给他去办理，让其穿梭往来于几个大城市，还有机会到东部平原那个海滨城市，因为宁周义要与那里的海港打交道。

宁珂从那个城市的海港带回一些舶来品，总是挑选最好的一两件交给阿萍奶奶。阿萍奶奶在他归来后就一连几天欢天喜地，为他做好吃的，给他铺一个松软舒适的床。她眼里，他永远是个长不大的孩子。他躺下了，她还在旁边坐一会儿，问他一些外面的事情。他让她像过去那样讲故事，讲那个一辈子在马背上奔走的人——多么奇怪啊，老宁家竟然有一个人物走进了童话。

我的父亲！你骑上红马奔驰，从古到今，再到永远永远……

3

　　我梦见一片红木树，它的叶子像你的头发，在霞光下闪动鲜艳的颜色。风吹动着它摇动摇动，如同你在顽皮地转动面庞。你有一双迷离的眼睛，微鼓的前额，白皙的肌肤。我站在最高的那个山峰上向你遥望，你远远的会把我当成一棵树。是的，我有深深的根脉，它提供我养料，也给我自尊。这无用的自尊阻止了我走过去，只让我一生遥望着……听到了嗒嗒的马蹄声吗？那是从天际飞来的，是穿越了历史尘埃的声音。那匹马也许会飞驰进你的红木林，然后就开始飘飘奔跃。它是一首歌、一幅画、一行长长的诗。

　　我从红木树、从早霞的金丝光束、从那个漫游的身影上汲取力量。我渴望一个泉，它滋润我充实我。我渴了一生，我的泉。我对我的泉祈祷，敛住母亲给我的眼泪。我的泉，我的泉。我的父亲，我的父亲。你骑在红色的骏马上飞驰而去，带去了所有的家族的浪漫和希望，你是家族的永恒的父亲。你是那一段神奇传说的父亲了……

　　谁知道一个男子伫立在掩去了屈辱的幕布旁？他长大了有多少悲伤？谁知道我悄悄掀开了幕布，瞥见了那一切。然后我就睁大了一双让人注视和歆羡的黑眼睛看这个世界了。到处都隐下了可怕的故事，到处都埋葬了可爱的玫瑰。少女的睫毛像夜合欢的叶子一样轻轻闭合，再也不能睁开。

　　我第一次看见海时已经什么都懂了。我忍着。这片水太大了，可它是苦涩的水，它壮美浩荡而不能饮用。我渴望自己的泉。我长大了。我记得捧起你的叶子时有一种奇妙的感觉，它光滑如丝，扑扑的像有脉动。我把脸贴在上面，后来让它披遮在头部。满鼻孔里都是野生生的香气。我沉入了你生成的温馨之夜。我就想这样一直睡去。

属于我的只有很短暂很短暂的时间，虽然一切才刚刚开始。我踏的路与别人大同小异，我正为此而无望，而激动，为此而吞泪入心。我不知该冷如冰块还是热如赤炭？我的质疑又该对谁倾诉？

你也找不到倾诉之地，所以你才拍打着红马。那真是个好生灵，它的美目是让人世间感叹不止的一个窗户，一个源泉。我相信你就从它那儿寻找永久的支持和鼓舞，漫漫长路也能够穷穿。但你仍然找不到倾诉之地，你怀上了一个冰凉的心情奔赴天涯。天际是一抹光、一片苍然，你直着走进去，像走进一片尘埃。时光是一片未知的尘埃，它融去了多少好男儿？你告诉我起意那一刻的思念，你告诉我……

一片沉默。我的视网上只有一匹飞扬的红马。它是族徽，是运动跳跃、献给未来的鲜花，是生命之花。当我长大了，懂得了焦渴与独守的同时，也就开始了一个幻想。我想象融进和融入的那一天，想象着你起意那一刻的思念。你舍下的是什么，心里明明白白。神灵用他万能的手像撒种子似的播下了一地苍耳，它们在洁白的沙子上浓旺浓旺地展放叶片。可是没有任何一个人见过苍耳开花，只是见到了果实。它们是在哪一刻承接了领受了？世人只看见一片不孕的叶子……

当那些身怀绝技的"大师"拥入一座古老的宅院时，我们却无缘谋面。他们没有洁癖，散发着上一个世纪的膻气。这些特异的生命在大地上游荡，自由而无望，贫穷是他们的徽章，猖狂是他们的衣冠。一个个身疲志靡，真是百无一用。谁也想不到在高山之间的宅院，在壳斗科树木繁茂生长的一个谷地，有一天会大师云集。他敬畏着大师，他们则敬畏着他。

妈妈的柔发罩住了我的面庞，我躲在妈妈身边，微微喘息。妈妈，她的手按在我的脊背上，像要数一下骨节似的，一点一点抚摸。她黑白分明的眼睛此刻被一片溟濛遮住，一直望着窗外。她也许在询问这一切：聚与散、合与分、生与死、来与去？一世一代的繁华像春天茂盛的牡丹，它只与芍药毗邻，可是凋谢的那一天很快到来。有人嫌它凋谢得太慢，牵进园中一匹三岁小马，让它尽情地折腾。

我伏在你的胸前，忍受着。你让我一遍又一遍地思念妈妈。我追逐着妈妈的目光，那目光却在追逐奔驰的马蹄，她的耳朵也在倾听。我再也没有母亲了，她的魂灵飞走了，跟去了。那狂急焦躁的节奏啊，她一生都没能合上那个节拍。这儿就留下了我，一个人，沉没在黑夜里。你的柔长的双臂像索一样捆紧了我，怕我也随了去。我是一个含而不露的、微微带几分羞涩的年轻人，那马蹄声离我何等遥远。

你长时间伫立床前，呼吸轻轻的。你在暗中注视我，也许在看我紧紧合拢的眼睫。你终于忍不住，掀开刚刚焐热的被子，把手放在我的皮肤上。手在全身移动。我闭着眼睛。你的手碰到了我的下颌，我紧紧咬着牙关。丰腴的臂弯拢住了我的脸庞，你的浓重的气息像大雨之中蘑菇的清香，铺天盖地而来。我仿佛看到了杏红色的一片甜薯在阳光下，散着淡淡的亮色。我不知不觉中启开嘴唇，咬住了你的胳膊。我轻轻地咬，我用力地咬了一下。

你的泪水洒下来，像雨浇在向日葵的叶子上。我松开嘴。你的手向上移动，抚过了我闭合的眼睛、额头，它在额头那儿停了一瞬，又向上。它最终停留在黑色的丛林中。这丛林茂密得深不见底，它在其中久久徘徊、搜寻、探觅。该结束了。你把软软的、散发着太阳味儿的被子拉一下，掖紧了边角，然后匆匆亲了一下我的额头——刚才它就在那儿多停留了一会儿，仿佛在盘算和计划最后这一吻的位置和时间。实行起来却是如此的短暂。

你这之后总是飞快地离去，脚步声像猫一样轻淡。我的泪水哗一下流出。我不能忍受。

想起必然到来的那一天我就不能忍受。可是那一天之前我也不能忍受。嗒嗒马蹄将踏碎一切铺地的卵石。我告诉自己：开始了，我自己的事情开始了，我长大了。

我不代表谁，不代表那个英俊高大神采飞扬的男人，但我可以崇拜一匹红马。它的嘴巴和鼻孔从来没有发出过凡俗之声，含蓄完美到只剩下一个精神。这难以消逝的激扬鼓励只有一次我就会牢牢地记住。那个不同凡响的人，就让它飞起的蹄子把一个精致的窝踏碎了，扬长而去。

想到这里我才洒下泪水。这是给你的最后的泪水。或许我要背叛了。一个人不会没有背叛。不过什么样的背叛才能比得上我的背叛呢？我爱你才要背叛——我终于说出了这个致命的字眼：我爱你爱你……我因此才要踏上那一条路。我要做个能够爱的人。爱什么？爱你和与你类似的一切。我爱你，爱你，并从此开始了一场难以被饶恕被宽容的背叛。我在无微不至的安抚照料下认识了一种可怕的真实。这一份让我识别得真难，但我识别了。你是被掠夺来的。掠夺有各种各样的方式，可以是暴力，是金钱的魔力，也可以是所谓的其他的魅力。但无论是什么，掠夺就是掠夺。仁慈、宽厚、知识、权力，它们都有魅力。魅力也可以参与掠夺。我一门心思认定了你是被掠夺来的，于是就埋下了反叛的心肠。

当然我也不会忘记抚育之恩。我会做该做的事。我还会在不能忍受中忍受，就这样终其一生。

那片红木树，叶子在风中抖动，像一片翱翔的秋鹭。我紧紧地盯着，把长长的嘶叫压在喉下。我只是紧紧地盯着。

4

宁珂第一次来到这个海滨城市就有一种奇特的感觉。这儿的天气有些阴郁，这也影响了他的心情。比起生活了很久的省城，甚至比起他穿梭往来的其他几个城市，这儿的格局都显得小了些，街道也远远谈不上繁华，甚至有点冷清。夜间，由于电力不足或小地方人才有的吝啬，街灯太疏，人走在大街上简直看不清路面。但这里好像藏下了什么特别的温馨。海风中传来的轮船的长鸣像哑嗓子的呼号，可是离得稍远一些会听出某种吉祥味儿。

海关上的英国佬一胖一瘦，用奇怪的中国话与他交谈，淡蓝的眼睛一眨不眨像瓷球，他们喜欢穿白色的礼服。夫人们出奇地喜欢动物，猫和狗都成双成对。她们看来非常愿意与这位官僚巨贾的使者谈话，显然都注意到了对方是一个英俊的、有教养的东方少年——其实他已经是个青年了。她们眼里的东方人或者特别显小，或者干脆相反。话题各种各样，不厌其详。夫人们多么空虚。她们竟与他讨论怎样设法引进一种可爱的动物——圣华金小狐。这种动物是北美洲狗科动物中最小的一种，但每只小狐却需要一平方英里的活动空间。宁珂说："啊，那说明它们是极不安分的。""是的是的。但可爱极了。大眼睛，很亮的眼睛。脸有点灰，很生动的一张脸！鼻头亮得像板栗，我吃过这儿的板栗，所以你也可以想见……宁先生！"

最后那一声呼叫才让他振作一下。他觉得在这座城市中，这个海关用灰木栅栏和高墙围起，越发像一个孤岛。这真让人难以忍受。他的眼睛顺着弧形海岸往南，掠过几艘船、几块凸进海里的石礁、一群鸥鸟，目光落在了远处的一片建筑上。它们呈浅灰色，范围真不算小，楼房和宽大的平房之间全是很高大的树木。看不清是什么树，只能感觉到那是些古老的树，像那些建筑一样。他忍不住问了一句。

"哦哦，宁先生，你到这里来该知道它们的。那是曲府嘛，当地的望族了，嗯，在这个平原上……"

又一艘客轮靠岸了。它的鸣笛嘶哑得厉害。宁珂看着从船上首先下来一个戴大檐帽的肥腻腻的家伙，他大概在舱里闷坏了，一上岸就点上一支雪茄，派头十足地抬头望整个城市。"这是从哪里开来的船？"宁珂问。那个胖胖的英国人叼着直杆儿黑胶木烟斗，咕哝了一句十分含混的话。其中一个夫人殷勤地告诉这是从海北那个大城市开来的。那个城市的名字让他心上一动。他在叔伯爷爷的钱庄里认识了一个红脸膛的中年人，那个人就是在那儿长大的。中年人有一种非常特别的见解，这见解曾经深深地打动过他。很长时间以来他就常常想到那个人，奇怪的是他越是思念什么、越是被一种莫名的焦虑缠住的时候，越是能想起那个人：他有一双深邃的、可以射穿人的心灵的眼睛。

有一年夏天他与叔伯爷爷一起到海北的那个城市，走的是旱路。他原想按照那个人开列的地址去为其取来什么东西，并认识他的兄弟，但苦于叔伯爷爷一直跟在身边。不知为什么，他隐隐地感到自己将拥有一些朋友了，真正不同凡响的朋友。这也许标志着他从此开始有了一个完全不同于叔伯爷爷的世界。他知道这对于一个人是至为重要的。他甚至想，父亲骑上红马一去不归，也是为了背弃一个世界，投进他自己的天地中去。所以，他不愿让叔伯爷爷知道他和朋友的事情。而在此之前，对于这位深深敬畏的人，他几乎未曾有过任何秘密。

那一次他直等到宁周义与当地政界、军界的几个朋友频频来往起来，才寻个机会找人，办了朋友委托的事情。想不到这一经历会决定他的一生。他被朋友的兄弟以及身边的人所吸引，他们在一起神聊，从入夜到黎明，竟然毫无倦意。这的确是一个全新的天地，他明白有什么东西逼近了，正发出热烈的召唤，他已经无法抗拒。

下午的阳光把西边的海照得银灿灿的，一些乘客正扶着栏杆迈上悠悠的梯子下船。一些穿着花花绿绿的人，吵吵闹闹走着；之后又停了一会儿，才是些衣衫褴褛、肩扛手提的人下来。这些人竟如此之多，直拥了好长时间才停止。一艘大船似乎也轻松了许多，在水上微微荡动……宁珂看着这艘客轮，突然起意要乘它走上一遭。这个念头一经生出就不可遏制，差不多把此行要办的其他事情都挤到了脑后。

真正的渴念都是模糊的。一种遥远的、不确切的召唤往往是难以摆脱的。

就这样他在第二天下午乘上了那艘客轮。多少年前的航路、古老的时间表，几乎一切都没有变。他乘坐的当然是头等舱，船长就是那个油腻肥胖的家伙。他们在一起待了一刻钟，他发现对方散发着难以忍受的膻气，就走到了甲板上。天很快黑了，晚间的风又凉又湿。看不透的远方只有涛声，有水浪细碎地摩擦什么的声音。他抚摸着胸口，那里灼热烫人。他的一颗心有力地、节奏越来越快地轰击着。

又到了海北的那座城市。他急急地找到了那些朋友，原想这是一场热烈的欢聚，想不到几个人见了他都表情肃穆。怎么了？他询问几遍，他们都一声不吭。当天晚上有人急匆匆地离开，剩下的几位继续陪伴他。大家似乎在等什么。天快亮了离去的人才回来，告诉大家事情已经没有了任何希望。真正的朋友就不该隐瞒什么，他有些失望地站起来——正这时那个左眉梢上有疤痕的男子拉住了他。他好像仍然在犹豫。但最后还是说了事情的原委：他们在那个海滨城市里最重要的一位朋友出事了，这会儿正被关押；他们已经想过了很多办法，都没有奏效。这个人很可能在这几天解押到外地，到那时就全无希望了。

"我能做点什么？"宁珂马上想到了叔伯爷爷。

对方回答："这事也许只有曲府的人能帮上忙。这么着吧，我们写一封信你带上，亲手交给曲府的老爷，他如果肯帮忙就好，如果不能，你就明一下身份，他看在宁周义的分上也许会……"

宁珂几乎没怎么考虑就答应了。他甚至没有想过叔伯爷爷将来知道了会怎样，也没有问那个被关押的朋友究竟犯了什么罪。更奇怪的是有一瞬间他想到了阿萍奶奶，想到了她的眼睛、她嘘寒问暖的口气。一阵感激险些使他流泪。他把那封信掖在内衣口袋里，点点头。其他的一些注意事项又经反复交待，他都没有听清。他只是记准了要做这样一件事：走进曲府，救出一个重要的人。

那匹腾跃的红马阵阵嘶鸣，越驰越远，渐渐望不见影子了。宁珂似乎在追逐着它踏起的尘土。他就这样走进去，隐没了身影。刚刚升起的太阳把尘埃燃成一团火，他走进了火焰，听到了自己被燃烧的噼啪声、爆出的金色火花……

归程还是乘了那艘船。那个油腻的船长还是在头等舱里啰唆，殷勤得老要让人揍他才能解恨。他这一会儿问宁珂是哪家府上的少爷，要不要个好人儿伺候。他用严厉的目光刺了一下，船长才闭了嘴巴。他趁这工夫向他打听曲府的事情，对方立刻搓搓手："哎呀！"再问什么，他还是"哎呀！"

他再也不问了。

可是一会儿船长自己叹着讲起来："曲府家的人我们见不上。那是装在金盒子里的……我是说他们的小姐。我用了三年工夫，给老爷捎海北的山参，就为了能见上一面。只见过丫环，那也是芙蓉脸儿。小姐是天上才有的人儿……老爷放在手上捧着，老太太用大衣襟护着……"

船长用力地搓脸，哼哼着，站起又坐下。

宁珂主要在想那个老爷。他并没有把小姐什么的听进心里去。下船后他被一种巨大的冲动推拥着，几乎没有喘息一下就奔向了曲府。这是他第一次自作主张的事情，这冲动就来自这个缘故。类似探险家的一丝情怀让他悄悄地激动，就这样敲开了曲府的正门。

开门的是一个剃了光头的中年人，这个人又高又瘦，颧骨比常人高一些。除了他精明的眼睛之外，全身上下都是一股忠厚。他让客人稍候，然后拿了信进去。

只是一会儿的时间，他在石凳上就坐不住了，站起来，往西走了几步。白玉兰的香气使他如此不安，他抬头望了望，承认这是几株从未见过的大花树，树龄已经难以考究。有几瓣跌落在地上，让他凝视了好久。

剃了光头的男子走在前边，后边的那个人就是曲府老爷——宁珂无论如何也想不到他会亲自出来迎接；但他迎上去时，发现更想不到的是亲自出迎的人会如此地冷淡。老爷目光沉沉，眉头有些皱，看了宁珂足有一二分钟才问了句：

"这是哪天的信？"

原来写信人慌得忘了注上日期。宁珂就告诉他是前一天的半夜。

"好吧，请进来谈。"

老爷其实也只是个中年人，虽然稍微有些胖，但身子利索得很。他的步伐很快，宁珂和另一个人要紧着步子才能跟上。他们穿过一条由小卵石铺成花卉图案的小路，走到了一条长廊里。这使宁珂想到了叔伯爷爷居住的大院——两条长廊竟如此相似，简直是完全相同，都是灰色重瓦、紫檐、朱漆立柱。廊上偶尔悬挂了一只鸟笼，里面的鸟儿见了生人毫不惊慌。

他们没有到客厅，而是直接到了一个小边厢里。剃光头的中年人退去，老爷说话了："押起的那个人我知道，名字很熟，没有见面。他的背景深远，不是一般拉杆子的人……"

宁珂听不懂什么是"拉杆子"，就打断了他的话问了一句。

老爷解释说就是"起事当土匪"。他告诉这个年轻人：眼下城外平原和山区，已经活动着不少土匪，最大的有八股，领头的都称自己为"司令"，他们就是有名的"八司令"……

那个被关押的人姓殷，叫殷弓，好像是从南方流窜过来的，原先在正规部队干，这一次就负有使命，要在平原和山区成立一支新的队伍；他是在搞一批军火的时候陷进去的。老爷用拳击打着桌子："这个人听说很任性的，常常孤注一掷……"

老爷愤愤的面容使宁珂心中一阵紧张。不过他很快平静下来。他开始端量这个显赫的人物：大约不到五十岁，很可能只有四十五六岁。他知道对于这部分人的年龄是最难以判断的，因为优越的生活和极为奇特的心情常常使他们超越了生理的常规，不是显得特别大就是显得特别小。有一次他随叔伯爷爷见过一位南京来的京官，嫩嫩的面皮像处子，一说话就挂上腮部一朵红润，看上去顶多有三十岁，问了问吓人一跳：五十岁。他差点在心里骂起来，对那个人的敬畏飞得无影无踪。眼前的老爷与叔伯爷爷不知为什么十分相像：同样是高大的身材、四方面庞，深沉而明亮的双目……特别是两个人的神情太像了。那是一种压迫四周的、说不上轻松还是沉重的神情，有时还有点恍惚茫然感。那偶尔瞥过来的一对洞彻的目光会把对方的一点算计击个粉碎。任何人面对这种眼神都必须坦诚，要朴实而爽快地回答一切。不知是为了平息对方的愤怒还是别的原因，他在那一刻差点说出叔伯爷爷的名字——这也正是海北那些朋友希望他做的……但他在最后还是忍住了。

他又想到了阿萍。她的少女般的容颜和长辈人才有的微笑交织一起，使他很快镇静下来。他对老爷坦然地说了一句：

"曲先生，营救这个人已经不是海北朋友们的事情，甚至也不是……几个人的事情。您更明白眼下的情势，是这里的民众太需要他了。我们在援助民众，尽管这很危险……"

当他发觉自己多多少少在重复海北朋友的话时，就有些羞愧地闭上了嘴巴。他羞于说别人的语言。他曾立志在一切方面走进自己的世界。这多么难。原来尴尬总是不可避免。

老爷捏信的手一动，把它放在了桌上。他抬头认真看了看眼前的年轻人，突然把话题转开了。他问的是关于年轻人本身的事情："你眼下做些什么啊？"

"我在经商，是为别人做事。"

"嗯嗯。常来这个城市吗？"

"偶尔来一趟，不熟。"

"住在我这里吧，你需要等两天看看，同意吗？"

"完全可以。"

他在曲府中住下来。一连两天没有见到老爷。吃饭的时候就由那剃了光头的男子来喊他。其余时间他读读书。他住的客房隔壁就是老爷的书房，听说这样的书房还有好几个。老爷的藏书很多，其中一半古书，一半新译的外国书。国外原版书也有，但不多。最多的是医学书籍。他问了下人，他们说老爷是个了不起的医生，直到现在还开门诊呢，市内有一所医院就是老爷的。他多少有些吃惊。

大约是第四天的下午，他实在寂寞，就走到了刚生出一片绿草的庭院里。一抬头瞥见了那几棵高大的白玉兰，不由得就走了过去。旁边不远是一片花圃，里面有两个姑娘在剪枝。她们都穿了野外工作的单色服装，服装的式样有点像纺纱女工的保护服。这会儿她们只让他看到两个背影——一个在弯腰修剪，另一个站在旁边看，并按时用一个不大的竹盘托起剪掉的花枝。他感到新奇的是为什么要用一个竹盘而不用一个竹笼呢？这样就要经常把堆起来的枝条端走，一趟趟往返……他这样看了一会儿，走了过去。他觉得那块花圃好极了。

到了近处才发现，那个弯腰工作的姑娘个子很高，那两条腿可真长啊！他看看剪掉的枝条，原来是青生生的玫瑰。端竹托盘的有二十多岁，比那个姑娘似乎还要大一些，个子却小小的，正悄声说话，高兴得头摆来摆去，很有趣。他一直没有看到高个子姑娘的正面。小姑娘看到了他，大概咕哝了一句什么，弯腰干活的人立刻站起来，缓缓地转脸……

他像被电了一下，像站在了猛烈颠簸的火车车厢连接处。那个姑娘一张白皙的脸上，浓黑的、有些圆的大眼睛看着他，只一下就把他灼疼了。他赶紧转开身，往旁边走了一步。当他再一次回头时，她们又在那儿小声咕哝着干活了。高个子姑娘握剪刀的手原来戴了手套。

剃光头的男子已经出现在卵石小路上，正向他走来。他装作注视那棵最大的白玉兰树。当男子走近时，他就转身，不经意地问了一句："那高个子姑娘是谁？这儿的园工吗？"

"那是小姐呀！"

"哦……"

5

宁珂原以为他和海北朋友援救的对象是一个什么人呢。他把对方想象成一个性情猛烈、高大孔武的壮汉。

第一次见到对方使宁珂吃了一惊：这人个子中等偏下，孱弱清瘦，看人时笑吟吟的，那一对脚小得像女人——这会是个危险的人物、一个起义者？那种人应该声如洪钟，脸上说不定还有刀疤……殷弓笑吟吟地看着他，说一口标准的普通话，称他"宁先生"："宁先生，海北的朋友早就介绍过您了，他们说您与宁周义先生乃是不一样的。那个人我们也非常敬重，我想我们之间也总有一天会见面的……不过现在时机不到……"

宁珂发现这个人总是显得主意笃定，虽然笑容可掬，但内心里似乎裹有什么相当严厉的东西，只是轻易不会拿出来。他开始对宁珂讲了一下大致的情势，从平原到山区。他说眼下是强虏未除，家贼蜂起，他们二者甚至联手，让民众遭殃，这是该地区历史上最黑暗的时期……提起"八司令"，他说一个比一个更坏，其中有三个是外地人，其余都是山区和平原的特产。说起这几个无赖，奇怪的是他仍在微笑，一双小脚在屋里踱来踱去……

本来他刚刚从关押的地方出来，身上有伤，需要曲府那个老爷——曲予大夫给他治疗一个时期，但眼下已经不可能了。除了简单的包扎之外，就是带上一点药品，然后迅速地离开。殷弓走时身边没有一个人，他说要到最东部的那个城市等人，于是宁珂就陪他走了一趟。到了目的地，等的人还没有来，他们就住在了一个有花园的老式洋房里。如今这幢洋房属于一个皮肉松弛的五十岁左右的女人，殷弓称她为"姑妈"。

夜间睡不着，两个人谈话。木地板非常陈旧，有的地方已经陷下去，所以殷弓踱步时要小心地绕开。但这并不影响他津津有味地讲"八司令"的恶行。他们差不多个个凶残无比，掠夺了无数钱财，既是富人的冤家又是穷人的对头。除了城区他们不敢随意骚扰之外，整个山区和平原都是他们口中的肉，想什么时候咬就什么时候咬。八司令之间也常常开火，但一转眼又称兄道弟。他们合伙朝官军开火，这方面倒不含混；可是他们与外国人合手干事特别顺路，一口气制造了好几个惨案。"最近他们把矛头对准了我们的队伍、基层政权……"

宁珂从海北回来就非常熟悉"我们的"这三个字的含义了。他也开始把自己视为"我们的"。所以他听了这一切异常愤恨。

"八司令分别都有外号——你干脆记外号得了，因为他们的名字反倒不好记，有的连我也不知道。最老的家伙、也是势力最强的一个叫'老干姜'，在枪口下滚了多半辈子，是真正的顽匪，可能是南方人，在北方生活了半生，口音差不多变了，带莱州腔。这个人独身，左眼有伤，主要地盘在平原西部，几起抢金杀人案就是他搞的。他发誓要把我们的基层组织一个一个踢掉。有一次他逮了我们一位女学生，当着一个村的民众把她糟踏了……还有一个叫'刺猬'，手下人化整为零，有的平时就是石匠、手艺人，他一发令就凑起来干坏事。一个叫'水牛皮'，队伍小，但个个枪法好，装备也好。还有'鱼精'、'金腰带'、'野猪'、'小花'和'麻脸三婶'。其中只有麻脸三婶是个女的，其余都是男的。小花也是男的，女相。金腰带是个淫狼，是民众特别痛恨的一个，也是最狡猾的一个。他年轻时在海参崴干过苦力，后来杀了人逃回来，用三五年的时间拉杆子，混到今天成了一股势力。麻脸三婶的队伍在其中也算大的，别看她是个女司令，下手最狠，前一年血洗了一个镇子，死的人把街口都堵塞了。提起麻脸三婶人人吓得变脸。她还有三个女儿，一个比一个坏，恶事干得数不清，都跟外国人有一手。其余七个司令多少都要让着麻脸三婶，因为在关键时刻她会引来外国兵。她的三个女儿枪法好，一色男人打扮，像她母亲一样杀人不眨眼……"

殷弓在讲述时很少敛起笑容。这多少使宁珂不快。

夜很深了，楼上有声音。一会儿中年女人披着衣服下来，站在楼梯上看了看，又走近几步说："弓儿你还熬着！睡觉吧，早些歇着去，不要身子怎么……"灯光下她的白发像棉花一样。她的口气充满了疼怜。殷弓"嗯嗯"应着，接着打起哈欠。

他们刚要睡去，老太太又转身端来了一碟点心。她掀了殷弓的衣襟看了看裹好的一处伤，咕哝了一句什么。殷弓像个孩子一样柔顺，兴奋得头一歪一歪。他嘴里发出的奇怪叫声让宁珂大惑不解。老太太走了，殷弓感叹似的告诉宁珂："这是个革命的老妈妈啊！"

他们在一起相处了一个星期。宁珂得知殷弓来自南方，有一多半时间在军营里度过，这一年刚刚从部队出来，目的是开辟新的局面。他好像十分直率，并未有意向宁珂隐下什么，但实际上整个行动的大致计划、一些细节、联手起事的同志，却一点也没有讲。宁珂对他充满了敬重和感激——在年龄上对方稍大于他，而且是他所遇到的最坚韧顽强的人，竟然带着多处创伤微笑、娓娓道来。宁珂唯一觉得不太满意的是那一双脚：小得过分，这怎么能够带兵打仗呢？

第二个星期要等的人来到了，三个，后来又是两个。殷弓的"姑妈"为大家准备饭菜，在他们聚起议事时又把宁珂叫到楼上。她和他一起说说闲话，有时还与他玩玩扑克牌。宁珂明白，他该回去了。

分手时殷弓再一次将宁珂一一介绍给新来的同志，并强调这是他的"救命恩人"。宁珂从未想到这么重的一个注解落到自己身上，连忙摆手说这首先是曲府的老爷——那个德高望重的曲予帮助了他……说这话时他鼻孔前倏地掠过一阵白玉兰的香气。

离开老式洋房是一个暮春的上午。他会永远记住那一天一步踏出花园小径、扳开蓝色的栅栏铁门时的那种感觉。他差一点溢满了泪水。心底涌出的那种奇特的感激让他难以忘怀。感激什么？不知道。这种无法言说的感激是任何人都不会经历太多的。上午的阳光温煦而柔软，一下一下地抚摸着他的脸庞，他几次回头去看那幢老式洋房：二楼的平台上，靠栏杆站着那位老太太，她的头发被阳光染红了。她显然在目送着宁珂……

他首先回到了叔伯爷爷的钱庄。这是他第一次从远处归来不去家里，而直接到那里去。他急于见到那个红脸膛的人，急于向他诉说；谁知对方在没人处热烈拥抱了他，又用力地抖动他的手。红脸膛的男人已经什么都知道了。他说他们都感谢宁珂，宁珂为革命做出了难以估量的贡献……当然，这已经构成了他们——同志们的一个秘密。同志们对他怀着无限的信任。他们早就视他为同志了。"'同志'，你明白吗？明白它的意思吗？"

宁珂涨红了脸，紧握着他的手说："明白。"

他回到了叔伯爷爷身边。在旅途上为何耽搁这么久，他很容易就搪塞过去了。他特别讲了八司令的暴行，当时在一边听的还有阿萍奶奶。宁周义不安地在屋里走着，阿萍听到悲痛处流下了眼泪。最后是叔伯爷爷轻轻地制止了他。老人家实在听不下去。而且那些暴行他早就听过了。在他那儿，关于这一类的报告材料已经堆成了山。他长长地叹息。"长太息以掩涕兮，哀民生之多艰……"他久久地看着窗外。宁珂好像第一次发现，叔伯爷爷有了那么多的白发。

夜里，阿萍奶奶仍旧像过去那样为孙子整好床铺，看着他躺下，在床边陪一会儿。她看出这一次宁珂瘦了，也晒黑了。宁珂躺着，眯着眼，突然一翻身坐起来，用被子拥住了下身。他看着阿萍说："你知道平原上那个城市有个曲府吗？"阿萍摇头。他重新躺下来。阿萍再问什么，他一声不响了。后来他快睡着了，临睡前又说：

"奶奶，曲府有好多高高的白玉兰树……"

6

我凝视着海，它被夜晚的星光照耀着，悄悄回眸。我终于看到了你，我原本就应该记住你，我是你的一颗沙粒、一滴水。你的手按住我的脸庞、我的眼睫毛，我伏在你的胸前。

谁也不知道我有多少思念和牵挂，怦怦跳动的心为了什么……就是这些化为我的血肉良知，使我不能屈服。我在等待，在追忆，在想和盼，所以我不能屈服。我是一棵树，根脉扎了一千年，难以移动，他们就用力地弯下我的腰。我身上披挂了一吨的巨石，但我仍然没有折断。我在等待，我等待你的丛林将我淹没。

那一天的问候多么短促，可是它化成了按时升降的潮汐。永恒的水流湿透了时光的沙子，此岸与彼岸各自成长着一排青杨树。哦哦，我的青杨，我用以遮掩窗户的绿色枝条，日夜拍打我的心灵，我的窗纸。我用雨水去洗涤它浇灌它，我小心地挨近它。

谁听我讲一个红马的故事？当你离去了，谁来倾听？我忍受着一千遍的误解和诅咒，敛起那些痛楚，小声念着你的名字。我们——渺小的沙粒，有多少秘密。神灵的小背囊打开了无数遍，原来只是装满了像我们一样的小沙粒。它碰撞起来火花四溅，那火等同于雷电的火、野火、熔化的岩浆之火。

我因为渴望着、期待着而痴迷愚钝，换来的是无边的嘲讽。他们只是马蹄下的灰尘，他们不是沙粒。最好的沙粒是被激流冲刷而成的，洁净无比，是秋洪千里迢迢送还给大海的。那一片浩瀚哪，宇宙的声息如数收在其中，深阔无边。一切的巨变都潜在它的深渊，它默然不语。我是它的沙粒，我因此而骄傲。水溅声让我沉醉、让我安眠，直到太阳升起来，潮汐落下去……

迎接吧。那一天虽然遥远，但并不是渺渺无期。电火点燃了平原上的苇草，它爆出噼啪之声，蹿起一道道火舌。生灵们跳跃着引动火龙，看它在大地上翻滚和嘶叫。丛林也燃烧起来，把一支支火炬送给星星。整个天空都腾腾地燎起来，巨大的呼号震动四野。我把自己点燃了，这是我全部期待的结果。我最后告诉你的，是我燃成炽亮的平原上的那个光点。

你的手牵上我，永远也不要失望。当我梦见红马疾驰、平原上烈焰腾起的时候，会失声大叫。我的热血推动我一跃而起，追逐那匹红马。它是火的飞动，是燃烧之神，是家族的眼睛。你的手紧紧地牵住了我，我吻它，咬它，我绞拧它拍击它，把它深深地按在胸间。人的一生都要有这么一只手，它是使人不会坠落的一道牵拉。我的手，我求你永远牵上、牵上……

这么短促的一瞥怎么盛得下呢。太短促了。这短促就是所有残酷中最残酷的一桩。我们因此而颓丧而疯狂，把刚刚绣成的一块绢子三五下扯碎，撕裂之声让无数羔羊流下了眼泪……洁白的羔羊，它们灵慧的眼睛看着我，怎么也弄不懂我正被一把颓丧之手扼住了。它们的小嘴粉红娇嫩，一动一动露出玉石一样的牙齿。小家伙，十足的小羔羊，金色的睫毛，灰绿色的双眼，一片茸毛传递着生的温热。我怀抱着它，它像个孩子。多少孩子，多少羔羊，平原上走散了多少？新生了多少？我怀抱它的时候，又有多少只野狼正候在暗处，舔着腥唇呢？我紧紧地搂住了你。

我让你再近一些。你分开我的头发，把下巴压在我的头顶。天亮了，四野里的啼叫一声声唤着什么？我知道人的一生其实只有一次遭逢是真正难忘的，也就是这一次把人压得脚步踉跄。我感受着你的全部重量，等待太阳染红窗棂。四野里的啼叫逼近了，我该启程了。

　　那一个方向传来的声光就是召唤。我们都听到了。那是我们的兄弟姊妹围拢在一起。我曾深深地怀疑过。我们都处于那短短的一瞥之中，可是热血的激扬却是永久的。我们服从了它就获得了永生，这就是一个真实无误的结论。火光与呐喊阵阵催逼，我注视着那个方向。我接受过负伤的陌生者，悉心照料，并为此而感激。我遭遇的机会不会太多了，我深知这一点。牺牲的消息顺着北风飘过来，我还在忍受忍受。难道要等到海水全部染过的那一天吗？

　　我们紧紧地依在一起。你担心彻底失去。我也担心。可是就让这种失去的强光炫迷双目吧，走吧，时候到了。

　　像你一样，我分明知道那片喧哗也不属于我。那是一片陌生的声音。可是我仍旧渴念着。冲刷和流淌的淋漓降临在一片尘封的裂土上，先是痛快地饱吮，接着撕掉自己的皮肉跟上去。这一场显然还不是自己的。可是舍弃了这一场，再也不会遇到更好的机会。我一直燃得炽热的那个东西焐得太久了，我今天要把它投出，投到我深感陌生的兄姊那儿。喧哗如海浪拍击过来，好大的北风。这风把浪涌之声传到了南方大陆，一片沼泽蓼在暮日红光中剧烈摇动。

　　妈妈，我是一棵你照料下的树，当你不在身边时，我自己把它移到了霜地。一枝枝油黑的叶片纷纷落地……妈妈，我到更严酷的北方去了。

7

宁珂还是第一次到这样一个地方。四周都用油布遮了，大白天还要点一盏油灯。围坐在小桌旁的人除了那个红脸膛之外，他一个也不熟悉。宁珂像痴迷一样伏到了桌子上，久久不能抬头。有人一声声呼唤他，他用力地抑制着，挺起身子。身边的人开始说话，他似乎全没有听清。后来该他说话了，他像梦呓一般咕哝："……我知道这首歌是属于穷人了，我要学会这首歌。学会它，学会它，这也是我的歌……"

旁边的人深情地、又多少有些严厉地问道："你愿意为她献出一切，必要时献出生命吗？"

宁珂觉得全身猛地被撞了一下。他镇定了一会儿，转过脸去看那个人。他发现说这话的是一个与自己差不多年纪的、一张脸极为英俊的男子。他盯着对方的眼睛说：

"我愿意。"

对方紧紧地握着他的手。一滴晶莹泪水落在手上。

红脸膛的汉子为他们再一次做介绍——因为第一次介绍他根本就没有听见："这是许予明同志，南方来的……"

他想大概再也不会忘掉这个名字。

低沉的歌声响起来。宁珂在这极为特别的旋律中陶醉了。他认为这是世上最迷人的歌声。在这种声音之下，一切都将被摧毁，从一座坚固的堡垒到一座山峰。他急于在这歌声中做下什么惊天动地的事情，渴望走到最前沿去。他甚至提出离开叔伯爷爷一家，马上就到殷弓他们正在组建的队伍中去……得到的回答令他微微吃惊：不是离开那个人，而是更紧地跟住那个人，影响他，争取他，并把他的一切及时报告。

原来那个人如此重要。宁珂天真地问了句："阿萍奶奶呢？"对方立刻摇摇头："哦，她不重要……"

这大大地伤害了宁珂。但他丝毫没有表露什么。在他心目中，阿萍奶奶才是最重要的。他最想让其分享的秘密和幸福的一个人，就是她了。当然他永远也不会这样做的。他将努力地克制着，因为他甚至愿意在必要时献上生命。

他知道这个生命是迟早要献上的，而且到时候也许不会痛苦；即便很痛苦，那也是他所需要的。

现在只需要他一次次地将他所目击的——来叔伯爷爷中的人、人们的谈话，还有他桌上、寝室中的文字——一切他认为必要的，都报告那红脸膛的人。有一天他见寝室里无人，估计阿萍到花园中去了，就想起了夹在一个纸夹中的信笺，上面有叔伯爷爷在灯下划上的几道红线。他认为它这会儿肯定放在床边的小桌上。那儿没有。一转脸是并排放着的一对枕头，洁白的枕巾上还留着两个圆圆的头形凹陷，他只一眼就能认出哪个是阿萍的。他不知是为了寻找还是怎么，手一下就插入了枕下。那种温温的人体的气息顺着手臂传到了全身。他觉得脸有些涨。枕下似乎有点别的东西，没有他所要寻找的。正在他准备把手抽出来时，阿萍突然进来了。

他慌慌地把手背了，贴紧了床头站在那儿。

"孩子！你找什么？"

"没有，奶奶……我……你看！"他迅速地把手举到她的脸前，手中什么也没有。

"我看见你一大早在这儿找什么……"阿萍有些痛苦地又说一遍。

宁珂永远也不会忘掉那个时刻的窘迫和自责。来自任何一方的巨大奖赏都难以抵消这一自责。他垂下了头，一辈子也不想抬起来。

阿萍奶奶的手又抚在他光滑的头发上了。她亲了亲他的头顶。他往常会感动得热泪盈眶，可是这会儿一切都被巨大的羞愧淹没了。他抬起头，看到她还穿着睡衣。刚才她可能只是出去一会儿的，他太急切了……又后悔又羞愧。但这时不知为什么他机灵地说了一句："我是想奶奶了……"

"我的孩子！"阿萍一下子被感动了，她张大了双臂抱住了他，抚摸他的后背。"孩子，是不是夜里做噩梦了？害怕了？害怕了就告诉奶奶，我过去陪你……"阿萍一边说一边安慰他。他急急地点头。一股浓郁的香味从她胸前散发出来，他的脸深深地埋在那片凹陷之中。他含住了什么，奶奶尖叫着抚摸他："傻孩子，多可怜的傻孩子啊！……"他想迅速地吐出，可是他更紧地依偎着。泪水或汗水把阿萍奶奶的睡衣打湿了一块儿，阿萍一动不动地等待着他抬起头来。"奶奶！"

"你妈要在就好了。可怜的孩子！……"

他有好长时间没有向红脸汉子报告了。在那个人跟前他再不愿提起叔伯爷爷家的事情。他朦朦胧胧觉得自己正在参与很可耻的什么，这真可怕……他要求那个红脸膛的人："让我去殷弓那儿吧，让我离开这座城市吧！"对方绝不同意，而且说："这可不是我说了算的。"

叔伯爷爷唯一的女儿宁缬已经越长越壮，年纪不太大却像个少妇一样丰满。她变着法儿打扮自己，走在大街上所有人都要转身注视。她不怎么回家，因为无论是父亲还是"阿猫妈"都不喜欢她。偶尔回来一次也只是摸到自己楼上的小屋里，随着留声机哼哼呀呀地唱。"我要出国了，出国了！"她在楼上大嚷。后来大家才知道，她瞟上了一个军长的儿子，这个军长是宁周义的至友，就是通过这层关系她才结识了那个从国外归来探亲的青年。她说他们已经是朝夕不可分离的一对儿，"从外国回来的小伙子就是大方、有劲儿！"

　　可是这样喊了几次，后来就不再提他了。宁周义非常关心她，因为这是不同寻常的一件事。他让阿萍问女儿。阿萍问了，她大哭，哭过又笑，说："这个小王八蛋真好玩。要不是因为他好玩，我非用手枪打死他不可……让他活着滚开吧！他这样的人今后也能找到……"

　　宁缬在家时一切都不得安宁，她养了一只猫，背后就叫它"阿萍"。她一走这只猫就得别人替她养了，好在阿萍并不讨厌它。这只猫很肥，仪态万方，有时宁珂见了，忍不住也要抱一抱。可是有一次他正抱着，缬子见了立刻变脸说："你的手不扶着它的屁股，还不要勒坏了它的腰呀！把它惹翻了，看姑姑不揍你！"宁珂赶紧放下了猫。

　　宁缬大概因为自己是一个大小伙子的姑姑而深感得意，很乐于支使他，动不动就嚷："没听见姑姑喊你吗？姑姑要揍你啦……"

　　宁珂常常就在这种号叫中小声叮嘱自己："我一定要到殷弓那儿去……"

　　他不自觉地将殷弓与那个海滨城市连到了一起，那儿是他的新生之地：大概就是从那一次起，他才被当成了"自己人"。探险般的快乐，献身中的兴奋，一下子全加在了他的身上。他有时觉得手指骨节都胀得疼痛，这正是他极力忍受冲动的结果。他一遍又一遍回忆与曲府老爷会见的情景，最后又想到了白玉兰树，想到了那个医院的来苏味儿，身穿纺织女工制服的姑娘。

叔伯爷爷越来越疲惫，衰老像是突然来临了。他的忧愁与他的毛发一块儿生成，却剪不掉。他有一个不能更动的执拗看法，就是人已经无力挽救人本身。这是彻底的、令人惊讶的悲观。宁珂了解到他真实的看法时大惑不解。这种看法与自己两眼睁大了注视的希望是大相抵触的。他不由得提出了反驳。叔伯爷爷并不以为怪，苦笑了一下："很好。年轻人应该这样。""我觉得爷爷不老，爷爷也正年轻呢！"宁周义再一次苦笑了一下。

他们在迟来的春天沿几个城市周游了一番，除了看看生意之外，就是会一下故交。宁周义的朋友都是一些有色彩的人物，但不见得都是要人。其中有不少军界政界的，也有商人、艺人、报人。有一个年纪与他差不多的老报人非常健谈。宁周义与之一谈就是半天，有一次还谈到了深夜。那一回宁珂也在旁边，听了一会儿大吃一惊：报馆的人竟在规劝叔伯爷爷改换门庭，离开那个毫无希望的地方，以他这样的才具……叔伯爷爷举手打断了他的话。

那场谈话使宁珂心跳不已。他第一次感到有了切近那个话题的机会。他们乘坐一节包厢回返时，他试着提到了那个老报人。叔伯爷爷笑笑："他大概把我当成了小孩子。他以为我像他那么幼稚。"宁珂不懂，等着他解释，他却没有再说什么。火车开得非常缓慢。车窗外闪过大片荒芜的土地，小土路上人流不断，他们都背着一个小布卷、挑着担子或拎着骨瘦如柴的孩子。宁周义久久望着，宁珂就站在他的身旁。他叹了一句："中国的问题可不是哪个党派的问题，它远没有那么简单……"

这一次宁珂听明白了，他大声说了一句："不，如果有一个为民众献身的党派，中国就有希望！"

宁周义马上转过身来。他深深地看了孙子一眼，也许要把他这副神情永远记住。那只手捏住了宁珂的肩头，很用力地捏了又捏。他点头又摇头："我的党派不为民众献身吗？那它为什么会壮大？可惜献身的热情总会慢慢消失，这对任何一个党派都是一样。重要的是找到消失的原因，而不是机灵转向；不找到那个原因，任何党派都是毫无希望的。颓败只是时间问题……"

宁珂愤怒地看着他。他第一次听到这个强有力的人如此扼要而尖锐地向他谈论政治。他明白这场谈话该结束了，似乎在这个时刻才知道，他与自己的同志所能做的，只是如何证明——证明自己、也证明……他险些在叔伯爷爷的面前流出泪水。

8

"我们的"事业却在飞快地发展。宁珂在同志们身边得知：殷弓组建的那支队伍已经正式打出了旗帜，眼下已有一千人，二百支钢枪，两门小土炮……这是我们的秘密。这样一来，平原和山区第一次有了保护神，外国人的部队、那无恶不作的八司令，都有了克星，起码他们再也不能横行无忌了。而这之前官军却一再退让，最后等于把沿海一带交了出去，成为民众可耻的背叛者。殷弓的武工队平常称为"八一支队"，据说强大精壮，一开始就显示了巨大的力量。队伍中有很多南方老兵，还有东部半岛多年前一次起义中留下的战士，这部分人都分别做了班排连长。第一场战斗是在山区与平原交界处打响的，一下就把土匪头子小花的部队吃掉了一半。

消息传到了省城，也传到了宁周义的家里。大概没有比他更关心东部局势的了。平时当地官府总派兵保卫宁家，但宁家也仍旧受到侵扰。他关切那里自然有更重要的原因。得到那个消息之后，宁周义不仅不高兴，反而极其忧虑地对阿萍说："旧患未除，又添新忧。八司令之外，又多了一个司令……"

宁珂没有亲耳听到这句话。这是他从阿萍奶奶的复述中听到的。他大为惊骇。竟然有这样可怕的偏见和污蔑！他大睁眼睛盯着阿萍，阿萍都害怕了。他好长时间没有说话，让激愤和暴怒的水流在胸中冲撞不停。好长时间他才说了一句："奶奶，我们家里没有真理！……"

"好孩子，别这样说话。我们家里有什么？"

"我们家里只有奶奶……奶奶，我们回老家吧。"

"傻孩子，奶奶的老家是南方啊！"

"那就回我们的老家……宁家的所有人都会待你好的。山区和平原上有好队伍了，他们会保护奶奶……"

宁珂将叔伯爷爷的话报告了红脸膛的汉子，又讲给了许予明听。他们的结论完全一致：宁周义非常反动。许予明进一步说："山区和平原民众正在血泊之中，而一个冷眼旁观的政客却得出了那样的结论！反动之至！"

"这个人已经可以放弃了！"许予明对红脸膛说。

对方摇头："问过了，不行。这个人对我们非常重要……"

春天正在深入。看着窗外的柳树和毛白杨越来越浓的叶子、树下茂长的细叶结缕草，宁珂坚信不待这个春天结束自己就会生出白发来。他不断地去照镜子，一根白发也没有发现。他最为关注的仍旧是山区和平原的战事，是我们的八一支队。

有一天许予明告诉他：现在八一支队最吃紧的就是军火，我们从海北搞到了两批，结果都卡在港上。海港在敌人手里，没有办法。有人曾提出走陆路，那就更没有希望……海北的同志差不多绝望了。宁珂又想到了营救殷弓的曲予，就大胆地提出是否可以请他出面……许予明说殷弓亲自找过他，碰了钉子。宁珂坚持自己去一次，许予明就把这个意见带上去了。

他焦躁地等待。

两天之后许予明来告诉：你去一趟吧。不过无论成功与否，都不要惹恼那个曲予，他非常倔强，是我们的朋友。宁珂沉浸在一片喜悦之中。这一艰巨的任务当然极有分量，他深感高兴的也恰是这一点。剩下的问题就是用什么借口离开这里。他想了一夜，早晨对叔伯爷爷说：想回老家一趟，他太想了。

如果被拒绝，他将不辞而别。还好，宁周义同意了，只是说路上太乱，让他小心，还让他陪姑姑一起——她也要回老家看妈妈去。宁珂只得苦笑着点头。

第三章

1

我努力地接近一个行将就木的人，实现着那个梦想。他好像丝毫也不知道自己眼下的状况，不懂得自己正处于风烛残年，直到不得不坐上轮椅的时候，还在嫉恨，在争风头，在撒谎。这个人与我的父亲是老熟人了，我们一家找了他三十年，在最困难的时候我们曾经像盼望上帝一样渴念他的出现，为蒙冤的父亲说上一句话。没有，他像石块入海一样待在他的地方，无声无息。后来，直到很久之后，他突然到那个海滨城市里来了。母亲激动起来，跑到父亲床前——这时他已经不能动了，眼睛都懒得睁一下，只是听了母亲的话才挥了挥手，简单而且坚决地阻止了母亲。他不让她去乞求那个人。

如今我知道必须违背父亲的意愿了。我觉得一个家族的荣誉、必将推卸的屈辱，这一切都应该超越某些个体的利益。我遵从的只是一个更崇高的目标。所以我去找了那个人，在他狂妄可厌的、含混的嚷叫中，在他终日蜷曲的生活所散发出的馊气旁，也多少能够忍耐。我只要他吐露一句真话，轻轻的一句，就可以抹去我们额头上的污迹。没有，他在落日余晖中闭着眼睛，蜷伏在轮椅上睡了，腮上挂着蛮横和满足的微笑。

他的伺者——那个鼻梁尖尖的外甥女走过来，娇嗔鄙夷地看了我一眼，轻轻地推走了舅父。

我不知自己会坚持多久。我已经相当疲惫了。他的那对包裹在皱纹中的小眼睛当年是怎样感动了父亲，我真好奇。今天这双眼睛是对一个生气勃勃的年青人的嫉恨和嘲弄。我不知他对那个比我更年轻的外甥女是怎样一副心情。那个小家伙无忧无愁，举手投足都透着浅薄气，一对小小的乳房像木头刻成的一样尖硬。我不喜欢她。很不喜欢。

面对着一个我绝对需要又似乎是绝对无望的老人，愤恨和焦躁谁能体味呢？我的勇气差不多用完了，剩下的一点还要用来对付失恋。我不想求任何人了，也不想恨任何人了，我太累了，我这会儿只想爱了——我相信我们一家人那时的状态也是这样。爱，爱越多的人越好，各种类型的爱，让爱簇拥或用爱去簇拥都行……生活啊，给我们一个机会吧。

而我心里明白，在各种类型的爱中，我这时最需要的还是异性的爱，并且不需要那么多，只是简简单单的、一个人的爱。

从勘察工地上归来后，我第一个就想见到苏圆。可是当我与她在楼道上寒暄之后，背过身那一瞬就明白了，我那个隐隐约约的念头多么不切合实际。我回到自己的小宿舍，接上就琢磨怎样搬动更沉重的一块石头，就是到那个不受人尊敬的老家伙那儿再走一趟。我想象着一些细节，比如是否买一点蜜枣带上，或者买几块冰砖。他那个平庸的外甥女不停地吃冰糕之类，老家伙则喜欢甜食。

如果不是第二天下午在打字室里遇上那一幕，我那种徒劳的、折伤自尊的奔波还不知要维持多久呢。我去取一份材料：这是朱亚嘱我校对的一部分报告草稿，刚进门就看到了一个尖鼻梁姑娘的侧影，她正和打字员讲什么，喊喊喳喳。打字员瞥瞥刚进来的人，仍热衷于闲谈。我不得不打断了她们，因为她们在谈"毛活儿"的几种新式样之类。尖鼻梁一转身让我吓了一跳：她就是老家伙身边那个外甥女……她像不认识我似的，哼了一声，去拎桌上那个又精致又俗气的小皮包。

我有好长时间不知所措。我马上想到了这之后她们会议论我的全部努力，而这之前所有努力全是秘密的……我担心这样一来关于我们家的情况会散布到我工作的这个地方。这正是我所禁忌的。一种奇怪的联结和渗透就在身边，近得不可思议又令人颓丧。今天我真的寸步难移了。我当场决定：再也不去找那个老家伙了；也许类似的努力要从头权衡了。

这个夜晚我好好地想了想父亲卧床后的挥手拒绝。当时他的拒绝曾使我感到了一种绝望，并因此恨着他的残忍。只有在这个夜晚，在一场场徒劳的奔忙之后，我才不得不重新去理解自己的父亲，他全部生活中微不足道的一些细节……我太年轻了，太简单了。

我不明白那个蜷伏在轮椅上的人——一个即将告别人世的、建立了丰功伟绩的人，为什么会在具体的事物上表现出那样的冷酷和无情？真荒谬。这种巨大的矛盾我今生都难以理解。他亲手平息了那么多的残暴，却又不停地制造出新的残暴。他身上已经是功过纠缠、善恶共生。他不勇敢吗？他曾经九死一生，身上疤痕累累；可是他卑小胆怯到不敢面对一个真实……

苏圆似乎对我们的平原之行深感兴趣，只要一谈起来，就问得非常细，还不时地插上一声诱人的脆笑。这是处女之声，我以前也听过。那些不洁净不纯粹的女人笑起来有一种成熟的、稍稍经过了掩饰的沙哑。而她呢，是泉水奔流般的爽亮。我试图将话题绕开一点儿，可她又总是绕回来。

"朱副所长对那个地方满意吗？"

我弄不明白她是指对勘察结果、对未来的新工业区选址满意，还是对那个地方的自然风光及其他满意。我理解为后者，就说："他很喜欢那个地方，有时真是被那里的风光迷住了。大海边上空气也好，尽管林子不多了，不过总还是比城里绿化得好，那个海边小城既有悠久的历史，又朴实……"

苏圆扭动了一下。她不安时就这样，不过这样一来就更显得吸引人。我实在无法忽视她的美……她显然懂得这一点，而且坦然自若。她像个搞过二百次恋爱的老手一样，一直用含蓄平静的微笑迎着你，永不疲倦。她打断我的话：

"朱副所长以前多次在那儿考察过，熟悉情况，要不怎么裴所长会派他去呢。当然所长更忙，身体又不好。昨天省长找了他两次……"

我想也许是他找了省长两次吧。裴所长把大量时间花费在对上汇报上，所里人人都知道他这一手。不过在吐血的朱亚面前，有人竟好意思说另一个人身体不好。一个美丽的女人不该露出贱相。"很可惜……"我说。

"什么可惜？"

我摇头："对不起。我在想这次勘察刚搞了一半，朱副所长能不能坚持下来……"

"这你就不必担心了。车到山前必有路。他就是现在休息了，也有人能顶上……他这人很倔，在不值得的事儿上也会撞到底……"

苏圆手插在牛仔裤的口袋里。她的腿真长。这个长腿小坏蛋的话让我烦了。我总是烦得不合时宜，烦在人生的岔道上。又快到春天了，那时浓浓的丁香花的气息会笼罩整个科研办公大楼。丁香花是一种奇怪的花，它是帮助女人击败男人、让其在醺醉中做出一系列错误决定的花。我那么喜爱丁香，可是理智却让我回避它。每个春天浓烈的丁香气味都让我冲动，让我不停地写出一首又一首歌。"你如果在春天跟我们跑一趟就好了……"我不知怎么代表勘探队发出了邀请。我想起了黄湘邀请那个杂烂小报记者的情形。原来男人都差不多。

苏圆真的高兴了。"啊啊，那也得所长同意啊，我一离开他就……"

她可能说的是"他就找"。我进一步吸引她："那里的春天是你做梦也想不到的。不要说河和海的颜色了，单说满海滩的槐花吧——我敢说你一辈子也没见过那么多那么密的一片，毫不夸张，就是花的海洋。到处都是它的清香味儿，浓浓的，你看了一生都不会忘掉……"

苏圆兴奋得把两臂举起，在头顶绞拧着。她伸展着修长的身子。这要命的身体已经非常完美了，她还不放过一切机会来促进自己。我不知道她将来要对自己怎么办。过分完美的东西肯定也会让人作难的。

朱亚的病仍然没有好转。他是在治病间隙中与我一起整理报告材料的。我想他这一段抓紧治疗，肯定是想在春天重新走出去。由于我们的频繁接触，黄湘有些不高兴。他有一次对我说："你成副领队了。"我的心跳了一下，我不敢让人这样认为。可我不知该怎样回答他。黄湘想把气氛缓解一下，笑笑说："老朱这人想来个最后一搏了，等着瞧吧。你还太年轻。"

我一句也听不明白。

"他想让平原上那个大开发流产，太不自量力了。说句老实话，这样的事情省里的哪一个头头都做不了主，别说朱……"

黄湘哑哑地笑。这种笑是典型的反派人物的一种笑法。我忍不住说了句："那就让科学做主吧。这么大的事儿，关系到千千万万人的命运，不能由哪个人的好恶、主观意志来决定。"

我这样说时，仍不敢肯定他的"最后一搏"是指阻止这个开发项目还是另有他指。这其中的奥妙太多了，我毕竟来这个所不久。一个单位好比一个湖，下面的漩涡太多。

黄湘再没有纠缠这个问题，突然问了句："听说你在看陶的书？"

"陶"是指过世的陶明教授。老教授是前任所长，去世已多年，生前生后都在学术界享有盛誉。他的书是某一方面的代表性著作之一，我在学校就读，现在不过是在朱亚的辅导下细细研修一下，这有什么？我唔了一声。

"那是老朱手里的一把钝器，用它打人。裴所长头上挨了好几家伙……我们可得躲着你了，小伙子！"

黄湘说话惯于夸张。不过这一回太过分了。他说完就走开了，我差一点追上他。打一仗才解恨。全部的血都涌到了头上，我不知该干点什么，定定地站了好久。

好多天我都不能安宁，朱亚觉得反常，就问怎么了。我没说什么。

我真怕他知道了生气。来这个所不久我就知道所长与副所长之间有严重的摩擦，但不知道为什么。后来终于弄清楚了一点，无非是老所长去世前后面临着新所长的人选，裴与朱之间有竞争，裴胜朱败，屈就于副手位置等等。不过我与朱亚在一起时，他从未言及，我也绝不会问这一类事情。这是世界上最让人烦腻的东西。我仅仅是从其他人嘴里的只言片语中明白了：当年的朱亚是老所长陶明最得力的助手，著作也多；而裴济只有几本通俗普及性读物。但据说他的行政管理能力强，所以也就当了所长。

黄湘与我有了那场不愉快的谈话之后，我自然而然地更为注意了一下裴、朱的关系。这使我进一步了解到，在陶教授去世后的长时间里，所长这个位置一直空着。陶教授长期在农场忍受折磨，死得很惨，对于他的死裴济负有不可推卸的责任。朱亚与自己的导师陶明有父子般的深情，他曾抱着死去的导师哭晕了过去。关于新所长的通俗读物，长时间以来就流传着各种各样的说法……

2

春天来到之前的这一段时间，是我多年来少有的一些不安甚至是痛苦的日子。首先是苏圆对我的拜访——以前她从来没有到过我的单身宿舍——她与我的长时间交谈不但不能使我最终愉快起来，相反让我兴奋中夹杂着极度的懊丧。我心中充满了矛盾。我察觉到她也处于矛盾之中。

她那红润的双唇微微张开，让我看到了洁白的、小小的牙齿。她从来也没有被吻过吗？她那对精明过人的、鹿一般的眼睛让人心里发烫，又让人有些惧怕。她的谈话有一半内容是关于我们勘察队的，而且常常要涉及朱亚。她对副所长过分感兴趣，就不由得让我有些警觉。无论如何，她也没有办法掩藏自己的倾向，她有意无意地维护着裴济所长！近来这个话题总是使我冲动。我也许要永远为这种冲动感到内疚和后悔。我有一次脱口而出：

"裴所长不过是写了两本通俗读物，唬唬你这样的小孩子还可以。再说就是这样的货色，他自己亲手写了多少还是个问题呢……"

苏圆立刻问我："你从哪里听说的？朱亚告诉你的？"

我马上否认："所里背后谁不议论？朱亚就从来没有提过这一段儿！"

接上谁也不吱声了。她很轻松地把我桌上的书搬来搬去。我看见她的胸脯在急剧起伏。她问我什么时候再走？我说当然是春天了，春天化冻了，勘察队才能展开工作。还邀请我吗？我迟疑着。我突然明白自己没有这个权力。

她走近了。当时我坐在小床边上。我把视线转开。我的心咚咚跳。她的手放在了我的头发上。那是非常乱非常乱、极少梳理的头发，也许还有点脏。它们都不太驯顺，硬倔倔的，因此梳理也没有用。任何一个婚前男性都有这样的头发，它们真是浓密而倔强。缺少异性友谊的男性就尤其有这样的头发。但是我似乎被告知：女性很喜欢这样的头发；如果是个活泼的女性，那么她就更加喜欢。

她的手在我头顶停留了有十几分钟或者更长的时间，为什么要这样我怎么也弄不明白。她在等待什么？我在心里说：天哪，你就让我这样感激着你期待着你；我因为激动，因为对一种奇怪的情绪难以抑制而一动也不敢动了……真让人想不到，她在关键时刻会是这么羞涩的女孩。她只是那么放着，像在考虑什么……

考虑结束了。这只手活动起来，先是插入发中，然后细细地移动。而这时她的胸脯正好对在我的脸前，离我的眼睛只有几公分远。我站了起来，嘴唇在急切地寻找……丁香花浓烈的气味把我们团团围拢。我仍在急切地寻找。

她躲过了我。

她摇摇头，只在我的额头上吻了一下。

"苏圆！"

她还是走开了。

我站在窗前看着。啊，她的身材可真美。她的头发在阳光下闪着光泽。她正头也不回地离开了我。我闭上了眼睛。这一瞬间我脑际突然闪过了一道海岸，想到了父亲。

……耳畔响起了哗哗啦啦的水浪声，还有人的喧闹、拉渔的号子声……我记起那时正伏在沙滩上看网绠上蠕动的人。不知是谁喊了一声，我一转脸看见了一只刚长成的小兔子，它在奔跑——可能是被号子声惊吓的，它慌慌地跑。我第一个跳起来去追它。它跑得越发快了，我与它只相差十来米的距离，而且很难再缩短了。我可以清楚地看到它的锃亮的眼睛、栗色的毛，两只耳朵在活动。它毛茸茸的身子多么可爱。它恐惧地逃。我穷追不舍。也许是它被追慌了，竟向着大海跑去。这样就离拉网的人近了。在离水边二十几米远时，它终于耗失了力气，越跑越慢，最后被我逮到了。它没有力气了，只是剧烈地喘息，我的手掌感到了它的心脏在咚咚狂跳，像要跳出体外。一群孩子欢呼着跑过来，我一抬头看到了从网绠那儿射过来一道目光……父亲正盯着我。我小心翼翼地护着它，躲开了围拢来的伙伴，把它放到了一片灌木丛中。

　　……

　　苏圆一连好多天没有来。我想念着那个时刻，还想念着另一件事。我不知该不该放弃最后的努力——再去那个坐轮椅的家伙身边一次？我深知他来日无多，这对于他和我、我们的家族，都是最后的一个机会了。好像有什么在考验我，考验我的韧性和承受力。我最担心的是这个春天随队下去之后，再也没有机会与那个顽固的老人对话了。也许在最后的时刻他会良心发现。我想该全面地讲述了，对他讲述这几十年里我的父亲、我的全家受了哪些折磨，是怎么熬过来的……我想让他动动恻隐之心。但我还是没有把握，不知在真的面对着这样一个人时还有没有勇气讲出那一切。多少年来，我一直回避着那个话题。

　　这些历史的石块太沉了，我宁可让它待在原地：心的深处。

　　这些折磨、犹豫，使我彻夜难眠。而且我即将面临着一个沉重的春天，这个春天我们将投入命运之战……我越来越明白自己还有朱亚一些人在做什么。我们的单薄的肩头要承担起没法想象的沉重。我们在保护一片平原、一片土地，它是我的母亲、好多好多人的母亲……这个担子怎么落在了我的身上？也许冥冥中有谁选中了我。我好像听到了那场决定命运的对话：

"让他去吧——就是他了。"

"他太年轻了。"

"可是他知道那是片什么平原。就是他了。"

我就这样被推到了前沿。我真不幸；不，我真幸福。可是我现在开始紧张了，手心里全是汗水。

春天在逼近。往常，每个春天即将来临时都让我兴奋。眼看着一个世界在焕发生机，谁也不能不为之动容。我对于自然界的任何一点微小的改变都有敏感的反应，总是能够不失时机地迎接初春的第一缕阳光。看着开始出动的一只小小的灰甲虫，我会长久地用目光追随它，预想着它将怎样翻过前边那个小土坝。当糙叶树悄悄地展开了毛茸茸的小叶片时，我紧缩了一个冬天的心也渐渐得到了舒展。快了，柳树快要泛出淡青，那种羞涩到令人难以置信的小柳莺又要跃动起来……我们的这个研究所也会飞起一两只小柳莺，它们有黑绿色的羽缘，有坚硬小巧的喙，有秀美圆润的小额头。谁也逮不住它们。它们在窄小的空隙里飞动自如。它们在一个个隔开的空间里无声地穿梭移动，遇到人立刻销声匿迹。那只最丰满的大柳莺穿了牛仔裤，从一个枝丫蹦到另一个枝丫，要捉它除非有一整面捕鸟网。我对这个将要来临的春天有了难言的心绪。不是高兴，也不是沮丧，而是一种特殊的紧张和由此带来的某种兴奋。我预感到今后这样的春天会不断地经历，像以前那样的纯洁明净、使人焕发生气的春天一去不再回返了。

裴济所长又找我谈话。我仍然未能免除那丝紧张。平时不常见到他，他不知待在了哪儿。对他的神秘感无法消除，我相信不少人都会有类似的感受。这回我坐到大写字台旁的一把木椅上，一眼就注意到了那对闪着陶瓷光亮的眼睛。他慢声细语，像在抚慰谈论对象。我无法不感到某种温暖。

"……这次下去，要对朱副所长多照料一些，你年轻，他有病，老同志了。野外作业习惯吗？"

"习惯。"

"那好的……这次勘察工作很重要，关系到国际信誉呢。这个开发项目在整个北方都是数一数二的。我们会尊重科学规律的。有人说我们这次只是提供个数据，实际上项目早就定了，很错误。有条件就上，没有也只得放弃，实事求是讲了多少年，难道还要怀疑这个吗？我们的结论只能在调查研究之后……"

我在这沉稳有力的语气中有些感动了。

结束谈话时他转身从柜子里拿出了两本书，装帧得极漂亮，原来是他新近再版的地质学普及读物。很厚，有分量。他签了名，又写了一句话：实事求是。

我谢了所长。

我得想法把它们摆到那个小书架上。陶明教授的所有书我都有，它们有些旧，而且纸质、装订都不太好。这厚厚两册新书放在它们旁边，它们的打扮立刻显得有些寒酸。我不得不把新书挪开——但放到哪儿都显得太亮了，周围的书不是太旧，就是太粗糙……而且它的印数那么高，这也是极其反常的。我知道陶明教授遗下的两部书稿至今没能出版，主要障碍就是难找一个不怕赔钱的出版社。朱亚直到现在还在为导师的这个事奔跑。没有结果。朱亚自己的著作也印不出来，他后来干脆不存奢望了。

春天马上就要来了。怎么办呢？我们怎么办呢？

我脑子里一闪过"我们"这个词儿身上就战栗了一下，"我们"是指哪一些人？我代表了谁？谁又需要我去代表？或者我把自己自觉地归于了某一类人吗？都没有，我起码是没有明确地想过这些……我想，"我们"大概仍然是指我们这个家族……是的，就是它在压迫着我，让我感到了这个春天的可怕的沉重。我在选择和权衡，脚踏在一条线上。这个春天啊，快快过去吧，消逝吧，快些化为一瞬飞走吧。

3

在半岛那个城郊的基地上，朱亚的情绪明显高涨起来。这究竟是因为摆脱了机关上的沉闷空气，还是来到大自然中的缘故，谁也不知道。好像只有我知道有什么沉沉的东西正无形地围拢了他。他与所有人不同的是：不谈往事。他好像只对眼前正做的事情有无穷的兴趣。我从来没有问起他的过去，怕引起他的痛苦。过去，即往昔的回忆，对于不同的人分量是完全不同的。我过早地懂得了这一点，很不幸。

黄湘这一次也要住在这一排排简陋的平房中了，听说上次他领几个人驻扎在城里，被所长批了一通。他毫不掩饰地把怨恨发泄到朱亚身上，说："如果他不回去汇报，谁又能在乎这种事呢！"他的理解非常特别，他认为谁在哪个基地是明摆着的，又不是秘密，问题是让领导"在乎"了。他认为只有朱亚具备这个能力。他分明是怀疑朱亚回去治病那一次把他告了。

朱亚听到类似的话很淡，只是吐出两个字：无聊。然后就着腰，兴奋地看着春天翻动碧波的海面，小声吟哦什么。他的稀疏的头发让人为之心寒。头顶前边差不多没了。脸色不仅发青，现在还有些灰暗，已经毫无光泽了。

我也不知道为什么会对朱亚说了这么一句："苏圆提出要到我们基地来玩。"

朱亚抬头看着我，停了一刻才回答说："那好啊。她是随便说说吧。"

夜里我们聊天，因为黄湘又去城里办事了，我的屋子没人来骚扰。朱亚从怀中掏出一个照片，我看到了一位可爱的姑娘的肖像。她圆脸庞，微胖，几十年前的服装，发型也是那时的。她的唇角留着一丝顽皮的笑，鼻子翘得重了一些。眼睛真美。我说："好！"

他告诉我这个姑娘当时只有十七岁。

我不问下去。他很高兴，所以他不紧不慢地说了："是我在野外作业时认识的。她普通得像一棵草，像那里满山的铁线蕨。她说要跟上我，天南海北都行。她就是山脚下那个小村的姑娘，没读几天书，从小跟在妈妈身边种麦子、拔草、绣花。她用半夜工夫给我绣了一双鞋垫，上面是花鸟，谁舍得垫在脚下。后来我作业完了，回了城……"

他到处翻，原来找香烟。他从来没吸过。黄湘的抽屉里有，他燃了一支，大吸一口又揉灭："我在城里找了个机关女干部。她迫切地追求进步。人很正气，也很好。我们一起过了这么多年，她给我生了三个孩子，不过我病了。她觉得我所干的这一切，即我的事业，是不太值得重视的。我想让她重视一点点，只一点点就行，她就努力地重视。不过她从来没有重视过……"

我从未见过他的爱人和孩子。有人说他的家属不喜欢这个城市，就只得他自己来回跑了。现在他年纪大了，成了一头病骆驼。

"我后来才知道，不是她不好，是我没有选择自己的同类。这个照片上的姑娘和我是一类。可惜明白过来也晚了，晚了三十年。这姑娘的名字叫'小水'。"

"小水！"

"对。你说小水多好。"他叹着，收起照片，蜷在小床上。

黄湘回城时我让他告诉苏圆：她不是要到基地来看看吗？欢迎，朱亚说的……他走后我才说不出地后悔——我真轻率。我不该让那样一个人捎口信。

一个星期之后黄湘回来了，离基地老远朱亚就看见了，说两个人拎着包，其中一个好像是女的。我听了心跳立刻加快了，可跑出一看凉了：那女的绝不是苏圆。他们嘻嘻哈哈地走近了，女的原来又是上次造访过基地的那个杂烂小报的记者。她大着嗓门向我们问好，拍打朱亚的肩膀："老科学家！"多么放肆。黄湘在旁边说："她这一回可真要报道我们了，这一回动真的了。"

这一下夜晚就热闹起来了。女记者喜欢串门，说是采访，实际上是胡扯。她埋怨这里不能洗澡，问我们怎么这么能挨啊！"城里啊，如今是疯了，越是小城市越疯。在那里晚上还用这么着？看录像、跳舞点歌……在帐篷里放黄色录像，常客是老头儿和姑娘小伙子。中年人不稀罕，中年人忙，是吧黄总？"

黄湘被叫成"黄总"，我百思不得其解。对方却愉快地接受了，答话："看常了也没意思……"

"看常了一点意思也没有。"

"一点没有。"

女记者亮晶晶的眼睛盯住朱亚："打扑克怎么样？'抓猪拱羊'？"

朱亚说不会。

面对着这种打扰，我有一种难言的痛楚。我一点也不怀疑，黄湘压根就没有想过邀请苏圆的事儿。这个春天哪，那浪涌一样开放的洋槐花简直处于疯迷痴癫状态。从基地左侧的丛林开始，一团团一簇簇的白花连绵了几十公里，一眼望不到边，一直向着东北方向蔓延。这是一场白色的燃烧，火势逼人。无论是谁都无法忽略它的存在，那强烈的气味把一切生命都熏染得沉醉了。这香味可以让人遗忘，让人留恋让人感激，却又不知为什么……蜂群旋着，在花丛的间隙、上空盘转舞动，像被一支奇特的魔棒引动着。蝴蝶翩翩，有绿的、红的，还有墨黑的。它们柔情脉脉地触摸着这个春天。

这片荒原补偿了我的童年。我用不着再三寻找，用不着四下张望，一步就可以踏于悄无声息的静谧。在这儿，我可以面对着一株新生的苦艾草轻声诉说。无边的原野，无边的宽容。多少生灵走过我的身边，它们抬起迷惑的眼睛看看我，唯恐打扰地走开了。金黄的迎春花旁是一株青生生的毛榛树，再一旁是光滑的、气宇轩昂的白杨。春花谢了，接着是夏果秋桃，野草莓染红了一群群孩子的嘴。彩色的鸟在头顶鸣叫，不远处的稀疏芦棵中站立着一只洁白的鹭鸟。灰喜鹊粗糙的呼叫使鹭鸟愣了一瞬，它抬着长颈四下看着。"呜嘟！呜嘟！"不远处回应它目光的，是一只谁也叫不上名字的鸟儿在啼。"呜嘟！呜嘟！"我忘记了一切，情不自禁地学着它的声音。在我的模仿中，一霎时丛林寂静，但也只是一小会儿，四野里突兀地响起一片不约而同的野物的讪笑——它们大笑着，毫不掩饰地大笑：哈哈哈哈……

事过二十年了，我耳旁仍能逼真地响起它们的笑声。我真想在此时把那种笑声学给朱亚听听。这是永远不再存留的平原和丛林的笑声，今天也许只能静静地倾听一点回响——像现在这样，一动不动地看着它，看着群群蜂蝶旋转。我想着这里的明天，真是不寒而栗。

我看着朱亚，大概仅仅是为了相互安慰一下吧，就把裴济在临行前的谈话复述了一遍：他鼓励我们尊重科学、实事求是。朱亚像是没有听到。我的复述起到了相反的效果，他显得更加沉重了。

"多么漂亮的槐花海！"朱亚叹息说，"真是漂亮极了……从这里往东、往北，几十平方公里都是如此！"他的手划了一下——他又忘记了这儿正是我的故地。

我故地春天的形象如同冬天，冬天是白雪压在枝头上，压在落叶和沙土上……我的这片平原常常幻化为一只肥美的、纯白的小羊，它在跳跃、咩咩歌唱，寻找生母和亲人，它从昨天叫到今天，跳到今天，突然迎面来了一只大手，它沾满了黑色油污，不容分说地抓住了它的脖颈，将其死死地按住。它一动也动不了，它只是"咩咩、咩咩"地呼叫……

朱亚每天工作到深夜，我一直陪伴他。所有新绘出的图表他都要一一核准，本来这个分工是黄湘来做。我说找老黄吧，他说黄湘来这儿不是干这个的。究竟是干什么的，我也不便多问。我们依然常常在深夜沿海边走走，遥望着斜对面那座城市。灯火在水面上摇动，直摇到脚下。"看上去，特别是夜间看上去，它真美。白天走进街道上就完全是另一种感觉了。很可惜……"朱亚说。

在他说这话的第二天，恰好我们一起进城有事。"去看看博物馆吧。"我们从办事的地方出来后朱亚说。时间还早，如果随便转转，当然去博物馆有点意思。不过这里的博物馆是解放前一家烟草公司的院落改建的，那建筑的气质不让人喜欢。城里几个好院落都毁得不成样子——最好的院落怎么总是这样的结局呢。

朱亚看得很仔细，有时凑得很近，戴上眼镜又摘下。其实他已经多次来这里了。我平时倒要尽可能地回避着这个地方，因为这儿的某种气息令我难过。

走在人影稀稀的院落里，我显得心绪不宁。这让朱亚一眼就看出来了，他抬头"嗯"一声。我回过神来，他又重新去看那些文物了。"这个陶罐呀，修复有问题……"他蹲下了。我毫不在意地走开……院落的那一边就是过去曲府的地盘了，可惜几经折腾已经面目全非。一开始那儿改成了兵营，再以后它的一部分又辟为拘留所，高墙上围了铁网，边角有了望塔；最后因为现代街道规划，大部分旧房子都拆了。可是我仍然能准确地指认它的中心位置。

几年前我曾悄悄跑到这儿来，凭吊和怀念。再后来又是远远地躲开。它一点也不能给我愉快，一点也不能……朱亚围着那只陶罐打转时，我早已匆匆地走了一圈，目光不时地往墙外搜索。那个地方盖了一幢高大而拙劣的灰楼，一看就知道模仿了东欧的建筑——很早以前的那种……挺丧气。

在博物馆的西墙近邻，我被一株探过墙来的油亮叶子给吸引住了。它细细的枝茎很长，可能是主干被墙挡住了，因此看去它像一棵斜生的小树。它很倔强，也很激动地看着我。我盯视着它，极力回想这是怎么回事。后来我的心口一紧，终于明白它看不见的主干肯定是被砍断了，它是从原来那树干的半腰或柢上生出来的……我四下里端量，啊，原来这博物馆不知什么时候扩建了，它的墙已经推进了曲府原来的地段。这正是那些被毁掉的白玉兰，是它的枝丫！

一棵棵高大的树木都没有了。不过它还是生出来，活下去。它是那些大树的枝丫。春天，它放出的浓郁的香气如同几十年前一样……

4

曲予对闵葵说：“我们飞出来了。可是我心里不会饶恕，不会……”

闵葵依偎在男人身上——她显得那么小，像一只刚长成不久的布谷鸟。这一路上她都依偎着，已经把惊骇的双眼闭上了。当它重新睁开时却溢满了惊喜和欢乐，早晨的阳光透过舷窗，勾勒出她小巧而清晰的轮廊。她头上因为负伤而剪去的巴掌大的一片毛发还没有长起，她就用一块花头巾包了。曲予偏要给她揪下来，眼神奇怪地看着那结好的疤痕。他可能惊异于她旺盛的生命力吧。"绝不能饶恕。"他说。

"可她是你的妈妈啊！"

"她是。可她想一槌把你打死，这是真的。"

闵葵不停地吻他，这样吻了一路。早晨，她在阳光下好好看了看他的脸，觉得真是无可比拟的英俊。她的手动了动他的鼻子，他睁开了眼："我在想她那一刻的心情。她为什么会这么狠呢？"

"不知道。也许她嫌我丑——嫌我……她的手还是轻了点儿，留给了我一条命。我听说有的大院里丫环勾上少爷，又不能割舍，主人就捏点药面把丫环毒死了。她老家来寻人，就说背着包袱回家了……"

曲予咬着牙关。他不吭一声。

"少爷！"她突然叫道。

他责备的目光盯了她一下。她掩上了嘴。

临上岸时，船长用猥亵的目光看了看他们，但仍然非常殷勤。"什么时候家还呢？"

曲予转脸看着闵葵。闵葵含着泪花摇摇头。

海北有曲府的产业，不大，但已足够安顿他们的了。他们知道这样不久曲府就会知道下落，但即便是绳索也捆不走他们了。曲予将多年的积蓄随身携来，正寻机会重新开辟自己的事业。现在他已经是有家口的人了。他开始试着做木材生意，后来又投资药材买卖，结果总算赚了一笔。

大约一年以后海那边传过话来，说如果他们能返回，过去的一切都不追究了。老爷和老太太日夜想念他们，老爷疾病加重，连一直是健康的老太太也病了好几场。他们无动于衷。

曲予有一天很激动，对闵葵说："我过去的同学和朋友要来看看你了。"闵葵慌得不知怎样才好。她试了好几遍衣服，最后选中了一身火红色的旗袍。

来了两个，都是久别重逢的同学，其中一个在曲予初来海北的那次旅行中给他带过路。他们看了闵葵一会儿，说她像丛林中的火焰。"火焰将把整个腐朽的世界烧掉，让它长出全新的春芽！"一个瘦瘦的、唇上有小胡子的同学说。

闵葵笑着。她对在男人耳旁说："他们净说一些怪话儿。"男人小声告诉她："不是怪话儿，而是书上的话，他们正看一些与我们完全不同的书。"

气氛热烈得很。最后朋友的神色才沉重起来。有一阵他两人都在桌旁踱步。还是那个瘦瘦的唇上有小胡子的同学问："难道就这样生活下去吗？"

曲予不能够回答。他的眉头紧蹙。

"我们其中的两位同志牺牲了……他们都不足三十岁。有一个你还见过。"

"谁？"

"……"

曲予回忆着那次长旅、那一次聚会。他觉得一颗心都被揪去了。"我能做什么？我能为你们做点什么？"他两手有些颤抖。

"你代表我们回到平原去吧。我们需要曲府，同志们需要。"

"可是我不需要！闵葵不需要！"曲予很固执。他眼中闪烁着愤愤的光。他觉得他的朋友提出的要求太过分了。

这场聚会不欢而散了。后来又有类似的聚会，都不太愉快。他与他们的分歧是：每个人都有权力选择自己的方式去帮助民众——只要是真正的帮助。他隐含的意思是，眼下有人正试图强加给别人一种方式。

那些夜晚他一次次地吟诵着屈原悲伤绝望的诗句。他明白自己是对的，虽然他还并没有做什么，这正是朋友们指责他的依据。

也就是这些长夜里，他想到了一个人……有一次闵葵病了，他寻到了最好的一家医院，这家医院是西医，可以给人动手术。这在整个海北还是仅有的一家。那个令人称道的大夫是个荷兰人，中年，蓝眼睛给人很忠厚的感觉。据说这个人救了无数的人，其中有一些是绝对需要帮助的穷人。他急急地扳过妻子的肩膀，郑重地告诉她：我想当一个医生。我要找荷兰人了。

闵葵赞成他的一切决定，无论是理解的还是不理解的。

第二天他就千方百计地去实现自己的愿望。费尽周折之后总算成功了一半：被应允在那个医院的消毒室做事。他接近那个人的机会多了。又过了半年，他终于成为荷兰人的助手。

曲予成了一个特别忙碌又特别幸福的人。他亲眼看到了工作的意义：成功地挽救生命。那个荷兰人渐渐喜欢上了这个小伙子，认为这是一个优秀的中国人，这个人不仅仅是聪慧——聪慧的中国人可太多了；这个人的优秀是因为他有比聪慧更为重要的东西，比如献身精神、责任感、宗教般的虔诚……荷兰人常常喜欢地拍打他的肩膀。

闵葵把他们那个小家收拾得有条不紊。她找到了自己最好的归宿。她什么奢望也没有。她不停地忽闪的大黑眼睛里只有男人、他的事业。每天她都设法做一点让他高兴的事：更动一下屋里的陈设、买回一件小东西、做一顿可口的饭菜……之后就专心等他，等一个称赞和欢欣。

一天黄昏，直到很晚了曲予才回来。闵葵焦躁极了。他走进门来，一脸的疲惫。"怎么了？"她害怕听到什么。他抚摸着她的头发：

"父亲去世了。刚刚传来消息，让我们快些去。"

"啊！走吗？"

"不……"

"那样就剩下老太太一个人了……"

"就她一个人吧！"

原来，接到这个消息时，曲予在医院南面的山坡上转了好久。他决定了什么，才回家告诉妻子……

他继续到医院去。他再也没有提起曲府的事情。这时他正努力学习荷兰语，语言上的进步使所有助手都惊叹不已。

大约又是半年多的时间，一个不大不小的变故让曲予为难起来：荷兰大夫要回国待一段，时间也许会很长，因为医院里的托管人都找好了，而且又从荷兰邀来了他以前的一个助手主持日常事务。曲予的学业正处于非常重要的关头，而且那个荷兰医生也舍不得这个学生。

好一段踌躇，曲予终于决定随他到荷兰去；如果可能的话，再携上闵葵。荷兰人同意了，但最后闵葵没有被应允同行。闵葵没有哭。她只好等待了。

　　曲予为她尽可能地安排好日子，让人照料她；为驱除寂寞，又为她找了一所女子学堂，她每周可以花上三个半天去识字练琴。

　　她就这样等了两年。这两年宛若二十年的漫长。她只从那个荷兰人开的医院里得到极少的一点消息，得知男人去荷兰不久就在老师的保荐下上了一所医科学校。她为他祝福，在心里说：菩萨看好了你，你是菩萨最好的孩子。谁也伤不了你，你还要给那些有病伤的人治病医伤⋯⋯

　　世上再也没有什么比一个好女人的祝愿更灵验的了。两年后曲予顺利归来。与他同归的还有那个荷兰医生。那一天是闵葵一生中最重要的节日。为了这一天，两年的盼望和等待煎熬都值了。她不停地泣哭，两只小手在男人开阔的胸前活动着。

　　荷兰人放手让曲予去做了。他在旁边看着这个年轻人，很兴奋。这个年轻人手术时刀法漂亮极了，手很快。简直无懈可击。

　　就在这年春天，海那边传来的消息又让曲予一怔：老太太过世了。

　　他有忍不住的悲伤。无论如何他还是悲伤。

　　那一天他没有吃一粒米，只喝了一点水。他走出屋子向南遥望。远处是一片山城的烟障，什么也看不到，更看不到海⋯⋯闵葵看着男人，握紧了他的手。"怎么办呢？"他问妻子和自己。

　　身个娇小的妻子答一句：

　　"我们回老家吧。"

　　"嗯。是时候了，你说得很对。"

5

曲府大院换了主人。归来的这个新主人急于做的事情并不是整理府内已经有些紊乱的事务，而是着手创办这个海滨城市第一所像样的医院。他把府内的所有事情都交给了闵葵，自己在外面忙，有时还不得不短期外出，到海北去找那个荷兰医生——他的恩师。

闵葵亲手给那几棵高大的白玉兰树浇了水，又整好了残破的花圃。每一棵树都留有她青春的指印，她从少女时期就生活在这个大院里。她对老太太和老爷仍有说不出的怀念。有时她一个人望着那些旧时的家具器物，比如那个精制的小手炉，忍不住就要流下泪来。后来她让人把它们都搬到一个旷敞的屋子里，集中到一起。那里有老爷和老太太的碳粉画像，他们的目光充满了怜悯，一动不动地注视着闵葵。"我的公婆……"她小声念了一句，蹑手蹑脚地离开了。

在曲予携闵葵走开的这些日子，正是曲府各地产业急剧衰落的时期。待曲予归来后，差不多有一半已经快要倒闭了。他没有心思去管，因为他正投入了一生中最重要的事业。他永远也忘不了昔日那些朋友对他的责备，耳旁常常回荡着他们低沉的声音。他决心选择一种新的生活，当他与闵葵讲起这种选择时，两个人激动得彻夜难眠。他们盘点了曲府的全部财产，一大部分拿出来办那所医院，其余的就分给了下人，让他们各自回去安顿自己。下人大都不敢相信这会是真的，他们感激不尽，跪谢后就离开了。但其中的几个无论如何也不愿走，他们说生生死死都是曲府的人了。

最执拗的是那个年轻人清滃。他木着脸看着，一声不吭地回到自己的住处躺下，一直病到该散的散去，这才走出来扫地提水，开始一个下人的日常生活。他对曲予和闵葵的劝说无动于衷。曲予说："清滃，你出去置一份家业，成自己的家吧，你年纪也大了。"清滃说："不中。"

　　还有一个比闵葵长得更为小巧的丫环，是老太太最后那些年召到身边的，叫小慧子。小慧子机灵过人，一双好看的大眼睛溜溜转，一个孩子。她无家可归，曲府也就不忍让她离开。

　　另有一位常居的客人。她是从老太太在世时就住在曲府中的女人，年纪和闵葵差不多，是本家的远房亲戚，叫淑嫂。她男人十三岁去了海参崴，从此一去不归；前些年还一直捎钱、让人捎口信，这些年一点音信也没有了。她长得清清爽爽，高高的个子，总是扎了油亮的发髻，全身上下没有一丝灰气。她只吃自己做的食物，每天都要洗澡，一天不知要用香皂洗多少遍手。她除了与闵葵说话之外，与其余人很少搭言。她第一个注意到闵葵有了身孕，就替她到厨房里忙，干一些杂事。在这之前她的大部分时间都花在书房中。

　　在大院里，除了闵葵，就只有一个淑嫂君临一切了。她懂得应该为这个重要的院落分担一点什么。曲予——叫少爷或老爷都会遭到拒绝，所以现在所有的人都不得不直呼他的名字——忙于他的"第一流的医院"，几乎早已对妻子疏于问候了。他注意到即将分娩的闵葵了吗？淑嫂说："让葵子到医院里生吧，再不用请接生的人。"曲予说那当然了。无论是清滃还是小慧子，对淑嫂都恭敬得很。有一次清滃对曲予叫了一声"老爷"，立刻被喝斥了一句。他在淑嫂面前哭了。淑嫂说："清滃，你为什么改不过来呢？"清溻说："不中，改了不中。""为什么不中？""因为他是老爷。"

淑嫂为大院的事不停地操劳，人都累瘦了。因为医院开销太大，外面产业收支吃紧，大院里的日常生活再不能那么阔绰了。她精细地打算，一个月的账目下来就给闵葵过目，闵葵不知怎么感激她才好。

闵葵到医院住下了。都说曲府的人就是高贵自己，生个把孩子还要到医院哩。初生婴儿的啼哭把个崭新的医院惊动了，都知道这是曲府老爷——院长先生的太太生了。他们千方百计看上闵葵一眼，离开时都说："太太挺小的，脸盘儿真俊。"曲予有了一个女儿。他在这之前一个月就给她取好了名字：曲绪。

从此闵葵的所有心思都在孩子身上了。她在海北女子学堂养成的读书习惯也终止了，现在顶多看看从大城市订阅的一两份画报。外面的风气已经十分开化，画报上不断出现一些外国影星的半裸剧照，有时还出现一些全裸的艺术摄影。她总是自己看，看过了，就全部锁好。有时淑嫂来借，她就说：让谁取走了。

医院给一个盲人做了眼科手术，那个人竟然恢复了光明。他高兴得在大街上手舞足蹈，说神灵转世了，曲予老爷是菩萨派来的神人。有人问他疼不疼？他说不疼，整个过程比拔火罐还舒服哩。医院的名声大振，接上又有了好几例小手术，都非常成功。对于那些穷人，只收取极少的费用；如果连这笔费用也缴不起，那就免费。而对那些富商、官府的人，却收很高的诊金。病人来自四面八方，最远的来自省会，甚至来自江南。医院的经济状况大变，设备也不断更新；如果不是后来的时局混乱，也许还会大大扩建。

曲予的名声已经超过了曲府前几代主人许多倍。他赢得了这个城市的普遍爱戴。当时好多派别支持的各种组织——妇女、码头工人、青年等行会，都邀请他去讲演。有的还请他担任名誉职务。他差不多一概谢绝了。只有几次讲演他是答应的，其中最重要的一次是出席外国人的飞机轰炸这座城市之后，抗敌协会组织的声讨大会。那一天讲演的人士有从省会来的高级参事宁周义，有当地政要；但最受欢迎的还是曲予。人们为他欢呼，他洪亮的声音一次次被巨大的声浪所打断。他不断地挥动右手，请他们安静下来……他后来从前几排听众中竟发现抱了女儿的闵葵——她旁边就站了淑嫂。他在台上发现淑嫂的大眼睛像星星一样明亮，正深深地注视着自己。后来他就尽可能快地结束了自己的讲话。

也就是这一次，他结识了高级参事宁周义。宁参事被邀到曲府，两人畅谈了很久，十分投机。简朴的宴席是淑嫂为他们准备的，连幼小的曲绡也为客人敬了一杯。宁周义把她抱起来，在她的脸庞上亲了一下。

很久以来曲府都没有举行这样的宴会了。而且破天荒第一次，曲予让府中所有人都参加。这一下清滆难坏了，他对前去喊他的小慧子连连说："不中！不中！"小慧子说："你不去才'不中'。"他还是拒绝，身上都有些抖了。当时淑嫂正在厨房里忙，小慧子就来求她，她扔下铲子就去了，说了句："别气曲先生了，快些洗洗手去吧。"清滆没说出什么，犹豫了一会儿，说了句："那中吧。"

淑嫂好不容易才让清滆相信"先生"与"老爷"差不多，甚至比后者更好听一些。开始清滆还是坚持要叫"老爷"，说他"不受用'先生'"。

淑嫂再劝，他才应下来，但私下里一有机会还是"老爷老爷"的。

这一天都喝了一点酒，淑嫂、小慧子和闵葵，也在曲予的劝导下喝了一点。晚上，宁周义与曲予在院中散步，他们不舍得那轮明晃晃的月亮。闵葵和淑嫂在屋里交谈，小慧子领上绮子出去玩了。淑嫂说："你是最有福的人了，曲先生这样的人，满世界上不会有第二个了。"闵葵说："瞧你夸的。他就是一股心思为民众做事。"淑嫂又说："你真有福啊。"闵葵说："我也承认。他去国外那两年，我差一点没有挨过来……"她好像突然意识到了淑嫂是一个人过，赶紧煞住了话头。淑嫂说："你太有福了。"

这天晚上她们谈了好久。淑嫂说她这辈子也不会离开曲府了——那个男人别说回不来，就是回了也领不走她。那个人让她冷透了心。她如今是曲府的人了，一生一世都是。她在心中一直这么看，并把闵葵当成亲妹妹看。闵葵哭了："天哪，淑嫂，我真是个有福的人。我从小没有亲人，先是遇上好心人救下，接上又遇上先生，现在又有了个姊妹。我这辈子过得真值。我再不会抱怨什么，遇上什么不好的事都不抱怨了——我这话是真的。"

淑嫂在透过窗棂的月光下看到了她脸上的泪珠。淑嫂为其擦去，又握住了她的手，说："我担着心，我怕你嫌我……我怕……"闵葵惊得大睁了眼："好姐姐，你怎么这样说？你别说……"淑嫂闭了嘴。她还是握着闵葵的手。闵葵叹息着："我早把你看成亲姐姐了——也许还进一步，看成和我自己差不多呢！"

这一回是淑嫂流出了眼泪。她怕对方看到，悄悄地转过身。这时正好两个高个子男人散步回来了，他们正向这边走来。皎洁的月光下，一切都非常清晰，玉兰树的叶子上有晶莹的露珠。她看着那两个一边走一边交谈的男人，她的目光渐渐只看曲予一个人了。

6

　　曲绡长高了。她已经从全城最好的一所学校毕业，现在正考虑是否到外面继续读书。她的个子差不多赶上了淑嫂，身形也有点像。曲绡上学时就漂亮得引人注目，有很多人为了看她一眼而守在操场的铁栅上，一待就是半天。说不定某一天下午，她要出现在这儿练投掷。她上学和放学都由淑嫂和清漪陪伴，她知道自己太拖累人了，就倔强地坚持一个人走，但淑嫂总是跟上她。她自己都分不清离母亲近还是离婶母近，直到很大了还像个孩子一样伏在她们怀里。

　　她暂时结束了学生生活，不知做点什么才好。她替父亲整理图书，帮母亲和淑嫂做点杂事。曲予走进自己的书房，就说这是他看到的最干净、最有条理的书房了。过去淑嫂也把翻在桌上、茶几上的书籍整好，给架子擦擦灰尘等等，但曲予从未赞扬过她。他在书房中一待就是多半天，有时从医院回来很晚了，还要在书房中翻检资料，抄写到午夜。淑嫂和闵葵都来催促，他仍一动不动地坐在灯下。淑嫂于是让曲绡去一次——这个高个子姑娘走出书房时，一只手总是牵上了笑吟吟的爸爸。

　　淑嫂教会了曲绡绣花、裁衣服，还教给她怎样做园艺。曲绡把大院中那个花圃包下来了，常常在圃田里从早一直待到天黑，花畦中再看不到一个大些的土块。她把那儿弄得平整极了。花圃的一半过去荒着，这会儿她就开辟成为菜园，亲手种出了韭菜、黄瓜，园中还结出了西瓜和南瓜、西红柿等。花圃中有一支大遮阳伞、一把白色的铁椅，那是她累了读书用的。

平时小慧子跟她一起到花圃中来，休息时她总想教对方认字——"你如果认字了，就能像我一样读书了，它会给你最大的愉快。"小慧子一个星期的时间才记住了三个字。曲绪终于失望了。可是小慧子对于动植物的知识多得惊人，她差不多认得出看到的所有小虫子、草、花和树木；而且她记得住很多故事，每天都要对曲绪讲上一两个。"你从哪儿听来的呀？"她答："从老太太那儿、我妈那儿，还有淑嫂、大院里的叔叔婶婶们那儿……"

战事在平原上蔓延，几乎每天都传来一些消息，让人不安或激动。街道上每天都嘈杂混乱，曲府内不得不有所提防。曲予请在医院养伤的战士教他使用枪支，最后又搞来了几支枪，让清漂几个人都武装起来。后来官府不知出于什么考虑，专门派士兵保卫医院和曲府。曲予坚持让曲府四周的游动哨撤掉，当局不同意；他再三拒绝，最后总算撤去了。

一批批伤员运进来，医院忙得不可开交。曲予让淑嫂和小慧子等都来医院帮忙做护理工作，平时也吃住在医院里。一开始那些伤残的年轻人让新来的两个女人不敢正眼去看，有时吓得尖声大叫，后来见多了也就适应下来。

淑嫂除了做好自己的分内工作，其余时间都用来照顾曲予了。她发现这个英俊的男人开始放弃整洁的习惯，不刮胡子，不更换脏衣服，有时就伏在写字台上睡去……她亲自过问他的起居饮食，让护理班的女护士为他搞一顿像样的饭菜，还看着他把最后的一口汤喝掉。

曲予办公室是一个套间，外面是办公间，里间是一个小床、一个直顶到天花板的书架。这本来是他午夜休息的地方，现在就成了他的家。他已经记不起自己有多少天没有回去了，身上的衣服一直没有换洗。有时他刚刚睡着，又要被值班的医生叫醒。当然这是迫不得已。有一天他刚从病房里回来，一看表已经是深夜一点了。迈进办公室，立刻闻到了一股诱人的饭香。原来桌上是一个扣碗，打开一看，是一碗掺了肉丝的麦片。他抬起头，见淑嫂从里屋走出，手里捧了一摞换洗的床单等。"新洗的衣服放在床上，今天就换下。"

她坐在旁边，看着他吃下夜餐。

"闵葵和孩子呢？"曲予问。

"她们让你别挂念，一切都好。清漓守家也上心。"

他发现淑嫂的脸色有些黄，正想嘱咐她几句，她已经离开了。他早已发现了淑嫂那对火热的眼睛，但当他的目光转过去时，她赶忙慌慌地避开了。"这是曲府没有爱护的一个女人。可是她把一生最好的时光都给了曲府……"他心里默念过这句话之后，眼睛就湿润了。

第二天，淑嫂端着一些消毒的针管下楼时，头一晕摔在了楼梯拐角处。她从好几级台阶上滚下，头碰破了，玻璃器皿的碎片又扎破了她的皮肤。当小慧子慌慌地喊来曲予时，她已经被抬到了治疗室，并且刚刚苏醒。她的头伤被处理过了，胸前一片伤口还在渗血，一小片衣服都被染红。曲予问为什么还不快些裹伤？那个中年大夫说夫人不让，不让动她的衣服。"荒唐！"曲予跺着脚走上前去，可淑嫂两手捏紧了衣领。她说：

"我自己，我和小慧子会上药。"

"真是糊涂得可以！"他去动她的手，发现这手像铁钳一样紧……他回头看了看，悟到了什么，说了句："那你们出去一下吧……"

人走光了。连小慧子也走开了。

淑嫂闭上了眼睛。

他把药棉、小剪刀等东西用托盘端到近前，把她的手挪开……玻璃碎片嵌在肉里，有一两处伤得很厉害。那需要用一把小镊子一点点夹出碎片，需要用棉花蘸了药水清洗伤口。他担心她受不住。她闭着眼睛。

他不得不把她的内衣脱掉。那洁白的皮肤让他深深地吃了一惊。作为一个医生，他不知见过多少赤裸的躯体，可是如此完美的肉体他还是第一遭见到。一颗心狂跳起来，持器械的手在颤抖。好费力才做完了清洗，他额上渗满汗粒。淑嫂只是闭着眼睛，没有呻吟一声。

他开始给她包扎。

一切即将结束了。他擦擦汗水，从旁边取过一件护士服，想替她换下沾了血的衣服。他不得不一手托起她的身子，一手给她轻轻扯下衣袖。他的脸离她很近很近，他完全感到了那热烘烘的肉体，它的特殊的气息，这气息碘酒味儿都遮不去。就在给她换上衣服，一颗一颗系着纽扣时，他的目光又一次触到了那两个羞涩的乳房。

他伏下身，轻轻地吻了它们。

淑嫂紧闭的眼睛溢出了泪水。

像怕惊动了她的睡眠一样，他蹑手蹑脚地、几乎是后退着走出了这间屋子。他被羞愧紧紧地压迫着。

小慧子待在走廊尽头，她睁着一双受惊的眼睛看着他。他的嗓子不知怎么哑了，沙沙的声音吩咐："进去陪她吧，不要离开她。"

后来每一次换药都必须由他亲自动手。淑嫂拒绝任何人看或接触她赤裸的身体。他每一次都小心翼翼地躲闪着什么，目光不敢触及。

伤口愈合得很快。除了皮肤的颜色暂时还未变之外，基本上没有落下疤痕。他站在病床前，"这是最后一次换药了，"他为她轻轻搽拭。她的身体在战栗。她的手急急地握住了他的胳膊。器械掉下来。曲予粗重的呼吸使自己害怕。淑嫂欠起身子吻了他，有些气促："你……我有多么坏。"曲予无声地抚摸她，后来紧紧地拥在胸前。"我是你的人，你把我扔了、杀了，随便怎么都行……"淑嫂的泪水一下子涌出。曲予觉得一个人有这么旺的泪泉真是个奇迹。他一句话都未说，把她放平到床上，重新上了一遍药……

第二天淑嫂就离开了医院。小慧子告诉曲予：她见淑嫂往大门走去了，喊也不应。她走了。曲予听了急忙去追，直追了好远才发现她是往曲府走去，这才安下心来。不过他还是站在那儿，直看着她一步一步迈进大门。

曲予觉得那么疲惫。整个一天他都躺在床上。小慧子看了，不让任何人打扰他。他一个人在极力回忆，回忆第一次见到淑嫂的情景。想不起。以前，几年以前他还从来没有注意过她，她总是与闵葵和小慧子在一起。

他已经习惯于她的存在了。"真对不起……"他在心头闪过一句，不知是针对闵葵还是淑嫂。

几天之后，闵葵来接替淑嫂的工作了。

曲予有些吃惊，但不敢细问。闵葵告诉男人，淑嫂累坏了，要歇息几天。这里的活儿可真累人啊！闵葵一看到那些受伤的人流血就吓得哭——这眼泪长时间不能停歇，有时回到屋里就伏在男人的胸前哭。她越哭越厉害，全身抖动，终于让曲予觉得奇怪了。他扶起她的脸看着，她止住了哭声。

"你都知道了？"

闵葵点头。

"我原想在这个周末告诉你……你随便怎么罚我吧，趁着还没有走得太远……"

闵葵抚摸着曲予阔厚的胸脯，抖得牙齿磕响了。她一声不吭地贴紧了他。

"你说呀闵葵。"

闵葵抬起头："……淑嫂是个好人。我原来就担心的事儿发生了，不过是这样。那天她回去就哭，饭也不吃，哭过了就收拾东西。她说要走了，再也不能待在曲府了。我拦住了她，说天塌了也用不着慌，天塌了吗？她说这回天真的塌了。还是哭，不住声地哭。我反复逼问，她就说了，说是她把你看成自家男人好几年了，打绪子出生前就这样看了，没有一点二心。她只是怕伤了我……"

曲予听着，一下下抚摸着她的头发。

闵葵说下去："我真想杀了她，想让她提着行李一去不转身……我的手一松，她就走了。我看着她的后背，心想也该雇辆马车送送……这么想着心上一难受，就把她追回来了。俺俩抱头哭了一宿。我知道淑嫂也太苦了。我寻思，像你这样的人，别人都是三房四妾了，你心里疼我，就我自己。你从来没生外心，我不成全这事儿谁成全？我天亮时对淑嫂说：你今后就好好疼他吧，疼他就是疼我……"

曲予把她抱起来。她真小，像一只羽毛光洁柔顺的小鸟。他把她紧紧地贴在身上。

7

八司令像荒地上飞翔的一群秃鹫，阴影遮住了绿色，各种小生灵都销声匿迹。荒芜中一片寂静，只有秃鹫们拍打双翅的恐怖。

不断传来惊心动魄的一幕，从平原到山区、再到城里，午夜里孩子不敢啼哭。那些穿黄衣服的吃饷的人都哪去了？他们的枪真是泥捏的？这样一个番号那样一个番号，肩膀上有金光闪闪的金属片，难道这都是弄了玩的？只知道在广场上阅兵，在街头上喊口令，等到一群妇女被土匪掠走、一群老人孩子被枪杀在土沟边上时，他们都无声无息了。一场大霜落在城里，人一走动就踏下一道黑印。一队队士兵抱着枪踟蹰，从傍晚走到黎明。他们在警卫自己的司令部、军械库、海港和医院军营，而不是为了黎民百姓。真的有零星土匪窜来城里做上一两件血淋淋的事儿，扬言要把城里的"娇娃"撵到沟里冻一冻。他们说要摘下官军头上的帽子给司令撒尿。怎么说都可以，如今当兵的都没有脾气了。

曲府已经几次收到恐吓信了，信上让他们放得聪明一些，别光顾给人治病救命，丢了自己的命。恐吓信不让他们的医院接收伤兵，也不允许给某些部队运送医药，不准参加一些抗敌组织的活动。这些信如果落到曲予手里，他就把它扔进马桶冲掉；如果落在家里人手中，就引起一阵骚动。闵葵和淑嫂吓哭了，她们都让他躲一躲——那个医院如今已经可以离开了，新一茬大夫都成长起来，该是他撒手的时候了。她们又劝他到外面的商号和钱庄上住一段，有一次还为他订好了去海北的一等舱包间。

风声非常紧。但无论如何这座城市还不会轻易放弃，它的战略地位太重要了。不断有一些主张奋起抗敌的著名将领到这里来视察，一些政客也留下了他们的足迹。一位有名的将军在城里住了十几天，他那张非同一般的阔脸让不少市民记住了。这时新任港长名叫金志，以前在将军的部队呆过，他曾求见将军，但被拒绝了。金志的背景非常复杂，能在这样的时刻担当这样的重职，人们都估计是省会里有关系。驻港守军不属于港长，但事实上他对这支军队有绝对的控制力。

金志说他极为崇拜宁周义，所以一到任就来拜望曲府——他说宁周义也是十分推崇曲府的，特别是对曲予先生多年来致力于革命事业的一番功勋，在上层也是有口皆碑。曲予对港长礼遇有加。但他第一次接触就明白了，这是一个武官，虽然有港长的头衔。这个人粗鲁，修养极差，有几分假豪放——曲予凭多年的处世经验得知，假豪放是非常值得警惕的，这样的人往往在关键时刻胆怯而卑劣。

他邀请曲予经常到港上做客，曲予答应了。

这时的海港实际上已经变成了军港。客运显然仍在维持，但已经有诸多限制。那儿成了戒备森严之地。

有一天曲府接待了一个英姿勃发的年轻人。曲予注意到了他那一对含而不露的双目。他对这个人的来历并未细问，但自己完全知道介绍他来这里的人属于哪一拨。曲予对那一拨人的情感有些复杂，但心里对他们大致还是佩服和赞同的。

年轻人企望他插手的事情非常棘手。因为不通过一些要害人物就不可能成功；而一旦那样做了，就违背了自己的信条——他曾发誓不介于党派之间的争执，因为他在心底确认，这些争执曾经演化成、将来也必定演化为更为残酷的拼争。后果将非常严重。而且他预想过一个结局，从来也没有对人提起过。

踌躇一阵之后，他还是决定亲自去找一下港长。那个名叫殷弓的人就是由驻港军队逮捕的，如今就押在那里。港长金志当然绝对有办法营救。金志对曲予的事情有求必应，唯对这件事却不敢一下子应承。这时他的假豪放又开始了，大手拍着曲予肩头说：“不瞒先生，那个人上峰恨着，我如果放人，迟早也要倒霉。不如安排一场逃脱——让人在半夜将他抢出来，我深夜两点大搜捕。只有两个钟头的出城时间，他跑也就跑了，跑不成再也没法，只得押到省会去……”曲予答应了。

这一段时间，那个年轻人时不时地出现在白玉兰下。他在下午橘红色的阳光下转过脸去——只一瞥就看到了曲府的小姐。

曲绩记住了那一双目光。她低头继续在花圃里剪枝。后来手被玫瑰的尖刺刺破了一点点皮儿，旁边的小慧子飞跑到屋里，取来一块纱布……那个小伙子就站在不远处，他觉得这一切何等有趣……

可惜第二天小伙子就离开了。

"他是谁？"曲绩问母亲。母亲说："问你爸去。"

她从来也没有问过爸爸。在她眼里那是个不同寻常的人。她马上有个奇特的感觉，就是还会见到他。不过她谁也没有说。倒是小慧子后来告诉她：那个人是从省会来的，叫宁珂。"再呢？"当时她正在书房的一张大藤椅上读书，头也不抬地问。小慧子的年龄并不比她小，只是活泼得像个顽童，那会儿眨着一对过分大的眼睛说："再不知道了，让我再问问去。""你算了吧。"

她好像比以往任何时候都更喜欢读书了。没有人知道她是怎样读书的，只是见她捧着一本书。其实她大部分时间只是翻看着。如果喜欢一本书的装帧，她就多翻几遍；随意地瞥上几眼，不一定碰到的哪几句话让她兴奋起来，然后就缘着这几句话想象下去，想得很远很远……她总是在花圃边上那个小书房里，因为从那儿的大落地窗前可以望到整个南院的空地，望到白玉兰树。

不久她就从淑嫂那儿弄明白了关于那个小伙子的细节：这个青年人是专门来搭救一个人的。那个人被救出时已是多处负伤。在医院里简单包扎时，来不及施用麻药就给他缝一道伤口，他面不改色……淑嫂说："你知道吗？这个人要组织暴动，就是起义。"

从此曲绩再也忘不掉那两个人：救人的和被救的。

不到半年的时间，平原和山区又多了一支武装：八一支队。关于他们的消息让曲府格外激动。曲绡认为那两个人都是这支队伍的。曲府里常常来一些达官要人、腰缠万贯的商人，也来一些非常神秘的人。后者往往不声不响地住下，大白天一般不出入大门。他们常在书房中与主人说话，讨论问题直到深夜。有一次曲绡发现了这个秘密，问父亲，父亲不答；问淑嫂，淑嫂说他们是哪儿来的——其中有海北的，也有八一支队的。绡子立刻兴奋起来，她问那个被父亲救出的人来过没有，淑嫂说没有。"都是他的交通员来，他很忙，他是队长，就是司令官呢。"曲绡"哟"了一声。

淑嫂说过那话不久，可能也就是一个多星期之后，那个曾经深深感动过曲绡的人真的来了，他就是殷弓。当然，一开始谁也不知道，他一个人住在厢房里，用餐时不进大厅，而是由闵葵或淑嫂亲自去送。曲予每一次会见他之后都非常激动，有时还有点愤愤然，会莫名其妙地发火。这终于引起了曲绡的注意，她明白有什么重要客人光临了。

"那个人的脾气很大，他们谈不拢。"淑嫂这样对闵葵说，被曲绡听到了。淑嫂往外走时，曲绡问："'那个人'是谁？"淑嫂悄声说："殷弓。"

曲绡怔住了。那个八一支队的"司令官"已经在心中被她神化了。她站在那儿，淑嫂走了老远都没有察觉。

当天下午，她捧着一本书，激动不安地来到了那个人的厢房。她想看一看这个平原上的传奇人物。当时殷弓正在懊恼，用左手撑住前额，坐在那儿出神。门没有关。她站在门口，叫了一声："先生。"

殷弓敏捷地转脸，又"啊"一声站起。

这个传奇人物如此瘦弱，脸色蜡黄，一双眼睛死死地看人。曲绪真想不到。

"你是曲绪吧？请进来！"

声音很干脆，有点像命令。她马上随声走进来；他一声"请坐"，她又坐在了椅子上。他难得一笑，笑的时候她才敢讲话。"你多么漂亮！"他说。

她的脸立刻红了。

"多么漂亮！"他又说。他站起来，踱到窗前，看着那些高大的白玉兰树、花圃里的鲜花，"多么好……战争啊，战争是不可避免的……然而！我们的队伍……"

"我们都很崇敬八一支队……"曲绪不知怎么说了这样一句。

"哦哟？！"殷弓像跳了一下似的转过身来，看着她，目光里盛满了惊喜。

"听说你负伤都不叫一声……"

殷弓激动地把嘴角用力抿了，说："无数的先烈为民众的利益倒下了，鲜血灌溉了平原。我们的胜利是钢铁的信念……"

曲绪不太懂。但她在对方严峻的神情和举起的拳头的感染下，自然而然地流出了泪水……后来她又听了一两个战斗故事，发觉时间太晚了，就离开了。

这之后，她每天里都要来一次。她发觉对方那对有些尖的眼睛变得明亮了。有好几次她想打听那个姓宁的小伙子，话到嘴边又咽了回去。

眼前的这个人是南方人，偶尔带出浓重的异地口音，很好听。他激动时，脸上的肌肉就要抽搐一两下。她想那肯定是受伤的缘故。

最后一次，他告诉自己就要回队伍了。"我们与你父亲仅仅是朋友的关系。也许我们要求他做的太多，也许他做得还太少……"

曲绪听不明白，但马上不解地问了一句："他不是冒着危险救出了你吗？"

"聪明的小姑娘！"殷弓走上前一步，拍打了一下她的头发。

从来没有任何一个人敢于这样。她退开了一步。"我走了。也许我们再也不能相见了，请你记住我们的友谊……然而……"殷弓脸上的肌肉剧烈地抽搐起来，终于让她不忍看下去。她赶忙把脸转向一边。也就在这时，对方的手触到了她的手背，接着是她倏地抽回。可是他的手不愧是一双战士的手，飞快地逮住了它，紧紧地握着，不停地抚摸起来，连连说："我会怀念你的，一定会的！我永远不会忘记，永远！……"

曲绪不顾一切地挣脱了，跳到门外。但她没忘说一声"再见。"她一口气跑回了自己的屋子，紧紧拴上了门。她的胸口跳得真响。她的头发都湿了。"革命党多么可怕啊！"她悄悄地吐出一句，眼泪出来了。她以前好像听妈妈说过，那些来搞军火的人都是"革命党"……她这会儿连呼吸都变得轻轻的。

"那些革命党啊，多么可怕！"她后来常常这样站在窗前，若有所思地自语。

8

土匪小花的队伍被八一支队打散了，这在其余的七个司令中间引起了巨大恐慌。从拉杆子的那一天他们也没有这样慌过。"狗娘养的有机枪哩！"土匪们嚷叫着，再轻易不敢与那支队伍过招。他们怎么有了机枪？司令们的说法不一，互相见了都猜测。他们一致认为是八一支队从英国海关那儿搞来的——英国人那儿有两挺，可惜下手晚了。

关于英国人的那两挺机枪，传说实在不少。不少土匪打它的主意。人人知道：如果哪支队伍有了那家伙，就会在山区和平原威风几年，说不定吃掉其他几支队伍，当上这块地方的人王。有个叫"李胡子"的独身大侠，专门杀富济贫，是穷人敬重的好土匪。传说他就去海关上抢过那两挺枪，一交手才知道那枪已被什么人搞走了，结果本领高强的独身大侠还是空手而归。

土匪司令金腰带白忙了一场，落得众人耻笑，这倒是真的。小花和另一个土匪司令老干姜都知道。那天是个雷雨之夜，金腰带领了最利索的十几个兄弟摸进了海港。守港的队伍与英国人的海关是两搭子事。金腰带他们没打一枪，主要是使用了杀猪刀和匕首。几个雇佣兵吓得跳了海，其余的没敢应一枪。击毙了一个英国带兵的瘦高个子，割了他的耳朵，啪一下扔在关长太太跟前。她男人从后窗跑了，她太胖，跑不快，就给逮住了。"机枪？！"胖太太摇头。"我日你妈日你！"金腰带大骂，旁边的人还用刀子吓唬她。怎么都没有用。金腰带认为所有女人都是极重贞节的，于是就解自己金子做的皮带扣子。胖太太还是摇头，他就强奸了她。在女人的大声呼喊之中，他又喊过来几个土匪。最后胖太太还是摇头。直闹了半天他们才明白上当了：早在他们下手之前，那两挺机枪已经被另一支队伍搞走了……

土匪们之间传得绘声绘色。他们说金腰带是个多么愚蠢的人，人家胖太太本来就把那种事看得很淡，他这一来正中下怀，还以为洋人会告饶呢。总之金腰带逞能半辈子，这一下让胖女人打得落花流水……这当然是夸张。后来才从海关做事的人口中得知，金腰带那一伙走了之后，胖太太就回国了。她虽然没有寻短见，但仍然在心中留下了无法平复的创伤，发誓永远不再随丈夫出国。

八司令好戏连台，一个胜过一个。他们都急于成个"头羊"，互不相让。几年时间几支势力起落消长，有时互相残杀，最后能搞较大行动的只有老干姜、金腰带、野猪和麻脸三婶四支队伍。其余的刺猬、小花、鱼精、水牛皮四支，已经时隐时现：没有合适的机会就散入民间，打铁、做买卖、种地；有了机会，传个话儿就干，枪平时藏了。他们都采取了刺猬那支队伍的方式。小花的巨大损失让几个司令警醒起来，他们终于聚首商量，怎样合力收拾那个队伍。"听说领头的是个南方人，正规部队下来的，读了不少兵书……"已经有些衰老的老干姜议论起来。他说这话时不停地看一个头上包了黑布，又丑又老的小老头。那个人其实正是有名的女匪司令麻脸三婶。她不停地吸烟，牙齿乌黑。这时候她的队伍是鼎盛时期，因为她有三个能干的女儿。三个女儿各领一支，合手做事，总的方面又听令于麻脸三婶。她们女扮男装，抽烟挎枪，戴礼帽或鸭舌帽。其中最有名的是小三女儿，外号"小河狸"，刚刚十七岁，却已是"功名赫赫"

了。麻脸三婶现在是众匪仰视的时期，她熬出来了，不正眼看人。而在一年以前，老干姜的势力远远超过她。

　　麻脸三婶对于各种建议都不理不睬，只是吸烟。其实她心里正在琢磨事儿，想自己干点什么。她还没到吓破胆的时候。

　　"谁也别横在岔道口上。谁敢那样，老娘就给他裆里打一枪。"

　　麻脸三婶总是出语惊人。不过没有一个司令不明白她的话是什么意思。有一回三支土匪队伍跟进剿的官军干上了，麻脸三婶的队伍打西路，老干姜和野猪的队伍打北路和南路，这样设法往山里撤。想不到后来老干姜和野猪半截上都溜了，结果官军切断了南路，把麻脸三婶的队伍逼到了海边丛林里。要不是林子密，她的队伍那一回就全完了。她这时一念旧账，老干姜和野猪就一声不吭了。停了一会儿野猪咕哝了一句："婶子咋说都行。"

　　野猪又粗又矮，像老干姜一样，不识字，二十岁就当土匪，近中年才干上头儿。他两个虎牙特别大，嘴唇都合不拢，再加上鼻子上方有几条深深的横纹，看上去真像一头野猪。他打起仗来英勇无比，身先士卒，但也出奇地凶狠。上一年里就是由他的队伍血洗了一个村子。他为了壮大实力，曾有一个又新奇又大胆的想法，就是娶麻脸三婶一个女儿，随便哪一个人都行。他让麻脸三婶的一个亲戚去为他说合，还把几年来积起的珠宝挑了一两件献上。结果麻脸三婶接过珠宝，一下子扔进了茅厕。野猪知道了这个消息恨得牙齿发痒，发誓报复。但他一见了麻脸三婶，还是想念起她的女儿——他曾经见过小河狸。想起小河狸，他心中就有些不能忍受。

他又重复一遍："听婶子的啦。"

麻脸三婶站起来，吸进的一口烟徐徐吐出。就这样匪首们的聚会结束了，没有任何结果。

麻脸三婶的卫兵牵过马来，她利索地上了马，抽一鞭子，先于其他几个司令奔驰而去。

几个司令望着腾起的那一道烟尘，恨得直叫。老干姜说："我是老了。早上十年八年，她还不是我胯下的物件？"

金腰带咂着嘴，赞同几声。野猪不吭。

这个冬天出奇地寒冷。大地无雪，整日被严霜覆盖。传说八一支队这支穷人的守护神与官军交了火，受了重创，又与外国军队打了一仗，眼下正退回山里休养。

这个消息使不少人感到绝望。曲府也听到了，最难过的就是几个女人。她们都觉得那是一些好小伙子，虽然其中只有一两个让她们见过。后来交通员来了，这是个姓刘的年轻人，外号"飞脚"，因为他能日行百里，不必乘车骑马。大家赶忙问部队的情况，他说失利的事是有的，不过在传说中被夸大了。如今的部队嘛，待在一个地方了——那地方保密。

飞脚是与曲予来往最多的一个人。这除了因为飞脚是那支队伍上的，还因为他本身就有一种使人着迷的特殊能力。几年前他第一次出现在曲府时，曲予就曾兴致勃勃地扳过他的脚掌看了一番。不少人传说他脚心处长了浓重的毛发，飞跑起来可以脚不沾地。曲予以一位著名医生的严谨态度考查了他的脚，又用听诊器听了他的心脏和呼吸系统，结论是一切正常。特别是那双脚，瘦削单薄，脚趾甲、脚心的纹路，都与一般人大同小异。曲予哈哈大笑。

飞脚因为常常来往于山区和平原之间，有时还去东部的另一个城市、去海北等等，所以就能不断传来一些新消息。他讲出的故事也特别新奇有趣，曲予乐于倾听。这样久了，两人就有了友谊。无论曲予多么忙，只要通报说飞脚到了，他都要放下手里的事情。

"这回你给我好好讲一下支队的情况。"曲予很关切地说。

飞脚皱皱眉头："问题真的严重了。队伍受到了外国人和官军夹击，这在过去是不多见的……"

曲予思索着："这说明了什么？"

"说明什么？说明我们发展得太快，遭嫉了。他们对付八司令从来没有这么认真。"

"怎么办呢？"

"重新发动群众吧。黑马镇一带是我们的老基地了，眼下待在那一围遭养养伤员，休整休整，入冬之前进山。这回我要带走一批药品了……"

"可是传说队伍已经进山了。"

飞脚哼哼笑着："那是我们故意放出的风声。我们可没有那么好对付。当然了，到了关键时候，我们不是进山就是到海边的林子里，那时我们的对手主要是八司令——准确点说只有四个了，其余四个已没了战斗力。"

曲予接触了飞脚之后稍感宽慰一些。

一天港长金志宴请几个外地贵宾，特意邀请了曲予作陪。曲予明白那几个人中肯定有军火商人和烟土贩子，这些人已经是金志的常客了。

大批军火都经这个港长的手落到了八司令手里，这个家伙真是十恶不赦。曲予受海北朋友之托搞一批军火——他涉足这类事情是非常痛苦的，他似乎已经预感到了那个危险的结局。可是他又无法拒绝海北的朋友。他认为他们是纯洁无私的，是理应得到帮助的。而能够给予此事一点支持的，也只有金志一个人。

席间有一个翩翩少年很受众人青睐，金志的目光有一多半时间停留在他的脸上。这个少年真使人喜爱，他约有十八九岁，小巧的鼻子无比秀气，眼睛又大又亮黑白分明，像深湖；眉头有点女孩的纤丽。他的脸庞上有一层细小的粉绒，衬着细腻红润的肌肤，让人想起刚刚成熟的桃子。少年戴了一顶针织鸭舌帽，穿了紧身黑皮夹克，腰上配了一支小巧的手枪——这装扮在当时是极罕见的。那枪就是军火商们也不常见到，显然是舶来品。少年落落大方，烟不离嘴，偶尔说一句粗话，嗓子有些嫩。

曲予想这肯定是省会要人的公子或至亲，看看他在金志这儿的狂劲儿就知道了。不过曲予也在心中赞叹：的确是一位美少年。

少年一会儿坐到金志的腿上，一会儿嗓子尖尖地叫着跳着，很不安分。大家都有几分醉了。后来金志提出让少年表演枪法，大家一阵欢呼。

靶场在海边一个小广场上，背景是一片海域。"如果海里有船呢？"曲予担心子弹误伤海里的人。金志摇头说绝无可能。

少年一手卡腰，连续打了十发。竟然有七发打在十环上，其余三发相加也是二十环以上。大家惊呆了。这种小手枪能有这样的成绩真是骇人，曲予和几个年长的人不由得要重新去看少年了。可是那少年满不在乎地把枪装上皮套，扯着金志的手。金志也笑吟吟的，步子跟跄着。他醉得最厉害。

很晚后大家才散去。曲予离开时金志执意要送一段。他们走了一会儿，分手时金志嘻嘻笑，问：

"那少年怎么样？"

"很英俊，枪法也好。就是缺一些调教。"

金志连连点头："这好办。今后就是我调教他了。"

曲予忍不住好奇心，问了句："他是谁家公子？"

金志说："说出来不要吓着你呀，你还得保证不跟人说……"

曲予一一答应。金志把嘴对在他耳朵上说了一句。曲予以为自己听错了。金志不得不稍稍提高了声音：

"她就是麻脸三婶的小女儿，外号'小河狸'……"

第四章

1

这是个多么黑的夜晚。秋风把金志拖拖拉拉的脚步声吹光，只剩下了一个漆黑的夜。曲予往前走了一会儿，坐在路边的石头上。混乱时期，所有的路灯都被毁掉。他坐在这儿，记起清濡他们要来迎他。是什么让他心急火燎地往回赶？金志一片醉话中吐露出一个可怕的消息：有人近日要劫黑马镇。这个消息肯定是小河狸传出的。金志说镇上队伍已经空了，眼下只留一个残部……这与飞脚几天前的消息完全相反。曲予认为部队在入冬前是不会离开那个地方的。如果敌人错误地估计了情况，以为镇上空虚，到时候一定会遭到痛击。问题是这个消息必须转告飞脚。

远处一盏跳动的灯火，可能是清濡来了。他近日来一直有个念头，就是再一次提出那个老话：让他离开曲府，去创立自己的一份生计。他已经预感到了什么：这个平原的战乱全面开始了。或许一切都将荡然无存。曲府在这个时代的庇护功能不仅将全部丧失，而且还要累及其他。他绝不愿看到那一天。同时，他还在设想一个久远的计划，就是怎样将自己一家全部解脱出来——至于到哪里去，如何实现，他正在考虑、正在反复权衡。这些念头他从未对任何人说起过。

有人挑着灯笼走过来，越来越近了。曲予在心里决定说："清滆，该是你离开曲府的时候了。也许你一开始要怨恨我，久后你会感谢我的。"

"老爷！"一声浑厚的男声，是清滆。

曲予站起来。

"先生……我们家去吧。太太和淑嫂放心不下，淑嫂要跟我一起来，不巧那边又来人了，她们要接待客人……"

曲予赶忙问："谁？飞脚吗？"

"不，是姓宁的一个年轻人，以前来过的……"

曲予大步走在了前边。

这个夜晚又黑又凉。曲予很久以后都会记住这个不祥之夜。从边门进了大院，一点灯火都没有。他厉声问怎么了，清滆回答停电了——再不就是预防外国人的飞机，有关方面勒令断电……眼下无光的日子越来越多，有一次曲予正在手术断了电，自备的发电设备又损坏了，那一次差点误了手术……一团团的落叶在风中滚动，他不断踢飞了它们，深一步浅一步地到了餐厅。

那个年轻人正在一支蜡烛下用餐。

曲予不想打扰他，就坐在了一边。可是年轻人已经看到了他，立刻站起来，叫了一声"曲先生"。曲予打量着他，发现这个年轻人比上一次见到时变得壮实了一些，脸上增添了更为沉重的神气。小伙子握着曲予的手说："想不到这么快又来打扰曲先生……"

曲予正在想是否把那个消息告诉他，而对方又能否顺利地转达……后来他终于不再犹豫，把港长酒醉间说出的事儿从头讲述了一遍。年轻人的手立刻有些抖。他虽然仍在微笑着与曲予说话，但分明是有些紧张了。他马上提出让曲府借给他一匹好马。

年轻人剩下的饭菜在桌上冒着热气，嗒嗒的马蹄声已经出了大院。

秋风突然大起来，院内一团团落叶搅到空中，又啪啪地打在窗上。淑嫂摸黑进来，她发觉蜡烛突然熄了，去重新寻找火柴。她听到有什么声音，原来一个人坐在一角的长凳上。她马上知道他是曲予。"先生……"对方不应。她走过来，摸了摸他的额头，一点也不烫。"先生，早些休息吧。""快马到黑马镇要多少时间？""一天多点吧，顶多一天一夜。"

曲予站起来。他吻了吻她的额头，咕哝说："但愿一切还来得及。"

"走吧，先生，这些天你太累了，太累了。让神灵保佑他们吧，该做的先生已经做过了……"淑嫂不停地吻他的额头、脸庞、头发，扶起他来。

"让我们就在这里待一会儿吧。"曲予说。

整个餐厅里没有一点光，静静的。这是很空旷的一间屋子。他们无声无息地拥抱着，抚摸着。淑嫂的泪水不停地流下来，打湿了他。他为她抹去泪水，将下颏久久地压在她的乌发上。这乌发有一股浓烈的香气。他知道那是她用干玉兰花浸过的水洗过了。这种气味总让他有一种说不出的激动。他一嗅到它就会想起那些特别的时刻。那是寻找与收获的时刻，是遗失和长叹的时刻，是给予和剥夺的时刻，是忠诚和背叛的时刻。一个男人哪，一个男人怎么能不为这样的时刻而激动。他扳开她固执的手，握紧了它。它的特殊的温暖与柔和，在这个伸手不见五指的黑夜里深深地安慰了他。他好像极少像这个夜晚这样胆怯，甚至可以说有点恐惧——恐惧什么？是那个遥远之地的牵挂吗？他总觉得一个洁白的躯体在流血，这血流像溪水一样，淌着淌着。这溪水，这红色的溪水啊！

"啊，我的先生，我的先生，我真想把自己化成水、变成你身上的血肉。我的先生！我的先生啊……"

"你搂紧我吧。你一定觉得冷了吧？我的……"

他在这样的时刻总觉得她像一个娃娃，让人怜惜又担心。他常常不知不觉间就把她抱在怀中，脸对脸地看着。黑色中那对眼睛星星一样亮，他甚至毫不费力就看得见她的睫毛。他一遍遍地亲吻这长长的双睫。

"一匹好马的速度，一个时辰里能跑多远？"

他总是问着，问着。

"一匹好马一个时辰……它转眼就不见了。来得及的先生，来得及的……"

"我要听到消息才能放下心来，我一定要等待那个消息。今夜的风太大了，你听见风赶着云彩飞跑的声音了吧？那是很野蛮的一种声音。像野兽在吼叫……我担心这个晚上医院里的伤员会痛得厉害，我想去医院看看。"

"不，先生必须休息了，那里还有很多大夫，他们会照料病人的。"

她把他扶到了卧室。这间卧室就在一个小书房的隔壁，是一张窄窄的小床，平时他工作得太晚就睡在这里。她为他把床铺好，像对待一个孩子那样安慰着他，不停地亲他的额头。她发觉他的手又抖又凉。

"你在这儿多陪我一会儿吧。"他像恳求她。

风声搅得树梢一阵呼鸣。淑嫂没有离去，而是伏在了窗前。她看着那在风中剧烈摇动的几棵大树。突然那棵最大的白玉兰的枝杈啪啦一声折断了。她"呀"了一声。

曲予在这声尖叫中坐起来。"'天时怼兮威灵怒，严杀尽兮弃原野。出不入兮往不返，平原忽兮路迢远……'"

淑嫂点起蜡烛。她望着他的脸，惊讶极了。他的脸从未有过地悲怆和肃穆，还有一丝惶惑。她把手放进他的手里，他握得她都有点疼了。一阵沉默之后他突然说：

"这些天我一直在想，你们都跟我受了太多的苦——你、闵葵，还有清濡和小慧子。再也没有比你们更好的人了，我真担心你们会跟上曲府受牵累……"

"先生是什么意思？"

"我是说，时代就要大变了。曲府不会存在下去。它也没有理由存在下去。我害怕的是它结束得太快，快得让人没有准备……我一直有这个担心。我不会为曲府再做什么了。因为这不是一个人的能力办得到的……"

"先生是指土匪……"

"不，不是。我讲不清。你们或许很快就会亲眼看到。不讲这个了，不讲了……"

淑嫂的泪水簌簌落下。她吻着他的手，连连说："我一辈子不会离开先生，我们都不会的，我是你的人了，一生一世相跟着。先生你再别说，别这么说，我们都欠着先生的……"

他的目光一直望着前边的黑夜，只是摇头。

"先生，啊啊先生……"淑嫂不停地吻着，抚摸着。

"我已经决定了，先让清漏离开。曲府不再需要仆人了……"

"先生也赶我走吗？"淑嫂已经泣不成声。

"我从来没敢把你当成仆人。你是我的人，我的手足和血肉。我什么都会记得，我也明白，明白我们是分不开的……"

淑嫂紧紧依偎着，再不吭一声。阵阵大风中，不断有什么发出响动。又一声树木枝杈劈断的声音。"这个夜晚太可怕了，先生，让我别离开你吧。"

"可惜这个床太窄了……"

2

那一次也是这么窄的一张床。医院里留给院长午休的床，破旧不堪，却成了淑嫂的婚床。她会为生命中的这一页而深深地感激一个人。那个娇小的人就是她亲姊妹一样的闵葵。闵葵曾问过她："你不要个名分吗？"她答："好妹妹我不要，我怎样都可以，我什么也不要——那些都不重要，他是我的命了。"

那一回两个女人哭了，久久地抱在一起。

她从病房里出来已经是午夜一点了，疲倦极了，走路都要不时地闭一闭眼。她顺着长长的走廊往前，有时要扶一下墙壁。那个暗绿色的小门在眼前一闪，她的心咚咚一跳。她在门前站了片刻，正犹豫，楼梯上响起脚步声。她推了一下门，门虚掩着。

他在桌前看一份病历，不停地记下什么。

他让她放下——放下什么？他头也不抬就说"放下"。这一回我要放下自己了……一阵强烈的冲动让她全身灼热，她轻轻回身把门关了。

他抬起头，一怔，手里的笔松脱在桌子上。

"我……"他呵气似的，咕哝了一句什么，站起来。他在认真地端量。天花板的大功率顶灯垂挂下数不清的银束，淋漓着她的全身，把她的每一根毫毛都清晰逼真地映照出来。她像一朵纯白的铃兰，微微地垂下钟蕾，芬芳四溢。她手中什么也没有，可是两手捏弄着，像捏住了什么东西。他不由得上前分开她的手，发现两手汗津津的。多么温柔的手，他一碰到滑滑的手指甲，就忍不住捧起来。

她哭了。她不知怎么与他一起坐在了那张窄窄的床上。

他像平常换药那样，为她解开衣服。"我太……难看了。"她用手抱住前胸。"先生，让我想想……"这样想了一会儿，她把双臂蒙到了眼上。他小心地给她解下了衣服。天花板上的灯太亮了，无数的银丝淋漓着，浇泼着缠裹着。真是一个奇迹，全身那么洁白，没有一点斑痕，简直是完美无瑕的一个肉体。他又一次嗅到了白玉兰的香气。

当他试图为她褪去最后一丝布缕时，她欠起了身子，用双臂挽住了他的脖子。她这样告诉了她的柔顺与服从。她那时一点恐惧和羞涩也没有了，突然就没有了。她吻他，第一次感到了被一个好男人胡茬刺疼的双唇是什么滋味。

他们好长时间没有一点声音。

在整整一两个小时的时间里，她就蜷缩在他的两臂中，而他一点也感不到沉重。她的躯体原来并不太大。他只觉得她高高爽爽，其实是这样一副紧凑的躯体。那皮肤闪动着一层奇怪的光泽，是超乎一般意义之上的特异的光感。他有时真不忍心去抚摸它触碰它，担心双手沾上什么或磨损了什么。他现在正极力回忆，回忆自己是从什么时候看到她的？

　　怎么也想不起来。

　　这个城市的神秘性由此也可见一斑。它竟然能让一个绝好的、无与伦比的女子成长起来，而且无声无息。那时她欢蹦跳跃的少女时代究竟是怎样隐去的？这个精巧得像一朵冰花的生命是透明的、晶莹的，她在枝丫上不会停留到春天。她会把身上的水汁悄悄地渗到黝黑的大地上。

　　那个浑小子带着一张实用的婚约去了天边，并且一去不归。这也不错，可是……这也不错啊。他把精心扎成的少妇的发髻拆开来，拆成二尺长的黑丝。这些黑丝是从处女之源流出的瀑布，是青春的第一道激流。他不停地将它们捧起，渴饮着，直到再也喝不下一滴。他把她平托了一会儿，顺在肩上一会儿，又平平地展开在小床上。她平静地看着他，嘴巴微微张大，困意和羞涩全都一丝不存。那双大大的眼睛看着他，温煦的阳光洒遍了草地。

　　只到了最后，她的身子才开始剧烈颠簸。这颠簸让人想起车轮碾过一道道坎坷，而后才驶上坦途。她一声不吭地欠起身子，双臂始终环紧了他。他躯体的颜色有些重，如同什么金属塑出来的一样。她闭紧了眼睛，一声不响。他继续感受着突然袭来的颠簸。他想让颠簸之车驶上坦途，小心翼翼地校正着方向。他尽可能地回避着那些坎坷，只让其驶上平滑的坦途。难以预料的颠簸又出现了。颠簸一次比一次剧烈，他感到了深深的震惊。但他并未使这飞快行驶的车轮随之停止，而是让它缓缓地、徐徐地，就好似在冰面上滑行。颠簸停止了。幸福的、不顾一切的喘息吹进他的耳廓，他想抬起头，可她的又柔又韧的双臂环住了他。无数的急激在汇拢，迎着他冲刷拍击。他不得不让缓缓的滑动变为匆匆的逃匿。巨大的颠簸又出现了。他似乎明白了什么，但他已经不能停止。

那时正好天也亮了。阳光透过薄薄的窗帘，整个空间都没有了灯光。多么漫长而激切的跋涉，他们一起到达了。他重新把她抱在怀里，贴紧了她。原来她把全部都交给了他。原来是这样。他终于明白了那种颠簸为何如此的沉重和剧烈。看着她为他付出的一切、那因受伤而不得不掩饰的痛楚，终于再也忍不住。他眼里涌满了泪水。

3

那个年轻人骑着曲府的快马走了，让曲予焦躁地等待。五天过去了，仍然没有消息。原来讲好去去就来，他扳指算了一下，顶多三天的时间。曲予等不得了，他一会儿到医院，在病房里转不多久又回到曲府。没有人影，没有一个传递消息的人……这天晚上又是停电，一片漆黑中又是清漏打着灯笼把他迎回。

还是在那个空旷的餐厅里，还是一支闪跳的蜡烛，下面坐着那个年轻人。旁边摆了饭菜，但他一口也没有吃。曲予一眼就看出了什么：年轻人头发蓬乱，衣衫撕裂，脸上好像带着伤痕……年轻人站起来，他赶忙上前扶住了。

"曲先生！……"

宁珂叫了一声，嗓子哑得厉害。"我回来晚了曲先生，不，是我去得晚了。我赶到黑马镇时，已经打响了。我们的人边打边撤，加上照顾伤员，最后有一多半人困在里边……镇子西边的广场……真是惨不忍睹。一开始只有麻脸三婶的队伍，后来野猪的队伍也来了。我们没有任何准备，殷弓早在十多天以前就率队进山了，这会儿已经来不及。"

曲予马上想起了前不久飞脚说的消息。当时他说武工队正在黑马镇，八司令要躲开还来不及呢。飞脚显然是骗了他——他第一次明白这个老朋友在一些事情上根本就不曾信任过他。他长长地悲叹一声。那个场景太可怕了。他既渴望弄清全部经过，又害怕宁珂再讲下去。

一直担心的事情就这样发生了。

眼前的宁珂没有流一滴眼泪。"我把马交给清漓了，先生。"

烛苗儿直直地向上。这个夜晚死一样沉寂。

不知停了多久曲予才问了一句："最后怎样了？告诉我吧孩子！"

也许是"孩子"两个字深深地触动了宁珂，他一下站起来，往前迈了半步——也许他要扑到曲予怀里吧……但他终于挺直了前倾的身子。他站在那儿，用力地忍着。曲予在烛光下清楚地看到一个年轻人是怎么忍住了自己的泪水。

"告诉我吧孩子……"

"……八一支队有二十多人被俘，其中十五个伤员。他们全被杀死在广场上。镇上人差不多都被围在那儿，他们有的是抵抗者。好多人给杀死了。如果不抵抗就撤、或者投降会好些？敌人一开始也伤了不少，他们恼怒了，抓到我们的人见一个杀一个，杀红了眼。他们从老百姓中间找民兵，找到一个也杀一个。我把马藏在镇东的一个小村里，离老远就看到了火光。那是他们在放火烧镇子。敌人撤走时已经烧了好多幢房子，大街上只要可以点燃的东西都烧光了……这是黑马镇几十年里最可怕的一次大劫。这是敌人长久策划的一个阴谋……"

曲予怎么能够相信这是发生在眼前的事情呢？可是它一点也不容怀疑。

"敌人走后我们就救火，掩埋尸体。大家哭成了一团，还要看住一些被土匪糟蹋过的女人……我直接骑马去了山里，部队在山里。我也不知道部队为什么要进山，后来才明白他们主要不是提防土匪。还有外国军队，官府的正规军。我们是三面受敌。殷弓处境很难，我没有见到他，匆匆赶回来……"

"部队知道全部经过了吗？"

"知道了。战士们很难想象会发生这样的事情。因为这之前几个司令收敛了很久，其中几个还派人与支队联系过，有合作的意思……"

曲予想起了在港长金志处见到的那个"小河狸"——他如果不是亲眼所见，怎么也想不到那孩子会是一个恶名远扬的女匪。他很想把那天的情景告诉宁珂，但觉得这一切都无必要了。巨大的悲痛让他难以承受。他感到身上没有了一点力气，一阵阵发冷。待了很久，闵葵走过来，他才想起为宁珂做点什么。他吩咐为宁珂换下衣裳，为他洗去血迹、包裹伤口……"你得待在我这里了……"

宁珂未置可否。他心里最急于做的一件事是为八一支队搞到那批军火。现在这个事情已经是刻不容缓了。战乱逼近了,可是在宁珂身边发生的惨剧,他还是第一次经受。从今以后他将不会对任何恶行感到惊讶了。他懂得了人是一种什么动物。同时也只有此刻,他才感到了为之献身的事业有多么光荣。这是贫穷无告的弱者的事业——谁能否定这样一个事实?在最残酷的关头,为穷人提供力所能及的保护的,仅仅是这样一支队伍……

这片平原哪,我该憎恨还是挚爱?宁珂好不容易才敢正视这样一个现实:八司令的主要人手都来自平原。也就是说,残暴和丑恶就是这片饱受蹂躏的土地自己滋生出来的。再也没有比这个更加难以让人接受的了,也再没有比这个更为不幸的了。

面对这一切,一个人将怎么办?他只能抓起武器,紧紧地握在手中。

武器在这儿叫"军火"。军人的怒火只有一个喷射孔,那是枪管。有邪恶之火,复仇之火,野火和山火。纵横交织的大火烧个不停,烧了几千年,烧白了一个平原,烧塌了高山。宁珂在睡梦中只有火,火焰的嘶叫使他无法不感到恐惧。在这凄凉可怕的夜晚啊,没有一只手的抚慰,没有微风的吹拂,没有可以伏在那儿的一个肩头。他真的成为一个男人了,渴望流血和吼叫。山区和平原、这里的开阔地,似乎正留给了他这样的机会。

午夜里他一次次走出那个厢房,走到院子里。他听到了扑扑的海浪,昂昂的客轮,觉得一天星星又大又热,就要齐刷刷地落下来,像败落的玉兰花瓣一样铺展大地。他觉得该是与这位令人尊敬的曲先生做彻夜长谈的时候了。他要等待一个回答，那声回答或者包含了全部的良知与信念，或者恰恰相反。他隐隐地感到了心上、肩上，一切部位都被沉沉地压迫着。他在这遥远之地的星夜不止一次地思念自己的母亲和阿萍奶奶。她们的眼睛同样善良和洁净无污——她们在这个夜晚如此深情地注视他。

他坐在玉兰树下的一条青石上迎来了黎明。寒露把他的头发、衣衫全部打湿了，他整夜都感到头顶的玉兰树叶上落下水滴。好盛的海边秋露，好凉的夜。整个夜晚他的眼前都在闪跳着那片火海，它燃烧着，眼看着腾腾跳动的烈焰掠过平原，一直烧到了大海。水浪的颜色顷刻之间变为赤色，与天空垂挂下来的红云接在一起。他站起来，东方已经红了。鸟儿开始喧哗。曲府大院里那个剃了光头的清漏已经开始在门前洒水清扫了。接着是那个身个小巧的姑娘来到院里，她看到宁珂先是一怔，然后若无其事地去抱柴禾。她回到了屋里，炊烟突突地升上空中。就在这一会儿，宁珂看到一个高个子姑娘走出来了，她就是很久以前在花圃里见过的人。宁珂不由得"啊"了一声。

曲绪这一次径直走过来。她惊异的是眼前这个年轻人头发乱成这样，满眼血丝，全身都是露水。"你病了吗？……"

"没有，小姐……"

曲绪对他及与他相关的一切充满了好奇心。可她早就准备好的那些询问此刻全飞光了。她只是怜惜地看着他，发现眼前这个人那么瘦那么疲倦——上一次见到的穿西服、结领带的那个形象与今天相去何等遥远。

她对他的神秘感有增无减。她听说了黑马镇上的战事，但爸爸妈妈和淑嫂都不肯讲出实情。她问："你知道那场战斗吗？"

"我就从那儿来。"

"能讲一讲吗？"

"我不能……"

"为什么？"

"因为……小姐……"他看着她，身上突然抖起来，牙齿都磕响了。嘶叫的火舌，求饶声，喷溅的血……他不停地摇头。他摆脱她探寻的目光，嗫嚅着走开了。

淑嫂在远远的地方看着。曲绡失望地盯住了离去的宁珂。淑嫂走过来。曲绡说："他大概病了，你告诉爸爸……"淑嫂牵上她的手，后来一下抱住了她："我的孩子！"

淑嫂抚摸她的头发，泪水涌出来，像雨水一样洒到脸上。曲绡惊呆了。"我的孩子，你再不要问他，不要问那场战事了。那儿死了好多人，好多好多，全是被敌人杀死的，最后又放火烧毁……这些不该告诉你，你还是个孩子……绡子，听我一句，别去问他，啊？好孩子！"

曲绡从怀中挣脱了。她的脸色蜡黄蜡黄。后来她跑开了。

就在这个早晨，曲予把清扫庭院的清漏叫到了自己屋里。清漏头上冒着淡淡的热气，他只穿了很少的衣服。"老爷……先生喊我？"

"坐吧清漏兄弟……坐下。"

清漏挠着头，不知怎么才好。他已经多次听到曲予这样称呼他——"兄弟"——他的年纪真的与曲予差不多……这个称呼令他心里打颤，他宁可挨一顿板子也不愿听到老爷这样叫他。

"我请你考虑的事情好久了，清漂兄弟，我这些天心里做了个决定，我们还是分开的好。曲府再不能拖累你了，不要等到太晚的那一天。小慧子先待这儿，她是个姑娘，找了婆家那天我要发送她……都要走，你就先走一步吧，带上我为你准备的一笔钱，置点房产安家立业吧……"

清漂扑通一声跪了。"老爷……先生！先生！我不能走，我是老爷的人，要伺候你一辈子……"

曲予扶他坐了，叹着："走吧，不要太迟了，你的年纪这么大了，早该有一份自己的日子。你不该伺候别人，到了自尊自立的时候了。我也再不是老爷——当老爷的人是没有好下场的。你走吧，你把自己的家安好，还可以经常回来做客。你不是曲府的仆人，你有恩于曲府，这里谁也不会忘记你。"

"先生！你这是逼杀我呀！我一个下人，怎么好拿着这么大笔的钱走开？你这是逼杀我呀，先生！"

"不，这里太不清静，总有一天曲府的人也会离开，你为什么不能先走一步？你最后听我一句话好吗？你还愿意相信我的一片好意不是？"

清漂怔怔地看着他。清漂不理解，也说不出一句话。

4

我离你这么遥远，就像远视晨星，尚未走近，它就融解在天际了。我心中有一个花团锦簇的摇篮，我就在它美妙的悠荡中长大了。你准备娇惯我一生。可是你从未想过有一天会先自离去。你教会了我的爱，谁又来教会我的仇恨？

从此我一个人往前走，这无数的高山无边的荒漠，不知被血泪染过了多少遍。绿色的植物、金色的地衣，都依赖了默默的吸吮。它们遮掩着、装扮着，你面对它们常要激动地流下什么。它们安慰了人类，安慰了所有的生灵。它们身上流动的到底是什么？它们日日夜夜吸吮着、吞食着，从地脉深处探出根系寻找。千百年的故事黏稠坚韧，沉淀在地层深处，需要一棵千年古树的长长根须才抓得住，它会让这棵古树枝叶繁茂。

绿色结出各种各样的果实，它用苦涩或甘甜包裹了一万年的悲伤。坚果、浆果，你砸开硬硬的果壳，直接咬破果皮，咀嚼吸吮品尝，会感到它包裹起的深层的隐秘。一切原来都难以消失，它会化为异形异物生出，挂上枝头。

我听到了地壳之下的汩汩之声，我知道流动不息的到底是什么。我已经不会战抖和胆寒了，北风让我肌老皮厚，让我懂得了永远不变的归宿。在一层层如同浪花一样绽放的呐喊、乞求、呼救、狂嘶、怒号之中，大地一片沉默。

这就是我亲眼看到的。我再不愿睁开双眼。妈妈给我一双眼睛，让你一再地亲吻，于是它变得乌黑闪亮。你吻我的眼睛，一下又一下，湿湿的温温的,像玫瑰和蜀葵轻轻地合在了上面。你让我抬起头,看鸡冠花、墨菊、芍药、美人蕉……它们都生在一片碧绿之中。没人知道它们诞生的由来。它们的汁水是什么生成? 它们为什么要一再地闪烁着浓浓的红、鲜鲜的红、暗紫的红?

红色,各种各样的红色。如果留意一下会发现朝阳和落日的红以及它们染出的云彩、红色的天空和大地、海洋——那是火红的波涌——那需要多少染料啊! 还有红色的马、红砖、红旗、红围巾、火焰……这需要上帝消耗多少染料啊!

我以前没有那些关于红色的惊心动魄的想象。有一次我去折一枝花,因为它又大又红又亮,让我不敢正视。有长长的时间,我站在那儿。我活动着两脚,想把它送给你。就这样去折了它。我从来没有想到它也会疼,也会挣扎。它在阵阵钻心的痛楚中摇动不停,于是下端的尖刺就割破了我的手。血一滴滴流下,还有痛,我慌了。我发现血的颜色与花的颜色一样,一样鲜艳。

每年冬天花圃都要一阵枯萎。来年春天才会再一次被染红,通红通红。我不知道就连它的枝叶也是红色的变异,就像红色沉淀冷凝之后就要发暗一样。土地有多么奇怪的力量,它竟然不停地生发、不停地闪现出一片灿烂。

在浪涌一样呼啸的呐喊、乞求、呼救、狂嘶、怒号之后,大地一片沉默。夜色淹上来,一片花瓣浓厚得更为可怕。它们化为汁液在流动。我看见它们流成了河,流动,汩汩有声。流啊流啊,流了整整一夜。血红的花瓣化成的河流一开始浪花飞溅,滚烫的热流灼伤了青草;接着就是无声的漫延，是冷却和渗透。大地松松地、宽容自如地接受了芬芳的回赠。大地知道自己是怎样抚育和生成了它们，这个漆黑的夜晚就如数地收回了。

到了不知哪一个春天，它们就会生出一片新的丛绿：茅草、稼禾、丛林、花卉。碧绿碧绿的是冷却的颜色，鲜红逼人的则是它的原色。原色是个标记，是个提醒。

妈妈，当我一个人走进大漠或丛林，当我凝视这无边的绿色和星星点点的鲜花时，我没法不再恐惧。我知道了一个奥秘就难以忘记，我亲眼看到了那一场奔流，听到了那一片呼号，妈妈，我怎么办啊！我抚摸着身边的一棵树，深知它是由什么变成的：它就是我的骨肉兄妹，它就是我的亲人……我不孤单吗？所有的亲人都默然无语，注视我。

你匆匆地离开了。我多么费解，多么悲怆。我哪里知道你在汇入其中，泥土需要你——贪婪无边的泥土啊。我嘴边还留着你饲喂时留下的乳汁，我腮上额上还有你吻下的湿痕。可是泥土粗暴地催逼，你不得不放下我，拍拍衣襟走开了。你临行时站在门边短短一瞬，再深深地瞥我一眼。

我十几年里都在想你目光中的含义。有慈爱，有叮嘱，更多的是牵挂。但这目光里包蕴的一切是我终生无法洞穿的。我仿佛听到你在让我去看守和爱护，让我一刻也不要离开它们半步——它们是什么？我寻找、打听，为走到它的身边我喊哑了喉咙、磨伤了双脚。它们是幼儿？是少女？是刚刚绽开的花、刚刚长成的果？是穷人的财富、是富人的叛娃？它们也可能就是这绿意盎然的丛林，是娇艳的花朵，是奔驰的生灵……我依照心中的理解去做了，永生不悔。妈妈，我看守了也爱护了。

就在这其间学会了仇恨。我懂得了仇恨是一种了不起的本领。只有真正的人才会仇恨。仇恨不是嫉、不是怨，而只是仇恨。永远也不忘记，不告饶，不妥协，不后退。我记住那冲天的红红的火焰，那其中的呼喊……以及静静中淌去的融化了的红色河流。这场延续了几千年的仇恨，靠的是一根链条衔接、扣住，然后传递下去。我将告诉我的朋友、妻女、远方的人。只有真正的人才会听见我的声音，只有人。我心中的秘密已经撑破了喉管，我必须剖露给你了。

我告诉黑夜中还有黑夜，真正的黑夜是呼喊之夜、流淌之夜，是屈服和永生之夜，是践踏之夜，是禽兽痛饮之夜……在比岩石还要凉与硬的黑夜中，谁才不会绝望？所有的小动物都收敛了好奇，退到了欲望之火的千里之外，它们四蹄着地，一声不响地观望着遥远处那场亘古罕见的大火。"这就是他们点燃的！"它们终于鉴定道。

从此我懂得了把自己交给什么。这种真实的教导比起那些使人热血沸腾的彻夜长谈来，不知要高明多少倍。我懂得了，记住了，并且永远也不会改变了。

你看着我吧。你注视中的我才真实。我爱你。我永远永远爱你。

5

宁珂告诉曲予他此行的使命——他和同志们多么需要先生。先生曾多次鼎力相助，已经为这片平原建立了最大功勋。战事已经发展到了今天，民众的血和战士的血都把泥土泡透了。请先生再为正义之师一搏。

整整几天里曲予都处于极度的焦躁矛盾之中。他明白自己差不多是无力回绝了，特别是在面对着一场劫难、面对着一个赤诚的青年。但他心里最清楚不过，一旦卷入了这场军火交易之中，曲府离那个结局也就不远了。他会走进无头无绪的、长久的派别之争。他不可能在这场危险的交易中超脱开来。这不仅是一次命运的抵押，更重要的还有信念上的冲突。他立志忠于职守，尽一个医生的本分，虽然偶尔也走上街头、走上讲演台，但那与眼下要做的事情仍有极大的区别。

他望望空旷的院落，突然想起清濞走了——这个追随曲府半生的人的离去似乎给家庭的历史画上了一道线。他明白这个大院新的一页已经揭开了。对此他是自觉的、主动的，他敏感地察觉了这一点并毅然地促进了它。他正是基于此才坚持让清濞独立生活。他永远不会为此后悔，并做好了迎接的准备——既然如此，为什么还要犹豫？为什么……

宁珂再一次请曲先生三思。

曲予想，"三思"这个字眼用在笨蛋和懦夫身上才好呢。他抬头注视着这个小伙子：没有一丝笑意，整个谈话的过程都用那双沉沉的眼睛看着。他的头发乱得再也梳理不好了。曲予的大手按按他的肩膀："小伙子，我在做与你、你的同志一样的事情，但我们使用的方法不同。好比给病人医病，中西医的目的是一样的，都是治愈。但一个医生不能强迫另一个医生采取与之相同的方式……"

宁珂剧烈地摇头。

但曲予并未停止他的话："我几十年奔走，在海北生活了很久，到过国外，经历了很多动荡。同窗中也有很多你们的同志，至今我们仍是互助互谅的朋友。我拒绝一切强加的名分，也拒绝一切强加的方式。我是一个医生，我强调科学的思维和冷静的心情。"

宁珂愤怒得摇动了一下桌子。

曲予大睁了眼睛看他。

宁珂的胸部急剧起伏，后来咬咬牙关忍住了。他连连说"对不起"，坐下又站起。"我眼前是那个晚上的情景，我太冲动了，不过……不过我相信这个时代所有的正直之士都难以冷静了。曲先生说得对，您有自己的方式；但先生想没想过，民众在流血，男人女人，三岁的娃娃都被枪杀刀砍的时候，我们只剩下了最后的一个选择。您有什么权力去拒绝？对，我说了权力——你有这样的权力吗？"

宁珂的双目电光一样逼视着。

汗珠叭叭滴下来……窗外有个身影闪了一下，曲予还没有看清是谁，那个人就破门而入了——她是曲绡。她一下抱住了曲予的胳膊，连连叫着："爸爸，答应他吧！答应他吧，爸爸！……"

宁珂呆望着父女俩，悄悄地退了一步，重新坐下。

曲予牵上女儿的手，木木地走出来。女儿又说了几句什么，他一句也没有听清。站在台阶上，他望着西天橘红色的流云，一手把女儿搂紧了，一下一下抚摸她的头发……

他去找金志。通向海港之路真悲凉。他还是去了。

那些痛苦的周旋非他所长，真难以忍受。他只记得这是一种神圣的、无法变更的托付。狡猾的金志对他非常殷勤，可到了事情的关节处却极其小心地应对。这个背景复杂的港长先要弄清出手的军火会流向哪里，而后才考虑获利。曲予让他相信曲府有意插手军火生意是因为它的产业萧条，而绝非出于某种政治热情——有时那种热情是不得已而为之，是顺应潮流和时尚，等等。金志最后对此不再怀疑。但他在关键时刻却提出必须以黄金作为付款形式，而且说最近几笔大买卖都是这样办理，此事非他一个港长所能更动。

曲予对宁珂说了交涉结果。宁珂心里知道这事殷弓他们会十分作难。因为当地最大的金矿还在敌人手里，八司令在三四年间有十几次抢劫运金车，只有一两次得手。黄金对于我们的队伍是至关重要的，当时不得不用它购买贵重的医药和武器，甚至还有其他一些至为特殊的用途……曲予考虑再三，让宁珂向他的朋友转达如下意思：曲府将尽自己所能帮助这支队伍，医药、布匹，直至黄金。黄金的筹划尽管困难，但他一定不遗余力。宁珂被打动了。他紧握着曲予的手，不知说什么才好。

宁珂当天就要返回部队驻地，曲予阻止了他。像他眼下这个样子走远路是非常危险的，一路上的人都会注意一个脸上有伤、极为疲惫的年轻人。宁珂只好暂时住下来，由曲予亲自给他上药。大部分时间都是他一个人在书房里徘徊，等待得口干舌燥。他急于离开，又被另一些思绪所缠绕。他想念起自己的家——它在那个省城吗？阿萍奶奶和宁周义身边不是他的归宿，他早已懂得了这一点。从那儿出来时他身边还有一个珠光宝气的姑姑宁缬，她一路上没有一分钟安宁，不停地支派他；而他还要为她的安全负责，因为她太让人牵挂了，时不时地想出一些全新的花招，一个人躲开他游逛。好几次他以为再也见不到她了，为此受到宁周义的斥责是肯定无疑的了；最后都是宁缬哈哈大笑地突然出现，令他惊喜中又充满了愤恨。就这样把她护送回了老家——他发现那个久别的大宅院如今森严壁垒，与他想象的是那么不同。借助宁周义的影响，宁家在混乱中已经与官家结成了牢不可分的关系。也就是这次老家之行，宁珂算是明白了宁周义最终会把命运交给谁。他心中的悲凉无法用语言去表达，看着花枝招展的宁缬，直恨不得让八司令好好教训宁家一番。可惜八司令在这些年几乎没有与宁家产生什么像样子的摩擦，这也是令他费解的事情之一。原定归途上他仍要和宁缬一起，由他将其护送回来。可他的心思全在那支队伍上，它的驻扎地离宁家并不太远，但就是想不到回去一次。

曲绪迈进这个书房的门槛总是小心翼翼。她怕打扰了心事重重的青年。可他抬头看到她那颀长的身材、热烈清澈的眼睛，脸上的阴霾一扫而光。他一再地感谢她。"为什么？""因为你对父亲的劝导。""我还能怎么呢？""是的……"

因为父亲太忙，她就和小慧子、有时也和淑嫂一起为书房里的青年裹伤。脸部的伤已经好了，背上有一处创口很深，愈合得很慢。换药时他伏在那儿，清洗创口也一声不吭。曲绪用一个白纱布擦去他额上的汗珠，有一次当这手在鼻子一侧活动时，他轻轻地吻了它一下。曲绪全身一抖，不声不响地转到了淑嫂身边。淑嫂正仔细地给他盖着一层消毒纱布。淑嫂说："再有几天就可以骑马了。"

他一声不响地伏着，满脸红涨。

后来曲绪一次也没有给他换药，没有跨进那间书房。

一个冰冷的早晨，曲绩听到了有人从马厩里牵出马来，嗒嗒的马蹄声使她心跳。这马蹄声越来越近，最后在她的窗前停住了。他和马伫立在一棵红叶树下，他已经穿了崭新的衣服，连那顶礼帽也簇新簇新。她不知为什么把窗户打开。

他一手挽着马缰，一手提着黑色的礼帽，缓缓地走过来。他走得太近了，脸上愈合处那没有完全变色的皮肤看得一清二楚。

"我走了……这马让队伍上的人骑回来。"

"……"

"我回老家一次，再回省会……"

她想起什么，掀起他背部的内衣看了看。他一把攥住了她的手。她挣脱、挣脱，后来被他拉到了胸前。她一动不动了，靠在那个坚实的胸口。他在她洁净的、美丽高贵的额头上吻了一下，然后赶紧退开了。

"我会尽快回来的。我希望自己再也不走了——你能等我吗？"

"我能。"

6

宁珂在驻地好不容易才见到了殷弓。这个瘦小的南方人看上去苍老了十岁。上一次他没在驻地，原来是负伤了，伤势太重，被转移到东部那个城市里。他在那个老式洋房里待了十天，一听到大屠杀的消息就要跑出来，但那时正处于治疗的关键阶段。眼下他还一瘸一拐的，杂乱的须发也不梳理——这在他从前是从未有过的。他变得更加冷漠,见了宁珂没有一句闲话,上来就问军火的事情。宁珂从头叙述了一遍,并提出了自己的建议。

殷弓一声不吭要离开屋子,到另一间里待了一会儿。他每逢考虑重要问题就要自己待在一个地方。他重新出来时态度略好一点,开始问起曲府的详情。他口气中对曲予并不感兴趣,认为这个人并不值得特别信任。

宁珂实在觉得过分,忍不住插了一句:"他救过你的命,在困难时候总是……"

殷弓一挥手打断他的话:"救命的不是他,是你——我的战友!"

宁珂的脸都憋红了,但他不愿与之争执。

最后殷弓说军火等一揽子事还要向上汇报,制定一个完整的计划。又问了一句:"见到曲府家的小姐了吗?"

问得太突然。宁珂"嗯"了一声,看着他。他发现殷弓紧皱的眉头在抖动,嘴角奇怪地抽搐。

"一个好青年哪!可惜……她应该到革命的摇篮里来。"

殷弓望着窗外,瘸着腿踱了几步。

宁珂离开驻地就去找宁缬了。他必须与她一起返回。现在主持大院的是一个本家老叔,叫宁珂为"珂侄儿",对宁缬则称为"缬妹儿"。他一见到宁珂就小声叫着:"珂侄儿,了不得了,缬妹儿出事了!我不知见了周义叔该咋说,你多美言吧,天哩……"

宁珂吓了一跳。后来他才弄明白是怎么回事:宁缬与驻守在宁家附近的兵营一干人混到了一起，一开始深夜不归，到后来干脆多少天不回来。其中有一个高个子营长是有名的花花公子，方圆几十里的村镇中人人惧怕和憎恶，他不知糟蹋了多少民女。可是宁缬一眼就看上了他，他们一块儿进出兵营，还乘一辆吉普车进城；有时他们把车开到大沙河边上，在沙滩上搂抱滚动，见了来人都不松开。

"丢尽了宁家脸面哩！"老叔说。

宁珂一点也不吃惊。他淡淡说一句："我会处理这事的。她在哪？"

老叔伸手指指北边的兵营："你去领她回来吧，她妈叫她都不应。"

宁缬的母亲就是仍然住在宁家大院的李家芬子，她是大姨太。人朴实得很，除了短期随男人出去几次，差不多一辈子都守在这儿。她生下那么一个女儿，谁都感到奇怪……宁珂先去看了她，喊她"奶奶"。他永远不会忘记自己大院被毁掉之后的那一段时间，芬子奶奶对他的照料。她是真心实意要把他拉扯大的，如果不是宁周义爷爷执意领走，那么他可能至今还在她的身边。

李家芬子年纪大了，慈眉善目，差不多一直是一个人过活。她一辈子最大的心愿就是多伺候宁周义几天——可是那个令人嫉羡和钦敬的男人总也不给她这样的机会。后来唯一的女儿也给领走了。芬子奶奶心痛得死去活来，但还是忍下。她把一个大院交给晚辈去经管，自己心境平和地看着一家人的忙碌。宁周义总是来去匆匆，芬子奶奶已经学会了忍住眼泪。她比他还要大几岁呢，待他真像一位母亲。他怎样都行，她准备娇惯他一辈子。她曾问男人："你老在外边过，过到老吗？"这话问得男人身上一抖。这话说白了不过是：你想死在外边吗？宁周义回答："不。落叶归根。我早晚还要在这个大院里养老。"
她从心里笑了。所以她与别人不同之处，就是盼着自己和男人快些老，
而不再留恋青春岁月。

　　她见了这位孙儿有说不出的亲，这个孩子差一点就归她了。她抚摸
着他的脑壳、头发、鼻子和嘴巴，幸福得闭上了眼睛。她说："珂珂，
我一点不恨阿萍，一点不；就是有一条，她把我的闺女给带坏了，我要
找她哩！"

　　宁珂不忍驳斥，但还是替阿萍奶奶叫屈："奶奶，阿萍对缬子姑姑
再好不过了，她教导她走正路，可缬子压根就不听她的，还给她起外
号……"

　　那我怪谁去？怪她爸吗？她爸忙哩，一天到晚在外面忙，哪有心思
管教孩儿……他身子硬朗吧？哎哎，混官家差事哪有那么容易，不如回
来歇歇身子，有这些田产也就行了……

　　宁珂一遍遍重复宁周义的饮食起居一类事，因为她问得太细太多。
从口气中，他很容易就听出对另一个女人的责备，尽管这毫无根据。她
甚至说："上次回来你爷爷一走路就喘，爬一次北岗歇三四回哩。过去
从来不这样。你那个阿萍奶奶忙些什么！就是啊，人太年轻，懂得少
哩……我真想把他们一块儿接来，反正分不开……"

　　最后她才记起宁缬的事，长叹一声，拍打着膝盖："你快领她回来吧，
快领给她那个城里妈妈吧，她不是我的娃儿，不是……"

　　宁珂不敢耽搁。他和老叔一块儿去了兵营。老叔在大门口对把门人
说了几句，只让宁珂一个人进去。他说缬子见了自己要骂哩。

宁珂打听那个营长，当兵的说往北走就成。他一直往北，然后出了北门。原来那里就是一片荒芜。灌木丛稀稀的，到处都是疯长的葎草、葛藤和粟米草。太阳转到了西边，东高西低的坡地上，粟米草被太阳晒得一片灿亮。他知道再往前就是那长长的沙河滩了。他远远望着，除了看到一两只灰喜鹊之外，再没有看到什么。他继续往前走，不断伸手把扎到裤脚上的鬼针草籽摘掉。野鸡在不远处大叫着，灰喜鹊啪啦啦飞起又落下。

突然前边一片灌木中闪出一匹马，灰色的，骑马人穿了深黄色军装，戴了黑眼镜，正鞭打快马——他身后紧紧趴着一个女人。如果不是这样两个人，宁珂会为眼前的这幅图画叫好的。可现在只剩下厌恶了。

大灰马喷着气跑过来，一直跑到跟前。马背上的女人大笑，笑声格外清脆。

高个子军人利落地跳下马来，随着摘下眼镜。宁珂被眼前这个军人吸引住了，差不多没有看一眼仍在马上的宁缬。这个军人就是那个营长了，他两条腿又直又长，穿了高筒皮靴，两眼含笑看过来。这个家伙在女人眼里显然容易讨好，不过宁珂心里想，他如果死在黑马镇的弹雨中也许就更加可爱了。

宁缬在马背上叫着："……看到了吧，他就是宁珂。别看他年纪比我大，还是我的侄儿呢！"

她身上的香气被风吹过来，有些呛人。宁珂发现她那两个颤动不停的乳房真是令人恐怖。他冷冷地说了句："奶奶让我来叫你，该回去准备一下了，明天回省城。"

"我还没有玩够呢。是吧'老雕'？"

"老雕"哈哈一笑，随即严肃地看着宁珂。他说话了，是一口标准的官话。他邀请宁珂到军营里做客，宁珂回绝了。

宁缬的注意力一会儿就分散了，她开始大声轰赶飞过来的一群灰喜鹊……这样待了一会儿，她突然从马背上跃下来，一下子抱住了"老雕"的脖子——这毫无准备的一跃让他险些跌倒，不过他尽快挺住身子，接着反手搂住了她。宁缬闭上眼睛，忘乎一切地狂吻着。

这一切就在宁珂的眼前发生，他们旁若无人。他想骂一句无耻，但还是忍住了。他等待着他们的冲动快些过去。直待了十多分钟，两人仍在不停地拥抱接吻。他把脸转到旁边，去看太阳映亮了的粟米草、远处的一片白绒花。一只双羽像绒花一样白的小鸟飞过来，一展身躯落在不远处……他转过脸来，不禁大吃一惊：宁缬姑姑紧紧地拥住"老雕"，两张脸贴在一起，闭合的长眼睫毛上正滴下大滴的泪水……后来她睁开眼，恳求地叫着宁珂说：

"珂子，你先走一步好吗？我一会儿就回去……"

她是极少用这种口气喊他的。他有一种奇怪的感动。他服从了她的请求，头也不回地走开了。直走了老远，才忍不住回头寻找他们，发现只有灰马伫立在原地，那两个人已经掩在了茅草间，一片白色的绒花覆盖了他们……

这天很晚"老雕"才把宁缬送回宁家大院。

他站在大灰马的旁边吻着她，最后说："你是我一下扑住的小鸡。我有一天还要逮到你，那一次就吃掉你了……"

宁缬擦掉眼泪说："我到了那一天就让你把我吃掉，你一点也不要剩下……啊？！"

"老雕"又说："我真是喜欢你。狗娘养的战争！要不是战争我就驮上你走了，狗娘养的战争……夜间多想着我点吧！"

他说完返身上马，急驰而去。宁缬一直站在那儿，月亮下她呜呜地哭了，直哭到老叔和宁珂出来领她。

……

宁周义用疑虑的目光盯着宁珂。他对这个年轻人有了异样的感觉。说不清这种感觉是什么时候产生的，但他认为自己已经察觉了什么。他详细询问这一次远行的全部过程，对宁珂离开宁缬单独活动那些日子特别关切。宁珂为了搪塞，就影射自己有了一个异性目标——虽然朦胧，但那的确是一个目标。他正痴着呢。他真是痴着。有时他日夜思念那个人……宁周义哦了一声，竟然没有再说什么。

说到了黑马镇惨案，全家人声泪俱下。哭得最厉害的当然是阿萍奶奶。她长时间呜咽，手扯着宁珂，不断拍打他。她在安慰一个受惊的孩子，自己却不胜悲伤……宁周义擦去了眼泪，大声叫着缬子——缬子一个人长时间地待在楼上自己的房间里，这时拖拖拉拉跑下来……"你该来听一听！你知道国家到了什么地步，才会做人。你天天忙着描脸，真不像我的女儿！"宁周义突然吼叫起来，"统统没有希望，到处都没有希望，混账的……滚开吧！"

宁缬吓得发抖。她从来没见父亲这样。她小心地躲到了一边，但就是不敢上楼。

阿萍给男人放了一杯糖水，坐在旁边好久。宁周义拾起了她的一只手，不停地抚摸着。他对宁珂和宁缬说："你们回自己的屋子吧，我们待一会儿，安静安静……"

离开后宁缬小声对宁珂说："珂儿，你千万不要说我和'老雕'的事儿，求你了。"

"可是爷爷不久就会知道的，老叔以后会告诉他。"

"那就等以后吧，只要不是现在就成。"

宁珂详尽地对组织做了汇报。组织上非常满意。他再一次坚决提出到平原上工作，能到队伍上最好，不到队伍上也可以。他在说这些的时候，想到的是对那个姑娘的诺言。他突然记起一个同志，就是许予明。奇怪的是一直没有见到他的影子。问红脸膛的人，他答一句："探亲去了……"

其实许予明这期间为执行一个任务而负伤被捕，正在遭受非人的折磨。同志们知道宁珂与之非常要好，就没有告诉他……可这是无法隐瞒的，几天之后他终于知道了详情：组织上策划了一次劫金计划，参加的人很多，特别动用了金矿上的基层组织。而协调指挥这次行动的，就是许予明。与以往不同的是，这一次没有在运金车必经之路上伏击，而是设法在矿内黄金转库的关节上相机下手。这样敌人没有提防，得手容易；但困难的是黄金到手之后，怎样迅速转移……

许予明是以智勇双全而著称的，所以组织选中了他。他以最快的速度赶到那个金矿，并与基层组织接上了头，然后开始周密部署。一切都很顺利，但在最后的关头，即黄金转移途中，突破最关键的一道防线时，发生了激烈的战斗。许予明一个人救下了五个负伤的同志，身上已经是十几处中弹……他准备拉响手榴弹自尽，可是受伤的胳膊再也抬不起来。

敌人捕到了他，目的是破获地下网络——他们知道这个网络是专门搞黄金的，已经构成心腹之患。金矿警备大队动用了一切办法，使用了可怕的酷刑，但许予明始终挺住了。他一口咬定是走私者：由他在金矿暗中运筹，然后交给黑道。敌人当然不信，因为事情进行得太周密了……许予明仍在经受九死一生的煎熬。

宁珂无法想象那个可怕的结局。他知道只有一个人可以挽救他的同志，那就是叔伯爷爷。

他请求组织批准，让他去试一试。

这需要让叔伯爷爷相信他的话，需要事先编织一个圈套，他绞尽了脑汁……白玉兰树下的高个子姑娘在他眼前闪动，他又望到了那一对美目。窗前的吻别使他热泪潸潸……"亲爱的绮子，我得从你身上谈起了——我爱你，刻骨铭心地爱，所以，我需要一笔很大的钱，于是……"

他忐忑不安地把自己的故事讲给红脸膛听。

7

宁珂开始拒绝进食。他把自己关在屋里，阿萍奶奶喊也不出来。"相思病是可怕的。"宁周义打趣说。但后来宁珂总也不出来，他和阿萍真的担心了。

"孩子，有什么心事跟奶奶说……什么都不要怕，我和爷爷会帮你。

你一点也不珍惜自己，这样……"阿萍哭了。

宁珂告诉阿萍：他爱上了一个姑娘。

"这我和你爷爷都想到了。你想去看她，还是把她领来我们家？只要是个好姑娘，孩子，我们都会高兴，我们会尊重你的意见，不是吗？你该相信奶奶……"

"我相信奶奶，我的事全靠奶奶了。我是遇到了别的事儿，这事儿与那个姑娘有关，可我怎么也想不到会这样……"

阿萍吃惊地看着他，再不说什么。

"奶奶，是这样……我们急需一大笔钱，可又不愿向爷爷提出来。我有个走私黄金的朋友，他和我联手，想不到金矿警备队逮住了他。他现在正受酷刑，说不定哪一天就把我供出来。还有，警备队的人把他当成了特殊的嫌疑犯，怎么也不肯松手。他快给打死了，这之前已经负了十几处伤……"

"什么时候？"

"就是这一次……"

"这一次你们一起……"

"嗯……"

"天哪！我的好孩子，你做了什么。这是你做的事情吗？我和爷爷什么不能给你？我的好孩子！让我跟你爷爷说说看，看他怎么……我的孩子！"

阿萍急急地离开了。

第二天夜晚宁周义把宁珂叫到自己屋里。他第一句话就说："你可不要骗自己的爷爷。"宁珂镇静一下，抬头说："事到如今了，我只能告诉爷爷。因为我没有别的办法，没有谁能把我和我的朋友救下来。"

宁周义呷着茶，看着宁珂。后来他摇了摇头："是救你的朋友。我的孙子眼下还没人敢碰。"

"可是他会供出我。"

"那就让他供好了。"

"爷爷！就是为我这位朋友，你也要帮帮他。他与我休戚与共……"

爷爷笑了。

"爷爷！"

宁周义站起来："我的年纪大了，心烦的事儿不少。我现在也不像过去，不敢奢望你今后能服侍在身边。只是希望不要添太大的麻烦。你已经是个大人了，会有自己的想法。不过你要记住：那只是你自己的，任何时候都不要强加于我。你不要伤害我和萍子，因为我们待你没有二心，就像喂一只小鸟一样把你喂大……"

这番话使宁珂全身发抖。他的心一阵急跳。他不敢看那对睿智的目光。也许一切都在对方的掌握之中，也许叔伯爷爷有太多的疑虑。只一会儿宁珂的脸上就淌下了汗水。"爷爷，我会好好服侍你和奶奶的，我永远都忘不了你们的恩情。我什么都懂，我不过是觉得这已不必表白……"

"是的，不必表白。你自律自忖吧。你和朋友的事情若果真如此，我会放在心上的。不过也只是这一次了。你知道我平生最恨的就是那些无法无天的人……"

宁珂长长地舒了一口气。

从叔伯爷爷屋里出来，他赶紧回到了自己房间。阿萍奶奶正等在那儿。他忘记了一切，像个孩子一样伏到了她的身上。阿萍奶奶拍打着他，他一声不响地伏着。后来他听到了抽泣声，抬头一看，两行长长的泪水顺着阿萍奶奶两颊流下来。"孩子，你开始学坏了，也许人长大了都要学坏的……"

宁珂呆望着。他不知道这话是什么意思。但他无力反驳。

宁珂尽快将宁周义的反应报告了组织。红脸膛非常高兴，郑重地表扬了他。这一天他们在一起待了很久，谈得很投机。宁珂从谈话中得知，组织上对自己非常赏识。他们对他的大致评价是：纯洁、真挚，工作热情高涨，几乎没有耽误过重要的任务。而且红脸膛已经将他去平原工作的请求郑重地报告了，估计就会有个答复。宁珂兴奋极了。

也就是这一次，红脸膛无意间流露了对许予明的一些看法，同时也让宁珂了解了这位令人喜欢的同志有多少奇特的经历。对方肯定地认为，许予明是个忠诚的战士，他在我们江南那支有名的队伍中立过大功。队伍散了之后，他才到这座江北重镇从事地下工作。本来他年轻有为，应该肩负更重要的职责，可惜身上有个难以克服的毛病——或者说不可原谅的缺点……

说到那些缺点，红脸膛特别拘谨，但后来还是大致讲了。原来许予明在队伍上就勇敢过人，为人也好，非常热情地帮助同志，极其善良。他容不得一点丑恶，在大街上看到受辱的人就上前援助，看到讨要的老大娘就难过得流泪，有时把衣兜里所有的钱都掏出来。可是……可是多么可惜！他负伤住了战地医院，一个月的时间竟然先后与两三个护士发生了不正当的关系。其中一个护士才刚刚十五六岁。组织上处分了他，但他仍未悔改。有一年他作为工作队员到一个村镇开展地方工作，不到半年时间与当地的妇救会长、女房东……有了那种关系。组织上很作难。当然他有不可推卸的责任。他长得英俊，让人忍不住地爱慕，这也是事实。可是这种情况对于一般人是可以理解的，对于像他这样一位坚强的革命战士，又怎么能说得通？

"怎么理解？"红脸膛痛苦地说。停了一会儿他又说一句："简直是堕落！"

宁珂好长时间未说一句话。他心中正为那个战友深深惋惜。他特别不明白的是，一个人为什么能游戏自己的情感、能同时装得下两个以上的异性？想到在未来岁月中自己对曲绪有万分之一的背叛可能，都忍不住一阵酸楚难受。"我会一辈子忠诚于她的，一定会的。"

但是宁珂最钦佩的人还是许予明。这个人有赫赫战功，而且真正智勇双全。他一想到这个人如今在生死线上挣扎就难过得不能支持。

宁珂不敢直接催问叔伯爷爷，他只是在阿萍奶奶面前抱怨和焦虑。阿萍奶奶告诉他：爷爷在三天前已经派人带着亲笔信走了，估计不久就会放人的。这一来宁珂又高兴又担忧：如果许予明出来了，他那一身伤怎么办呢？阿萍说："不要紧，你爷爷在那个城市有个好朋友，他是曲府的老爷，眼下自己有一所医院呢。那个人出来以后先在那儿治伤，然后你爷爷要亲自会会那个人……"

这一下宁珂明白了。他心里暗暗发怵。怪不得爷爷在做这一切时都不让他参与，再清楚不过的是，许予明将始终在他的控制之下——他要干什么呢？所庆幸的是，爷爷暂时还不知道自己与曲府的关系，也不知道那个曲府老爷正发生着怎样的变化……他故意问阿萍奶奶：

"那个人养好了伤就会走开，他都待在那里，能来见爷爷吗？这要由我去领他去。"

"傻孩子。你爷爷是不会让你再接触他了，他会带坏你的。再说他也跑不了，到时候有人会管这些事……"

最后一句让他害怕了。原来宁周义并没有打算把许予明交给他，而不过是将其转移到另一帮人手里……这是非常狡猾的一招，真是可怕极了。他的嘴唇抖动起来，阿萍奶奶问他怎么了，他摇摇头："爷爷太不信任我了。他最终还是没有把朋友还给我！……"

阿萍望望窗子，那儿传来了男人的咳嗽声……"你不要说已经知道了这些，他不让我讲。好孩子，他不会伤害你的朋友，他是世上最善良的人了。他这样做都是为你好……"

宁珂再不说什么。因为他心里明白：只要到了曲先生的医院里，事情也许会好办得多。不过这事必须马上报告组织。

组织上决定让飞脚设法从医院转移许予明。这事要赶在他的伤尚未彻底治愈之前，而且要争取曲先生的配合。

宁珂认为这事没有他的参与是不可想象的。他急于见到那个身负重伤、受尽了煎熬的战友，也急于见到曲绪……他真想在一个适当时机对叔伯爷爷说出她的名字，这样当他来往于那个港城与省会之间时，也就有了个堂而皇之的理由。但现在还不行。在许予明的事情解决之前，他将守住这个不大不小的秘密。

可是他要回到那个港城！

他对阿萍说，他已经再也不能等待了，他必须立刻见到那个姑娘，他自己明白这是真的，是他心里的话……阿萍对男人说："让他走一趟吧，他受不住，他是初恋……"

宁周义问了一句："那是谁家的姑娘？她这样迷人吗？"

"爷爷，请允许我以后慢慢告诉你吧。如果你同意，我会尽快把她领到家里来……"

宁周义再未说什么。他默许了。

8

宁珂上一次回部队驻地时，亲手把曲先生的马交给了飞脚。那是他们的第一次相见。宁珂对这个极为有名的交通员非常失望。他觉得这个人的模样让人不舒服：嘴和鼻子都很尖，眼睛也太亮。也许因为特殊身份吧，他在穿着上太出眼：黑色光滑的绸缎衣裤，黑色的礼帽，甚至像一个老年人那样扎了宽幅腿带子，穿了千层底黑帮便鞋。当时交通员是一个很复杂的名分，表面看像是一个传递消息的人，实际上更像来往于各方的外交家。他加入革命组织远比宁珂早，看宁珂时那目光有点生僻感。他问："宁先生，你跟曲予很熟吗？"宁珂敏锐地察觉到对方舍弃了"同志"的称呼。"一般……不如刘交通熟。"内部都称其为"刘交通"，他就学了一句。想不到这让对方很高兴。

这一次与飞脚打交道，宁珂有些担心。他赶到那个城市之后，很快得知许予明已经在医院里治疗了。飞脚见过了曲予，提出先见一见许予明，视情况做好转移的准备等等，被曲予拒绝了。曲予说这个人物是港长的人直接送到医院里来的，日夜由港上的人监护，除了医生之外任何人不得进入他的房间。而且入院时有人交给曲府一封信，打开一看才知道是宁周义的亲笔信……

宁珂与飞脚商定：曲予这边的事情交给自己办理，转移病人的其他关节由飞脚去做，比如车辆安排、掩护人和转移路线……上一次殷弓养伤的那个有花园的老式洋房就是安顿许予明的地方，病人到了那里就算逃了出来。"现在人还等于囚着呢，宁周义——你那个叔伯爷爷是条真正的狐狸！"飞脚骂着。

宁珂听了不太舒服，但他实在找不出话来反驳。好在飞脚很快就离开了曲府，这儿就剩下他自己了。

长长的两天过去了，他一直寻找机会与曲绅会面。夜里他偷偷溜到窗下，屋里黑着。一下一下敲着窗棂，没有回应。后来他不得已找到了淑嫂，从谈话中才得知曲绅已经在医院里做了好多天护理了，由于要值夜班，晚上也宿在医院里。与曲绅一同做护理的还有小慧子。淑嫂说前几天城市又挨了一次轰炸，受伤的人很多，医院里需要更多的人手……

宁珂觉得曲予真的老了，白发明显增多，神色也极为疲倦。他见了宁珂的第一句话就是："我知道你是为那个人来的……飞脚也是。"

宁珂点点头。

"许先生是你们当中的负责人吗？"

"不。但他很重要。他是一个非常勇敢的人，也是我最好的朋友。我想知道他目前的情况——真的不能看一眼吗？"

"我明白。他连续好多天昏迷，刚苏醒不久。我觉得这个人与殷弓面临的情况不同，那一次由这边的人说了算，而这个许先生是上边交待下来的，当兵的看守很严。除了指定的护士和医生，别人不能进他的病房。那些看守对医院里的人都很熟，生人根本无法接近。这真是抱歉……"

宁珂知道曲予说的全是实情。他想到了曲绡，心头一阵灼热，不由得问了句："我能……到医院里去吗？"

曲予摇头："去医院也没用，因为许先生在二楼最东边的一个病房，走廊的一段都封锁了。"

"我只想到医院看一下……"

曲予看着他，没有说什么。

第二天宁珂就随曲予到了医院。那种浓浓的消毒剂的气味让他有些激动。从踏入大门的第一步，看到那些穿了护理服的人开始，他的心跳就开始加快。他真不知道在甬道上突然看到那个高高的身影时会怎样……没有，没有她。他几次想问一句关于她的话，都忍住了。他心里那么害怕曲予知道他们的秘密，尽管这没有太多的理由。

曲予去查房时，他就坐在一间办公室中。后来他走出来，迎着走来走去的身穿白衣的人……有一个高高的背影，让他屏住了呼吸。他追上去轻轻叫了一声，那个人回过头来，是个陌生的中年女人。"请问，曲绡小姐……"女护理伸手朝一个拐角指了指。

那是个涌着蒸汽的小房间。有人不断推着换下来的床单和衣服到这里消毒。蒸煮东西的好几口大锅都冒着白汽，有人在这儿用一柄木权子搅弄着。宁珂走进去，发现消毒室的隔壁是一大间，里面是摆放干衣服的地方，有一个人正低头登记着什么……他目光直直地看着，紧紧咬着牙关。

她好不容易抬起头，马上"啊"了一声，手里的铅笔掉在了地上……他们紧紧抱在了一起。

"我……那天听到了马蹄声，打开窗子一看，是那个飞脚……我要求爸爸到医院里干点什么，我不能闷在大院里了，我会生病……"

曲绵呜咽起来。

这个夜晚他们都没有睡，就在堆放衣物的屋子里谈了一夜。消毒室的人都走开了，灯熄了，他们依偎在一起。曲绵问："你能带我走吗？""能。不过也许是先待下来，待在这片平原。"他告诉了自己与宁周义的关系，让曲绵吓了一跳。她告诉他：父亲对那个大官僚又敬重又畏惧，虽然他们有友情……宁珂仔细地讲了一遍这次要做的事情，说要抢在自己的叔伯爷爷前边，给他来个措手不及。他得知除了曲予和一两个大夫能接近病人之外，还有两个护理，其中的一个就是小慧子。

从此曲绵每天都要通过小慧子了解许予明的病情。

与此同时，宁珂与飞脚已经数次会面，制定一个营救和转移的周密计划。他们约定在许予明可以下床走路的第一个周末，由几个装扮成医生的同志将其劫走——这几个同志要于当天进入医院，由曲予安排在普通的门诊病房。但必须在这之前由小慧子或曲予告知许予明，以便让其有所准备。

整个计划都没有问题，曲予总算勉强同意。这个时刻他已无更多的选择余地。

　　那真是个好夜晚。月亮很圆，没有风。曲绡因为等待着行动的时刻，激动得不知怎样才好。按照原计划，她必须与父亲待在一起，一切都佯装不知。可是她不能亲眼看着宁珂他们把那个人救出，心中焦虑急切到了极点，而此刻的宁珂已经在郊外，与飞脚待在一辆车中了。

　　"爸爸，你看那个月亮多亮，外面像白昼……"

　　曲予瞥了窗子一眼，没有作声。

　　"宁珂离开了吗爸爸？他要随他们一起走吗？"

　　曲予点着头。他发现女儿在说到那个名字的时候声音有些颤抖——他看了她一眼。她的脸多么红！"绡子……你听！"

　　外面传来一声枪响——听声音在几公里之外，在市郊。

　　曲绡一下跳起来。她不由得双手攥紧了爸爸的胳膊："宁珂他们，他们……"

　　曲予示意她坐下来。

　　走廊上有些混乱。有人吆喝着走过去……

　　曲绡眼里涌满了泪水。曲予扶住了她，让她紧贴到身边。"孩子，不要怕，一切都会过去，他们会平安抵达的……"

　　"会吗？"

　　"会的。"

　　"宁珂……宁珂……"

　　曲予看着她。她的泪水越涌越多，像清澈的汪泉……

第五章

1

在那个寒冷的早晨你试了试我的手，握住了它，又牵着它往前。你要把仅有的一件棉衣脱给我，我害怕得难以拒绝。我到现在都没有好好看一下你的眼睛。

但我知道自己是勇敢的，只是这勇敢要寻找一种方式才能……我会有很多的、永不颓败的勇气，正像我有深深藏起的挚爱与仇恨。长期以来我都处于奇特的两难之中，在徘徊中咀嚼了无数痛楚。我渴望，我追求，可又只能远远地凝望。我充满了疑惑，我不相信——谁能让我相信？

如果有一只与众不同的、真实而善良的野狼，你想象一下它的处境吧。误解和剿杀会伴随它的一生。因为命运有了一个规定，它无法挣脱。正像它无法脱掉上帝给它那件连血带肉的衣装一样，虽然上帝在当时那一刻是要命地草率。它从此开始了逃窜和流浪，独自来往，没有同伴。荒野中的万物都不停地诅咒，它又无法走进狼群，它对它们也是仇视的，它与它们可算是同形异类。它们也是它的敌人。

它在成长，两眼盛满了凄凉。它强壮而又不幸的身躯贮满了力量，需要一个正常的生命所需的一切：水、食物、友谊、爱情。可是流窜逃奔的岁月早已教会它不存奢望，使它懂得怎样忍受屈辱和更大的不幸。它一年四季都奔走在最荒凉最险峻的山地，在人迹罕见之处。既要提防猎人，又要提防"同类"。各种牙齿都磨得尖利，不放过任何撕咬的机会。它身上的皮毛已经在逃脱中伤痕累累，留下了永难除掉的瘢痂。这是它的印记。

你想象它回到一个新的世界时，会有怎样一副眼神？它变成了他，可是恐怖的记忆已经无法消除。你簇新的蓝色棉衣多么柔软蓬松，像一件圣物。它带着你的体温与气息，将我簇拥了。

可是你能让我相信吗？

致命的矛盾和犹豫割伤了我的肉体，让我赖以生存的血汁日夜渗流。我只相信母亲。我记得母亲最后与我分手时的嘱托。她说你在任何时候都不要提到那个人，不要。于是我心中被一个石块压住了。我一生都在设法搬掉这个沉重的石块，一生都难以成功。在它的压迫下，我甚至不敢好好看一下你的眼睛。

我在梦中吻过了你的头发，嗅到了它浓浓的香味。我在这时才敢握紧你的手，与你悄悄私语。我害怕初升的太阳，正像害怕突如其来的一声喝斥。愿这温暖的夜色包裹着我，溶解着我，直到把我化成一片透明的水汽——那时我就可以尽情地飞翔了，可以与云霞汇拢，可以与绿色结伴，可以亲近你的脸颊。

你从来也不知道自己意味着什么，你是什么。这种深刻而真实的理解只存在于某个人的心域，而这个人只能是我。这种自信从来没有化掉，所以我就永远幸福也永远不幸。你一辈子都会离我很近，又无限地遥远……我藏起的这个古典的果实是永恒的，永恒的甘美。

正因为我怀抱了这样一颗果实，才能幻想和沉湎，能够顽强地迎接和承受。世上再也没有比日复一日的煎熬、漫长而庸碌的重叠更为可怕的了，可是我奇迹般地承受了。我观察着四季，在第一朵铃兰出现的时候激动不已。关于春天的回忆是最好的人生礼物，我自己的春天哪，一个一个排列在那儿，灿烂夺目。你和你的故事就是我的春天，我在铃兰花旁看到了你，你穿了一双淳朴动人的老式棉靴，走起路来悄无声息，就这样来到了我的身边。

谁能理解一只手掌只要轻轻拨动头发，对方就会浑身战栗？浓浓的黑发不甘屈服地直立着，你拨动时它掉下了一点草屑，散发出淡淡的烟味儿。那草屑是从山地带来的，关于它有不少可爱的故事；那烟气是常年的焦虑熏出来的，是少年眼前的迷惘。烟味呛得你频频咳嗽，柔和纯洁的少女之声让人想起一只猫弄出的响动。你从这坚硬粗糙的发丝中寻找谜语、倾听土地和山峦的声息。

我来告诉你——不使用声音，只用沉沉的眼神——那些山地的浪漫故事。我在奔跑了一天之后，找到了一处有溪水的地方蜷下，嗅着一棵野椿树散发出的浓辣，看着它通红的叶梗浮想联翩。一天的星星越逼越近，深夜即将来临，大山里的各种声息都向我靠近。小甲虫的走动细如游丝，麻雀翕动嘴巴刚刚结束呓语，草兔在噩梦中惊慌一抖，花面狸醒来后磕打牙齿的第一声；就连山雾从岈口流过也有咝咝的隐声，傍晚时分徐徐降落的一堆黑云轻放在大山顶，发出呼呼的巨兽般的喘息……我闭着眼睛，无一遗漏地装到了耳膜中。这时沙沙声突然增大，一只小兽到溪水边来了。半夜口渴的动物越来越多,这是个干燥的秋天。小兽走了,伏到溪边上饮水的该临到我了。多么甜的泉水,它是从山隙渗流汇集、顺着小溪淌来的。

　　秋天过去就是冬天。大雪中焐着的秋果冰凉红润,那一串悬勾子红得像樱桃,又如同串起的玻璃糖果。冬夜里拨一堆火,火中爆出的炭花啪啪响,美丽得让人思念往昔。我想着妈妈和她的小茅屋,想着小茅屋内热乎乎的大炕、炕上蜷着的猫、猫的稚嫩脸庞上长长的胡须……那个人不在,唯有那个人不在了,他常在这样的夜晚离开小茅屋。连接着小茅屋的是无边的荒原,荒原的一端是浩淼的大海。严冬的标志在那儿不仅是雪,而是呼啸的沙丘、林涛,和一块块在波涌下碰撞的巨大冰矶。一些比豹子小的猫科动物在冬夜也不会安宁,它们先是踞在粗壮的枝丫上,然后寻一个机会,借着风势一跃而起,像飞翔一样掠过半空。雪地上白天到处是兽痕,深深浅浅的蹄印、厮打的痕迹,向人暗示这是个怎样的夜晚。那个人啊,那个人在这样的夜晚总是被迫离开他温暖的茅屋。

　　有一天,我在背风的山崖下边拢了一大堆草,然后成功地钻进去躲避寒冷。大约是半夜时分,我感到了另一个生命也因为同样原因挤进来,我甚至听到了细细的、可爱的喘息。好奇心促使我小心地伸手触了一下,我的手马上感到了滑润润的皮毛——一只四蹄动物!我的心上立刻一紧。可是它一点也没想惊扰我,周身散发的热气却温暖了我。它是一只失去家园的狗、迷路的家养动物,还是山中的小狐?我就在一阵猜度中平静下来。可是我再很难睡去,只是小心地等待什么。一会儿,它在动,一边翻身一边发出细微的呓语,呜呜的。它活动时碰到了我的手或其他部位，立刻醒了。它一声不响地呆立了一会儿，竟然一点点凑近了，嗅着。我屏住呼吸等待这一场过去。后来它湿漉漉的三瓣小嘴碰到了我的脸颊，再移动，又碰到了我的鼻子和嘴巴。也许是无意的，它在我嘴巴上停留了一会儿，蹭得痒痒的，挪开了。接上去我们两不相扰地睡到了天明，那时我真的睡着了，醒来时已是天地一片光明，它已经无影无踪了。

不能倾诉，不能面对一双聪慧的眼睛，不能让你那样的一对眸子映出我的面庞。我朦胧中觉得自己已化进了莽野。我是山隙中正在努力吸吮的一株枫杨、一棵节节草。我的一切的希望与悲伤只有身旁的泥土知道，傍晚的微风再把我的消息告诉崖畔那棵苍老的麻栎树。哦哦，我的关于那匹火红骏马的先人的传说啊，你在梦中安抚了我的孤寂思绪，让我痛饮一口世纪的活泉吧。我不敢去想那个人弓背上压着的石块，他流血的双脚，不敢想永远为他流着泪水的母亲。我是个弃儿，一个孤儿，我把千万遍的呻吟都藏在了山角里，微笑着走进你的视野。

所有的胆怯都伴着难以启齿的故事休眠了。我愿意这样遥望着，思念着，把一种严整的心绪守在深处，让它冶炼着生长着。我们是分开的，分在了两个现实之中。我们又是一体的，同处在一个温暖的长夜之中。在不祥的鸮鸟的凄长呼号里，我们相距遥远地爬起来观望星空，极力想从中找出什么隐秘。岁月使我们不约而同地衰老了，除了一颗心还是依然如故，其余的都白了。白白的从鬓角延长到前额，再延长到想念。到处都白白的，像雪地，像秋后收过了果实的大地。

只有守着才有意义。那就守吧。我一时一刻也不松懈地看住了它，不让它改变。是的，对于一个孤单的人而言，白天是非常具体的，而夜晚就抽象多了。夜晚使人失望无告，又使人放声倾诉。夜晚必须牵引白天，白天必须正面迎上去。谁能舍弃这两个不同的世界？谁能没有这两个迥然不同的世界？谁会失去它们的滋养而又能活下去？每个白天来临的时候我都会悄声地告诉自己一声：瞧啊，又来了，这是人的一天。

2

对于我们的头儿朱亚而言，每一天大概都不那么容易度过。一天里给一个人设置了多大的障碍，让你费力地通过，好比一个关口，只有通过了才算一天。有时候人真的通不过它……朱亚好几次吃了一点食物又吐掉，整个人已经瘦得可怕。他领导的这支队伍也不如意，因为是几个单位凑起来的，所以大致分成了几摊，各自为战，只有到了大汇总时才聚一聚。难得开一个会，因为人员难以召集，平时又都分在各处。我想这次勘察工作会大大地伤害朱亚的身体。他的副手黄湘已经完全不听调度，有时招呼也不打一个就回机关去了。他也相当忙碌，好像正从事与我们完全不同的工作。

有一天我无意中发现了黄湘在所有图表的复制件上都注上了另一种数据——谁也弄不明白这些数据是怎么搞来的，因为这与勘察中全部推敲核实的数据相去甚远。我问他，他不答，只是不停地吸烟，眯着眼看我。他嘴角的笑意十分含混。我不得不去问朱亚，朱亚只是说："要严格标注，每一件图表要订正核对多次……"

他正处于特别的忧虑之中。他不愿意与我交谈压迫心口的那一切，这我已经感到了。也许他觉得我是一个不足以信任的人，可是他在有些方面却能与我推心置腹。他给我看一大本一大本的歌子，这都是在野外写下的。他甚至跟我谈起了野外相逢的姑娘——小水的故事。他对她的思念一直深深地埋着。

黄湘又一次进城去了。我想这家伙不是去找那个糟烂小报的女记者，就是去向领导打小报告。但我从没向朱亚说出类似的判断。

深夜，我偶尔写写歌子，余下的很多时间都在阅读陶明教授的著作。有时我请教朱亚有关问题，谈起陶明的时候他才话语滔滔。我听说陶明后半生历尽了坎坷，晚年十分悲惨，但一问到这上边，朱亚就把话题岔开。

天开始温暖，槐花凋谢了，满地的绿草长得越来越高。朱亚要与我徒步穿越平原东部，填补几处图表上的空白。这儿唯一的一架简易帐篷也被我们带上了，同时还有野炊的东西。仅仅是朱亚的药物就带了一大包，这不免令人沮丧。行前我曾建议他再做一次复查，他说一切自己都心中有数。就这样上路了。

一路上他的兴致很高，原野改变了他的心情。只有胃部阵痛袭来时他才皱皱眉头，其余时间都乐呵呵的。他好几次吟出了新的歌子。我们沿着芦青河堤向北，一路看着茂密的蒲苇和荻草、一些高大的青杨、矮矮的挤到一起的河柳和灌木，听着喊喊喳喳的大苇莺、树鹨、山斑鸠的叫声，偶尔还能听到大鱼在河里击水。但是眼下的河道已经比记忆中的窄多了，它的大部分已被茂密的蒲苇所占据，最窄的水道只有几米宽。在离大海十几公里处，我们开始注意接近入海口的一些变化。这里属于河潮土，基本没有被氯化物侵蚀，所以非常适于耕种。不过一些盐碱地植物已经开始出现，像盐角菜、灰绿碱蓬等等。朱亚说以前有过海水倒灌的报告，那都是由于过量开采地下水，水位过低时海水压入陆地水层造成的。现在看这儿控制得很好，一直到离海岸线很近的地方，水样中只含极少的氯化物——眼下的地表植被与前一段的报告是相一致的。再往前走就可以看到一座座的沙丘链了，不过它们的绿化仍然很好。朱亚伸手指着前面一片开阔地说："这是我十几年前来过的地方，我对这一带还熟。不过今天那些林带已经没有了……"

我们在到达那个扇形河口之前折向了东部。我知道我们将由此径直走向那个有名的农场。奇怪的是两人从来没有约定，但我却知道。只是我从不提起它，对方也不。这儿离那个农场有三十多公里，我们却要走两三天，因为其间还有几个勘察项目。一路上我们尽可能地绕开那些大一些的村镇，在野外歇息过夜。这是一种职业习惯。

越往东走，那种平畴开阔、麦浪翻涌的景象越是罕见了。土地被割成了一个个小块，庄稼的种类和长势都不同，大部分都显得很瘦弱。几乎所有的地方都缺水。田边上没有多少树，连过去见到的那些毛白杨也只剩下了残枝断叶。上一个季节里长出的矮小玉米棵没有收，在原地腐烂。田野上极少见到人做活，而稍微开阔一些的大路上却总是流动着身背包裹的人。听口音他们都是来自远处的打工者。已经实施的开发项目就在平原东部，而我们正着手准备的却是比那个项目大几十倍的另一次"大开发"。它将改变整个平原。

一处处积满了污水的大坑散发出刺鼻的气味，显然是附近的工业小区排放出来的。在通向河海的疏通渠道挖开之前，这些污水就只能存在这儿，这完全是为了提前开工。前边是一道道铁丝网和砖墙圈起的大片土地，地上生满了荒草，新生的木贼科植物已经长达数尺，像蛇一样在地上爬行。老鼠大白天在荒地上溜达，见了铁网外的行人并不理睬。本来挺好的一条路就这样被截断了，我们不得不绕开。那些村庄过去都被高大茂密的树木围拢着，这个初夏却像被突然剥去了彩衣，那么寒酸地裸露在泥土上。一个个灰色的低矮瓦房伏在那儿，张望着一个喧嚣的平原。

在那些打工者成群结队的宽路上，不断拥过一些高级轿车，把打工人群都挤到了路边洼地，引起了刺耳的叫骂。越往东这种轿车越多，简直像是从土里冒出来似的，阳光下像一串闪亮的铁链子。前边一道高围墙上插满了彩旗，扬声器正放出一个男人嘶哑的摇滚，接着这摇滚又被一阵猛烈的鞭炮声打断了。一辆辆轿车在墙外的空地上停下来，越聚越多，我和朱亚不由得站下观望。

鞭炮声越炸越烈，一直持续了半个多小时。这时太阳升到了半空，空地上的各种轿车已经排成了阔大的一片，远看似一个彩色的大湖。我从未见过这么多车辆聚在一片原野上，不由得惊叹起来。"又一个开发项目要剪彩了。"朱亚自语似的说一句，拍拍我的肩膀，"走吧伙计。"

再往东走几乎看不到大片庄稼地，有一多半干脆就给抛弃了。这真可惜。一个老人在田边上铲土，我们走了过去。朱亚问这里的耕作情况，老人说：青壮年都出去打工——有的搞建筑，有的进山开矿，没有几个留下种地的。种地也没有水，地下抽不上水来了，从西边河里引水又太远……走开不远朱亚说："他不知道，西边那条河也保不了多久，那个大项目如果一开，这儿所有的河流、渠水，包括这一带沿海，全部都要完蛋……"

为了看一下东部近海区域，我们绕了个远路，走向了海滩。这里原有一片片的洋槐树，它与西部平原上春天的槐花海是连成一体的；可眼下我们看到的却是一片片焦死的槐棵。连矮矮的小叶杨、紫穗槐棵子也在作最后挣扎。地上的隐子草、大画眉草和华北臭草、朝鲜碱蓬，已经早早迎来了自己的冬季。它们都开始枯黄发干。这显然是海水倒灌引起的。偶尔看到一些远东羊茅还绿莹莹的，那也全靠了地表的一点淡水。一旦地下海水泛上来，一切也就完结了。

前面有一群人正脱了上衣挖排污沟，一溜儿排开，望不到边；问了问，大多都是附近村里的人，有的还是极远的地方来的打工者。朱亚说，这就是准备把积在那些大坑里的污水引到海里……这个海湾多么可爱啊。这一下完了……

这个夜晚我们在海滩上支起了帐篷。由于备有一个胶皮水囊，所以宿营地不必依赖一处淡水湾。尽管这样，我们还是设法找到了一片小小的水洼。这是很久以前人们挖来灌溉的一个大沙坑，现在已经淤塞得只剩下了几平米的水面。我蘸了一点水尝尝，发现基本上还算淡水。晚饭我们用一个大号茶缸熬了一点米粥，米粥中投了一点干菜，主食是焦干的锅饼。其实朱亚已经吃不下多少了，因为他一路上都靠一种特制的饼干止疼。

天暗下来，我们让火继续燃着。野外有一堆火总是个安慰，这是我在山区生活时留下的一个习惯。想不到朱亚也喜欢这样。我们对着火聊天，喝一种花茶——它又香又苦。可能是这堆火的吸引，一会儿有了喊喊的说话声，接着我们看到了靠近的两个人：一男一女，都十分年轻，不过二十多岁的样子。他们蹲在火旁，嘻嘻地笑。问了问，知道是打工的，男的在海边上挖沟，女的在开发区刷油漆。他们是新婚的一对外地人，夜里要聚到一起。我们找出一个杯子给他们喝水，他们高兴极了。朱亚对他们的到来十分高兴，话也多起来。原来小伙子是边远省份的人，高考落榜后就出来打工了，一路向东——妻子是他在一家私营工厂垒墙时熟悉的女工，那个工厂主每个月都要欺负她，他看不下，就在一个深夜大雨中领她逃了……

小伙子很瘦，但眼睛很大很亮，牙齿洁白。女的眼窝很深，显得额头很鼓。她的皮肤略黑，一双腿长长的，让人想起一匹很能奔跑的马。她捂着杯子喝水，不时地给男人喂一口，笑眯眯的。这样待了一会儿，她突然说："他会唱歌呢……"

朱亚眼睛一亮："那唱呀！"

小伙子咬住下唇停了一会儿，推了女的一把，然后就手撑着地唱起来。他的脸涨得通红，那歌声先是柔细，越来越宽阔、越响亮；他唱着唱着闭上了眼睛，微仰着脸儿，换气时像口吃一样，下巴摇动着。这歌声一下子就把人抓住了……我忍不住和朱亚一同叫起好来。朱亚说："太好了！这比舞台上那些歌手唱得好……"

姑娘自豪地推推他："都说他唱得好。他还考过什么院来……那些人瞎了眼……"

小伙子接答："艺术学院。"

朱亚严肃地低下头。

露水使衣服有些潮。我们往一起凑了凑。天上的星星又大又近，它们怎么离我们这样近哪。夜深了。我们四个人喝过了很多水，水囊空了，这使我有些担心。谁知小伙子抓起水囊就要到那坑里去灌，朱亚说不知那水好不好；小伙子说没事，一连几天他都喝这水……他俩要在这儿过夜，可帐篷又太窄；他们说根本就不需要帐篷，把一些干草拢一拢，然后就在离我们几米远的地方躺下了。

我们睡不着。朱亚这个夜晚很激动。他说自己想起了很久以前——那时大学刚毕业不久，跟上陶教授到野外勘测，就这样睡过帐篷。陶教授自己嗓子不好，可他喜欢听年轻人唱歌，总是动员我唱一个唱一个，他……朱亚的嗓子哑下来。我似乎看到他颊上有泪水。

3

我们默默往前，都知道这会儿走向哪里——在那里要稍稍耽搁一下，然后再绕过东部一个镇子，乘汽车返回城郊基地。我们离开的这一段时间黄湘可能会回来，由他主持基地工作总不是件好事。我想我在任何境况下都难以同他这样的人合作，好像有一些奇特的东西阻止了自己与他接近。我早就发觉生活中一个奇妙的现象：人是各种各样的，但大致可分成两类，即愿意接近的和心中排斥的。有时简直是毫无理由，只是一种感觉在支配……

我们不需要约定地接近着一个地方。那里很偏僻，很闭塞，可是一度非常热闹。如果不是随勘察队到这个平原，我想很难来一次。那是一处国营农场，解放初改造出的一片沼泽地，曾经是很富庶的一个地方；只是后来灌溉条件差了，收成不好，改种的果林又大片死亡，农场只好办起了大型砖窑场，只留下原来三分之一的土地耕作。

在我听到的很多故事中，关于陶明的大多发生在这个农场。他在这里度过了可怕的岁月，他的死与这儿有极大的关系……这里发生过多少催人泪下的故事？如果有人记下这一切，会是厚厚的几大本。从来到这片平原不久，我就相信朱亚会来凭吊的，我想由于特殊的原因，他来这儿时也许不会声张，虽然他不怕什么。当我们一起往东、再往东时，我已经预感到了什么。我很感动。他能在如此重要的一次远行中带上我，这就足以使我感动了。他极少给我讲点什么，我想那更主要的是因为他不想讲，他或许认为不必再讲了，而并非是信任与否的问题。

我从未注意到那个地方。可就因为陶明教授的关系，那儿在许多人的心中已经重若千斤。很多人都想让人将其遗忘，可是非常难。起码在朱亚这一代是非常难的。我是个后来者，我知道了，看过了，那么也将难以忘掉，如果我再告诉下一代、再下一代呢？他们也都将记住。这会有意义吗？

当我思索所谓意义的时候，朱亚是不是早已经将一切都想过了？我不由得回身看他，他的一张脸蜡黄蜡黄，没有一点血色。我慌慌地喊了他一声，他没有听见。

"朱所长！你不舒服吗？要不要歇一会儿？"

他摇头。

我注意到他的脸真的像纸一样。后来他自己不走了，蹲下来。他在大口喘息。我急忙从背囊中找药。他阻止了我。就这样歇了一刻钟，他又坚持往前走。

这儿越来越接近平原的东北端。大地真的一片荒芜，仿佛早就被人抛弃了。很久以前这儿是一片丛林，后来丛林消失了，成为荒地。这儿的村庄极为稀疏，一眼望去全是光秃秃的盐碱地。大概就因为人烟稀少的原因，所以那时候这个农场才被派做了这样的用场。当年这片农场实际上是一处准劳改营，集中了一大批穿号衣的人，他们在这儿种地烧砖、垦荒，不少人就死在了这儿……

我的目光不断搜索前方，希望能看到它的影子。没有，只有高高的茅草和零零星星的灌木棵。朱亚发现我四处看，就说一句："到了。"

走了一会儿，前边出现了一道高墙，但已经多处颓倒。从豁口那儿可以看到红砖垒起的小屋，比我们基地的房子还要矮小，有点像营房。高墙内一点生气都没有，连棵像样子的树都没有，好像也看不到人影。走得再近一些，听到了狗叫。但仍然看不到人影。

我们走进去。靠大门的一个小房那儿，一条狗探出头来，原来它被拴住了。屋里立刻出来一个年纪很大的人，一看就知道是守门的。朱亚给他看了证件，说明要在这里住一夜。老人说你们只要有行李就行，如今这儿住一个营的兵也绰绰有余了。

他领我们在红砖平房之间转了一会儿，后来因为嫌累就给了我们一把钥匙，让我们先安顿下来。朱亚说时间还早，我们自己随便走走吧。这可真是一大片房子，不过差不多都破旧得可以，不是缺门少窗，就是裂了很大的墙缝。百分之九十以上已无人居住，仅有的几户住家好像也是临时性的。原有的农场工人就更少了，他们在足够大的一片土地上种一点东西来维持生活。可以看出，这些土地大半已不能耕种，除了因为被丛生的杂草和灌木葛藤之类缠住外，最大问题仍然是土质的变化和灌溉条件的丧失。我们问一个留守的老工人，原来那些人现在都哪去了？他说大半都回原籍了，再不就想法调走了，反正都到好地方混生活去了——这个鬼地方自从窑场缺燃料垮了之后，就成了个穷坑，连像样子的水都喝不上………

不过站在这儿，仍可以看出当年农场的规模。一片平坦的、由直直的泥路和石砌的水道隔开的荒原，就是原来的耕作区。有的地方至今还留有东倒西歪的巨大石桩，看上去非常奇怪，朱亚说那是拴铁刺网的桩子——这马上使人想起当年是什么人在这儿劳动。有石桩的地面积极大，一眼望不到边。那石桩在芜草中像骨头那么白，又像垂头默立的白发老者……一个，不，两个高高的望塔至今还矗立在宿舍区的两个角上，从那儿延伸出的高墙和一排歪歪的石桩有三分之一已经塌掉，不过仍能看出当年的痕迹。

·我们沿着一道石渠往田野走去。莎草、荩草、褐穗莎草和大油茫、白茅等把土表遮得严严实实。蚂蚱不断地撞在腿上、手上，麻雀一群群起落。不远处是一个窑场，高大的烟囱顶部有一个被遗弃的鹊窝。焦干的、不知被雨水洗过多少次的砖坯塌了一地，到处都是破碎的瓦砾。一个不知名的动物正在破败的砖窑深处发出咕咕的叫声，后来它听到脚步立即敛声息气了。芜草间我发现了一些三色堇，它们旁边甚至还有一蓬马兰和一株鸢尾——浅蓝色花苞闪着淡淡莹光。朱亚一边走一边不安地望，像是在寻找什么，后来他大概终于发现了目标，步子明显地加大了。

在一小片将死的紫穗槐灌木中间，有一片坟堆。它们都小小的，一个挨一个。这里的草很少，坟堆光秃秃的。

我猜想这是当年囚在农场的那些死者。但我没有问。朱亚在这儿定定地站了很久。

往回走的路上，他自语般说了一句："我大概是最后一次来看望你们了……"

这话让我惊愕极了。有片刻我一步也迈不动了。他没有发觉，只是一个人走在前面。

这个夜晚很难入睡。因为这个荒僻之地太静了。没有一点声音，不，没有一点独立的可以分辨的声音，所有的声息都汇在了一起，组成了很混杂很细碎的响动，像海潮一样漫过来。我极力想从中分析出微风摇动枝条的声音、野物的吵闹……什么也听不出。整个荒野之声都被漫漫的海潮统领了。我们显得可真孤单。起码应该有一声孩子的啼哭啊。狗也不叫了。那只狗大约也很老了，它伴那个老人倦倦地睡着……我在想那片坟茔安眠的人中有没有朱亚的朋友？我想一定会有的。他们当中不包括陶明，因为我想如果有，朱亚一定会走到那个坟头跟前去——他当时只是望着那一片……

这个夜晚我勉强睡着了，但不停地做着噩梦。后来很快又醒了，天还是黑的。朱亚在沉重地喘息，不停地翻动。现在我已经习惯了，因为他几乎每夜都是如此。这样的夜晚太难熬了，为了从中挣脱出来，我就努力地想了一会儿苏圆，奇怪的是在这儿我连她的脸庞是什么样子都想不起了。很怪。又想了想，还是想不出。我只是清楚地记得起她的牛仔裤、她在楼梯口一转身的动作……朱亚起来吞了三次药，天亮了。

总算告别了农场。离开时我们连头都没有回一下。但我今生大概不会忘记还有这样一个地方。

我们加快步子往前赶，按原定计划，像逃似的，到黑马镇乘车返回基地。

"你知道黑马镇吗？"

我仰起头，看着被初升的太阳照射的这一片原野，那个有名的大镇子就在前方，在云霞烤成红色的那一片苍茫之中。前边没有人迹，没有动物的跃动，只有安静的一片。晨雾太重了，一切都隐在了浓浓的红色背面。巨大的幕布拉开之后才会见到那个镇子，我们正试图撩开它，然后径直地走进去……

有多少次了，我走近它又绕开。它有巨大的磁力，当它把我从千里之遥吸到身旁时，却又用相似的斥力把我拒绝了。这两种力量都让人无法抵抗。我发现朱亚走在前边的脚步正一点点加快，他甚至对我的问话充耳不闻。很明显，他也被一种磁力吸住。

4

许予明终于被安置在那所有花园的老式洋房里。他住在二楼一个有洗漱间的屋子，隔壁就是那位老妇人。她无微不至地关心着一切来这儿的客人。交通员飞脚很快离开了，宁珂却不忍离去。许予明虽然脱离了危险期，而且能够下床走动，但伤得实在太厉害了。宁珂从未见过一个人被打成这样：头上、四肢、肋部和背部，甚至是胯部，都留下了深深的创痕。一个年迈的沉默寡言的医生每天都来诊视——他前一段也为殷弓医过伤。这位老人长了一对鹰眼，看人时令人胆寒，却有一副绵软的心肠。他说话像呵气，不断发出"啊，啊"的声音，给人以安慰。宁珂想为他做做助手，他说不必了。

许予明并不知道援救他的其他一些细节，也不知道在刚刚接近城郊时遭遇的那一场有多么危险——港长金志的巡逻队发现了他们，为使其脱险，飞脚手下的两个战士差点丢了性命。他的情绪时好时坏，因为不得不使用镇痛药，离开药物就吵叫起来。老太太过来安慰他，像对待一个孩子那样抚摸他的额头，他却破口大骂。当他神志正常的时候，又不停地道歉，称她为"革命的老妈妈"……深夜他睡不着，就让宁珂陪他，天南海北地扯，有时连声哎哟起来。他有一次告诉了这所洋房女主人的经历，说她原来是一位风姿绰约的女人，真正的大家闺秀，从十几岁起就爱上了一位比她年龄大一倍的革命者。他们后来刚刚准备在这所洋房里结婚，那个革命者就被俘，接着又被杀害了。从那时到现在，她一直独身，用献身革命来纪念所爱的人。"多么可惜啊！"他长长叹息。

宁珂原以为他为早逝的先烈感到惋惜，接上去才知道不是——"多么好的姑娘，没来得及让男人好好爱一场就老了，瞧那一脸皱纹……"

　　宁珂想起了红脸膛朋友讲过的他那些事情。但宁珂这会儿什么也不想说。

　　一个个长夜里，许予明断断续续讲了很多故事，大部分是关于自己的。他有十几次死里逃生，所以这一次也并未觉得有什么了不起。特别让宁珂吃惊的是，眼前这个英俊的伙伴十四岁上就有过一件惊人的壮举，并从那时起参加了革命：他出生的那个镇子上住了一位无恶不作的"头领"，随意杀人、奸淫妇女、抢掠财物，镇上人吓得大气都不敢出。一天，他不知怎么挎着篮子混进了头领午休的地方——那天中午真热，警卫大约找地方乘凉去了，门虚掩着。篮子上蒙了一条手巾，下边是几个桃子和香瓜，再下边就是两颗手榴弹。头领正呼呼睡，他猛地推开门，把手榴弹拉了弦投到炕上就跑，一直跑出镇子，跑到百里之外……许予明讲着，不时要痛苦地翻身，这时宁珂就上去帮他。宁珂发现他身上有那么多旧伤，不由得吸了一口冷气。

　　宁珂不忍离去，一直陪了他许多天。他的伤终于好多了，那个老医生再也不必每天诊视了。有一天为他换药的是一个三十岁左右的女人，瓜子脸，乌黑的长发披在肩上，打扮非常时新。她身上有一种新女性的气息，这让人一眼就能看出。她长得很娇很白，体态丰腴，但也长了一对鹰眼。老太太领她进来时介绍说，这是老医生的女儿。宁珂发现正在呻吟的许予明抬起头时，目光一触到对方立刻亮了一下。宁珂皱了皱眉头。

鹰眼女医生远不如她的父亲耐心和蔼，有时说话非常生硬，好像压根就忽略了病人是一位绝对罕见的、了不起的勇士。她命令许予明这样那样，做出不同的姿势并用听诊器听他的呼吸和心脏，说："差不多了。"

　　宁珂发现许予明连日来安静多了，但说不定什么时候又要暴发滔滔话语，与宁珂拉上一个通宵。宁珂向他指出这样不利于健康，但没用。有时他要把话题扯到女医生身上，说："我看她还是相当好的。她的医术有可能比父亲好——看到了吧？她甩温度表只用三根手指捏着，而那个老同志是满把攥呢。"宁珂认为这些区别是微不足道的，根本说明不了什么，而且指出："可是她好像比父亲粗暴一些。"许予明立刻有些生气地盯住他嚷："漂亮女人哪个不这样？""她漂亮？""你的眼睛啊！你的眼睛啊！……"许予明觉得已经没有与之争论的必要了。

　　有一天宁珂与老太太在花园里浇花，没有随女医生上楼。他们一起将沤制的牛蹄甲水洒在花丛基部，又用土盖上。正在宁珂用锹挖土时，他突然听到了楼上传来的一声尖叫——二楼的窗子开着，因而这声音听得非常清晰。他赶紧放下锹跑进了屋里。

　　许予明静静地伏在床上，袒露着后背，女医生正往上面抹药水……他们对跑得呼呼喘息的宁珂理也不理。宁珂觉得女医生的脸很红，连洁白的脖子也红涨着。"我好像听到……"他嗫嚅着。许予明歪着脖子看看他："刚才剪刀碰了一下。"

　　宁珂明白是虚惊一场。

　　可是第二天换药时，那个房间的门紧紧关闭了，而且所需时间延长了一倍。女医生离开时和颜悦色，对宁珂和老太太都点头微笑，这在过去是从未有过的。她那一对鹰眼闪着动人的光彩。

夜间许予明有时主动来宁珂房间，兴奋得睡不着。他身上的伤口基本上不疼了。话题无论扯多么远，最后也还是要拐到女医生身上。他不停地赞叹：“多么帅的一个女同志啊，工作起来很麻利。腿多么长；而且，过人地温柔……真可爱啊！”

宁珂默默地听。他忍受着难言的痛苦。眼前的这个同志、心目中最敬佩的战士，又一次滑离了正常的轨道。怎么可以是这样呢？他明白制止和劝导都是自己不可推脱的责任，但显而易见，可是……一种说不清的巨大障碍阻止了他。他简直不可能用任何口吻去谈论那样一种意思，他觉得对方有一种高不可攀的东西……就这样，他在内心里斗争了很久。

他知道自己该离开了，可是他真怕就这样离开。一个晚上，他鼓足了勇气才说：“许予明同志，我不得不跟您谈一谈了，尽管这有点不太尊重您。可我觉得在革命的原则面前，一个战士什么也不该顾忌，所以……我认为要谈了。我是指您的男女方面的事情。假设我不知道过去，仅就眼下发生的，也足以让人警觉了。对于我们这样的人而言，这是相当危险的……”

许予明低下了头。后来他慢慢地、一丝一丝地抬起，注视着宁珂。他那对明亮的、睫毛长长的大眼睛闭上，又睁开。他声音涩涩地说：“早该……这样谈谈了。我知道你对我一千个好。可是怎么说呢？我什么都懂，你说的、你要说的，我都懂。我不过是忍不住啊——想想看，在一个越看越喜欢、无论如何也还是喜欢的女性面前，我怎么办？你叫我怎么办？”

"约束自己!"

"约束了,有时恨不得把自己的手捆上。可还是忍不住伸出手来,摸摸她的头发、捏捏她的手。我看上的人又不让我接近,我就会生病,会死!我知道自己忠于革命,我会为我的忠诚去死。组织上把我培养成一个坚定的战士,我死也无法报答,可是我爱她们……我心里疼!"

"如果这种爱有损于革命呢?"

"我绝不让它有损于革命!"

"只要那样就是有损!"

"我看不出……让我再想想……"

这场严肃的夜谈就这样结束了。第二天,宁珂就要离开这座洋房。分手时他故意没有与楼上的许予明打招呼,而只与老太太告别。老妇人平时不苟言笑,分开的一刻却紧紧地抓住他的手。后来,她用那干燥的嘴唇吻了吻他的额头。

宁珂从未将许予明养病时的情况报告组织,尽管有关人不断询问。奇怪的是从那儿归来后,对曲绤的思念竟像海浪一样涌动,简直想要将其连根拔起,把他推拥到峰巅再猛地抛下。他支持不住了,几乎使用了全身的力量去抑制。他半夜爬起来给她写信,无尽的倾诉一会儿就写满了几张纸。可惜这些都无法寄出,因为邮路差不多已经堵塞了。那些信在他不小心的时候被阿萍奶奶看到了,她看着看着流出了眼泪。她回忆起很久以前,她第一次把自己交给那个高大英俊的宁周义的情景。那时她什么都不顾了,她感到什么也没有比爱的岁月更美好的了。只要他伟岸的身躯一离开居所,她就开始了企盼。她看书、打扫卫生,不一定什么时候眼前就飘过一阵他的气味……她仔细地把这些火烫烫的信叠好放起，对孙子说："孩子，择个好日子把她接到家里吧！"

宁珂从来没有想过让曲绪在这儿居住。他从来就把她当成那个平原上的女儿。他只是点头，心里想的却是怎样奔到她的身边……

宁周义很少到他的办公室去，不知因为什么，他越来越多地待在自己的书房里。后来一个蜂腰女人就常常出现在这个小楼上，她每次来这儿都要带一些文件。阿萍告诉宁珂：她是爷爷办公室里的秘书小姐。蜂腰女人一连几个小时待在宁周义的书房里，如果阿萍有事出门，她在那儿待的时间就更长。宁周义的衬衣洗得洁白，穿了背带裤子，显得很闲适。他自己出来找热水瓶之类，发出轻轻的咳声。有一天天快黑了阿萍奶奶还没有回来，宁珂出来，一抬头愣住了：爷爷和蜂腰女人的头靠在一起，那剪影正被灯光从窗帘上映出来——大约他们都忽略了这一点。开始宁珂以为是叠影的缘故，后来他看得非常清楚，那两个影子在接吻……宁珂回到了屋里，从未有过的沮丧。他从心里为阿萍奶奶悲伤，当然还有别的……

从那个傍晚他想到了把自己抚养长大的叔伯爷爷是怎样一个人。原来自己面对着的不仅是一个反动政客，而且还是一个懂得及时行乐的人、一个悲观主义者。真可惜，大概这是非常可惜的。

曲绪，多么思念你。你真漂亮，真美，真……

5

许予明又回到了省会。宁珂第一次见到他时，以为会看到一张含蓄的、隐藏了什么秘密的脸，谁知道他还像往日那么开朗，一见面就用拳头捶了他一下。他又恢复了兴高采烈的劲儿。宁珂觉得这张面庞似乎比经过垂死挣扎之前更英俊了。他长长的腿至少被五颗子弹打过，居然没有折断，而且连拐一下都没有……这真是一个千锤百炼的人。

他经常到钱庄里去，这样与宁珂就经常见面。宁珂现在苦闷的是不能尽早回到殷弓的队伍里——那次请求一开始说要有结果了，但后来又没了消息。他找红脸膛，红脸膛再也不吭声。万分焦灼中，他不得不去求许予明，想不到对方一拍大腿，痛快地答应去试一试。

宁珂知道上级领导是非常器重他的，心里一阵高兴。不过也多少有点担心：这样做符合原则吗？他吃不准。但他心中充满了期待。

回到家里，每一次面对阿萍奶奶，都想把什么事情告诉她，可又不敢。他只是一再地说："奶奶，我和绩子将来要好好服侍你，我们要住到一起。无论到了什么时候，我们都要一起。"阿萍听了就忍不住，一会儿变得泪花闪闪。她不停地叫着："我的孩子！我的孩子……瞧瞧你真长大了，好孩子，奶奶就等着跟你享福了。"

蜂腰女人有二十五六岁，高傲，冷漠，除了对宁周义笑之外对谁都板着脸。整个家里都好像因为她而增添了说不出的气息。像是一种辣辣的甜味儿。阿萍喊她"小姐"，而宁缬干脆在背后喊她"大腚"——那女人的屁股总要不停地扭动，过于招摇了一点。阿萍总是阻止她这样叫，宁缬就说："阿猫妈真是好心。"阿萍说："不要气你爸了，他多不容易。"宁缬立刻回一句："就是，他太累了。"有一次蜂腰女人进了门，除了宁周义之外全都吃了一惊：她穿了合身的军装，漂亮极了，腰上还有一个小手枪……后来宁缬一想起就喷喷一阵："我也要弄一套军装穿穿了，连'大腔'都有了。"说过这话不久她真弄了一套，不声不响地穿了走进大厅。想不到宁周义看了立刻火了，指着她说：

"脱下来！"

"怎么了？连那个大……那个女人也穿了，我就不能？"

"她有军籍。"宁周义脸色铁青。

宁珂和阿萍奶奶当时都在喝汤，严厉的喝斥声中他们一齐把汤匙停在嘴边。缬子回到了自己房间，哭泣声好像顺着天花板滑下来，如数地落到了棕色饭桌中央的汤钵中。宁周义愤愤地把筷子一拍，走开了。

战事越来越激烈，各种消息像一面网把人绞住。宁周义开始坐卧不宁，脸很快消瘦下来。他注视阿萍、家里的人，目光都有些异样。宁珂知道叔伯爷爷走到了极为特殊的时期。蜂腰女人有时一直待在他的书房中，从早晨到第二天黎明——厨子把饭菜端到里面。这样有好几天，宁珂从未发现他们走出来，甚至在为他们怎样到卫生间之类的问题感到费解。这是全家气氛极为压抑的时刻，阿萍开始小声说话，连狂言豪语的缬子也小心地走来走去，尽可能不弄出一点声响。这样多少天过去了，蜂腰女人离开了。她下楼时，那又圆又大的臀部扭动得明显加重了。宁周义出来了，他的迅速憔悴让宁珂大吃一惊。

"爷爷，我想回老家去了，我年纪不小了，该是自己闯荡的时候了。"

宁周义疲惫的眼睛看看他，不置一词。

宁珂每一次遇到许予明都渴望听到那个消息，这关系到他的命运啊。一点声息也没有。他觉得自己已经没有办法再支持下去了，他已经等到了一个极限。

宁缬在家里待不住，有时就背着父亲到钱庄去玩。这在以前是绝对不允许的。宁周义总是有很多禁忌，这在别人看来颇为费解。宁缬仿佛与宁珂有了什么共同的秘密，在他面前尽可能毫无拘束地玩个痛快。这当然与那次半岛旅行分不开。她总是在他跟前大声叫嚷："我他妈的想'老雕'了！快替我想想办法……"她约宁珂与她一起跑回老家一趟，说如果他不同意，她就要自己跑了。在这种混乱时候她不可能一个人外出冒险，这事宁周义也是绝对不会应允的。"那个王八蛋，那个家伙，我恨不得咬死他……"她噼噼啪啪砸着东西，骂着。只有宁珂知道她在骂那个"老雕"。

有一次宁缬正在宁珂身边疯着，突然一抬头看到了旁边走来的许予明，一下呆住了。她像被钉在了那儿，一动不动，大张着嘴怔了半天。许予明把宁珂叫到一边说了几句什么，然后走开了。

她一直看着他的背影。

"天哪！他可真帅气！这是你的朋友吗？你怎么不早给姑姑说说……你去把他追回来！"

"这……"

"快去！还呆个什么？"

宁珂当时不知为什么就追了上去，嗫嚅着："那边，我姑姑……想认识你。"

许予明刚才没有注意宁珂旁边的女人，因为她裹了个大斗篷，看不清面庞，再加上他正急匆匆的。这会儿他不得不走近来。宁缬正兴奋地把斗篷脱了，露出一张又大又亮的圆脸。许予明马上不知所措了，两只脚抬动着，搓搓手看看宁珂，又看看这个光艳逼人的胖女人。

宁缬响亮地笑起来："好帅的一个小伙子，差一点从姑姑眼前溜了。"

"你！"宁珂威胁地叫了一声。

"小东西……嘻嘻，"宁缬指着宁珂对许予明说，"我侄儿想管束我呢。好帅的小伙子，你听见了吗？"

许予明咬着嘴唇，像憋气似的一声不吭。

"愿意认识一下吗？"宁缬伸出手来，大咧咧地伸到他跟前。

许予明握住了，然后断断续续地介绍自己。

"好帅的一个小伙子！……"

剩下的时间里宁缬不断地催促宁珂去为她做点什么，实际上是让他离开。宁珂锐利的目光盯在许予明脸上，最后是许予明先一步离开了。

宁缬舞蹈似的伸出两手在空中摇动，闭着眼睛。无论宁珂怎么喊她，她都不应一声。宁珂默默地看着她，发现这张圆圆的脸泛着亮光，透出了一股扑鼻的香气。她的双眉又黑又长，嘴唇微厚，不停地颤抖。他简直惊讶极了：长长的泪水正从宁缬紧闭的双眼中流下来。

"姑姑！"

"珂子……"她两手拉住了宁珂，把他抱在怀里，但仍然闭着眼睛，喘息着，"我第一次遇到这么帅气的小伙子！我记住他的名字了，我记住了……咱走吧！"

她松开了他。

后来的几天里宁缬不时地窜出去，但每一次都失望而归。宁珂知道许予明正在另一条路上奔波呢。她不断地询问那个人，宁珂一声不吭。"我想念他，我只想见到他啊！"缬子愤怒地跺脚，有时把易碎的东西猛地推到地板上。

宁珂却在心中为自己泣哭。他扳指算着离开曲绥的日子，真的嗅见了玉兰花的香味儿。他踱到另一间屋子，阿萍正在那儿翻一本西洋画册。"奶奶！"阿萍没有抬头。她用心地看着画册上的一个黑人，黑人正手捧一瓣通红的切开的瓜。"平原上有好多这样的瓜，是吗？""是的奶奶。""听你爷爷说，你要离开我们了，他说这是早早晚晚的事儿……""我永远和奶奶在一起……"

阿萍合上画册，眼圈红了。

下午，宁周义午睡结束，正在沏茶，门铃响了。他从不自己开门，这时像没有听到一样，端着杯子到书房中去了。阿萍起身去开门时，宁珂还以为来人会是蜂腰女人呢——门开了，进来的竟是许予明，宁珂大吃一惊！

宁珂心跳得飞快。他明白对方为什么擅自闯入，这完全是因为宁缬的缘故——他究竟怎么知道了她的住处真是个谜！但宁珂不知该不该主动打招呼，装作不认识还是怎么……正在犹豫，对方却笑模笑样地问阿萍："请问这是宁缬小姐的家吗？"

阿萍点头："请问……"

楼梯咚咚地响起来，宁缬站在了楼梯上，再不往下走。

宁珂抬头，看到了宁缬燃烧得发蓝的眼睛。

许予明旁若无人地迎着她走去，登上楼梯，两人的手握在一起，然后相牵着到楼上去了。"许予明……"一声狂喊，门重重地关上了。

接着楼上传来碰碰撞撞的声响，楼板都震动了。宁珂看看阿萍，阿萍说："由她去吧！"

这时宁周义突然从书房出来，看着宁珂问了句："许予明？"

宁珂的脸变了颜色。

"是他，你的那位朋友？我救了他一命，他起码该谢我一声。你说是不是？"

"我看……也许，是的……"

宁周义眯了眯眼："多么好的一个年轻人。可惜他对人的情义太薄了。不过他不想见我，我还是想会他。自己闯来了也算勇气，这也好……"

他站起来，往书房旁边的一个小屋走去。他在拨电话。

宁珂看看阿萍，阿萍一声不吭。他知道这电话拨通后，一刻钟之内许予明就会被逮起来。一股血流直冲上脑门，他一跃而起，几步蹿到跟前，还没等叔伯爷爷反应过来，电话机已经抢到了手里。

"爷爷！你……太过分了。"

"是你们太过分了。"

宁珂不知自己从哪来了这么大的胆子，几乎在和叔伯爷爷吵叫："是你过分！你答应帮我和朋友，也知道帮他就是帮我——我从来不敢求你，你答应了，可你呢？只是把他从一个笼子转到了另一个笼子，你骗了我！"

骗了我的朋友！是他自己逃开的，他成了宁缬的朋友，你怎么能……"

"宁缬的朋友太多了，这我倒不必考虑。我想弄明白的不过是，我亲手救下的这个青年到底是个什么人——这过分吗？"

"可你以前答应了我，那时已经全部问清了。你知道一个人长大了，也该有自己的秘密。你帮助我们，又要出卖我们自己，这是你的目的吗？"

宁周义长叹一声："你太让我失望了。我的全部心血都白费了，现在才算明白。"

"爷爷！"

"不必说了。我一直想训导你，现在看为时已晚。也许你说得对，人人都有自己的道路，你随时都可以回朋友那里去了，我不会再阻拦。"

宁周义说完，回到了书房。

宁珂发现他的后背一下子弓得那么厉害。他转脸看看阿萍，发现她原来一直在哭泣……

6

我一个人从茅屋走出，走到西面篱笆墙下。那儿有我亲手搭起的一个窝，里面有一只洁白的小羊。我坐在它的身旁，可以坐上很久。我搂抱着它，感觉着它的温热、它的毛茸茸的嘴触在我脸上的湿润。它灰绿色的双目看着我，送来的是一片温存。它有时贴紧了我，发出嘤嘤的鸣叫。耳朵柔软如绸，摸一摸有一种特别的滑润。没有一丝灰污的毛皮，洁白的小牙，小巧的四蹄，一动一动的小尾巴，没有一处不是精致美好到了极点。它让我充满了感激。

这种感激像大朵的花瓣一样把我全部覆盖了。我幸福得没有边际、没有哀怨、没有企盼，只想一直拥有着这真实而熨帖的感受。我到原野上采来大把的鲜花摆在它面前，又采来紫的红的浆果。我递给它一枚晶莹的苹果，听那咀嚼中发出的细碎美妙的声音。刚长成指甲那么大的杏子让它发出微笑，它在感动中把头颅顶到我的胸前，然后静静地待一刻钟。

在这默默的时刻里我和小羊都一动不动。我们都闭着眼睛，沉浸在友爱相知的想象之中。它在这个时刻里把一切都交给了我：对这个世界的全部依恋、猜测、追逐和疑虑。它相信我是它的一个永远的伙伴，幻想中一同奔跑到春天的田野上，在渠畔上嗅着萱草花的气息，低头映照出天真无邪的面颊。它的皮毛被阳光照得暖融融的，兴奋欢畅，跳跃起来，两只小小的前蹄扬得高高。今后的美好时光绵绵无尽，我们的幸福不得不堆积起来，像天上的云朵和无边的丛林。

我永远也不要失去这只洁白的、软软的、柔柔的小羊。它在我的视野中成长，我只要有一丝力气，就会为它去割来青草、采来果实。让我们互相拥有吧，我在深夜、在他乡，在任何一人独处的时刻里，只要一想到它光洁的额头、想到它的头颅顶在我的胸前沉默的那一刻，就会两眼湿润。我也不知道这种激动来自哪儿，它连接在什么更为遥远的源头之上。

我记得那个秋天，我们一起到海边丛林中，迎着百鸟的喧闹，你不停地转动脖颈，试图在重重叠叠的绿叶中找到一个朋友。一个影子落在脸上，你仰起脸，看到上方有一只苍鹰。你立刻感动地嘤嘤一叫。你试着吃过白沙上生出的酸菜、槐叶、节节草和嫩嫩的毛榛茎芽，你看过了各种各样的花，虎尾兰、吉祥草、玉簪、绶草……你因为心醉神迷而不能举步，一声连一声地呼唤。我追过来把你抱在怀里。

那一天我们遇到一个猎人，他从我们身边走过，刺鼻的血腥味儿立刻让你昂起头来：猎人黄色的挎包口上露着打死的一只野兔，它流出的鲜血染红了半边挎包。我感到你在战栗，把头紧紧贴在我的身上。我搂紧了你，等着那个人走远，走得无影无踪。

一会儿丛林深处又传来了枪声，轰鸣惊起一群鸟雀。它们大叫着从头顶掠过，你开始在我怀中不安地挣扎。我只好搂紧你飞快地离开。整个归程你一声不吭，细细的呼吸像个孩子。

夜晚，有星月的天空让我们一齐高兴起来，我们一起去找姥姥。她在一棵大海棠树下摆一块草荐，然后一块儿躺下，开始讲故事。那些有趣的故事让我们欢笑，你笑得眯了眼，温热的小嘴巴不停地触到我的脸上、脖子上。那些悲凄的故事让我垂下头，我一转脸，月光下看到了你流下的眼泪。"姥姥，小羊哭了！""它哭了，它是懂事的小羊。"姥姥把你揽到身边，用衣襟给你擦一下脸。

有星月有故事的夜晚我们找到了最多的伙伴：一只大乌鸦偷偷地落在树丫上，不小心咳了一下，我们都听到了；猫儿跑到姥姥的腋下手边，大辫子一样的尾巴一扫一扫，碰到姥姥脸上她就觉得痒；那条大黄狗也来了，它长长的鼻梁一会儿触触姥姥和我，一会儿又碰碰你。更多的时刻里大家都是安静的，听姥姥那河水一样流淌的故事。

当我不小心遭到喝斥时，我就一个人偷偷躲到你的窝棚里，紧紧搂住你。那时你一声不吭，像我一样。我们对季节特别敏感，都知道冬天快来了。每个冬天我都要设法对付呼啸的北风，而眼下的这个冬天我却首先担心着你。

天渐渐冷了。那个深秋的夜晚我被告知：必须一个人逃到南山去，而且要趁着夜色……这一切来得太突然了，我甚至来不及好好向你告别。我在一阵阵催促中钻到你的窝棚，抚摸了你一会儿。这是告别的时光。你全身战抖，就像在丛林中遇到猎人一样……

我走了。从那时起再也没有见到你。

你是一只小羊，也是我的全部童年。

我一闭眼就能看到你安详的双眼、没有一丝灰污的身躯。深夜里，我倾听着四处围拢的夜声，隐隐约约听到你在哭泣。从此我永远地记住了：在远方，有一只白白的柔柔的小羊，它无援无助地待在那儿。

我有多少磨难和困苦需要迎接，有多少牵挂。我寻找着自己的爱也打发着自己的爱，我为真实的爱而激动不已。我告诫自己叮嘱自己，我有无数个欢乐的白天和黑夜，也有无数个愁苦的白天和黑夜。可常常是北风呼呼鸣响的那一刻，我像被什么戳了一下心头似的，蓦地抬起头，我一动不动地遥望北方……我想到了那只小羊。

我在梦中紧紧簇拥着你，吻着你——无比纯洁的小羊的嘴巴。睡梦中我泪水涟涟，想着我们又突兀又残酷的分离。我一生将经历多少粗粝和纤细的故事、善良凶暴，可我只是不会忘记你的眼睛。你在北方，一个遗落的窝棚里注视，让我改正或是熄掉心头的愠怒，让我从容和聪慧，恢复起自信和强大。你是我人生之途上一次重要的遭逢。你的心声不停地轰击我。

你独自待在北方的窝棚里，四野里大雪纷飞。我一辈子的牵挂在那一瞬间凝聚了。不要哭泣，不要发出嘤嘤的呼唤……我的小羊！我的北方纷纷大雪中的小羊！

7

"我走了奶奶——也许很长时间。不过我会经常回来的，我会在你高兴的时候把你接到平原上。我永远是奶奶的孩子……"宁珂的嗓子有些哑。他停住了。

阿萍摇着头："你走吧。我知道你迟早会离开爷爷奶奶。不要牵挂我。我只担心你遇到危险。我和你爷爷都知道，你急着离开我们，可不光是因为有那个姑娘……"

"奶奶！奶奶……"

他想阻止她这样说。可阿萍仍旧说下去："我们知道你在做别的事情。孩子，爷爷和奶奶的心用到了，你自己看着吧，奶奶等你回来，她让你平平安安！"

"我全记住了。"

……宁珂的一生中，这是一次最重要的转折。他被批准去殷弓的八一支队了，身份是副政委。但他被叮咛：不准擅自脱离宁周义，要始终与他保持密切联系；宁珂的公开身份仍然不变。尽管如此，他明白自己从此走向了平原，走向了那个海滨城市，还有那个祖居地——苍苍莽莽的大山之中。所以他虽然表面上只说要去看望那位姑娘，却在不自觉间加重了告别的语气。他心中充满了兴奋与悲酸交织的情感。在这座花园楼房中，他唯一依恋的人就是阿萍奶奶了。

陪他一起到殷弓队伍去的是许予明。

自从许予明与宁缬搅到一起之后，宁珂就陷入了新的矛盾之中。他认为许予明为了她不惜冒险进入宁府，是一次将个人欢乐置于组织和事业之上的荒唐行为，是绝对不能苟同的。他当面严厉指责了许予明，并表示他将以适当的方式、在适当的时机向上报告。许予明不停地叹息，说自己一定会克制自己的情感——尽最大的努力、下铁定的决心，请宁珂暂不要那样做。他的忠诚不须怀疑。宁珂一时无语。许予明长长叹息，跺脚，说："你如果知道她的魅力就好了，你当然不会知道。任何人都难以抵挡她的热情，她像火焰一样，我的宁珂同志！"

许予明闪动着泪花。

第二天深夜，他们一起出发了。许予明走得无声无息，他向宁缬隐去了这一次行动路线。这是宁珂非常满意的。

可是热恋中的女人有着不可思议的嗅觉和判断力。他们两人沿着半岛铁路线转到了东部小城，在那个老太太的花园洋房中会见了一位同志；当他们耽搁三日之后出现在去山区的旅途上时，宁缬也正在奔赴半岛的途中。

她疯迷一般寻找许予明,出发之前一夜夜哭泣。她对阿萍嚷着:"阿猫妈!那个人失踪了。他不会不言一声抛下我,他一定是有什么急事,我想他是和小珂子一起走开的……"

她哭得太惨了,一对巨大的乳房耸动着,让人觉得随时都会有可怕的什么爆发出来。阿萍不知道许予明的去向,但她知道孙子是去海边城市找他的姑娘去了。宁缬得知这个之后,几乎不假思索地决定也去那个城市,她认定心上人是与宁珂在一起的。

她出发时准备了大小十二个包裹,其中有换穿的衣服:旗袍、中式短衣、西装,甚至还有绣了花的各色内衣。有口香糖、人参茶,男人喜爱的滋补药、黑色膏丹。她在最后封箱时灵机一动,又装进了一副手铐:或许在特别的时刻里需要给心爱的人一点颜色看看,把他铐上,锁到一个地方——对于一个不辞而别的热恋者,这样的防范也许并非是多余的。那副手铐是她小时候跟一个卫兵找来玩的,一直放在自己的杂物中,这一回终于派了用场。

她隐隐觉得这一次远行非同小可,好像要赶赴一场盛宴似的,真值得自己好好打点一下。宁周义虽然对女儿不存任何希望,但见她这样仓促和大事张罗也还是吃惊不小,反复盘问,她只说回老家看母亲去。阿萍心中有数,但对宁缬的事她是从不多言的。

出于安全的考虑,宁周义让一个士兵护送她,并给沿途站店通了电话。

宁缬一路飞快地赶到了那个海滨城市,先到海港,金志港长倾尽全力接待这个花枝招展的胖小姐。她感兴趣的只是宁珂是否带一个男人到过这个城市,还有他们在这个城市的行踪、宁珂钟爱的女人等等。金志全不清楚，但他说宁珂从来都是曲府的客人，他一定不会到别的地方去。宁缬马上拍了一下脑瓜，说想起来了，她听说过一个姓曲的姑娘，"听说她一天到晚站在玉兰花树下？"港长被这奇怪的发问逗笑了。

宁缬很快找到了曲府大院。她的一身叮当作响的首饰让前来引路的使女吓了一跳。她说是来找侄儿的，又说要见见侄儿媳妇。曲府最先听到这个的是小慧子，她吓得捂住了嘴巴，马上跑去报告了曲绶。

曲绶在一个书房里热情接待了宁缬。宁缬前前后后端量了她一会儿，最后点头说："我侄儿的眼力不错，你的脸庞儿身段儿，哪儿都好。就是奶子小了一点。你要知道，这在新派男人眼里是不时兴的……"

曲绶羞得手里的茶具差点跌落到地板上。她慌慌地叫了一声："姑姑！……"

"哎——！"宁缬得意地答了一声，哈哈大笑，坐在椅子上，又把腿扳起来盘了，身子一摇一摇说，"多怕羞的大姑娘，一看就知道没经什么事儿。我好几年前就不在乎什么了……"

曲绶让旁边的小慧子忙别的去——她一直合不上嘴巴。

宁缬在曲府待了几天，没有等到她要找的人，就离开了。她说要回山里的宁家，如果这边有了信儿，千万催人去告诉一声，她会给报信的人一副银镯子的。

这期间曲绶一直没有让父亲知道这件事，她和小慧子、淑嫂几个人与她周旋，好不容易才把人打发走了，长长地舒了一口气。

八一支队仍然驻扎在山区。现在的环境比过去并没有明显好转，自从黑马镇大劫之后，外国人的军队只与官军交过几次火，而八司令一度与官军两不相扰。官军要给外国军队一次重创的消息传得很盛，但总也不见实施。这期间的海滨城市、海港码头，却遭到了敌人两次轰炸。平原上的民众盼望八一支队早日下山，而某些武装力量却神秘地叫嚷，那支队伍敢于下山入海，就有大鲨鱼一口把他们吞进肚里。谁是这样的大鲨鱼？殷弓听了气得脸色红涨，发誓要尽快返回平原。可是部队的装备给养一直不能从根本上得到改善，于是他特别盼望一个人的到来。

这个人就是宁珂。关于他的"副政委"的任命，这之前殷弓一直不感兴趣，所以事情一拖再拖，后来是殷弓自己改变了主意，才有了现在的结果。在这样的节骨眼上，殷弓一等到许予明和宁珂，就提出了自己的一个计划。他希望宁珂除了继续与曲府和港上势力加紧联络之外，还要在宁家大院做做文章——以宁家在当地的声望，成立一支民团不难；这样一方面可以借助宁家的力量，另一方面也可以从官军的武装中拉来一些枪支，关键时刻策应八一支队。

这个计划太大胆了，许予明和宁珂都拿不定主意，主张汇报上级待定。殷弓很不高兴，最后勉强同意，还是主张宁珂先回老家活动一下。宁珂想不到来支队后的第一个任务竟是这样沉重，但他还是服从了殷弓。他多么急于去那个港城啊，没有办法，只有先回宁家大院了——他料定今后会有不少时间往返于山区老家的路上，这真是一个人奇特的命运哪。

许予明与宁珂一起。他们都没有想到一个人正在那儿望眼欲穿地期待着——她一夜夜失眠，呼叫着他的名字，对母亲李家芬子说，她这会儿大约要死了，大概不会活到第二年春天。她说再要等不来那个人，她就去找"老雕"了——那个人就在离这儿不远的兵营中，他时常来大院里骚扰，已经在使女们中间惹出了不少事儿。宁缬回来后当然对这些时有所闻，发狠说要把他杀了。尽管这样，她还是嚷着："我要找'老雕'了，我就要去了！"

这天傍晚宁缬正陪母亲在一棵抱栎下坐着，一边不停地往嘴里塞着桑葚儿。突然她猛地站了起来，抬腿就往边门那儿跑去。原来许予明和宁珂刚刚走进来，一下就被她看到了。宁珂心里有说不出的惊愕和后悔，而许予明差一点跳起来。

李家芬子被宁珂挽着一起往回走。可是那边的宁缬连拖带拉地把许予明扯到他们面前，嚷着："妈，你看，这就是我说的那个帅小伙子——你得好好看看他哩！"

宁缬在大院里闹得鸡飞狗跳，说这是自己最幸福的一段时光了。她比许予明泼辣一倍，而且总是对他的羞涩感到费解。她忘不了第一次见到这个英俊的男子时，对方眼里放出的光亮，心里得意地说：就是嘛，没有哪个男人会看不见我。他们单独相处的时刻，她感到他情浓似海，有一副无比柔细的心肠。她再也忍不住，常常粗暴地给他揪去了衣服。事后她才发现这个男人浑身上下的伤疤，立刻震惊地问：你是干什么营生的？他淡淡地答：我是身经百难的商人。

想不到宁家大院有这么好的一个春天，满院里的抱栎都展开了叶子，它的不起眼的米粒似的小花儿吐放着特异的香气。这种气味使人常常在一大早就不能支持，老想干点什么才好。问荆开始伸长了黑褐色的茎秆，它像一条苏醒的爬行动物在泥土上蠕动，旁边是密密的牛筋草、北方野青茅。迎春花已经到了最灿烂的时候，它们在墙下和花坛中翻涌着。宁缬和许予明手挽手地穿行在大院里，对四面射来的目光毫不在意。他们除了在院里游玩，还到北面的河滩上去……许予明对宁珂的劝阻已经不那么放在心上了，还说这等于是他的假期休整；说宁珂正好为那个重要任务做做准备，他与宁缬这样也是个掩护呢。宁珂气得差点跟他动拳头。

一天傍晚，太阳眼看就要落了，宁缬突然从边门上跑进来，一进门就喊宁珂。宁珂见她有些慌，衣服挂满了草屑，就问怎么了？她说你快些去看看吧，他们在河滩上与"老雕"遭遇了，两个男人正要为她决斗呢！"他们很洋派呢！我也不知怎样好……"宁缬带着哭腔说。

宁珂不听她再嚷，拉上她就跑。他隐隐约约觉得事情到了一个危险关头，该是这位战友悬崖勒马之时了。

河滩上一片火红。长满了上一个季节的焦干的紫羊矛在晚霞中像烧着了一样，风中卷动的矛尖尖就是火舌。他们老远就看到了两个男人站在那儿飞快挥手，他们都掐了腰，两个人的腿都很长。其中的一个穿了军装，那就是"老雕"了。宁珂和缬子喊了他们一声，他们往这边瞥一瞥却飞快地跑开了，再不停歇。

宁珂与缬子追上去。

那两个男人大概已经约定好了什么，他们跑得越来越快，一头钻入了河那边的松林。

就在宁珂帮助缬子跨过浅浅一道水流的一刻，他们都同时听到了枪声：很哑很钝的两声；接着又是一声。

"妈呀！妈妈呀！"宁缬尖叫了一声。

他们快速地迎着枪响的地方跑去了……许予明垂着头从一棵黑松下

走出，双手颤抖。他脸色苍白，见了宁缬狠狠一跺脚："他打黑枪，打了我两枪，我只还了他一枪！老天做证……"

一片白顶早熟禾上面躺着"老雕"。他的军帽脱落在一边，手中的枪微微松了；像睡着了一般，他闭着眼睛，黑黑的眼睫毛齐齐地竖起；只有很少的血从脑侧流出，染红了巴掌大的一块沙土。

宁缬掩着嘴巴跪下来……

第六章

1

　　这是平原西部最大的一个镇子，望上去黑压压一片，全由一些苍黑的古屋叠成。街巷窄长，曲折幽暗，响彻着无业游民凄凉的笑声。镇子中部有一幢红色木楼，油漆剥落，看上去更显得怪异。二楼前廊上偶尔出来个剪了齐耳短发的姑娘，让行人驻足去看。她可真够白的，胖脸上有一对凹凹的黑眼。她伏在栏杆上往下望，无业游民朝她做个手势，她就笑。民兵把无业游民轰走，然后再转回来看她。

　　民兵不在时，无业游民很快聚过来向二楼仰望。如果那儿空空的，他们就哑着嘴，坐在地上。多么好的太阳啊。他们互相抚摸起来，其中的一个不知为什么往另一个乱蓬蓬的头发上吐了一口，立刻挨了一巴掌。几个人在地上滚动，直到民兵把他们重新赶走。

　　民兵轮流值班，都围绕着木楼。这楼以前属于一个大商人，他在外面胡闹，断了后，木楼就收为公有。很少有人能亲眼去楼里看上一眼，只是传说：某某大官来了住在里面，怕吵，四壁钉了毯子；夜间，他又嫌躁，就让卫兵领来三五个有模样的姑娘，大官待姑娘真好，姑娘吃吃笑……还传木楼里住了兵，都是前线开来的，个个携枪带刀，满口脏话，然而极守纪律，不拿群众一针一线。至于这一次为什么二楼上出现个凹眼姑娘，谁也不懂。

民兵驱赶无业游民时，他们就嚷："让俺看看！看看！"民兵瞪着眼喝问："这是随便看的吗？你们知道她是谁？"无业游民争先恐后地答：

"凹眼婊子！"

"天哪！打嘴……亏了她没听见。"

民兵吓得捂了一下嘴，转脸看看木楼，把头缩进衣领里。

这些无业游民在大街上转悠了半辈子，看样子要转悠到死。以前民兵指导员劝说他们加入民兵，保卫镇子，他们就翻白眼。指导员说："麻脸三婶祸害了多少民众，该是扛枪的时候了。"他们就呲呲吸一口凉气，说："俺日麻脸三婶。"

镇子一连几年都是麻脸三婶的地盘，她按时派人来收"地皮贡"。来人除了要走猪羊米面布匹之外，还要挑选"中意的东西"。这或是几头牲口、一个八仙桌、花瓶古玩，或是人——当时麻脸三婶年纪不像现在这样大，愿把年轻小伙子收为"贴身卫兵"。有一次镇上被挑走了五个英俊小伙子，最大的才十七岁。父母跪下哀求留下孩子，收贡的骂："不识抬举的东西，修下几辈德才能跟上三婶？"结果五个小伙子一去不归。镇上人都知道他们被麻脸三婶采了元阳，然后又当土匪——那队伍中有不少精壮汉子就是这样入伙的，从此不认爹娘。

八一支队出现在这一带，从此断了可怕的"地皮贡"。镇上成立了民兵大队，配合支队保卫民众，参加了有名的几次战斗。战斗结束后支队秘密转移山区休整，只留下少量兵员和一些伤号——那幢木楼变为临时病房，凹眼姑娘是支队的一个护士。

她个子很大，实际上只有十七岁。她生于东部城市的一个教师家庭，医专毕业就参加了战地医院，后来八一支队要人，就给"支援"来了。她从小长在一种纯洁的环境中，什么污浊的事情也不懂。所以当街头那些无业游民朝她做手势时，她还以为是友好的表示。她悉心照料伤员，一旦他们有了笑意，她就高兴得唱歌。有个伤员马上要痊愈了，为他上药时，他就小声说："我要困你。"她告诉领队说："他说要困我。"班长暴跳如雷，指着那人的鼻子训斥。事后那个人找到她承认错误："我再也不困你了，一定不困。"她感到深深的愧疚。

风声有些紧，除了重伤号之外，其余的都分散在一些老乡家里。他们前些年挖的地窖这会儿都用上了。

无业游民仍旧到楼前来看。他们又见过一两次凹眼姑娘，心满意足。民兵挥着枪托问："就不怕打？""别说打，谁能得她，死也值！""臭美……"

有个卖野糖的男人几次挑着担子在楼前转，无业游民就追着要糖。他不给，他们就不缩手。男人小声说："楼上住了什么人？告诉了就给糖。"一个人抢答："凹眼婊子。"男人摇头："是支队的吧？"另一个四下看看说："他们早撤了，我亲眼见的……炊事员走时背一个猪头……"

卖野糖的男人在街巷上转了三天，关心的都是支队和民兵的一沓子事。有一次他正向小姑娘伸出一支野糖，被背枪的人一把擒了。他不停地喊冤，就给拖到了民兵大队部。指导员不在，副指导员主持审问：

"狗日的东西，从实招吧！"

他的鼻孔有些外翻，他们就叫他"翻鼻。"他揉着鼻子："俺家三辈都是卖野糖的，河西胡家从东往西数第六个门是俺家……"

副指导员想了想，明白那是麻脸三婶的地盘，无法对证，就大喝："告诉你'翻鼻'，你这三天的事儿都在我把里攥，你要不是个'探子'，我就算驴下的。"

"翻鼻"一笑："那你就算驴下的了，大叔。"

副指导员一拍桌子："好胆！来啊……"

一边拥来几个人，三五下把"翻鼻"捆了，然后拴到一个滑轮上，哧一下拉起来。

"招不招？"

"招哩。俺是卖野糖的。"

"好。放哎。"

"嘭"一声，那边攥绳子的松了，"翻鼻"跌到地上，大叫不止。大约有什么地方跌折了。

"招不招？"

"翻鼻"一声不吭。于是又被拉起。刚拉到顶部他就喊了："我招我招，招了放我回去好啵？家有八十老母啊！"

副指导员笑着："那中。"

"翻鼻"被缓缓放下。他坐在那儿，像个不倒翁一样摇动着："俺是麻脸三婶派来的，那边有消息说武工队走了，该来收收地盘了……我先探个虚实。"

"什么时候她来？"

"半月准来。"

"你这个'翻鼻'好胆，敢给麻脸三婶当探子，还想喘着气儿离开黑马镇？"

"我的爷爷！咱说好了的，不能说话不算然后……爷爷，我给你跪下了！"

副指导员一哼，四下的脚都一齐踢；踢累了又用竹片拍，用鞭子抽。呼叫声震动屋梁，一会儿就没了声音。用凉水泼过来，再打，打一下问一句："还敢不敢跟麻脸三婶了？""不敢了爷爷！哎哟放了我，我变驴变马报答，爷爷哎！""日你妈都晚了。"

几个人精疲力竭，天也黑了。点起灯，副指导员用一根木片触火点烟——一伸手想起个事情，笑了。"笑啥个指导员？""笑咱太笨太拙，也便宜了这个探子，烧根火棍子吧！"

他们烧好了一支火棍。副指导员先用它点烟，然后让几个人把血肉模糊的"翻鼻"下衣脱了。"翻鼻"粗重喘息，还在求饶。他们把他按了，把屁股翘起。火棍赤红的尖头先触了一下他的下部，他立刻一声长嘶，身子大扭，又被按得铁紧。昏过去，再泼凉水。他缓过来，求饶，诅咒，再求饶。副指导员咬着牙，将赤色的火棍猛地插入他的屁股，用力地插……又是长嘶——但只半声就垂了头。

再泼凉水，再没缓过来。

副指导员扔了火棍，拍着手。"真不经折腾，狗探子。哎，咱忙着，咱忘了什么？"

几个人对视。后来都记起该把得到的消息报告支队的人，就毫不耽搁地跑开了。

2

无业游民知道黑马镇要出事了。他们发现民兵在擦枪，几个管事的在看地形，点点划划。再到那个木头楼前看凹眼姑娘，没了。"多么好的一个吃物。"他们搓手。

"俺要凹眼闺女啊——"

午夜里，无业游民的尖叫像春猫长嚎。星空一片银亮，最遥远的边角像在垂落火焰。街巷漆黑，户户闭紧门窗。无业游民抄着手走，想找个草垛子睡下，又嫌太早。他们对视着，想再喊几声，无边的漆黑压得张不开嘴。前边有点光亮，那是打马蹄掌的铜头老汉在做手艺。他们立刻围过去。

一个烟火熏黑的小矮屋，一座土炉子，一架风箱，一个铁砧子，这就是铜头老汉的全部家当。风箱一拉炉灶里的火一射，省了灯油了。铜头专心地烧一个红铁块儿，四周围了几个人。无业游民在边上。他们最亲铜头，因为这老家伙夜里做活拉呱儿，什么都说。

铁块烧红了，拖出来赶紧锤打。"打个什么器具？""打支矛。""好家伙。"

有人探头看了看屋角，成了十几支。他拣起一支放到火光下，大家都看得清。它青黝黝的，很尖，粗糙得满是锤印。

"这东西镶了木把子，扑哧扑哧扎过去，一下一个。"

"那也抵不过火枪呀，枪子儿比得上快马。"

铜头的额角被火烤着，泛着青绿的光亮，像金属疙瘩。他歇了歇，抓起烟锅。"我每年都打矛，今年又打。指导员说：造上百支。我说：有那么多拿矛的？指导员说：一人一支。天哪，我琢磨这一回事情闹大了。"

"闹大了。三年一小劫，十年一大劫。给黑马镇放血是早晚的事儿。"

铜头大吸了一口，叹着气："早晚的事儿。早知今日，何必当初？老辈人做下亏脏，让咱这伙儿还债……哎哎，该当着，挨吧，挨吧。"

都问怎么回事。铜头说："那要从头叙道了……知道镇名儿是怎么来的？"

都说不知道。

"三五百年的事儿了。那时这儿是一片茅草地，一间小棚子也没有。咱老祖宗领着几大家子破衣烂衫逃来，再也走不动。他们从地上掘菜根吃，揪树芽儿嚼，几天饿死几口人。赶上个春天，正缺东西，哪里讨要去？

"一天早上有个白须老人来了。他捋着胡须看看躺着歪着的老少，就说'起来起来'。他们扶着拉着起来。老人说：大好春光暖暖和和，怎么躺着？答：饿得身上没有力气，说死就死了。老人说：到处亮亮堂堂，不冷不热的好天儿，怎么说那些丧气话？说着往北伸手一指：你们嗅嗅什么味儿？大伙儿赶紧转脸，嘿，出奇的清香！

"老人让他们跟着香气走，别停下。

"就这样，几大家子扶着搀着往北。越走清香气越浓哩，后来都望见了，前面白花花一片！大伙儿跑起来，到了跟前一看，原来是一片洋槐林子哩，春天里开了花儿，像大海一样哩。这清香气铺天盖地罩住了，蜜蜂儿也唱哩。中，揪些花儿吃吧。他们一会儿就吃饱了，还从树底下寻了些干果儿嚼。最后抱了一大堆槐花儿回去，都说饿不死了。

　　"白须老人指着长茅草的这片地说：都是上好的土，可别让它荒着。我回去找点种子，牵个牲口，你们住下吧，别满世界跑了。说完就走了。半天工夫老人回来，啊哟，这一回牵了一匹黑马，驮了半口袋种子。都乐傻了，看着，伸手去摸大马光滑的身子。

　　"一辈子也没见这么好的大马呀，浑身上下清一色黑，一根杂毛都没有。它才两岁哩，正是强壮时候，一双大眼比女娃还美哩，水汪汪的。它怪驯顺，大人小孩去摸去拍、去捏弄它软乎乎的嘴巴，都垂着头。让它往东往东，让它往西往西，通人语！

　　"老人说：这牲口留下使吧，耕地运草，驮粮拉水，活儿重点不怕，就是有一条：别打它。等收下几茬庄稼，我再回来领。

　　"几大家子千谢万谢，说高贵它还来不及哩，咋说打呢？你老放心就是了。老人还是不走。他说饿急的人无心无智，怕一离开一伙子把种子吃了。他要看着他们垦了荒下了种，生出一片青苗时才走哩！

　　"多好的老人。他找来了一副犁，拴上马，一个口令，那马就大步拉犁往前走了。这黑马不怕累，越干越上劲儿，半天工夫就耕了一片地。茅草根堆成了小山，正好成它的食物，剩下的当烧柴。耕好的黑土又松又肥，欢欢喜喜下了种子。又待了几天，青苗出来了。老人该走了。

"他离开时反复叮嘱：'好好待这马，活儿重点不怕，只是别打它……'老人走了。

"这马开始几天老望着老人走开的方向，急了仰脖儿叫几声，后来就一心一意做活儿了。它没有脾气，力气大，叫干什么就干什么。从春天到夏天这一段是最苦的日子，老老少少见不着粮食。当家的生出个主意，牵着大马出远道帮工换粮食。这样不光自己用黑马，还要用它为别人打工。没白没黑地干，黑马累瘦了，身上还带了磕伤。

"到了秋天，眼看着玉米谷子都长得饱鼓鼓的，几大家子笑了。他们能活过来全靠了这匹黑马，干旱日子，大黑马还要到十里外的河里驮水。收粮了，大囤子满小囤子流，再也不用为肚子愁了。一有空闲，他们又用黑马套犁垦新荒，到远处驮木头盖屋。黑马在野地上四蹄飞起，浑身淌汗。

"老人这年冬天没来，第二年春天还是没来。大伙儿议论：许是老头子忘了这搭子事？不会，谁舍得下这匹宝马！那就是出了别的事……谁都想到老人那长长的白胡子，扳着手指算算，说不死也差不多了。真要死了，这匹黑马就是咱的了。他们并不盼着老人回来。如今这块地方已经像个模样了，几幢新屋，一片好地，庄稼长得乌油油。打了几茬粮食，吃一半卖一半，有了鸡鸭，也有了牛马。不过没有一匹牲口比得上黑马，它只要一歇息就上膘，毛皮就闪亮，干起活来分外有劲儿。

"所有重活儿都是黑马干。一方面它通灵性，好使唤；另一方面都知道它是别人的，趁着能用让它多卖卖力气。这样不知不觉几年过去了，黑马给累病了。反正是别人的马，不心疼，不给它治，还让它拉车。那一年又是大旱，他们天天让黑马去河边驮水。黑马一声不吭，只是走得慢了。一次过坎，前腿折了。

"黑马拴在桩子上，站不起，仰着脖子叫唤，叫了一夜。它吵得人睡不着，他们就骂，说狗日的叫个什么？

"叫个什么？他们做梦也想不到黑马在喊他爸哩！他们不知道这马是天上老神仙的小儿郎——老人家有三个儿子。这一个最小，常惹老人家生气。那些年兵荒马乱，流民遍地，老人就把几个儿子都打发下凡扶助了。小儿郎闪化成一匹黑马，告诉它：好好济贫救难，做得好，早些领你回来……谁知道天底下苦处多了，老人后来自己也到一个地方去了，他一时没有工夫来领走小儿子呢……不过他早晚要回来的，到了那一天，忘恩负义的黑马镇就活该要挨着了。

"再说那匹折腿的黑马。它叫了一夜，第二天嗓子流了血。人们起来看了看，扔几捆干玉米秸，水也忘了给。它嚼几口，哭了。它老想站起来，站不起。就这么哭了一天，趴了一天。到了夜里，它望着天上的星星，还是叫。这叫声传了十几里远，满滩的野物都跑出来听哩。后来它的嗓子哑了，叫不出了，只能仰起脖子张大嘴巴。再看它身上，全是草末子泥巴，浑身的毛儿也不亮了。

"有人说，反正这匹折腿的马也没用了，还留着干什么？一夜一夜叫唤，吵得瘆人，干脆做烧锅吧……都觉得这办法好，就当街支起一口大锅。没人出来阻拦，没人记起这马的功德，更没人记起送马的老人哩。黑马知道这些人要干什么，哭也不哭了，一直睁大眼看着。它的嗓子裂了，发不出声了，直到那些人围过来，它还是没出一声。

"黑马流了好多血。那个动刀的人第一遭干这事儿，不知该怎么下刀。黑马挨了好多刀，还是睁着眼。后来他们把它的头割下来，它的腿还在动，像要快跑似的；把它的腿割下来，它的脊背还在动，鬃毛一抖一抖。干脆，就把它割成一大块一大块——每一块都动。他们怕了，赶紧扔到滚开的烧锅里……

"黑马没了。可是外边的人都记得这里有一匹亮闪闪的大黑马，只跟这里叫'黑马'……"

铜头的故事完了，没人再吭声。静了许久。

因为害怕的缘故，人们最后散开时也不发一声。

回头看，那个小屋还透着亮。啪啪的响声有节奏地传来，铜头老汉开始一个人打矛。

无业游民走了老远，这才仰脸大舒一口气，啊啊叫。其中的一个看到了月影下的木楼，低着嗓子喊了一声："凹眼大闺女啊——"

喊声刚落，突然西边传来钝钝一声。无业游民全都趴下："天哩，这是土炮……"

3

幸存者记得：那可怕的时辰就是由一声土炮开头的。接上一阵大乱，全镇人都扶老携幼拥出，又被指导员堵在一个地方。他训斥说不要慌张，这次夜袭的不过是麻脸三婶一伙，支队的军人还在，加上民兵大队，敌人正好送死。

民兵把一抱抱铁矛抬了来，当嘟嘟扔在地上，让五十岁以下的男人每人一支。男人们哆哆嗦嗦走向前去，一人提了一杆。上年纪的人和女人小孩儿待在一个地方，拿矛的男人都排成了队。

这时镇西的枪声和土炮掺和在一块儿，越来越密集。有人传下话来，说麻脸三婶的队伍上半夜就包围了镇子，困得结实，这才放起了土炮。同时镇上人都知道了自己的底细：八一支队除了留下少量战士，再就是几十个伤号，都是大批人马转移南山时剩下的。本镇民兵人数不少，不过他们火枪不多。

枪声越来越急，还有瘆人的喊声。不断有受伤的人抬下来，血淋淋的让人看了发抖。老弱病残围在巷子里，不敢回屋也不敢走开。他们想看看那些留在镇上的士兵，一个也没有。伤号有的藏了，有的投入了战斗。都盼望那支神勇的队伍能从南山赶来——如果镇上人能抵挡一天一夜，这事儿肯定有希望。就是那支队伍不来，官军也会来，因为黑马镇离城里并不远，骑快马不过是一天多的路程。

又过了一个多时辰，人群开始摇动。因为一个浑身淌血的人撤下来，一边跑一边大哭，说"指导员牺牲了"。一个晴天霹雳，都知道领人冲杀的也只有他。人群一齐号哭，一会儿副指导员提着一杆枪过来，喊："还不到哭丧的时候，都给我瞪起眼来。麻脸三婶的人要是冲进来，谁也不准降，见一个杀一个，脚踢牙咬砖头砸……"月影下，都看到副指导员的眼是红色的，头发往上竖，上身光着，涂满了泥巴。他这样喊时，七十多岁的老母亲叫着："儿呀，快领老少爷们往东跑吧，憨不得呀……"话还没完，就被满身杀气的儿子一把推在地上。

镇西燃烧起来，匪兵逼近，进了街巷就追杀跑不掉的人，一边把房子点上火。但抵抗仍然是有组织的，民兵们慌急地撤向镇东，同时准备把群众领向敌人兵力薄弱处突围。一部分民兵由副指导员率领在西边顶住，另一部分就向东突围。已是下半夜三点，镇子两边的枪声和喊杀声相互回应，惊天动地。大街上的人不断跌倒、爬起，全身满是踏伤的老人和小孩儿坐下号啕，说再也不跑了，不跑了，就等敌人来剐。可他们又不时被人揪起，硬拉着往前跑，直到再一次被乱脚踩倒。

又一个钟头过去了，西边的麻脸三婶已经攻入镇中，而东部除了她的一部，又赶来了野猪的队伍。两支土匪把黑马镇堵得严密结实，看来回击和突围都没了希望。

副指导员在冲天大火中破着嗓子喊叫。他一个人冲在前边，后边的人眼见着没有什么希望，就退下来。好久好久，都听见副指导员在喊、在骂。他用最脏的字眼骂麻脸三婶，这边的人听了，都明白是最后的一口气了。可又待了一会儿，还能时不时地听到他在火光中的声音。不过那已是挣扎中的呼叫，是断断续续的、嘶哑的叫声。

全镇人除了死去的，都被如数围在镇中大街上。小巷子里不断拥出野猪和麻脸三婶的人，他们把藏在角落中的人赶出来。到处都是扔下的土枪和铁矛，土匪们极有耐心地捡起来，一捆一捆扎好，让人抬着挑着往镇子西南部的大广场走去。那里早已是火光冲天，原来几个玉米秸和麦秸垛子已被点燃了。看来这一回麻脸三婶要把事情做得有声有色。她让所有活着的人都到大广场上去，说那里又宽敞又亮堂。

哭叫的人住了声。在集中和驱赶的这段时间，土匪士兵突然和蔼起来，满面笑容。他们押着人群往前，还不时地说一句俏皮话。老婆婆走不动，他们就说：扶扶老奶奶不？老婆婆不吭一声，那人就跟上一句：老骚货让人弄聋了。年轻的姑娘媳妇都尽可能往人群中心挤，浑身打抖。土匪在火光下往里端量着，大妹大姐地叫，做着手势。

广场上亮如白昼。镇上人被赶到这儿，大气不出。他们看到的情景一辈子也忘不掉。离开几个燃烧的秸秆垛子远一些，坐了一个上年纪的女人。她坐的是一把大圆圈扶手椅，上面还铺了一张豹皮。女人穿了一件灰布大襟衣裳，青绸裤，扎了腿带子。掺了银丝的头发梳得一丝不乱。那张颜色乌暗的脸上，一双眼睛像两个黑色钢珠。皱纹多得惊人，这些皱纹就像麻线勒紧了面皮，一脸斑点也模糊了。她不愠不怒，嘴角还有淡淡笑意，身子松松地坐那儿，两手就搭在膝上，像是刚刚睡醒不一会儿，漱洗完毕，正等一杯早茶。

以大圆圈扶手椅为中心，两边排开十几个持枪的士兵，枪上都镶有闪闪发光的刺刀。有两个三十岁左右的女人，穿了深蓝色的军裤，上身都是花衣服，扎了皮带。这就是老女人的两个女儿，因为高兴，今夜没穿男人的衣服。她们分站在母亲身侧，两手抱胸。几匹大马拴在更远一点的树上，火光下脊背闪亮，不断打着响鼻。

一个四十多岁的方脸男人跑到麻脸三婶跟前，咕哝了一会儿。老女人口气平淡："这有什么好急的？完事了再干吧。嗯，野猪。"

野猪退开一步，抬眼在老女人身侧寻找什么，有些怅然。

老女人咳一声，立刻有个十八九岁的小伙子走上来，递上一个小盖碗。她饮了一口，又把盖碗交到小伙子手中。小伙子一直捧着茶碗恭立一旁。他长得细高身量，略长一点的头发黑得像墨，正好衬着一张苍白的脸。老女人的大眼滚动着，从黑压压的人群这一端看到那一端，开始说话了。那声音又哑又沉十分遥远，像是从地底发出来的。

"呼呀老少爷们，这口气咽得下哩？好几年的账啦，都是些陈账，一翻直冒土末子。算算啵？不算越积越多，把个打算盘的累死。呼呀老少爷们，累死累死……死、死！哼哼。"

她牙齿咬响了，闭了眼，喉结上下移动。旁边的小伙子又递过茶碗，她又小饮一口。

"累死累死……死、死！哼哼。"

吐出的字儿一个比一个重，像要把这些字儿全都夯进地里。

"黑马镇重新寻了干爹，就扔了亲娘。天底下有这样没心没肺的人呀？我三婶护了十几年镇子，哪个不算我孩儿？可倒好，个个眼窝红赤赤的，都想瞅个节骨眼儿把老娘卖给烧锅，让姓殷那个掌柜的熬成一锅皮冻。下锅前再把老娘衣裳剥了，让那些王八崽子取乐……想得美哩！黑心黑肠的人，你就不想想？你也是肉长的，你家也有小媳妇黄花闺女哩，老娘养了上千个男娃，如今个个壮胳膊粗腿的，早就耐不住心性了……"

麻脸三婶的话没停，一旁的几个士兵嬉笑起来。捧茶的白脸小伙子厉目一扫，士兵赶紧闭了嘴。

"有管账的没？"老女人嚷。

一个上年纪的匪兵从一侧跨出，歪歪斜斜打个敬礼："报告司令，数儿都记下了，清清一本账哩。"

"你当着老少爷们儿，说说看。"

匪兵转向一场人，咳咳嗓子喊："……该镇目无司令，败坏纲常，拖欠'地皮贡'一百三十二次，对司令所率部下断粮草、布匹、牲畜，且恃武相抗，勾结乱党，养盗贼蓄兵丁，伺机谋反。据本账房粗不拉叽统计，除却零头尾数，针头线脑不计，须交纳银元八万四千零三十二块。另有血债如下：该镇三年来共襄助乱党，借剿匪为名，虐杀司令部下四十二人；最为可恶者，前几日司令干儿来镇上做一番货郎，即被诬为探子，反复折磨受尽酷刑直被打死。本司令闻后泪眼不干，夜夜呼其乳名，真是悲莫大焉……"

他越说越急，脖子发直，大汗淋漓。一旁的麻脸三婶阻止了他，唤一声："凶手拿来！"

随着"好也"一声，几个兵丁从一个角落里拖上一团，拖到光亮处，人们才看清那是一个人捆成了一球。他浑身流血，血汁又沾满了泥巴，一张大嘴被塞上的破布撑得流血。可他一双喷恨溅火的眼睛还在四处盯视。所有人都认出这是副指导员。

有人抽泣起来。

"你奶奶的，一手砍杀我十几个兄弟……"一个红脸匪兵恶声恶气盯住他，一边骂一边往上凑。另有年轻人说："还用营长动手？留给小的吧！"营长不理，只把捆起的人一件件衣服剥净，然后自己又解了腰带，抡起了花儿打。噼噼啪啪的抽打声中，听不到一声哀叫。

"是个拗汉！来人呀，动动刀儿！"他回头嚷。

马上有几个匪兵伸过刺刀来，先挑去了嘴上塞的东西，接着又戳在下身。喊叫声不堪入耳，一场人啊啊大叫。有人捂着眼，有的跪下来。

"麻脸三婶，我怎么日你！我怎么日你！……"地上滚动的人嚷。

老女人轻轻饮茶，笑了。

"求求司令，让他死得利索些吧，求求……"有人跪着呼求。

这时伸长的刺刀又戳向别的部位。血流奔涌开来，尖利利的叫声越来越弱。血肉模糊的身体先在地上滚动、挣扎，最后颤了几颤，一动不动了。一个人过去在鼻孔那儿试了试，说："劲儿过了。"

营长说好来，那么又起来吧。立刻有十几只刺刀一齐插上去，高举过顶，一直举到熊熊燃烧的大草垛子跟前，扔了上去。

大草垛子腾起一团黑烟。

4

广场上一片呜呜的哭声，像浓云压住大地。星月没了，只有冲天的大火。时辰已到五点，匪兵喊着"不早了，该打道回府了"，一边紧做。他们把所有的枪支铁矛都堆在一块儿，然后让镇上人出来清点。上年纪的匪兵报完账后垂手站立一旁，这会儿一个劲督促人群中出个"帮手"。谁也不愿出来，他就走到近前，一伸手抓住一个四十多岁的无业游民。

无业游民浑身乱抖，见匪兵们大笑，就跟上朗朗笑了几声。他蹲下来一五一十地数。匪兵站在一边盯着。

"报告麻脸三婶……司令……枪儿七十三杆，矛嘛，多哩，新旧加起来有个一百八十杆啦,有的上面沾了血,有的没哩,是铜头新打出来的,干干净净……"

麻脸三婶第一遭听到有人敢对面呼她的外号,刚要发火,又觉得这个破衣烂衫的无业游民有趣。她端量着,问:"多大了?""不大,比起老奶奶你,我是毛孩儿一个,四十三了。""哦,做什么的?""不做什么,吃百家饭儿。""有媳妇没?""没哩,没有那路儿福分。""想不想?""天哩,想煞!""那好,一边待着去,一会儿大婶给你找下个。"

无业游民一惊,哆嗦着退开一步。麻脸三婶又叫住他:"慢,你说那个'铜头',是个什么东西?"

"打马蹄掌的呀!一围遭的马呀牛呀都是他给上了掌。他让指导员催着打矛,一夜一夜打……打……"

"行了,待着去吧!"

"是啦!"

接着就是呼喊"铜头"的声音。只叫了三声,就有一个苍老的嗓子应了一句。大家都看到一个老人分开密密的人群,从人堆走了出来。他高高鼓鼓的额头在火光下闪亮,嘴角紧闭,使一边有一道深深的竖纹。默默地走上来,眼闭了又睁,睁了又闭。

"你知道时辰到了吗?"老女人问。

"知道。打从多少年前那匹宝驹死了,老少爷们的命就定了。"

"什么宝驹?"

"这得从头儿絮叨了,只怕司令没有工夫听哩。"

"说说看。"

"也好。千儿八百年有了，嗯，那时候这个黑马镇可没有人烟。全是白茅茅草，日头一出来，白花花一片；天快黑那会儿，又染成了红的，真像一大片血海啊。一年春上天不冷不热，从南面嘛，来了一群要饭的人，他们都快饿死了，说不定早上晚黑就一个跟头栽下来，再也不起来……"

　　麻脸三婶的两个女儿笑出声来。

　　野猪从一边猫着腰上来，对在麻脸三婶耳根上咕哝。她立刻打断铜头的话："得了，留着这故事跟我回司令部说去——我们走时你跟上，讲完了故事再给马打掌，打一辈子。"

　　铜头昂起脖子："这就错了。我是迎着时辰来的，只求一死。再说我早琢磨过，这围遭儿少不了大劫大难，都是命里该着，该受魔王折腾。像你这个司令，我知道就是什么女妖闪化的……"

　　铜头的话刚落地，只听一声尖叫。

　　大伙儿抬头去看，见麻脸三婶的一个女儿怒目圆睁，拔出枪来。她一手握枪，瞥了一眼母亲，见老人只是眯着眼，就抬手甩了一下。

　　一声枪响，铜头栽倒了。

　　报账的匪兵凑过去踢了一脚，又把他翻过来，大嚷："大小姐真是神枪，一枪打中脑门心！大小姐神枪哪！……"

　　"神枪！神枪！……"好几个匪兵一齐呼叫，野猪叫得最响。

　　匪兵开始把围在一块儿的人群推来推去挑拣，在一片哭叫声、诅咒声和告饶声中把年轻男女找出来，让他们分开站。还说谁指出一个八一支队的杂种，谁就能捡一条命。说过之后没有一点声息，但只静了一小会儿，真有人出来指认了。十几个伤号给拖出来了。又一会儿，有个胖胖的凹眼姑娘从年轻妇女的队伍中走出，自动站到了伤号一边。

所有的目光都去看她。几个匪兵嗷嗷叫。麻脸三婶眯着眼看凹眼姑娘、从头打量到脚，咕哝一句：

"婊子。"

"天不早了！三婶……"野猪又在一旁催促。

"过过数儿，多少人？"麻脸三婶脸上的皱纹都拉直了。

"五百三十二人，加上死的两个，这个臭婊子……"

场上静静的。所有人都看着端坐椅子中的人，她这会儿又在饮茶。她抬头看看天上变疏的星星，终于开口了："我看这数儿少些。咱死了那么多弟兄，该好好祭祭……"

人群一片长泣。他们这才听明白，麻脸三婶要大开杀戒，要一口气杀上几百人、上千人。人群像大涌一样翻腾，匪兵开始放枪，野猪在旁边指挥，一口气打了几十发子弹，不少人应声倒下。站成一排的伤号呆呆立着，紧闭双目，后来像是听到了一声号令，一齐跃起扑向麻脸三婶……老女人屁股没有挪窝儿，只是歪了歪身子。与此同时枪响了，伤号倒下几个，没倒的被刺刀扎中了。他们捂着伤口吼叫，骂着麻脸三婶，还有人呼起了口号。

老女人的两个女儿指挥身边的匪兵把地上的人又起来，一个一个扔到了大火中。黑烟翻卷，一场的嚎哭……有人发现那个凹眼姑娘撒腿就蹿，想抢一支扔在地上的长矛。

两个匪兵把她扭住，又踩到地上，接上就撕她的衣服。冲天大火下，全场人都被一个光洁的裸体给震惊了。有人嚎哭："妈妈呀，伤天害理，老天呀……"匪兵从容不迫地往赤裸裸的凹眼姑娘嘴里填破布，她咬手，他们就改用一根棍子捅。

那个洁白的躯体被压在了地上，一群匪兵围上了。

人群又翻涌起来，又是一阵枪声，又是应声倒地的人。

谁喊了一声："快没气了……"

麻脸三婶想起什么，让人催那个无业游民到那儿去。他哆嗦着，跪下，连连磕头："奶奶饶我，我不敢了，我害怕凹眼闺女，我一辈子也……不……"

匪兵把他拖过去。他还是哆嗦，跪着。"去你妈的狗东西！"一声怒喝，几支刺刀伸向两个人……一切声音都没有了。几堆大火里好像有什么爆开了，发出轰轰的炸响，飞扬的火星扬到了天上，像雪一样飘洒。

这会儿那个矮壮的野猪突然拍着手往上蹦了一下，大嚷大叫："三小姐——啊呀呀，三小姐的……马儿……"

白亮的大火旁边蹿出了一匹青马，躯体像钢铁一样闪亮。马上是一个十八九岁的、戴了针织鸭舌帽、穿了黑色皮夹克的少年。少年蓦地勒马，转脸，让所有人都看清了一张异常美丽英俊的面庞。他接上鞭打快马，青马飞闯到人群前边。他一手挽缰，一手按在胯部刀柄上，来回巡视……

喷溅的鲜血在地上流淌，汇成一汪一汪……一些匪兵拥进年轻的妇女当中，揪住头发往黑影里拖。大火开始弱下来，只留下一个个不断缩小的炭火堆。起风了，烟灰和火星飞扬到空中，撒到人群上。

广场上的幸存者都木了。带火的烟土从空中降下，降到他们脸上、脖子上，他们竟然一动不动。一张张脸像石头，又青又硬。

"啊哎哎，三小姐，啊哎妈呀妈呀——我……哦哦！"矮壮野猪尖尖的嗓子像狼嚎。

号叫中，那个英俊的少年鞭打快马。不知是烟火还是血腥气的缘故，那匹青马跑到广场中央突然一声长啸，前蹄高高扬起。少年险些被翻下来，他危急中紧紧勒住马缰。

野猪仍在尖叫。少年送去藐视的一笑，腮上显出两个酒窝。

麻脸三婶从圈椅上挪挪身子，对旁边捧茶的小伙子咕哝："撤也好？……"

5

……小心地绷紧这根弦，它细如纤发。日夜听它鸣响，听枯叶和风扫过时的震颤。铮铮之后是沉沉余音，消逝在夜海里。稍稍松弛一点也就无声无息了，可以待在一个默默的世界里。我在阳光无力抚慰之处嗅着腐菇和坏疽的气味，无暇呜咽。那弦松弛了？从未有过的轻松和恐慌……不，不能，我有过誓言，我是一个忠诚的儿子，是被指派来的，像服苦役——不，比苦役苦上万倍——我是看守这根弦的人……

不能忘记在你身边度过的春天，正像不能忘记甘甜的乳汁。我也许是少数记住了饲喂的婴儿之一，一闭眼就是那弥漫大地的芬芳。黑夜用无边的墨色来恐吓我，我就依偎在你的山峰之间，脸贴紧了中间的凹地。睡着了，鼻孔里全是药菊和蔷薇的香气。春天里的第一束花像金子一样，你扯着我走向高地……

　　就为了长眠的母亲，为了那些祭奠和换取，我有止不住的泪滴。看到一汪汪碧水、最迷人的春水了吗？它是弱者的眼泪汇成的。一万条小溪日夜流淌，正从人们不曾留意的角落里潺潺而下。

　　你告诉我，只要守住那根弦，我就会再生。命系在弦上，系在后来人的心弦上。当它能够时常发出铮铮脆响时，你就会踏着它的节奏归来。我记住了，记住了。我有一双不倦的眼睛、不屈不挠的手指，我不会让你长久地沉睡。

　　通过梦境，你不断地让我结识一个又一个母亲，她们有的像你一样衰老，有的才十几岁、二十几岁，是未来的母亲。她们完美的躯体闪烁着春天的光泽，时光却要涂上锈迹留下斑痕。有一只坚韧而执着的手在维护着。我爱她们，并以全部生命的火热去温存和追求，不得不嘶喊着一腔心愿。你听见了吗？

　　修长柔韧的柳枝垂挂着，装扮了千里荒原。洁净的沙上蓄着未来的绿色和太阳的温情。我在世界上最干净的地方仰躺下来，寻找感受和向往。小甲虫驮着一身春阳蠕蠕而来，认真地嗅着，喷嚏声小得无人知晓。接着是一只穿了服的小飞虫落下了，它是方圆几十米最著名的小公主，骄傲而顽皮，从来不忘炫耀那又细又圆的腰肢。远远近近都有米粒似的绿色生出，神秘的欢欣悄悄聚拢。我被遮在柳丝中，盯着它们在风中悠动，突然想到这是荒原上频频弹拨的弦。

　　一片铮铮之声里，苏醒的荒原上河冰碎了，水流从桎梏中挣脱。淡淡的热气在水面腾动，似一层细纱。这儿正进行第一场沐浴，洗去一切的灰污和不快的记忆。整个冬天都在退却，无数濒临死亡的生命又被抚醒。当伸手采撷夜合时，千万不能忘记那个刺骨的枯冬，它怎样冰封了一切……

我如梦似幻的荒原啊，你曾经被一种深色的液体浸过，它们浓烈似酒，却比酒辣上千倍。这种液体并不神秘，它是从母亲身上流出来的，最后与荒原融为一体。我们在春天的感召下小心翼翼地踏上白沙，就像踩在了母亲的腹部，触到了她富有弹性的肋骨。我们由于愧疚和心疼而双泪长流，深知自己无边的罪孽难以赎回。

由于我们在荒唐的沉睡中松弛了它——那根弦，从此失却了响彻大地之声，一切都疲软消沉，最黑的夜笼罩了天际。恶魔趁机而出，它在母亲般的沃土上切割，让脉管和筋骨生生分离。我听到和看到她在黑色中大睁双目叹息。母亲从不责备，她黑白分明的眸子寻到了我，深情盯视。我双手捂住脸庞，怕她看到这躲躲闪闪的眼神。你记得住吗？记得住。那因为什么？害怕牺牲吗？不，比牺牲——一切看得见的牺牲都要可怕十倍。那是无边无际的、无头无尾的折磨，是一丝一丝的、日复一日的磨损，是诱惑、寂寞、饥渴、焦躁和蹂躏加在一起的苦难，是一切有情感有热气的生命所难以承受的——于是就把母亲推进了深渊？是的，不，不是——我实在想不出任何辩解之词。我只能长长地呼叫一声：我的母亲！

大地在呼唤中颤抖，无可奈何地看着这一幕。我缓缓地转身，回到那个角落，去枯枯地守住。从此我再也不忘，再也不忘。这些誓言只属于自己，自己享用自己注视。我注视这誓言就像注视我悄生的白发。我在它的面前不得不有个选择了。我必须好好地、真实无误地来个回答。我的声音将被良知记住，并刻在坚硬的石头上，埋入荒原，让所有的母亲和即将做母亲的人存个见证。

你是我生命的依据，我如此地爱惜生命。它会由于不能再生和枯干而变质。我不过拥有一个脆弱不堪的躯体，它是灰尘的一次集结，解散的那一刻再还为尘埃。失去了依据的肉体只能如此。我看到了无数类似的东西，它们在天色微明时开始不安地蠕动，然后走出小小斗室。它们没有嗅觉，分不清腐菇和玫瑰的区别，满身涂满了脏臭喜气洋洋。这险些成为我的同类。我的不能屈服的心每搏动一下，都感到了钻心的疼痛。我的昨天和我的未来呢？我的依据呢？

我深知留给我的时间太短暂了，简直只有一瞬。这一瞬又被细细地分割，使我无聊和迷茫。尽管是一闪而过的一刻，留下的狭窄的缝隙甚至望不到明天；可我仍要固执地遥望，睁大不灭的目光。眼眶瞪裂了，睫毛上渗出血滴，我仍旧张望。我的明天和你的明天接到一起，就会延得长长，形成一道光柱，照耀出一条出路和来路。我愿这路上生遍了铃兰和萱草，让彩蝶和蜜蜂在其间飞舞——那时她怀抱一个稚气可爱的婴儿出现了——这是我们的明天。

你从不述说冬的寒冷，不说那一次可怕的劫难，万物消亡那一刻的悲凄，只是微笑着讲述春天。我今天终于明白了你的深意，我无所不在的爱。我将永远仇视那个季节，就像仇视死亡。我记得住那长长的尖厉，并因此而不再轻信。我会顽强又倔强，不是吗？你的微笑掩去了多么可怕的往昔，多么寒冷的冬夜，这一切我知道得太晚了。

我将不停地诉说，不停地寻找同伴，告诉他们一些真实。在他们惊愕的顾盼中，我也决不停止讲述。因为这是你最后一刻所目睹的，它没有半点虚妄，它正是一个真实。亲爱的，你相信我吗？你愿意与我一起守住什么吗？在那些数不清的诱惑和欺骗中，你能够目不转睛地守住吗？请相信我吧，世上没有那么多的奇迹，没有一个例外，人总是要首先依靠自己、相信自己，把心弦拧紧。

只有那根弦连接着你。在这个有白昼也有黑夜的世界上，再没有任何东西可以把沉入夜色的人唤醒。你凝神静气，屏住呼吸，这样一天、一年、一生。绝不忘记，绝不；绝不存一丝虚念，绝不。你的疾呼之声将透过朝雾传到四野。

任何时候都不能奢望，不能指望奇迹。你的孤单永恒的长守啊，你的每时每刻都可能绷断的心之纤弦啊，谁来痛惜谁来援助？你用眸子的力量、心肌的力量，一时不懈地拧紧了它，发出清冽震人的警醒之声。可它绷得太久了，它在任何一个时刻里都可能断掉，发出最后的一响。

通红的血啊，一滴滴流出，像鸡冠花一样颜色……

6

趁着温吞吞的夜色即将消失的时候，再一次回忆你的眸子吧。它照耀了一下，离去了。孤单无望立刻攫住了我。谁像我一样软弱一样顽强？找遍了荒原仍独身一人。我的狂傲让人嗤笑，我的忠诚却有目共睹。除却蛆虫的咒语，就是善意的叹息。我身上的罪过如同山峦般堆积，但却不是我在今世负载的。我不是指原罪，我是指一个人真实的生存。

怎么挣脱呢？

没有任何办法时，只有从你的目光中寻找答案。这样不倦。很长时间了，我在你的气息环绕中企盼、忍受，倾听着夜色里的哭泣和啜饮之声……在乡下小屋的邻居那儿看到了刚刚出生两天的三只羔羊，它们鬈曲的皮毛、稚气纯美的灰蓝色眼睛、有力而丰满的腿，都让我忍不住地爱怜，忍不住地想象。生活中有多少美和奇迹，我要把这些告诉你，写给你，与你分享这一刻的妙悟与多思。我们紧紧相挨——不是我们的形体，而是我们的思絮。

那时我们常常这样，以此抵挡着、遗忘着。可怕的遗忘啊，它是迷人的罂粟花结出的果实。可惜它在我们的心田里总也不能结籽。我们只是偶尔把脸颊贴在它绚丽的花瓣上，嗅它淡淡的、特异的气味。你的完美无瑕，经得住一万次挑剔的形与神、灵与肉，都是对这个世界的一次高声礼赞。它在产生你的同时，又在毁灭你。我双手护佑你，我的至宝，我的灵魂，我的啜饮之声。

那三只羔羊顽皮地看我。它们当中的一只后来竟然走过来，用小小前蹄踩踩我的脚背，然后抬头观察我。它眼中的我是有趣的，这使我深深感动。它不知道我和我们究竟是怎样的生物，大概把我们混同于它的母亲、刚刚结识的青草绿叶、风、丽日和树木了……可怜又可爱的羔羊，你永远也不会明白面前的人。

与它不同的是，你什么都明白。你在我眼里常常混为它的同类。可你的机敏和睿智使你成为更强大更真实的存在。我不得不依赖和崇尚，我只能这样正视你。一起回忆吧，回忆我们的和其他人的往昔，回忆岁月之谜。应该回答的我们从来没有回避，只是逼近了的质问太多太多了。我挽住你的手臂，害怕退缩。你怜惜地看着我。

我有时离你非常遥远，享受着独处的宁静、空茫无绪的感觉。之所以它可以忍受和咀嚼，那完全是因为我心中有着太多的贮备。你为我注满了，用你的手、你的目光。我能够无羞无愧地面对陌生的一切，坦然地迎接。这个遥远之地啊，我直直地站立着，想象着那一个个场景。我勘探和寻找了旧迹，我听到了目击者的复述，我自己就是后来的目击者。我怎么讲述我看到和感到的一切？此刻站在这光秃秃的泥地上，向你伸去我的目光。

你感到了它的触动吗？

回答我吧，用你自己的声音。

你召唤我走近你、让我归去吗？我在这儿踌躇、等待，盼着一个肯定的信号。没有，我只有继续徘徊。随着时间的延长，我心中积聚的东西却越来越多，它们是非常可怕的积累。我要把泥土一寸一寸抚摸，就像抚摸你的身躯。我爱这泥土，你知道我有多么爱。这个要命的字眼儿被人重复了一万年都不会褪色，因为没有别的替代它。一寸一寸地抚摸，直到把指印排满无边无际的荒原。我能准确地触到它的每一次脉动、抽搐、因伤痛而引起的战抖。它的肌肤上创伤遍布，瘢痂叠生，稍一不慎就会引起大流血。你什么都知道。

尽管在你那儿这都是陈旧的记载，可是我还要与你一起翻开这些纸页。你的眼睛啊，像黑色苞朵一样的眼睛啊，让我无可奈何地仰望……静夜里，啜饮之声消失了，冷凝的固体在炽热中融化，汇入了历史的河流。你只要闭上那双眼睛，就会看到一场连接一场的突围。烟尘把天空都遮住了，疯狂的追逐永无休止……

7

那一次半岛东部的长途跋涉显然加重了朱亚的病情。他开始更多地待在自己那间小屋里。基地上所有的工作都在继续，只是他已经没有力气跟上勘察小组到远处去了。

黄湘从城里归来时我们尚未回到基地。他烦躁又得意地等待，见我们风尘仆仆赶回，就咧着嘴笑。"上边有个意思，让赶紧交差，越快越好。"朱亚应一句："已经够快的了……"

黄湘得知我们的东行路线后，脸色阴沉，后来又是干笑。他小声问我："在那个农场呆了几天？"我说只不过一夜，第二天就上路了。"好。你不知道这里面的背景啊。他是去看陶明的，你不该牵连进去。他一定跟你讲了不少陶明的事儿吧？"

我心里一阵厌恶。我不得不强调指出：朱副所长从来没有讲这些事。

"哼，不讲也好。不过他不会不讲的。算了，不说这些……这一回我见到了苏圆，小家伙问起了你呢。她这会儿胖乎乎的。"

我心里热辣辣的，很想再问几句，但忍住了。我以前让对方给苏圆捎过一个口信：请在春天到基地来看槐花吧，朱亚已经同意了。春天已过，黄湘回来后对这事只字未提。他正热衷于另一些事情，我觉得他对这一次勘察倾注了很神秘的兴趣。

他的眼神变得越来越奇怪，急切、闪烁，而且流露着显而易见的阴郁。他越来越多地、直截了当地探问起朱亚的言行，而且不想漏过每一个细节。他显然对我的不愿配合深为不满，只是忍着。他压根就没有想到真正在忍的正是我。"朱亚，哼，有人要跟他结结账了。"黄湘恨恨地盯着我。

"为什么？"

"因为他这辈子也做够了……"

"他做了什么？"

"他们……反正等着瞧吧！"

黄湘大口喷吐雪茄烟。我有时想这家伙会从嗜烟发展成吸毒，他是人类一切恶习的倡扬者。我惊异自己这么快就把他当成了一个敌人，并且很难妥协。我一想起在另一间屋里喘息的朱亚，就想把拳头砸到黄湘这张圆脸上。

"……事到如今，得防止有人破坏半岛大开发。从工程前期勘探开始……小伙子，这是你的一个机会。"

我呼地站起："你是影射朱副所长！"

"你自己慢慢看吧。先管住自己的嘴巴。我只告诉你一句话：老哥嘴里没有虚词儿……"

他摇晃着走开了。

我渐渐明白了朱亚心头那份沉重。他的神色、步履，举手投足间，都透着一股难以忍受的沉重。这重量眼看就要将其压进土里。

午夜，我总看到他的小窗前透出灯光。他加紧工作，几乎没有一天在午夜前休息。那张脸已经越来越暗，那是一种不祥的颜色。无论谁的劝阻都不起作用，他有时在督促声中干脆闭口不言。当我推门进去时，他总是抬起头，嘴角露出微微笑意。这是极少看到的笑容，整个工作队很少有人能看到它。我被这种情谊所打动，但常常看着他，什么也不说。

他在核对填写那些表格、汇总一份份报告数据。他桌上有一包苏打饼干。

"把新写的歌子给我看看好吗？"他嚼了一片饼干，恳求地看着我。

我摇摇头。因为我什么也没有写出来。我在他面前总要用力地忍住、忍住，有时被一种巨大的激愤摇撼得不能支持，真想迎着他大声吆喝一句：你为什么还要笑？你笑什么？你心中为谁藏下了秘密？

他过去极少抽烟，而现在却烟不离嘴。显然他目前正需要它的支持。那双发黑焦干的嘴唇让人心疼得愤怒。我这会儿有勇气凝视他，直接问一句：

"朱副所长，能讲讲陶教授最后的日子吗？"

他的目光立刻变硬了，能撞碎石块。

我没有后退，但需要多大的力气才能迎接他的目光。我迎住了它，并看着它在变化，像冰块一样缓缓融解……手中的饼干放下了。我肩头有了一条温热的胳膊。他垂头看着自己的双脚："能出去走走吗？"

我心头闪过一丝希望。

外面是一片微微发紫的夜色。没有月亮，没有风，只有一天灿亮的星斗。海岸的松树又矮又壮地挤在一起，像朦朦胧胧的山峦。水浪缓缓拍打。大海深处泊了一条大船，灯火在水中抖得很碎。

"多么好的夜晚。简直一辈子都不想离开。可惜留在这儿的时间不会多了……这是你的出生地，真让人嫉妒。"

我们坐在离浪缘五十多米远的石头上。侧面就是松树。浓烈的海水气息掺和着松脂气味，有些鲜凉。我不想说什么。因为我心中正荡动着另一种东西，它与这儿的夜晚无关……我想到的倒是那惨烈的西风，是抽打着陋屋的疾雨，是轰轰雷声。

"我年轻时候有好多这样的夜晚，那时我太年轻，不懂得留意。现在呢……这真可惜。我常常想起那个山里姑娘小水，觉得她就站在窗外看我，我在她的目光下整理那些图表……"

他停止了叙说，恍然大悟地拍拍脑瓜。

"我只想听听陶明教授的故事，他最后的一些事情……"

朱亚的双眼在夜色中闪烁。那是逃避的目光——它被我追赶得已经无处可逃。

"你已经知道很多了嘛……"

"不，我要听最真实的，听当年的目击者亲口向我证实！"

朱亚有些生气地站起。站了一会儿，大约是看了看海湾的灯火，又缓缓坐下。他嗫嚅："你知道的已经足够了，所里的人差不多都知道陶教授的事。对于你和他们，对于所有的人，关键不是知道了多少，而是……"

他一声不吭了。

我偏偏追问下去："是什么？"

他实在忍不下去，大声吐出一句："是缺乏某种能力。"

"什么能力？"

"你说呢？"

我回答不出。

他长长叹了一声："是一种能力。比如说，战胜遗忘的能力，愤怒的能力，还有，正义……哦，我说得太多了。"

我却一句句听到了心里。这些话像锤子一样击中了我，让我在夜色的遮掩下战抖。我小心翼翼地说了句：

"明白了，你是不信任我，对我失望……"

朱亚摇头："不是不相信你，而是不相信人。我对太多太多的人都失望了……也许是我不对，我压根就不信任他们。他们的要害不是知道得太少，而是遗忘得太快，是无动于衷，几乎没有什么例外……"

"也许我是一个例外。"

"那也别指望从我这里听到什么。你知道的也足够多了。这已经可以让你去好好想象了。如果你愿意，你就会弄懂一切。我只希望你不要因为这个再打扰我了，我被人打扰了几十年……"

听着这自语似的喃喃之声，我的脸不自觉地埋入了双手之中。我终于明白了这是一次彻底的拒绝。有点残酷也有点令人感动。我一声不响地倾听消逝在夜色中的声息。那是一片松林中传出的微微震荡，是依旧鲜凉的松脂气味儿……"如果你愿意，你就会弄懂一切"——我咀嚼着，我想我当然"愿意";那么我"就会弄懂一切"吗?"你不要再打扰我了……"我默念着最后一句,泪水溢满双眼。

8

同一个大房间里住着十多个人,都睡在一铺大火炕上。他刚刚被打发到这里来,以前住三人间,甚至还住过单间——那是真正的隔离,有上铁棂的窗子,窗口上不时闪过看守的身影;小屋约有六个平方,有一桌一床,一个黑色的便桶。最不能习惯的是便桶的气味,他反复要求添加一个桶盖,对方的回答是:你们臭味相投……

比起这个大房间,那儿真是让人留恋。陶明与这十几人合用一个便桶,除了忍受恶臭,还有其他。陶明一天夜里正解溲,一个家伙提着裤子走来,硬要赶他,他稍微迟疑一点,那家伙就把小便解到了他头上……他从此记住了这个家伙:刀把脸,长下巴翘着,颊上有五分硬币大的黑疤。都叫他"老鲁",但却不姓鲁。

"你这个'脚臭'!"

老鲁给"教授"来了个音译,时不时得意地叫上几声。

整个大屋里的人形形色色,有工厂来的盗窃惯犯,有强奸犯,还有其他一些莫名其妙的罪犯——同性恋者、造假币者、蠢蠢欲动的地主……他们中的大多数因陶明的到来而感到莫名的愉快,每当老鲁捉弄他时,有人就兴致勃勃地参与。老鲁是头儿,他吆喝一声,旁观者就得赶紧帮上一手。

"大脚臭！听说你想跑到外国去找个娘们儿，有这事没？"

老鲁把灯吹灭，然后就沙哑着嗓子喊起来。

陶明一声不吭。他感到惊讶的是这一伙如何知道了那一段微不足道的、简单明了的经历？想不到这也成了他们嘲弄的资料……那是他前些年随一个学术团体去友好国家访问，陪同他们的一个年轻姑娘临别赠给一件礼物：一个精制的小册子、两盒领带。他也回赠了对方一点东西。后来他才发现那是个相册，其中有她迷人的照片，下面题有热烈的话语。他的心慌慌跳，按照不成文的规定，赶紧交给了率团领导……本来一切都过去了，想不到后来审查中这成为他另一桩罪行的主要依据。眼前这一伙污烂是怎么知道的呢？

"你这个狗特务想得美，这会儿还想外国娘们儿不？不如先牵条公牛干干你……哈哈……"

一阵粗糙的大笑引发了满屋笑声。陶明知道这是整个农场中最邪恶的一帮，他们集中一起，似乎是某些人一手导演的戏剧。记得刚进来那天晚上，老鲁正收拾一个人——他刚刚二十来岁，白净的脸不像个体力劳动者——就因为不肯把随身带的一条灰毯子献出来，挨了老鲁一阵拳打脚踢。毯子被抢走了，老鲁就坐在上面，嚷着："给他去去火，年轻人火大……"话一落地，立刻有四五个人把小伙子拧起来，衣服很快剥掉了，露出了苍白的裸体。小伙子怕羞，两手不由得掩住下体。一个又干又瘦的家伙就耐心地折磨起来。小伙子喊得凄凉，他们就揍他的嘴巴。陶明几次踱到门边，想伺机把看守招来，谁知被那一伙儿注意了，一个黑脸膛一步蹿上来，一拳把他捣翻在地……他们后来又喂那个小伙子脏东西——是一团黑乎乎的毛发……小伙子吐出来，他们就重新给他塞进去，终于引发了一阵呕吐……

那个干瘦的人脸色灰暗，常用怪异的眼神注视同室，几天后陶明才得知他有怪癖——就因为这怪癖被逮，投入了这个农场。老鲁故意让瘦子挨着陶明睡——这家伙可以整夜不休息，咕咕哝哝寻伴儿说话，高兴了还动手动脚。白天繁重的体力劳动已使人精疲力竭，只有瘦子还兴味盎然。他的哧哧笑声、喷气声没人理睬，大家一会儿就呼呼大睡了。陶明却被旁边的瘦子搅得几夜未眠，后来终于挺不住了。可是刚刚合眼，他就被一阵抚摸给弄醒了。原来那家伙紧紧搂住了他，蛇样的身躯已经裹住了自己，涎水沾了他一脸。他再也忍不住心底的厌恶，迎脸给了一拳。瘦子翻在地上，接着无声无息地趴了一会儿，爬上铺子安睡了。

天亮后，陶明发现瘦子脸上一大片青乌，多少有些不忍。老鲁问瘦子怎么搞的？瘦子答起夜跌了。在工地上，陶明做砖坯，瘦子就给他备泥；陶明坐下歇息，瘦子就挨着他坐。他无论走到哪里，瘦子都要尾随。他不得不用拳头威吓，瘦子却小声咕哝："心真硬啊……"

农场的头儿戴了一顶锃亮的长檐皮帽，两眼贼亮，巡视着所有的人。偌大一个农场，有大片农田和烟气腾腾的窑场，可是他却认得每一个人、记得每一个人。这儿的人分成两拨儿，一拨儿是一般意义上的农场工人，他们住在没有铁丝网的那一半；剩下的是穿号衣的人。这些人只在档案册上有名有姓，而平时只被呼号——白色的大号码印在统一的粗布衣服上。头儿眼里，每个代码都有固定含义，那是充满个性的代码。比如十六号，沉默、阴郁，咬牙切齿，有小小的、说不定什么时候就要遭受巨大打击的某种狡猾；四十九号，小眼睛，诡计多端，已经没有了锋芒，但格外令人讨厌，一辈子也不会让人同情；十四号，罪犯中的罪犯，正仇恨着，是个死硬分子，不吭一声地工作，因此吸引着多方面的兴趣，背景十分复杂。他的傲慢是难以掩藏的。头儿脑海里转着"十四号"这个代码，险些忘了它与"陶明"是一种对等关系。

头儿此刻注视着一前一后两个人，眉头紧缩，忍不住叫过一个背枪的人，小声咕哝几句。一会儿十四号和五号就被传到了一间小办公室。十四号垂着手，满手泥巴。五号脸上的肌肉奇怪地抽动，偶尔还瞥一下十四号的手。

"十四号！还记得起你的请求吗？"

陶明眯眯眼望望窗外。钻天杨叶片翠绿，背后衬了碧蓝的天空，一大朵白云。白云移动得非常慢……他苦苦请求过，请求离开隔离室——那个小小的铁窗让他万念俱灰，他再也不愿一天到晚关在这个鸡笼子里了。他恳求出工，下田烧砖砌渠，干多么重的活儿都行，只要让他与人群在一起。他不能在此窒息而死。整整几个月的时间，他独守一隅，相伴的只有一个臭马桶。他本来是带着帐篷和地质锤四处奔走、用脚板丈量土地的人……

"怪不得急于出来，你是闹这个名堂来了……"头儿流出一丝笑意，但很快又吸净了。他示意一下，看守猛地扭住一旁的五号，嘭嘭几拳将其打翻在地，五号挣扎着爬起，又被踢翻。进来两个帮手，接着木板拍、绳子抽，撕光了衣服。陶明退开一步。五号的屁股小得可怜，呈灰白色。五号大吼，叫着："天哪，再也不敢了……"没人听，几板子抽在屁股上，红印子立刻显出来。

五号躺在地上小声叫着时，头儿一摆手，屋里静极了。头儿把上衣脱下，然后伸脚碰了碰五号的下身，怒火突然增大。他弯腰一抡五号的胳膊，五号竟然给摔到了墙根。接着他变戏法一样将满脸血痕的人举起，噼啪抽几个耳光，又利落地一摔，摔到了十四号的脚下，嫌脏似的拍拍手，重新穿上了衣服。

看守用询问的目光看看十四号，又看看头儿。

"这个死硬分子五毒俱全，以前什么都看出来了，就没看出是个流氓。别脱衣服揍他了，给他留点面子……拴上，押出去。"

一根绳子将十四号和五号拴到了一起，每人胸前挂了一块纸牌，注明了"鸡奸犯"、年龄和姓名。

整个下午他们都在示众。工地上沸腾了，都停了活儿围上看，没有看守阻拦。老鲁一声连一声嚷叫："快看'脚臭'和这小子捣弄这个了，他们夜夜不闲……"好奇的、幸灾乐祸和仇恨的目光包围着两个拴在一起的人。土块和石头飞过来，五号赶紧护脸，十四号却一直无动于衷。他木了一样，只是随着绳子的牵拉往前。有一块石头打在他的鼻子上，鲜血很快湿了胸前一片，他擦也不擦。"别看他现在这熊样，以前收拾过外国娘们儿——外国娘们奶子比头还大……"老鲁嚷叫，咂嘴，得意地掐腰，四下张望。

夜里满屋的人都兴奋异常。老鲁说要接上给十四号和五号开个"小斗争会儿"——"咱也莫闲呀，争取个好表现儿……"

陶明只能盼望看守人员来制止他们了。没有。他听得见死寂的室外，那看守陪伴头儿正迈着沙狐一样的脚步，捂着嘴哧笑。夜色中有一只洁白的鹭鸟在哭泣。

"给他们动动刀儿……"老鲁一喊，五号就扭动、嚷叫哀求。

有人又要解陶明的衣服，陶明睁开眼盯视着。那人停了手，回头去看老鲁。老鲁往手上吐了口唾沫，骂着，一下按住了陶明。几个人格格大笑。

9

他一直看见那只洁白的鹭鸟在哭泣——晶莹的露珠从它眼中渗出，又变成红色，把胸前的白羽染成一片。

"我的……"他喃喃一声，睁开了眼。

这是绝望中的一只鸟儿。她在这样的夜晚独自哭着，遥望东北方——她的那个林场就在西南部的山里，与他正好隔开一百华里。她比他要小好多岁，还稚嫩得像一棵小楸树，一双眼睛清得像水，顽皮地看他。她嫁他时刚毕业不久，是实习时认识的。陶明被她那前额上微黄的柔软的头发迷住了，长久地回忆她伸舌头的模样。"小家伙，这可不是个好的习惯！"他独处时主要想她。后来他们结合时，他追忆从相识以来的整个过程，觉得是个奇迹。"我无限爱你！"新婚的、不断写几句悄悄话在小日记本上的姑娘说。"你别放松了自己的……专业啊！"他偶尔这样说。"我没有专业！"小家伙故意说。其实她的专业很棒，是所在那个农科院最优秀的青年果蔬专家。他们不知疲倦地工作着、爱着。陶明眼看着小妻子顽皮愉快地在身边成长，个子似乎也比原来高了两三公分，而且努力想学会在他面前说几句粗话。所里的人都说他像她的父亲——不是指年龄，而是指气质上的差异。他刚到三十多岁就有了一只黑乎乎的烟斗，叼到了如今。他的专著一本本出版，加上大黑烟斗，很权威的样子。小家伙说："我一点也不崇拜你！"他点点头："应该这样。"

刚到所里不久的另一个引人注目的人物就是裴济。他有过战争经历，虽然年纪并不大。他爱惜专家，并且也修过一两门专业，像执行一场战斗任务，必要登堂入室。他们相处得很好，陶明甚至请对方到家里做客，自己烧鱼头豆腐汤，让小家伙做了另一个菜。小家伙后来说："这个人吃东西的声音太响了……"

他难以忘记那个暮春——天突然变热，闷人的会议室一个连一个大会召开，人们一开始绽着笑脸，后来板板的。有一天三个人坐在桌旁，一个记录，一个问话，另一个在一旁站立。陶明马上明白这是一种审讯。"你说过这样的话——共产主义是一场骗局，根本就不能实现？！"陶明脸上渗出一层细密的汗珠。"不要紧张，坦白从宽。""我想想——请让我想想……"

他努力地想。终于想起来了。那是他与裴济讨论问题时的一次闲谈。但可怕的是这会儿把原话完全搞错了。准确讲是这样的：他们那一次谈到了关于理想、伟大的前无古人的事业，他说："就人类的本性而言，共产主义也许是很难实现的；但这是我们的理想和信仰，也是个道德问题……"他记得当时裴济认真地听，若有所悟地点头。那显然是赞同的意思。

他复述了一遍当时的全部过程。

对面的三个都是陌生人。他们小心地记下他的每一句每一字，甚至是语气叹词。最后他们让他好好总结一下——十年、二十年，所有的行为和言论，寻找诽谤和仇恨的个人根源……可怕极了，有人正怀疑他的纯洁和忠诚。

他开始失眠。一开始他不告诉小家伙，那只小手抚过来他竟然无动于衷，她就不安了。风声越来越紧，小家伙说，他们已经在询问她了——关于丈夫的一切：言论、经历、家中表现，甚至搜集他的公开出版物……这真是过分得可以了。不过他万万没有想到热烈参与这一切的挂帅人物，正是他的朋友裴济。裴济首先揭发了他，也从根上毁了他。

关于陶明的材料已经堆积如山。他的著作成为他那句致命言论的最好注释——他永远也不会明白那些研究岩石的文字怎么会与政治发生联系？凭什么就不能谈谈"大陆漂移说"和"地壳均衡说"呢？他骂着粗话，让小家伙大吃一惊。

他们加紧爱着。仿佛有什么预感指导着催促着，他们不顾一切地爱着。这是无比恐慌和幸福的时日，他们简直不愿分开。男人的珍贵与真谛，小家伙在大约半个多月的时间里全部领悟。这短短的一瞬光阴让他们终生不忘，死而无悔。尽可能地把生活中的其他简化，比如炊饮之类，干脆吃面条和粥、饼干，而决不在灶前耗失太多时间。他们抓紧了一切可以利用的一点点机会，绝不放过。比如说小家伙在等待面条煮熟的一段时间里，就拥住他一阵长吻。他们在一起爱抚、诉说，闭口不提另一些事情。

第十六天上，一切结束了。陶明被一个笑吟吟的人叫走，并嘱他带上洗漱用具。

他从此开始了一个人的生活。不停地被逼问、被录取口供，有一次对方被他的固执气坏了，狠狠地戳过来一手指，硬硬的指甲立刻把他的额头划破了。

一个证据确凿的死硬分子、一个不可能得到赦免的人。这就是当时人们对他的印象。先是与一群大致差不多的人——他们有的是教师、演员、工程师、作家之类——到一个地方劳动，后来就分散开来。他在一年冬天被分到一个有铁丝网的农场，从此穿上了号衣。与他同行的人不多，他明白这都是比较可怕的一类。他除了想念爱人，还时不时地想起同所里的一位小伙子：朱亚。他们关系非常密切，有一段还打算合手著书。陶明特别重视这个黑瘦的青年人，觉得他对待自身有几分苛刻：这正是一个知识分子最难得的一种品质。风暴来临不久，朱亚也被隔离了，后来又被赶到一个地方劳动，再后来就杳无音讯了。他明白，审查朱亚的目的，就是希望找到自己的秘密；而朱亚始终没有吐露不利于别人的一个字……

初到农场，他被编入了一个连，天天押到工地上去。先是砌渠：长长的水渠像一条青龙在原野蠕动，头儿说要砌成世界上数一数二的大渠，以震惊全国。结果像修长城似的苦役，运石砸石，一行行拉石车长得没有头尾，另一边就是掘土和砌石的人。那些从未动过凿的人要以最快的速度成为一个石匠，付出的代价是可怕的：砸碎手指、毁了一只手……陶明咬着牙关全坚持下来。可就在这时省城来了办案负责人，他们当中有所里的新头儿裴济。一伙人走后陶明就被重新隔离了，长时间单独关在一个地方，连从事苦役的权利也失去了。提审他的人说："你行了，被当成金丝鸟养起来了。"

方方的小屋里没有一支笔、一张纸。

"你想起什么要说的话吗？""没有。""那就待着吧。""我想要一本书；一本字典也行。"算了吧。"

他在屋里走动，像一只焦渴的野物。

午夜窗前一片星星，他趴在窗上，能一动不动趴几个小时。"我的小家伙！小黄毛！"他呼叫不停，手指在窗棂上抠出了血。

呼叫声越来越大，后来几个看守慌慌张张跑来，听了好久才明白是怎么一回事。其中的一个问："想见她吗？""想。""她在林场爬树，要见面恐怕是猴年马月的事儿。"

他原以为小家伙还在那个小窝里呢。他伏在了床上，流下了两道长泪。窗外有手电射进来。

他一连几天卧在床上，不吃不喝。看守把他揪走，推进一间小屋。一个脸色发蓝的胖子坐在一张铁桌子旁吆喝："你想死吗？""我想出去，到工地……""享不来这个福吗？""让我到工地去吧……""哼哼，原来是个贱货！"

蓝脸胖子在一个抽屉里翻找，又摸出一个大册子，嘴里咕哝着"十四号，嗯，十四号"，抽出了一叠纸，陶明认出上面那些血红的手印就是他以前按上的……纸页抖了几下，突然掉下一张小小的黑白照片——那是小家伙，是以前搜身时给夺走的——陶明眼疾手快，猛一扑抓到手里，压到了脸上……

　　只是几秒钟的时间，照片就重新被抢回了——他们扳他的手，扳不开，就一下一下压在桌子上碰撞……"你妈的狗东西，霸占下这么好的一个儿，还要反动，真是罪该……"

　　10

　　炎热的夏天哪！要点燃和烧灼一切的夏天啊！土壤被太阳烤成了焦粒，它们又烙坏了人的脚板。这儿所有人都没有穿鞋子，他们一踏上泥土就一声连一声呻吟。一垛垛砖坯码起来，做坯人衣不蔽体，后背的皮肤被晒得卷起来。当破絮似的皮肤脱落后，全身就黑透了，按一按像熟制的皮革。大砖窑的浓烟烈火喷射不停，从窑道里蹿出的运坯人都变成了砖红色。

　　陶明、瘦子、老鲁……所有人都只穿一条半长的短裤，剃了秃头。烈日下的人排起长队递坯，随着吆喝声越递越快，到后来不断有人被脱手的坯砸了脚。哀叫，捂着溅血的脚蹦跳，一旁监工的双眼瞪得像夜狼。老鲁故意把坯高抛，下一个接住再高抛，抛给陶明。陶明好不容易接下一块、两块，到了第三块就脱了手。为躲避砸脚，他猛地跳开。监工看得清楚，顺手给了制造麻烦的老鲁一个耳光，又踹了旁边那人一脚。监工的一走，老鲁就威胁陶明。

　　陶明已好几次晕厥。中暑的人越来越多。最可怕的是夜晚，大炕上挤满了湿淋淋的裸体，汗臭掺和在闷热的空气中，使人无法支持。上半夜无论多么疲乏都难以入睡，只有下半夜才能多少睡一会儿。那只哭泣的鹭鸟在火热灼人的夏夜伫立枝头，已经哑了。陶明无时无刻不在捕捉那个声音。他的长须发痒，舌头干裂，一次次爬起来伏到窗前。有一次他尖声喊叫，惹得屋内好几个人停止了打鼾。老鲁踢翻了便桶扑过去，揪住他的衣领，让他一声连一声尖叫。"它要飞了，你吵！你别……"他呼喊不停，两眼亮得逼人。屋里人全醒了，五号紧紧抱住老鲁嚷叫："你放了他放了他……"另几个人伸手拧起了瘦子。哀嚎声把屋顶快要掀破了。有人去扼陶明的喉咙。

"这是最后一眼，最后看一眼……哦哦，松开，松开，我看不见她……"

陶明往上一蹿，挣脱了。黑暗中那只尖利的长爪划破了他的脖子，通红的血从喉结流下来……天亮以前他一直躺在砖地上，不停地吼。有人打开门，给他注射了一针镇静剂。

烈日把所有人都烤蔫了。窑场上，搬砖坯的一个个都垂着头，缓缓挪动步子。如果再有几天不下雨，一大半人都要倒下。总是睁着一双贼眼的老鲁也没精打采，他不时瞥一下身后的人——那瘦子近来又盯上了他，朝他嬉着脸笑，为他挠痒，捉虱子。瘦子这会儿把一摞砖坯贴紧在肚皮上，一边走一边打瞌睡……

看守待在有阴凉的地方，一边喘一边啃西瓜，懒得吆喝。他听过蓝脸头儿的训示：多看看那个一声不吭的家伙，那是十四号，是个要命的家伙。他不时扫过去一眼，发现十四号仍在强烈的光线下往前移动，腿好像有点拖——这帮家伙真可笑。他记得上个月有个老头儿刚从外地押来，大约也只五六天的时间，以解溲为名，在水渠旁的一棵杨树上吊死了。还有个戴眼镜的中年人，误以为农场四周的铁丝网是电网，扛石头时慢慢往旁磨蹭，趁别人不注意，大叫一声扑上去。结果白白把身体划了几道血口子。这些家伙，天底下最愚蠢最可耻最碜牙的东西！他一口吞下一大朵瓜肉，回味着那一天眼镜扑向铁丝网的情景。

突然一阵混乱，抬头一看十四号不见了。一帮人围上去，看守扔了西瓜皮。"什么狗意思？干活干活！""报告首长，大'脚臭'瘫了！"

一阵拳打脚踢，人散了。看守揉揉又小又尖的鼻子，蹲下看十四号。十四号呼吸急促，脸又黄又白。他用指甲掐人中，掐出了血，人还是没有转醒。老鲁过来说："首长，让我给他身上撒泡尿吧，一撒就醒。"看守灵机一动，到一旁牵过一根胶皮水管，照准十四号就是一阵冲射。不少人都抛下了手中的砖坯往这边挤，都想溅到身上一点水。看守真的像端机枪一样把水管操在胸前，捏扁了喷口，让水流直直射出。被射中的人哈哈大笑，有的在地上滚起来。他扫射一会儿，又对准脚下的人冲几下。十四号蠕动了，一睁眼就嚷："我看不见，我看不见……"一股冲力十足的水流射进他张开的嘴，他给呛住了。老鲁拍着手，连连喊"打中了"，握水管的家伙就继续瞄准十四号的脸喷射。十四号浑身都是稀泥，他设法弓起了身子，四肢插进泥水中，猛地站起。射出的水柱喷在他的脸上，正努力地寻找张开的嘴巴。"打倒他，打中了，打进那个洞里呀！"有人大声呼喊。十四号吐出口中的水，摇晃了几下，终于站定了。

一连四天高温，整个农场死了六个人，其中的三个年龄在五十岁以内。死者家属未被通知，只是由同一宿舍的人抬上，埋到农场西边的荒地上。那里已有十几座新坟了。

陶明自那天晕在工地上之后，再也爬不起来。高烧，昏迷中呓语不停，都被如数记录下来。场医来打过几次针。后来蓝脸和戴长檐帽的头儿都来看了。他们问场医怎么样？场医说大概不行了。头儿立刻有些慌，大叫："这是上边盯下来的，说提人就提人，这口气还得给他留着！"

当天夜里来了一辆车，拉走了陶明。在东部小城医院里，他待了一个星期，接上又被送回农场。头儿问："住单间，还是回工地？"他闭着眼睛。头儿笑了："看来得送你回单间了。""不。我回工地。"

头儿愣着眼看了他足有一两分钟。

重新回到了那间有大炕的屋子里。缠在老鲁身边的瘦子用厌弃的眼神看着归来的人，做了个奇怪的手势。

天仍然闷热异常。人们都不记得有过这样持久的高温天气。但无论怎么奇特，老天用来解除难以忍受的高温高热的方法是一成不变的：大暴雨。

那是一个无风无云的白天，不少人莫名其妙地感到身上疼痛。一天苦做，拖着疲惫的身子从饭棚出来已是深夜了。所有人一头栽到铺上就睡着了，没有任何人发觉悄悄刮起的北风、天边传来的隐隐雷声……一阵急急的号声响起，接着是看守在门外跑动。门打开了，外面全是跑来跑去的人影，有人喊："快去窑上，大雨马上来了！"

闪电越来越频，雷声很远，但沉沉地震人。风明显地凉爽了，有人叫了一声，立刻被枪托捣了一下。一个响雷炸在当空，雨点砸下来。风陡然增大了，光着身子跑出来的人都打了个寒战。有人要回屋里加衣服，刚跑了几步又被拦回。叫骂声和风雨声雷声搅在一起，有人大叫："狗娘养的，快些冲上去，把干坯码了；一连二连到窑口……"雷声密了，沉了，不止一次看到巨大的光柱上下垂直炸开。很多人吓得躺在了地上，尽管有人一下连一下地踢也不起来……

陶明光着身子被人扯到雷雨里。他有好几次给踩到了脚下……还没等冲到窑口，身上已满是踏伤。"老天爷恼了，要浇死咱这些臭虫……"他听见一个人边哭边跑地嚷。也有人大笑，说好风凉的天。太凉了，陶明冻得牙齿打抖。一群人迎着雨鞭的抽打去抱干坯，他就随着活动。"你这狗东西怎么不到窑口上？"闪电中领班的认出他，一边骂一边伸拳头，他一低头躲过了。

他趴下身子从混乱的人流中窜出，接着双臂蒙头一阵急跑。所有的声音都抛在身后，只是一门心思奔跑。不知跑了多远，停下一看，闪电下是长长的石砌渠道。他不假思索地弓下腰，沿着渠道往前。渠中的水越来越深，他攀住了渠畔的石头往前移动。不远处就是大门，他发现这会儿正有探照灯扫来扫去，光秃秃的农田里什么都藏不下。他不得不伏在渠畔上，躲闪着灯光。

水声越来越响。大雨真是凶猛异常。这场大雨足以扫除那铺天盖地的暑气了。他小心地往前，因为水流几次要把他扯倒。马上就到了铁丝网了，渠道上有一层栅栏。大水把栅栏冲掉了，他明白这个之后，眼里涌出了感激的泪花。

出了农场地界之后，不顾一切疯跑。陶明大致判断了一下方位，找准了西南方，然后就再也没有停歇。那只哭泣的鹭鸟已经哑得不出一丝声息。他又嗅见了她头发上散出的气味：漫在大雨浇泼的田野上，像李子花一样……"我的我的……"他呼叫着，嘶喊着，已经不怕有谁听到了。

大雨一点减弱的样子也没有。他稍一停歇，风雨就想把他按在沸腾的水洼里。他不得不低下头一阵猛窜。哪里好像传来几声狗吠，接上又是几声枪响——他用力想着，终于明白这大雨天里不止他一个人逃出。身后一场可怕的追捕已经开始……

那只洁白的鹭鸟遥望着他。它的羽毛全被打湿了，哑哑的不发一声，只是遥望着他……

第七章

1

这个春天，曲府的白玉兰开得格外芬芳。闵葵夜里常常被它浓浓的气味弄醒，睡不着，就坐起来翻一会儿画册。入睡前还听听无线广播。这架收音机是港长金志送给曲府的，成了她的珍爱之物。它体积很大，模样像一只小柜子，上面的两个旋钮很像动物的眼睛。最奇特的是每次开启前先要点燃旁边的一盏灯，那灯上有很多羽片，据说有电流顺着羽片流入收音机。她每天都把听到的新消息告诉曲予，记住了不少词儿：登陆、盟军、轴心国、新生活运动……这儿越来越依赖她，整个大院让她操碎了心。可是男人陪她的时间日益减少，他正忙一些更琐碎的事情。她曾提醒他更多地关心一下那所医院，他瞥了她一眼，点点头。这实际上等于叮嘱他别偏离原来的生活轨道。当时曲予注视着窗外摇动的玉兰花树，怔了半天。

她回忆着海北的生活，满眼里都是幸福的泪水。

浓浓的花香从窗缝上涌入。她不得不把厚布幔再拉严一些。那个姓宁的小伙子已经来到了这座城市，频繁地出入曲府，一场奇异难测的变故似乎紧紧跟随，一齐迈入了大门……她的宝贝女儿在这样的夜晚睡得好吗？绮子已经在吐露那个可怕的心事了——闵葵明白那一天是不可避免的。女儿想让她说服曲予，既然不可避免……

她那么想找人倾谈。坐了一会儿，开了门，披一件衣服，沿着走廊往前。拐过边厢就是淑嫂的房间。窗户黑着，没有一点声音。笃笃敲门，没有回应。原来门是锁上的。她记起淑嫂和小慧子都到医院值夜去了。她独自在石凳上坐了一会儿。这个夜晚真静，简直不像战时的夜晚。远远可以望见点点街灯，这说明并没有实行灯火管制，战事不再紧迫了——自从黑马镇大劫到现在，好像没有发生什么大事。到处都出奇地宁静，静得可怕。

一个人影走近了。闵葵一眼看出那是绮子——她也看到了母亲。她在离母亲很近的地方站住，似乎想扑到母亲怀中。闵葵抚摸着她的头发，觉得稍一活动手掌，玉兰花的香气就扑面而来。"妈妈，我睡不着……我想，我好想……"绮子的肩头抽动起来。闵葵扶起她的脸，发现这脸已被泪水洗过了。"孩子，让妈妈再想想，这事儿太大了，连你也不知道它有多么大……""我知道的。""你不知道……"

曲绮的手碰到了母亲头上的疤痕——多么可怕的疤痕啊！闵葵从来没有向女儿讲述那一切。她只是让孩子知道有一个善良的奶奶，说那只是不小心摔在了石头上。这会儿曲绮却吐出一句："我真恨奶奶！"

闵葵愣愣地看着她。

"爸爸告诉我了……妈妈，我永远也不离开你，不离开你和爸爸，把宁珂接来我们家吧！他会像我一样待您，他没有妈妈，也没有爸爸，从很小起，爸爸就骑上一匹红马跑了，再也没有回来……答应我吧妈妈！"

……

对于曲予而言，这真是个痛苦的日子，一连多少天他都在经历难以忍受的折磨。他比任何人都明白，他、闵葵、淑嫂，无论谁都没有能力阻挠那一对年轻人。一切都已经决定了，这一天只不过是要由他说一句轻如鸿毛的祝福……

无济于事。曲绣已经代表全家，把曲府的命运全部抵押给了什么。他自己感到奇怪的是，他竟然从未想到要亲自询问什么：关于那个年轻人的一切他都不想细究，甚至连一句都懒得去听。不过当宁珂走到面前，他的目光还是在对方脸上停留的时间长了一些。这个人多么年轻，简直没有受过任何磨损，岁月没有好好凿磨过这张脸，它仍然洁净光润，生气勃勃。不过他只一眼就从这张脸上感到了某种悲凉的东西——为什么，他说不清。

就是那种说不清的感觉，让他一个人藏在暗处悲伤。他躲在一个角落，让家里人到处焦急地寻找。有好几次他不再忍心折磨他们，但就是不愿出来。最后是一只温热的手臂伸过来，把他从软软的大花沙发中间牵起。他只从气息上就能分辨出是淑嫂……他不停地吻她，就像一个初恋的青年。他吻得都有些疲倦了，一遍遍地感觉着她的眼睑和睫毛。他太累了，这才放开她，小声说一句：

"为孩子准备嫁妆吧。"

曲绣永远不会忘记母亲传来的讯息。她可以和那个人在一起了——永不分离，直至死亡。她大喜过望地哭起来，那个人走近了时，她竟然忘了说出这个惊天动地的喜讯。

宁珂好像并未过分看重这个消息，他告诉：他早就开始准备那个婚礼了，这一次归来就是为了这事。这真使她惊讶。她盯着他刚刚生了一层茸毛的嘴唇，觉得这真是天底下最奇特最可爱的一个生命了，让人无限迷恋又无限信赖。我把生命交给你了，交得一点也不剩。你会怎么处置呢？你会以为我是玻璃做的，其实……她的手臂环住了他的脖子。

　　"我决定把我们的事报告组织了……"

　　曲绲跳开一步，两眼瞪得像鹿。

　　"这是必须的。我已经报告了那个人，他正考虑……"

　　"如果……"

　　"不会的。其实同志们都了解这儿……你放心吧。我们的婚礼绝不能搞那么俗气和老套，这对于我，当然还有你，将是非常重要、非常有意义的。我们一起到那个队伍上吧，到同志们中间——我们在战斗的摇篮中结合！"

　　曲绲不停地"嗯"着。后来她发现自己在咬宁珂的手指，轻轻地咬，就不好意思地松开了。

　　宁珂等待着殷弓的答复，如今他是这支队伍的副政委了。时间过得真慢，一个星期像一个季节那么长。殷弓一开始听说宁珂要结婚的消息非常惊喜，后来弄明白女方是谁，就一声不吭了。他在屋里急急走动，嫌冷似的又披上了一件大衣。宁珂发现他有刀疤的那面脸颊在抽动。最后他坐在了一个小木凳上，一手撑起头颅说："我再想想吧，我还要和别人商量……"

　　婚礼在这年盛春举行了。在八一支队驻地，一对新人给整个队伍增添了巨大的欢乐。满山野花开得灿烂，各种彩蝶交错飞舞，它们不断扑到新房的小窗子上。宁珂在这之前已经设法邀请了叔伯爷爷和阿萍奶奶，他和曲绡将在一周之内返回曲府，在那里迎接他们。但宁周义一口回绝了，理由是公务缠身。特别让宁珂感到痛心的，是阿萍奶奶也没有答应。他想这不是奶奶的意思，而一定是宁周义阻拦了她。一想到阿萍奶奶，宁珂就忍不住地难过，总被深深的歉疚攫住。

新婚之夜，殷弓一个人迟迟不走。后来他又坐了一会儿，说要回去了——宁珂陪他走出，看着他一声不吭地往前。气氛有些沉重，宁珂不能独自返回，就伴在他的身旁。一直往前，绕过营地一条小路，不知不觉间来到了崖下。

一天的星星离他们如此逼近。天空飞过一只独鸟，哑哑一叫，羞涩地藏入夜色。风完全息了，连远处刺猬的咳嗽都听得见。殷弓背着手，紧贴在树上，闭着眼睛。

"殷队长……"

"哦。我们的队伍正面临最艰苦的一次，也许……算了，这个时候我不该说这个了。你的新娘太美了。我还从来没见过比她更好看的姑娘……"

"殷队长……"

"真的。你可能知道，我以前也……见过她。你太有福了。我想告诉你一个真实的想法，也许这更不该说……"

"请说吧，我们之间没有什么忌讳。"

殷弓转过脸盯住了宁珂。宁珂觉得这目光突然变得又沉又凉。他多少有些害怕，但还是一动不动地迎接了这目光。殷弓呵气似的说：

"伙计！你的福分太大了。获得这么大的幸福，久后不会不受挫折……这太过分了，这真的太过分了……"

殷弓说着竟愤愤转过头，像诅咒似的，边走边用力咕哝："太过分了！太过分了……千真万确是这样！肯定是这样！"

宁珂呆立原地：今夜殷弓显得又小又瘦，腰弓得如此厉害！他再也忍不住，追上去，猛地扯住那只手臂。殷弓的头总是扭向一边，这使宁珂有些慌。他用力扯那只手，那张脸这才转过来——宁珂立刻失声叫了出来——即便在夜色中也看得出，这张脸由于愤怒和沮丧已严重变形……"殷队长！你——"

殷弓伸长脖颈呼吸。像是刚刚透过气来，他抚摸着胸部，一下下摇头。

"算了，刚才我走神了……说点眼前的事吧。你们准备一下，明后天可以离开这里，到东部那个城市度蜜月去——到我姑妈那儿。这里条件太差了，婚姻是一个人的大事……"

"不，这儿更有意义，我们不去。"

"算了，这是我的一个决定，不要再争执了，好吗？"

宁珂看着他，他发觉那个裹在大衣中的躯体有些颤抖，牙齿磕得乱响。

2

在有花园的老式洋房里，宁珂和曲绡开始了他们最美好的一段日子。

他们会在一生中把这儿当成圣地。老太太无微不至地照料他们，当成自己的一对儿女。她亲手剪了窗花，把一间新房打扮得格外温馨。宁珂和曲绩都叫她"姑妈"。老太太那只干燥而温热的手时不时地抚着宁珂的头发，长久地扯着曲绩的手。"多好看的一个姑娘，瞧这眼睛、这手……"

宁珂在她的抚摸下总想起两个人——早逝的母亲和阿萍奶奶。他发现她们简直个个一样。后来他甚至得出了一个悲观的结论：所有特别体贴和温柔的女人都是不幸的……

老太太还记得上次在这儿养伤的许予明。"多好的一个孩子，伤得真重。那一回不死，阎王爷再也不会收留他了。"她不停地询问他的情况，宁珂都难以解答。

他一想到许予明就想到那个长了鹰眼的女医生，那个难堪的场景。他对许予明特别感激又特别惋惜。无论从哪方面看，他的婚礼都应该有这位挚友参加。但他还是忍住了。松林中的枪声至今响彻耳畔，他想都不敢想那一天。老太太再次提到许予明时转过脸去，发出了叹息。宁珂等待着。

"你们的许同志什么时候回来？有人等他啊……真苦了那个孩子……"

宁珂低下了头。

"记得那个女医生吗？许予明走了她哭得死去活来，趴在我这儿不走。楼上摆病床的那一间屋子，她不知进去多少次，脸伏在床上，拉也不起来……"

老太太说这些时，宁珂一声不吭。他默默地走开了。

曲绪什么也听不明白。她问，宁珂不答。后来他们牵着手上楼了。那间地板陷下一块的屋子就在他们新房对面，隔壁就是那间病房，他推了一下，门虚掩着。一股浓浓的来苏味儿。那床铺得整整齐齐，窗明几净，茶几上有一盆花。他特别注意到衣架上有一件鲜艳的女衣——不会错的，他记得当时女医生就穿过它；一条碎花围巾搭在上边……好像这儿随时都要迎来一个人，而那个人正暂时在外奔波……宁珂眼前又闪过女医生那一对鹰眼，心中一热。旁边有轻轻喘息之声，曲绪站在身后。他握了握她的手。这手真热。

　　整整一天宁珂都为那个鹰眼医生难受，对许予明有说不出的痛恨。曲绪又一次问起他们的事情，宁珂不得不告诉：那个人再也不会回到那个姑娘身边了……"因为战争吗？""不，与战争无关。"

　　夜里，他们在静谧温甜的空气中拥抱，小声私语，久久不愿睡去，宁珂不断吻她的头发，吻去她莫名其妙的泪花。"我想妈妈，我想让她和我们在一起……""我们很快就会见到她——还会见到阿萍奶奶——她一定会喜欢你、疼你。""可我一想到她就不好意思，还有点害怕，真的珂子……"

　　宁珂在说到阿萍奶奶时，全身涌过一阵热流。他把脸埋到她的胸前，就像很多年前他伏在阿萍奶奶胸前一样，鼻孔里涌满了那种又熟悉又陌生的气息。"奶奶！"他喃喃着，全身不停颤抖。曲绪抚摸着他圆圆的脑壳，突然想到了将来会有个男孩。多美的又滑又黑的浓发！她忍不住在上面吻了一下。

　　一阵轻轻的脚步声——它走近了，停下，又走，走远了。脚步声浅浅淡淡，下楼了……曲绪蒙住了头，呼吸都放得小心翼翼。她说："听见了吗？"

宁珂也听到了。他坐起来，披了衣服："是姑妈，她夜里睡不着，在楼下活动。"

"不，好几次她都走上楼来，走到门边又折回去。"

这天夜里脚步声使他们无论如何也不能安睡了。尽管那脚步放得再小心不过，两个年轻人还是听得清清楚楚。宁珂穿好衣服，开了门，同样小心地穿过一段短廊，下了楼。他尽量不把楼梯踏响。一楼拐角处就是那个厅，那儿有微微的光亮。他一点点挪蹭过去，想在这个时刻看看那个老太太——殷弓的、也是所有人的姑妈……他看到了，她坐在一个加了紫色罩子的台灯旁，穿了睡衣，肩上搭了一条深色花巾。她的背弓得很重，两手合在一起，看着台灯投下的光晕。

这样约有十几分钟，老太太一动没动。宁珂的目光停留在她雪白的头发上，真想走过去捧住她粗糙的手。这手每天为大家操劳……但他忍住了。他不想在这样的时刻打扰她。

回房间时，他先倚墙站了一会儿。

就在这段时间里，他突然感到了一阵什么——这种感觉让他浑身一颤。

……他想到了"分离"。

那不是一般的分离，而是每个人都必将面临的真正的分离。分离是令人恐怖的黑色。"我的绪子！"他嫌冷似的吸了一口，扑进门去。

他们紧紧抱在一起。

这一天姑妈又来了一个客人，他穿了崭新的黑绸衣裤，露着白白的衬衣。当时曲绡正在老太太身边，看着老人和客人热情地握手。当她转脸时，那个人也正好在看她。她的脸马上红了。她觉得那个人有点面熟，特别是那个尖鼻子——对方先认出她来，大声叫着"小姐"，飞快地抬腿上前一步。这使曲绡又注意到他下边扎了宽宽的腿带子。"交通员飞脚！"她心中一喊，不知为什么心跳起来。

飞脚为遇上他俩而兴奋，又小又尖的鼻子冒了汗，鼻子两侧的一小块皮肤闪着奇怪的白光。"真是好……不过……也好！"他对宁珂说。

宁珂对这个人难以亲近。他总能从对方身上滋生出不愉快的感觉。尽管飞脚的资历不浅，但宁珂更喜欢许予明，虽然后者有着明显的、非常严重的毛病。

"副政委！我们里边谈吧！"飞脚伸着右手，把宁珂从曲绡身边引走。

他们不知怎么进了那间挂了女式衣服的房间。飞脚从衣兜里抽出一支粗大的雪茄点上，牙齿把它拨弄得一翘一翘。宁珂真不明白他从哪儿搞来这么粗的雪茄——以前只在英国人的海关那儿见过。飞脚长吸一口：

"你可能知道了，我们的队伍要从山区转出去了！"

"我是第一次听说。殷弓没有提过这事。"宁珂对于八一支队离开山区一事特别激动，要知道这种战略转移会直接改变平原地区的战局。谁忘得了八司令的残暴，特别是黑马镇大劫呢？平原上的人眼巴巴地盼望他们的守护神。他明白战事又到了一个重要转折关头——一想到这里他就一阵揪心的急切。他是这支队伍的副政委啊！

"我必须赶回队伍上！"

飞脚的粗雪茄翘得更厉害了："这个时候回队伍？"

"当然。"

飞脚笑了。他再未说什么，哼了一声："吃饭！"

飞脚是到这个城市办事的，只住了两个晚上就离开了。宁珂从此心神不宁。他对自己说，一定要回队伍，如果那儿真的不需要他，如果真的可以离开，他还会返回的。怎么办呢？把曲绡送回曲府大院吗？那也许是最合适不过了，但那样就要花费大量时间，他只想从这儿直接进山。

就让姑妈陪伴她吧。这只是一次短暂的分离。

绡子哭了，呜呜地哭。一切还是刚刚开始——她简直不能忍受任何分离。

3

宁珂匆匆赶回山区。入山时是一个傍晚，全身衣服都湿透了。天真热啊，这使他想到已经进入初夏。山阴处的鹿角卷柏爬出长长的茎蔓，好几次把他绊倒。他太急切了。沿着一条驶独轮车的小路往前，整个黄昏没有遇到一个人。没有风，紫红色的云块凝固在天上。脚下的牛筋草和长芒棒头草遮住了踝骨，不断有些小蚂蚱从中飞出，有的还溅到脸上、手上。他不知怎么对这些小生灵有了那么大的感激。有一次顺手握住一个生了绿翅的蚂蚱，好好看了一会儿它那神秘的复眼……

驻地上空空荡荡。他只看到一个留下的人，他已扮作"学堂先生"。他告诉宁珂：官军集结了好几个团的兵力，以剿匪为名，当然也要多少收拾一下八司令，安抚一下黑马镇大劫以来的民众；但主要还是冲着八一支队来的。队伍发展得太快，有人恐惧了……我们的部队不得不转移到海边丛林，而且从今以后很长一段时间难以有个安定的驻地了。

　　宁珂的心情非常沉重。他想到度蜜月前，他与殷弓那一次有些奇怪的、压抑的谈话。现在算是明白了"我们正面临最艰苦的……"一句是什么意思。也许那时转移的命令已在准备中了。那人告诉：殷弓希望宁副政委先不要急于回部队上，而是在宁家大院呆住，完成上一次那个重要计划：组织一支民团，搞军火。他补充说：

　　"殷队长很焦急，有点急不可待了。"

　　看来只能如此。返回老家大院时，他的心情沉重到了极点。不知为什么，他并没有重任在肩的自豪，而有着难言的失落感、被遗弃感。无论在内心怎样自我叮咛都没用，这种感觉是越来越清晰了。他后来想，这也可能是与那支心向往之的部队分离的缘故——还有，与绮子的分离……

　　执掌宁家大院的堂叔对宁珂的归来有一层虚虚的、巨大的热情。他尽一切所能表示这种热情，终于让宁珂有些警觉。后来他与李家芬子的交谈中才得知，堂叔是害怕侄子越来越多地出入大院，最后会长留不去。而这个年轻人必然是宁周义更为信托的，那时他这个当家人的使命也就结束了。宁珂心头荡过一丝蔑视。当然他发现一切远不是那么简单：这个大院的当家人对他的任何警惕，都会对那件大事构成巨大威胁。

宁珂故意时不时地在李家芬子面前、在堂叔面前，流露他难以久待的心情。堂叔毫不犹豫地说："年轻人见世面大了，哪能住得惯。来家看看，尽了孝心也就行了……"李家芬子却希望孙子一直待在身边。宁珂对堂叔说："爷爷常埋怨我不顾恋老家，世道乱起来，连个退身之地都没有！"

李家芬子听到这一句就泪眼涟涟。

堂叔阴着脸："如今世道就够乱的了，土匪进山了……"

宁珂紧接着说："该是我们出面办民团的时候了，家里这几支枪顶什么用？官军现在保着我们，可官军属于官府的，他们说走就走……"

李家芬子和堂叔一声不吭。又停了一会儿堂叔说："那要听你爷爷一句话了，原来这几支枪还是他留下话才办的……"

宁珂一急，说出了一句自己深为后悔的话："这也是爷爷的意思……"

堂叔看看李家芬子，立刻缄口不语了。

宁缬在宁珂归来之前一个多月就离开了。她先是与许予明成双成对地出入，后来许予明走了，回省城了，她也跟了去。官军营长老雕死在松林中，此事引起了兵营的大骚动。很多人都认定这是一起谋杀，而且必定与那个胖胖的风流娘们儿有关——他们终于设法在一天傍晚劫走了宁缬。宁缬只是一会儿嚎哭一会儿大笑，说自己正与老雕在松林河边漫步，突然遭到了冷枪——她巧妙地隐下了凶手许予明。谁对于这个奇怪的案子也没有办法，最后有人将拘捕宁周义女儿的事透给了一个军长，军长立即勒令释放宁缬……宁缬平安无事地回到大院，只是眉宇间平添了几分悲壮的神气。许予明返回后，了解到宁缬被捕后的每一个细节，感动得不能自已。他从此对她更是爱不释手，并从心里认定对方是人世间的一块珍宝。当时的许予明正好在东部城市有事，匆匆赶来，在大院住了半个多月，又携上宁缬匆匆离去。

但两个人在大院中留下了难以消除的恶声，就像狐狸留下了臭迹。那个兵营也暗暗忌恨大院，竟然怂恿一些散匪骚扰宁家。一天半夜响起枪声，好多只狗一开始狂吠，后来吓得悄悄藏在一角哼哼。大院乱起来，几个持枪的比赤手空拳的人还要慌张，当家的堂叔急得两手参着，跟李家芬子说话已是商量后事的口气……宁珂喝住了乱跑乱窜的人，将持枪的几个推到垛口上。堂叔不断地咕哝给官军送信，宁珂不得不提醒他："枪声就是最好的讯息，人家正想看我们的热闹呢。"

一夜惊扰终于过去。值得庆幸的是那只是一小股散匪。宁珂想不到这会给他的筹划带来一个大大的转机。堂叔亲自谋划起购枪拉人的事，一遍遍算计银两使费，还跑了几次县城，找了县长。县长是个满脸胡茬的油胖子，紧追着堂叔的脚步进了宁家，后边就是一大叠子礼品：绸缎、茶叶、银元……堂叔看了礼单有些慌，不知如何是好，李家芬子却大大方方把单子收下，说这就是办民团的钱。

从道理上讲，未来的民团属于这一带乡民，且由官军带管。但实际上操办者是宁家，宁家将成为它的实际主人。宁珂在堂叔的应允支持下，一个人奔波起来——匆匆地去海港、东部城市，又与军营的人打起了交道。他这期间有好几次在妻子身边停留的机会，都因为手头的行程紧迫而放弃。他只在午夜仰躺着想一会儿子，最后幸福的微笑挂在嘴角，缓缓进入睡眠。

那个"学堂先生"偶尔来宁家做客。他是宁珂请来的"乡下名士"，博学而尚武；交往下来宁家的人都发现，这个人博学倒谈不上，尚武却是真的。先生不足三十，兵器样样精通，脸上时而流露一股杀气。不久宁珂就与当家的商量，聘他做民团教练，此刻的民团尽管只有几十支枪、三十多个人，但已具备雏形。训练就在北部山下河套子里，摸爬滚打，投掷、瞄准、队列等等，但大部分时间是围坐了听教官训话。

宁珂自从将队伍交给了"学堂先生"之后，就很少到民团队伍中去，而将大部分时间花在外面。一大笔军火生意正在运筹中，这当中他终于回了一次队伍，见到了殷弓。他发现殷弓尽管对他十分满意，谈话中几次赞扬，但脸上始终有着难以祛除的阴郁。从殷弓那儿走开，他又回了一次东部城市。当踏上那个老式洋房破旧的木头楼梯时，两手都开始颤抖。他找到了那扇门，里面只留有淡淡的白玉兰香气。衰老的姑妈告诉他：绮子等不到他，就回曲家大院了——她在那儿等待自己的丈夫……

宁珂在有着昨日气息的新房中度过了一个难眠之夜，一大早又匆匆离开。他不能耽搁，只想赶回山区……

我的绮子！我该有一匹好马了，一匹纯种红马，骑上它驰骋原野。有人说：看，又一个浪子！你会说：看，我的夫君！

宁珂如果直接回那个大院就好了。可他心里挂记着那笔交易，就直接去了军营。他不知道离开这短短一段时间发生的巨大变故：那个充当民团教官的"先生"神秘地失踪了，接着上峰又下了一道指令，解散民团。宁家大院的堂叔正到处打听缘由，找宁珂，还日夜兼程去见了那个油胖县长。县长推说什么也不知道，满脸堆笑送了他很远……宁珂与一位团副过从甚密，他们正联手做事。这一次宁珂见到他，他好像有些慌张，脸色通红，一边让座、披衣服，一边吩咐旁边的人添水，说去去就来。

宁珂喝着茶，并未想别的。待了没有十分钟，突然进来三个剃了秃头的士兵，其中的两个端了长枪，一个提着盒子枪，一下子围起他。

宁珂腾地站起。端长枪的上来就拧胳膊，被他甩开了。这时一边的人把盒子枪插到腰上，骂了一句："妈的，想耍少爷脾气！"接着照准他的腮部就是一掌。他没提防这一下，只觉得一阵剧疼。他明白反抗已经没有必要，承受吧。他们拧住了他。

他被押着往外走时，看到那个副团长站在窗帘后边，全副武装，正注视着这边。

这是个早晨。

4

一天过去了，宁珂被关在一个石头房子中。这个房子顶多有六平米，黑洞洞的，镶了铁条的小窗上不时出现一张好奇的灰脸。窥视者的眼睛像黄鼬一样尖亮。他琢磨这是军营中专门关押人犯的地方，又不知道这种倒霉的建筑在什么位置。当时他被推来搡去弄到这儿，已经失去了方位感。但他知道并未走出军营。现在他一直想的是究竟出了什么事？

当然最有可能的是军火交易败露。不过就他的公开身份而言，军方远不至于这样对待他，宁缬就是一个例子。这儿大概没人知道他与武工队的关系。民团的事情呢？这更不成问题……一天一夜他都未合眼睛，加上一路的疲惫，这会儿真是倦得很。

大约半夜时分，他正在打盹，门开了。进来两个人，一个卫兵提着桅灯，一个长官——他自称是军部派来的，专门处理此案。这个人细高个子，脸很黄，即便大热天也仍旧穿着厚军服，面孔十分严肃。他的口气还算和蔼："宁先生受苦了。不过这也是迫不得已……为了早些出去，我们简单谈谈吧。"

宁珂倦倦地看着这人，内心却急急地判断——谈些什么？

"简单谈谈吧，不谈是不行的。宁先生自然明白，自然爱惜自己……"

宁珂沉默着。

"……军火究竟弄到哪里？"

"这根本就不必问。办民团是上峰批准的——请你去大院里把宁家的人找来吧，他们必须知道我在这儿。"

那人淡淡一笑："算了吧。事情弄清楚之前，宁家不会有人来领你的，请放弃这个念头吧，宁先生。"

宁珂看上去仍是倦倦的。

"你能讲讲那个'学堂先生'吗？"

宁珂一下站起来。

"请坐下，不必惊慌，你不讲别人也会讲的，讲得一点不剩。但别人口中讲出的，不能算数。有人就是要听听你讲一讲。我们也不愿意这样，没办法，以后你会明白的。我只希望我们之间不要伤了和气……"

宁珂听起来，这些话有点奇怪。他们后面好像有一只奇特的大手指挥着。不过他似乎已经明白那个"学堂先生"出事了。他额上渗出一层汗珠。如果那样，那么自己的真实身份也就暴露无遗了。既然那样——如果那样——他也只好沉默了。

接着他再未讲一句话。

那人又反复劝导，掺杂着适当的威胁；见他始终不吭声，就叹息："那我也只好离开了。不过在这种地方，我们也无法保证你能舒舒服服。除非上级有指令转移……在这儿我的话用处不大。"

他走了。

两天里无人打扰。第三天他又来了，仅是重复上次的一些话。因为宁珂只是沉默，他很沮丧，离开了。

每天送进的食物都粗糙得很：红薯、菜汤，再不就是糠窝窝。送饭人歪戴帽子，嬉笑着："俺营长的狗吃的全是大肉！俺营长就是让你宁家的人给谋算了！奶奶的……"

宁珂这回明白了，他们仍对那个营长之死耿耿于怀——他由此推测那个风流情种在军营中颇有人缘，看来有一副侠义心肠；同时也不难预料，兵营这会儿正有了一个报复的机会，不为别的，就因为他是宁家的一个男人。

他估计得不错。这天半夜门被打开，接着进来几个打赤膊的家伙，其中一个胸脯上还文了青龙。这条"青龙"显然是几个人的头儿，也是死去的营长的左右手。他一口一个"给俺死去的老哥松口气"，还大骂宁珂是"土匪探子"、"杂种坯子"。对于第一个蔑称宁珂还算理解，因为官军有时就将支队与土匪混为一团，甚至叔伯爷爷口中也流露过类似的意思；而对于第二种说法就绝对不能容忍。但听下去他总算明白了一点点："奶奶的，宁家的男人娶来那么多老婆，不生下个把杂种才怪！"

一伙人大笑，骂起下流话。宁珂头顶像被开水浇了一样。那种灼烫感是他极少经历过的。他几次想扬起拳头给"青龙"来几下。

"你小子以为自己是个'少爷'就没人敢碰碰？老子就是要老虎头上搔痒——土匪杂种，从实招来！"

一伙儿围着帮腔。"青龙"坐在木桌旁，说一句"招来"就拍一下桌子。后来见得不到犯人回应，就指挥旁边的人动手。

他们发出了由低到高的哀嚎——这哀嚎在宁珂看来非常奇怪——一齐上手把一个默默无语的人压在地上，揪他的头发，踢他的臀部，动手的人自己却要哀嚎。折腾了一会儿，又把他揪起来。整个过程他们都在哀嚎，好像正经历不能忍受的痛苦。

"别看你是个少爷，这回犯下了罪过，通了匪，就落在爷爷手里了……""青龙"一边折腾一边自语，好像在为自己寻个"根据"。

他的手在宁珂脸上身上乱捏乱掐，宁珂闭着眼睛。宁珂紧紧闭着眼睛。这样他就能望到绠子的脸庞。她在那儿凝视着，如一尊白玉雕刻；还有阿萍奶奶——奶奶穿着宽松的衣服在屋里活动，像是刚刚起床的样子。她一定听到宁珂的呼叫了，转脸望着窗外，手中的一件孔雀烟缸摔破了。有一下掐得太疼了，宁珂的拳头飞速扬起，只一下就把毫无提防的"青龙"击倒在地。

"青龙"嚎几声，往上一蹿，不知从哪儿揪到一根绳子，接着就把宁珂捆上了。"我要把你拉到空里，吊当着收拾！我就不信弄不了一头犟驴！老二老三，准备树条子，给我细悠悠地抽打……"

他们仍然哀嚎，哀嚎之声阵阵加大。窗外已经没有了走动的脚步声，整个军营都在沉睡。狗吠非常遥远。哀嚎之声越响，他们下手就越狠——这时宁珂已被吊到了屋梁上，拉绳子的人为了显示膂力，一口气直到把人拉到最高处。这样手握树条子的人就够不到了，"青龙"又骂，让他放低一些。但宁珂的脚趾不能沾地，一会儿脸都憋紫了，他们这才放下一截。

他们每人握了一根树条抽打。刚才由于吊得太高，一下下都抽在两腿上，两条腿开始渗血。这会儿可以抽打胸脯、肋部，每一下都发出"嘭啪"声，火灼一样。一件衬衫破了，有了红色印痕。"啊——！我的……"宁珂刚喊出一声就咬紧了牙关。他用力咬，眼中险些涌出泪水。他成功地忍住了。那些神秘而苦涩的液体正渗进另一个通道，流入心中。那"啪啪"的抽打仿佛在催促它快速汇入那个地方。

"你这个杂种，说不说哩？"

"青龙"摆手："说也不听。今天给杂种先揭下一层皮来……"

他往手上唾了又唾，夺过别人的树条，又把他们喝远一点，然后用力抽打。一下一条血印。"嗯，杂种，杂种坯子好硬的嘴，就是不吭。嗯，你不吭，哼，你不吭，叫你不吭，嗯，嗯，嗯呀！"他往上跳着抡动树条，想抽打一下宁珂的脸。他跳了几下没有成功，喘得越来越重，后来竟发出了尖嚎："老哥啊，妈妈，老哥啊……"

"青龙"住了手，趴在地上，像一头绝望的狼，张开的嘴巴真的啃到了泥土上。他在哀嚎，这是绝望的、悲凄的哀嚎。这号叫令人心碎。几个人过来扶他，他毫不理睬。哀嚎声渗入了泥土，传到了远处，引来了应和的声音：屋里所有的人都听到了大山深处传来的野狼嚎哭。

午夜的嚎哭令人恐怖。整个军营无声无息。

"大哥，给他灌灌辣椒水咋样？听说那是解痒的法儿！"

"中哩。捣弄去。多搁些辣椒，用石臼子砸烂，用粗布挤出水来，让它像血水一样红……"

"青龙"趴在地上，哭泣地发出命令。

有人咚咚地走了。一会儿又是咚咚的脚步，是铁桶扔在地上的声音。"来了，大哥看看中不，没有家什，找了个小油勺、小皮管子——得插在鼻子里不是？咱以前没弄过，不得法儿……咳！咳！多辣的东西，唔唔……"

"青龙"爬起来，让人解下宁珂。"哎哟，这家伙瘦得一把鸡骨头，哪像个少爷！""这家伙离娘们儿远些就胖了……闲话少说，灌起来看！"

宁珂睁圆了眼睛。这目光使几个人"咦"一声松了手。他想从他们中间挣脱，可刚一用力就疼得一脸汗水。几个人又把定了他。他们给他插上管子，无论他怎么屏气、吐、挣扎，他们都决不放手了。他清清楚楚感到有一根烧红的铁条从鼻孔那儿穿入。通红的汤汁继续灌进去，他已经没有呼吸的能力了。眼睛里有水溢出，那肯定是红色的水……

5

我转过脸去，害怕想到那个时刻。你走过来，非要看着我的眼睛不可。

这种阅读是最后的温习，你为了看得清晰，不使那一层晶莹蒙上眸子。读到了什么？什么？有一种巨大的声音正从天边隆隆而来，腾起了一天的怒云、一地的尘埃。眼看就要把一切都吞没、席卷而去。这是全部的遭遇。不可变更吗？不可，这是命运。

在这之前，无所不能无所不至的思绪的触角在舞动，裹挟了双倍的热情。回忆吧，闭上眼睛停止阅读，回想那属于我们的金色的、粉色的、罂粟花般的时刻。那时我们没有想到分离，一丝一念都没有。我们像所有人一样乐于误解，只顾没有尽头地汲取。夜色中，温吞吞香郁郁的夜色啊，我们不需要皎洁的月亮，无视那满天繁星。光明和梦想都装在心中，它和青春一样旺盛阔大，没有边际。那样的时刻啊，怎么会想到分离？

我久久默读。我的感受是世间最美好最充实的，是通向永恒的想念。你不要拒绝，不要犹豫，留住我的默读。一个从大山深处奔波而来的浪子，他茁壮的乌发根根直立，如金属之弦。你的手掌抚弄它们，倾听铮铮之声。这种弹拨只有你才能够、才拥有，手法细腻而娴熟。你从未遇到如此陌生如此熟悉的一个生命，如同自己的眼睫一样遥远。他有无法抚平的创伤，难以灌溉的焦渴，和铭心刻骨的思恋。匆匆而来，然后就像泥土一样沉沉落下，让青草在其上生长。

多么神秘的命运，它引诱了我，让我欣然前往。它把你的手交到我的手上，从此开始了可怕的期待。企盼与畅想、无穷无尽的愿望毁坏了我，把一切都揉碎了。它诱导我，把一个能够频频顾盼的生命之丝牵到了我的手上。它多么仁慈又多么残忍。没有任何一种力量比得上诱惑的力量，我在预先告知了结果的境况下竟然走上了绝境。亲爱的，我的鲜花，我的露珠，我的羔羊，我的鸡雏！我就在你的注视下一步一步走向了深渊。

我说过它太残忍了，在这漫长而又短暂的过程中就那么让你看着。你长长的内眼角令我迷醉，没有渗出一滴晶莹。真正的苦涩是流入心中的。你像个男人一样学会了掩泪入心。你多么温厚、安稳，你的缓缓的动作、会心的微笑，都让我永远地思念、想望、感激。我趁着走向尽头的这一段短途放声大唱吧，我的歌声啊，给过母亲，给过你，给过绚丽迷人的梦幻，给过感激本身。这真是一首感谢之歌，先是低低的，就像一个歌手在音乐奏起之前小心地调试，然后就放开歌喉，让它像河流一样倾泻。

我的声音会压住一切哀鸣。我的歌声是对恶的炫示、对丑的诅咒，是对母亲的大声礼赞。从赤身沾一片泥土沙粒、在大漠山岈上跳荡时，我就开始学唱那首歌了。人总要走向那一旅程，人总要在旅程上放开歌喉。满脚满腿的棘刺、血口，通红的液体、生命的汁水一滴滴渗出。你远远地伸过手来，伸来了。我从此什么都可以忍受——只是不要与我分离。

不，不，永远也不……那个时刻真的来到了吗？有个声音提醒我它近在咫尺，就侍立一旁，先是等待，再有一会儿就狰狞而粗暴……我不愿流露一分胆怯，因为你的眼睛在看着我。

让记忆中的柔指再一次触碰我吧。我像一个老人在思绪迷茫中最后发一声请求。我嗅过玉兰和蜀葵特异难忘的香气，长恨绵绵。永久的饲喂是没有的，我记住了。你轻轻拢住了我的躯体，手指分辨着昨日的故事。那一次跌伤差点使我告别大山，当时我从一个陡坡翻滚下去，带动了一些石块，又从断了枝干的松树桩上划过。一直跌落到谷底，身上的衣服没有一处是完好的，就像我满是伤口的皮肤。脸上的伤痕很少，这大概为了在漫长的未来瞒下昨日。全身都结了瘢痂。那天深夜我从谷底爬出，感受着冰凉的秋风。狼尾草扫着我的脸，一天的星星随时都要垂落。我害怕被炽热的熔岩飞溅灼伤，小心地呼吸。有一条游蛇在旁边停了一瞬，然后又游向远方。

那个称得上悲惨的夜晚我就睡在草窝里。秋虫大唱，这些不知忧愁的生灵疯迷癫狂，最后感染了我。我竟然在一段时间里忘记了刺痛，不合时宜地想象着奇特的、尚未来临的一些友谊和抚慰。那时就坚信你在远方等我。于是有了欢乐和希冀，扫尽了悲伤。我甚至从那个夜晚起就看到了你的眼睛。它像黑紫色玫瑰苞朵，粉茸茸的让我想象的手指碰触了，颤抖不已。

像我，不该有什么畏惧和悔恨了——谁这样说过？我能苟同吗？我只想问你。

现在我又待在谷底，又是满身创伤，又是鲜血淋漓。几次昏厥，几次又醒来。我已经没有了挣扎的兴趣和能力。是什么把我碰进了这条折磨之谷？

请求之声越来越淡、越飘，像一片羽毛。这是生命告别之前的那一丝一缕——它中断了也就停止了……请求的声音不是俗声，它是最真实最迫近的声音。渴望。你在那么遥远的崖畔上站立——那是高原，你的裙裾又在风中抖动，让人想起午夜的海浪不倦的拍打。我的高原，我的未来和归宿，这一刻我是多么清晰地看到了你。我拼尽了最后一点力量，想挣脱这道深谷。尖尖的石棱在割我的筋脉，血一流，冷冷的蛇鞭就闪电一样抽在身上。它的哀嚎是阴间的哭泣，它的哀嚎是魔鬼的咒语。我要推开织成的蛛网，要站起来。

我最后想到的是奔到你身边。我哪怕迎来一次长眠，也要把头颅枕到你的腿上。手抚着你巧妙精致的膝盖，会香甜地进入梦乡。多少次了，这种演练没有一次是失败的。我笑着，有时发出了声音。你告诉，你悄悄藏了幸福，你喃喃叙说。世间哪里可以找到这么美的午夜之声？它像一道潺潺流泉，像穿过了一片玉簪花的溪水，踏着月光走来。在它的环绕下我想起了美好的夏夜——河边洗浴、白沙滩上艾草旁的仰卧——大鱼啪啪跳水，它滑亮的丰腴的身躯真像我心爱的女人……艾草浪漫的白烟飘着散着，野外小蚊虫们近了远了。老爷爷的故事如河水汩汩流去，永不干涸。这是生的安慰，是人生的庄稼吸水拔节时发出的响声。"妈妈——妈妈！"不一定什么时候想起了热烫烫的牵挂，喊着，急着，爬起就蹿。妈妈在不远处，一群女人围着谈着，声调缓缓。孩子一头扑进她的怀里，她抱住了他，拍打，抚摸，下巴有时搁上他圆圆的头顶……

你记得那样的时刻吗？你能听到哗哗的夏夜之水吗？

那么既有那样的时刻——人的早晨和夏夜，又为什么还要让人倾听哀嚎？为什么为什么？

在我的质问中你双泪长流。亲爱的，不要哭了。你的泪水就如同我的血汁，我知道它从哪儿流出。你的唇、眸子、睫毛，你的一切，都是我的、也是这个世上的瑰宝。你会永存。就为了你、你所拥有的一切，我将改变自己、粉碎自己、融化自己，我走进了任何人都恐怖的地方……

你明白，我本来是很不自愿的。我是被爱所逼迫。

　　谁也没有感受到这么大的迫力。这是压迫，是泰山一样沉重的压迫。没有一种残暴的力量可以和你的力量相比。爱的催逼是最可怕的。

　　可是我爱你。我真实地爱你。我不知疲倦地、一丝一丝地爱你。我看着木槿花长久的疲惫的生育，深深地感动。木槿花是世上最好的母亲。我爱你，你是一株木槿。这会儿我稚嫩纯粹，走回了起点。我从第一步迈出，迈向最后一步。我咀嚼着生的甘甜，坚定自己。我爱你。你注视我的痛苦、欢乐，你由于没有听到呻吟而大惊失色。我爱你，你能在一个挚爱着的火热心胸跟前听到呻吟吗？我只会沉默，沉默就够了，沉默很结实，它凝聚的东西很多。你理解我的沉默吗？

　　一丝虚念，对奇迹的某种妄想安慰了最后的躁气。奇迹从未出现，可是人总要相信它。不，我郑重而坚决地告诉自己：奇迹是没有的，即便有，也不是我的。最后的焦躁与愤怒存在着，可是我有更强大得多的爱，爱你，而不是别人，就这么具体。

　　在温厚与清洁方面，你是一株玉兰；在辛劳与母爱方面，你是一株木槿。

6

　　"这个人已经奄奄一息了。""我看……""奄奄一息了。""把他的头扳起来，手扶住背，这样……""那些王八蛋，这一回……"

像风中飘动的泡沫。各种话语都被一只筛子从空中筛下，变成了细细的屑末。但他一切都听得到。是什么干结的黏液把眼睛粘住，他无法睁开，因而也无从判断面前的说话者。

有人用棉花蘸着水洗他的脸。眼睛洗了又洗，动作柔和极了，他猜想那是谁。他用了用力，睁开了眼睛。"啊！他可以了……"一声悦耳的叹息。他第一眼就看清为他清洗的是一个姑娘，穿了深黄色的军服，有超出常规的一双大眼睛，她竟然戴了一只船形帽。"军人……"他自语。对方点点头，含着微笑，退到了一边。围上来的都是男人，胡茬都很黑。

"你感觉怎么样？"一个五十多岁的军人问。

他一声不吭，倦倦地把脸移到一边。

他被痛苦地搬离了这张小床，移在一副担架上。后来又睡着了。不知抬了多远，又移上一辆车子。车子开得很慢，大概远远地驶离了军营。在颠簸中他又醒来。车内的人仍在议论，他想他现在可以听明白——他们大概很看重他的伤。

"真不知怎么办好。如果他来了还是这副模样，那就麻烦。""别出大事儿，只要他能活着就有个推托。怕就怕人死了，人死了老头子饶不了这边……"

宁珂极力分辨着。后来他心头一热，他听出那个"他"和"老头子"都指同一个人，那就是宁周义！这么说叔伯爷爷已经知道了他的事，正在向他们要人。而他们最怕让那个人看到这副样子——一个血迹斑斑的身躯。

阵阵钻心的疼痛让他满脸汗珠。他不得不一次次睁开眼，望遍了车厢内每一个人。那个戴船形帽的姑娘就在旁边，这时伸手为他把脉。她的手很奇特。总是这样奇特的手。她离开，从一个小箱中取出了针管。她为他注射了一针。

大约走了多半天，到达了一个目的地。这是一个有套间的病房，来来往往的人都穿了白衣服，这使他一下想起了曲予先生——如今是他的岳父了——那所有名的医院……护士们推着他从一个房间进入另一个房间，做过了各种各样的检查，接着又是注射、敷伤，不停的折腾几乎让他大叫起来。他只想离开、离开，回到属于他自己的地方去。可是很快他就发现，在他这病房的外间里总有一两个表情肃穆的人，门外则还有一个看守。自己仍然是一个身陷囹圄的人，眼下的情形与那一次许予明的遭际有点相似，而且同样涉及叔伯爷爷。老人家既喜欢把人的伤痛医好，又乐于把人关在一个笼子里。这真是一个奇怪的老人啊。他现在有点想念那个人，尽管一想到他就一阵害怕。

他想弄明白这是什么地方。从护士口中得知这是东南部一座城市。以前他因为叔伯爷爷的商务几次出入这儿，对那些肮脏而混乱的街巷已是非常熟悉了。这所医院属于军队，像其他城市一样，战时所有重要的医院都落到了军人手中。

十几天之后，宁珂能够一拐一拐下床走动了。他拐到套间，一眼看到坐在沙发上的是那个满脸胡茬的军人。军人不苟言笑，请他坐在旁边。

"你知道吗？像你这样的情况，要放你是不可能的。因为宁周义先生要见见你，他老人家的话我们是相当尊重的。等你可以出院时，我就陪你去看他老人家。你好好养着罢，好好反省，最后你必须讲出一切。"

宁珂对后边的话并未在意。因为他知道不久会见到阿萍奶奶，马上兴奋起来。"我离开你多久了，奶奶！我回来得太迟太迟了，奶奶，你会原谅我吗？奶奶……"他大仰着脸，用力压着后颈。这个动作能够成功地抑制住什么。他以前就有过这样的时刻。他紧紧闭着眼睛。

"像你这样一个青年，没有必要自毁，没有必要……"

宁珂从在军营时就明白没有多少话要谈，可是这会儿不知怎么吐了一句："人人都怕毁了自己，就是不怕毁了民众！"

军人站起来，皱着眉。他长长叹息。

窗外有一棵刚松，叶子绿得发黑，油滋滋的。宁珂常常面对着它出神。螳螂在树干上悠动着身子，一悠一悠往前。有一只黄底黑斑的蝴蝶落在松枝上，因为一只苍蝇在旁边飞动，就厌厌地离去了。刚松下的小瓢虫行动迟缓，显然在向着松树主干进发。夏天过去了一半，雷雨频仍，昨夜一场疾雨使松树下的一片小银羊矛显得更加柔嫩翠绿。从那个军人提示性的谈话之后不久，宁珂的伤差不多全好了。军人开始催促他上路——其实是长途押解——他执拗拒绝。就这样挨过了十几天。一天早晨一辆汽车在窗前轰鸣。宁珂的身体在微微颤抖，但别人难以察觉。他以为这辆车会把他一直拉到省城，把他交给叔伯爷爷。他害怕那场特殊的审判。

他准备在半路跳车。押车的人肯定会拔枪射击，那么就让我死在路边吧。不过只要一息尚存，我就要奔跑、奔跑……

宁珂估计错了。汽车转过几条街道，驶上郊区，但并未驶出太远，就在一个山角停下了。那儿有一道高墙，墙上有铁网，角楼上有戴头盔的哨兵。他一下明白这是个什么地方了。这样的一个处境远比站在叔伯爷爷面前要好得多。他对一直陪伴的军人充满了感激。

　　分配给他的是一间宽敞的牢房，而且离那些关押其他犯人的密挤小间有五十多米远，中间隔着一小片金松。这片金松可真美，他有好长时间竟忘了身处何方。屋内有一床、一桌，甚至有书和纸笔。他翻了翻那些书，发现都是政治读物，其中有很多书以前在叔伯爷爷的书房中也见过。

　　他们究竟要如何处置呢？

　　宁珂已经无数次地回忆创办民团以来的一些细节，并从敌方的片言只语中判断各种可能性。显而易见的是，自己与八一支队的联系是暴露无疑了，但民团的性质会从根上受到怀疑吗？还有自己的全部情况，对方究竟知道了多少？他想不出有一天面对那个人的眼睛，他会做何解释……

　　可怕的一天比他预料的要早一点来临了。这一天早晨很好，山间吹来的风带着浓浓的野草香味，还夹杂着山野菊的气息。他吃过简单的早餐之后立在窗前出神，身后的门响了。

　　满脸胡茬的军人让他出来一下。他走出门时，军人的大手拍了拍他的肩头。他跟在军人身后。

　　大墙西南部，离单身牢房一百多米远处是一丛丛竹子和松树，它们掩映着一幢紫红色的二层小楼。他们走进大门时，笔直站立的卫兵向军人打了个敬礼。厅内地面洗得很洁净，空气似乎也清新凉爽。往左拐是铺了浅灰色地毯的走廊。在一扇棕色小门前，军人小心地敲了几下，门开了——开门的竟是那个戴船形帽的大眼睛女军人，他不由得啊了一声。

他们耳语几句。接着那人到里间屋里待了片刻，退出，离开了。女军人微笑着看看他，示意他到里间去。

还没有迈步，宁珂就听到了一声熟悉的干咳。他像被钉在了那儿。"珂子！进来……"

宁周义端着一杯茶出现了。宁珂第一眼就看出了叔伯爷爷满脸疲惫。一步一步挪蹭进去，不知怎么就坐在了一张深蓝色的沙发上。

叔伯爷爷也坐了，只是喝茶，并不看孙子。

"阿萍奶奶……她……"

"她不知道你的事情。知道了会哭的。你明白，她为你流的眼泪已经太多了，该让她歇一歇了。"

"我和绮子……我们一直想着奶奶……和爷爷……我们准备蜜月之后尽快回省城。"

"唔。会这样吗？你一直是很忙的，比我想象的更忙。你有了自己的大事情要做，爷爷和奶奶比较起来就不重要了。"

"……"

"走自己的路吧，不要把宁家也拖累进去。宁家也不拖累你——你任何时候都要记住这句话……"

"爷爷！我……"

"你可以做'副政委'。这个头衔在我看来够怪的了，也很滑稽。不过它可不是闹着玩的。你说蜜月之后就要携绮子看我和奶奶，来得及吗？如果不是我早了一步，你现在已经去了另一个世界……"

宁珂闭上了眼睛。他毫不怀疑爷爷的话。他感到惊讶的是对方把自

张炜文存 3 长篇小说 ■ 家族　303

己的身份全搞明白了，或许还有更重要的一些事情……

"你对堂叔说过我希望宁家有更多的枪吗？"

宁珂仍然闭着眼，但点了点头。

"孩子，这太过分了。我再说一遍：你可以做你的事情，但不要把宁家拖累进去。宁家不会有下场的。"

宁珂好几次想大声呼喊一句，但都忍住了。

宁周义在屋里踱步，高大的身子晃来晃去。他不时抬头遥望窗外，长长叹息。"你明白，我这次是来领你出去的。我想告诉你，我这样做并不体面——我不过是太自私了，太自私了……你什么也没有讲，我知道你不会讲的，你与那个'学堂先生'不同，他什么都讲了，他们还是没有免其一死……"

宁珂腾地站起来："真的？"

宁周义点点头："他们把他杀了。当然这样做也太过分。告诉你吧，历史就是由一连串过分的事情堆起来的，这不值得大惊小怪。"

宁珂觉得自己的牙齿都快咬碎了。在这个时刻，他对叔伯爷爷半点感激都没有。多么寒冷的夏日啊，冻得人浑身战栗。

7

大雨倾注，真是一场奇怪的大雨。干旱的平原越来越少见这样古怪的天气。雨前的闷热让勘察队所有人都不能安睡，就连躺下就打鼾的黄湘也光着膀子钻出蚊帐。他掐着腰站在门外，望着阴沉沉的天色说："快了。"等来的是一场痛快的倾注。"哗——"那声音像是嚎哭……

朱亚简直用恳求的腔调叮嘱同队：做最后一把努力吧，工作要赶一赶，赶一赶。那种紧迫的意味让人费解，但也无人反驳。只有黄湘一个人嘴角挂着嘲弄的笑意，大口吸烟，照样松松垮垮。

嚎哭的雨夜里，朱亚说多么凉爽啊。他兴奋地爬起来，问我几点了？我告诉他已是深夜三点。他不想再睡了。我知道一连多少天他都是这个时间起来工作——这一次并未摊开那些图表，而是悠闲地抽一支烟。这在他是不多见的。我坐到他身边，他也并未像以往那样催促我去睡。"终于要收工了，算是很值。其实一开始的判断就不会错：这片平原是绝对不适合搞那个大开发的，这等于毁灭它。问题是这种判断要建立在坚硬的逻辑上，要取得严密的数据支持……现在可以说我们完成了，总算最后为这片平原做了点什么……"

朱亚说着一顿，微笑看我。我们的目光对视了一下。我突然发现他那有些发暗的面色这会儿简直是青黑色，那对又乌又薄的嘴唇因为激动而乱颤。"朱所长！"我搡了他一下，他却把我的手拂开。

"我们是有力量阻止它的，阻止它……"他回头望着倾盆大雨说，"咦，这雨有些不正常啊……"

我却在咀嚼他的话。对于这片平原而言，能够阻止那场可怕的毁坏当然是最迫切不过的了。但朱亚是否太乐观了一点？那场大开发已经先自在报刊电视上宣传过了，仿佛已成定局……我们走进了一次艰难的、获胜希望极少的保卫战之中。

"这雨很不正常……"朱亚又说一声，离开了窗子。

大雨整整下了一夜。天亮后总算有了一片晴，可一会儿薄云和热雾又笼起来。天没有一丝风，海面上的鸥鸟个个凄凉。只有大雨冲刷过的沙子粒粒清新，使上面生着的滨麦和羊草显得格外嫩绿。朱亚的精神很好，在早晨的光线下，他的脸色比夜间稍稍好看一些。他喜欢雨中漫步，这时就往前走去。我们沿着经常散步的海边，注意是否有冲上岸来的海带之类。他的兴奋一直未减，话也很多。他说他这辈子参加了很多次野外项目，而这一次是很特别的——很可能是一次"绝唱"。

我站住了。

他摇摇头："年纪大了，身体也不好，以后主要是坐在屋里了……可我怀念在外面的日子，有时一想要老待在一个地方就害怕。人的幸福全靠回忆是不成的，没有它就更不成！我以后会挂念这个地方的。这片平原太美了。我真希望能在每年春天都来看看这儿的槐花……"

"会的。我陪您来！"

"就为了这么大一片槐花，也要把这片平原保住，我们一起干吧，很值得。时间紧迫了……"

朱亚抚摸着胸部，又按按下部。我想那儿又在疼痛。"我昨夜又想到了那次野外作业遇到的小水……人很奇怪，一阵一阵的。这是老年人的特征——我不太老嘛。"

他的话让我想到了远离他的妻子和家庭。奇怪的是所里没有一个人说看见过他们。妻子没有守在病重的丈夫身边，儿子没有赶到父亲身边，这是很令人遗憾的。而朱亚也没有提到他们，极少极少谈到自己的婚姻。

在这个阴沉沉的早晨，他又一次想到了那个野地少女。

"小水……"

他咕哝一声，突然腰弓了一下。后来他使劲按住胸口蹲下了，脸唰地变成了纸色。我吓得不发一声，伸手去扶他。他做了个呕吐的动作，竟然喷出了一口血……"朱亚所长，朱亚所长，啊啊！……"我的头嗡嗡响，环顾身边，没有一个人。他紧闭双目，用力咬着牙关。

我手中的手帕被血全染红了。

我想把他背回营地。这是一段可怕的路程，尽管只有短短的几百米……我怕他像个易碎品那样经不住颠簸。这样待了一会儿，我疯迷一样向着营地大喊……

上午车子就把他送到了城里医院，两天之后又转到了省城。

……

朱亚又吐了几次血。我一直守在他的身边。他昏迷了两次，但很快又清醒了。所里来了不少人，他们轮着来病房看过。最后一个来的是所长裴济，陶瓷似的眼睛沉甸甸的。"我刚刚开会回来！老朱！"

朱亚的呼吸突然变得如此急促。他转向裴济："任务完成了……勘察队很快撤回。"

裴济一声不吭看了半天，长长舒出一口。所长离开时对我说："你在这里照顾老朱吧，要精心。"

几天之后，病情稳定一些，令人胆战心惊的检查开始了……仅仅是钡餐透视就大致有了结果——我看看医生神秘的样子心就怦怦跳。我扶走了朱亚后又找医生取结果，一种担心被证实了。

一连做了几项检查，结果都是相同的：癌症晚期。我极力忍住泪水问大夫："可以手术吗？手术后有希望吗？"

　　"我们将尽最大努力。"医生说。

　　……

　　午夜两点了。朱亚折腾了一天，注射了针剂之后睡着了。我伏在他的床边。所里有人几次来替换我，都被我拒绝了。他的家里人没有来，单位设法与他的家庭取得联系，结果都未成功。办公室的人问了朱亚，朱亚语言含混。他好像突然就进入了一个大的跌宕，而不久以前还在发疯般地工作，这多么让人难以理解。

　　我记起了那场嚎哭一样的大雨，他在雨夜说的每一句话。原来那是神秘的告别，向那片平原，也似乎是向自己的人生……我的泪水涌出，不敢转脸再看我的兄长。

　　原来他在用最后的一点力气，帮助我——与我一起保卫那片平原……我的兄长，你可要挺住，因为每年春天都有洁白的一片槐花。

　　　　8

　　我像期待一个盛大节日，期待着一个季节。我并非完全厌恶严冬，因为我也有在雪野上奔跑、在大河上溜冰的欢乐记忆。可那常常是让人瑟瑟发抖的日子，是各种动物饥渴难耐、隐形敛迹的日子。我与那些可爱的野地生灵一起祈祷，春天快快来临吧。

在那个神秘的分界线上，蹲了一只洁白无污、神色庄重、雍容华贵的动物。它一动也不动，与茫茫雪雾融在一起。它的身躯连接了冬天与春天。我怀着奇特的敬畏盯视着它，心中满怀期待。我知道那是一个浑身戴满了槐花的少女化成的，她每年春天临近都要守在那条线上；这条线隔开了两个季节，一般的眼睛是看不出的，除非是一双慧眼。她的生命只属于春天，没有任何一个生灵像她那样为春天而焦渴。我听说只要找到那条线，沿着这线走下去，就会看到那只美丽得无法言喻的动物。

天接近中午时分才暖和一点。我看到一只小甲虫出动了，在刚刚晒干的一层白沙上嗅来嗅去，小心翼翼地往前。我看着它，尽量不惊动它的忙碌。我想它也在辨认和寻找那条隐隐的线，并想顺着这线去一窥姿容。动物往往有着超人的感知力、深不可测的敏悟，所以我设想着它会把我带入。

一层薄薄的水汽升腾起来，大海滩上仿佛有什么在飞速奔跑。手打眼罩望过去，遥远处是一道道伏牛般的沙岭和雪堆，它们在雾霭中微微抖动。万物在这样的时刻都陷入了激动，为那即将来临的繁华绚丽而激动。

小甲虫走得太慢了，它简直在蠕动。当然，那条线太难找了，即便对于一个小巧机灵的甲虫也是一样。它那肉眼难以发现的小鼻子、纤发般的触角，一切都极有利于探幽入微。那条线潜在流沙中，如沙粒间隙一样细小，所以要踏到它极不容易。有好几次——我相信是这样——小甲虫的前爪都踏上了它，只是没有感到罢了。

那个姿容超群、惊动了十里平原的少女因无处不有的嫉恨而消失，最后化为了自然中的一个精灵。她选择的衣装为纯白：像冬雪，像槐花。她只为春天而生，也只有在槐花盛开的那十几天才得以归来，重新还她少女的形象，蹦蹦跳跳穿行在花海之间。

一个人一生只要能看到她一眼，真是死而无憾了。

天渐渐黑下来，甲虫和四周的一切都融进了夜色。这一天就这样白白地溜走了。

风沉落在遥远的沙岭雪冈后面。一天的星星清亮洁净。夜空真好啊，这是即将告别和迎接的许多夜晚中的一个。我长久地伏在窗上。一两只麻雀在干枝上跳动，另一只猫样的动物在矮墙上倏地跑过。似乎有咕咕的叫声，有哑哑的低鸣。这个夜晚盛满了激越和跃跃欲试。我倾听海潮和河流的声响，极力从细小的嘈杂中找到它们沉重或庄严的声息。我听到了，河流在冰下跳动，海潮在有节奏地推涌……也就在这样的夜晚里，那只纯白的动物守在那条线上，轻轻地、然而是愉快地抖了一下。

风随着太阳升起。所有的讯息都由风传递，它来自太阳身边。它特别衷情于守在分界线上的那只纯白美丽的动物，带着它的微笑奔波于原野。一只小狐出动了，它那水汪汪的眼睛疑惑地看了看半空，然后一摇一摇地翻过了不远处的沙岭。在岭下顶端，它惊讶地站住，一动不动——它真实地感到沙岭下面的冻雪在化解。它一跃而去……温和而傲慢的风吹着第一只小狐的皮毛，让它舒服极了。它告诉一只羞涩异常的草獾说："你以为春天还遥远吗？咦咦！"

灰喜鹊、寒鸦、野鸽子、大山雀……纷纷从远处密林中飞出，到阳光充足的地方来了。雪岭无可争执地融化，潺潺之声通宵达旦。伴着这声音就是各种生灵的号叫，它们在传递一种明白无误、早已不是新闻的新闻：关于节令、天气。

那只守候在分界线上的尊贵优雅、纯洁的生物，还不离去吗？当春潮涌动时，它会一跃而起……

无数的溪水向北流去。大河之冰碎裂了。似乎是一夜之间，大海滩上无边无际的槐花就开放了。那密挤的银白色花束压得枝条弯弯，槐丛变成了银色山峦。一层层槐花堵塞了荒原之路，机巧的小鸟也被花萼硌得喘不过气来。蜜蜂、彩蝶，一群群拥入。春天的盛会就这样降临。

有一个头上插满槐花的少女蹦跳在花海之中。她总留给人一个背影。她出奇地娇小、也出奇地美妙，万一冲你粲然一笑，你会受不住的。

她从分界线上归来。整个槐花开放的季节我都脸色通红，夜不能寐。我沉醉在槐花丛中，我在原野上奔跑。我会找到那个身影……

卷　二

第八章

1

好像一步踏进了秋天：满目苍凉，枯叶扑地。宁珂恨不得立刻归去。那是他的家，他心灵的巢，他滚烫烫的命。"绡子，等我吧，只一个星期，不，只一天……"他能看到她颊上淌下的泪水。那一天在老式洋房里分手之后，她就开始了等待。她由"姑妈"陪伴着，一直到伤心失望、不得不离开为止。这一刻她在哪？她伏在母亲肩头泣哭吗？

有幸的是曲绡并不知道自己被捕的消息。不然的话她将被忧伤焚毁。她也许暗自埋怨那个一去不归的新郎。绡子，深深地抱歉啊！不过我眼下已从那个恐怖之地挣出了，虽然不能马上回到你的身边。我必须立即赶到我的队伍上。

金色的柳叶被风驱赶，旋成一个个坟丘似的凸起。宁珂与殷弓在暮色里走了许久，述说被捕以来的全部过程。对方一声不吭。说到留守地的"学堂先生"，殷弓站下了："那家伙罪该万死！"一支柳条被折断了抛在地上。

"可是……"

"罪该万死！"

宁珂叹息一声："他供出了一切。可敌人并没有饶恕，还是杀了他……"

"叛徒从来没有好下场！"

殷弓斩钉截铁的声音惊飞了一只老鸦。它扑动的翅膀扫下一些细小的枯枝。天真凉啊，秋霜即将覆上大地。"我没有完成组织上交给的任务……民团的事情算是没有希望了。枪支也落到了敌人手里。"宁珂提到那支队伍心里就一阵烫痛。这其中凝聚了他多少心血。殷弓却再不提一句民团的事。很长一段时间，他的脸色一直铁青。这样不知停了多久，他突然问：

"你被捕以后见了几次宁周义？"

"只一次——最后的时候……"

"嗯。"

宁珂极力想看清殷弓的脸色。天要黑了，林子里一片模糊。他身上涌起一阵冲动，揪住了殷弓的胳膊："他是不可挽回了，我们不必再抱希望……"殷弓冷冷一句："我从来就未抱希望。"

宁珂脑海里突然闪过了阿萍奶奶那双眼睛，心上一热。他无望而热烈地遥望着远方。那重重暮色压迫下的山峦后面，那闪烁着一片星辰的天空下，就该是她的住所了。

殷弓不经意地问着曲婧。当他得知宁珂出狱之后尚未与她见面，忍不住发出了惊叹。他长时间看着宁珂，鼻子里吭吭几声，再没说什么。宁珂却在越来越浓的暮色中感到了对方目光的压力，它真的有重量啊。这种感觉非常熟悉。他记起第一次在曲府怎样见到这位瘦削的人。那时他一抬头迎接了这对目光，暗自惊讶……还有一次是他将自己即将结婚的消息报告对方的时候，这位出生入死的战士倏地瞥来一眼。他不会忘记的。

"你早些回去吧，这很应该。当然，是的，回去吧。"

殷弓走开几步，又特意回身叮嘱。

宁珂胸中一阵热辣辣的。他那儿溢满了感激。

这个夜晚他仍然在队伍上度过。这儿陌生又熟悉的气味令他迷醉。他想换下这身簇新的衣服，因为出来时那位黑胡茬军人让戴船形帽的大眼睛女军医为他拿来一叠衣物，他从中挑拣了这一身藏青色的制服。可惜这儿没有合适的衣服。一个半月的监禁、可怕的折磨，就这样成为记忆。他甚至来不及回想和总结。一片模糊。偶尔能记起的是女军医的微笑。那笑容与任何人不同，它非常真实。有时他甚至因为这一发现而痛苦，不过难以否定的是，她的确是那个严寒之地的一抹光明。他知道她是他们当中最好的一个。

午夜时分，营地里的人大多安息了。宁珂无论如何睡不着，索性走出了帐篷。一只沉沉的手搭在肩上，他一惊。对方笑了，原来是交通员飞脚。

飞脚递过一支粗粗的雪茄，他接了，并第一次试着吸起来。两人倚在一棵大橡树上。飞脚讲到近来几次去那个海港小城，宁珂的心怦怦跳。对方就是不提曲绡。港长金志、曲予及医院，曲府里的淑嫂……宁珂紧紧咬着牙关。飞脚从他手中取过那支雪茄，用力吸了一口。"你最好把全部过程写一下，交给组织……"

"我？"

"是的。"

"不过……"

"写一下吧。"

飞脚的手又一次拍了一下他的肩头。

2

宁珂本来要在第二天就赶回曲府，想不到突来的一场风雨阻止了他。他简直不记得初秋时节平原地区有过这样的大风雨：半天时光扫净了树上残留的叶片，大风夹雨呼啸吼叫，撕裂了手臂粗的枝干。他呆望着骤变的天气，想着昨夜还在闪动的星星。

像泣哭一样的雨声，不停浇泼下来的水柱……风停了，树木伫立，一动不动地忍受冲刷。战士们忙着加固帐篷、裹紧蓑衣，一个个全身湿透，头发上沾满了泥巴。他们互相闪着询问的目光，露出了雪白的牙齿。"政委，进帐篷啊！"他们喊着。宁珂一动不动站在大雨中。他觉得一个半月的污浊全被洗涤了，雨水像灼热的火流在焚他，激活他身上的什么。

他准备雨水一停就启程。可这雨越下越大，伴着轰轰的阵响——不是雷声，而是洪水在咆哮……他不断把扫到脸上的湿发拂开，渐渐恼怒了，一跺脚奔跑起来。

"我的绮子！绮子！我们俩有一千年没有见面了……"

如果是以前，宁珂注视着这些高高的白玉兰，就难以抑制满眼的泪水。现在他只是看着它们，轻轻地点点头。这会儿它们唤起了何等异样的情感，有点恍若隔世。

"绖子！你太苦了……"如此平淡地吐出一句，感受着她在怀中的颤抖。曲绖竟一点也不知道他这一月余的遭际，曲府几次差人去宁家老院打听他的下落，回答是去东部小城了。哪里也没有他的踪影。曲绖差不多绝望了。"你到底怎么了怎么了？你啊！"她咬疼了他。宁珂摇摇头，一声不吭拥住她。他只望着窗外那一株株高大的白玉兰。他这会儿感到惊奇的是，一场暴雨丝毫也没能摧折这些美丽的树。它们在雨水洗过的碧空下显得更为清丽和高贵。

曲绖尖叫了一声——她突然发现他胸前有一道发紫的伤疤。他掩上，她就不顾一切地撕开衬衣……"天哪！天哪！……"她看到了越来越多的疤痕。她不敢看了。一瞬间那张脸变得没有一点血色。

宁珂只得说出一点点。但他只说那是一场误会；至于受伤嘛，那简直不算什么："你还记得殷弓，还有许予明……他们的伤才叫重。他们一声不吭。""可是……""没有什么。""珂！""真的没有什么，绖子！"

他们差不多一整天拥在一起。她极力想弄明白一切。他却默默的。曲绖细细抚摸他的胡茬，发觉它们比过去硬多了。那颗心也硬了。原来是这样一个男人。

这是一间精心装饰过的新房，是闵葵和淑嫂、小慧子三人的杰作。如此雅致和高贵的爱巢，一对新人却并未在这儿待上多久。他们的新婚之夜是在山地度过的，后来又被殷弓劝去了东部城市——那座有花园的老式洋房中。只有这会儿他们才能够好好享用这儿的一切。淑嫂甚至设法搞来了非常紧缺的炼乳、从船上弄到的上等奶粉和咖啡，还有大个甜橙。淑嫂注视宁珂的目光是令人难忘的：慈爱、温厚，闪闪烁烁的关切和仅有一丝的羞涩。她像曲绩一样叫他"珂子"，为他抻去衣服上的皱褶。

曲绩无法回避爱人累累伤痕的躯体。这些创伤尽管已经结疤，但它们使一副身躯变得如此可怕，像是被什么胡乱涂抹过。那刚刚长好的创面泛着肉红，让人想到被割裂那一刻流淌的鲜血。她无论如何要知道更为详尽的情形，他却总是搪塞，或者干脆缄口不语。她一次次品味他的痛楚，伤心得难以忍受，一任泪水涌流，不停地吻他。

他开始断断续续在纸上写起来。思绪一次次在那个学堂先生身上终止。那人的音容笑貌宛若眼前。他无法使用"叛徒"这个字眼。他在想那个人面对刚刚招募的新兵的激动演说、演武场上的严厉；还有，他想起了他们在宁家大院的彻夜长谈……这个人现在已经长眠地下了。这就是眼下的一份真实。他同时记起叔伯爷爷的冷酷警示：如果不是援救及时，恐怕你现在早已去了另一个世界……他当时毫不怀疑这些话，现在仍旧如此。他在想：也许这是老人对自己的最后一次援助了。

他不敢想失去这份援助的后果，不敢想那时绩子、还有阿萍奶奶会怎样。那将是非常残忍的一次分离，也是最终的分离。他心口绞拧般的跳动，忍不住呼号起来，一声声低沉急促。绩子来安慰他，目光落在面前的一张纸上，他立刻把它收了。

曲予先生苍老了。他在不长的一段时间内变得更为消瘦，脾气急躁，而且从未有过的不修边幅。女儿的婚事似乎并未带来太大的愉快，他甚至在用一种稍稍陌生的目光打量宁珂。他曾小声对妻子说起过一个预感：
"真是命定的不幸。"闵葵对这句话不甚了然，想仔细询问什么，他又
支吾过去。自从黑马镇大劫以来，曲予对那所医院倾注的心力似乎少多
了。他有时一整天待在书房中，出来时满眼血丝；有时消失在城市的某
个角落，直到很晚才回来，让家里人无限牵挂。他比以往任何时候都更
少一些顾忌，抨击当局的言辞极为激烈。他热心参与参议会和各救亡协
会的事务，与港长金志的关系迅速恶化。他多次拒赴对方的宴会，并在
一些公开场合加以指斥。金志却一如既往地拜访曲府，一连几次吃闭门
羹也不介意。

　　曲予接待最多的一个人是飞脚。他好像完全忘记了这个人对自己的
不诚实和不信任——关于黑马镇大劫及支队情况，已经多次搪塞。也许
他考虑到对方的行为是出于情理之中的禁忌，在心里悄悄原谅了。反正
他们可以长时间地关在书房里，从容不迫地交谈。这种关系有时甚至让
家人也嫉妒起来，比如闵葵和淑嫂。她们差不多一直厌恶这个人：年纪
轻轻就扎起了宽幅腿带子，戴起了礼帽——礼帽摘下又是光滑的分头。

　　这期间曲府又收到一些威吓信，内容大同小异。曲予认为不同于过
去的是，这绝非出于土匪之手。像过去一样，他嫌脏似的三两下把几张
纸片撕掉，扔进抽水马桶冲掉，然后反复洗手。

　　有一次飞脚领来了一个人。这个人四十多岁，面相苍老，还留了一
把大胡子，长了一对锐眼，看人时死死盯住。曲予与之握手，发现对方
的手像冰一样。

　　三个人在客厅饮茶，两匹马就在窗外打嚏。待了一会儿，大胡子的

神色和缓下来，嘴角有了一丝笑意；可是飞脚两手不停地搓动，还频频去看那个人。曲予借故让飞脚看一本书，把他领到旁边的书房里。

飞脚一关上门就低声说："这个人就是李胡子，肋上有枪伤……他不相信别人，对医生也是一样。眼下伤口正流血呢！"

曲予一惊。平原上没有不知道这个独身大侠的，他是个单身土匪，神出鬼没，行事极为仗义。关于这个人的传奇难以细数……他惊讶极了，一个带着如此创伤的人竟可以若无其事地饮茶。

他们返回客厅时，李胡子脸色比刚才黄了许多，额上有汗粒。他面前的杯子冒着白气，好像没有动过。他对曲予笑了笑。曲予说一句"对不起"，弓下身子扶他："我们走吧。"李胡子自己站起来。

在一个小房间里，曲予看了他的伤势，立刻惊得目瞪口呆。子弹嵌在肋骨里，鲜血已经染红了一大片绷带，渗到了衬衣上。如果不是亲眼看到，他无论如何不会相信这个人刚刚骑马驰骋了三十华里。曲予责备的目光瞥了一下飞脚。

在医院里，曲予亲自为李胡子做了手术。整个过程相当隐秘，先生身边的人也只是知道一个朋友骑马摔折了肋骨。李胡子不得不在医院中待上一段了。

飞脚对曲予讲了事情的全部经过。原来李胡子昨夜被官军围困了，负伤后夺路逃命，闯进了战家花园。这座有名的大户十几年来都是李胡子的死敌，他们也恨死了他。战家花园有自己的兵丁，而且与官府过从甚密，一些显赫人物都是这儿的常客。他以为这一次必落虎口，准备做最后拼死。战家花园原来的当家人已经死了，几个少爷为避土匪也先后去了远方城市经营产业，眼下管事的是刚刚从国外归来的四少爷战聪。结果四少爷不仅没有伤他，而且挡走了闯来的官军。尽管如此，天刚亮他就离开了……

曲予说："这是我收留的第一个土匪。"

飞脚摇摇头："这可不是一般的土匪……我们的人希望他加入队伍，他只喜欢独往独来。我一直与他保持联系，想让殷弓和他有一次会面……他养伤这一段，未必不是一个绝好的机会。"

李胡子三天之后就从医院出来，住在了曲府。他称曲予为"先生"，还说："打扰府上了，真是对不起……"他压根不听曲予的劝告，大碗喝酒，还挑衅地盯住对方："你不该忘记，我是个土匪啊！哈、哈……"

曲予极力想从对面这个人身上验证些什么。这个人长得孔武高大，五官分得很开，透着十足的豪气。不过他仍然不能将那些耸人听闻的故事与之一一对应。比如说平原上横行无忌的八司令，就没有一个不怕这个人。最为凶悍的麻脸三婶，十年前曾提出将自己的大女儿许配与他，招来一顿浑骂。他从小父母双亡，在平原上认下一个孤寡老人为干娘，孝顺之极。从平原到山区，他有无数的朋友——有时少不了合手做事，但大多数时间是他一个人……

李胡子说要尽快把马还给战家花园的四少爷："这真是一匹好马！"

有时他看着眼前的茶杯，突然万分沮丧。无论曲予怎样引他说话，他都打不起精神。后来是长长的叹息，站起来，慢慢踱几步，自语一句什么。

曲予想说什么，但忍住了。

有一天他们正对坐，突然有人敲门。曲予知道飞脚走了，不可能有别人来打扰。门开了，进来的是宁珂。宁珂小声在曲予耳边说："有人让我陪一下李先生。"

　　曲予马上想到这是飞脚的主意。他心中一动。他为两人之间做着介绍，指着宁珂：

　　"这是我的……孩子！"

　　宁珂心头一烫……

　　　3

　　外国人的军队撤出山区和平原，局面变得明朗起来。但所有人都明白，这里还远未脱离战争时代。殷弓的队伍已空前扩大，原来在平原东部活动的另一支规模较小的队伍合并过来，殷弓成为支队司令员。总部仍设在黑马镇，与官军占据的港城遥遥相对。

　　有消息说几个土匪司令正与官军联系，忙着投诚和收编，种种迹象表明这是完全可能的。不久以后得到证实，麻脸三婶的人马获得了番号，其余几支仍在游荡。这期间也爆发一些零星战斗，但规模有限，大致是殷弓的队伍与官军的冲突。麻脸三婶很是活跃，倚仗官军的军火补充，自愿充当进攻支队的先锋。

　　港长金志愈加神秘，当地军政首脑与他过从甚密，似乎可以控制这座城市的大半局势。来自省城的政要几乎都要找一下金志。

宁周义似乎不像过去那么沉默了。他接二连三返回故里，并在这座港城滞留。他的行踪极为隐秘，只是事后很久才传出消息。大约是第二次来这座小城时，宁周义拜会了曲予。

那是个炎热的夏天。下午四五点钟时，一些穿了白衣服的便衣在曲府北门散开，一会儿一辆黑色轿车从东边的青砖路上缓缓驶来。车上下来一位两鬓斑白、略微发胖的高个子，他就是宁周义了。旁边陪伴的人是港长金志。他们每人身旁都有一个手持布伞的侍者，离开四五步远还有几个护卫。进门时，宁周义让其他人待在原地，只与金志一块儿进去。

曲予携闵葵一起迎接了宁周义。曲予微笑着伸出右手，宁周义却双手抱拳行了旧礼。闵葵问候了宁先生，发现眼前这个人比早些年见到的形象老了许多。她还能想起他当年的样子：微微有些鬈的漆发，明亮的双眼，那对嘴唇棱角分明，厚厚的……金志在一旁搓着手，不无尴尬地笑。

"曲先生，我们见一面可真不容易啊！"

"宁先生政务在身，我又缠在医院上，我们……"

曲予寒暄着，突然意识到自己的女儿是他的孙媳，他轻轻咳了一声。

"我来看看曲先生，也来看看我的孙媳。我和阿萍还一次未见这孩子呢……"宁周义在客厅里刚坐下就说了这样的话，连汗水也没有擦一下。

闵葵带着满脸歉意："路上不太平……也怨两个孩子，该早早去拜见爷爷奶奶……绩子害羞呢，她在家待惯了……"

宁周义哈哈笑起来。他喝了一口茶，脸色更为红润。

闵葵发现这个魁梧的男人仍然充满活力，当他笑起来时，仿佛一头花白的头发全变黑了。他穿了多么考究的亚麻布夏装，自己男人的衣着比起他来似乎显得过于简单了。曲予使了个眼色，她走出来。

闵葵和淑嫂一起，一边一个扯着曲绪的手走进来。

曲绪不敢抬头，叫了一声"爷爷"，鞠了一躬。

"哦哦孩子，快坐下。我那个珂子呢？"

宁周义满脸愉悦。可是一提到宁珂，眉头立刻皱了一下。

"他跑生意去了……忙得很呢。"曲予答道。

宁周义叹一声，仍是一脸喜悦。"绪子坐近些，让爷爷看个清楚，回头好告诉奶奶。她今天若亲眼见你，还不知会高兴成什么模样呢。哦哦，珂子眼力果然不凡！真是好孩子……"

宁周义用手帕擦了一下眼睛。

闵葵和淑嫂都渗出了泪花。

金志好长时间不吱一声，一动不动地看着曲绪。他第一次见到如此美丽的女人：高高的身个，洁白的衣裳，整个像一朵白玉兰！他觉得偌大一间客厅里，充溢着熏人的玉兰香气。他不由得闭了闭眼睛。就在这短短一瞬他想到了战争：硝烟弥漫，青蛇似的火焰炙着赤裸的肉体，鲜血在流淌，呼叫和呻吟。搅成一团的身躯，机关枪的扫射像浇泼下来的暴雨……他睁开眼睛，看到宁周义那修剪得非常整齐的唇须活动起来。

"……好孩子，你可要管住我的珂子！我相信我的眼力……如果你愿意和奶奶住到一起，我会派人来接你的……"

曲绪咬着嘴唇，抬头看了一眼母亲和淑嫂，又垂下眼睫："多谢爷爷。我和珂子会尽快去看望奶奶，我们商量过这件事。我们非常想念奶奶……"

宁周义满意地点点头。好长时间客厅里一点声息也没有。

宁周义最后赠给了曲绡一块金表——无论她怎么推让也没用。这场特殊的会面就这样结束了。

最后客厅里只剩下了三个人。金志起身将门关好。曲予明白：一场重要的谈话开始了。

首先是金志热烈赞扬曲先生—— 一位功勋卓著的、对市政抱有极大热情的贤达人物，在这样复杂异常的关键时刻，无可置疑地成为小城柱石。曲予忍耐着没有发火。后来是宁周义打断了金志的话：

"让我们简明扼要一些吧。从全局着眼，我要说战争不可避免。这里地处要地，而且民力丰厚，又是连带北海局势的敏感之地，当然要万无一失。两位先生是关系这一带生死存亡的要人，我恳切希望二位能在大事业上一如既往，联手合作……"

宁周义嗓子有些哑。他有些激动。

金志赶忙点头，热切地望着曲予："在民众那儿，曲先生有巨大威信……"

"我只知道应该竭诚为民众服务。那些暗算民众、苟且之徒，注定不会有好结果。宁先生很快会发现这一带情势多么危急，现在是兵匪一家。有人正为二者穿针引线，成为千古罪人……"

曲予冲动起来，脸色变得蜡黄。

金志咬着牙关。他看一眼宁周义，见对方正眯着眼睛倾听。

客厅内的气氛异常沉闷。宁周义搓着手，又站起来踱步："是的，我不像有些人那么乐观。我懂得情势的严重……本来我已经没有多少热情了，只想独善其身。现在看这也未免颓唐。退路是没有的，除非打定主意坐视山河易手——我自知这是下下之策；尽一点微薄之力嘛，也无非是争个'中策'。无论如何我们不能看着这里一片狼藉……"

曲予点头："办法只有一个，结束战争。"

"是的。这是我很不愿看到的一个结局：用战争结束战争……"

宁周义说着坐下来。

金志吐出一口气。

曲予突然觉得再无话可谈。他明白了宁周义的意思。为了战争，面前这个人会不惜一切的。他稍稍感到惊讶的是，到底有什么东西让这个一向沉着的人物变得近似于疯癫起来呢？

谈话很难再进行下去。客厅里热得难受，也许又处在一场暴雨的前夕了。宁周义要告辞了，他最后恳求般对曲予说了如下意思：

好好管束宁珂吧，我只有这一个孙子；这也是一个老人的请求。拜托了！

4

宁珂想不到一个人会对殷弓构成那么大的吸引力。李胡子是个传奇人物，在山地和平原地区有难得的人望，但他毕竟属于另一种人。该怎样界定这一类人，在宁珂看来还很为难。不过他心里明白自己与那个人遥不可测的距离——人生观念的距离。这个时候他非常怀念过去的岁月。

他特别想念许予明。一想到这位挚友，就要想到那个令人丧气的姑姑曲缬。他们眼下怎样了？是在那座乱哄哄的城市街巷里穿梭，还是足踏大地流浪？不知为什么，他一闭眼睛，就会看到那个灼热烤人的疯浪女人手扯许予明在山地上飞奔……

飞脚告诉宁珂：殷司令很快就要与李胡子会面，在此之前他必须尽力说服这位桀骜不驯的人物；要尽可能地打动他。这是目前非常重要的一个任务。宁珂不甚了了，朦胧中觉得那个李胡子是个力抵千钧的炸弹。

他硬着头皮与之周旋。李胡子看着这张白白的面孔，笑了。宁珂做好了一切准备，准备忍受，特别是忍受这样的笑……他们的交谈轻松愉快，彼此好像都不在意。其实宁珂被一种沉重压迫着，已经有些难以为继。他在说到一些关键字眼时，尽可能使用一种平淡的口吻。他提到殷弓的名字总有些战栗。想不到对方不在乎地哼一声：你是说支队那个小瘦子嘛？唔哟，南方人，见过。宁珂脸色红涨，长时间一声不吭。

他们有一次一起洗澡，李胡子提出让他给搓搓背——这是他负伤以来第一次进浴池。他们一块儿脱下衣服，于是李胡子一眼看到了对方颜色不一深浅不一的伤疤，惊得张大了嘴巴。整个洗浴过程两人都没有多少话。

李胡子变得不苟言笑，射来的目光比往日沉重多了。宁珂明白，认真商量点什么的时候到了。

话题渐渐扯远。大约是李胡子首先提到了一位由衷敬佩的山地骑士——很久以前那人抛下万贯家财，骑一匹红色骏马往来于山区平原，最终又远去他乡。这个人身上有一支火枪……宁珂忍着没有吭声。后来李胡子意识到了什么，用力拍拍腿："哎呀那个人也姓宁，家住……"他扳着宁珂的肩膀质问起来："是你先人不？"

"他是我的父亲。"

李胡子跳起来。

他们终于有了推心置腹的交谈。宁珂从此得以了解面前这个人。他那奇怪的、不可理解的巨大勇气到底是怎样来的，宁珂算是多少明白了一点。李胡子参与过几十场战斗，与土匪和异国军队有过无数次交锋，一些历史悬案也由此而解。特别是他与那些出生入死的贫民兄弟一起创下的战绩，令人难以置信。宁珂总算懂得了殷弓为什么处心积虑寻找这个人的合作。支队在创立之初就追寻过这位传奇英雄，可惜都被一口回绝了。宁珂现在极力想让对方明白的，就是一个人不可以有历史性的孟浪，留下与另一个英雄人物失之交臂的遗憾……

李胡子把那匹马交还给战家花园的四少爷，又在那儿住了两天。归来后不停地赞叹，认为那个读书人"真有血气"。从他的话中宁珂了解到一个可怕的消息：上次宁周义离开这座小城之前，曾亲自拜访过战家花园，与四少爷战聪有过彻夜长谈。宁珂完全相信叔伯爷爷的威力：爽快而坚定，接触问题快，有一针见血的锐利。在一部分资质优秀的人那儿，这种风格颇受欢迎。他觉得这是个重要情况，就马上告诉了殷弓。

殷弓听过之后沉默良久，不停地踱步。这是他的习惯动作。天气到了秋季，尽管这间老式平房有些阴冷，也还不到穿棉装的时候；可是殷弓却披一件深灰色棉大衣走来走去。他总算在宁珂面前止住步子："战家花园是整个战局上的又一粒重要棋子。这个人物非常重要。李胡子与他的关系绝不能忽视……还有，李胡子是否愿意集中起他的人来？"

殷弓的眉头越锁越紧。

宁珂等待他决定什么，后来实在忍不住，就问起两人见面的事——到底什么时间？

殷弓转过身，握了握拳头："现在，越早越好，就是现在吧！"

一个秋雨绵绵的下午，殷弓去了曲府。

在曲予用来接待宁周义的那间宽敞的客厅里，殷弓与李胡子见面了。两个人的谈话非常融洽，似乎都觉得对方比想象中要和蔼可亲。见面时宁珂并不在场，所以直到后来他也不知道两人交谈的具体内容。曲予先生一直待在自己书房里，心思却放在别处。整个大院都好像格外沉寂，连马厩里的一声响嚏都传得很远。

晚餐时殷弓和李胡子坐在一起，对面是曲予和宁珂。很长时间以来第一次停电，他们不得不点上蜡烛。闪跳的火苗下，宁珂发现在座的几个人都有些奇怪的拘谨，李胡子的一张脸好像泛着一种青铜色。

第二天殷弓离开了。他并未与宁珂说什么，后来李胡子告诉他：殷司令还会回来的。说这话时宁珂发现，李胡子突然变得小心翼翼。

一个星期之内殷弓就返回了，这一次与李胡子在一起待了三天。第四天李胡子受对方之邀，到支队驻地去了。宁珂长长地松了口气。

在人们记忆中，这是曲府最安静的一个时刻。在战事暂时得以平息的这段间隙，好像一切都突然停滞了。小慧子跟上淑嫂做手工，闵葵把平时荒疏了的事情再操持起来，又有闲心开启那个像小柜子一般的收音机了。只有两个人明白这种平静到底意味着什么。这是风暴前极短促的一段时光，是无可挽留的一种弥足珍贵的东西。两个人尽可能不受打扰地待在一起，好像一生中只有这一次机会了：以前没有过，以后也不会有了。

曲予在这些年一直非常客气地对待宁珂。在他眼里这是个值得尊敬的年轻人，而且身负使命——他对于使命中人有一种难言的隔膜，尽管他自己有时也会被它缠住。使命真是个奇怪之物。他近来觉得它离自己越来越近，以至于引起了他的奋力抵御。无济于事。在参议会中，在那些激烈的集会和辩论中，他都能发现它在迫近。他终于明白这是无可逃脱的，它已经选择了自己……出于这种理解，他突然发现这个面色苍白、突如其来地闯入了曲府生活中的年轻人是那么值得亲近。

曲予开始喜欢这个人了。而一年之前，当他得知女儿不幸地爱上这个人之后，曾恐惧得无以名状。他只是很少说起这一恐惧，因为他被深长的惊讶压抑着。他甚至没有对妻子说出这一感觉。只是有一次，他在黑夜中一边抚摸着淑嫂的头发，一边道出了自己的忧虑。是淑嫂劝解了他，向他指出：真正的爱是致命的，它的强大，连神灵也要畏惧。他同意她不凡的见解，并向她袒露：自己从来也没打谱去阻止他们。他只是害怕。

这会儿他可以像对待一个爱子那样，用慈祥的目光扫着他的面颊，并故意掺上一丝丝伪装出来的严厉。宁珂什么都懂，他很快适应了这种气氛。曲予不知不觉中叙说起在海北的岁月，还有在荷兰医师身边的一些往事。他特别牵挂的是那些海北革命者的结局——后来由于道路相异，接触越来越少，终于音讯皆无。宁珂安慰了岳父，指出不是道路问题，因为他们的道路是如此相近；重要的是组织上的决定，是组织上让自己与曲府联系……曲予睁大了眼睛。他告诉岳父：原来那几个同志，如今已经牺牲了大半……

曲予难过得半天不吭一声。他用了多大力量才克制住泪水。

"我们必须加快行动，已经不能再犹豫、再忍耐了。没有其他的路可走，一切就是这么明白！……"

宁珂的话如此锋利、直接，这在过去是不可能的。他直直地看着岳父。这是同志式的目光，是他们之间从未有过的。曲予擦拭泪水。他想起了那些海北的彻夜长谈、他与闵葵招待他们吃饭的情景。最后他对宁珂说："我会一件一件去做的。也许还来得及。"

他们好不容易才平静下来。默默饮茶，感受着一种亲情在两人之间流动。曲予第一次从这个年轻人的呼吸中，嗅到了后一代人的气息。有好几次他都想去捏一捏对方有些瘦削的胳膊，但他忍住了。

宁珂缓缓地谈出了以前未曾接触过的一些话题，比如宁家的一些事情，省城里的阿萍奶奶……一谈到这个无微不至地关照他长大的女人，他的目光就变得灼亮。曲予不经意地问了句："她有多大年纪？"宁珂的回答使他暗暗惊讶。他叹一声："原来她比我还小得多呢，比绮子的阿姨——淑嫂的年纪也要小。"宁珂说："她比我的姑姑——就是曲缬——大五岁。可她是奶奶……"

曲予搓着手，好像有些不安："你和绮子该去看一下爷爷奶奶了。上一次他来这儿……那天可真热。"

宁珂点着头。他何尝不想携绮子回省城一次。可他害怕面对那个叔伯爷爷的眼睛。上次是他主动躲开的。那天晚上他反复询问曲绩，问她对那个人的印象。曲绩仔细描绘他的模样，宁珂说：他老了。曲绩打断他的话："我做梦也想不到他会这么年轻。腰板笔直，像个军人。"宁珂摇头："他才不是军人，他身上从来没有枪。"这会儿他想起了什么，告诉曲予：

"上一回他从这儿走开，又会见了战家花园的人。"

曲予一点也不惊讶："那是个体面人物。我估计他以后会格外关照老家的事情。我知道他在这座城里最好的朋友是港长金志，以后还会有四少爷战聪。不过我早明白了，我曲予今生是不会成为你叔怕爷爷的朋友了。那个人实在太体面了……"

宁珂听了笑不出来。

5

飞脚来去匆匆，并不是每一次都与宁珂见面。他偶尔待得时间长一些，也只是与曲予关在书房里聊天。有时他们一起出去，半天不回来；如果要在外面过夜，闵葵和淑嫂就不安起来。"男人哪，只是忙他们的事儿！"闵葵这样说。宁珂发现岳父近来每次从外面归来，都兴冲冲的。但宁珂早就养成了这样的习惯：从不问他们在忙些什么。

宁珂在家里待得难受，总盼望做点什么，尤其希望能到队伍上去。可飞脚转达了殷弓的意思，说让他这一次好好歇息；再说待在城里也是工作——总之耐心等待吧。宁珂只好待下来。他无法吐露心中的抱怨，因为这是组织的决定。飞脚说："你写的那份东西，上级正看呢。"他这才记起由对方转走的那份自述材料。像是被揭示了什么，他不自觉地说道："敌人并不想从我这儿得到什么，因为他们已经从另一个人那儿知道了一切。他们只不过想惩罚我……"飞脚勉强笑了笑："何必解释。""可是……""没有事的。"

宁珂脸涨得通红。一层汗粒生出来，他闭上了眼睛。飞脚走掉了。他在窗前活动了一会儿，直盯盯地看着地上跳来跳去的几只麻雀。曲绡进来了，欢天喜地的样子。"珂子，你高兴一点好吗？我们去看淑嫂……"她扯着宁珂的手，他只好出来。

淑嫂的头发油黑地垂下——可能刚才她正在梳理，还没来得及束好。宁珂一眼看到这浓密披垂的乌发，立刻能想起一个人，心中一动。这是一种烫烫的感受……直到淑嫂与他说话，拾起他的手，他都有些木然。淑嫂自觉有趣地看了一眼曲绡，曲绡一直看着自己的丈夫。她心里常常涌动着热烈的话语，是母亲和淑嫂都难以倾听的心声：我多么爱你！你这个沉默的、心事重重的男人！我爱你孩童一般的纯稚和战士一般的坚毅。你唇上那一层又细又密的胡须啊，转眼之间又生出了，你看上去真像个有主意的好人。是的，你多么好。天底下有谁能感受到你那份热烈？你忘情地投进了这个世界，你啊！

宁珂总是在突然间想到阿萍奶奶。热烈的想望和强烈的自责一起涌来。多久了，她的那只手掌像永远抚着自己的头发，那些嘘寒问暖的日子，那些不能忘怀不能停歇的思念。我怎么报答你，怎么服侍你，如何走到你的身边？是那个巨人冰冷的目光阻挡了我，我不知该撞上去还是轻轻躲开——他留恋和守卫了我童年的生命，把我从石砾中拾走，揩去了泥水；他挽救和持续了我的生命……可是，可是可是！我只为阿萍奶奶一个人祈祷、感念、企盼和相守。您让我做个好人，我就投进了一个炽烈的火炉，熊熊燃烧——奶奶，我做到了，无悔了。我从您幽香深长的柔发中找到了感谢之路。这是一场彻底的祭与献，我交出了生命。这是对美与爱、柔情蜜意与亲近照拂的一次最后报答。阿萍奶奶，您知道我在无法抵抗的巨痛、难忍的侮辱中，是怎样坚守的吗？我思念着这些、想望着这些……多么可怕啊，我从死亡面前挣脱了。我有些委屈。可是我也懂得，连这委屈也是美丽的。世上究竟有多少人配享受这等"委屈"？

他想念战友和兄长，想念许予明，想念那座曾让他厌恶的城市……"淑嫂，我想和绛子回去一次了。"淑嫂点头，像逗弄一个大孩子似的："是吗？那就走吧！小两口手扯手地走吧！"

绛子的脸红红的。

这天余下的时间里他们到白玉兰下散步。一走到这儿，宁珂就记起了一幕幕的往事。他特别挂念清濑。一个多么忠诚的人！世上还有如此纯洁的人吗？他把一切都献给了这儿，而岳父对待他也许真的有些残酷了。他问起那个剃光头的男人的下落，曲绛说他如今正在一个地方垦出荒地，盖起了自己的小屋，总之也有了一份日子。"他没有女人吗？""没有。大概他不要女人。""为什么？""不知道。反正这世上总有人不要的……"

绛子说话时用力抿着嘴巴。

宁珂终于认真考虑回城一次了。他请飞脚请示殷弓，殷弓说：早就该这样了。这回答简直出乎他的预料。他反复琢磨殷弓的意思，想不出。他问此次旅行中需要做的事情，飞脚马上代殷弓回答说：没有。

就要启程时，曲绡却犹豫起来。她想与丈夫一起制定一个更好的旅行路线：先去山里的宁家，去看看祖居地，这是非常重要的："我总得弄明白公婆家住在什么地方啊！"宁珂无力驳辩，但还是告诉她：那里已经没有我们亲近的人了，他们早在二十多年前就离开了人世，连自己的记忆中都没有了他们的形象。曲绡则固执地坚持：我们从山区老家去省城；归来时，还要绕道去看那位"姑妈"。"我们要为老人准备一份最好的礼物！"说这句话的时候，她想到的是那座有花园的老式楼房中，他们那间真正的新房。

宁珂只得同意了。他知道这也许是夫妻之间一生中最难忘的一次旅行。

闵葵对他们这一次出远门无比牵挂，泪眼汪汪，仿佛是在亲手放飞一对即将变得无踪无影的鸽子。她拉着曲绡的手："孩子，路上混乱，小心再小心……"宁珂说："妈妈，放心吧，我会用性命护住她的。"当他准备着旅程上的东西，把一支手枪藏到身上时，闵葵一下哭出了声音。

闵葵细细地抚摸他们的头发……

山里宁家一片灰苍苍的院落毫无生气，蒙着上一个世纪的灰尘。宁珂一眼看上去就明白了它与曲府的差异：那儿散发着新鲜的气息，像在春天里泛青的枝条上抽出的嫩芽；而这里却嗅不到一点生的气味。

守门的老狗也倦了，叫都懒得叫一声。他一踏进这里，心情立刻变得沉重起来。那个学堂先生的形象又泛起在脑际。这个人差点把他葬送了，而且还毁掉了千辛万苦搞起的一支队伍。可奇怪的是他对这人没有怨恨，只有怜悯……当家堂叔见到归来的一对人大为惊讶，原来他以为宁珂被叔伯爷爷携去省城严加管束了，想不到这会儿与从未见过的平原上的新娘一同跨进大门。他看了一眼细细高高、面容秀丽的曲绪，只说了一个字："天！"

李家芬子笑过又哭，说早该有这一天了。她让下人动手给他们准备几间好屋，说这里才是你们的家，你们就住在这儿，什么也不用管，饭来张口衣来伸手，一直生下一个娃来！曲绪笑了。李家芬子又补充一句："生啊！……"当他们解释只是顺路来家里看看、不能久待时，李家芬子立刻变了脸："有这样见奶奶的吗？"宁珂有些难过，但为了脱身，只得撒谎说叔伯爷爷命他们快些返城……李家芬子擤着鼻涕："去吧，那个老头子也怪可怜的，上次回来，我一看真是老了，老了，夜里不住声地咳……哎，都是让那个南方娘们给折腾的……好好孝敬爷爷吧，只要他高兴。"

曲绪动情于这儿的一切。她以探究的目光察看着这里所有的隐秘，哪怕是一棵老树、一块釉面地砖、一张卷边案几，都要伸手去触摸。她极力想弄懂的是，这个环境有什么特异之处，能够产生和培植宁珂这样一个男人？她不动声色地看，在繁复的院落套房、狭窄曲折的过道中穿行，常常引起仆人的极大好奇。他们都停了手里的活儿盯视，小声议论说："真好人儿，说不准是将来的女当家哩！""那就太有福分了，俺喜欢看见她哩！"

宁珂为了满足她的好奇心，最后把她领到了离大宅院一百多米远的一块平场上。这儿如今长满了蒿草，堆满瓦砾，有几只野兔从中窜出。他告诉她：这儿才是他出生的那个"宁家"，这就是那个废墟了。他的父亲就在这儿与各种身怀绝技的"大师"们相处，结局是骑上一匹大马一走了之——多像个传奇故事，事实上果真如此；这一带山地人没有不知道出了个不要命的浪子的，他们把他当成了大山里的光荣。

曲缨笑了，之后又是沉思。"那时你呢？"她仰脸看他，见夕阳映出他一脸细小的绒毛，他还多么年轻多么英俊啊！宁珂点头："我跟在母亲身边，听她讲父亲的故事，等他回来……这样直等到一场大火，把一切烧个精光。母亲不在了，我就被李家芬子领走，再后来又是叔伯爷爷要了我……"

"他们真是你的恩人——那么他也是我的恩人了。珂子，你不这样想吗？"

"有时也这样想……"

6

宁周义不像往昔那样留恋这个家了。人变老了，却更为热情。这热情就像从体内一个神秘之处呼唤出来的一样。阿萍既兴奋又害怕地接受了这一改变；在宁珂与曲缨归来的前一天，她与丈夫还有过一次长谈。

她照例先从对方的身体说起，叮嘱他要经心些，最好能抽出一段时间去看看医生。她不愿提及另一个人，那就是像影子一样跟随着他的蜂腰姑娘。她有好长时间没有见到那个人了——往日她每个星期都在这幢楼房里进进出出，即便宁周义不在她也照样来，一个人在他的书房待一会儿，拉响了抽屉。如果曲缬不在，她还会与阿萍有一次愉快的谈话。阿萍终于在多次接触之间明白了自己男人为什么会对这样一个姑娘倍加珍惜。原来对方平时不苟言笑，实际上却有一副柔软的心肠，特别能体恤别人，善解人意。她对阿萍是一种姐妹和母亲兼而有之的情感，不停地倾吐心曲，爽快、真挚。谈到对宁周义的心情，她用一句非常简单的话概括了："在这样一个污七八糟的年头，一个女人除了好好爱一个人还能干点什么！"阿萍并没有发作，因为这句话也说到了自己心里。她发现对方读了很多书，从前还曾在南京要人们身边呆过；她小小年纪就见了大世面，狂过，孤傲过，后来经历了一些事情才变成这样，性情也安定多了。她说自己的过去像一场梦，早该收场了。之所以那样，是因为自己从来没有遇到一个像样的男人："他们都那么虚伪！"

　　阿萍不由得想到从南国流落而来的全部过程，想起那个领她出来的远房亲戚。那个总是将头发梳得一丝不苟的小官僚连她吃冰棍的零用钱都记在了账本上。那时她觉得眼前这个世界像墨汁一样黑，像乡下茅厕一样脏。她在深夜里不停地泣问：天哪，为什么让我生在这样一个世道上啊？这可不是我自觉自愿的事儿啊！后来她遇上了宁周义，立刻被那对特别的、明亮而又动人的忧伤的眼睛给击垮了。但她并未轻易地表露过什么。她怕极了。又是很久的一段日子过去之后，当她真正坚信不疑的时候，才毅然把自己的终身托付给他。他交付和给予的能力太大了，以至于后来不可避免地要有另一个人来一块儿分享。所以她可以平静地、像一个真正的过来人那样看着面前这位风姿绰约的姑娘。她甚至由衷地夸赞道："你该多穿军装。你穿上它真是十二分的人材……"对方看着她，目光中有感谢还有怜悯。阿萍明白这就是自己当年看着李家芬子的目光。真是报应。

从那几次谈话中阿萍才知道，蜂腰姑娘也有很长时间没有与宁周义在一起了。这使她尤为担心。丈夫到底怎么了？

这天宁周义从外面匆匆归来，脸色红润。原来他喝了酒。过去他是从不沾烟酒的。她知道该好好谈一下了。她指出这个年纪的人珍重身体比什么都重要，也是所有聪明人都要做的；还有，这样的乱世……宁周义长长吐气。他的手按在她的肩膀上说："这也是我过去的想法。现在不行了，一切已经来不及。我去了一次南京，又到上海，是他们找我去的。我的想法可不是那些人物灌输给我的。我还没有那么简单。我对自己的放任已经太久了，该结束了。因为这等于是自戕，这样会毁掉我。我对民众、对我献身的事业是有强烈责任的，这点你早就知道。我看不到民众会有什么前途，南京和上海，还有其他一些方面，包括北平，都没有什么前途。这真是不可为而为之，是我报答民众的最后一个机会了。我不忍心让他们遭受更大苦难了，不能撒手不管，不忍心看着他们失去上百年的机会……"

男人嗓子低沉，直说得老泪纵横。

阿萍呆看着。在她的记忆中，男人还从未这样。她慌慌地为他递上手帕……她忍不住，还是说出了自己长久以来积在心头的疑虑："可是，可是你也看到了，民众对官府是厌恶的，他们对另一种结局还求之不得呢！真的，这是我亲眼看到的，也许我说错了，先生多担待吧！……"

宁周义点头又摇头："不，你说的都是实情，你说对了。不过你也有个误解：对民众的误解。你太看重民众的愿望了，这就是你的错了。他们的愿望，也包括热情，都是短暂的，没有多少价值的。我太爱他们了，一个真正记挂民众的人，就不能太看重他们的要求。他们的目光是短浅的，他们的那些要求，小的方面也许都对了，大的方面却大大错了。偌大一个中华交到一些没有根底的人手里，岂不荒唐？从长远而言，我看未必有好的结局……"

阿萍思忖着，又怯怯地说："可先生以前也……赞扬过他们那些人的才具。"

"是的。可对于一个庞大的政党而言，几个人的才具又算得了什么？一群缺乏文化根基的人，可以长久指望吗？"

阿萍觉得这些问题太复杂了。她再不想问下去。她只想顾及眼前，让自己的丈夫平安康泰，其余什么都可以迁就。她已经迁就了许多。

宁周义继续说着，一边抚摸她光滑的头发："正是基于这样的判断，我选择了。两害相衡，择其轻者，也只能如此了。这是没有退路的，阿萍！希望你再不要为我担心，我会小心去做——但我必定去做的。"

这次长谈是重要的。这是阿萍许久之后都常忆常新的一次深谈。她明白要使男人按照自己的愿望冷静下来已经是不可能了。那就等待命运吧。一个人时她又愿意把一切纵横思虑和比较，发现自己义无反顾爱上的，就是这样一个真实的、为了自己认准的事情奋斗到底的人。他很强大，而女人是需要一份强大来慰藉的，即便它最后带来的是毁灭……

宁珂喜出望外地携着一个新人站在她的面前时，她正因为连日的激动悲伤而萎靡疲惫。久别的孙儿简直是从天而降。天哪，多好的一个大小伙子，有点胖了，头发黑漆漆的；他旁边是一个如花似玉、出水芙蓉般的人儿！她日夜不停地念叨过宁珂，甚至在绝望中骂过他，这会儿它们都一阵风似的飞光了。她去抱他们，去捏弄他们的手指骨节，一手用力按着他们的后背，"哇"的一声哭了。

"奶奶！奶奶……"宁珂和曲绪一块儿呼叫，真有些害怕。

好不容易才平静下来。这场相见真是天底下最动人的场景之一。曲绪可以仔细打量这位神奇的女人了，因为阿萍奶奶更多的时间是看着珂子。她发现世上的人，无论是谁，能拥有这样一位奶奶或母亲都注定了会终生幸福。这不是一般的女人，更不是一般的长辈。这个人微胖，身材稍稍显得娇小，身上穿了宽松的衣服，这是最好的布料和最好的做工；她的脸庞红扑扑的像秋天最后的一枚桃子，眼睛则是大而圆，真正是两潭温煦的湖水。谁能想到她是"奶奶"呢？她那么年轻，在屋里走动时，总让人想起是需要爱护和照料的一个人儿，而不是主持这样一个大家庭的"管家婆"。她洁净得不可思议，一头长长的黑发让人嫉妒。只有那双手稍稍粗糙一些，这才使人想到这儿没有一个仆人，一切都要由这双可爱的小手操持。曲绪似乎嗅到了这屋子里有一股李子花的药香味儿，一阵浓似一阵。她发现有好长时间阿萍奶奶都在目不转睛地看着宁珂，把他的手拉过去抚摸……"奶奶。"曲绪叫了一声。阿萍这才转身挽住她的胳膊。"多么好的孩子,珂子,你这辈子要好好爱护她,她磕着碰着一丁点,奶奶都不会饶你的。"

这一天宁周义不在家,宁缬也不在。"他们啊,都是忙人,缬子只把她的大猫扔在家里让我照顾,我真成了'阿猫妈'了!"阿萍从楼梯脚那儿抱起那只肥猫,曲绪高兴地接过去。

宁珂害怕听到楼梯响,他真不敢想象叔伯爷爷踏着楼梯上来时会怎样。他领上绪子,轻手轻脚地从一个房间到另一个房间,寻找生活了十余年的痕迹。他的那间卧室竟然一切照旧!枕巾干干净净,一条加了浅蓝色绣花被套的缎子被叠成长条形,靠在床的里边。丝绒窗帘刚刚被阿萍拉开,阳光立刻洒满屋子。靠右边的墙角那儿是一个小书架,上面是他的几本书。在最下层那儿放了一些图片,是他当年从叔怕爷爷带回家的彩色画报上剪下来的。书架旁边是一张放大的照片,那时的他与现在看不出太大的变化,只是一双眼睛……曲绪被这双眼睛迷住了,她一动不动凑近了看,以至于别人离开了,她都一无察觉。

曲绪从这昨日的目光里看到了一丝奇怪的神气。如果是别人的一双眼睛她也许会忽略的,可这是他的眼睛啊!那时他刚刚十六七岁,那微微含笑的目光的背后,到底藏下了什么?她凭自己的敏感,只一下就捕捉到了那种茫然无定的、漂泊不安的神气……这不该是生活在这座楼房里的一个少年的心情啊。她后来从这间屋子离开时,发现自己一颗颤颤的心房里,盛满了对他的怜惜。

入夜了。一座宽敞的楼房内只有他们和阿萍奶奶。"宁缬姑姑怎么还不回来?"曲绪问了一句。阿萍忙着为他们端上水果、食物,又拿出了一瓶最好的酒。她脸上溢满了欢欣，不在意地答："她爸已经顾不上管她了，她自己说了算。不过她现在不敢领人来家了……我们吃饭吧。"

7

宁周义把宁珂回返的功劳全部归于曲绺。他打趣说如果没有这样一位贤淑过人的孙媳，他的孙子非要在这个乱世上丢失不可。这样说时他脸上没有一点笑容。只是与曲绺说话时，那眼睛里充满了慈爱。阿萍看得出，他对这个孙媳真是十二分的满意。他甚至对大家说："我的孙子哪怕这辈子做错了一千件事，只是因为找到了绺子，我也会原谅他的全部！"曲绺的脸红得像鸡冠花，她真不敢去看旁边的人。宁周义一脸的认真，这使人绝想不到他是在开玩笑。

他一连两天没有出门，这显然是因为宁珂夫妇归来的缘故。每个人都能看出他的兴奋，连门前站岗的士兵都受到了他情绪的感染。他让阿萍陪曲绺到大街上去买东西，又让一名勤务兵跟随。宁珂也要一块儿去，宁周义说算了吧。

这真是个难堪的时刻。

他们一起喝茶。开始的时候很少说话。为防止打扰，电话机干脆拔掉。"我觉得爷爷还像过去一样……"宁珂有点言不及义。宁周义笑笑："不会的。人老了，白发多了，一颗心倒变得年轻起来。我明白，再不认真做点事情，已经来不及了。"

宁珂思索着他的话，不太明白。

"说到底我们是些热情的人，宁家都是这样的人，不会有什么例外。你的父亲，还有你，如今也包括我，都在铤而走险……"

宁珂忍不住想说一句反驳的话：我们的道路是不同的！但他终于没有说出口。

宁周义呷一口茶，又说下去："这要看值不值得了。大家都认为自己是值得的。我已经不再想挽留你了，因为要说的话早就说完了。你是我抚养大的，我尚且不能让你听懂我的话，那么过于饶舌还有什么意思？我知道你在这个家里待不住，我们以后说不定连个好好谈话的机会都没有了，所以想来想去咱们还是谈谈罢。"

宁珂的脸越来越烫，最后站起来。

"珂子！"

"爷爷！听我一句吧！你、你已经走得太远太远了……我不忍心看着你自毁，也不愿让你拖累阿萍奶奶。你这辈子服务的事业是没有希望的，你现在回到民众一方还来得及，我可以用生命保证这些话的真实！……爷爷！"

泪水终于忍不住，一下子全部涌出。

宁周义伸手把他按坐了。"你自己并不知道你是谁，孩子！你太热情了，可惜没有给它找个好着落。你常常说到'民众'这个词儿，却全然弄不懂'民众'为何物。你真要爱惜'民众'，就该知道，'民众'其实是个大实大虚之物。'民众'到底在哪里？那些逼到你眼前的呼号之声是他们的吗？如果是，你该听从吗？听从的结果又是毁了他们自己。

我的孩子，你真要爱惜'民众'，就把窗户关上吧，安安静静让自己想想，想想到底该怎样解救和扶助'民众'！"

宁珂听得瞠目结舌。他无论如何也想不到叔伯爷爷会有这样一番怪话。他觉得一股怒气从腹腔往上涌动，最后冲口而出：

"你在藐视'民众'！"

宁周义抓起旁边的一根乌木拐杖抚摸着，说："孩子，你说对了，我有时真是藐视他们，因为我太爱他们了……这世上，很多东西是不值得人去藐视的……"

多么可怕。宁珂明白自己的一切心思全白费了。不过这是他——一个孙儿的职责。他实在不愿看到对方走进焚毁一切的火焰之中。叔伯爷爷的话有一部分稍稍费解，但他觉得已经无须努力辨析什么了。

接着宁周义又谈了"民众"与"政党"的关系、超乎一切"党派"之上的至大利益……这些话都是以前他对阿萍谈过的，不过这一回他说得格外细致，表现了少见的耐心。宁珂渐渐注意倾听，准备着怎样去驳斥。他在内心里承认，自己献身的事业正受到了最有力的一次诽谤。是的，这只能是诽谤。

谈话终止了。他们只是饮茶。到最后宁周义长叹一声："孩子，还是回到爷爷身边吧，爷爷和奶奶需要你。你知道，缬子是不中用的。你跟上的那些人与你是不同的，他们最后不会要你的……"

最终一句话刺伤了宁珂。泪水在眼中旋动，但他终于忍住了。

敲门声笃笃响。宁珂站起来。

阿萍觉得这间新房实在是委屈了两个孩子。她把全部心思都花在照料他们身上了。她心里明白，这是她多年来最快活的时刻。与曲绣单独在一起时，她少不了要讲一些宁珂的过去。曲绣每逢这时就表现出孩子般的好奇。阿萍则非常想听一些他在平原上、在曲府的一些事情，越细小越好。"按照咱们这边的礼数，孩子，你们该住在这里的。我要和老师商量，让缬子搬到楼下，楼上几间腾给你们……"曲绣赶忙说："我们又住不久；不过我们要经常回来看望爷爷奶奶。"

阿萍只要一听到"走"字，马上就沉寂下来。她有时真的在想宁珂以前说过的话：让奶奶回老家去住，那时他和绣子就守在她的身边了。不过宁周义呢？回老家是不可能的啊！……

曲绣咀嚼着"老师"两个字，觉得它们从阿萍嘴里说出有着别一种色彩。这多么有趣。她常常在阿萍奶奶不注意的间隙里深深地瞥去一眼。她从这短短一瞥中会获得难以言喻的什么。那是类似爱慕、信赖和温煦的感受，还有其他……她甚至认为宁珂那种柔中有刚、深深沉浸的能力也是这位年轻而美丽的奶奶所给予的。

她与宁珂在一起时，半认真半玩笑地叫了一声"老师"。宁珂立刻扫了她一眼。"我是学阿萍奶奶……""请不要这样，真的。"曲绣从委婉的劝阻中感到了某种严厉，再不吭声了。宁珂拥着她，抚动她滑滑的头发说："绣子，我们快要离开这儿了，这儿不是我们的新房，永远都不是……"

曲绣的眼睛睁大了。凝了一会儿，她喃喃着："是的，回小城吧，那儿才是我们的家，妈妈和淑嫂在等我们……"

他摇摇头……

宁珂来省城后的第一件事就是设法与红脸膛见面，还有找许予明。这些都未能如愿。他们一直没有消息。叔伯爷爷钱庄里的人换了不少，其中的一个老人接待了他。这是"我们的人"。宁珂让他转告自己的意思，并一直与之保持联系。归来已是第十天了，他觉得自己一直在这座久别的城市里漂泊。

第十一天的上午，他又来到钱庄上。那个老人表情肃穆地告诉他：同志们正等待着。宁珂的心扑扑跳，一下子抓住了面前这个人的手，过大的力量让对方有些惊讶。

宁珂随他走过了几道曲折的巷子，登上了一栋红色的木结构二层楼。楼梯吱吱响，扶手上的漆几乎全脱落了。在走廊拐角的一扇棕色小门前，他敲了几下。开门的是一位穿蓝衣服的中年女人，她好像早就熟悉他了，叫了一声"宁珂"，然后是同志式的紧紧一握。屋子里坐了三五个人，有浓浓的烟雾。红脸膛坐在中间一张大柞木桌前，见了他只是轻轻点头，然后继续与别人谈话。中年女人把他引到旁边一间小屋中，又沏了茶。"您是从前方回来的，辛苦了！"她的语气与浓烈的茉莉花茶混在一起，那么动人、亲切。

当宁珂听到喊声走出小屋时，柞木桌前只有红脸膛一个人了。他满脸兴奋看着宁珂，腮部有些颤抖。看得出，他正努力忍住什么。两双手紧紧地握了。宁珂的泪水还是流出了一点，他把脸转到一边。红脸膛用拳头打了一下他的胸部："谁说我们的宁珂不是铁铸的呢？敌人打不碎你！"

宁珂这才明白：他被捕等所有情况对方都全部了解。

"组织上仔细审查了……看过了你写的汇报材料。你是好样的！这就是我们的结论。"

宁珂怕遗漏了每一个字，他说："您再说一遍再说一遍！"

红脸膛真的一字一顿又说了一遍，并且又用拳头捶打了他的胸部。

宁珂在这拳头挨上的那一会儿，又想起了身上那些深深浅浅的伤痕，想到了曲绉小心谨慎的抚摸、她洒在上面的泪水……他这会儿才明白飞脚那一次让他"写一写"的建议原来是真正的命令。

红脸膛一遍遍地赞扬和安慰他。他在对方停歇的间隙中，汇报了来省城后、与叔伯爷爷接触以来的全部情况。红脸膛说："很好。他这样也很好。不过我们对他已经是仁至义尽了。每个人的道路都要由自己选择。"他很快结束了关于宁周义的话题，转而谈起支队的情况，说工作的下一步重点是曲予先生、战家花园的四少爷等。"很清楚，我们已走到了决定性的时刻，需要最大限度的支持与合作。"宁珂有些急促地说："平原上再也不应该有战争了，民众已经不能承受……"

红脸膛静静地看着他，后来皱皱眉头："是的。但这不会以人的良好愿望为转移。我们离开了手中的枪，就一无所有，民众也一无所有！"

分手之后，宁珂琢磨得最多的，就是红脸膛最后的几句话。他似乎懂得了一点什么。他这会儿能够理解殷弓迫不及待在山地组织民团的那种心情了。不过那个人太急躁，以至于把一切努力都毁掉了……

应该离开省城了，越快越好。

与阿萍奶奶告别是很让人难过的。这是人生中许多沉重的时刻之一。因为宁珂心里明白，他这次省城之行就是来看望她的。告别的话真难说。

什么时候再相见呢？山区和平原的战火重新燃起那一天，会把一切通路阻塞。可是他不愿想它。他什么也不说。他只是静静地待在她的身边。

"珂子，抬起头来。"

宁珂看着奶奶。

"我……"

"别说了孩子，奶奶知道。"

她把他额上的头发抚上去。宁珂觉得这真像最后的分别。他心里疼得很。突然他鼻子里响了一下，口吃一样说："我真恨……爷爷！""我知道，他管教你太严了。""不，是他不让你回老家……我恨他！""别说了孩子，千万别说。"她去掩他的嘴，他挣脱，她就紧紧地把他的头扳在了胸前。她为了平静他，一下下抚摸着他的脊背，手指都能感觉到那美丽的脊骨在颤动。

"孩子，奶奶多么舍不得你！你离开奶奶太久了，你就该待在奶奶身边……"阿萍扳起他的脸，"孩子长大了，我看着你长起来。你会飞了，就飞到天边上。"

她亲着他的脑壳、腮部，泪水不停地流下来。

宁珂离开一点，后来又紧紧伏到她的胸前。他觉得自己像十年前一样依偎。这儿那么温暖、安怡。她是阿萍奶奶吗？她是妈妈吗？啊，妈妈，妈妈，你在哪儿？

8

　　……我扯着你的手往前，一任脚下的雪发出嬉戏之声。天一点也不冷，这样的温暖让人有双倍的感激。千万不能触碰沟畔上那一排细密的青杨。啊，苗壮的青杨树，一触碰，就有雪朵纷纷落下。还记得那个雪雾笼罩的冬夜吗？

　　我的感激和羞愧在这个时刻积聚起来，达到了一个极致。没有可以推托的方法，我只是羞愧着。你的南方的眼睛润湿了，那是多么善良的抚摸。它照拂了街巷、田野，还有各种各样的动物，最后才有我。我从此就变得自卑了，一种无力报答无力酬谢的自卑。它是羞愧用尽之后袭来的一丝，淡淡的，长长的，把我缠裹。

　　你并不需要我的付出，正像土地一样宽容。可是当我赤脚踏在你的躯体上，我亡命般奔波时，谁能想到你的痛楚？我在饥饿中开掘，割裂，撕碎，就为了寻找一点点食物。我咀嚼和吸吮，来不及喘息，因贪婪而大汗淋漓。然后又是狂奔，是在你的无边无际的身躯上无望而又热切地寻索。

　　大地吹拂着丝丝暖气，雪在可惜地融化，发出小鸟才分辨得出的喘息。这短短的归途啊，你伸出了手，把手掌缓缓合上。它戴不上你施予的柔软的皮革手套。在你的睫毛上，有橘色水珠。雪下着，雪在分解和蒸腾，这个暖冬啊。我捧着你的乌发，水仙花下的石子闪闪发亮。我的隐隐作疼的右膝。你轻轻搀扶了我，于是我在泥泞中走向了遥远，一直向着那片高原。

　　哦哦，我的南方的湿润，我给你诉说那匹红马的故事了吗？似乎已经来不及了。我在某一瞬间，心情的牧场一片荒凉。这是秋天的萧索之后，严霜洗过的狼藉。在荒凉中，你扯紧我的手啊。

我的故事都陈旧了。它陈旧的糖衣下包裹了无尽的辛酸。这是爱抚和救助的故事，是用柞树叶扎起伤口的故事。它是我们两人享用的、续写的、纪念的。在青草地上，有一抹阳光闪烁耀眼。我们都开始盼望一道虹。

在暗自回想中，那份宁静、安稳、端庄，久久地笼罩了无边的黑夜。我多么需要你的援助，我如这长长的夜晚一样需要光的刺破和打击，犹如一道铁犁击打在雪野上。在黑土上播种之后，甘泉汩汩涌流了。玉米田茁壮如青杨林，田垄上印满了想象的脚痕。无冬无春无夏，只有那个累累硕果的季节。谷香涂遍四野，从此不会有饥渴的穷人了。

井上长满了青苔，绳痕勒穿了四壁。这是救命的泉，是大地中央的活水，是映出明天的镜子。在井边依偎着等待天亮，听蛐蛐吟哦。我想去触动那排青杨，你低垂了前额。我在分得笔直的头缝那儿怔住了：我们在一个什么年代里相遇过？是的，我们已经厮守了一千年，在灶火的熏呛下泪流满面。那些安慰的话语啊，叠在一起有一丈高。可惜这些全都被一只神灵之手掩去了，颠倒了。神灵让一切都有一个新颖的开端，然后再让其蓬勃生长，枝叶繁茂，直到遮天铺地，卷起绿绿的瀑与潮，汇成汪洋。

还是无言地对峙吧。无言是滔滔的涌，是凝固的山。无言地、遥远地注视。遥远得像一厘米、一只手臂。当我在熟悉的、生来就寻觅的那种气息中沉浸时，我怎么去申辩、去吟唱、去倾听？不能了，我即将离去，我要远行。那个人在高原上伫立，那个魔力无穷的人哪，她真的铸在了高原上。

这算背弃吗？我会任你责备。这世上已经没有了申诉的言词，只剩下了谴斥的话语。那就来吧。这是你啊，是你的鞭笞，是人类当中最卓越的人施用的酷刑。我不发一言。我只用青春消逝时分生出的黄叶遮去眼睛。在这孤单无援的空间里，我吟出了悲凉刺骨的诗句。这心中的铿锵之声压迫了最难承受的一切。

最后的质问来临时，我的回答依然如故。

真的吗？我说：真的……

她在一边。她在无辜地观望，伤口被撕扯不止。她从前是谁啊？她为什么要同我一起接受戕伐。她的前生不是别的，她是我童年那棵纤弱无靠的红叶树。我的手抚摸过它，它的颤抖像电一样回应了我。原来她是它，她在今天跟从了，没有一句怨言。

你会停止吗？不，你不要停止。我要做个牺牲，我要耗尽自己，哪怕这是最后的一刻。然后再让我们分别。

我一生都将歌颂白雪。它皎洁又忍受践踏，可是听不到一声感谢。那就让我去做吧。它覆盖了大地的轮廓，使其丰腴起伏。它把需要掩护的都紧密捂住，像使用母亲的衣襟。我伸开十指去抚摸、去握住、去拂开……白得不见一丝灰污的雪啊，与那个夜晚的雪毫无二致。就是它指示着清纯和洁净，也指示着严肃和冷静。

这是你的雪，温柔的雪，爱人的和母亲的雪。我被告知在长久的时光里守护它，不被践踏，不被污染，也不被改变。它只能是白的，像光一样刺眼炫目。我多么光荣啊，我经受得太晚了。

看着你含蓄润泽的美目，我又一次羞愧难当。你凝结了那么多，包容了那么多。我在你面前自叮自慰自怜自遣，都不能卸下一点点沉重。我和你都属于这样的雪夜，我们又何等不同。你是雪，而我是泥土。你由于不能容忍而要痛苦地、毅然地化掉。我领受了，我依然黝黑。我在这黎明前的时刻吸吮着。

白雪有一头洁爽逼人的长发，也有一双美目。白雪是银装素裹的纤躯，是晶莹的心灵，是暖煦煦的莹粉，是普天之下最长的一次爱恋，是顾盼，是青春的伤感，是为了告别的祭。

当白雪真的化在你的鬓发上时，我就从云端扑下来，跪卧在你脚边。啊，你啊，你的洁白的心灵洁白的身躯啊，你的纤纤十指啊，为了印证为了明确，就这么贴近了我。

没有一点风。雪下着。

我向你挥手。你成了一尊雪雕。后来夜幕遮去一切。我荒唐地仰脸寻找星星。天上是挥挥洒洒的雪，是你，是沉默又欢笑的精灵，是恩情和喜乐，是宽恕和愿望，是庆典。

我走了，雪。

9

在朱亚身边这段光阴会有多么短暂多么漫长？我不知道。最初的惊恐之后，就是真正的悲哀了。再没有什么希望，只是等待，是祈祷和回想。我已不再留意来来去去的医生的脸色，职业性的消耗使他们变得难以估测。但有一点是确定无疑了：我在最后陪伴自己的兄长、诗友和导师。

朱亚蜷伏在窄窄的床上——这一间大屋子共六张床，都是病危者。半夜走廊传来的恸哭让人撕心裂肺，所有的病人都睁大了眼睛，随着杂乱急促的脚步远去，他们才重新合目。谁都无法睡去，随时有病人疼得尖叫，这声音近在咫尺。护士姗姗来迟，与陪伴人商量：怎么办？你说怎么办？接着照例打一剂止痛针。

所里不知有多少人来看过他们的副所长了，但一个个都默然无声地来，又默然无声地去。他们只想紧紧地握一下手，记住他的最后，却不想留下其他痕迹。如果看望者不期而遇碰到了其他探望者，就有些期期艾艾。我向所里提出，就让我一个人陪伴吧，无论多久，只让我一个人吧。

朱亚的家属没有来。在这紧迫的时刻，找不到他们了。朱亚提供的电话号码不管用，所办公室的人急得发疯。后来他们又一次奔到医院，一遍遍询问，那种火急的样子让人想到了最后关头。朱亚摆手。"可是没有家里人……"朱亚又一次摆手。他们议论着，总算离开了。

我该做点什么？必须放弃一切奢望，只做有意义的事情，哪怕只做成一点点。我苦苦哀求医院里的头儿，并反复说明：我的导师的确太需要安宁了，这是一个人最后的安宁啊。头儿的十根手指抽插着，抽抽插插，问我："谁不需要这种安宁？"我的一双眼在那一刻胀得硬邦邦的，我按了按，觉得它们像石头。"可是，他按规定是有这个资格的。""资格嘛，也不光他有。现在病房就这么挤，等一段再说吧！"

等待死亡的来临吗？

我去找了瓷眼。我知道他完全有能力与院方交涉成功；而且他还可以到高层去求助——我固执地认为他必须这样做。

瓷眼有些疲惫。他看着我，目光仍是那么慈祥。"这是最基本的要求嘛，嗯嗯。我已经多次找过了，还要坚持！你辛苦了，不过时间不会长了……"

他站起来。

我离开了。我心里有个尖利的声音在呼喊："我不相信！我绝不相信！"不相信什么？什么都不相信……泪水在眶中一旋，被我迅速忍住了。因为我在楼梯拐口那儿看到了黄湘。我以为他会停下来问点什么，想不到他瞥了我一眼就匆匆上楼了。

我在走廊尽头遇到了苏圆。她首先站住，用探询的目光看着我。其实她几天前去过病房，我还记得她眼角的泪珠。现在我什么也不想说。

她穿了一条黄色粗布裤子，窄巴巴的衣服扎在腰间。她的浓发缎子一样顺着后肩披挂下来……漆黑漆黑，一种悼念的颜色。那有些长的眼角添了几道红丝，但这眼睛仍像以往那么明亮。"你为什么离开？"

我告诉了她。

她垂着头，后来催促："快些回去吧！"

两天之后，朱亚被移到了一个单间——"干部病房"。它在走廊北面，没有卫生间，很窄小，以前做过器械室，现在病人多，就腾出来了。这儿不见阳光，阴冷潮湿，但毕竟安静多了。我心中被感激填满，但总也不信这会是瓷眼的善举。

我伏在他的小床前。只要有一点精力，他就睁开眼，用目光与我交流。当汗水顺着他的额头流下，他紧紧咬住牙关时，那就是疼痛袭来了。不停地打止痛针。输液器从未离开。我用小酒精炉热粥，用一把小勺一点一滴喂他……他紧紧握住我的手。这来自兄长的、绝望和灼热的谢忱哪。

　　更多的时刻是默默相视。

　　寒风呼啸的深夜，打过止痛针之后，他又用那平静的目光看我了。我不敢说什么。这沉沉的、温温的注视就包括了一切。我一下子就能记起所有的——昨天的平原，那槐花如雪的峰峦，你为我讲小水的故事……这最后的、也是伴随了你一生的故事，为什么要在那时赠予我？你多么珍惜这故事。还有，在那个农场的坟地上，我们无言伫立……那一次他病得多么厉害。在病痛死命催逼他的时刻，我竟然不停地询问陶明教授——他导师的故事……其实有那么一天我会弄懂世上所有大同小异的故事。上帝编造这一类故事时，想象力是如此地贫乏。你的目光平静如湖水。我突然意识到，你已经在整整一天里没有说过一句话了。正这时，你的嘴唇蠕动起来：

　　"为我读、读一页书……读一页可以了……好吗？"

　　我赶紧翻找小柜子上那几本书。当翻到陶明教授的一本著作时，他在点头。

　　我读得非常慢。这是一本磨得边缘粗糙、印制也很粗糙的专著。它的封皮是一种很薄的灰绿色纸张，朴素得就像作者本人。

　　朱亚展开了眉头。他凝住了。后来他把头扭向窗子——从这儿望出去是一幢更高楼房的水泥墙皮。他一直望着。我不忍停止，但我读得很慢很慢，每个字都咬得很实。

后来我停止了。因为我发现了枕边上那个油滋滋的小笔记本。它记录了他心中的吟哦。我取起来。

他一直望着窗子。

火烫烫的液体在流动，淌过之处皆有一道烙痕。我直想蹿起，想呼喊，想永远匍匐在那片黑土上……这是他的歌，他的泪滴和血流，是关于我的平原和大地的声息……这是神秘又绚丽的生之隐秘。我眼前一片模糊，不得不停止了诵读。

他还是望着窗子。

我放下了手中的本子。我发现他的腮部在抽搐，嘴唇发黑。他的眼睛闭得紧紧的。"朱所长！"我呼唤他，他发不出声音。

我按响了急救电铃。医生赶来了。

这是第三次休克了。

10

我相信医生在这两个多月的时间里尽了最大的努力。他们感到了深深的惊讶：原以为他只有十几天的时间了。他们摇着头，注视我，仿佛从我身上可以找到什么秘密似的。

最为惊讶的还是瓷眼。他在朱亚入院时间数满六十天的上午终于来到了病房。他询问了一些事情，拉拉杂杂，什么饮食睡眠之类。其实病人连流汁都无力吞咽了。瓷眼疲惫、沮丧。他大概希望朱亚能睁一下眼。没有。

他站了有十几分钟。好几次那双手在痉挛，奇怪地抖动。他不时去看窗户，嘴唇微张，露出了发亮的镶齿。叹息，磕牙，最后突然用锥子一样的目光刺我一下。我大胆迎住这目光。他退出，到隔壁找护士长去了。

裴济的到来很受院方重视，主要医务人员都出现了……听不清他们在说什么。我想裴济无非是想寻找一个判断：这个人的极限。

我永远不会理解那种不可遏制的焦躁。他的目光、抖抖的手，一切都在告诉我，他正与病榻上的人一块儿经受折磨。

我的不幸的兄长！

天渐渐冷了。我对一个严肃的季节又盼望又恐怖。我担心寒气侵犯这间冷湿的屋子，可又不停地想象洁白的雪朵覆盖一切的情景。那时啊，大地一片茫茫，灰黑色的脏腻将不复存在。还有讨厌的苍蝇，再不会在四处嗡鸣。这座可怕的城市总在秋末吹起阵阵大风，那尖利的呼叫在半夜让人神伤。

我的瘦骨嶙峋的兄长！

两个多月里，我好像飞快地衰老了，再也追不回自己的青春。没有那么多眼泪，没有惆怅和伤感。我的毛发在枯长，没有一点油脂，攥一把干干的。我从来没有刮一下唇上的胡子。因为在过去它只是一层茸毛。可是现在它们长得黑乱。我几乎从不按时洗漱、进餐，整个人的肌肉和关节都变硬了。

黄湘出人预料来了病房，叼着烟，护士阻止他，他骂一句把烟扔在痰盂里。进病房之前他特意戴上口罩。我恨不得把他推出门去。他站在一端，端量了一会儿，摇摇头。

"都有哪些人来过？"他退到走廊里小声问。

我没有回答。

"人是没指望了。这样拖着其实也挺残忍。老弟算尽了力——亲儿子也不过这样。一个亲属没来，是吧？"他踱着步，骂了一句，"人哪，自家人起码得……"

我想迎着他的脸打上一拳。我用力忍了。

黄湘接着又谈勘察队的事，说平原基地那个烂摊子，是他黄湘一个人收拾起来的。"对首长汇报也要拖上我，有什么办法？唉唉，老天没眼，遇上这档子事……"

我分明看到了他嘴角的笑意……可怜的平原，被裁决的时刻就要来临了。我真怕那一天。我的兄长为了保卫和搭救，搏到了最后。让我们为那片平原祈祷吧。

人生当中有多少这样的等待和煎熬？有多少光荣的相守与对抗？这真是一场对抗，无望的对抗。

秋天最后的呼吸是严厉的。所有的叶片都被扫到了泥土上，又在旋风中舞动。一棵棵裸树站在田野上等待冬天。我只有站在窗前，从窗子与那堵灰色墙壁的间隙里才能望到一点天空、泥地，以及飘落的枯叶。每逢站到窗前，朱亚就转过脸来，睁大眼睛望我。我明白，他是在询问大自然最后的消息。我走过去，小声告诉：泥土的颜色、薄霜的消融、落叶、地上蹦跳的小鸟，还有，天很晴朗……他微笑了。

我多么希望当年的那个"小水"突然出现在病室中，那除非是神灵的额外恩典了。还有，他的亲属到底在何方？他的儿子？他们为什么、究竟为什么杳无音讯？……总有一天，当他们得知生父的这一境况，会终生懊悔和愧疚！

　　没有什么奇迹。我从心里盼望的人一个也没有来。但在一个偶然的机会，我得知了一个不大不小的秘密：干部病房胖胖的护士长是苏圆的姨母！我心中立刻一亮。我突然明白了朱亚为什么会如此顺利地从大病房转移出来……我的感激难以言喻。这时我真希望她能来这儿，来看一看，也许是最后的一眼吧。

　　没有。这一段所里来人反而少了。也许是旷日持久的住院让人疲沓了，也许是人们害怕最后的分别……这天下午我离开病室，到护士室只有一小会儿，回到朱亚身边却大吃了一惊：他旁边的小床头柜上，清水瓶中插了老大一束月季花！

　　满室的芬芳。这是深秋的月季啊。

　　朱亚闭着眼睛。我小心地踱到近前。这样过了许久他才醒来，一转脸看到了花束。整整十几分钟他的目光没有移动。后来他的目光又在询问：谁？你折来的吗？我摇头。谁呢？

　　这一大束鲜艳的月季，墨绿油亮的叶片，那细腻晶莹、娇嫩滑润的瓣朵，还有等待的蕾。我好像第一次见到。面对这一大捧、这艳丽这蓬勃，老想哭。它自己带着泪滴——在它的蕊里、在瓣朵之间……

　　我的兄长已经衰弱得没有举手之力了。他在难捱的痛楚中只是紧闭双目。他拒绝发出呻吟。所有的医护人员都感到震惊。任何时候，只要巨痛一过，他就睁开眼。现在他可以注视这生的奇迹：一束鲜艳逼人的月季。

世上究竟有谁真正配得上这样一束绚丽？这是匿名者送来的。我的特别不幸与有幸的兄长啊。

第一场雪在猝不及防的时刻降临了。下了一夜。无声的雪一夜之间把整个世界覆盖住了，像我暗暗期待的一样。这一夜朱亚几乎没有发出一点声息。

早晨，他微微睁了一下眼睛。上午，医护人员来过了，照常的检查、用药。下午，两点多钟时，他的精神似乎好起来。他的嘴唇蠕动不止，我赶紧移过身子，想倾听。不可能了，这是无法分辨的声音。我只能去看他的眼睛。他的目光落在旁边的书和本子上。那是写满了歌子的笔记本、陶明教授的著作。我取到手中，他似乎微笑了。后来他的眼睛又圆睁着急切地看我。我努力地想，想，我想到了平原。我对在他的耳旁说："我将尽一切力量，像老师那样……"他又似乎微笑了。

大约只是一个小时之后，我发觉他想用力把颈部抬起，而头颅却执拗地后仰。我问他，他不答，其实压根就听不见了。一种预感像闪电一样击中了我，头嗡嗡响。那一大束月季浓烈地释放出香气，一瞬间笼罩了病室。我跪在床头，把我的导师小心地托起。我想让他顺畅地呼吸……人瘦成了一把骨头，缩在怀中，这么轻软。

他用力呼吸。满室都是月季花的芬芳。我闲出的一只手不断抹去泪水……突然他的颈部又在耸动，头颅开始颤抖。接着是呕吐，嘴一张，吐出的全是月季花瓣那样的颜色。

我呼救起来……走廊里响起咚咚的奔跑声。五六个医护人员垂手站在床边，呆呆地、无可奈何地看着。

我不停地呼叫。我眼看着他的呼吸在微弱、止息。

月季花的香气越来越浓烈……

11

如果没有这阻隔，没有这无形和有形的阻隔，真是不堪设想。缓解下来、停顿下来，徐徐地降落吧，心情、目光、睫毛，盛开又凋谢的花。到处都无法寻找无法打发的……那一些……如露珠悬起又蒸散。生命融化的秘密不过是这样。生命的隐秘不过是准备赠予另一个生命。对它而言，永远都有一个后来者的期待。期待的徒然和美丽。它的悲壮的美。

你那高傲的步态，曾有人用"母狮般的"形容过。度量时光和距离的迈动啊，让人记忆犹新。我几次想告诉你什么，至少也转述一个故事。这愿望都被你这奇异的步履给踏碎了。那含蓄深邃的目光射向一位鹤发童颜的老者，老者双眼立刻涌满泪水，不得不摘下眼镜一遍遍擦拭。

我面对生的奇迹必须敛息静气。我闭了眼睛，只用听觉捕捉那游动的、如大地呼吸般巨大而微小的气息。它在星月灿烂的午夜飞走，在黛蓝色的山尖停留了一瞬。它凝结在金丝绒一样的玫瑰和大丽花瓣上，又降落在春天平静的湖面。我伸出手，不敢奢望去触碰和挨近，而只是感受你飞翔中掠起的微风和暖流。我似乎感到了，暗暗收拾起这个激动。

我可以规避、逃亡，永远地消逝；但是谁也不能阻止我。我为你而保留了勇气，勇气又支持了我的生命。这是真切又虚幻的、不会死亡的重复。这是我在你的丛林中奔走的汗水。一丝丝擦拭，让我心殿上摆放的银器锃光瓦亮。这样需要一生，毫不倦怠，专心致志，任白发根根滋生。白发是银器的根须。第一根银发让我一阵兴奋，我呼喊着：快啊。

你的饲喂下我长得壮硕强劲。然后就是远行，是在通往高原的险路上攀登挣扎。我于是有一天看到了那个。在那儿微笑，星星闪烁，不再熄灭。我狂热痴迷地准备好了下半生，却忘记了自己的由来。就这样呆滞了末路，直到最后化为一块顽石、长成一棵黑褐色的树。这才记起你温柔的十指，长长的抚弄，你的饲喂。我瞪裂了目眦，心急如焚，却再无力移动半步。我成了高原一粒，西部的沙子，从此永世永生怀抱着不能报答的光荣。

真是对不起你，经历十二场死灭也不能赎回的背弃之罪。让我在心底喊一声吧。

当然你是听不到的。再让我长长地、轻轻地呼一句吧。这样止息着，缓解着，徐徐落地似的。

变成一粒蒲公英的种子，吮吸着飘飞的幸福。你的浓发是我的泥土，你今后要用目光的亮色照耀它萌发、苗长。你从来不懂得吝啬。你的慈悲难以察觉，在我看来却是无所不在。你的怜悯是宇宙间的大幅雨帘，垂挂在一望无际的原野上。你的长臂柔软温情，揽住了多少崖边的孩子，亲吻他们圆圆的脑壳、红苹果似的脸庞。你是他们后来的、永久的母亲。

我一再地迟疑。在夜色消退的时候，你就会看到我。我已经在冰地上站了许久。我没有携带笛子，只在月光下徘徊。无声无息的沃野，无边无垠的夜色。一团团莹粉似的时光由东往西运行，掠过树林时挂满了尖梢，像丝绵和雪。我小心地躲闪，一次次弯腰低头，最后还是有几丝落在了我的头发上。于是我再也揩不掉了。

我的没有着落也没有来由的感念啊，它们一旦涌动起来就无可遏制。我是供奉、交还、叩拜而来的，我为此而跨越了河流、飞沙、焦土和麦地，身上衣衫破损，尘土蒙面。蚂蚁在昏睡时咬伤了我的脚踝，毒鸟在追赶中啄去了我的毛发。可是什么也不能阻止我、牵动我，我一直历尽艰难万险往前赶。脚上的裂痕越来越多，渗出的红汁又化为青紫色鸢尾花。你有一天能够从那曲折的、每年春天都要如期萌发的花棵上，寻到我的来踪。

只有这一次长奔，这一程，没有第二次了。风把我吹起来的那一刻，我就领悟了全部。梦的终止处，是我迈开双脚的启步处。我不敢说出那个字，它太致命。我是那个字的圣徒，有时也是另一个字的圣徒。它们是兄弟，是银币的两面，是星斗的夜显昼隐。请缄口不言，只一意追赶吧。有鸟雀在午夜一鸣，那是告诉你生灵相伴。多么可爱的小鸟，生命。

我来了，太阳升起来了。我迟了吗？

你一语不发，注视我。我看到了这灵魂的光束，它点亮了。这神圣的时光，千万要忍住、再忍住。这是终点上的光。

与这光相伴的，是那娇艳无比的鲜花。灵魂的光束扫到哪里，鲜花开遍哪里。这光束还给了我青春、欲念、力量和忠诚。我终于有勇气说出了那个在心中压迫了一生的字，我说：

我爱你。

第九章

1

战争像间歇的骤雨。团团围拢的云块、嘶鸣轰响的霹雳……山地和平原之弓拉紧，风在弦上尖啸。

黑马镇连日聚会，三千支枪、两千杆铁矛在广场上举起来。出席集会的除了防区负责人、各协会负责人、支队其他首长外，还有身穿长衫、白须飘飘的耆宿贤达。人们的记忆中不曾有过这样盛大的聚会，也没有听过这山摇地动的口号……

港城日夜响着隆隆车声。布防正在紧张进行，上峰视察一月数次。此地既是通向北海战区的航道，又可扼守伸向西南地域的通路，进可攻，退可守。城郊简易机场正加紧修筑，郊区工事也大举翻修。同时市区强化战时规划，对公益设施的控制日趋严密。曲予的医院被要求挂上某军战地医院的牌子，被他断然拒绝。金志港长兼任了城防副司令。土匪八司令中的三位已正式换上官军番号，眼下都属金志调遣。

城内盛传曲予与黑马镇联系频繁，并亲自参加了那次聚会。联系到在医院一事上与金志的对峙，许多人都相信这一传闻。只有极少数人亲眼看到，黑马镇聚会那天曲予先生正在为一个病人做臂部手术，手术结束后又赶赴城里几位老先生的一场酒会。

酒会是为欢迎战家花园四少爷举行的。这位文弱书生不苟言笑，行为端庄，从主持府内一搭子事务以来，已博得极高声誉。几乎所有路过此地的要人都拜访过他，甚至唤他出山。曲予在这之前为他看过病，两人交谈不多，但大致愉快。谈到政治时局，战聪似乎有些拘谨。有人曾经问起曲予对那个年轻人的印象，先生只用两个字概括：难得。

酒会上，众人对战聪一派奉迎，只有曲予寡言少语。好不容易挨到席散，他才与战聪到室外待了一会儿。曲予在迎面吹来的海风中看着这张开阔的额头，忍不住说道："战先生才干过人，又如此年轻，乱世中也该有个选择啊……与匪贼沆瀣一气者决不可为伍。"战聪点头："先生的话我会三思。我从来鄙视那些苟且之徒，尽管现实的纠葛一言难尽……"他们这个夜晚谈得非常投机。

不久有人对曲予先生提到那些流言。曲予冷笑："那天我并未出席什么会，因为压根就不知道。如果将来有一天人家邀请我，说不定我会欣然前往呢！"

这期间发生的另一个重要事件是宁周义的归来。这位在军政界举足轻重的人物虽然年纪渐大，体力也大不如从前，却显得日趋活跃。他在小城逗留的时间不长，行踪隐秘，只有金志和身边几个人知道。这次他会见的人不包括曲予，却与四少爷战聪有过长谈——据说还受战聪邀请，在那座庄园里住了两天。

无论怎么说，宁周义的到来与山区和平原的战局紧密相连。除殷弓而外，几派实力人物经过漫长的争吵、讨价还价，最后总算达成了松散的联合。宁周义在这场和解中当然起到了至关重要的作用。他在纷纭复杂的政治军事态势中，算得上一个枢纽人物。

殷弓这期间与曲予有过几次深谈。他特别想听听对方的意见，每次都由飞脚暗中陪伴到曲府来。两人关在小书房中，沏一杯淡淡的茉莉花茶，话题不外乎"八司令"、宁周义的图谋，还有海北武装在将来冲突中介入的可能性，等等。曲予对这个面色蜡黄、身材瘦小、意志却极为坚强的人物从来敬畏……他尽可能深思熟虑之后再作回答；但不久就发现，对方对所有问题早有一个完整的答案。交谈中殷弓很快换了另一副姿态，也许是一种难以掩饰的习惯：滔滔不绝的话语，时浓时淡的训导意味。直到他自己察觉了什么，这才刹住话头。曲予却充满了敬佩，而且是由衷的。在这位殷司令面前，他真的乐于倾听。

一场以"请教"为开端的谈话结束之后，曲予总会有很多领悟，并自觉地接受了很多见解。

他们谈话时，飞脚与宁珂待在一起。宁珂对刚刚得到的一个信息惊讶不已：那个独身大侠李胡子不仅加入了我们的队伍，而且与殷司令结成了"拜把子兄弟"！"同志之间怎么能这样？这算是……"宁珂睁大了眼睛。飞脚拍拍他的肩膀："你啊！"

飞脚嘴角有一丝奇特的笑意，于是宁珂不想再说什么了。飞脚说到李胡子与麻脸三婶的纠葛——那个女匪极想嫁给他一个女儿，让他入伙，李胡子就是不从。"多么傻硬的汉子，换了我，哼。"宁珂盯住他："你要怎样？""我？将计就计！"

宁珂觉得这人尖尖的眼神和鼻子无法忍受。革命的队伍竟如此宽容。

他明白对方的身份是很特殊的，不仅仅是什么交通员。他已经养成了这样的习惯：不过多地打听自己不知道的事情。

飞脚仍然穿着绸缎衣裤，扎了宽幅腿带子，还戴了一顶黑礼帽。因为愉快，他这会儿叼着那种粗黑的雪茄，歪在床上与宁珂谈话。这床由绮子收拾得无比整洁，散发着玉兰花的气息……这个家伙却和衣而卧。有一次绮子找东西走进屋子，大惊失色。后来她问宁珂："为什么不让你的朋友到客厅或书房？"宁珂只得如实相告："他不同意。""他弄脏了我们的床啊。"宁珂摇头："原谅吧绮子。"尽管这样说，他自己却从未原谅过。

有一次小慧子进屋里找曲绮，飞脚一下子从床上跃起。她叫了一声，躲开过来揪辫子的手，跑开了。宁珂说："这样不好。母亲知道了会不高兴的……"

飞脚撇撇嘴，又说："老宁多么有福啊！"

2

不断有零星的战斗打响。虽然规模不大，却惊动了诸多方面。参与战斗的另一方有"八司令"中的一部分，也有金志的队伍。省城来了谈判要人，黑马镇派出的代表是殷弓和宁珂，而后又有许予明。第三方是外国人：美国的一位高个子。曲予先生也应邀参加了调停谈判，他与金志针锋相对。金志总是满脸赔笑，但目光一转到许予明身上就变得锋锐起来。

宁珂与许予明的相会是最愉快的事情。他们都扳指计算着分手的时间，一阵唏嘘。宁珂从谈话中得知，他与宁缬姑姑仍然打得火热。"你不知我多么喜欢她啊！"他长叹一声。宁珂沉默了。他在这奇特的关系面前失却了评说的语言，只是嗫嚅着："你们……准备结婚吗？"许予明做了个鬼脸："谁知道呢，战争快到了关键时刻……"

　　宁珂对这个战友充满了钦敬，还有痛苦。他为对方的一切奇迹所感动，但不包括那些荒唐浪漫的故事。有一段他想对组织谈出关于这个人生活方面的一些看法，可后来又发现，组织上对这个人几乎了如指掌。好像只是碍于什么，才不得不暂时将这些搁到一边。但问题总要以某种方式加以解决，这是肯定的。宁珂在谈话中不能不想到东部城市中那个长了鹰眼的女子。他实在忍不住，因为那个痛苦惆怅的背影就在眼前跳动："老许，再也不能这样了。你会伤害她们——而她们是绝不能被伤害的！那个鹰眼女医生……"

　　"我从没伤害她！我对她的思念越来越强烈——你怎么会理解我的心情，哎……"

　　谈判期间，零零星星的战斗仍未终止，不过是谈谈停停。小城出版的一份报纸原属中立，尽可能不偏不倚，主旨总是希望结束战争，各方携手共图伟业之类。这期间只有一篇文章格外引人注目，作者正是曲予先生。他直言不讳指责某些人居心叵测，恃武妄行，荒谬到了兵匪勾结。他大声呼唤民众，言辞空前激烈。

　　人们都明白，除非是曲予这样的人物，其他人若写出这样的文字，报馆不可能刊登。这些言辞与黑马镇出版的油印小报如出一辙。尽管如此，小城的报纸仍然得以生存，只是被当局训斥再三；半月之后，因为形势愈加紧张，报馆终于受到了严厉制裁，勒令休刊——当它重新与市民见面时，已是不折不扣的官方报纸了，版面上充斥了同一类言论，无非是对黑马镇一方的谩骂。

曲予受到的刁难越来越多，无论是医院还是曲府，常常有人寻衅滋事。金志指示警察干预，实际上那些手持木棒的家伙不过按时从门前溜一趟，对一切不管不问。与此同时，对医院病房的突击搜查倒越来越频仍，借口是战时状态，防区内所有客店、货栈和公益场所，都必须接受保安联防的检查。那些戴着臂章的人半夜吆吆喝喝，对医护和病人推推搡搡，毫无道理可讲。

曲予渐渐由愤怒转为轻蔑。他终于明白这是一种最后的疯癫。他记起殷弓以前说过的一句略显生硬的话："中间道路是没有的！""是的，没有！"这就是曲予现在的回答。

宁珂越来越多的时间在外面，已很难频频返回曲府了。只有飞脚往来如初，这是曲府一直感到费解的。曲予有时甚至想，世上原本就有那么一些特殊人物，他们有着特异的能力，似乎能够毫不费力地超乎一切之上飞翔……这些日子里，他相信自己与飞脚的关系更为密切了，并将其视为另一支力量的代表和化身。

曲绡对丈夫充满忧虑。但她总是回味丈夫在温煦的长夜里所描述的未来。她从未怀疑，胜利之后的平原将会鲜花丛生。等待吧，我在等待啊！这之前她曾要求到黑马镇，与宁珂一起，由于母亲和淑嫂的坚决阻止才未成行。午夜里，她无法忍受剧烈的思念，就一个人在玉兰树下踯躅，或去找母亲和淑嫂。

她久久地伏在她们的肩头。

淑嫂年纪比母亲小一点，眼角开始生出皱纹，可整个人还是那么清爽秀丽，身形一点也不臃肿。她身上总是散发着浓烈的花草香气。绮子把她视为妈妈一样的人，可以随时撒娇、抱怨、倾吐隐秘。她发现妈妈对淑嫂那么好，她为此而感动。有时她叫淑嫂为"姨"，有时直呼她"淑嫂妈"。淑嫂喜欢这奇特的称呼，但还是说："这是世上最古怪的叫法了。"绮子伏在她耳朵上说："淑嫂妈！我们一辈子在一起……"

淑嫂抚摸着曲绮那一头浓发，流下了泪水。

"孩子，曲府经历了那么多，不过真正的大动荡才刚刚开始，也许有好一阵艰难呢。挺住吧，好好爱护爸妈，他们真难。有难过的事只跟我说，别让他们再烦了，啊？"

绮子点着头。

分手时淑嫂又想起什么，叮嘱一句："不要单独和男人说话，我是说那个刘交通员……"

深夜了，曲予还没有回来。淑嫂和闵葵到医院去找，也没有他的身影。她们回到家等待，牵挂得不得入睡。这天正好停电，她们就在厅堂里燃了蜡烛。

午夜两点左右，大门响了，曲先生回来了。他的模样让全家人吃惊：头发有些乱，面色灰暗，双眼布满了血丝，嗓子也有些哑。他把围巾轻轻放下，低着声音说：

"战争开始了。"

全家人呆望着，一声不吭。

原来持续半年多的谈判终于破裂，敌人已经沿着铁路线和公路推进，如今已是重兵压境。境外战斗已经开始，华东、华中都有激烈战事。

曲予说，他今天想正式辞掉小城参议一职，请教一下那边的人，回话是"何必如此"。他极为焦愤，不知做点什么才好。整整一天没有吃东西了。闪跳的烛光下，一家人围坐一起，心收得紧紧的。闵葵去为先生准备晚饭，当她端来热气腾腾的汤钵时，远处传来了一阵枪声。曲予无心吃饭，站在窗前遥望那个方向。他自语："是黑马镇吗？"

第二天，防区司令部正式接管了曲予的医院，每天都有士兵把守大门，并监督了门诊和病房。这一点与最紧张的年头一模一样。医院里的人都预计，不久即将有伤号从前线抬下来。这所全城唯一能做较复杂外伤手术的医院，对于这场战争是太重要了。挽救生命是医生的天职；令曲予和朋友们深为不安的，是不能为另一支队伍提供这样的帮助。他们需要手术器械和医药，而这些极为宝贵的东西在今天已不可能运抵了。

许予明和飞脚仍能设法进城。许予明总是化装，而飞脚连那个也不屑于做。有一次曲予打听李胡子，飞脚脸色阴沉，骂了一句："土匪坯子！"

曲予再问，对方不答了。

后来许予明私下里告诉：李胡子与殷司令成为拜把子兄弟之后，一度甚为诚笃，对殷弓言听计从，而且召集过去的一些老友做了一些大事，有力地回击了敌人。有些斗争极其复杂，如果不是李胡子参与，要得手是不可能的。但久而久之，他与殷司令的合作就不那么如意了，比如他不愿出面组织一支队伍——而这对他来讲是极为方便的，因为那些散在山区和平原的好汉们没有一个不听他的。他还坚决反对殷弓对麻脸三婶的一个"策略"……许予明说："反正李胡子很倔强，改造的路很长……"

许予明和飞脚来到曲府，闵葵与淑婶就要准备下好一点的饭菜。而平时一家人的生活极为简单。先生对日常的餐桌有严格规定：如果荤类中有鸡，就不能有鱼鸭之类，反之也是一样。而现在为了这两个人，算是破了大例。

曲绪大多数时间跟父亲到医院去，偶尔关在书房中。有一次她读累了揉眼睛，一抬头见飞脚正在窗外往里窥望……她立刻走到窗前，刷一下拉上了布幔。

3

对于黑马镇而言，似乎来到了一个严峻的时刻。境外敌军从西南部压向山区和平原，并逐步完成对根据地的包围。形势的危急，在一般民众眼里也十分清楚。这一带可以依赖的武装主要有三支，但人们心里最看重的还是殷司令的队伍。前些年的黑马镇大劫还深烙在民众心头，这一次就格外恐惧。

一部分人逃到了小城以西地区，那里是另一方的势力范围。逃走的人并无政治倾向，而纯粹是出于惧怕。在殷弓一方看来，这是多么险恶的征兆。

飞机常在小城上空盘旋，有时飞得很低，那巨大的轰鸣就像残酷的预言。不少人感到这场战争的结局差不多已经有了，那就是殷弓他们的惨败。这种看法好像越来越有道理，因为传说黑马镇上的武装正在开始撤退。

这个消息不久被证明是真的。很多人心情沉重起来。小城里军队越来越多，防区司令部午夜灯火通明。宁周义参与指挥了三路军队向黑马镇根据地的进逼，并要在一个星期之内完成包围——这就是殷弓他们火速撤离的原因。支队的大部人马进入海边丛林，利用密林与复杂的沙丘链与敌人展开周旋。

宁周义是一个非常熟稔军情民情和地理要素的人物，最早着力组织民团，并亲自接见八司令中的几个头儿。一支混杂的武装得到了空前的联合，他们主要在丛林地带活动，起到了正规军起不到的作用。这支联合武装编为一个旅，宁周义多次吁请战家花园的四少爷出任防区副指挥，除战家武装之外，一并统辖这个混合旅。战聪迟迟未决。

那是殷弓他们从黑马镇撤出后的第一个月。兄弟部队正在山区与敌人展开运动战，吸引了敌军的大部，这样殷弓就有了战略反击的可能。他决定消灭黑马镇以西的敌人，有可能的话向南转移，与山区部队配合作战。战斗一开始进行得非常顺利，但由于没能在原定时限内解决战斗，就陷入了危险的纠缠。这时小城和黑马镇的敌军开始增援，支队只得仓促返回丛林地带。谁知宁周义苦心经营的那支混合旅伺机出动，配合正规军，来了一场异常凶悍的夹击。

这是多年来殷弓所经受的最惨烈的一场战斗。从中午一直打到深夜，那支混杂部队夜间作战如鱼得水。支队倾尽全力解脱，直到接近黎明殷弓才率领部队突出重围。遭受重创的队伍一直向东，在离黑马镇东北四十多公里的村落驻扎下来。

这支队伍损失了一千多人，另外还添了一百多个伤号。殷弓的一张脸蜡黄蜡黄，牙齿咬得格格响。怎么索还这笔血债呢？

支队领导对这场战斗进行了痛苦的总结。除了殷弓、飞脚和宁珂，许予明也参加了，他是因为殷弓的特别请求而留在队伍中的，不久将被任命为副司令。许予明毫不客气地批评了殷弓的决定是一次不可原谅的草率，而且在行动之前未能开几个战前会议，进一步分析敌情，倾听不同意见。殷弓不语。飞脚没有发表意见。宁珂实在忍不住，憋了又憋，最后还是说了一句：

"我同意予明同志的分析。"

飞脚看了他一眼。

殷弓检讨几句，站起来。他转向大家，后来几乎是面对着宁珂一个人，咬牙切齿说道：

"我一定宰了宁周义这个狗娘养的。"

宁珂抬起头，像是对着头顶的一片星空说话："他双手沾满了革命战士的鲜血，是凶恶的敌人；但他不是'狗娘养的'。"

"他就是狗娘养的！"殷弓差不多要吼起来了。

会议很不愉快地结束了。

整个队伍都在复仇的气氛笼罩下，但一时难有大的动作。伤亡太惨重了，休整的过程会是漫长的。这期间殷弓与李胡子有过一次重要谈话，唯有这次谈话使这个独身大侠颇为动心。他再不像过去那样一口回绝，而是答应考虑一下……他牵着自己那匹雪青马走向林地，看着西天流云，徘徊良久。

他并未与这支队伍一起遭受这次劫难。当时他正接受一个重要任务，去了东部城市。那是一次铤而走险。他喜欢独往独来。他在有些方面酷似许予明，但比那个人骁勇和野性多了。任务完成后他在干娘家待了几天，就错过了这场惨烈的战斗。

那是他在二十多岁认下的一位孤寡老人。当时他负了伤，老人把他藏匿了，照料得无微不至。离开时他跪下了，并从此把老人当成亲生母亲一样。严酷的战争环境使他心冷如铁，但望着老人那双眼睛时，他常常双泪长流。他自己都被这突然迸发的、难以遏止的情感震惊了。他的心头再没有虚空，那儿存放了一位老人。如果日子久了没去探望，干娘见了就会上上下下抚摸一遍，找不到新的疤痕，才长长地松一口气。加入殷弓的队伍之后，他看望干娘的次数越来越少了。她说："孩儿，妈知道你要干大事情。不过千万别磕着碰着，得多长个心眼……"

李胡子望着天边的流云时，首先想到的就是干娘那双眼睛。云越来越红，像凝结的血。身后的雪青马长嘶一声，他回过身去。

他对殷弓说："让我去试一试吧！"

临行前，殷弓紧紧地握了握他的手。太阳升起的那一瞬，李胡子翻身上马，向着西边的茫野急驰而去……

他这次是去会见一位恩人和挚友，那个人就是战家花园的四少爷战聪。随着战局的变化，战家花园的武装日益强大，而且还驻扎了大量官军。战聪出山的消息传得很盛，甚至有人说四少爷已经走马上任了。造成这一结局的仍然还是宁周义，他不但看重那个人不凡的才具，更重要的是想借助战家花园在广大平原地区蓄养了长达几代的气力：人望与财势，还有他们与国外的关系——必要时可以到海外奔走。战聪的倾向是如此重要，这点不仅是宁周义，就连殷弓也再明白不过。殷弓一想到战聪心上就有一股说不出的感觉。那是焦躁和愤懑，是类似饥渴一样的感受。

他要求李胡子至少在战家花园住上一个星期，用充分的时间了解战聪的思路、眼下的状态，对其来一个有力的争取。李胡子一开始并不明白这事为什么非他不可，他有些着难，搓着手说："四少爷可不是一般的人，他心里有铁样主意。"

"那就把这块铁揉碎，把他说服！"

"这……我试试吧。"

殷弓尖亮的眼神逼住他，下腭由于过分用力而微微前凸："不是试试，而是必要做到。"

"如果实在说服不了呢？殷司令知道，他的学问太大了，他要抱定自己的主意呢？"

殷弓闭闭眼睛："那就把他处置了再回。"

李胡子吓了一跳："你是说杀了他？"

殷弓点头。

"天！这是干什么，这是不仁不义——兄弟，做事要对得起天地！"

"还要对得起民众！对得起死去的一千多革命战士……这是组织迫不得已的决定，执行吧！"

那天李胡子就是在这场谈话之后，牵着雪青马走开，独自仰望西天的流云……

4

战争进行得不像有人想象的那么顺利，也不像有人预计的那么糟。由于华东西南部战场上敌军的失利，山区和平原一带压上的重兵不得不向南收缩，这样整个地区只得让金志独撑了。殷弓的队伍很快与在山区活动的另一兄弟部队携手，连连取胜，仅用了两个多月的时间就重返黑马镇。这是平原战局一个了不起的转折。

金志的队伍差不多一直缩在城区；那支混合旅也仅仅是勉强控制着通往海港的几条交通要道、除黑马镇之外的一两个重镇。人们明白，只要西部和南部的战局不向有利于敌军的方面转化，那么山区和平原的形势只会越来越好。

曲府开始洋溢着欢愉的气氛。白玉兰的叶子油亮油亮，草坪在雨后泛出新绿，无数的鸟雀飞进来，不停欢唱。身穿工作服的曲？？？？和小慧子又到花圃中去了，淑嫂帮闵葵搬弄需要晒洗的被服。太阳的光辉透过明朗的天空悉数洒进院里，这儿有了突然光临的春天。空气中弥漫着田野的香气，这又提醒他们正处于秋季。是的，这是青纱帐茂长的时刻，是殷司令他们的季节。他们是民众的指望，有了他们，就不会有黑马镇那样的劫难！无论什么时候，只要一想起那场铺地而来的血流，人人心上都会颤抖。"他们该回来了，孩子们不知怎样了……"闵葵和淑嫂盼着宁珂能回来一次。她们扳着手指计算。两个多月了，这期间只有飞脚来过，而且也来去匆匆。他是为药品之类的事进城的，在曲府过夜。曲予当时满怀信心问他小城解放的日子，对方回答说："快了。"曲予兴奋得彻夜不眠，好像小城易手的时间表真的操在飞脚一人手上。那天早晨他迷糊了一刻，刚走出屋子，就看到淑嫂端着一碟粽子。她在门廊前站住，等他过来。早晨的朝晖映着她那双又大又亮的眼睛、那一溜黑长的睫毛。淑嫂说：闵葵正给飞脚准备早餐，她怕先生谈话晚了，起不来。

"你知道吗？快了！"

淑嫂的大眼亮晶晶闪烁，抿抿嘴角。她真想叫一声"先生"，告诉他，你的心思全在一处了，你已经许久没有好好和家里人说说话了……粽子冒着热气，他们在桌前坐下。曲予像个战略家一样分析战局，最后说："我料定也是快了。港城很快成了孤岛。"

"可是！先生……"

"你说。"

"越是这样越要小心呢，金志的人什么事都会做得出。前几天码头上逮了一些人，有人给暗杀了……"

曲予沉下脸："我知道。"

"先生自己也要小心啊！"

"他们对我可不敢！"

"先生千万小心……"

曲予抚摸她长长的、乌黑漆亮的头发。淑嫂一动不动，凝住了一样。这样有一刻，突然她哽咽起来，伏在他的身上。多么漫长的时光，犹如一个长夜无边无际，她和他只是遥望着那点点星辰。当朝晖四浸的时刻，他们才会相聚。这夜晚长得无边无际……在粽子的香气弥漫中，他们久久依偎。淑嫂的泪水打湿了他的颈部、脸、那好久没有修过的唇须。他抚着她的身体，像是要最后一次记住什么。她简直被这种抚弄给惊住了。"先生！"他不回应，闭着眼睛，像是沉入深长而久远的回忆。"先生……"他仍然闭着眼睛。这样许久，他才停止。他吻了一下她的额头。多么美丽、开阔的额头。

"我得走了……"他站起来。

"先生还没有吃饭呢。"

"我得去送飞脚。"

曲予跨出这间厢房时，淑嫂的心都要碎了，仿佛这个男人再也不会归来似的。

曲予到了餐厅，只有闵葵坐在那儿。"飞脚已经离开了——他说不打扰先生了，就赶紧离去。""可我有要紧事情要他向殷弓说呢——我要见一下殷司令。""你们不是说了一夜吗？""没有，他很倦，很早就睡了。我倒一夜没睡……"闵葵看着男人，发觉他的头发有一多半白了，眼角那儿皱纹纵横。一个人怎么这么快就衰老了？还有那背，弓得多厉害。可是她也同时发现，这是她这些年来所看到的最兴奋最欢愉的一个男人了，虽然那明亮的眼神里泛着稍稍的焦躁。

"那我得去一趟黑马镇了。"

曲予一下下搓着手，两脚不停抬动。他转脸四下看看。"绺子呢？还有小慧子他们？"他突然那么急着见到这两个孩子，竟呼喊起来。

闵葵问他什么时候去，究竟有什么重要事情。他说也没有什么，只不过想马上看到那支队伍，有可能的话就尽快返回……闵葵呆望着男人。面前这个人忙了一生，几乎每一刻光阴都不舍得空耗，这会儿却想无事漫游般的到那个危机四伏的原野上去。她摇摇头，说先好好歇息几天吧，等宁珂回来，由他伴你一起吧。

曲予勉强同意了。可是他无心再做任何事情。往常那个医院就像强磁般吸引着他，他把大部分时间打发在那里；再就是到书房里去坐上小半天。这会儿都不能了。他不得不到院子里散步，惊愕地看着那些悬挂在树杈上、廊柱上的鸟笼：曲府竟然热衷于这一类毛虫！他看着那只杜鹃、那只百灵，实在觉不出它们有什么好。

小慧子托盘里盛着剪下的花枝走来。这姑娘有些胖，再不像过去那么灵捷。她有二十五六岁了吧？曲予突然记起她该有一个去处了，这是非常火急的事情——他在内心使用了"火急"两个字，连自己都觉得有点怪。前些日子淑嫂暗示飞脚曾经与小慧子有点什么，问了闵葵，她只说小慧子伏在她肩上哭过………曲府里让他操心的事可太多了，她没有多说。只是后来他才知道，飞脚做得太过了，又不想娶她。小慧子要死要活，是闵葵和淑嫂费了好大心思才把这孩子劝住。曲予愤懑懊丧，真恨不得把飞脚逐出曲府才好。但他想到了那支队伍，还有宁珂，最后总算忍下……小慧子走到跟前微微低头，这使他看到了她头顶分出的一道清晰的中缝。"先生……""孩子！"

曲予发出这声呼唤时，心里一阵热烫。他看着小慧子走开，自责陡然涌起。他发现自己并未像关心曲绡那样关心这个孤女。还有清濡，那个忠诚的人眼下怎样了？自己什么时候才有机会与他一见呢？如果还来得及，他准备从黑马镇归来时专程去一趟荒原，去看看那人亲自垦出的一片田园、垒起的茅屋。待做的事情太多了！一切都被可恶的战争给耽搁了！

这一夜闵葵让曲予好好休息。可是深夜了，他还是兴奋得很，在她耳旁诉说不停：关于童年的故事，他与她的第一次相识、热恋，以及海北城市中度过的艰辛而甜蜜的生活……这些情景在她面前一一闪过，真的如同发生在昨日。"你啊，你的心还是那么年轻。"闵葵激动得泪花闪闪。

他们谈到了小慧子的婚事、淑嫂和清淘，谈到了将来复兴这座城市的医疗事业及其他——我们就要胜利了啊！天不知不觉亮了，曲予两夜未眠竟然毫无倦怠。他的两眼仍那么明亮！起床后的第一个念头又是去黑马镇。

"你怎么去呢？乘车吗？"闵葵知道他外出常常坐医院里那辆模样怪异的汽车——有一次她就陪丈夫坐在上面，迎接过一个长了一张阔脸的著名将领。

曲予摆了摆手："不，我要骑马。"

那是一匹最好的纯种红马，就像宁珂所说的，如同他那位浪漫的父亲骑走的那匹一模一样。这马跑起来多么快，上次黑马镇大劫的前夜，宁珂就骑过它。从那时到现在，曲府一直精心饲喂着它。

太阳升起时，曲予上路了。当时整个城市都笼罩在一片橘红色里。

5

有人见到李胡子从马上下来那副模样，大吃一惊。他不仅是疲惫、面无血色、头发蓬乱，还显得沮丧透顶，显得绝望和胆怯。这在他来说是从未有过的。

他把头上缠绕的东西——那块黄中透蓝的古怪头巾一把扯下，然后直奔帐篷找水喝，那匹雪青马随便拴在一棵杨树上。马儿啃着地上的胶东青茅，一声不吭。这样过了约有半个钟头，李胡子从里面出来了。

有人报告了殷弓，一会儿殷弓披着人们都熟悉的那件灰棉大衣出现了。他生冷的目光瞥了一眼李胡子，李胡子的手搭到对方肩上，又抽回，搓着胡茬浓旺的脸，"唔"了一声。

他骑着雪青马离去了十天。这段时间够长的了，这边的人一直听着消息，结果什么也没有发生。殷弓额上的小青血管鼓起来，忍着什么说："进去谈吧！"李胡子摇头："一起走走吧，我闷得透不过气来……"

走走停停。李胡子难以启齿。怎么汇报这十天来的经过呢？两手空空，怎么去又怎么回。

那天他真的踏进了战家花园，面对着戒备森严的庄园倒吸了一口凉气。这儿分明变成了一座兵营。在这儿来来往往的大都是身穿军服的正规军人。他判断这儿大概属于敌人的一处总部，很可能与西部小城的防区司令部有点区别。看来四少爷也不是过去的四少爷了，通报了姓名之后，就有人把他安顿下来，马儿饲喂起来，直到多半天时间过去，才有人叩门。

来的就是战聪。人像过去差不多，没有穿军装，而是西服，结了领带——李胡子觉得他与自己几年前第一次见到的宁珂有些相像。一样的文弱、洁净，都有些内向和含蓄，竟然不会哈哈大笑。不过李胡子知道这样的人中也有一些义气人物，比如眼前这位。他们热情地见面，接着互相询问分手以来的一些事情。李胡子谎称自己还是独自往来，令战聪分外愉快。战聪说一场从未有过的催逼来临了：对人的催逼。他已经不可能保得住这座传递了多少代的富豪宅第，它命定要衰亡，并不足惜。最困难的是人在乱世中有个归属。他说归国后一切都令他惊讶和失望。他静下心研究了许多问题，发现一方是腐烂，没有新生的机会，也没有治乱的能力；而另一方则没有根底，基本上依靠一种野蛮的力量——这就更为可怕。战聪叙说中，暗自发现与宁周义的某些言论稍稍契合，也就闭了嘴巴。

李胡子以自己多年闯荡江湖的经历，说明什么才是最"野蛮"的。他把已经在心中抱定的那份希望，描绘得光明灿烂——当然这些都用他那独有的直爽率真的话语说出。战聪用心听过了，仍旧摇头。这就是他们最初的交谈。

后来又有过多次长谈，李胡子终于明白面前这个人不仅不可移动，而且还具有极大的牵引力——希望自己振臂一呼，收集旧部，与战家花园合而为一，做出一份像样的事业呢！李胡子深长地吸了一口冷气，说："老弟，听大哥一句吧，江山不会落到那拨人手里。"

战聪长时间没有答话。后来他一只手按在李胡子肩上，头垂下来说："是啊，我也明白。在这里，什么比得上野蛮的力量大呢？它一经打扮，就尤其不可战胜。民众无力识别，再说民众从来不会关心久远的事情，他们只想抓住眼前……"

李胡子差点跳起来。但他找不出什么反驳战聪，只是昂着脖子叫道：

"明知那一伙子要完蛋，兄弟为什么还要死跟上？嗯？"

战聪苦笑了。他让李胡子坐下，然后吸起一种洋烟——这好像在提醒二者之间的经历和差异是多么大。李胡子大失所望地叹了一声。战聪吸着烟，慢吞吞地说："我的选择，可不是以胜败为依据的，我相信老哥也是这样吧？"

李胡子被他说得一怔。

李胡子不难回忆起宁珂、飞脚和殷弓与自己的无数次长谈。强烈吸引他的不是那个"胜利"，而是夺取"胜利"的那个理由……他心里朦朦胧胧，但那个理由一直在心里燃烧。他苦于不能用这同一个理由去打动面前这个人。他恨透了自己。

这个夜晚，他不得不想殷弓最后的嘱托了。杀掉这个人很容易，不过自己也要在今后的岁月中受内心折磨而死。他想仇恨这个身穿洋服的年轻人，有时真想从这张瘦削的、微微发黄的脸上找到一种厌恶的特征。没有。没有厌恶就不会杀害。相反，还滋生出一丝丝钦佩。他钦佩的是对方始终如一的真实、诚恳。这在乱世里需要多少勇气啊。

就这样，他在第十天里告辞了。

殷弓了解了全部过程，一张脸变得蜡黄。"你会为自己的软弱后悔的。"

"我……兄弟，我还是不能做不仁不义的事……"

殷弓在原地转动、跺脚，直过了很长时间才冷静一点，说："你把那一套带到这里来了，你要怎样？难道忘记了你现在是什么人？你在干什么？你是个革命战士！你在姑息，你丧失了立场！你已经非常非常危险——组织上要总结你这一次的情况，给予相应的处分。你知道，我们每一次丧失机会，或犹豫或胆怯，都会使民众、使我们的战士流血。也许我们对战聪的决定真的残酷了，但这是同志和战友的鲜血教给我们的。"

李胡子全身发抖，说："那就处分我好了，我是个不合格的战士，不过……处分我好了！"

殷弓觉得他的声音不对，抬头一看，见两行泪水顺着鼻子两侧流下……

这是殷弓的队伍打回黑马镇前夕的事情。那场激烈的谈话不久，有情报说：战家花园的四少爷已正式宣布了自己的立场，并出任防区副指挥，改战家花园为作战司令部。一支富人武装同时形成，再加上"八司令"的呼应，一时黑云翻腾。

敌人主力那时并没有南撤的迹象，所以殷弓处于最为艰难的时期。这种失望和仇恨的情绪蔓延到了整个队伍，后来还发生过开小差的恶劣事件。殷弓把人召集起来训话，有些失态地喊："在这种时候撒腿跑开的，抓回来我要亲手砍他的头！"全场人吓得一声不响。

那次训话许予明和宁珂都在场。他们后来对殷弓提出了自己的看法，认为这种粗暴的方式无论如何是不得当的。殷弓怒气冲冲地喊："都什么时候了，还来跟我捣这个蛋！"

宁珂觉得一股血涌上头顶，刚要说什么，许予明用目光把他制止了。

后来殷弓消了火气，又主动找宁珂谈话，承认了自己过分性急，而革命是需要韧力的。他接着引用了解放区一位领导人的话批评自己："这样久了，是会犯'左派幼稚病'和'盲动主义'错误的。"宁珂很感动，同时明白了殷弓作为一支队伍的主要指挥员，身上所具有的那种深刻性、那种非同一般的涵养。他请对方今后对自己多加批评。

殷弓接着对宁珂探讨了一个非常重要的设想：如何将牵制和争取宁周义的工作加以结合。宁珂听了大惊：难道现在又要"争取"那个十恶不赦的家伙？殷弓表示：只要有一线希望，就得那样做。他说自己经过反复考虑，宁周义之所以敢放开手去做，就在于无所顾忌——山区的宁家已不让他动心，一方面那里有军队保护，另一方面也没有让其牵心动肺的人。如果阿萍居住在山区或平原，他就不敢如此放肆了。他能软一点，我们做他的工作也就容易多了。

这样的分析无论如何也有几分道理。宁珂正在琢磨其深层意义，殷弓突然又问：

"阿萍不是从来没有到曲府、也没有回宁家来吗？"

"是的。"

殷弓把身子探过来说："那么可不可以请她来一次？我是说让她住到曲府——那里是他们的地盘，还是相当安全的……关键是怎么请得回……"

宁珂马上想到这是对阿萍奶奶极为不利的一次冒险，于是大声反驳道："这怎么可以？这是绝对不行的！"

他的脸涨得通红。

殷弓长时间看着他："请别那么急躁。我不过是随便说说……"

6

　　她们都记得，往常曲予出门时可不是这样。有时他要离开很长时间，但也只是离开而已。这一次似乎有什么不同，她们都感到了，只是谁也不说。当红马的蹄声越来越远时，淑嫂突然忍不住哭起来。闵葵没有去劝阻。是啊，在这个让人哭泣的年月，曲府里的人真是忍得太久了。

　　小慧子在院里走动，无心做任何事情。她后来一再问：曲先生什么时候回来？闵葵说："你这孩子，他下午——顶多明天上午就回来了……"

　　曲绡一直伴着淑嫂，因为她们这会儿谁也离不开谁了。"妈妈说爸爸两天两夜没有休息，又在马上颠簸，怕是吃不消……爸爸性子急，非要去那里不可，就风风火火走了。谁劝也没用。妈妈说他两眼发亮，兴奋得吓人。妈妈说爸爸从来是沉着的，从来也没有这样啊！"淑嫂的手指插在绡子头发中，哽咽着："我最后悔的就是没能拦住他。路上太乱了。也忘了嘱咐：天黑了就等一天返回——我知道他在那儿待不下，不过是去看一眼，也许只看一眼就回……"

　　曲绡望着淑嫂，觉得爸爸真是不可思议了。

　　闵葵给一溜十几个鸟笼喂食添水，又把窗前的吉祥草、石竹和芦荟浇了，把它们搬到另一个地方。书房桌上摊着先生刚看了一半的书，旁边是一副檀香木小什物盒、一对红硬木健身球。她把它们收拾起来，伸手摸了摸那个窄窄的小床。那种温暖而熟悉的气息仍然充盈着。一股奇异的惆怅涌上来，她把窗幔拉严，又插了门栓。她坐在床上，一动不动。好像又置身于海北那座城市、弯弯曲曲的小巷尽头、一间有棕色家具的小平房里。那四周充满了茉莉的香味，它是这座陌生城市的居民最喜欢的一种花；除此而外还有一盆盆君子兰，但它们美丽而不芬芳……那时她静静等他，偶尔鼻孔那儿飘过一丝他的气息。不知多久，熟悉的脚步声响起来，她的心就一阵狂跳。门开了，灰布长衫的下襟一展闪进来。丈夫在那个荷兰人身边又忙了一天，身上满是浓烈的药味儿。他们紧紧依偎，拥吻许久……而今她觉得这一天过得真是太漫长了。她后来伏在小床上，在那个压了一个凹痕的枕上不停地嗅着。

中午过去了。闵葵回了自己屋里。绩子进来，她又让孩子去陪淑嫂。她想睡一会儿，这样时间过得会快一些。睡不着。于是又点上那个有很多叶片的灯，待指示灯亮起来，就拧开那个小柜子一般大的收音机。涓细的音乐，嗲声嗲气的女播音员，一塌糊涂的关于战争的消息。人哪，人这是怎么了？难道我们这些直立着走路的动物真的存心要毁掉自己吗？这样有什么好处？如果有一只看不见的巨手及时按住那些灼热疯狂、又是丑陋凶暴的头颅该有多好啊。先生啊，我们还有时间再生个孩子吗？你说过，等战争结束了的那一天，就让我们有个儿子吧！

闵葵剩下的时间里就想象着那个未来的儿子、他可能生成的模样：粉红色的面庞、小脚丫胖胖的、圆脑壳上覆盖的黑发、大黑眼睛中藏下的顽皮的笑……

小慧子怯怯的敲门声。闵葵让她进来。"有人来请先生了……"闵葵的心扑扑跳，后来才听明白：今天下午参议会要开会。她摆摆手："告诉他们，先生有事不能去了。"

小慧子刚走不久，又是曲绩进来，说有两个横眉竖眼的家伙闯进来，四处打量，说是给先生下帖子：金司令官请他赴宴。闵葵气呼呼地说："先生早就不赴宴了，你告诉他们，先生与金司令已经没有来往了。"

曲绩去了之后，外面传来一阵吵闹，闵葵只得出去。

两个人都二十多岁，戴着礼帽，脸上泛着油光。他们见了闵葵忙摘下帽子施礼，露出了两颗修得十分精心的分头。闵葵压住心里的厌恶说："回去告诉你们长官，我们家先生正忙着，他在战时不赴宴。"两个油腔滑调的年轻人说："金司令说帖子要交到曲先生手上才行。"

他们缠磨了一会儿，还想进入大厅，闵葵终于发起火来。他们伸伸舌头溜掉了。

天快要进入黄昏了。这是一天里最美丽的时刻，晚霞把大地涂得一片绚丽，那一溜玉兰树、树下的草坪，都闪着一种暗红色。几只杜鹃突然鸣叫起来，百灵也发出了长吟。这不是歌唱，这是鼓噪。闵葵、绩子、淑嫂和小慧子，都不约而同地走到了院子里。先生怎么还不回来？

又待了一会儿，淑嫂和绩子她们只得去准备晚餐了。闵葵自己坐在玉兰树下的石凳上。天空出现了极少见的景象：一些垂挂下来的流云彤红彤红，又被气流吹得断断续续，像是从肌体上撕裂的什么，一片淋漓。闵葵正仰头看着，突然听到了一声嘶鸣。她一抖站起来，抬腿就往门口跑去。

灰色大门关着，被什么一下下磕碰。由于伴着鸣叫，闵葵听出是那匹红马！她猛地拉开大门——红马前蹄跪地，一声声长嘶，就是不愿进院。闵葵看着光光的马背，又四下寻找人影，什么也没有。她发现马背上是湿的，伸手摸了一把，手掌立刻被染红了。"天哪！先生啊！……

快来啊，天哪！"

她在地上旋着、叫着，一会儿所有人都围到了门前。她们看着闵葵的红色巴掌，一块儿搂住了红马。淑嫂的牙齿抖出了声音，她质问："你说啊大红马，你说啊……"

只是一会儿，红马仰天长嘶了。它在这嘶叫中缓缓转身，然后又跑起来。一家人跟上去。

红马跑远一截，又慢下来等人。这样跑跑停停，直把她们引出小城，引进城西郊一片矮矮的松林。松针飘在地上，沙土洁白。晚霞的颜色越来越浓。

好多黑松的枝杈都被碰折了。红马走近了，步子渐缓，终于停住不动。

在七歪八倒的几棵黑松旁，静静地躺着曲予。他身旁有一小片红色的沙子。脸上没有伤，闭着眼睛。脸色很平静，像在安睡。

"曲予……"闵葵扑跪在地上，伸手去试他的心跳。

一切都结束了。

红马不停地嘶鸣，后来又用前蹄狠力刨土。飞溅的沙土扬到半空，红马卧下了。

淑嫂、曲绡、小慧子，一起跪在了闵葵身侧……

7

那一天你离开是个黎明。太早了，只有铃兰苞朵上反射出一丝微光。

铃声脆响在一条曲折街巷上，白色裙裾一闪，隐没在浅浅夜色中。琥珀色的酒遗在高脚杯底。

远处的马蹄，不停地敲。叩问这沉沉大地、隐秘堆积的尘埃。那勇捷的身影在原野上飞驰，长鬃旋舞，如同紫色闪电。厉风把一排柳树扳成了弓，弹动着，一齐飞射出无数箭镞。几只美丽绝伦的白鹭跌入泥泞。它们高高的胸部渗出鲜红，化为了蔷薇。羽毛化为蝴蝶和白色十姐妹。眼睛化为钻石。长爪化为人参。丰腴的肌体化为汉白玉。

到哪里寻找？你融入了消失了，你的声音你的形影，都一块儿隐去。每人领受他的一份，就像初夏时节孩子们各自捧走一束合欢。那芬芳啊，那粉粉的色泽啊。你的目光转向无垠大野，或抚摸或倾诉。也许遥遥目测才是聪慧的，一旦走近了你就冰消雪解。我在这一端忙碌，追逐一匹骏马，礼赞它的长尾飞蹄。就这样与冰凉的时光相处，等待和迎送着挚友。

春冰破碎了那一刻，我正在北方的荒原上。孩子，你柔顺的头发总是那么光滑，被小蜜蜂扑来嗅去。你的小手掌上柔软动人的骨节啊，顽皮的微笑啊。春天的寒冷弄红了你的双颊和手背，还有你的鼻尖。我把你举起来，高擎过顶。跟我一起寻找荒原上的绿色吧。一片暗绿在腐叶之下，你大喜过望。这是上一年留下来的。看看吧孩子！荒原就是这样多情地挽留了绿色。

我们一起沉醉。这一趟何等短促和漫长。就这样求助于记忆。只要不遗忘，就会获得永生。永生只是个记忆，而不是别的什么。你给予的我会倍加珍惜，用双份的心情去焐住它、培育它。把最好的祝愿送给你，把凶险的诅咒施于敌人。相信自我的强大和灵验。我的人啊，我的挚爱和疼怜哪，你知道我敏感如此，难以遗忘如此，就会明白我的执拗和强悍。是的，我会为了你的恩泽、你的灵光、你的无所不在的赐予而献出自己，并做到没有悔疚。

这个世界到处瘢痂处处，找不到一个完美。我越发迷恋你预示给我的那个境界。那是精微密致到不可思议、无法理解的极致。我想象它，奔向它，用双腿，也用心灵。我这样做的时候，看到了你赞许的眼睛。多么感激啊，浑身灼烫。我想再一次感知这无比珍贵的鼓励，太奢侈了。只要记住就可以了，只要记住，就能在冷热荣辱中站立着、行进着。

这不是梦想中的现实，而是现实中的梦想。是另一种真实，是四季里都会结成的甘果。我把故事发生之地伸手指给你，你流泪了。捧起这红云一样的沙粒吧，它昨日刚刚开过玫瑰。为什么听不到那蹄声与呼啸，只是一片沉默？难道大地也会遗忘，难道天籁也会隐藏？是的，亲爱的孩子，我无数次用双唇触过额头的孩子，你得奋力追赶、奋力挖掘。沉甸甸陷入土层深处的，就是诗与真，是钻石，是白鹭化成之物，是打开光源的一把钥匙。

我无数次抱怨来得晚了。我还不明白生命没有早晚之别。生命面临的一切都完全相似。面对着的都是你，是那双洞穿一切的心灵之窗。在这抚爱下，生命将走向何方？是的，生命面对的一切都如此相似。你用目光告诉了我：不要抱怨和愧疚，这没有用。抹掉泪水去爱吧，爱到仇恨涨满双肋之间，就看到了我……

一个生命该是一份奇迹，由它来组成无限奇幻和神秘的世界。那粉绒绒的铃兰苞朵上闪烁的晖光啊，我看到了你在微笑，你在眨动双睫，你在伸手掩住黎明前的烛光。这就是生的奇迹，是显示，是炫耀和呈现，是被唤醒的颖悟。这样的时刻被凝固了，培植了，一块儿走进了春之拂晓。怎么办啊，近在咫尺，芬芳四溢，红艳逼人。视野之内静悄悄。

回忆着所有不幸的时刻，绝望怎样陪伴我、挨紧我。在寒风中捂住芜发，蹲下来，屏住呼吸望深不可测的崖底。乱石打碎了墨色，鸟儿又在鸣叫。最北方那颗蔚蓝色的星星垂下了无数银丝，黑蝴蝶四下翩飞。从未见过的飞禽如蜘蛛一般琐碎渺小，在天际围拢。明天在哪里？它们噙住了那长长的丝线往上攀援……就在这道崖畔上，寒风扫尽了全部乌发。我说：你在哪里啊？你若在记忆的深海里，该浮上来，拨动无边的涟漪了。那些琐碎的禽鸟像糠末一样涨成一片，遮住眼睛，又蒙过额头。你是无所不在的万能之神，你忍看寒冷、污脏、恐惧一起围住我。泪水一流下来就结冰了，鸮鸟啄去，抛下深崖。没有一丝回响。

我闭上眼睛就能看到浅棕色麦田上，那浮起的盛夏之花：鲜红光亮，像穷人的一颗星。麦子的香气随风流转，炎热的季节五彩缤纷。英武的黄狗和千娇百媚的猫儿一齐出动，小女摇动斗笠。镰刃在阳光下鸣响，在泥土上切割抚摸。那颗红色星辰在麦田中央，它与高空里飞跃的百灵连成一线。多少种子、面包、饼与糕。艳阳下的熟麦田啊。这浅棕色海洋里，小舟穿梭往来，桨声不绝。我在夏天的热浪里，在麦子的长睫上，寻找着你。扳掉一张张斗笠，见过一副副笑脸。你隐在了哪里？

起伏波动的浅棕色麦田，是泥土上铺开的一面旗。这上面写下了最火热的纪念。在它的纤维里，织入的是你亲手摘下的打破碗花、小蓟的圆球果，还有你自己的发辫。这人间最大最芬芳的一面旗子啊，是一帮帮一群群淳朴的人展开的。他们每年夏天都要在太阳下晾晒，让它蓄满太阳的气息。有这面旗的包裹，我和我们就温暖了。前面的季节出现什么变故，我都会拿出足够的勇气去迎接。季节啊，万千生灵和人的季节啊，真是太绵长太严厉了。我不知该感激还是该怨恨，你的名字就叫季节。我只知道在热风中猎猎作响的浅棕色麦田，在这片覆盖了北中国的旗子上，悄悄抹去仅有的一滴泪水。泥汗把我裹糊了，这使我的脸庞变得年轻和英俊。这个时刻啊，你看到了吗？你的无所不在的目光啊，隐在了哪一张斗笠下？

我们只是绞扭一起的一根纤维，化入这一片浅棕色之中了。你发辫上的香气已被这热烫的夏麦之味遮去。我们的种子、面包、饼和糕啊！我们的盐和水伴嚼下的一个温甜的季节啊。我拢起一个个麦捆，感到手指触摸在了你的腰肢上，同样的温热与脉动，同样的圆润与战栗。这是我亲手扎好的一个麦捆，它的头颅沉甸甸，如同一个即将沉入甜梦的孩子。你张望的时间太长了，从那个秋天到这个夏天，真的该好好睡一觉了。我们的种子、面包、饼与糕。瞧这片无边的浅棕色麦田吧，好好地瞧吧。

就是那个深夜，我在崖畔上遥想热气腾腾的麦田，抵御自己最寒冷的季节、最寒冷的一天。你把我挽起，牵上手，举步向前。我频频回首。你的开阔的微微鼓起的额头啊，像春天的土壤那么温煦。从此废墟消失了，你指给我一片四季葱绿的田园。我幸福得喃喃自语，梦想着簇拥一生。一点办法也没有，埋下了勇敢、果决、幻念和倔强，像一只抛锚的船。风波在远方，在一片雾濛之后、辰星之下，在被茧花压垂了的眼睑之下。依偎在你胸前，这就是旷远坦然的世界。

你此刻听不到我的声音。一切有可能伤害你的隐匿之物，都在警觉与仇视之中。我一遍又一遍呼唤你，寻找你的黑夜，让那团团温热的墨丝把我缠绕。当不能言语也不能呼吸的时候，我那一层层的呼唤就送达你的耳廓。我宁可为你去背叛，就为了我的忠诚。

8

因为朱亚的不幸逝去，整座03所的大楼沉寂下来。这种气氛是从遗体告别的场所蔓延开的。那天下一场寒雨，人们持一把把黑伞，站在厅前的广场上。雨下得不急不缓，似阵阵啜泣。没有人说话，等待着凭吊，胸前都别了一朵小纸花。我环视一下，所有的人，包括那些总是围在瓷眼身边的人也来了；黄湘也来了；总之一个不缺。瓷眼在厅内指挥，一会儿从门口那儿探出身子，盯一眼广场上的人……哀乐响起来。

这座大楼如此空旷，满目荒凉。一场寒雨把人浇了个透心凉。我站在０３所长长的走廊上，徘徊在办公室，突然想起自己是个孤儿。真的，我没有父母，也没有伴侣，又刚刚失去了一位兄长。不幸的兄长。孤单可不是罕见之物，不过人要真正触到了它，会冰得心上一抖。

我坐在办公室，好像什么也没有想。思绪被压迫着，后来才发现自己一直在想念那块珍贵的平原，鼻孔里飘着浓烈的槐花味儿……我记起了一件事情。是的，它还远远没有结束呢。朱亚生前的一再叮嘱；黄湘在病房提到的有关勘察汇报的一沓子事。我的心怦怦跳。自朱亚去世后它第一次这样激越跳动。

我料定在这沉寂的背后说不定正有一场激烈的筹措：有人正千方百计出卖我的平原。胸口那儿一疼，使我再也坐不住了。走出办公室，走廊上仍是静静的，掉一根针都能捡得起来……

这种等待是难忍的。我像倾尽全力支撑，不愿倒下去。这也是疲惫、焦虑，还有愤懑在心中积聚的结果。四周如同隆起雾团，我终要走出去。想望尚且遥远的春天，回忆导师最后的时刻，那一束浓艳的月季花——会是谁赠予了这么大一把芬芳？

同室的胖女人歇长假去了，偌大一个办公室只有我一个人……强迫自己打开那些关于平原的勘察记录，烦琐的数字立刻像锁链绕了我。更完整的图表和记录都在营地上，后来又被黄湘收起来了。这将作为向有关方面提供汇报的依据。这期间要准备许多文字材料，如"评价报告书"、"方案研究资料汇集"等。朱亚领导的勘察队历时两年，组织了八个科研部门，对一百多平方公里的海域、二百多平方公里的陆地进行了勘察，最后就为了结出这样一些果子。

我感到费解的是，作为朱亚的助手，所里在起草那些材料时为什么不让我参与？这极为反常。我很想看看黄湘在干什么，就去了三楼办公室。门锁着，问了问，隔壁的人说他好多天没来上班了。从那儿走开，恍恍惚惚又来到瓷眼的办公室，敲了敲，同样没有一点反应。这座大楼好像到了一个特殊时期，宛如一条大蟒在假寐。我差不多能听到它呲呲的喷气声……顺着长长的走廊往前，又在苏圆的门前停住。我突然极想见到她，听她的声音。

她见到我，略显惊讶地"啊"了一声，但仍旧坐着一动不动。她直直地望着我。这对大大的眼睛此刻流露出一丝猫的神气。我觉得这间屋子可真冷，让人牙齿都快磕打起来。奇怪的是苏圆只穿了羊毛衫，下身依然是那条牛仔裤，而且还有一个汗津津的额头。我看到了她那只修长的手。多么美丽的一只手。我听出自己的嗓子有些不正常："你做了多么好的一件事，我会永远感谢你的……"

苏圆睁大了眼睛。

"我还以为是裴所长为朱亚调了单人病房，后来才知道你找了姨母……"

她的目光转向窗子。金黄色图案的窗帘拉开了一半，透过窗子可以看到细细的雪屑洒下来。待她转过脸，目光就变得有些陌生了。"你说什么？我不知道你说什么……我一点也不明白。"

她的目光闪着奇妙的颜色，这光色让人眼花缭乱。不过只有一两秒钟，我就弄明白她在说谎。她成了一个可怜巴巴的好人——连自己做过的一点好事也不敢承认。她大概害怕裴济。这会儿如果说我怜悯她还不如说我鄙视她。没什么可说的，我想走开了。在我转身时她又喊了一声。怎么了？她不吭声，只看着我。

又一次端量那张热烫烫的、生了几颗细小汗粒的脸庞。我仿佛嗅到了平原上的气息，春天那一片连一片的、层层叠叠的槐花吐放的浓烈清香。我闭了闭眼睛，觉得一阵眩晕……苏圆跑过来，为我倒了一杯水。动作麻利极了。我真想一直待在这间屋子里，直到下一个春天的来临。不知为什么我把一切希望都寄托在这个春天，好像事关命运的、未可测知的什么也在等待一个煦风吹拂的季节。

"……你答应去我们营地，看平原上的槐花……那时我和朱副所长都等过你。"

苏圆的眼睫垂下来。她咬着嘴唇说："我没忘。可惜当时一忙耽搁了。太遗憾了，听你把那儿描绘得那么好……也许以后能有机会。"

"能吗？"我抬头看着她。我想到了威胁整个平原的"东部大开发"……"太惨了，不敢想……"

"不敢想朱亚吗？"

"他好像还在这座大楼里。我不敢到四楼去，不敢踏上通往他办公室的那条走廊。真像做梦，一个人就这样没有了……苏圆！"

她在我突然发出的呼唤中大睁眼睛，一副惊讶的神气。

"我想问问你，你怎么看我的导师？你不觉得这太惨了？事情就这么过去了，留不下一点点痕迹，一切就是这样，你说是吗？"

"你怎么了？你到底怎么了？"苏圆坐下，最后一句低得快要听不见了。

我长长吸了一口气。眼睛胀得难受，它们像两颗石子嵌在眼眶中，我用力按着它们。自从朱亚病危之后我不断有这样的感觉。两颗硬邦邦的石子。它们这会儿险些被我揉碎。疼痛让我忍不住地呻吟。该离开了。

我现在倒是急于见到这样一些人：裴济、黄湘。我要从他们脸上读到什么，比如自责和羞愧……一个星期过去了，他们仍然没有出现。

长时间站在窗前，看下下停停的细雪。地上是被风旋得一堆一堆的雪粉，是蹦蹦跳跳的麻雀。它们那光洁的额头、若有所悟的模样，让我想起了朱亚去世前一天看到的那几只。我强制自己走到桌前，去整理那些勘察笔记、梳理那无头无尾的数字……这可怕的工作总把我拖回平原，让我恍若置身于那座东部城郊小屋，嗅着朱亚烟斗的气味。

夜晚，整座大楼好像只剩下了我一个人。盘旋的楼梯被照得发亮，那镀铬的金属栏杆一层层让人想到笼子。一踏上楼梯就有些异样的感觉。快到午夜了，大楼真的空无一人。不久前朱亚还在这楼梯上艰难地登过，走得很慢很慢，就在我前边，左手紧紧攥着扶杆……如果在今夜响起他迟缓的脚步声，抬头看到他那对深邃的目光，我一点都不会惊讶。

午夜里睡不着，就不停地翻书。他留下的那个牛皮纸封皮的小笔记本伴我失眠。这催人泪下的吟哦，真正饱蘸了心灵的汁液。许多人是读不懂的，他们没有烤过平原的篝火……他多次写到了自己的导师陶明。难言的悲凄熔铸成长长短短的句子，常常会灼伤人的眼睛。

我相信他是到另一个世界里追随自己的导师去了。这是一种罕见的情感，也是一种最平凡的情感。

有人那么害怕提到陶明。他们是恐惧于那样一个名字……

9

这是东部平原上应该被记载的一场大雷雨。狂暴的大水一夜之间冲毁了几十座闸门、渠塘和水坝，扫平了河道中许多土渚和淤积；更重要的是，那座引人注目的劳改农场在雷雨之夜竟然一口气逃走了十几名犯人。大追捕接着展开，在当夜或第二天凌晨即抓获大半。除了追捕途中击毙的三名之外，另有几名又在第二天日落之前抓到。总之无一漏网。

这其中最著名的一个逃犯就是陶明。

天刚刚放明，一夜的大冲刷已经停息。在离开农场十多公里的一片黏土上，躺着一个半裸的男人。他昏死过去，身下哗哗奔流的水浪不断刷下血汁。裸出的皮肤有好多割伤，一只脚上没了鞋子，脚趾碰破了。雨水冲出土下的石子，石子的尖棱又刺着他。三五个人提着棍棒和枪，吆吆喝喝奔过来，离得很远就嚷："又是一个，王八蛋……"他们紧跑几步到了跟前，踏起的泥水溅出几尺高。一个瘦子翻过趴着的人，转身嚷："是他，是十四号！"

这场逃亡成为当年最有名的一个事件。因为追捕及时，所以劳改农场的蓝脸头儿并没有受什么处分，只不过遭到了一场训斥。他把所有的怨怒都发泄在逮回的犯人身上，一个个隔离，不停地折磨，有时要亲手挥挥皮带。

陶明一直高烧不退，上峰又明确指示要保住他的"一口气"。蓝脸头儿气得直跺脚，对几个围着陶明转的医务人员破口大骂。陶明刚脱离危险就被关进了一个单间，接着一连几天审问。看守抽掉了他的腰带，让他提着裤子回答问题。有一次蓝脸走进来，一言不发盯住他看，看了一会儿突然咬响了牙齿，抬手就是几个耳光。鼻血立刻淌下来。

所有抓回的犯人都被集中到一个地方，看守增加一倍，劳动强度也增加一倍。简直没有休息的间隙，酷热的阳光下不止一次有人晕倒，然后就由看守骂咧咧拖走。病倒的人刚站起来就重新押到工地上，一个月的时间里有好几个人死去，其中一个刚刚二十多岁。陶明搬动砖坯、抬土，总算没有倒下来。这真是一个奇迹。他在心里默念着一句话：我会挨到那一天，我会的……

那只白色的鹭鸟伫立枝头向东北方遥望，泪滴湿透了胸前的羽毛。你黄绒绒的发辫啊，你稚弱的躯体啊，常常让人想到那棵长在平原和渠畔上的小楸树。你到底为什么要走近我，又为什么与我分离？我在你的抚爱下褪去白发，又在你的思念中迅速衰老……我已经踏上了归来之路、绝望之路，每时每刻都与你依偎一起。白色的鹭鸟啊，我多想听听你伏在耳畔的鸣唱，哪怕是泣哭似的鸣唱。

早晨，看守在黑洞洞的走廊上大喊大叫，不停地嚷着。一溜儿铁门打开，喔喔的响声让人头皮发麻。"十四号！十四号！狗娘养的，就是你的蹄子沉！"陶明在这叫骂和侮辱中已习惯了，他可以从容地把鞋子穿好，一边系扣子一边往外走。眼睛睁不开，困极了。半睁半闭走上工地，一路上挨了几拳。每天早晨从天不亮时分干到太阳爬上树梢，然后再吃早饭，这叫"出朝工"。这时太阳并不烈，可是晒了一天的泥土、砖坯，甚至是草蔓，都一齐散发出热力。做活的人一活动就汗湿衣衫了。"狗'脚臭'穷讲究，大热天还穿衣服！"看守瞟着陶明。在这一伙人中，穿衣做活的只有陶明了。其他人都晒成了炭。陶明也试过，结果一会儿背上就针扎一样痛，接着起了水泡。穿上衣服做活不起水泡，那皮肤不会像熟过的羊皮一样整张地揭下来，可是不久就要出现一个个紫色的斑块。午夜里，斑块会像火燎似的疼痛，又出奇地痒。这滋味总让他张开嘴巴，让他大呼小叫，手脚不停地捶打铺板……他在心里呼唤她的名字，求助于她……"你多么任性啊，你太任性了，无忧无虑地跑来跳去，把我桌上的稿纸掀了一地……"

一天傍晚，戴长檐帽的蓝脸头儿突然笑模笑样地打开门，神情专注地瞅着他。瞅了一会儿又笑："'大脚臭'，听了我传的消息可不要哭。"陶明一怔，心扑扑跳。但他仍装作没事一样。蓝脸头儿又瞅几眼，哈哈笑："五号——你那口子死了！不伤心吗？我就是来看看你伤心不！"

陶明松了一口气。五号就是那个瘦瘦的同性恋犯人，曾与自己拴在一起游街的家伙。这份挖空心思的侮辱曾让他七窍生烟。可是这会儿他已经毫不在乎了。他只是觉得五号可怜。蓝脸头儿提议去看看："告个别嘛，俗话说'一日夫妻百日恩'，尽管是……"

暮色中，陶明跟上蓝脸头儿出来。农场收工了，一片田野光光的，在晚霞中闪着橘红色。远处的石渠高出地面，像一道城墙。一丛丛浓绿的苍耳、一排排钻天杨，强烈地吸引着他的目光。他又想起了那只洁白的鹭鸟。

几个持枪人围在一座小砖房子前，见了蓝脸头儿赶忙闪开一条通道。屋内黑洞洞的，有人开了灯。地上一堆黑乎乎的破布絮。有人过来揪了一下，闪出一个黑溜溜的裸体。死者紧紧趴在泥地上，像在用力啃咬。那个特别小的头颅、尖尖的屁股，让陶明一眼就认出是五号。"看见没？这臭小子想爬墙呢。爬了两次，自己跌下来，后脑跌坏了，玩完了……"蓝脸踢了踢五号的屁股，又踏那根根清晰的肋骨。

陶明还记得这个瘦长的人整夜不眠、唧唧喳喳吐昏话的情景。眼前这人显得这么小，伏在地上像一只麻雀，两只脚掌往上翻，掌底全是老茧，像钢铁一样坚硬。突然陶明发现脚踝之上有血淋淋的印子，两只脚都有！这使他马上想起将一个人头朝下吊起的惨象。蓝脸头儿吭吭几声："看什么？是他们套上绳子把这个死狗拽回来的！"陶明知道这全是谎话：那样就不会流这么多血，而且死者身上没有拖伤！

蓝脸叼上一支烟："你也该哭一声呀……哼哼，死硬心肠。瞧他们一会儿来埋了，你想哭也看不见了……"

无论蓝脸怎么说、旁边的人怎么嗤笑，陶明都一言不发。天黑了，那些被招来掩埋死者的人来了。他们一见陶明就嚷，原来领头的是"老鲁"。"'大脚臭'也在这儿，干脆一块儿埋了，唔哟领导，批准不？"

还没等蓝脸头儿答话，老鲁自觉有趣地大笑起来。一个看守踹他一脚，他赶忙躬下身。

陶明被喝令跟去墓地。其实他也极愿去送这不幸的人。天黑得伸手不见五指，老鲁几个打着火把。一圈儿光亮照出的全是新新旧旧的坟尖。坑穴早已挖好，又浅又小。五号被一些破布片卷裹起来，胡乱扔到下边，接上就是铲土。老鲁几个不停地骂，说想不到这辈子还能亲手打发一个"色痨"。坟尖刚有了一点点他们就要住手，看守喝斥，他们才勉强加了几锹土。陶明想，当秋后的大风刮起时，一夜之间这些小丘就会推平。谁知道这儿埋下的人是谁呢？

白色的鹭鸟一声声啼叫，因为叫得太久，喉咙渗出血来。胸前白羽上那滴滴鲜红啊，像蜀葵花儿……陶明紧闭眼睛。

回到小屋，陶明再也睡不着。身上的斑块又痒疼起来，他不敢去挠——那样就会发生大面积溃疡。他只得两手攥紧床沿，等待阵痒和疼痛过去……他在思索蓝脸这一举动的意思，百思不解。后来他总算明白了一点点：他们在隐喻他的明天！

"不，不，我会坚持下去的，我会看到你的。是的，我一定会！……"

单独关押的日子直到夏末才结束。随着天气的凉爽，风声也好像松多了。陶明被转移到集体宿舍时，原来睡过的那个大通铺上全是新人了。老鲁那一伙不见了，听说是被押到一个水库工地上开石头去了。新来的这些犯人也是大大小小知识分子，这一下陶明松了一口气。但他不怎么与别人交流，因为他现在谁也不敢相信。他只是倾听。有一次他听到几个人议论说，现在上级政策宽松了，不久他们就可以与真正的刑事犯分开劳动和居住；如果幸运，说不定还能像其他农场工人那样干活……

陶明大气也不出一声。黑影里，不知为什么他眼里涌出了泪花。他想到了那一天——他与自己的小家伙紧紧相拥的时刻……你在哪儿？还在那个林场吗？我这会儿真的成了一个老翁，胡须蓬乱，腰也弓了。我的右腿在窑场受过伤，膑骨折过，阴雨天里疼得喊叫。右眼也不好，它看电灯时会出现很浓的晕圈……

中秋节第二天，农场来了好几辆车子。上午，一拨一拨人被喊去谈话。下午就临到陶明。蓝脸头儿先进来坐了一会儿，还递给他一支烟："说不定'大脚臭'能还阳呢，先熏熏嘴巴！"他机械地接了，点上用力一吸，呛得大咳。蓝脸笑起来。

场部一间小屋里一溜儿坐了三个人：两男一女。女的戴眼镜，二十多岁，负责记录。男人谈话的声音冷冷的，但比起平常的喝斥已经好多了。大致意思是：根据平时表现及其他，上级决定让一部分人戴罪立功。如果任务完成得好，还会有新的任用。

陶明费力地听，就是听不出让他做什么。

直到最后他才明白：有关方面决定让这儿的几个人到山区找水……原来抗旱打井队遇到了难题，一连打了好多深井都是干的。为解燃眉之急，有人想到了水文地质方面的专家。

陶明用力想了一会儿，记起大家一块儿经历的是一个多么酷热的夏天——那场有名的大雷雨实在是太偶然太遥远了，而且说不定压根就没有顾及不幸的山区……他的心激动得怦怦跳，但严谨的治学精神还是催促他如实答道："不过，我是搞理论……科学的。"

那个男人搓一下黑胡茬："这一回就理论联系实际吧！"

谈话就这样结束了。

像军事行动一样迅速，第二天上午，拉人的汽车就在宿舍前边吼叫了。蓝脸头儿吆喝着，催促点过名的三五个人提上东西快快上车——当他看到陶明手提着黑黝黝的一条手巾、一只磨掉了毛的牙刷和几团难以分辨的什么走来时，忍不住笑着吐了一口："'大脚臭'这回恣去吧，说不定有个外国娘们儿等着你睡哩！"

让我永远不要回到这里吧，让我梦中都远远地躲开这里吧！陶明差点洒出泪水。

……那一年的初冬他们真的找到了水。

两年来他们一直跟在打井队后边。大旱季节过后，他们又被命令写水文地质方面的普及读物。陶明差不多沉醉在笔与纸之中了，他不停地写、写，各种纸张堆起几尺高，又被人按时取走……

这期间他随打井队转了很多地方，每到一地都悄声问一句："那个林场？"别人总是摇头。

余下几年他就在山区转，跟在不同的地质队后边……一年春天，他又一次被喊去谈话。这一次是在县城招待所。谈话者是个女的，五十多岁，旁边记录的是个小伙子。女人郑重相告：他的问题有了初步结论，请准备回城重新分配工作。他听了这些话竟然没有什么反应，只是木木地看。女人又大声说一句："你可以回家了。"

他终于听明白了。

"回家"两个字把他烫得一抖。他其余什么都顾不得了。

……回家了！家在哪里？那个三居室小屋住了陌生人——向所有人打听她，都说不清楚。"我的小家伙啊，你在哪里？你难道等得太苦，等白了头发？那我就看一眼白头发的小家伙！"

他疯了一般寻找，找到了——一间危楼里盛着他那个"家"里的所有杂物，门上挂了一把老式铁锁……唯有她不在！

有关方面告诉：他的爱人早在五年前死于林场，是病死的。

陶明不能支持，他倒下了，再也不愿起来……半年之后他重回０３所，顶着一头白发。人们发现这个人一整天不说一句话。

没人知道沉默的时刻，他正在心中强烈地呼叫那只洁白的鹭鸟……

一个偶然的机会，他读到了两本著作，作者就是裴济！出于好奇，他翻了一下，发现竟然是自己几年前写下的那些普及性文字……他惊讶地把它们拿到学生朱亚面前。朱亚呆看着导师。

　　第二年冬天，陶明终于弄明白了爱妻的一切。她根本不是病死，而是受尽屈辱之后自杀的！

　　一个大雪的早晨，朱亚踏着吱吱响的雪粉赶到大楼。他没有坐电梯，而是一口气蹬上了五楼……笃笃敲着导师的门，没有回应。他就等在门前。两个多小时过去了，仍没有人来，室内也没有声音。他再也憋不住，就喊来办公室的人撬门。

　　门开了，他一下待在了那儿。

　　陶明倒在椅子旁，身体已经僵硬了。桌上有一包打开的东西，是他爱人的遗物……

　　"导师！……"

第十章

1

这儿成了冬雪披挂的世界。一切声息都被吸走了，消融了。好像这座大楼中的人给抽到了一个腔子里，不留一丝行迹。与我一起参加勘察的几个人也不见了，问办公室，说是勘察结束后享受假期去了——"你的头儿没有通知你吗？"

我对这一切全然不解，甚至搞不明白现在谁是头儿。因为我是朱亚的助手，这会儿并无新的安排。自从朱亚入院、去世到现在，心上的铅块总也搬不掉……有人提醒说，现在的顶头上司该是黄湘了，他接替朱亚的空缺大概已成定局。我有些沮丧。

这是一个前后交接的特殊时期……失去导师的悲恸压迫着，有形无形的牵挂分扯着，让人焦思如焚。我不会离开，因为许多重要的事情还没有做；到哪里休假也是个问题。平原和山区都没了亲人，现在只剩下了我、孤零零的我。最好的去处大概还是守在这里，在这儿张望和等待……即将来临的会是什么？

我把各种各样的数据再一次汇总抄录。有些需要核对印证、需要对照原始图表记录的，也只得放弃。办公室和档案资料库说那些材料还没有交上来。也就是说，如今这些都在黄湘手里。在勘察队时他就有完全不同的一份图表和数据——那时我只认为这是一个消极怠工、偷懒和投机的家伙，这会儿又不禁为另一种可怕的东西担忧。这疑虑只是一闪而过，却使我浑身一震。我想起他当时率领一部分人坚持住在小城，不到朱亚的郊外营地——这样做如果是经过了深思熟虑，那就太可怕了。

关于"东部大开发"的宣传越来越多。作为一个引人注目的国际合作项目，它还处在意向性阶段，有人却以十倍的热情报道它了。显然在某些人看来，只要他们愿意，什么都可以付诸实施。

我明白，黄湘和瓷眼都是"大开发"不遗余力的配合者。他们既要狂热迎合，就会肆意践踏——对真实的践踏。这种践踏由来已久，践踏者总是获得历史性的快感。这儿没有人顾念那个平原，没有人会为她流一滴眼泪……

我这个平原的孤儿，如果还有勇气认其为唯一的母亲，如果还记得刚刚有一个兄长在她身边倒下的话，就不该坐视。

又是纷纷扬扬的大雪。上午，办公室真的郑重通知：你可以回去休假了。我问：黄湘呢？对方有些不耐烦，说黄湘开会去了，你只管走就行了。

我到哪儿去？此刻一点离开的心情都没有。

在这大雪纷飞的时刻，我不受任何打扰地待在办公室里一天又一天。真是少有的孤单寂寥。当春天来临的时候，楼前那一丛丛丁香花又该一团团喷放了。那时整座大楼都笼罩在它的气息之中。这气味可以飞快地把我引入幻想，让心头涌起一阵阵燥热和感激。我能一连几个小时回忆那所学院的通道、两边长满了丁香的石子路。她有长长的内眼角。她的吻让我一个人常常陷于无望。真不知该把你搁在哪儿。可怕的、总是适时而至的背弃啊，它当年就这样毁掉了我们。你好奇地问：你的父亲、你的父亲？……就是这种质询断送了我们。我带着一道划伤离开了你。你的内眼角很长，你吻过我，你有一双柔软的手；还有，你引来了弥漫整个世界的丁香花的气味……

有人敲门。我心上一跳，赶紧去开门——进来的是苏圆。她说听人讲我要回去休假了，过来看看我。我摇摇头。她惊讶了：谁不喜欢一个长长的假期？我再没说什么。休假算什么啊。与你在一起就比休假好。

门被她虚掩了。我注意到她的浓发上别了一只粉红色的塑料发卡，显得不伦不类。但她似乎比以往任何时候都可爱。我明白，她对我的吸引力正日益增大。我好几次几乎要脱口说出这一类感受。

我倒水给她。她坐在对面，有一种无可回避的"美艳"。我只得用这种词儿来说，因为她身上的确有一种超乎寻常的美，而且仍在蓬蓬勃勃地生长，即便在这个严寒的冬季也没有停止。我们如果紧紧拥抱一下——我忍不住这样痴想——那么胸间的某些淤积就会稀释或消除……有点渴望。今天就尤其是这样。大概是因为这雪、这孤单，还有这愤怒。

我非常愤怒。我告诉了她。"哦？为什么？"她闪动着那双清亮的眼睛。这副容颜、神气，会打碎我保持了二十多年的自尊。要知道一个来自平原、在山区奔波过的年轻人丢失了它，损失大极了。

我说也不知为什么，反正是……怨恨。她喝着水，不断扬起眼睛看我。这使她额上有了一道浅浅的横纹。她喝水时，圆润的舌尖使人心动。我想到了林中溪边小兽饮水的情景：啪嗒、啪嗒，就这样发出了声音。她的浓发漆黑锃亮，我该不存邪念地伸手抚摸一下。天多么冷啊。室内暖融融的。我叫她一声。

她停止了喝水。

"我想和你好好谈一谈……"

苏圆转脸看窗外。雪又大了。她站起，踱到窗前：你看。我也伏到窗前……无声的、扑扑落地的大个雪朵。地上积了多厚的一层。沉默的雪。我抚动那滑润的披发。她像没有知觉，议论着窗外的雪，声声呢喃。后来我发现她闭上了眼睛。"多么好，这样真好。我喜欢这样，多么好……"

她像个驯顺的小羊。我扳住她的双肩。她睁大了眼睛，吻我的前额、双颊……我吻她的眼睛时，她流出了眼泪。

那个内眼角很长的姑娘在面前一闪……与苏圆在同一座大楼这么久，却没有多少推心置腹的交谈。我甚至不敢想她是负责保管人事档案的人，她也知道我的父亲——这个事实让我不寒而栗。

"你什么时候走？"

我告诉她：我不会离开，我在这儿有事情做，我在等待……

"等什么？"她充满惊奇。

"就是勘察队的事。我从头至尾参与了，汇报和整理、起草材料——我现在要赶紧核对那些数字……"

苏圆半晌没说话，一直看着我。后来她叫了一声："真有意思啊！想不到你会这么认真。其实你们只负责把资料搞回来，其余的就由领导安排了。上级早就成立了一个专门班子，起草评估汇报书。他们早就开始工作了。"

我懵了："谁参加了这个班子？他们在哪儿？"

"黄湘他们；老所长是牵头的……现在都住在宾馆里加班。"

"我还什么都不知道呢！你怎么早不说？"

"为什么就要告诉你？领导又没有安排你……"

"可我是朱亚的助手，当时所有资料都经我们汇总，我最了解情况啊……你什么也不知道，苏圆！"

我把她盯疼了。

"你怎么了？"

什么也不想说了。是的，不必跟她说了。

苏圆摇了我一下——她这时表现出的温柔会使我日后好好回味。不过这时已经顾不得许多了。我无动于衷。她摇摇头，叹了一声：

"朱副所长去世了，人离开了；我是说他们那一代的恩恩怨怨都过去了，一切要重新开始……你也要重新开始——明白吗？"

她稍稍皱着眉头。我当然明白。不过她这番话真值得我放长了慢慢咀嚼。一个比我还要小得多的姑娘，为什么就那么通达世事、明了是非曲折，甚至有着难解的深奥呢？她这语气、她这番话中的几个字眼儿有点刺痛了我。我不得不告诉她一点什么了：

"那些'恩恩怨怨'绝不会那么简单就过去了，真的，因为有人不明不白地死了，有人手上沾了血，还有人……"

我的脸一定涨得发红。苏圆震惊地望了我一眼，立刻退开一步。她双唇翕动，终于没说出什么。

她转身走开了。

2

我知道走入了难熬的岁月。没法回避他冥冥中的目光：兄长和导师的目光。为了挨过一些可怕的回想、那永久缠绕和历历在目的场景，我不得不把那几件遗物锁到柜子里。可有时又非得打开看一眼不可。还有，我没法不一再吟哦他遗下的诗章——这样一次又一次热泪盈眶。除此而外还有让人枯焦的等待：也许这等待的结果只会是一场对抗，一场力量对比悬殊的对抗。

我去找裴济所长，想当面提出参加材料小组，取消假期。当时他提个皮包正要出门，见到我只得退回。他问我为什么还没休假？我说不累，再说也没有需要看望的亲人，不如留在所里。他马上赞扬："好的，抓紧学习，好的。"我接上开门见山，指出黄湘在勘察中可怕的草率，我因担心而必须参加材料小组。他双眼泛光，吸一口气："东部大开发可是牵动全局，一两个人说了不算，需要上上下下、反复权衡研究。这影响到国家信誉。很多科研部门都参加。你的精神很值得赞扬。不过老黄也注意到了这一点……会很好的，嗯。"

他话中许多表达很奇特。我不明白"注意到了这一点"指什么。正琢磨，他就伸手告别了。我站起来又说了一句：

"可是朱副所长，还有大家千辛万苦搞到的数据，应该是主要依据！我担心有人篡改……"

他鼻子两侧的肌肉抽动起来，露出两个令人心寒的镶齿。"这怎么会？这太荒唐！怎么能这样想呢？你要相信同志，嗯？嗯！好了，就到这里……"

他头也不回地走了，踏在厚厚的纯毛地毯上，无声无息。全楼之上只有所长办公室这段走廊才铺了地毯，蓝的，上面有浅黄色、粉红色的花。听说大楼内外都有姑娘蹑手蹑脚踩上这一截地毯。瓷眼按时叫她们去谈话。苏圆也去过吗？我想苏圆仅凭那对美目就足以拒人于千里之外。

我像在铁围之外，只有张望和徘徊。真是可怕的刁难。

见瓷眼的当天下午，走廊上响起一个女人的声音。我后悔开门看了一眼，一下就认出是那个杂烂小报的记者。她也看到了我。"哎呀可找到人了，你们都哪去了，急人……"

她闯进办公室，风风火火把肩上的皮包摘下，又端起桌上的杯子咕嘟咕嘟地喝下去，抹着嘴巴："我打电话找你们，没人接，老黄哪去了？"我问她有事儿吗？"没事儿，随便找老朋友玩呗。人就是这样，在荒凉地方见了格外亲；回来了，一热闹就把人忘了！"她不停地抱怨，又一次问黄湘哪去了。我说不知道。

她不安地走动。这时我才注意到她穿了裙子。这么冷的天穿裙子，没有必要。这座城市越来越多的人冬天穿起了裙子，在严寒中战战抖抖地美丽着。她的脸多么黄，一双眼深陷，眼窝发青。她的鼻子多么尖，原来是一副鹰钩鼻子。她一边骂着黄湘，一边往外掏东西："他可不像

张炜文存 3 长篇小说 ■ 家族　417

那么大年纪的人……猴脸马腮的……"

我注意到掏出的是几份报纸，都刊登了"东部大开发"的消息或特写。不少文章的口吻都一样：媚气十足，恨不得把合作者生拖硬拉到那片平原上，说那里的自然条件多么优越，人力条件、码头、水文地质条件……总之完全是瞎说！

女记者在一旁指指点点："看到了吧？是我找人发出的，情况还是我提供的呢！"

"你了解那片平原吗？你有什么资格提供这些资料？"

她像挨了一掌，捂了一下脸跳开："哎呀，宣传你们还不愿意？黄湘都知道呀，你……"

多么可恶的推波助澜。如果不是有人埋下了险恶用心，是不会这样做的。我眼前又闪过了那个平原东部的惨象；如果所谓的"大开发"真的展开，它就面目全非了，会变成一片荒漠。我相信这个世界上有人开始疯癫了。我的手指骨节咔咔响，恨不得揍这女人一顿才解恨。没用，跟她怎么都没用。

我尽可能快地把她打发掉了。

考虑到黄湘他们会按时把炮制出的东西送到打字室，我就常往那儿去。打字员很高傲，不爱搭理人，是几年前从体工队转到这儿来的。看着她那个胖墩墩的样子，真不明白究竟从事哪种运动才合适。后来听说是体操，吓了一跳。可能她从前是个瘦子。只要闲下来她就打毛活，还瞥一眼我的毛衣领口。一看到她就能想起一个人——那个轮椅老人的外甥女……有一次我来打字室，发现她正与打字员在一起喊喊喳喳，心上一紧：我可不愿父亲的事情传到这座大楼来。

那个行将就木的老人这会儿怎样了？打字员极有可能知道一点点。但我不愿向她打听。那个老人如此强烈地吸引我。他身上辐射着一种魔力。这是某种很神秘的力量，它令人恐惧……

女打字员见我在看她，马上红着脸噘了噘嘴巴。她的头发有些黄，削短了，参差不齐披在脖子后面和肩头；加上前突的唇部，发黄的眼珠，很容易让人想到一只沙地小狐。她与苏圆的关系非常好。她是过来人，丈夫也是体工队下来的，外号"竹竿儿"。"竹竿儿"看我的眼神有些特别，嘴边常有一丝藐视的微笑。她打着毛活，不时从上到下瞥我一眼……

一个星期之后，我意外地从一个处长那儿看到了铅印的文本：一大叠六七本，其中还有精装本，都是关于"东部大开发"的研究报告书、综合方案之类。我尽快翻看了主要部分，差点气晕过去。

所有文字都在为那场"大开发"提供理论支持，完全不顾基本事实，捏造数据，厚颜无耻。像平原地区的贮水量、能源状况、排污能力等最基本的情况，都打了折扣，有时直接就是伪造。采用的手法比较复杂，最常用的是沿用十几年前甚至上百年前的数据。更可恨的是，每个文本的"前言"都假惺惺指出：他们依靠的是富有实践经验的设计和施工智囊机构，是实干单位，有任务感，奉献的"智慧产品"能保证决策方案的客观性，使决策大大科学化，不受行政干预等等。

我没有任何犹豫就去找了裴济，尽管极大地克制，语气中还是带出了不小火气。我说这样的材料太过分了，以这样的依据做出的决策，将会毁掉整个平原，对不起子孙后代……瓷眼看了我十几分钟，抖动着腮肉：

"你连八大科研部门的工作都一块儿否定了？这样做有把握吗？嗯？"

"我只否定应该否定的部分。"

裴济在地毯上踱步："你了解的只是局部，现在要汇总，全局兼顾……当初指派你参加勘察，是慎重考虑过的……"

"没有局部准确，就不会有全面结论的正确。再说那时由朱亚同志负责综合……"

瓷眼马上挥挥手打断："算了，暂时不要提老朱了。他有他的情况，你慢慢会知道。人死了，算了。"

"为什么？！"

"算了。"

"为什么要'算了'？他光明磊落，谁泼污水也没用！我亲眼看见他怎么工作，人是给累死的……"

我忍着不让泪水流出。裴济鼻子两侧的肌肉又抽动了。他走近一步，嘴唇一动，又让我看到了令人心寒的镶齿。

"小同志，服从纪律吧！"他果断地摆了摆手。

"可是……"我觉得眼睛又像两颗石子那么坚硬了，按住它喊了一声。

他不容再说，更用力地摆手。

怎么办？像走到了一个坎上，没有退路，也找不到绕行的路。有一双眼睛，不，有无数的眼睛在注视我。没有走进结局就感到了疼痛，像悬冰割破了冻颊……

从裴济那儿走回，一直回到那间窄窄的小宿舍，我一直默默的。躺到半夜睡不着，胡思乱想。突然想起工作室别人还有钥匙，那儿有抄满了数据的笔记本……我一下坐起来。

慌慌跑回办公楼，打开工作室，灯亮之后马上去柜子里找那些本子。还好，它们仍旧躺在那儿。

从此我再也不想让它们单独待在一个地方了，就把它们携在身边。即便是午夜，我也不停地写着……

我想该给有关决策部门提供一份真实的参考资料。为了郑重和有力，要找一个地方打印出来，再复印多份。

这是充满危险的选择。我明白有什么东西逼近了、开始了——这大概也是命运中的一部分……

3

平原上的战事变化得出人预料。金志成为城防司令，防区却日益萎缩。上峰命令金志死守港城，如果失去了这个支点，那就不仅会失去整个平原，还会影响到华东和海北的局势。

殷弓的队伍非常活跃。黑马镇的地位得到空前巩固，将近一半的村镇建立了民兵组织。这些队伍可以有力地策应主力部队。

眼下使殷司令焦虑的倒不是金志，而是战聪。战聪的队伍不仅装备精良，而且纪律严明，有"义军"的美称。许多打散的土匪自愿归附，连趾高气扬的麻脸三婶也听从调遣。如果不是战聪的牵制，支队也许在短时间内就可以逼近小城，那时形势就会明朗多了。

殷弓曾通过各种渠道争取战聪，忍耐力已达到极限。如何对待战聪及他的队伍，殷弓与上级意见并非一致。在他看来，现在已是采取一切可能的手段消灭对方的时候了。

这支混杂武装让他绞尽脑汁。他正计划一个彻底的解决办法，对此飞脚极为赞同。许予明和宁珂则保留了意见，但遭到了殷弓的驳斥。

殷弓欲令李胡子带领一支小规模的队伍，与支队保持某种独立性，以迷惑敌人。李胡子须在相应时间内取得战聪的合作。这个过程中支队将围困战家花园，如果金志不能及时增援，那么李胡子就可以有所作为。殷弓并不奢望就此一举歼灭这支混合队伍，但活捉或击毙战聪是他的首要目标。

一月之后，李胡子有了一支队伍。这支队伍人数虽少，却马上引起了广泛注意。一些进步组织极为惋惜，认为这是一种分裂行为，表明了李胡子"匪性未除"。支队则希望李大侠好自为之，起码能够保持中立。李胡子未吐露一个字，所以没人知道他的态度。他有意疏离平原地区一切武装集团、政治派别。

不久战聪与李胡子取得了联系。李胡子表示今后绝不再陷于纷争，也不受制于人；今天他算是赚了个明白……战聪表示了一定的赞赏。

这期间殷弓与宁珂又有过多次谈话。他们的话题越来越宽泛，常常从眼下的战争说到未来的胜利、对小城日后的美好设想。两人都兴奋得双颊通红。宁珂说，小城解放后，第一件事是扩建一个像样的大医院，同时这也是曲予先生的心愿。殷弓不再作声。曲予遭到暗算的消息宁珂还不知道。殷弓估计杀害曲先生的只会是金志，甚至还想到了远在省城的宁周义——金志在着手除掉这样一位有影响的人物时，必会请示上峰。宁周义最起码会事先知道一点风声——殷弓倒也希望如此，因为这样一来宁曲两个家族就算结下了世怨，除掉宁周义也有了更充分的理由。话题最后仍然回到了眼下的战况上来。殷弓认为任何的观望等待、犹豫不决、心慈手软，都会带来无法估量的损失。战争的确到了决定关头。

宁珂同意这样的分析。不过宁珂同时也想：在殷司令看来，这些年来什么时候又不是"决定性的"时刻呢？

"我们最后奋斗一下，胜利也就来了！"

殷弓突然握紧了宁珂的手，握得他都有些痛了。

殷弓继续握着说："那时啊，也许组织上就让你领导这座新兴城市呢，你会更忙，那就没有时间陪曲绪了！"

殷弓说到最后一句松了手。

宁珂喉头那儿热乎乎的。他很激动："我准备……献出一切。真的，我不会害怕牺牲的……"

殷弓低了一会儿头，又盯住他："眼下还是最残酷的年代，民众和战士还在流血。你想过没有，宁周义的双手沾满了鲜血，我们对他已经太仁慈了。我以前说过，如果他的家室在平原，他还敢让人在这里大开杀戒吗？"宁珂愣愣地看他，他用力一挥手，"那他就会收敛许多！不是吗？你认为呢？"

宁珂觉得这是非常奇特的一个设想。为什么对方会一再产生这样的想法？他知道殷弓希望自己把阿萍奶奶请来，也就是说，让宁周义添上后顾之忧，多考虑自己的后路……他摇摇头：

"她不会来的，这个时候就更不会来。"

殷弓冷笑："我看未必。"

他那肯定的语气让宁珂一阵惊讶。宁珂想起宁缬姑姑：为了许予明，她也许会不顾一切往山区和平原跑；但与阿萍奶奶不同，宁周义对这个放荡的女儿早已失望了——他突然记起许予明好多天未见，问了问，殷弓说与飞脚一起执行任务去了……

就在这场谈话不久，飞脚哭丧着脸回来了；他一惯笑模笑样，这次让人一眼就看出发生了什么事。宁珂问他，他摇摇头，径直找殷弓去了。一会儿殷弓从屋里出来，骂骂咧咧的。宁珂抬头看他，他说：

"老许被捕了！"

原来他们完成任务后要一起从东部城市归来，许予明却坚持多留几天。飞脚等不得，就先一步离开了。他计划去李胡子那儿，约定了三天之后会面。四天过去了，没见人影，后来才知道人早走了。两天之后李胡子手下的人告诉飞脚：麻脸三婶的人逮到了许予明。

宁珂紧张极了。因为他心里明白，落到那个人手里，恐怕是不能活着出来了。他问殷弓怎么办？殷弓久久不语。飞脚提议让李胡子去求四少爷战聪。宁珂马上赞同说，这真是唯一可行的办法，但一定要快，要赶在敌人动手之前……

殷弓仍不作声。他在空地上踱步，不断把折断的树条抛在地上。这样走了一会儿，他抬起头望着西边说："李胡子万万不能动作，他在这个时候出面为支队求情，很不明智……战聪很狡猾的。"

宁珂有些急躁："可这关系到许予明的生命！这是不能犹豫的……"

飞脚看看他，又看看殷弓。

殷司令下了最后决心："不让李胡子插手了。我们将尽最大努力营救老许……这个人哪！一个身经百战的战士，一定有很多办法战胜敌人的。做好行动的准备吧！"

飞脚再未说什么。宁珂却陷于更大的焦躁与费解。因为他实在弄不懂支队会做点什么。战友危在旦夕，远水也不解近渴，硬打硬拼将会更糟……他险些要恳求殷弓了——后来之所以没有那样做，是因为他知道不会有丝毫用处。

宁珂被这一噩耗给弄懵了。他直到与殷弓他们分开之后很久，才仔细去想许予明被捕的原因和细节。越想越是茫然。因为凭这个人异常丰富的斗争经验，落到一群草匪手中是极为偶然的。如果他不在鹰眼姑娘那儿耽搁呢？他想得很累。现在最要紧的还是营救。突然，他想到了岳父曲予——先生刚刚离开黑马镇不到一个星期，为什么不找他呢？先生去求战聪，想必这个四少爷多少会给他一点面子；还有，先生还可以借助小城诸位贤达，去影响金志。这未免不是一条极好的路子！想到这儿宁珂急急回返，找了殷弓。

殷弓一直眯着眼倾听，不停地皱眉。那张有着刀疤的脸此刻何等苍白。

"老殷，怎么了？你怎么不说话啊！"

殷弓摇头。

"不行吗？为什么？你怎么了？"

殷弓的手按住了宁珂的肩膀，拍打两下，松开了。他继续摇头。

"殷司令，你要说出道理来！你为什么要反对我提出的计划？为什么？！"

殷弓的脸由苍白变为铁青，最后颊上的疤痕都颤抖了。他咬了咬牙关："宁珂同志，请你镇静一点。你问为什么，我暂时还不能回答你。不过你不久以后会明白的。请相信我吧，我的心情像你一样……"

宁珂无望地看着……这样许久，他呻吟般吐出一句："那就允许我回城一次吧，只给我一周的假期吧。"

殷弓又摇头："不，你现在一定不要回城，也不准你的假。"

"我？……"

"是的。就到这儿吧！"

殷弓急急离开……宁珂狠狠跺脚。他恍惚看到了许予明那一身的疤痕又被割裂，鲜血水流一样涌出。

4

许予明被关在一间有壁画的老屋里。这座老屋陈旧而结实，用料十分讲究，粗木梁上也有彩绘。地面铺了方砖，上面有些洞穴，可能是木柱撤掉后留下来的。他好长时间才判断出这是一座废弃的古庙。残破的窗子用土坯塞紧了，到处都是烟熏的痕迹。看守是个五十多岁的汉子，腰弯得厉害，看人时必须奋力仰颈，那双从低处射来的目光显得格外阴郁。他坐在地上烤火，由于加草太勤，不断冒出浓烟。许予明被呛得涕泪交流，不断跺脚喝他："狗东西，你弄出这么多烟来！"如果不是因为拴在柱子上，许予明会把他的脖子拧折。

弯腰吭吭咳："赶明儿就死的人了，呛呛又怕什么？我日！"

弯腰在火上烧一只麻雀，烧得乌黑，连骨头一块儿嚼，弄出"咯咯"声。他嚼一口，从腋窝那儿掏出小酒瓶灌一口；喝了一会儿站起，拣根沾火的棍子："咱操练一会儿吧，爷们！"

许予明大叫："你他妈要干什么？你敢！"

"我不敢。我哪敢去？我前些年把腰寒了，一过夜就哼呀哼呀疼，"说着捶了两下腰，"哎呀哼呀地疼。忍住些操练起来吧。"说着抡起棍子，结结实实砸在许予明的腰上。许予明拴在身上的绳子只余出一二尺可动，要躲闪非常困难。弯腰年老体衰，下手却超乎寻常地有力。许予明威胁、骂，全不抵事。他只是吭吭打起来，一边打一边咕哝："你身上有些腱子肉，这俺一落手就知道了。吭吭，好个结实哩。我日，前些年逮了个毛娃，三两下人蹶了，有个多大意思……嗯，嗯，叫你直梗，叫你蛮，叫你高爽爽长着。一下，两下，十三下了，五十下了，我日，见血了……歇歇哩。"

弯腰扔了火棍，从窗台上取个篮子，掀起上边的粗布盖幔，抓起一块饼吃。吃了一会儿，又趴在门上看半空，像瞅准了一颗星星，嗓子里发出一阵低吼："哦——妈妈！哦——天寒地冻午夜三更啊，哦——可怜可怜俺……天快放明吧，我日！"

许予明的腰部以下给打出了血。他咬着牙，心想如果松了绑，他会不顾一切扑上去扼死这个老弯腰。他料定这个家伙的脑子不正常，但凶狠成性。他已经将事情前前后后想了许多遍，不敢想天明以后他们会杀了自己。他万分悔恨的是太大意了。不过他至死也不解的是，为什么这伙丧心病狂的家伙会把他的身份弄得那么清楚？他们竟然什么都知道……越来越淡的夜色中，许予明终于明白：自己被出卖了。这出卖或者在被捕前，或者在被捕后，反正敌人一切皆知。

谁会出卖他呢？许予明一个个想了一遍，想得头疼，最后还是想不出。天快亮了……真要到了那个"最后的时刻"？伤痛阵阵袭来，他闭上眼睛，想从头回忆点什么。没有比那些火烈的情爱再让他动心的了，这最后的回忆不能没有她们。那就让我从头开始吧……那些数不清的白天和夜晚，在城市在乡村，在消闲的假日和激烈的战斗间隙；无论是哪儿，无论是多么优越或多么险恶的环境，那种不可遏制的追求与热烈都在滋生。她们是我心中不熄的火光、永生的希冀、万无一失的温存……我相信没有比我更爱、更善于爱的人了！真的，我敢在这样的时刻发誓……

还记得那个玲珑小巧的战地小护士，穿了灰色军衣，齐耳短发，鼓鼓的军鞋特别引人注目。我只一眼就发现了那种不同凡俗的美。她对首长说话也伸出一根手指，平伸在脸前指指点点，不太礼貌，但煞是可爱！她喊喊喳喳像个小鸟，哭和笑都适时而至，一忽儿在东，一忽儿在西，营地上飞动得可真迅速。在一个伸手不见五指的黑夜，我第一次吻了你。你不停地擦嘴，以此掩饰着难言的羞涩和慌乱。那时你那么小，我也不大。我们在这黑夜里簇拥，幸福得忘记了一切。我们不倦地吻着、抚摸着。

后来我们一直好了两年多。那些岁月水一般消去了，再也不会回返。我们分离后就再也找不见了。我返回了多次，仍是一个失望。这失望跟紧了我，跟了一辈子。你是天底下最好的一个小护士，美目惊人。你鼓鼓囊囊的胸部啊，贴紧了我，在十余年以后的今天还让我感到了它的压力；它大概在鼓励我拿出勇气，去对付有可能遇到的任何惊险危难。真的，美好的爱情会使一个战士更加勇敢！

在大后方，在使人松弛和左顾右盼的大后方啊，碾制军粮的石碾旁、做被服的厢房里，都留下了另一个姑娘的身影……你是被千万人思念过的那一类沉默寡言的女性，红脸庞、细高身量、甩动长长发辫的所谓"村姑"。你的紫色方格衣服让我百看不厌，我牵上你的手走向夏柳青青的田野，仰躺着讲故事，看一天流云。我们都忘记了冷酷的战争、贫寒的岁月，只觉得衣食丰足天宽地厚，两人真是天造地设的一对儿。你细润而结实的肌肤、柔长有力的双臂，都更好不过地说明了你是田野上生产的优质女孩儿家。我那时容易伤感洒泪，你害怕地吻去我的泪花。你摘下了我的枪，我告诉这是武器，它不停地消灭敌人……你说有朝一日你背叛了、跟别人好了，浓眉大眼的首长啊，就用这支消灭敌人的武器消灭了我吧！我永远会记住这句话。不过我当时忍住了没有告诉你的是：先自离开的从来都是革命的浪子。后来，在火热的斗争中，我的担心和内心泛动的预言又一次被证实了。我的永恒的村姑啊，你一向可好？

……还有诸多。且让思绪在鹰眼姑娘这儿打住吧，或者再稍稍地想一下宁家那个疯浪的胖妞儿。缬子！我承认我过分迁就了你；不过我及时整饬自己泛滥的情感时，却发现了你过人的热情、动人的真挚。你已经先肉体后精神地爱上了我，巨大的欲望不仅毫不丑陋，而且最终能够打动我。我惊异于你圆滚滚的丰满的躯体，常常涌起崇拜般的情怀。你拥有着我，彻底而坚定，襟怀坦白地诉说前前后后的一切：爱、被爱，离与合，追逐与逃窜。你说自己是一个不幸的女人，是渴念把自己全部压垮了。你说你是永远不熄的火焰。你让我相信你、爱护你、率领你和扶持你，你会在有一天为我去死。天哪，巨大的吸引和巨大的矛盾交错折磨我。我不能舍弃你这个反动而神奇的女儿。我注意到你鄙视和仇恨民众，骂革命党为乱党；我无数次拥有你却无力改变你……我只得逃离，怀着一个男人的悲凉和一个战士的决绝。好自为之吧。

最后是鹰眼姑娘，你这医术高明的爱神。你两条长腿显得有点比例失调，鼻子也嫌太尖。可能是遗传或职业上的缘故，你生了白细如凝乳的肌肤，总闪着淡淡光泽。你给我换药、拆去缝合的药线，动作何等粗暴、态度何等生硬。我明白，我就快在长长的养伤期间发怒了，疼得发怒，孤独得发怒。我的怒火一泛上来就会死死揪住你十指修长的手，你这个眉目怪异的冰美人！奇怪得很，你一直不动声色，像个无性别的人。越是这样越是激发了我的好奇心，那个下午我痛得一喊，在你皱眉时紧紧按住了你的手臂。你尖叫一声，脸庞并无例外地红了。应该这样。它慢慢出现了……这浓厚的、挥之不去的爱开始蔓延持续，直到今天、直到把我毁掉。这是报应吗？爱既然分外美好，那么拥有它时，为什么还能招来报复？这里面有个不祥的东西，它可能就是嫉妒。

上帝也会嫉妒啊。胸襟狭窄的上帝啊，你快些饶了我还来得及；当然，不饶也没有什么。当我回顾往事的时候，我会毫无悔恨地说一句：

我的全部，都献给了爱和世界上最壮丽的事业——为着全人类的解放而斗争！

天快亮了。那个弯腰打着哈欠搓眼，走近了看：

"咦，你还哭？你也会洒泪？哟——！"

许予明被他惊得大睁双眼，一下看到了这副灰迹斑斑、猪头腮样，一瞬间厌恶涨满。他盯着这个正在尽一切力量仰起脖颈的家伙，发现那窄窄的额头四周生满了暗红的绒毛。

弯腰又咳，从冒烟的火堆上拣根棍子，唉声叹气挪蹭到跟前："再操练一会儿吧，天怪冷的。天快亮了，天一亮就不归我管了。哎呀，天怪冷，我日！"

许予明踢他，他躲开了："蹄子痒是定了。这就解痒……哎呀，吭吭，天怪冷。"他砰砰敲击许予明的脚。钻心的疼。许予明不停地跳动、躲闪，他还是"嗯、嗯"地打，打得又扎实又耐心。

没有力气跳了，血从鞋子上渗出。弯腰也没有力气打了，歪坐火堆旁：

"也算个福分了，天明让司令家小姐亲手送你去西天哩。哎呀，天怪冷呀！……"

5

倾尽一切思索，求助于一种急智、它拥有的神奇力量……也许在最后一刻能够挣脱密织的死亡之丝。许予明并不怕死，这点他心里非常清楚。他只是焦渴、钻心的焦渴，渴望饮用苦苦追求的解放与自由的甘饴。那一天真的不远了。在这光辉的一刻到来之前倒地不起，真是太过分了。

死亡是这样荒谬和简单吗？

他抚摸身上各种各样的伤疤，觉得就此死去简直不可思议。

天亮了。门外的争吵声响起，是一帮匪徒。吵声远去，弯腰失望地爬起来搓眼，又坐下。"小姐再不来，又得操练，真是烦人的事儿。"他咕哝。

许予明想得头疼，想不出解脱的办法。多少同志在等待，怎么能就此分手——殷弓，宁珂，一个个面孔在眼前划过。这是一同趴在黎明窗前的战友啊！

被捕以来敌人并未起劲地审问。麻脸三婶只是发狠地盯他、让人揍他。他提出要见见这边的头儿，无论是战聪还是金志都行。麻脸三婶冷笑："不见也好。你想试试运气？痴想！你那队伍，连三岁娃都沾了我这儿弟兄的血，做死对头也不是三年两载了。老娘亲手杀你呀，好比剐只鸡……别看你俊模武样儿的，老娘不稀罕了，杀呀！"

一席话让许予明灰心丧气。真是个女恶棍。以前只闻其名未见其人，这时近在咫尺地看着她数不清的深皱、松弛皮肉上的印痕，还有那对包裹在一丛肉褶中的毒目，相信自己有机会会毫不手软地宰了她。

女匪首一一吩咐，说好好伺候，别缺了吃的喝的，也别缺了棍子，只等兴起杀了他，把人头悬在热闹地方。

这些话是当着许予明的面说的。经过黑马镇大劫的人没有一个会怀疑她说到做到。天哪！

从被捕到关入古庙折磨，再到这个黎明，不过是两天的时间。许予明想，眼下最使女匪感兴趣的大概是"悬首示众"那个惨烈场景。土匪，即便是女匪，也仍然具有强烈的好奇心……

天大亮了。许予明得知要由女匪首的女儿来解决他。他一点也不觉得会有什么转机，因为那三个雌狼的凶残也尽人皆知……

一阵混乱，门打开了。逼人的光线下有人吃吃笑，那个弯腰老匪赶紧低头，退着离开火堆，报告了几声："小姐，俺老汉一夜没停跟他操练哩……"一个童声喝道："滚吧。"这声音让许予明抬起眼睛。光线太强了，只见一群人中夹个戴鸭舌帽、穿了皮夹克的少年，少年腰上挂一支小巧的手枪。他一转身，那强烈的阳光就勾勒出秀气的五官侧影、一溜长而整齐的眼睫毛。许予明有些迷惑。

少年走近了。跟在后面的一群人都待在门口。少年端量着，渐渐不笑了。他目不转睛地看，足足有一刻多钟才声音艰涩地说："你好像……不害怕？知道我是谁吗？"

许予明突然明白，面前这个"少年"就是爱着男装的"小河狸"，麻脸三婶最小的女儿。传说她是三个女儿中最俊美的一个……他这会儿承认，种种传说算是得到了验证。他只一眼就发现了那难以掩饰的女性之美。仔细端量一下，从那对通圆的杏眼、小巧的嘴巴上，无论怎么还可以看出一些女性特征。还有，她的胸部已经高高隆起，这正是今后破坏她改扮男装的致命障碍。

许予明沉默时，"小河狸"也一声不吭打量他。她在屋内踱着，踩灭了不停冒烟的火堆。"司令让今早就杀了你。我倒不急……"她这样咕哝着，像是自语，像是催促自己下一个决心。一会儿，她转身对一群匪兵说："先回去歇吧，听我唤你们……"他们应声去了。

"小河狸"摘下鸭舌帽，一头削过的乌发淌下来。一种难言的芬芳溢了满室。

她腰立在一旁："你这样的，我一会儿就能杀掉好几个……"

许予明仍在用力思索。他双眉紧蹙。后来这眉头展开了，又大又亮、像婴儿一般明朗清澈的双眼转向了她。他字字清晰地说：

"……跟我听说的一样！"

"什么？"

"你。"

"我怎么了？""小河狸"眯着眼。

许予明点点头："你长得不错……"这样停顿一下，又说，"不过你太坏，可惜了你这模样。这么好看的姑娘为什么要那么……残酷？"

她格格笑，下巴乱颤。"俊小伙子，你长得更带劲儿……不过放心吧，这也耽误不了我杀你。我坏？你还不知道我有多坏呢。我高兴了现在就能把你的耳朵割下来。"

"我们这些人都不怕死。"

"不怕死偏不让你死。我要慢慢折腾，听你告饶。"

"那是痴想……"

"试试吧！"

当天上午"小河狸"就让人给许予明松绑，不过仍要加一副铐子。

屋内也被清理一番，墙角那儿的稻草撤了，改成一个舒坦的地铺，加了一叠半新的被子。屋子四周都是岗哨，不过离得远了一些。伙食也有改善，还有个戴眼镜的老头儿来给他裹伤。

"小河狸"常常光顾，坐在一旁抽烟。她那对杏眼无遮无拦瞄过来，问："老家是江南吧？再不是半岛？"

许予明答："半岛人。"

"怪不得呢。长这么水滑。我第一遭见你这样的。我这人说话直。"

许予明身上有些燥。但他决心抵御那袭来的什么。他心里正磨砺一个坚定的主意。

"小河狸"坐得更近："都说我坏，这也不假。不过我只对我厌恶的那些人坏。我差不多谁都厌恶，一张张脸越看越厌，心一横：杀了利索……对喜欢的人就不同了，怎么都行……嘻嘻。"

他听了心上一紧，看她一眼。他发现这个"小河狸"脸庞红扑扑的，像一种秋桃。喉咙那儿有些胀。

"小河狸"挪近了，伸手就摸他的头发。他躲一下，她索性揽住他的脖子。"小伙子，别死心眼儿。我呀，我这贪性儿非误了大事不可，我妈老说。可我改不了，也不想改……你怎么长这么好？今年多大了？肯定比我大。小死囚，你这张脸救了自己都不知道。你啊，愣着神儿干什么，喂，转过脸来！"

她扳他，后来一怒抽了他一个耳光。她吻他的脸庞，把身子贴在上边。

"既然这样，取下手铐吧。"

"那不行。你以为我信服你了！一头装痴的豹子……"

入夜后，"小河狸"提着马灯进来。她凑在许予明耳朵上说："我留下伴你了，啊？"许予明半晌没吭声。他的头快要胀裂了。后来他咬咬牙："不怕我半夜里把你扼死？"她不停地吻他："不会。你不是傻子——那样我的人会把你大卸八块……这可是真的！"

许予明再不吭声。让一切来临吧。这是他经历中最不可思议的一页。可是一个战士、一个男人应该有勇气翻过这一页。他默默地下了个决心：接受命运。

夜里的马灯太亮了。他们都没有熄灭它的意思。许予明的手铐被取下，他用力活动腕子。一动脚踝骨就疼，那个老弯腰的棍子太狠了！"小河狸"亲他的创痛，往上吹气儿。"等我回头宰了那条老狗！"她亲他的额头、锁子骨，又伸手抚摸脊背、周身。她终于被那些疤痕惊住了，动手解他的衣服。"原来你是个身经百战的主儿，死也值了。"许予明在她的喘息中不能自抑，闭着眼睛。"真是一只'小河狸'！"他紧紧把她抱住，又起身把马灯移近了。"小河狸"一声不响，像睡着了似的。他把她托起又放下，最后用一只臂膀挽了，将其脱得一丝不挂——那支精致的小手枪摘下来，看了看，像扔一个破石块似的一抛。他发现她像一个筋肉结实的儿童，身子细溜溜，没受一丝一毫磨损，浑身散射着光泽。那翘翘的小臀部贴在他的手臂上，像要躲避粗暴的击打，那么柔顺、羞涩，甚至还有点弱小。他动了动那两只挺挺的乳房，在她耳旁咕哝了一句。她没有听清，只发出若有若无的呻吟。许予明在这一刻想到的是一只小鹿，它正跪在面前，头抵住了他的前胸。他扳起她的脸，她一直闭着眼，那睫毛让人想起夜晚的合欢树叶。"一只滴血的鹿……"他把她拥住，倾听细细的呼吸。奇怪，后来她一点声气也没有了。他用力、用千钧之力把她拥住，她还是没有声气。这样过了一刻、两刻，突然她山狼一样尖叫起来。她咬他的头发、耳朵、脖颈，直咬得鲜血流淌。他知道殊死搏斗的时刻来临了，拼足了力气，展开的双臂像铁索，把她扼住、按紧、折叠、摔打，最后用满是刀疤和铁茧的大掌把她从头至尾地磨砺、砍击、搓动。他在马灯逼人的光亮下眼瞅着她细长圆鼓的躯体颤抖不止，变得像烈日下将死的蚯蚓，蠕动着，渗出浓浓的黏液，红得发紫。当这蠕动停息，躯体又在胀大。那隆起的部分被他的手指挨近了，复仇的快意顶得下腭刀割般痛楚。他现在真的明白：殊死搏斗的时刻就在眼前了。她撕咬他的力气在增大，他任鲜血流下，流在她如汉白玉一样的颈上、乳上，流在小母鹿一样的脊背上。他使出泰岳般的力气把她拥住。她的尖叫越来越像山狼，一头失去了生还之念、即将被攫住、被一把火钳夹住前蹄的那种山狼的尖叫……

这尖叫断断续续直到黎明。他们依偎着，只经过了几分钟的一寐，睁开的眼睛又明又亮。"小河狸"一点点触碰那崭新的伤，长叹一声："你是我的！"

他的嗓子干得难受，因为流出的血、汗水太多了；还有，他一寸一寸咬湿了她的头发。"你让我饥渴，让我发狼，让我把你变成一只打死的山鸡……"

她盯着这双特异的眼睛，喃喃着："多好的一对眼睛，这可不是为战争年头准备的；这双眼长得真不是时候。"

许予明说："你也一样。"

他们难以分开。中午时分坐在地铺上用饭，有人传话说司令叫她。"小河狸"亲亲他："我知道她想让我干什么。我会骗她——等我！"

　　……麻脸三婶吸着烟："你个小三儿，有个谱儿没？给妈说说……"

　　"有个谱儿。再让孩儿耍弄两天吧。"

　　麻脸三婶踩灭了烟："就两天，多一个时辰不中。三天头晌让弯腰他们做，四日赶沙河集，把人头挂了。"

　　"小河狸"低下头："就这么着吧。可惜了的。不过妈说了就是说了。"

　　"小河狸"回到许予明身边，不吱一声。

　　"你怎么了？"

　　"人哪——这会儿还这样，那会儿就……不说了。"

　　许予明故作镇静："你把我放到肉砧上吧，我早就打定主意，保险不再讨饶。"

　　她一把攥住他的手，按住腕子："看你心跳得多慌。人原来都怕死啊。"

　　"过去不怕，这会儿有点怕了——怕再也看不到你……"

　　"小河狸"翻着通圆的杏眼："我路上琢磨，没有了你会慌一辈子。肯定找不着比你更好的了。不过咱俩好得真不是时候，我有豹子胆也不敢藏下你啊，干脆吞下肚里吧……"

　　她流出了泪水。

　　许予明吃了一惊，心一阵狂跳。后来实在忍不住，就把她抱紧了。

　　他们在一起整整两天两夜。

　　天快亮了，鸡一声声啼鸣。"小河狸"穿戴齐整，又戴上鸭舌帽，一头乌发藏了。她定定地站在门前听鸡鸣声，让许予明也穿好。

鸡鸣声此起彼伏。

"小河狸"抱住许予明，一声不吭。突然她推一下："跑吧！"

"……"

"跑吧！"她的手抚遍了他的全身，"我本来只想亲热几天，转过身就不管你了。可这回不行，我舍不得。留在世上吧，你这样的该留下……"

灰蒙蒙的天色中，他们走出去。睡眼惺忪的哨兵见了"小河狸"只是点头。他们一离开这条街巷就奔跑起来。在街心那儿，"小河狸"又牵来一匹马。许予明翻身上马，狠力打了一下。马儿飞驰起来。

"小河狸"尖叫一声。

马儿一仰脖子停住。许予明无论怎么打，它只是原地旋动。

"小河狸"跑过来，揪住了马缰。后来她也跳上了马背。

……她一直伏在他的背上。离黑马镇越来越近，天也亮了。黑马镇的轮廓越来越清晰，渐渐连镇头的岗哨也看得见了。

许予明跳下马，把缰绳交给她。她又流出了眼泪。他给她揩去："听我的话吧，要记住，别再干坏事，别再杀人了——我会记住你的，记你一辈子……"

"你会要我一辈子吗？"

"不，不能了。"

"我跟你去那边队伍呢？"

许予明忍住什么："不，那边不会要你的……以后再说吧！上马吧！……世道多么怪，人这一辈子多么怪。瞧你还像个孩子……"

"小河狸"打了一下马，转过身子。

那匹马颠了起来。它背着曙光缓缓而去……

6

许予明的生还让整个支队一阵狂欢。宁珂从未有过地兴奋，拥抱着这位不断带来神奇的战友，再也忍不住泪水……飞脚说："殷司令已经做了周密部署，要不惜一切代价营救！"许予明的脸色陡然阴沉下来：

"他们今天就要把我的头悬在十字街口……"

殷弓一直没有笑，这时捶了一下桌子："看我把她的头砍下来，就挂在十字街上！"

几个人都想到了黑马镇大劫，想到了前一年那场惨烈的战斗。

最初的兴奋过去之后，许予明开始讲述前后经过。他特别指出自己肯定是被出卖的，不然敌人不可能对他的身份、东行路线那么清楚……说到"出卖"两个字，殷弓的脸色青了。那瘦削的面庞上，一道醒目的疤痕更亮了。从五六年前，殷弓心底就泛起过可怕的警示，他把部队一次次失利、行动机密的泄露，都记入一笔心账。许予明的这一判断敲在弦上，他疼得一抖。他恨不得立刻除掉那个隐匿的家伙。为此他经受了多少痛苦。飞脚曾告诉：他注意了许久……曲予先生遭暗算之后，飞脚又一次对殷弓说：有人出卖。

至于许予明被营救的细节，他自己并未谈及。但"小河狸"迷上他、

440

最后又放了他这一事实，已令人唏嘘不已。殷弓犀利的目光瞥来一下。飞脚扶扶黑呢礼帽。事情来得这么突兀，宁珂也不知该怎样对待，不止一次看殷弓。殷弓最后说了一句：

"这算是她做的一件好事。不过她手上有血，你要小心沾到身上……"

许予明一愣。

飞脚说："那可是真正的一条美女蛇——老许小心。第二次要吃亏的。"

许予明赶紧说："我们不会有第二次……"

殷弓哼一声："这可就难说了，老许！"

"我……绝不会的。"许予明的脸涨红了。

"等着看吧。"殷弓又说。

宁珂这时想到了那个鹰眼姑娘。他在心里喊："你啊，差点毁掉了我们最好的一位战友。他就是因为你才被捕的！"他不知该怎样对待"小河狸"，但记住了殷弓给许予明那深深的一瞥。

宁珂深知这位战友，此刻为自己没能及时向组织报告而悔痛。他明白，这位战友出色的机智和勇敢，与恶劣的生活作风交织一起；而后者，险些使革命蒙受巨大损失——革命队伍孕育一个身经百战的战士是非常困难的，这需要鲜血和时间，还需要无数考验的关口。

宁珂在思索这些的同时，却忽略了另一个事实：恰恰是因为那令人痛惜的情感，才使一个濒临死境的战友得以生还……

这个夜晚，宁珂觉得该向组织谈一谈了。

他找到殷弓，说在此之前隐下了许予明的一些情节，而今天看，事情已发展到了危急关头，他有必要向组织反映。殷弓点头，又叫来飞脚。

宁珂谈到了许予明与宁缬的关系，特别是谈到他养伤期间与鹰眼女医生的关系……殷弓一边吸烟一边听。飞脚几次想用粗粗的雪茄替换下他的劣质烟草，都被拒绝了。殷弓说："你身为支队领导，为同志隐下这些重要错误，是很不应该的，在此提出批评。""我接受。""你对他这次与'小河狸'的事儿怎么看？"

宁珂皱着眉头："我想，为了脱险和胜利，这是允许的……但肉体上……"

飞脚吃吃笑。殷弓一丝笑容都没有，冷冷一句："为了胜利该做的事情还多着呢！比如说，他还该顺手把那个穷凶极恶的女匪抓获……他本来做得到的！"

这次谈话就这样结束了。

黑马镇进入了紧张的临战状态。一切都井然有序，从民兵到战士，士气空前高涨。胜利看来也只是个时间问题了。殷弓给排以上干部做当前形势报告，用语简练、坚硬，给人以无比力量。他站在一幅地图前，瘦小的身形显得那么结实。宁珂一瞬间觉得这个人就是钢铁铸成的。

干部们回到连队又传达了司令的讲话，战士们似乎明白了：要解放海港城市，首要的是先消灭战聪，然后开始最后的围困。他们甚至提出了一个口号：消灭战聪，活捉金志。不知为什么，宁珂总觉得战聪和金志的位置应该颠倒一下才好。

华东乃至全国的局势都在好转。江北的情况算是明朗了。

飞脚经常来往于李胡子驻地与黑马镇之间，偶尔也去港城。一些重要的联系与策应都落在这位交通员身上了。许予明自归来后情绪一直不高，宁珂无论怎么鼓励都没有用。那些隐伤一块儿作痛，使好端端一张脸常常皱蹙。宁珂毫不隐讳自己的看法，告诉他，自己已经对组织讲出了所有情况——"而这些早应该由你自己汇报了，隐瞒的结果只会更坏。"

许予明并不惊讶。他握了握宁珂的手："我同意。就让组织处分我好了。可是组织至今没有找我谈一次话。"

"组织太忙了。"

宁珂与许予明在一起时，有战士向殷弓报告：一个骑马人在镇子四周徘徊多次，极像敌人侦探。

殷弓亲自拿了望远镜跟战士走了……那是个年轻人，胯下是一匹藏青色大马；戴了鸭舌帽，似乎想找个机会进入街巷……殷弓当即判定：这人就是"小河狸"！

他很长时间没有这样激动了，马上命令：一定活捉这个人，不惜一切！

那个骑藏青色大马的少年从镇子西头绕向东北，渐渐接近了街巷。他在一位晒太阳的老头跟前下了马，打听什么……一群扛着镢头的年轻庄稼人走过来，老远就夸这马好、这少年精神。少年回头看时，他们已走近了，还伸手抚摸那马。少年怒喝一声："别动！"小伙子们就说："你也别动啦！"说着两人迅速上前一步扭住了他，一掀襟子拔出了少年的枪。

老者把烟锅扔在地上，头也不回地跑了，扔下一句："天哩，大白天出了小歹人！……"

少年不停地挣扎，嚷叫着。年轻人大口喘息："那正好！那就走！"

7

少年自从被扭起的一刻就尖声呼喊，嗓子真尖，像一种奇特的鸟儿。没有办法，只得用布条把他的嘴塞起来。直到关进一间屋子，塞紧嘴巴的布条仍未取下。

殷司令披一件深色披风来到了。他注视少年，亲手取下塞在嘴上的东西。少年啐了一口，殷弓的脸立刻蜡黄，狠狠一拍桌子："你死定了！"

少年格格笑："怕死的就不来你个狼窝！我是找自己男人来了，请告诉他一声吧！"

他说着唰一下摘了帽子，浓发搭下来。

殷弓哼一声："剥了皮认得你骨头。你是交还血债来了。"

"我这辈子不欠谁的——更不欠你。你算哪一个？"

"你欠了支队的、黑马镇的、平原和山区民众的，都是血债。你问我？你和你妈最熟我了。你该知道我的名字。"

她斜眼看他，笑了。

"笑什么？"

"你长得可真丑。"

殷弓给了她一个耳光。她仍旧笑："长这么丑还神气？我要长你这么丑，早就不带兵了。你那张脸像捣蒜的杵子一样，落在我手里，一恶心就把你杀了。我杀人可多了。"

"我要让你游街示众，要你这条'美女蛇'面对民众发抖，最后再枪毙你！"

她突然沉寂了。后来小声问："就这么杀了？舍得吗？"

殷弓愤怒已极，跺跺脚走开。

飞脚和宁珂都分别审过"小河狸"，结论一致：匪女已无任何合作希望，她只求见一眼许予明；她这一次很可能是来劫持他走的！

三人统一的意见是：此人罪大恶极，绝不能饶恕；但考虑到目前敌我斗争形势的复杂性，可让其戴罪立功。如果合作的可能性不存在，尚可长期羁押，作为吸引麻脸三婶的"香饵"。他们都认为暂时不可让予明知道，以免滋生不测。

最困难的是拘押。她吵闹不停，用最刻毒的语言咒骂看守。而所有人都得到叮嘱，不准对其动手动脚。伙食标准在连队平均水平之上，但"小河狸"仍嫌粗糙难咽，动不动就掀翻在地。午夜，她的尖叫能传出很远很远。

殷弓终于认为如此下去许予明很快就会知道，于是又把她转移到偏远一点的地方，并增加了看守。

"小河狸"转移之后再也不进饮食，提出不见到许予明，她宁可饿死："一支不讲信义的臭队伍！我是自寻来的，是远道来客，就这么糟践人。让你几个不得好死！"

宁珂主张先与许予明好好谈一次，然后再让他们见面——老许会处理好这一棘手难题，让"小河狸"就范。殷弓摇头，说如果许予明经受不住考验，造成的损失将难以预料！宁珂问有什么损失，老许总不会背叛支队吧！飞脚盯了宁珂一眼，连连吸烟。后来飞脚说：让我先与这臭娘们儿谈谈吧！

飞脚对"小河狸"说：许予明已经到省城开会去了，时间比较长；你最好忍一忍，忍一忍罢！先吃饭，余下事情他回来再商量，会让你满意的。

"小河狸"良久不语。后来她说："你是说了算的人吗？你能做主，那好吧，我告诉你，我只等三天；三天之后，什么鬼话我也不听了。"

殷弓从未遇到此类难题。他几乎想不出什么办法。在宁珂的一再坚持下，第四天上他总算同意让许予明与"小河狸"见面了。

首先是殷弓与许予明谈话。许予明得知支队逮到了"小河狸"，惊得半天说不出话，豆大的汗粒从额上渗出。"这需要你有钢铁的意志，老许！"殷弓严厉地盯着他。许予明自语一般："她虽然救了我的生命，但她是我们的敌人……"

许予明与"小河狸"见面时，两个看守跟在一旁。"小河狸"泪水哗哗淌下，怒喝两个战士："滚！滚！"战士犹豫，许予明就说："你们先走吧！"

"小河狸"紧紧抱住许予明。

"我们是有纪律的……结束吧！"

"小河狸"不声不响吻他。反反复复吻。她吻了许久许久。

"我们的确是有纪律的……只能如此了，原谅我。"

"小河狸"正色道："我也是有纪律的。或者你跟我走，或者我死在这儿！"

许予明看着她："你是走不掉的——既然来了，就走不掉了；我是属于民众的，我也绝不会跟你走。你该知道，你手上有革命者的血、民众的血，杀你十次都够了；不过你要留下来，就有机会将功赎罪——为什么就不能呢？"

"小河狸"咬咬牙："为什么？因为我看出来了，这里是不会让我们在一起的。你能和我在一起吗？要能，今夜就宿在这儿——你今夜要离开，一切就是假的，我就不信你了……我冒死来找，为了什么？我不知道这儿有枪等着我吗？我是忍不住，死也要见你、要你、亲你，我要把你咬碎了，嚼嚼咽下肚里……我会逃得出的，我会！……"

"小河狸"满脸都是泪花。

许予明忍不住，也流出了泪。但他赶紧擦掉了。"我不是假的，我们都不是假的，我让你留在这一边，我可以用性命担保……"

"你说！你今夜留不留？"

"我……"

"你说！"

"不能留。因为有纪律……"

"小河狸"跌坐在地上。她止住了泪水。许予明去扶她，她打开了他的手。天快黑了，她看着墙角，目不转睛地说："这辈子不长不短，男人见了不少……那天一见你就明白了，有我在，谁也不敢杀你了。谁杀了你，我会杀他！我什么都能干，就是忘不了你。我是真的啊，只有这一遭是真的，杀死我一千次还要说：我这辈子就要你！你怎么了？你怎么不要我？为什么？！"

"……"

又过了两天。许予明沮丧万分，不得不报告殷弓：他没有任何办法说服"小河狸"；但他要求组织上能坚持一段，他相信这个人最终会改变的；他要以自己的生命来保证，一定让她改变！他最后提醒说：她救了我的命，这也是真的啊！

殷弓不动声色地听着。后来他对宁珂和飞脚说："我们当中，有的同志太过于看重了自己的生命，而不太看重民众的生命！民众的牺牲已经难以计数，而有的同志只念念不忘谁救了他的命！"

飞脚与宁珂都明白殷弓的意思。

"不采取果断措施，恐怕是要出大问题、惹大乱子的，到那时什么都晚了！"

两天之后，殷弓决定：召开公审大会，处决"小河狸"！飞脚在决定宣布之后不停地吸烟，宁珂却惊得目瞪口呆。他有些口吃："这太关大局了，这……应该请示上级，还有，怎样对……许予明同志……他会不好接受的。"

殷弓说："这正是为了他。事情拖久了，他就说不清楚了。"

……直到审判"小河狸"的告示贴满了大街，许予明还一无所知。到处都戒备森严，到处都是议论的声音。黑马镇沸腾了。

许予明被殷弓责令写一份与"小河狸"接触以来的全面汇报，已经独自呆了三天。这天傍晚飞脚进来，把一份告示放在桌上。许予明拾起来一看，立刻"啊"了一声。

他当即昏厥过去……

第十一章

1

　　曲予被害的消息传到宁珂这儿，已经是十余天之后。那时黑马镇已召开了公审大会，枪决了"小河狸"。许予明被这一事件彻底击垮了，几次昏厥，醒来之后神志已有些异样。宁珂用尽一切办法安抚劝慰战友，但无济于事。他知道那个可怕的决定完全是殷弓一人做出的，飞脚无意反对，自己势单力薄。那天从许予明处出来，他径直闯入了殷弓的屋子——殷弓披着那件灰黑色披风，用一支红蓝铅笔描描画画，一抬头撞到了宁珂尖利的目光。

　　殷弓把一杯水推到宁珂面前。

　　"殷司令，殷弓同志！我觉得有好多话需要谈一谈了，再也不能耽搁了……"

　　"谈吧。"

　　宁珂被对方的镇静与温和弄得不知所措。其实他更希望对方与自己怒吵一架。再这样憋住，他会像许予明一样发疯的！他觉得额角有根小血管随时都会爆裂，脱口喊道：

　　"你看见许予明了没有？人已经疯了！"

殷弓取起黑杯子饮一口："看过了。我也很痛心。我为他那个样子难过，也羞愧！敌人血洗黑马镇时，他没有变成这样；我们枪毙了一个'小河狸'，他倒挺不住了！事实就是这样！……"

"可是司令！可是那时许予明并没有到队伍来工作。还有，'小河狸'毕竟救了他一命，又自动找来，他们很难割舍……这需要时间。总之支队在处理这个问题上太草率，也太残酷了！"

殷弓终于忍不住，一拍桌子站起来："是我们残酷吗？嗯？他们已经让我们血流成河！我们是谁的队伍？我们在干什么？我的同志，你的想法多么可怕！你多仁慈，敌人正希望你这样！记得上次宁周义组织的大围剿我们死了多少人吗？那个数字你该记住。那时我们已经哭不出声来了……"

宁珂嘴唇颤抖，不知该用什么话去反驳。

殷弓大口吸气，坐下说："这就是严酷的现实。我们每天在战场上、甚至是战斗间隙中，大批大批地损失同志。他们是非常可爱、非常宝贵的……南方的那次战役中，我是亲自参加者，亲眼目睹了可耻的偷袭。我的战友成百上千地死在身边，血把青草都染红了。那次我们一个连只有我一个人逃出来！宁珂同志，我还要对你说什么？我不能说你缺少经历，因为你目睹的血已经不少了。还有老许，也是这样……这些天我一直在想，想这到底是为什么？在斗争的紧急关头，为什么总有人出现犹豫甚至动摇？我想了很久，现在还在想。我多少算是明白了一点，宁珂同志！"

宁珂盯着他："你说是为什么？"

殷弓摇摇头："这是个痛苦的结论，我实在不愿讲出来——你自己琢磨去吧！"

"不，殷司令，今天你一定要讲出来！作为一个革命者，我什么都会承受。请讲吧。"

殷弓咳着，又喝了一口茶，说："我在想革命的性质、一个革命者所应具有的特质。革命——怎样讲才好呢？是不是可以这样认为：它对于一个人来说，或者是一开始就会，或者是一辈子也不会！"

宁珂呆住了，屏住了呼吸望着对方。他有一万句话在心里沸动，但他还是忍住。他把什么都忍住。他去取茶，可是手有些抖。他像听到了宣判……

殷弓点上烟。屋内真静啊。

宁珂的脑海里又闪过一幅可怕的图像，他不得不用尽全力驱赶，但总也不能如愿。一个年轻姑娘，披头散发，五花大绑押解过来；为了阻止她的尖厉呼喊，嘴里塞满了布绺；只有一对眼睛在呼喊，这一对逼落太阳的女性的眼睛……宁珂蒙住头，伏在桌子上。

殷弓轻轻拍他，他抬起头。

"有个事情一直没有告诉你，因为我怕你受不住……曲予先生……牺牲了！"

"啊？！你在说……"

"这是真的，十几天以前了。他从黑马镇回去，接近城区时遭了埋伏……"

宁珂的脸变了色，目光呆滞了，一瞬间听不清对方在说什么……殷弓劝慰他，可他什么也听不清。这样许久许久他才记起：要马上回去一次，是的，无论如何也要去看曲绮、闵葵和淑嫂……曲府塌了天了。他腾地站起："我马上回去，马上！"

"不，我们不敢再让你走了，你忍耐些、坚强些吧！现在小城已经严密封锁，曲府也封锁了，你回去等于自投罗网……"

"可是曲绮……她现在不知怎样了呢！"

殷弓在屋内踱步："不会太久了，请你相信我的话。顶多半年小城就会解放，那时再说吧……眼下要做的事情多着呢。我们必须对眼前的形势有个清醒的判断，要明白：灭亡之前的敌人特别凶残。"

宁珂叫着："这太过分了，太丧心病狂了！我想知道这是什么人干的！我想知道！"

殷弓摇头："背景比我们想象的要复杂。这显然有金志的参与，但恐怕他也只是个执行者；顶多是个合谋者……"

"全说出来吧！"

"只是分析和判断，全面情况还不掌握。我们在事情发生不久就有个怀疑，怀疑有更大的人物插手，比如宁周义……"

宁珂马上吼一声："这不可能！这绝不可能！"

殷弓脸上的疤痕抖动着："在斗争的节骨眼上，怎么估计都不过分。请你冷静想一下，曲先生在这时候多么重要！他在改变平原地区的力量对比上，有其他人无法替代的作用。无论是中间势力，如参议会、各协会，还是城内外乡绅民团，甚至是战聪，都要受他影响！敌人眼看大势已去，无计可施，是最后一搏了，你想还不敢冒险、还下不得手去？他们害怕

454

曲予先生！这事儿只有对整个战局有总体把握的人才能做出，宁周义就是这样的人。还有，凭曲先生与宁周义的关系，金志得不到他的应允敢动手吗？……"

宁珂一时无言。他大口吸着冷气，不停地摩挲拳头："好啊，是这样啊，这就简单了！这就来吧！原来是这样……"

"所以我以前反复强调过，对于山区和平原而言，有两个枢纽人物：一个是曲先生，一个就是宁周义。我担心的事情都一件一件发生了……我曾提出让阿萍来小城居住，以此牵制宁周义——如果早这样做了，恐怕也没有眼下的结局。"

宁珂痛极了。他摇头："阿萍不会来的！在这样的时刻，宁周义怎么会把她送到小城里来！这是不可能的。"

"我看未必。要做成这件事得想出一个办法。现在是到了最紧迫的时候……"

宁珂喃喃着重复："现在是到了最紧迫的时候……"

殷弓紧紧握住他的手："宁珂同志，再坚强些吧，再坚持一下吧，胜利就要来到了！"

宁珂这会儿敢于迎着对方的目光了。他点了点头。

2

对战聪一战正在积极准备之中。飞脚频频往来于李胡子与支队之间。

战聪似乎意识到那个决定性的时刻不可避免，近两个月内只是抓紧防务，除充实军备之外，特别加强了与其他武装力量的协调联络。麻脸三婶的队伍驻扎在离战家花园仅六华里的小村，此时人手较一年前已扩充了许多，有几支散匪先后被其兼并。力量较强的三支土匪队伍的另两支已经不复存在：老干姜两年前中毒身亡，队伍散掉一半，麻脸三婶收编一半；野猪一年前与殷司令交火，队伍被吃掉三分之二，野猪本人死于枪下，剩余部分投了战聪。

敌人在平原的正规部队明显处于劣势。这与两年前的情形正好相反。主力一分为二：一支沿南山北麓西撤，投入南部战区；一支龟缩海港小城，驻扎在金志防区。金志在平原地区已丧失了还手之力，只把与殷弓较量的希望放在未来。他明白，如果华东乃至整个江北的战局不能根本好转，放弃这座港城只是早晚的事。承认这个现实是非常痛苦的，因为这座经营了多年的战略要地连着一些人的心，即便在异国人入侵的最艰苦的年代里，官军也竭尽全力维持。它扼住华东两条公路干线，又是通向海北城市的水上门户。失去了这座港城就意味着放弃整个半岛地区，并危及海北，伤及京津。

飞脚从李胡子处归来报告：战聪已经三次联络李胡子，希望他能在危急情势下与战家花园联手。战聪甚至亲自到过李的营地。"李胡子怎么表示？""他按照老说法，'严守中立'，不到万不得已不与支队交火。"殷弓说："很好，要沉住气。""李胡子还埋怨战聪，不该指望臭名昭著的麻脸三婶，说那支队伍早晚没好下场。"殷弓笑了。

最后翦除平原恶瘤——麻脸三婶的时机日渐成熟。这也是与战家花园决战的必经步骤。殷弓认为：如果没有战聪的救助，麻脸三婶可望顺利被歼。因为金志难以弃城为麻脸三婶解围，于是阻止战聪出击成为战斗的关键。支队可以拿出一半的力量截断其退路，剩下一部分穿插于麻脸三婶与战聪之间，既完成分割，又可合力形成对匪军的包围。困难的是怎样阻止战聪出击：穿插进来的队伍相当危险，势必遭到两边夹击。这一难题久久困扰着殷弓。后来飞脚建议以黑马镇民兵为核心，再调集周围群众武装，佯攻战家花园。殷弓认为这是唯一可行的选择。但他临近做出最终决定时，还在犹豫。飞脚催促说："这个机会难得，就定了吧。民兵队伍可由宁珂指挥。我负责协调李胡子，当然不到万分紧急不会让他参与的。"殷弓说："这一次让其旁观非常重要，你的任务就是稳住他，让他硬硬心肠，见死不救！"

黑马镇动作很快，民兵的聚集正紧张进行。各方面的迹象都在表明：要攻打战家花园了。有人还痛快淋漓地提出：活捉战聪，枪毙四少爷！人们对于押解"小河狸"去刑场的路上以及最终的那些场面记忆犹新，极希望将来大名鼎鼎的四少爷也经历分毫不差的一个过程才好。有人向殷司令说到此，殷司令极为爽快："那是一定的，同志，努力吧！"

殷弓长期以来最恨的有两个人，一是宁周义，再一个就是战聪。近来他对战聪尤其仇恨。这不仅因为对方在逐渐明朗的战局中最终倒向了那一方，而且还有一些难以言喻的原因。比如这个人的经历、出身、学养甚至是八面讨好的名声——种种难以令人忍耐的"完美"，都促使和吸引他亲自动手去摧毁和打碎。他曾对飞脚说：逮到四少爷，要开一个声势浩大的公审大会，让群众自己去解决他！飞脚特别赞同，认为交给群众是最好不过的了……

宁珂一直放心不下的是许予明。虽然已有专人照看神志恍惚的病人，但他还是抽出大量时间陪伴战友。他拉着许予明的手，与之一起回忆往事。许予明偶尔思路清晰，但很快又紊乱了。宁珂感到极为震惊的是，如此坚强的一位战士，果真被这样一场摧折打垮了？不可思议！许予明断断续续说："是我害了她……她有罪，我更有罪……她真的没有了？宁珂，你亲眼看见她没有了吗？再不就是逃开了……一个神枪手，谁也逮不住她……"

宁珂明白：无论是很早以前的那些艳遇，还是对宁缬姑姑、鹰眼女医生，许予明都没有如此沉溺。宁珂苦于想不出任何办法。如果这样下去，那将造成不可估量的损失。他甚至愿意以自己的生命去换取对方的安康！他不断思索挽救战友的方法；他承认，对方深深爱上了一个具有惊魂夺魄般美色的坏女人。一个人既伤于爱情，也只有用爱情去搭救了。

于是他战战兢兢提到了宁缬。许予明不停地摇头。他又提到鹰眼姑娘，许予明还是摇头："宁珂，不要说她们了。'小河狸'一死，她们都死了……都死了……"两行长泪顺着脸颊流下。

战斗开始前两天，上级组织派来专人领走了许予明。宁珂和殷弓、飞脚及少数支队干部前来送行。许予明尽管思维混乱，但分别时还是痛哭了一场。

天刚刚黎明，在迷蒙的晨雾中，许予明离开了……

对于麻脸三婶的包围用了两天时间。战聪的队伍比预计中难对付得多：他并未被宁珂率领的民兵队伍所迷惑，战斗开始不久就迅速调整了兵力布局，除留下一小部分外，其余都由他亲自率领增援麻脸三婶。这样一来逼迫宁珂他们只得改佯攻为强攻，战家花园方面的战斗打得非常激烈。这样直到第二天午夜，战聪才不得不率部返回，但仍留下两个营的兵力用来解围。

这一仗比想象中的难上许多。首先是麻脸三婶的顽抗——这个匪首不久前失去了小女儿，眼下又没有退路，只有拼死一搏。匪兵出奇地勇敢，简直毫不畏死。战斗进行了一天一夜，双方伤亡人数大致相抵。后来战聪的队伍赶到，战斗就更为艰难。此刻殷弓才明白：围歼这支队伍的希望已经落空一半，至多给以重创；他眼下最担心的还有正规军出城——那样就必须毫不犹豫地退出战斗。他观望战家花园方向，很想听到更为激烈的枪战。他狠狠地骂了一句：狗娘养的！

谢天谢地，战聪的大部队终于撤回，麻脸三婶又陷于独立支撑的苦境。但包围业已打破，尽管殷弓的队伍行动迅速，仍然没能截断敌人退路。

黎明时分战斗结束了。麻脸三婶带着两个女儿和少量匪兵逃窜，其余大部被歼。

这是何等巨大的胜利！几乎所有人都明白，平原上天晴的日子指日可待……整个黑马镇一片欢腾之时，只有一个人紧锁着眉头。他披着灰黑色披风，独自踯躅。

3

宁珂无论如何不能相信曲予先生消失在那片苍茫之中。只要独自一人，他就无法摆脱那个影子。仿佛仍坐在书房喝茶，他们之间是交织的目光和袅袅上升的白汽。"曲先生没有了，我的曲先生啊！"宁珂无数遍回忆着与先生认识以来的全部细节，每一次都能发掘出一些崭新的认识。他甚至想象得出先生在最后时刻那种痛楚和愤怒。除此而外，老人那时一定还燃烧着不熄的希望。是的，宁珂清楚地感到，先生随着时光的逼近，反而变得愈加勇敢。先生简直就是迎着这一结局向前走去了。

他偶尔回忆与叔伯爷爷的最后见面，那一场难忘的谈话。他今天突然意识到，这两个有着巨大差异的老人竟然还有那么多共同之处！这一发现让他产生了说不出的震惊。这种感受和认识是一种真实，并且在某一刻被他抓住了。两人都同样执拗、坚定，同样在晚年走向了一种不加掩饰的明朗和勇气……宁珂对殷弓的分析越来越怀疑，特别是冷静下来时。他无论如何不信暗杀岳父的主谋会是叔伯爷爷——如果他还多少珍重一点友情，多少爱一点孙子和孙媳的话。老人那么喜欢靖子，这也丝毫不容怀疑啊！

如果许予明在多好！若是过去，他们会就此有多少讨论。一个如此杰出的战士就这样离去了……他很难想象一个没有曲先生的大院会是什么样子，也很难想象失去许予明的组织会是什么样子。在叔伯爷爷钱庄的第一次会面恍若眼前：就在那儿，他听到了低沉的歌声，从此这奇特的旋律响彻不息……随着许予明的离去、曲予先生的牺牲，他隐约感到一个时代正在消失。

空气里弥漫着胜利的气息，可是这气息不像过去那样，伴随着一种甜甜的栀子花味儿。宁珂发觉殷司令也有些反常，这个人越发严厉，对所有人说话都没有笑容。宁珂对这位非同一般的人物有着特殊的敬仰，也就是从对方身上，他才明白了一点点什么。那是对献身者的某种特殊要求，复杂得难以言说。但它能让人感到。一个人顽强到了冷酷，就很难被什么所征服。殷弓就是一个不能被征服的人——这种人在这个世界上也许还有一些，但总体数量一定不会太多。不过他心里明白，自己永远也搞不清这个人的内心。他承认自己对其有稍稍的、又是深长的惧怕。而这种感觉在许予明身上、在那个钱庄结识的红脸膛朋友身上，从来也没有过。

一直活跃于东部地区的三支队正在靠近南部山区。这真是一个天大的喜讯！它往西北一个迂回，就可以直指港城。这一来殷弓再也不必担心金志的队伍了，他终于可以放手解决战聪。

殷弓决定在三支队向西北迂回时开始围歼战家花园。现在他倒担心战聪过早撤向金志防地，那样就很难有一个漂亮的围歼了，而且也难以活捉战聪。他亲手处理战聪的念头竟越来越强烈，这渴望简直无法表述！

一切战前准备都在紧张进行。殷弓命令，如果发现战家花园之敌有西移迹象，那就提前展开行动；同时命令李胡子可在适当时候应战聪之邀进驻战家花园。

一个阳光灿烂的下午，殷弓脱掉了灰黑色披风，径直走到宁珂房间。宁珂抬头一看殷司令的脸色，就知道有什么重大的事情发生了。那是一对多么沮丧和阴郁的目光，它的寓意深不见底。

宁珂倒茶找烟，殷弓阻止了："我们该好好谈一谈了。你也许嫌晚了点儿，但我必须这样做……"

宁珂的心怦怦跳。

"事情是这样的，我们请来了阿萍。"

"啊？你请来的？什么时候？"宁珂觉得是一句玩笑。

"她早来了，现在一切都好，你不用担心。我们给她安排了很好的生活条件，也有人陪伴。她住在东部城市那座老式洋房里，一个月了……"

"一个月？这太过分！这……"宁珂血冲到了脸上。

殷弓语气立刻生硬了一点："斗争需要这样，这个行动也是经过组织同意的，组织决定暂时不告诉你，但一定要照顾好请来的客人……我们当然希望宁周义会出现，已经等了一个月。老狐狸，没有动静。现在三支队从山区那儿过来，宁周义更不可能冒险回老家了。我想他现在大概已经明白阿萍在我们手里，他会想想办法；不过如今看这个人心很硬……"

宁珂打断了他的话："不，我知道叔伯爷爷多么爱阿萍奶奶。他没有动静，是因为这边有我，以为我会照顾她。他做梦也想不到你们会瞒我一个月！我一定要马上见到她……"

"今天跟你说，就是让你去看看她，同时也好好劝她，使她有所觉悟。她很倔，我们说过她会见到你，她就等。一个月过去她就不想等了，从前天开始绝食……"

宁珂什么都明白了。他在心里叫着："奶奶，你骂我吧……可我真的什么都不知道……"

殷弓一直盯着宁珂的眼睛。他看到对方的脸色由黄变青，最后又变为苍白。他呵气似的问了一句："需要我帮你吗？"

宁珂扔下一句："我要你把马给我！"

殷弓的马是纯黑，身上没有一丝杂毛，是五年前一次战斗中从敌方夺得的。"你牵去吧！"

4

这儿出奇地宁静。月季花正在微寒的空气中独自灿烂。芍药余下的枝叶上蒙着薄薄的东部城市的灰尘。深绿色的铁栅门关严了，黑马把白汽喷在上方那个小小孔洞上。约有一刻钟过去，铺了紫色瓷砖的甬道上响起她的脚步声。"姑妈，"宁珂抚摸着黑马的鼻梁小声咕哝，"你是所有人的姑妈……"

她的头发差不多全白了，背也有些佝偻，肩上还是那条碎花披巾。"孩子！我的孩子，我知道你就要来了——也亏了你来啊，孩子！"

她拉紧他的手。宁珂看出来了，她终于没有忍住眼角渗出的泪水……她牵走了黑马，他赶上一步接过缰绳……"姑妈，阿萍奶奶怎样了？"

宁珂抑制着心跳。

她没有说话，只是在前边加快步子……他们上楼，拐过楼梯角往前，在有破损的木地板前边一点停下。宁珂马上意识到这是他和绮子的新房。

他刚想推门进入，旁边一间立刻出来一个四十多岁的男人，络腮胡，眯眼，费力笑着伸手。姑妈小声说一句："这是上级派来的王同志，来照看阿萍的。"宁珂点头。他要进入房间时，王同志也要随入。宁珂停住步子："请回吧，我看过奶奶到你屋里。"王同志只得"哎哎"两声退后。

宁珂站在昔日的新房前闭了闭眼睛。他轻轻推开门……她就在他与绮子那张宽大结实的木床上，显得那么小、那么小。软软的床上全是洁白的棉织品，白得像玉兰花的瓣儿，她就簇拥其中。她穿了雪白的、松松的衣裤，紧闭双眼。她的脸那么白，唇上有了白屑。姑妈在他耳边小声说："她这样睡了两天了，叫她也不应声。"说过又站了一会儿，擦擦眼睛退开了。宁珂凝在那儿，直有一刻多钟不知所措，手脚像冰。他不敢出声，不敢惊动这安睡，可又不忍呆立。他后来坐在床边，拾起了奶奶伸到床外的手。他立刻发觉这只手热得烫人。"奶奶啊！奶奶，孩儿对不起你了……"一句话隐隐泛出，泪水糊住了眼睛。

她在床上蠕动一下，没有睁眼。宁珂注意到她瘦了，身子纤弱到极点。由于一张脸太白了，那满头的乌发显得更黑更浓，还有眉毛下那一溜睫毛，齐整整竖立。他为她盖一下被子，当被单轻缓地覆上胸部时，她睁大了眼睛："珂子！珂子吗？"

"奶奶，是我啊奶奶……我刚刚知道，刚刚骑马赶来！"

"你能骑马？你好了吗？"

阿萍要坐起，但几次都没成功。宁珂把她托起来。啊，奶奶身子轻成这样。她两手紧紧拽住他，又推开，让他站远一点，她要细细端量。后来她才让他坐在身边，一下下抚他的脸，梳理他的头发……泪水不停地涌流，她有多少泪水啊。

"我得知你病了，病得很重，人快不行了——他们说再不来连个面也见不着了，说你在病床上提出要看奶奶一眼。我不顾你爷爷阻拦赶来了，一路上心扑扑跳，害怕是受了伤，他们故意说成生病……"

宁珂蹦起来："我没有受伤，也没有病，是……"他想说是有人为了把她骗来，故意想出这个可怕的、该诅咒的主意——但他在一瞬间想到了更多。他把许多许多话强咽下了，他害怕阿萍对殷弓及自己的同志有更大的误解。他吞吞吐吐说："是……一点小病，很快就好了；奶奶，你看这不是挺好了吗？"

"那你为什么不让他们告诉奶奶？你知道奶奶这一个月是怎么过的吗？他们只让一位老大姐和王同志陪我，不让我离开这座楼房半步，不让我去看你。我后来决意要走，他们又说西边打得激烈，只等战斗一停，就把孙儿给我送来……他们大半是骗我！"

宁珂摇动奶奶的胳膊："不，不，真是这样，真是这样！我们牺牲了好多战友——奶奶相信我的话吧！"

阿萍在宁珂大声回答时一直盯着他的眼睛。她后来一声不吭了，只是看着。

宁珂觉得脸上滚烫烫的难受，躲闪着她的目光。

"珂子，你说的是真的吗？"

"真的……"

"那你为什么不让人捎个口信？连个口信也没有吗？我看见不少人在这楼里进出，他们只找王同志——都是你们的人。你该让他们给我捎个口信啊！你再不来奶奶这儿，奶奶就死了……真的啊珂子……"她擦去了泪水，第一次脸上有了笑容。她紧紧搂住了宁珂，拍打着、抚摸着。当她问到曲府、问到靖子的时候，宁珂就站起来。

"怎么了珂子？"

宁珂摇头："我也好久没有见到曲府的人了，没有见到靖子。"

"真的？"

"我没有见到曲府的人。那儿出了很大的事儿，奶奶，做梦也想不到的……"

"孩子，快告诉奶奶吧，什么也不要瞒奶奶——珂子！"阿萍嘴角颤着，她猜想到了什么。

宁珂摇头。阿萍再一次催促，他才说："曲予先生被暗杀了……"

阿萍一丝丝坐下，屏住了呼吸。

她从未见过那位受人尊敬的先生，不过她在梦中有一次恍若坐在他的面前。她至今清楚地记得他那肃穆英俊的面容。他穿了金属般发亮的衣服，像是被水涮过一样淋漓着。不过他对她温和礼让到了极点，取了精美的糖果给她，还把一枚镶了宝石的戒指给她套在手上——这最后的一幕让她梦醒后有些脸红。多么怪的梦啊。她还记得梦中他与她怎样分手：轻轻道一声珍重，然后转过身去……为了验证这个梦，她曾小心地问过宁周义，那个曲府老爷是什么模样？男人的简单描述让她吃了一惊：他的面容竟跟她梦见的人相差无几！这会儿她不由得又想起了那个梦幻，惊得大气也不敢出。

宁珂焦干的双眼望着窗外——那儿正有一只棕腹啄木鸟落在桐树

上，围着树干旋了一圈，难以置信地歪头端量着，直至飞开……桐树枯叶被风吹破了，让人想起街头那褴褛的衣衫。他转身看着奶奶，吐出一声：

"有人说爷爷参与了这件事……"

阿萍站起来："杀害曲先生？"

宁珂点头。

阿萍咬着下唇，飞快摇头："我的孩子，你怎么了，你相信爷爷会那样？他没那么歹毒的心肠。我比谁都明白他，他能做什么、不能做什么，我都知道……珂子，你爷爷死了也不会做那样不仁不义的事儿……'

宁珂愤愤摇头："可他组织了平原那场大围剿，不知杀死了多少人！他杀死了我一千多个战友，爷爷走得太远了，将来没人会饶恕他的，他真的两手沾满了血！奶奶，你留下来不要走了，这儿有我和绮子，我们不让你跟上他——他成了平原的罪人……"

阿萍直直望着他。后来她两行长泪一直流到胸前："珂子，相信奶奶的话吧，你爷爷不是平原的罪人！"

宁珂不愿再顶撞她，但不会同意她的话。他心里认定了叔伯爷爷已经是民众的敌人，是一个杀害多名战友的罪魁祸首……他甚至想到，有那么一天，当他与宁周义狭路相逢，他不会因矛盾踌躇而过分作难的……

……

宁珂回到王同志那儿时，这个络腮胡子已经有些不耐烦。宁珂问是否请医生给阿萍看看病？对方一概不愿直接回答。宁珂又问，他才说："我们对她该做的都做了，我们已经是全力而为了……"

宁珂被他冷冷的语气所激怒，禁不住说："你们必须保证她的安全、健康，你们做得太过了！这是欺骗她；不客气地讲，这是绑架，是让她充当人质！"

"就是又怎么样？"

"你对一位手无寸铁的女人、对一位善良的人，这样做不是太残忍了点吗？"

络腮胡子"咦"了一声："是我们残忍？我们至今没动她一根毫毛！是她自己绝食……她是什么人？一个反动政客的小老婆——不久的将来会跟他们算账的！"

宁珂觉得自己隐痛之处被戳得鲜血淋淋。他握着拳头，几乎是吼叫般冲他嚷道："不许你这么说话！你必须把她与宁周义区别开来！更不允许你侮辱她——听到了没有？"

络腮胡子瞥瞥宁珂晃动的拳头，"哼"一声："我有我的任务。我们不要吵了，回头我可以跟组织谈；当然了，我要全面汇报的……"

"你汇报好了！"

"当然要汇报的。"

……阿萍总算进食了。这期间姑妈为她请来了医生，来人竟是那个鹰眼姑娘，她一见到宁珂就呆住了！宁珂不便说什么，只让她为奶奶检查身体。她说阿萍不要紧，只是身体太弱了，简直弱不禁风！从阿萍房间里出来，她马上把宁珂叫到了一个角落，没等说话就流出了眼泪。

宁珂安慰她，还谎称许予明一切都好，只是任务太繁重，请她不要牵挂，好好照料自己的事情，等等。

"可是我想他啊！他上一次走时说，很快就回来的，我等啊等啊……

宁同志，你知道，我这样会毁掉的！"

宁珂无言以对。他在心里承认这并非夸大其辞：长此以往真的会毁掉……

这天他不止一次想到曲绲。他难以想象她目前的样子。"我的绲子啊！但愿你坚强一些吧，我们就快胜利了，我们的城市很快就要迎来解放的一天了！"

两天过去，宁珂不忍离开阿萍。她问孙子接下去怎么办？就待在这所房子里吗？是否可以回山区老家一次，与李家芬子住在一起？还有，能否到曲府去一次呢？宁珂如实相告：这是不可能的。

宁珂明白，组织上既然"请"来了她，是不会轻易放她走开的，除非到了她完成自己使命的那一天……

姑妈陪着她随意聊天。宁珂无比感激这个女人，心里总想，如果妈妈健在，大概就和她差不多吧？

这一天姑妈告诉他一个消息：平原西部那场战斗开始了，殷弓的队伍已经与战家花园接火了……这是一场决定性的战斗，是殷弓长期运筹的一场殊死搏斗。宁珂激动得久久不语。他在想：怎么能在这儿观望呢？他几乎是马上决定：迅速赶回队伍上去！他想找阿萍暂时告别，谁知姑妈马上阻止说："别，组织上让我转告你，你要先陪阿萍奶奶。"

"那我什么时候回队伍？"

"组织让我转告你，会有通知来的。"

宁珂失望到了极点。

5

这个严酷的冬天宁珂是一个观望者。他站在窗前看着大朵垂落的雪，无论如何不能遏制心头的痛楚。阵阵袭来的哀痛啊，让他几次险些病倒。他一直咬住牙关，不断叮嘱自己：你从最艰难的险地爬过来了，可一定要挺住；你知道明天在等待，那是个多么幸福的时刻啊！只是眼下的确太难熬了，不能离开这座洋房，不能去看曲绪，尤其是不能亲自参加那场战斗。

这座楼房里除了他和阿萍奶奶，再就是姑妈和王同志了。鹰眼姑娘偶尔来一次，看看阿萍，主要时间与宁珂谈许予明。她不停地畅想和流泪，终于引起了那个络腮胡子的注意。他严厉追问宁珂："你与那个女医生是怎么回事？"宁珂答："这是我们的事儿，对不起。"络腮胡子气得手指乱抖，指着他："你要注意，你不能太放肆了！"宁珂觉得由这样一位粗俗的家伙充任上级组织派出人员，真是太窝囊了。他终于明白，这个人待在这幢楼中不走，多少有点看守的味儿——他想到这儿打了个愣怔，愤怒一下涨满双肋。

有许多话只能跟姑妈说了。老人家听到他不断的抱怨总是合手而坐，不加评说。只有他提出要回队伍上时，姑妈的脸色才有些严肃："孩子，你不在，阿萍奶奶一天也待不住，组织上说，让她快快乐乐住下去，这比什么都重要。"

宁珂明白，如果宁周义出现在平原或山区，落在我们手里，阿萍奶奶也就变得无足轻重了。想到这儿他的鼻子有些发酸，但什么也不想说。

他大多时间待在阿萍奶奶身边。那些匆忙的、不停奔波的日子里，他多么盼望能看上一眼奶奶。在那些间隙中，他只能靠回忆来安慰自己。奶奶给予他的太多了，他知道自己唯有用一生去报答。他做梦也想不到会有这样一个机会、在这样的一个时刻待在她的身边……这是有幸还是不幸？难以回答。他只是感到了无比的沉重，这沉重快要让他发疯了。他如何忍受、又如何向奶奶隐藏这奇特心绪？

"珂子，你眉头总是皱那么紧，不愿和奶奶一起吗？"

"不，奶奶，我有些想家了，想把绮子接来一起陪奶奶。"

"那就去接好了！绮子要在这儿多好啊！快些去吧！"

宁珂摇头："这怎么行，小城不解放，我就见不到曲府的人了。我只盼着小城快些解放……"

"那边到底怎样了？"

宁珂摇摇头。窗外大片的雪朵落个不停。大地一片洁白。厚厚的积雪把世界改变了模样。他总想这无言的大雪在轻轻诉说，诉说西部的战争，预言一个不为人知的结局。

奶奶也望着窗外。她想什么？她凝聚的目光啊，她失神的目光啊。她在想那个人，那个招致了无限的爱与恨的强有力的男人。"等春天来到的时候，他会来这儿找我……不过那要等战争结束了那天，到两边不再积仇的那天……先生可千万别来啊！"她喃喃着，宁珂听了心里好难过。奶奶多么颖慧，奶奶原来什么都明白。

阿萍扯着宁珂的手，伏在窗前。她看着地上厚厚的积雪，心想这会儿抱着孙子跳下去也不会跌伤吧？这雪好软好多，像一层棉绒被子。她抚摸他的脸，惊讶地发现眼睛旁边有了浅浅的一道皱纹。"哎哟，珂子！"他问怎么？她再不应声。她把他的头扳在怀中，抱着他的肩头。"奶奶，放开我吧奶奶……"她像什么也没有听到，只是紧紧搂抱，拍打抚摸。她看着窗外突然飞扬起来的雪朵，浑身战栗。她自语："领上奶奶走吧，走得越远越好。我知道你再也不愿见到爷爷了，你长大了。男人长大了就有一场争斗，谁也逃不脱这场争斗。你是奶奶的好孩子，奶奶一辈子再没第二个孩子。奶奶让你领上走，走到天边……当年你爸宁吉就骑着一匹大红马跑了，再没回来。我还能记得他的模样，他跟我要南方的一道名菜：醉虾。孩子，千万别忘了奶奶……"

宁珂在她怀中一动也不动。他再也不动了。那种浓郁的、十几年前的气息一下就让他捕捉了。小一点时，奶奶每天都要陪他睡一会儿，一直到叔伯爷爷踏上楼梯，不停地咳着进了书房，她才从他颈下抽出胳膊。她一直亲吻他的额头、脸颊和头顶。后来她温软的嘴又亲到了他的嘴上。那深长的亲吻使他很久以后想起来还要迷醉。深夜里，叔伯爷爷不在时他就跟奶奶睡，像一只小猫那样伏在她的肩上……直到有一天他唇上长出了密密一层茸毛，直到他一抬头瞥到奶奶那张羞红的脸庞。他再也不敢把头顶到奶奶胸前了。

往事在脑海里一一闪过。他一动也不动。后来他感到奶奶的手在抚摸他的脊背、捏他的手臂。泪水不知什么时候打湿了她胸前的衣服。

"珂子！你长大了会不要奶奶了吗？"

"我已经长大了，我要服侍奶奶一辈子！"

阿萍泪花闪烁，细细抚弄他的头发。他长大了，这头发乌亮乌亮，可是有些脏乱，里面竟然有一截小小的草梗。多么好的、泛着大小伙子气息的乌发，每一根都有些倔，在她柔滑的手掌下弹动。她仿佛听到了铮铮的、丝弦般的鸣响。她还记得许多年前为他留下的发型，她让他与那个城市里所有时髦青年一样，在头顶上留一道齐整的头缝。如今这条美丽的小路早已芜没。战争使一切都变得陌生和遥远了，如果没有战争，他会一直待在那间温煦的小屋里。她会为他铺展那薄而软的、蓬松的、散发着太阳味的被子。她那么喜欢那上面的罂粟花图案。只有按时为他晒晒被子、更换一下衣服，她才觉得这一天过得充实。她明白自己一辈子都不会有孩子了，珂子在她心里常常变为一个粉嫩的、由自己刚刚生下的娃娃。她听着他那带着稚气的童音，心里就热烫烫的。她一生感到最为遗憾的，就是没能更早把这孩子领养过来。她愿意用乳房止息他的哭声，让他圆圆的脑壳印在胸前酣睡。一眨眼她发现一切都变了。清晨的第一道霞光透过窗帘射来时，宁周义已经到院里练剑去了；霞光投射在珂子枕旁，映出他白皙的面庞、那一溜眼睫；他杏红色的嘴唇在睡梦中轻轻活动。他这么大了，细长匀称的躯体在罂粟花被子下显出动人的轮廓。她坐在床边，实在有些忍不住，泪水几次要涌出来……她小心地掀开被子，又赶紧覆上。她在一旁卧下，倾听他细细的呼吸。他偎在她的怀中，梦中寻找着、呢喃着。他含住了乳头，一只手环在脖子上，仍在沉睡。她一动不动地看，感觉那轻微的、幸福的吸吮。最后她的泪水终于洒在了他的脸上，他一下醒了……

"让战争快些结束吧！"她的手从他的乌发中抽出。

他抬起头，这双刚刚被洗了一遍的眼睛像孩童那么明亮。"奶奶，我要离开你一段了，我要回队伍上看看——哪怕就看一眼，你千万等我啊。"

阿萍不吱一声。后来她说："孩子，我是为你担心，担心你磕着碰着……那一天奶奶真的活不成了。"

"可是我一定要返回，我不能再这么干等了。那边也需要我；尽管有人阻拦，可我还是要赶回去。我相信离最后的解放已经不远了，我差不多就是为这一天生的……眼下我待在这儿，什么都不知道！"宁珂急得两手捶打窗棂，脸色变得红涨。

阿萍没有办法，只得说："那你去吧，奶奶怎么都行，我会等你。不过只求你一样，千万别磕了碰了自己，你答应奶奶吧！"

"我答应奶奶！等城里解放了那天，我和绩子来接奶奶……"

阿萍激动得牙齿磕碰，不住地重复："那一天啊！那一天啊！"

有人咚咚敲门。门开了，是姑妈那满头白发……她向宁珂招手。宁珂马上看到她脸上难以掩去的笑容。他飞快地跑出。

姑妈扯着他的胳膊，一直把他拉到一个房间里："珂子，告诉你个好消息吧，战家花园那一仗结束了……是个大胜利。战聪的队伍全消灭了，要不是出了内奸，四少爷就给逮住了……"

宁珂无法抑制自己的兴奋。他问："内奸？谁是内奸？"

姑妈摇头："以后会知道的……无论怎么，这可是个了不起的胜利啊！下面就该解放那个港城了，听说金志现在已经慌了……"

"我一定要回去，一定。我说什么也要参加最后的战斗！姑妈，你帮我转告一下吧，就说我在这儿快急疯了；还有，阿萍奶奶也同意我离开一段……"

姑妈脸上的笑容消失了："那我跟王同志商量一下吧。"

"我一定要回去的！"

"商量一下吧！……"

6

宁珂原以为这是个不会来临的春天。他甚至有些绝望。当他眼见窗前的一丛桤柳发出青葱嫩芽、芍药伸开深红的枝茎时，忍不住心里一声惊叹。他在这个冬天刚刚有过一次长眠，任人摇动呼唤也不愿醒来。就让一个人在昏睡中迎接春天吧。

这天早晨飞脚突然出现在老式洋房里，让人难以置信。飞脚一见面就说他养胖了之类，有着不难察觉的虚伪。"听说你任务完成得不错呀！"他夸着，拍宁珂的肩膀，然后叼上那种粗黑的雪茄。这家伙总有抽不完的雪茄，谁也弄不明白他是从哪儿搞来的。宁珂问："我在这儿等了这么久，完成了什么任务？"飞脚把烟取下，故作震惊地瞪大了那双长溜溜的眼睛："怎么？这就是任务！"

宁珂告诉他：如果再不回队伍，他就会病倒的，这一点也不夸张。

飞脚坐在一把大太师椅上，有滋有味地吸烟，不停地微笑。这样直有一刻钟，他才突然说："我今天就是领你回去的。"

"真的？"宁珂呼叫一声。

飞脚伸长手臂把他按坐了："小城快解放了，你想那边有多少事情要干！洋房住不成了，这一下咱都没有时间了。形势发展得真快啊，比预料的快上十倍。华东眼看全解决了，港城这边拿下来，海北和京津一带都受影响！敌人做梦也想不到这一天……"

宁珂真是从未有过地欣悦。他此刻觉得飞脚再也不像往日那么油滑了，反而感到对方如此机智灵捷。他问起战家花园一仗的细节，飞脚从头讲起，讲得眉飞色舞。他对后来开进平原的三支队时有贬损，说堂堂一个支队，连几挺像样的机枪都没有，光知道吃老百姓送去的咸菜猪肉玉米饼，打仗是不太行的。宁珂听了有些不舒服，几次想打断对方的话，向他指出：没有三支队的开进，战家花园一役就要大大推后！但他还是忍了。飞脚说殷弓的队伍是整个华东的常胜之师，将来还要打到江南，那儿非常需要这样一支队伍……宁珂特别关心的还有战聪的下落，飞脚一拍膝盖：

"王八蛋！他跑到了省城，等着吧。这都是因为出了内奸。内奸是天底下最可恶的东西……"

"谁是'内奸'？"

飞脚把烟蒂狠狠踩了："就是李胡子。这个土匪坯子从来不是个好东西，殷弓对他太信任了一点，结果吃了大亏……对这样的人绝不能饶恕！"

宁珂吸了一口凉气。他马上回想起与之相识以来的全部细节，特别是在曲府相处的日子。对那个豪爽畅快的人物，他从未有过品质方面的疑虑。而且更令他震惊的是，支队长期以来与李胡子保持紧密联系的，就是飞脚！殷弓对李的一些看法，也主要受飞脚影响。眼下的飞脚却是这般态度……他想知道的是一些细节，飞脚不愿多讲。他太关心李胡子了，再三询问，飞脚才说：

"你想想吧，我们的队伍把战家花园围得铁桶一般，直围了二十多天。这时候三支队就驻在西面，金志不敢出门，战聪也别想突围。李胡子做内应，战斗的胜利是把里攥了。事实就是这样。打响以后还顺利，尽管是场硬仗。战家四少爷不是个含糊的主儿，他手下的人比得上正规军。他们往北突围，这是想借海边丛林跟我们转；后来没成，又往南。这一回好险。战斗打到十几天上，双方伤亡都不少。战聪决心往南拼到底，我们的队伍死咬住不放。这时候第三支队往东杀一枪就棒了，可惜他们没那个主动性儿。还好，有殷司令撑着，饺子馅儿总算没破。这空当到了关键时刻，李胡子对战聪变脸了！他们虽然人手不多，可钻进了当心去，一动家伙，战聪的队伍就乱了营，突围的势头一下就完了……"

宁珂听得激动，插一句："这么说李胡子起了重要作用啊，你怎么说……"

飞脚骂一句："狗娘养的！我是说后来。后来战斗眼看结束了，战聪生擒是铁定的事儿，包围圈越来越小。可惜咱的队伍没几个认识那主儿。天快黑了，李胡子该把战聪逮起来，因为最后时分是他的人把四少爷几个堵回了战家老宅。谁知道后来李胡子领一伙人往南去了，一直冲到最南边——我们的人不知怎么回事，哪想得到是他亲自领人护送战聪逃跑呢！"

宁珂听得目瞪口呆。他有些口吃："这是，真……真的？"

"当然！李胡子人也回来了，他主动向殷弓说的……他说四少爷救过自己的命，那是个好人。说最后那一刻他想：这一回逮到了战聪怎么也不会让他活着了。这一来就等于是自己亲手杀了他。这么一想，干脆把天大的事儿一人承当，放人一码，回来认罪啦……这个王八蛋！"

　　宁珂久久不语。他这一次完全相信是真的。太可惜了！他在心里为李胡子惋惜……他说："还好，李胡子总算没跑，他敢作敢为，就是这么一个性格……会怎么处理呢？"

　　飞脚瞥宁珂一眼："你说呢？"

　　"我……"宁珂思忖着，"当然要按纪律处分。上级会决定。他也是有贡献的人，加入队伍以来打了很多仗……"

　　飞脚脸色阴沉："我们一直很信任这个人，对他都是坦诚相见，曾经把最重要的任务交给他。还记得他以前到战家花园吗？他在那儿住了很久，什么事也没干。说不定那回他与四少爷有过什么约定哩！还有，那一次宁周义策划的那场大围剿，我们打得多惨，死了一千多！李胡子呢？到东部城市去了，而且一走不回。谁知他到底干了什么……"

　　宁珂听懂了。就是说，飞脚在从根本上怀疑李胡子！他无论如何不能接受这样的推断，因为太耸人听闻了。多么可怕啊！他绝不相信李胡子会参与什么阴谋。无数辩词在心中浮动，他急得脸色都变了。

　　飞脚冷笑一声："我们会搞清楚的。殷弓把情况向上级做了报告——他不想自行处理这个事，要知道他们还是'拜把子兄弟'。上级很快做出了决定。李胡子要离开队伍了。走之前他突然提出要找干娘辞个行，办些杂七杂八的事儿，让殷弓给他几天宽限。殷司令答应了，并不担心他逃跑……不错，日子到了他就回来了，殷弓只得按照上级命令办……"

"到底是什么命令？"

"以后再说吧。到时候你会知道的。"

宁珂有些紧张："他离开队伍了吗？我回去能见到他吗？"

"恐怕很难了——再见到这个人很难了。"

关于那场战斗和李胡子就谈到这儿。飞脚重新燃上一支雪茄，目光更沉了。他没法躲闪这目光，心里直觉得有点奇怪。又停了一会儿飞脚问："你那个阿萍奶奶怎样了？"宁珂答："很好。""嗯，"飞脚站起来，"领我看看好吗？"宁珂只得点头。

在阿萍奶奶屋里，宁珂把飞脚介绍了一下。飞脚主动伸手握住了阿萍的手，久久不放："我要领宁珂同志回去了；不过我们不久还会见面的……"他放下她的手。宁珂舒了一口气。

走出屋子，飞脚说："我从来没见过这样的女人。多大年纪了？好年轻，养这么嫩！"

最后一个字让宁珂不能容忍。他觉得牙齿胀得痛了一下。他们相挨着往前，沉默了许久。后来飞脚站在走廊上，转身说：

"我们明天就要赶回去——先回南部山区县城……"

"为什么？"

"宁周义被我们逮到了，十天前的事儿。他总算回老家来了，来找阿萍吧？我们伏击了他……现在要组织一个'巡回法庭'，殷弓让咱俩参加。"

宁珂的心怦怦剧跳。他担心这巨大的轰击声让对方听到。"啊，是这样！”他声音低得快要听不见了。

飞脚的目光扫在他的脸上，很快就把他灼疼了。

7

宁周义被囚在山城一座大宅院里，已经十天了。从这儿往西北二十华里就是宁家祖居老宅，这之间隔着层层雾障。宅院四周都有士兵把守，他们无声无息巡视、轮换着岗位。他很感谢他们给他这安静。他每天在一棵刚刚发芽的石榴树下打拳，有时也练练剑术——没有剑，就用一截树条代替。

十天里几乎没什么重要人物来过。他预感到那一天终于逼近了。“也好，”他自语，“我也实在倦了……”他已经多次让士兵的头儿转告一个请求：见见阿萍。

没有人告诉他行还是不行，也不回答阿萍现在哪里。他知道这种无聊的枯等也许很长，也许已不需多少时日了。他压根就没抱生还的念头，也知道对手绝没有那样的雅量。

第十三天上他被告知，他最近将由临时组成的“巡回法庭”审判，那是决定命运的时刻，请认真准备一下吧！这消息起初使他心上一震，因为对此毫无预料。他曾设想过两种结局：一是押解到一个僻远处，等战争结束时做一彻底清算；二是在当地草率处置。两种可能他都将坦然应对，并不存其他奢望。但他仔细琢磨了一下，不禁哑然失笑。“不过是小儿把戏！"他知道这是一个过场而已，真正的判决其实早就产生了。他在这一生坎坷中，将对手的脾气已经完全摸透了。他现在觉得有趣的，是要看看由哪些人组成这个"法庭"。

留给他最后思虑的时间够长了。可是他实在不愿想得太多太累，也不愿因此而引发过多的伤感。因为所有的一切这些年里早已想过了，尤其是想到了这样的结局。尽管如此，他仍然不能抵御春天蓬勃而来的气息带来的怅然。石榴叶片柔嫩极了，小小芽儿是火红色，让他直直端量了十几分钟。

最牵挂的还是阿萍！

离开省城时女秘书哭了。她把脖子上那条方格男式围巾摘给了他。他们轻轻吻过了。女儿宁缬很多天未见了，他在她楼上的房间徘徊许久。那只胖猫仍睡在楼梯口上，他抱起来，在它睡眼惺忪的脸上贴了贴……这样从头想过一遍，最后的思绪又停留在宁珂和曲绩身上。他对他们一起去省城那一次记忆犹新，尤其记得起绩子那羞涩的浅笑。

"让宁珂陪阿萍奶奶来一次吧，这是我唯一的请求。"他对看守说。

……飞脚几乎不离宁珂一步。从东部城市到山城，他们一直住在一起。宁珂不记得说过什么。他觉得脑海里一片茫茫，他抬起眼睛，前面似乎也是一片茫茫……飞脚对他说什么，要很费力才能听明白。"……这是很艰巨的任务。殷司令让你参加，是对你最大的考验和爱护。"宁珂极力想着这是什么意思，后来几次想说：

"难道我不该回避吗？"

他没有说出。一个革命战士有什么不敢迎接、有什么不能战胜的？

他紧紧咬着牙关，快把牙齿咬得粉碎。他最不敢想的是面对那个白发苍然的人时，他将怎样。他更不敢想这件事的结果、它对阿萍的致命打击……"可怜的奶奶她还什么都不知道呢！"

"巡回法庭"组成了。除了他和飞脚，还有五个不认识的人，其中三个上级组织派出的工作队成员，一个行政专署干部，一个当地县委负责人。飞脚向他们介绍宁珂，除了说他是支队副政委之外，还特别指出他与被审判者的特殊关系——"那个人是他叔伯爷爷！"宁珂觉得每一个字都像炸雷那样，整整在耳畔轰响了九下。但他坐在那儿，甚至动都没有动一下。

首先是书记员报告情况：审问的程序。有人指出，鉴于该人物的特殊身份，上级指示关押过程中不准体罚；公审大会可以开，但要警戒严密，防止有人破坏，也不允许群众上台动武。对宁周义的及时判决，将会对一大批顽固与人民为敌的核心人物产生威慑，也是最好的一次教育；是对民众的极大鼓舞。宁周义是平原血案的制造者，又是几十年来在山区平原影响最大的人物之一，所以在当地解决他的问题实属必要……

会后宁珂忍不住，还是问了飞脚一句："……会怎么判决？"飞脚反问："你说呢？"

宁珂答不出。但他隐约知道那个答案。他又问："殷司令怎么说？"

"殷司令会尊重巡回法庭意见！"

宁珂不再吱声。他想自己预感到的那个答案不会错的！

"巡回法庭"第二次开会，同时也是公审之前的最后一次会议。会议主要确定步骤、分析公审当中可能出现的情况等等。会中书记员提出了宁周义反复要求的一个事项：见见阿萍。

宁珂受到了极大震动。几乎所有目光都集中到了他的脸上。他好像不假思索地说："应该满足他的请求……"

飞脚出乎意料支持了他，但却认为要在审判之后……

这是春天里最糟糕的一个天气。由于这个反常的气候，许多人会长久地记住这一天。从黎明前开始飘雪，太阳一直隐在灰色的苍穹后面。上午一开始，大地就被一层薄雪覆盖了。老县衙东南面的广场上站了黑压压的人，一会儿头顶都挂了白。台上围了几道席子，一溜白木桌，桌前坐的就是"巡回法庭"的人。无数的士兵站在会场的近处和远处，刺刀闪着银光。人群一会儿就像海浪一样涌动起来，奇怪的是没有人被挤倒。每个人都像风中稻菽那样晃动，伸长了脖子。那个人被两个士兵搀着上来，人群一齐吐出一口气：啊啊——！

控诉者一拨一拨上场，泣不成声。这些人大都不认识被控诉者，所诉说的罪行也大多与之无关。只有那次围剿被反复提起，不知何时已被命名为某某"血案"。宁周义嘴角偶尔闪过一丝冷笑，有人就喊："打啊，打啊打死这个恶霸，他笑哩！"当然有士兵阻止人冲上台来。原来有相当一批民众把宁周义当成了一个横行乡里的"恶霸"……公审会直开到中午，雪粉一直不紧不慢飘洒。"巡回法庭"的人当场宣布：判处罪大恶极的反动官僚、某某血案制造者宁周义死刑！

白木桌前的一溜人中，有一个脸色变得苍白。飞脚紧盯着身旁这个人……宁周义面无表情，后来缓缓转身看了看桌前的几个人。当他的目光触到那个脸色苍白的人时，立刻充满了慈爱……

就在这一瞬间，宁珂在心里做了个决定：不能让阿萍奶奶来这儿了，这样对她太残酷了。

宁周义在行刑前反复提那个要求，宁珂只得自己去见他了。两个人似乎都很平静。宁珂没有注视他的目光。他再一次微笑了："珂子，阿萍在哪里？""她被我们招待得很好，我刚从那儿离开……放心吧，我和绽子会服侍她一辈子。""她不能来了吗？""是的。""那就告诉你李家芬子奶奶吧，不过要等一等……"宁珂点头。

再就是沉默。宁周义想抚摸一下宁珂的头发，他闪过了。宁周义赞扬孙子几句，他没有听清。他的耳朵突然发出了尖厉的鸣叫……但最后一句他还是听到了，禁不住往后跳开一步：叔伯爷爷竟要求由孙子亲手做最后的事情，说自己最信任的还是我们宁家的人……

……午后一时左右，雪停了。在强烈的太阳光线下，一群全副武装的人押走了宁周义。

宁珂没有随人群去那条大沙河边。飞脚也留下来。对方说什么他都听不见，因为他在捕捉那声巨大的轰鸣。他闭上眼睛，于是看到了那个挺拔的躯体缓缓倒在河沙上……他突然想到了小时候游泳，亲眼看到的叔伯爷爷那完美无缺的躯体……李家芬子跪在染红了的沙子上。

午后三时，宁珂已经在返回东部城市的路上了。他要以最快的速度离开山地，并发誓一辈子也不回这里了……暮色笼罩之前，他已经坐在了阿萍奶奶身边。

她吃惊极了："孩子，你病了吗？看你的脸、全身的汗……"他已经在路上想好了应说的话：叔伯爷爷在刚刚结束不久的一场战斗中中了流弹……李家芬子赶去处理了后事。

可怎么说得出口呢？他处在了一生中最艰难的时刻……午夜来临了，阿萍有些惊惧，一会儿满脸都是泪水。宁珂横下心，终于把事先想好的那番话说了……

阿萍昏厥过去。

姑妈披着衣服赶过来，隔壁的络腮胡子也来了……鹰眼姑娘被匆匆唤来，一会儿她的父亲——老医生也赶来了。

……

半月之后阿萍勉强可以坐起。她对宁珂说的第一句话就是："我要回了——回南方老家去了……"

"阿萍奶奶！我不让你走，我离不开奶奶，奶奶也离不开我！我们不是约定好，让我和绮子服侍奶奶一辈子吗？"

"那个约定不作数了……"

宁珂的泪水哗哗涌出。他跪下："奶奶，我和绮子求求你了，奶奶……"

阿萍一身白衣坐在那儿，凝住了似的。窗外一株栀子花开放了。她盯着它，无论宁珂怎么呼叫，她都像没有听到……

8

你骑在白马上，松松地扯住缰绳，看着你的远方。由于神往，你的身体往前倾去，最后稍稍离开了一点鞍子。一匹多么羞涩的马，它驯顺而善良，你们的眼睛是一样的。闪闪发亮的缎子般的衣装啊，辉映出你的笑靥。我只能用思绪追逐你、依偎你，做一生伴随。嗒嗒的马蹄啊，一直冲向崖畔，你的前后、左右，到处都是黑紫色的蝴蝶花。

妈妈把我的手交给你，你瞟一下，领着一个怜悯走开。我在午夜里饿得不能入眠，你就开始饲喂。圆圆的头顶搁了下巴，它轻轻地、一丝丝地碾压。到后来你吻我的额头、眼睛，低声欢叫一声：就像刚刚看清了什么。

从那时起我懂得怎么呼唤了。我要这样呼唤着走进遥远之地，把什么藏下……永远也不要宽恕，永远也不要。我从拣起那片枫叶的一刻，就被一种颜色渍透了。那漫过了无边原野的秋色，那回响在天际的歌谣。谁能把这片秋野走穿？谁能拦住崖畔上那匹白马？

直到白发染了双鬓，我才悟想出一点什么，一个男人的奢侈。足够了，你被磨损的手捧在胸前。全部的奥秘就在这儿，在翻腾于心中的感激。你给了我生命，你饲喂过我。人没有第二次了，就像不能第二次出生一样。我是你睫毛上悬起的一颗泪滴……

我先自离去，因为我怕跌落下来。太阳从崖畔上升起，蝴蝶花化为乳雾，我将开始消失。当你悲酸难忍之时，我会有许多兄弟。你用温温的、微微的呼吸吹拂我。我险些顺着你秀挺的鼻梁滑下，在起伏庄严的山岭上跋涉……这丰腴的永不贫瘠的丘壑之上，我愿用尽自己的全部生命。舍上，溶化。我想用生命给你润泽。

你是我的母亲、姐妹、爱人和挚友——这一切相加的重量和恩典。你给我的喜乐足可享用一生。在纵横交织的向往与禁忌之间，我只剩下了可以稍稍移动的方寸之地。可是我仍然拥有巨大的幸福。你给我勇敢和近乎孟浪的气概，于是我加快追赶的脚步，在曼陀罗使人迷醉的气息中忘掉死亡。我终于明白，人是为死亡而生的。

曼陀罗花就像死亡那么美丽。它肥硕浓烈的壮叶和粗枝、富含白色汁水的生旺之躯，特别是散发着奇幻之味的喇叭花，都让人想起白亮如银的月光之地、想到使人闻风丧胆的美丽丘陵。我思念你，一遍遍思念，淌下了轻浮而永恒的泪水。我在月光下幻想明天和昨天，尽情低吟，一个人走向空空如也的崖畔。我企图踩在黝黑的蝴蝶花上，宁可挨上蜘蛛的咒语。可一切都是白茫茫空荡荡，什么愿望也不能交还。啊啊，这可爱又可怕的秋天哪，这没有其他花束、只有曼陀罗的季节啊，这把人熏制成白痴的秋之气息啊，你快来搭救和训导，把我扶上白马吧！

你的眼睛回视一下，恩赐了我。从春天到秋天，总是隔开了一个火热烫人的夏天。没有夏天，地上就没有果实。我的饥饿啊，永不餍足的年代啊。领上我的手，像母亲一开始交还那样。母亲忍痛离去、舍下、交还，是因为你不可替代。我将永远跟随。当秋天的月光布下一地莹粉时，你在窗前看到的那个赤足少年、那个胡茬黑旺头发芜乱的中年，都是我了。

我直盯盯望着。

你回忆不可饶恕的背弃、出卖和欺骗，那就是我了。太爱了，爱到极致就走向了荒谬。我想依托火热的希冀去赎下什么，天真了三十年。步入中年，季节也正好到了秋天。再一次回顾吧，回顾那些时刻，回顾雨天与雪天，回顾你牵上我的手，一起奔走和歇息的年代。这时的崖畔上青葱如故，西风如故，太阳还会升起，牧歌声震四野，无边无际的海浪上，白花层层绽开……

怜悯不会白白抛却，它牵回的是祭献与牺牲。我认识了这一点，洒下热烈的泪水。你再也不会失望了。接下去的日月就是深入挺进的春天，太阳和你的眸子一齐闪烁。是的，我不能舍下，不能待在崖下，我将飞升。

因为我还远远没有报答。我追逐的结果就是告诉你并恳求你。你的手啊，被劳作磨损得有些粗糙的手啊；你的眼睛啊，你的像湖水和墨菊般闪耀的眼睛啊；你的双唇啊，你的挨上我的额头我的眼睛的双唇啊……这一切都不会随着落日消失。它们挨近了，我才能永生。我要伴你寻找新的黎明。

一轮红日喷薄而出时，我跳下了你的睫毛。我从你大理石般的颊上滑下。人们都在晨光中看到了你的两道长泪……

第十二章

1

　　人们坚信这是山区和平原的最后一战，是一个彪炳史册、一生都难以遭逢的盛会。一股激流在民众间积蓄了许久，今天终于冲荡起来。殷弓的队伍和三支队正迅速完成对港城的三面包围。剩下的是水上通道，因为没有舰队，实际上还是等于网开一面。缩在城内的敌人除了加固工事、强化民团，所能做的大概只有等待援兵解围，或从水路加快逃窜。金志的大量兵员和辎重绝不可能在紧急关头一并撤完，他迟迟不动的原因只能是企盼战局在最后一刻出现转机。

　　"这个龟儿还做好梦！"殷弓在战前会议上骂。他如今成竹在胸，人比过去胖了，脸上的疤痕显得更加深重。"东面一线简单些，就让三支队打吧！"他语气坚硬，使人相信没有任何更改的余地。同时这语气也流露了对三支队的一点藐视。其余几个人笑了。

　　宁珂没有笑。他很长时间都未曾笑过了。

　　大家主张早些发起攻击，以防金志率人从水路逃跑——如果我们行动得快，会堵截更多的敌人；反之等对方醒悟过来，奢望不存，就必然进行有组织的撤离——那样损失就大了。讨论几次，最后决定尽早打响，不给守敌喘息揣摩之机；迅速动员和调整部队，成立一个能够攻坚的突击连，争取在最短时间内突破敌人防线。

宁珂提出由他率领这支队伍。殷弓没有思想准备，左右看了看。谁也没有声音。宁珂沉沉的嗓音又说：

"不会耽搁整个战斗的，我以自己的生命做出保证。"

还是一片沉默。殷弓轻轻说了一句："同意。"

经过一天一夜紧张的调整，最后准备全部停当。深夜十一时，宁珂率突击连出动。

战斗打得非常艰苦。殷弓的部队从西线和南线、三支队从东线发起进攻。港城的第一道防线筑于离城区五里之遥的郊外，异常坚固。突击连从西南一侧突进，直拼了四十分钟才初获战果。如果殷弓不能率队马上抢占工事，宁珂这支队伍将很快腹背受敌，承受可怕的压力。又过了二十多分钟，突击连已进入城区外那片光秃秃的开阔地，猛烈的火网把前后左右都织起来……殷弓的主力部队仍胶着于第一道防线。巨大的枪炮声伴着惨烈的嘶叫，震动了满天星辰。火焰在泥土上蹿起，腾跳，有人狂吼一声倒下，再无声息。通红的信号弹在城北隅升起。开阔地的火网越织越密。"天哪，进不得退不得啦，政委！"有人呼号不止，火光点燃了他的双眼。宁珂脸上已经被硝烟和泥巴抹得苍黑，他咬紧牙关左右看看，又仰脸看看天空，大喊一声跳起来。"跟上啊，跟上！"身后是一声声呼叫。

宁珂耳畔又被尖厉的鸣响填满了，这使他再也听不到呐喊声、枪炮声、负伤的呼号。耳廓上尖厉的嘶鸣以前也有过，那就是叔伯爷爷行刑之前。从那时起这尖利的嘶鸣时有出现——这可怕的声音让他无法安眠，让他坐立不宁；他的双眼胀疼难耐，双手像火炙过，十指变成了紫色。他用这手去捂眼、抓挠周身。他的全身都是挠伤，这尖厉的鸣响啊，顶得耳廓快要裂了。双眼快胀出眼眶了，他用力按了一下，长嘶一声冲进火网……他渴望这一次能焚毁自己的肉躯。那个盼望炽热到极点——肉躯焚毁的一刻，灵魂就会追赶那匹火驹了。那是父亲的马，也是曲先生最后一刻的坐骑。开阔地上此刻奔突驰骋着无数的火驹，快揪住任意的一匹啊！

……

战斗持续了十余小时。黎明时分，殷弓的队伍已经突入城区，紧接着是三支队；巷战异常激烈，一直到中午枪声才稀疏下来。黎明时敌人曾从西部派来增援飞机，但因为战斗已移至城区，敌机只好象征性地扔下几枚炸弹撤去。金志一伙在上午九时左右乘一艘舰艇逃去，战斗于是进入尾声。突击连发挥了巨大作用，但伤亡极为惨重，最后只剩下十几名战士。令人大为惊异的是，指挥员宁珂只受了一点擦伤——人们在一座炸塌的瓦砾下找到了他，眉毛和头发已经烧焦大半，两眼血红，嗓子完全嘶哑……

殷弓和飞脚被喊到宁珂身边，他们大惊失色地望着这个黑炭般的人。宁珂两条腿变得像木棍一样，不得不被人扶住。殷弓紧紧握住他的手："老宁，你们受苦了！这座城市永远不会忘记的！……"宁珂茫然地看看远远近近升起的烟雾，嘴巴张大。谁也听不清他在说什么。飞脚把耳朵贴上去，转身对殷弓咕哝："红马？！……"

殷弓让人快点儿把宁珂，还有那些伤号送进医院。

他在医院里昏迷，反复呼叫战友的名字，主要是许予明和李胡子。医生不得不对在他耳边上说："战斗结束了！"他说遍地都是红马驹，他一直想抓住它，于是狂奔啊，伸手抓它们飘飘的长尾啊，没能如愿。红色马驹迅捷已极，四蹄腾飞，踏起的烟尘遮天蔽日……

宁珂高烧不退，生命到了垂危边缘。殷弓等人忙于战后烦琐事务，后来还是被召唤到病房里来。他们对宁珂的病况非常费解，只得叮嘱医生：倾尽全力抢救。

无论如何宁珂还是康复了，并赶上了港城至为重要的一个仪式：成群结队的市民拥向街头，欢呼步伐整齐的战士。殷弓的队伍，还有三支队，这会儿个个军服簇新，英姿勃发，在人群中持枪正步向前。其时阳光灿烂——许多人认为这是几十年里港城最好的一个天气，太阳不仅是白亮，而且还少有地温煦，它使整个街巷、军人、欢笑的市民，都变得如此美丽鲜艳。最引人注目的是队伍前面几个骑大马的人，他们是殷弓、飞脚、宁珂及三支队的负责人。这几个人是全城公认的功勋卓著者，一个个胸前挂了鲜花……欢呼的声浪淹没了这座城市，马上的人不断向四周人群敬礼。每一张脸庞都红红的，冒出了微微的汗粒……

宁珂骑在马上，两眼在人群中急急寻找。他渴望见到一双眼睛，他坚信她一定会在人群中……找啊找啊，阳光刺得双目迷蒙，还是没有看到。"我的绨子啊，你在哪里？你安然无恙吗？绨子！绨子！我差点再也见不到你。我敢肯定有神灵在那一刻护佑我——神灵也是在护佑你啊！……"

2

初夏的白玉兰被雨水洗过一遍又一遍，飞腾的烟尘再不留一丝痕迹。其中有一株被弹片刮去一点皮，其余未受任何损伤。整个曲府大院安静下来，没有一点声息。很长时间了，这里只剩下了女人……金志将大院封个严严实实，一度还禁止院里人进出：理由是保护府上安全。金志特别向女主人指出，曲先生被害是殷弓一伙所为，顶多是图财害命的散匪……他为此感到愧疚。闵葵当然不会相信连篇鬼话，只是未吭一声。

在大院封锁十余天后的一个晚上，飞脚奇迹般地出现了。闵葵泣不成声。她现在最急于知道的还是宁珂。飞脚让她们放心好了：他一切都好，正在执行重要任务……他着重转达了支队对曲府的慰问，并说一定要为曲先生报仇。飞脚追忆与先生多年的友情，涕泪交流……淑嫂已经卧床不起，曲烦琐正由小慧子照拂。飞脚特意去探望了淑嫂，发现这个女人面如白纸，伸出的两手已经枯了。他心里有说不出的震惊：一个人竟可以凋败得如此之快！后来他又去看曲烦琐，并最后把小慧子叫到一边，反复叮嘱：一定要照看好她们，一定，直到小城解放！他说这些时不停地抚摸她的头发。后来她就不顾一切地扑到他的怀里，呜呜恸哭……闵葵手持蜡烛过来，飞脚把小慧子扶正，拍打她的肩膀说："坚强些吧！胜利已经不远了……"

就在飞脚离去两天之后，小慧子突然失踪了！闵葵急得不知如何是好，把每一个角落都找遍了，连个影子都没有。闵葵在深夜不停念叨："天哪，曲府到了什么时候，老天爷发发慈悲吧！"大院前门后门，甚至是高墙外，都有防区司令部派来的人，他们是绝不会放小慧子出去的……一个与曲府血肉相连的姑娘突兀消失，这使闵葵感到了莫名的恐惧。"绮子爸啊，你离开得太急促了，你把千斤担子留下来！"

闵葵尽快擦干了眼泪。她明白自己不能倒下，因为这儿还有曲予留下的一切，有淑嫂和绮子……她记住了飞脚的话：等待胜利的那一天！

好不容易挨到了春天。这个漫长的冬季让人把最后一点耐力也耗尽了。大雪把玉兰树上一条手臂粗的枝干压折，它折断时发出了撕裂的声音。闵葵和绮子都跑出来，踏雪跑到近前。一层厚雪随着扑地的枝条跌散，那枝杈断裂处是雪白的骨骼，棕色皮肤撕开，泛着嫩绿的内皮上渗出一滴滴晶莹……"妈妈！"绮子把枝杈抱起来，看着母亲。

当时淑嫂也听到了枝干扑地声。她在走廊拐角那间厢房里，手扶墙壁挪过身子，伫立窗前。大雪地上几只麻雀跳跃着，寻觅吃食，瑟瑟抖动。她终于看清最高的那棵玉兰树下有一截撕下的枝杈……屋内炉火正旺，发出了噜噜声。她穿了很少的衣服，是一身素服：白的上衣，白的裤子。这是先生最喜欢的一种颜色。长长的头发披在肩上，脚上是粗麻绺编成的拖鞋。已经好久没有走出这间厢房了，身上一点力气也没有。前些日子她再不想吃东西，闵葵和绮子哭着劝她。闵葵说："姊妹啊，世上还有比咱俩再亲的姊妹吗？你撑住，帮帮我吧……"淑嫂搂紧绮子，一下下抚弄那泪水打湿的头发。

淑嫂记得很久以前那个夜晚，在医院那张窄窄的床上，她就穿了这样的衣服。尔后她从来没让这身洁白柔软的衣装沾上一点灰污。只要有时间她就把它细细地洗、轻轻地擦，永远让其葆有纯净的、白玉兰花瓣那样的色泽。她周身都散发着那样的气味——这是曲予先生告诉她的。曲先生还说：你看上去就像一只纯白的鸽子。她不动声色收下了这份赞美，一个人时细细品咂，感激得泪水溢流。她在那对真挚的目光下、沉着关切的抚爱下感受了那么多。一个女人一生里的全部奢求她都得到了。她已经千万次地感谢和恳求过冥冥中的什么：让我拥有、保存和照料一生吧，我真是他生命的一叶一瓣，是不能分离的。

大雪无声地降落了一天，又是大半夜。入睡前闵葵和绩子在她身边坐了一会儿，后来喂她吃了汤药，放下夜宵才离去。绩子离开时贴了贴她的脸庞，又亲她的额头……当绩子恋恋不舍地要离去时，突然淑嫂心里涌过一阵滚烫，她喊了一声。绩子转回。她的手伸出，绩子抓住了。她把绩子扳到怀中，紧紧抱着。后来她又把绩子的头顶按得低一些，用下巴去摩擦，用双唇去亲吻。她从孩子的身体上清晰地嗅到了先生的气息。"我的孩子，你可要有志气，好好过，好好长，好好服侍妈妈啊，曲府里只有你这一棵根苗；你不要以为自己是个女的，就……"她哽咽着说不下去。绩子一遍遍应答她的话，说一定听淑嫂的话；淑嫂，你快快康复吧！

午夜里淑嫂坐起来。她睡不着，甚至可以听到雪朵落地之声。站到窗前，一丝荧光下勉强可以看见远远近近的玉兰树、长廊的剪影、一旁假山石的轮廓……远处有几声枪响，然后又是沉寂。她开了门，奇怪的是走到长廊里竟然一点也感不到寒冷；相反，一股巨大的热气围裹了她，并轻轻推拥着她。她沿着长廊往右拐了一下，在一扇黑门前站住。笃笃敲，敲两遍。后来她直接推门而入。可别打扰了什么，她轻轻的。外一间是小小会客室，里边一间是小书房；再里边是卧室……先生的浓烈气息扑面而来。她按着胸部。屋里黑得不见一物，可她什么也没有碰撞，转过几张茶几、一个桌子，把地毯上的一双拖鞋往旁轻轻一移，然后坐在床边。

她伸手试了试床上被子，到处探试了一遍，觉得一片温热。她掀开被子躺下……喃喃自语、急促地喘息，脸庞贴紧枕巾。"只这一次了，我知道。我要让你陪伴，从午夜到天明。天一明我就走了，我这就能相随……你不该抱这么紧，你的手勒疼了我。你啊，啊啊，你啊。我的泪水又把你打湿了，那是我太高兴了。我一辈子也没今天这么高兴过，我们相依，贴紧，然后就成了一个，一个分不开的……我不必从头想，不想你也不想我。因为我们原本是一个啊。"

淑嫂的身体越蜷越紧，头深偎在枕部凹陷里……黎明前的微光中她坐起，一双眼睛显得从未有过的明亮，这光亮甚至使整个屋子从墨色中褪出；她把一头乱发梳理一遍，整好衣衫。床上的每一件物品都好好归束过了，被子叠得方方正正，枕巾扯得那么平整。她把一双拖鞋正正地摆好，然后站在中间看着。她看得细极了，一点一点看过，看遍了整间卧室。她点点头，最后是退着出去，把内室的门掩了。

一切都笼罩在黎明前的颜色中。那个洁白的身影从长廊上飘过，又回到那一间厢房。

在自己的屋里，她安静了一刻，然后开始收拾杂物。一切都弄得有条不紊，窗户泛起灰蒙蒙的光色。

"闵葵姐，我不能伴你了，这是我对不起你的地方。我真的随先生去了，你骂我吧，我得随他去！绮子，好孩子……"

她轻轻念着，从梳妆台下的抽屉里找出了一条长长的绫子。

……

这就是那个可怕的冬天。谁知道曲府要经历这样一个季节？曲府沉沉的步履灌了铅与铁，淌着血与泪，踏入春天，又挨到初夏。

全城都在为解放欢呼。可是曲府的人木了，呆了，她们甚至没有注意自己的城市是怎么解放的。鞭炮声和枪声都分不清，直到欢畅的锣鼓响起来，绮子才猛然站起，喊了一声：

"珂子——！"

闵葵被绮子扶上街头。熙熙攘攘的人群，一阵阵的声浪。多么灿烂明媚的阳光啊，它怎么照不透曲府的围墙？"快看哪！他们过来了！"有人嚷着，手指那些扛枪的士兵。曲绮的心扑扑跳，她揪疼了母亲的胳膊。"妈妈，你好好看着啊，这真是我们的队伍！"一句话出口，泪水一下涌出。

闵葵揉着眼睛，只想从队伍中发现自己的女婿。没有，没有他的影子。"绮子，看到他了吗？" 绮子摇头。队伍太长太多，到哪儿去找呢？

3

……真像一个陌生之地。空旷的房间注视着来者，掩下了去者。青石板被踏得发亮，它们亲近过多少代、多少人的脚板。青石板铺满了偌大一个院落，驮起整整一个家族的往昔。宁珂在这令人惊悸的长廊上走走停停，有时突然睁大失神的双眼。这就是那个热闹非凡、又整肃严厉、在整个平原上威名赫赫的曲府？他摇摇头。

只有在天气晴朗、上午九时到下午四时这一段光阴他才敢迈进曲予先生的书房。曲绪总是陪伴他，坐在一边。他好像一个突然失去了语言的人，整整一天里不说一句话。闵葵和绛子的话语也明显减少，但她们还是对一个沉默非常的宁珂感到惊讶。坐在那张棕红色的大书桌前，摩挲两个光滑冰凉的硬木健身球，会被什么所笼罩。有时他一页书不翻，只是坐上半天……

从书房出来，沿长廊走几步就到了那个厢房，他于是赶紧越过那扇紫红色的门……

他想得最多的就是第一次进入曲府的情景，那时的感觉。多么神秘的、曲折回环的古老宅院。他怀着探险般的心情走近了它，看着这灰蓝色的大门，鼓起一个年轻人的勇气按响了门铃。他至今记得一个剃了光头的、年纪比自己大得多的男人开了门——他走路轻快利落得很，自己不得不快着步子跟上……

那个男人现在何方？听说他在拓荒，还搭了一座茅屋。"清漓，你一切都好吗？"

众多的仆人都散去了。后来的"仆人"仅剩下了两个：淑嫂和无家可归的小慧子。

……小慧子欢蹦跳跃的模样还在眼前。从得知她失踪的消息那天，他就未曾停止寻找。他让城管会的一个科长负责查访，并准备在刚刚恢复的市报上刊登寻人启事。一天飞脚突然喊住了他。他们扳着肩膀往前走了一段路，拉拉杂杂谈着。临分手时飞脚突然问了一句小慧子，宁珂说正寻呢！飞脚嘴里的粗雪茄不知何时熄灭了，取下来，吹了吹直接插到上衣口袋："她的事嘛，今后你就不要管了！""你知道下落？……全家人都急坏了！"飞脚的脸色有些冷："……今后不要管了，她没事的……就这样吧！"

就在那次谈话不久，宁珂被一纸命令转到了地方：任城管会三号领导。他找到殷弓——如今最难找的就是这个人，宁珂多次到他的办公室都扑了空，这次好不容易才碰上。殷弓忙得不可开交，一边指指一把椅子让他坐，一边低头翻一份文件。只好等待。殷弓看着看着，眉头越皱越紧，最后一拍桌子："狗娘养的！"宁珂一下站起来。殷弓赶忙"哦"一声，把文件推到一边。他又斜一眼那几张纸，才把水杯递到宁珂手里："你忙些什么？唉，百废待兴，有人又是捣乱……见个面不容易啊！"宁珂忍了忍才没有问他刚才骂什么。"老战友啊，这回咱俩得分开一段了，你上地方了，考虑到你对这座城市熟……"

宁珂没等他的话停下，就说："我就是为这事来的，老殷，我不想离开部队！这是我真正的家……替我向组织提个请求吧！"

殷弓的目光垂下来。他又瞟一眼那几张纸。"你的愿望我们都理解……可这是组织决定。你以为管理这座海港城市就容易多少？同志哟，有你挠头的时候！这儿一片混乱，那些乌七八糟的东西很多。再说你在地方没什么不好，队伍就驻在城里，开拔的日子恐怕还远……"

机要员进来，殷弓接过一个夹子看了看，又拍桌子。宁珂知道自己该离开了……

城管会的头儿是一个五十多岁的人，出生于小城郊区，很早以前就参加了革命，多半时间在东部城市活动。他有一口浓重的地方口音，几乎没有一刻不在笑，对此宁珂极不习惯。二号领导像个憨厚的老人，脸上深皱密布，但实际年龄与头儿差不多；他特别喜欢看报纸和文件材料，对一些条文极为熟悉，头儿有什么搞不通的就问他，他总能给予详尽的回答。一份散发着油墨气味的本城小报可以让他花掉一两个小时，一边看一边自语："嗯呀，这还了得？嗯呀，这个……"一二号领导对宁珂都极为热情，嘘寒问暖，使宁珂感到了安慰。

　　宁珂着手料理具体事务之后，才知道面临着这么繁重的一团。连年战火、腐败官吏的盘踞，使这座港城变得惨不忍睹。成千上万的饥民在游荡，数不清的黑道人物横行无忌，还有几十家大小烟馆、妓院……电厂和自来水厂虽未被破坏，但停电停水越来越频。饥饿威胁着市民，流行性疾病开始蔓延。暗杀和抢劫时有发生，小股顽匪打散后又开始在城区和郊外潜伏。原有的市政管理系统被全部摧毁，新的残缺不全；各种污浊就趁这段特殊时期泛滥开来。

　　城管会三个领导做了具体分工，一号负责全面工作；宁珂和另一位负责逐项落实。那位憨厚的老者原来是一位好好先生，实际身份很快转化为一号的"时事政策顾问"，每天专注于研究上级下达的各种指令，偶尔还负责起草一些文件规定。至于那些刻不容缓的眼前问题，比如治安、粮食、水电、饥民安置等等，就全部落在了宁珂肩头。

　　他几乎一连两个月未回家了。成堆的难题压过来，他要直面迎上去。有时每天只睡三四个小时，白天实在困了就伏案一会儿。一双眼睛充满血丝，头发蓬乱，有一次曲绡来这儿，他正歪在沙发上，那模样把她吓得叫起来。"你把家忘了吗？你怎么了？"她把丈夫拉起，他刚刚苏醒。"我……什么都忘了！"曲绡流出了眼泪，他为她擦去。他不愿多说什么，只想告诉她一句：绡子，让我忙吧、累吧，让这些磨掉我的记忆，让我把一切都忘掉吧！如果真能忘掉该多好啊，可惜做不到……

"过了这一阵就好了。等这座城市安宁下来，我会按时回家，陪你和妈妈……"

绡子摇头："那时就更忙了。"

在响个不休的电话铃声里，他们不得不分手。绡子临走时放下一些吃的、换洗的衣服……她没有谈淑嫂和小慧子，他也没有。她在门口看了他一眼，离开了。

一天晚上，他去海港开一个城管、驻军和市民代表的三方联席会议。会议就几项议题争执得非常厉害。军方代表是飞脚，他在很多人面前表现得极为蛮横，用语尖刻，动不动就提到殷司令……这样一讲别人就不想说什么了。宁珂几次想忍，还是没有忍住——因为对方的判断常常与事实出入很大，出奇地武断。想不到他刚谈了几句时飞脚打断他的话："叫你们一号来！这搭子事你压根就不清楚，也负不了这个责！……"

会议还没有结束飞脚就离开了，借口有任务、忙等等。几乎所有会议他都是这样。他一走，原来的争执更为加剧，几乎什么也不能议定。宁珂一直熬到多半夜，耐心地解释、说明，好不容易才就几项必须马上解决的事项达成协议。

为准备这个会他连饭也没有吃。离开会场时已是深夜一点，他从衣兜里摸出一包饼干，找点热水，就算用过了晚餐。一点三十分左右他来到电厂，与值夜的纠察队谈过话，看了看表是凌晨三点。该回去了——他的卧室就在办公室。

从电厂大门出来往南，沿一条马路人行道走，头有些晕。路灯昏暗，风一吹灯伞发出叮当声。大约走了一华里，突然路旁的泥沟里闪过一丝光亮。宁珂马上想到那是手电筒的光，就蹲下来。他攥着手枪。这样待了十几分钟，没有一点声音。他想也许是眩晕中的幻觉，就继续往前。但他并未把枪收起。走过泥沟十几米，正好进入了一道阴影；当他重新迈入下一个路灯的淡淡光晕时，背后响起了一声枪响。腰际那儿像被什么轻轻拍了一下。两个黑影蹿起，一边打枪一边跑。他连连回击，黑影跳下了泥沟。

纠察队喊着跑来。宁珂和他们一起在泥沟四周搜索，什么也没有发现。

当夜宁珂到医院里包扎伤口。左肋中弹，有轻微的骨折；子弹没有嵌在里面。医生让他住院治疗，他说顶多在这儿呆两三天。城管会的两个领导来看过了，飞脚代表殷弓也来了。

多么难熬的日子。他不得不正视这样一个事实：在残酷的战争环境中，包括解放小城的异常激烈的战斗中，他没有受过枪伤；他是在解放了的小城大路上中了子弹。

当他想到最后一点，暗自惊诧了许久。他不禁想起了殷弓在许多年前说过的一句话，大意是：这座城市解放之后他们都将紧张得无暇喘息……我们付出了数不清的生命、各种各样的生命，得到的却是难以想象的沉重、矛盾和困惑，甚而还有磨难。他躺在病床上，忍受着阵阵袭来的高烧，突然预感到了什么。他一下坐起，汗水哗哗从额头、双颊流下。全身的衣服都湿透了。医生赶过来，为他揩汗、量体温，告诉他：伤口有轻微的感染，不过不要紧；一个星期出院是不可能的了……宁珂躺下，浑身颤抖。不知为什么，他不那么急着出院了。

在熟悉的来苏味儿里，他想回忆一下从不敢想的一沓子事。这在他心灵深处积成了厚厚的一层。杳无音讯的许予明，神秘消失的李胡子，遭到暗杀的岳父，自杀的淑嫂和突然失踪的小慧子；还有阿萍奶奶：她说到做到，真的去了南方！叔伯爷爷没有了，男人不在了，她并不信赖孙儿和孙媳——当她终于明白自己再也不需要北方的时候，就毅然做出了一个决定，表达了一个柔弱女子最后的、全部的决绝……

宁珂每一次回忆都在阿萍奶奶这儿打住。那双逼人的美目久久盯视过来。他迎着看去，没有一滴眼泪。她已经不会哭泣了。

4

时光正以令人难以置信的速度流逝。转眼港城解放快一周年了。新的执政者把一座混乱无序的城市安定下来，让它沿正轨运转下去。虽然战后的困难时期仍未结束，各种供应显得紧张，市民都在勒紧腰带支援前线；但他们有了信心，有了笑容。一周年庆典有条不紊地准备，届时将有热烈而简朴的活动。城管会一年内连个歇息的机会都没有，首脑机关、包括下属各机构，都不断接受新的动员。为了前线，为了最后胜利，为了迎接更伟大的明天，战士和市民将贡献出一切。

曲府却迟迟未能从悲凄压抑的气氛中走出。这儿仿佛一切依旧；宁珂每一次归来都明显地感到，空荡荡阴沉沉的大院需要有所改变了。这是必然的。他心里正做着一系列设想，但都不成熟。他没有跟闵葵说，在曲绮面前也未曾提起。

如今这儿只有三个人了。面对如此旷敞的院落，谁都会想到往昔。曲先生曾亲手打发了这儿的仆人，这在今天看来真是意味深长。宁珂遥想当年的岳父：琢磨着他那份独特的情怀，心中常常蓦然一动。

对于曲府而言，或许还有一个不敢想象的明天。

闵葵衰老得太快了。看着她白了大部的头发、越来越多的深皱，宁珂和曲绮要极力忍住什么。他们想尽量传递一些令人愉快的消息：小城庆典、刚刚通行的市内交通车、新上演的剧目……后来他们又发现这些与曲府几乎样样无关。不仅如此，一种难言的沉重常常从两人眉间泛出，他们已无力遮掩了。

闵葵常常对女儿念叨的就是：珂子太累了；他或许有什么事儿瞒了我们……绮子极力否认。她背后问丈夫，他只推说忙、太忙了。曲绮看到宁珂那微微弓下的脊背、沉沉的步态，想起他正负载了千斤的顽石。

有一天闵葵又提到了小慧子，对宁珂流露了轻轻的埋怨：“她像我亲女儿一样，就那么不明不白地没了。这是我心里的一块石头啊！珂子，如今你们该找找她的下落啊。我老做梦……”

宁珂总是从小慧子想到淑嫂和阿萍奶奶……不能说，什么都不能说。飞脚竟然让曲府的人"再不要管她的事情",真是岂有此理!这是什么暗示?难道曲府的人、与小慧子一直相伴的人真的丧失了过问的权力吗?这是怎么了?有人把可怕的粗暴遮挡在神秘的幕布后面,这巨大的伤害无论如何让人无法忍受。他不信小慧子会如此绝情。他记得淑嫂曾经流露过的一个事情:飞脚使小慧子惶恐不安;有一天她找到淑嫂,哭诉自己可能有了身孕。当然这是一场虚惊……如果小慧子只是投奔了飞脚,那么飞脚就有责任告诉曲府的人。这到底是为什么?他百思不解,最后只得对闵葵和子又一次谎称:

"我正在寻找……"

飞脚叼在嘴上那支颤颤的雪茄多么怪异。宁珂不记得除了英国海关职员、港长金志之外,有谁吸过它。这的确是个特殊人物,不仅殷弓让他三分,而且曲先生在世时对他也有特殊的敬畏。如果不是因为小慧子失踪,宁珂绝不会想到去冒犯他。宁珂觉得心里有一枚种子在胀大、萌发,太难以承受了。他直接找到这个数一数二的忙人,开门见山提出:

"以前我们谈过小慧子——你如果真知道她的下落,就告诉我吧!"

"为什么?!"飞脚唰一下摘下雪茄,"你还在打听?现在一个个都忙成了什么,你怎么……算了吧!"

宁珂觉得自己的脸被冰凌割伤了。他一字一字吐出:"不,我一定要知道,请你现在就告诉吧!"

飞脚摘下宽檐礼帽,露出了黑亮的分发:"我不清楚。"

"不,上一次听口气你是知道的,你说我不要再管她的事了……"

"那你为什么还要管?"

宁珂盯住他："为什么我就不要管？"

"你说为什么？"

"我问你呢！"

"那好吧：因为组织上这样讲过了。"

宁珂一腔愤懑就要爆发："你代表了组织吗？"

"是的。"

"骗人！你这之前与小慧子的关系组织也知道吗？她当时痛苦得要死……大家都太能忍耐了！"

飞脚冷冷一笑："你怎样看待她与曲府的关系？"

宁珂不太理解他的意思，也无从答起。

他用力吸一口，又徐徐喷出："说说看，老宁同志！"

宁珂掩饰着心中的什么："当然是情同手足的关系！？？？？？子待她像亲姐妹，所有人都把她当成了家庭的一员，她原来是一个孤女……"

飞脚仍旧冷笑。后来这笑容猛地收起："我说过你算了嘛！她是曲府的丫环，与你的岳父母一家是被剥削者与剥削者的关系、雇佣与被雇佣的关系——难道这不是很清楚的吗？你真的会有其他解释？"

"这是污蔑！这是不负责任的推论！小慧子自己绝不会这样看，她把曲府当成了家，大院里的人是她的亲人……"

飞脚粗暴地打断："请你注意自己的立场！没有什么可掩饰的，掩饰也没有用。如果小慧子被麻醉了——剥削者常常是善于麻醉别人的——她也许会那样看；不过她逃出曲府了，这总是天大的好事，只有另一种人才会不高兴……"

宁珂震惊极了。他久久望着飞脚。

"你看什么？请原谅我的直爽。"

宁珂拍了一下桌子："你把曲府看成了什么？这十几年里你接受了曲府多少帮助？亏了曲予先生对你的信任……他为革命献出了生命啊！"

飞脚的脸有些灰，嗫嚅着："那是另一个问题，嗯，那是另一回事了……"

"我认为小慧子失踪与你有关，起码你知道这件事。我将向殷司令汇报……"

"可以，这是你的权力。不过请听我一句吧，你这样做会后悔的，一定会后悔的。"

宁珂离开了。

他直接去找殷弓，警卫人员说不在。一路上他的耳廓又响起了尖厉的鸣叫。这声音让他两眼发花，四周的景物都在跳荡，头像要炸裂。他不得不抱住脑袋坐下，等待那声音消逝……一天之内他连续找了三次，司令部的人总说不在。年轻的警卫人员都是新人，他们一个也不认识他。只有第三次出门时遇到了一位老后勤，对方热情而肃穆地打了个敬礼。宁珂心里一阵热烫，赶忙还礼。走到院门，一辆黑色轿车嚓地驶进，车上坐的正是殷弓。

殷弓略有惊讶地盯着面前的宁珂：这个人苍老了许多。

他们握过手，一前一后上楼，进了一间宽敞的办公室。

宁珂说知道他会非常忙的，本不愿打扰，但因为这事已经困扰了好久，加上刚刚与飞脚有一场争执，就汇报一次……殷弓静静地听，从未打断他的话。

殷弓又胖了，原来的短发留成了背头。军装很整洁，很新。那件灰黑色的披风还有，但质料讲究多了。这披风挂在写字台旁的衣架上。有个年轻的士兵进来倒水，把一杯浓绿的清茶推到宁珂面前。茶香使他冲动起来的语气又和缓一些。他端起杯子喝一口，继续说下去。殷弓不喝茶，上身笔直地坐，目光沉重而不严厉。宁珂说完了。

"嗯。"殷弓鼻子里响了一声。

"我们全家都为这事坐立不安……如果得知她的下落，知道她平平安安就好。"

"嗯。"

"……"宁珂不知再说点什么好。他的目光转向一旁的披风，突然想到了那些刚刚度过的战斗岁月，心上一热。"我真想念老许他们！还有省城的一些同志……多久没见了。老许最近怎样？李胡子呢？"

殷弓伸手梳理了几下背头，没有回答，而是搬弄桌上的文件夹……宁珂明白该告辞了。他站起来。

……从司令部出来，宁珂觉得累极了。原来也没有想过卸下什么、没想过轻松，不过这疲劳还是让他有些受不住。浑身的骨节都痛，腿沉得简直拉不动。进城一年多来几乎天天都在一种快速运转之中，上半年里常和衣而卧；后来想喘一口气，又找不到机会。他在心里说："等解放一周年庆祝之后，我可一定要休息了，不然会倒下的……"踏上通向城管会的马路时，面前一片火红。黄昏到了。这天的红云让他愣怔了一下：

整整多半个天空都染成了这样的颜色，那红云像受伤的肌体，正被一种莫名的力量撕开、挣扯和割裂；破碎的云屑向下吹散，淋漓着、流淌着……

5

这个春天太冷了。冬天远远没有走到尽头，冰山雪岭把软弱的春天挡在了另一边。街巷上活动的人都裹紧了棉衣，戴着皮帽围巾。宁珂因为连夜在没有炉火的房间内开会，耳朵和脚都冻伤了。燃料奇缺，绝大多数机关都没东西取暖。城管会办公室生了一个火盆，这使宁珂想起了闵葵的房间：岳母每到冬天就燃起柞木炭，小慧子和淑嫂喊上绮子，围坐一起剪窗花、画梅和竹……一号首长在办公室待的时间很少，大部精力都耗在谁也不知道的方面，宁珂和另一个人都不便多问。这也是大家在长期工作中养成的习惯。只要一号离开，勤务员就不愿给火盆添炭了。宁珂取起闪着亮光的柞木炭，也觉得有点可惜……

城市治安状况越来越好，所有的工厂作坊、店铺货栈均已开业，海运码头的客船也恢复了战前航班；学校和医院及其他福利公益事业无不走上正轨。这种局面比人们预料的还要好，所有市民都有点大喜过望，甚至担心这是不是真的。

码头上有一颗不知何时漂来的水雷爆响了，虽然只造成极小的损失，还是让人有些恐慌；不久又有工厂锅炉炸裂，伤了三人，停产两周……大大小小的事故时有发生，后来发电厂和海港又挖出了几个潜伏的敌人——他们在战时与敌人关系密切，胜利后又装得没事人一样，当然要被指认出来……这些消息逐渐在市民中扩散，人们终于明白巨大的危机仍然存在，如果不从根上消除，那么他们不过是待在一种虚假的繁荣之中。

与任何时候一样，上级组织对一切事变的发生早有预料和布置。军方和地方政府、工人民众代表联席会议频频召开，各基层组织也在发动群众。一场消除城市隐患、从根本上巩固革命政权的斗争全面展开。城管会的领导要深入群众，倾听意见，组织和指导斗争进程。整个城市在极短的时间内就走入了紧张火热的气氛之中，工人和市民自发组织的巡查队沿街游动，臂戴红色袖章。宁珂一天之内要参加几个会议，有时在入夜后这段时间就要赶赴三个集会。

斗争成果甚为显著。仅两个多月的时间，各厂矿和街区相继查出了十多起隐性事故，其中绝大部分是敌人蓄意破坏；特别是挖出了数以百计的敌嫌，其中有数十名又是极为危险的死硬分子。战果一经公布，令人惊心动魄，大大激发了一般民众的积极性。

就因为工作节奏太快，超乎寻常的寒冷反而被人忽视。有一天宁珂觉得双脚发痒，耳朵也有些难受，仔细一看才发现严重冻伤。他有些惊讶：这在战时也没有发生过。但他已无暇顾及这些，因为整个局势发展迅速，完全出乎预料；据情况介绍，周围几个大中城市，几乎包括所有的大后方、新解放区，都开展了这样的斗争。有的地区运动正往纵深发展，连一些无法破解的陈年老账也得到清算——宁珂多么激动，想到曲予先生的被暗杀，真希望当年的凶手这一次会被揭露。

在高层领导干部会议上，殷弓的讲话得到了一致呼应。他像过去一样，一开始在座位上讲，到后来就要走到那排桌子前边，来回走动。他虽然比战前胖了一点，但比起大多数人仍显得瘦削，好像也比所有人更耐得严寒。他肃穆的面容使人联想到这个寒冷的春季事出有因：它正适合一场艰苦和严厉的斗争啊！他挥动着手掌说：无论斗争进行多长时间，多么艰巨，都要坚持下去；无论在清查中涉及什么人、牵扯到多么远的历史旧账，都要一追到底。这是一次关系到胜利成果能否保存、革命队伍能否纯洁、全面胜利能否来到的生死攸关之役……哗哗的掌声淹没了他的讲话。

在紧张的日子里，宁珂又像刚解放时那样，很少回家了。有一次曲绪不得不到办公室找他，一进门就掩面哭泣。原来有些陌生人闯进曲府大院，她和母亲不愿接待他们，对方就粗暴训斥……宁珂久久没有作声。这样停了许久，他才问了一句：

"他们问些什么？"

"什么都问……爸爸当年接待的朋友、与金志的关系，还有，你与爸爸认识的时间和过程、与李胡子见面……很多很多，妈妈也记不清……"

宁珂几乎喊起来："混蛋！他们该来问我啊！我是当事人，他们为什么不来问我？"

这样过了一会儿，他又长长叹息，去劝慰绪子。他说自己是这场斗争的领导人之一，而政权的巩固、肃反与清查，都是长期任务……曲绪哭着："可他们不能连我们家也怀疑啊！这太让人心寒！……"

宁珂像自语："不会的。不是怀疑，而是通过我们了解其他……绮子，你告诉妈妈吧，我们全家一定要好好配合，认真回答每一个问题……"

绮子哭着，把他轻轻推开了。哭了一会儿，她擦擦眼睛看着丈夫，突然说：

"我们回家去吧！"

宁珂有些惊讶地看了她一眼："怎么？大家节假日都不休息，我哪有时间！"

"妈妈让我来叫你——回家去吧！"

他苦笑着摇头。

曲绮环顾了一下屋子："珂子，收拾一下东西，我们走吧。妈妈说：'快去喊珂子来家吧，小城早就解放了，那边没他的事了，回家吧！'……"

宁珂这次听得明白，"啊"了一声，跌坐在椅子上。只一会儿，他的脖子、脸颊，全都涨得紫红，额上的小血管突突跳动。他张了张嘴巴，什么也没说出。他站起，抚摸着曲绮的头发："绮子，回去告诉妈妈，就说她错了；就说：现在还不到回家的时候……"

……

一切都在加快进行。这座城市进入了一个特殊时期，比战前和战争中，甚至比敌机轰炸的年头还要紧张。控诉与揭发、惊叹与狂喜，随时都在发生。对于一部分人而言，这是个令其战栗的时刻，而对另一些人而言，则是百年不遇的盛大节日。最早一批被揭露的敌对分子要赶在天气转暖之前有个结果，于是公审判决、游街示众频频举行。除了公布收审收监的二十余名之外，立即执行枪决者有十一名。刑场设在东郊沙河滩上。那一天是个少见的好天气，太阳照射着满河白花花的沙子，把积蓄了一个冬春的严寒都驱散了。拥挤围观的人群顺着干涸的河道去，仿佛全城的人、城郊村庄的人都出动了。"特别时期，从重从快！"大字书写的口号贴在河畔杨树上、电线杆上、残留的城墙上。规模最大的一次公审会，主席台上坐满了军政首脑，首排有殷弓、飞脚和城管会的一号首长，最后一排有宁珂等。

灿烂的阳光下，河沙反射的光亮逼花了人眼。一排枪响之后，人群鸦雀无声。但只一瞬，呼啦啦的喊叫推搡就开始了。全副武装的士兵端着闪亮的枪刺推挡人群，一条通道闪出。主席台上的人依次走下，沿着通道走向响枪的地方……宁珂在身披大衣的队伍中，刚走到一半就往旁跨了一步——正巧一号首长看到了，他招呼："走啊，怎么了？走啊！……"他脸上笑眯眯的，后来的话宁珂没法听清。

就在那次公审判决不久，一个大案出现了新的线索。起因是战家花园的老管家被人从原籍逮到，他招出的口供牵涉多人。很快发生了连锁反应，一个月的时间有几十人接受了审查。开始宁珂一直作为上级领导听办案人汇报，直到有一天一个人把他传到办公室。一号首长一贯呈现的微笑不见了，耷下的外眼角格外吓人："老宁，从今个起你不要参加会议了，工作有人接替。""我做什么？""你不用做了。""为什么？""因为你也牵扯在里面……"

宁珂的心一阵狂跳，失声叫了起来。

一号双手按按他的胳膊："不要急，这是常有的事儿，不要急。相信组织吧，组织会把一切都弄个水落石出……我们都是领导同志，更要以身作则……"

耳廓里尖厉的鸣响又出现了。他的头脑随时都能炸裂。"我要……我想去……"一号耷下的外眼角一挑:"哪里也不要去了,先在自己屋里写写材料……"

宁珂马上记起许多年前飞脚也这样通知过自己。真想不到这类事件还会重演……

他回到办公室,第二天又被领到一幢红砖房里。这是一个十几平米的单间,一床一桌,桌上有墨水瓶和一叠印了竖红条的稿纸。

6

刚开始三天没有任何人来这儿,只有他自己面对着这个空间。突然的沉寂!多年来马不停蹄奔波,没有驿站,没有安歇之地……眼下的宁静真像个梦境。

宁珂坐一会儿躺一会儿。后来他想出去走走,刚跨出屋门就有一个背枪的战士过来:"你要上厕所吗?""不,我想走一走……"

战士的手习惯地按在枪上:"那不行,请回吧!"

宁珂将永远记住和感谢这"历史性"的提醒——他一愣,抬头严厉地盯了对方一眼。出乎意料的是战士交还的目光中有双倍的严厉。他发出了小得几乎听不到的一声"哦",转回了身。

第四天终于来人了。来者是一个五十多岁的人,脸上泛着淡淡的青铜色，颊上还有少许坚硬的疙瘩。牙齿大而坚固，笑的时候有些吓人。他戴了白手套，进门后笑笑摘下，嘴里发出"啊，啊啊"的声音，像个嘘寒问暖的医生。他坐在小床边搓手，盯一眼桌上的纸，和蔼极了："啊，写了？写出来了？慢慢写，不用急，写周详一些更好。年代久了，谁都有个忘性儿。不过大关节忘不了，啊，啊啊。"

宁珂按着几张纸问："我不明白，到底要写什么？难道就这样草率审查自己的同志吗？这不是太……"

"啊，啊啊，是啊，是这样啊……你想起什么就写什么，交待自己、也交待别人。一开始会不习惯。不过这是开头，啊啊，写吧。"

"我想问的是，要这样对待自己的同志？"

"啊啊，是啊是啊。不过我们很慎重的，证据嘛很多。请相信组织好了。从头写吧，这样才好，啊啊，啊，是吧，是吧！"

宁珂从不记得见过面前这个人。这人太眼生了，凭直感这不像自己的同志。可是这人又分明在承担非常重要的工作。宁珂于是有了另一种不安：组织上不该招徕这样的人物，生僻、怪模怪样，浑身充满异己分子的气味……他一注视对方的脸，气就不打一处来。尽管如此，他还是努力忍着，让其转告一个请求：他要尽快见一次殷司令。因为只有他才会明白这是可怕的误会。

"啊，啊啊？嗯，这好，这……这是不可能的。你考虑吧，你不要太固执了。组织上很爱护你的啊，你其实应该明白……"

"你胡扯些什么！你转告我的话，我有话要直接跟殷司令谈，其他人不谈……"

宁珂终于拍案而起，他心中涌动的巨大委屈和愤怒推拥着，使他恨不能把这座小屋一块儿掀倒。

那人捡起不知何时掉到地上的白手套，一边戴一边说，语气更加和蔼了："啊啊，啊，好好想想看，慢慢写。不写是不行的喽，再麻烦也得理个头绪出来……啊啊，解放了，反正咱有的是时间，啊，是吧，是吧？嘿嘿……"

他笑着，坚固的牙齿一闪，带上门出去了。

宁珂面对着一叠纸张。后来他捶打一下桌子，奋笔疾书起来。一口气写了一天一夜，双眼布满血丝。二十几张纸都写光了，是给殷弓的一封信。

他写到：为了胜利的这一天，他准备献出自己的一切，早在几年前就抱定了牺牲的决心。他并非畏惧噩运。但他不能忍受同志的中伤甚至其他……

信件由门外的战士转走了。

两天过去，没有音讯。又是一天一夜过去，宁珂的腮部开始肿胀。天燥热起来，小屋内突然有点不能忍受。他脱下棉衣，可里面的衬衣早就肮脏不堪。没有换洗的衣服。窗户又小又黑，还从外边镶了铁条。他看到离墙基三五米处有一株椰榆，正抽出了翠绿的小芽。此时他极想在小树前站一会儿，只站五分钟……他请门前的战士告诉：让家里人送几件衣服。这样说过又有些后悔，于是赶紧收回这一请求。"多么冒失，绮子和闵葵知道了，还不知会怎样！"他想着她们母子俩，心中充满愧疚。这是两个多么不幸的人，而这不幸或多或少是自己加上去的。

他现在绝不敢回想往事了……这简直是由一个个可怕的噩梦组成的。

殷弓终于没有出现。宁珂明白他不会来了。一想到这个人，宁珂就想到他的灰黑色披风——它换下了一件脏腻腻的蓝色大衣。这个瘦小坚硬的身躯非同一般，这点让他由衷地钦敬。宁珂就是从这个人身上领略了革命者的独特品质。当曲予先生那一次将其从虎口中救出时，他浑身重创却无一声呻吟。这人从肉体到心灵都如同顽石。宁珂想到了无情的历史：它在自己与殷弓之间留下的误会将是多么沉痛的一页。这痛太深了，铁石心肠也不能忍受。

闷闷的夜晚，刚吃过晚饭不久，门前就响起一阵脚步声。门开了，进来两个男人。两个都陌生，一个四十五六岁，干瘦笔直，目光直硬，左腮部不停地痉挛；另一个不足二十岁，剃了平头，愤愤的样子，双唇肥厚凸出，腰上拴了支小手枪。两个人都带了夹本子。他们并不仔细打量屋里的人，而是先把夹本子放在桌上，一声不吭坐在桌子后边，翻动着几张纸片，瞟瞟坐在床上的宁珂。

宁珂略有惊讶地看着，明白一场审讯开始了。他站起来。四十多岁的男人立刻说："坐下，坐下。"他不想坐。年轻人说："叫你坐！叫你坐下——听见了没？"宁珂不想和他争执，就坐下来。

"年龄、籍贯……嗯嗯，"中年男子翻动纸页，"考虑得怎样了？不愿交待，那就……"

年轻人取下笔帽，等待记录。

中年人看看纸页："我来问你……"

口气和声调何等熟悉。这让宁珂想起京戏中审案人的腔调……

"我来问你——那一年，宁周义放你时，有过什么交易？李胡子是否接受你的指示？还有，宁周义一伙制造的血案，你事先是否得知计划……暗中去过几次战家花园？还有与金志的关系……都一一道来。"

　　宁珂喊起来："这是白日见鬼！你们演戏吧！审问我？谁让你们这么干？"

　　中年男人不睬宁珂的喊叫，只说下去："你不回答也无碍，我们已经全部掌握！装蒜也没用，我只问个小问题：你和宁周义没有交易，他怎么会放了你？嗯？答呀！"

　　"因为他是我的叔伯爷爷！"

　　"哼哼，"中年男子看看身旁唰唰记录的小伙子，"说对了。爷儿俩就该一勺烩！"

　　宁珂不想回答任何问题。他明白，自己正织入了最荒谬的事件……他闭着眼睛，又一一闪过了公审大会上处决的人犯。他突然出了一身冷汗：那些人会不会同样经受着可怕的荒谬？他猛地睁大了眼睛：白亮的灯光下，两个男人正煞有介事地翻着纸页……他再没说一句话。他又想起上一个青铜脸色、长了坚固牙齿的人；再看看眼前这两个，越来越觉得奇怪；无论是在险恶的地下斗争中，还是在枪林弹雨的前线，他都未曾见过类似人物；而胜利了，他们就出现了！这些人好陌生，好奇特，操着完全不同的语言，散发着异常的气味……

　　后来的日子里，审问渐趋频繁。有时一些人进入小屋，有时他被领到一个生疏之地……宁珂几乎没有辩驳什么，也不再回答。一切都是多余的。他发觉自己正在失去一种语言……

酷热的夏天来临了。他第一次被押到公审大会上。仍然是人头攒动的大沙河滩，仍然是白花花的日头。台上一溜儿站了十几个五花大绑的人，他和另两个人被押到那些人旁边。

耳廓旁一直是尖厉的鸣响。他用力想听清主持人的声音，还是挂一漏万。后边是主席台，他回身寻找殷弓他们，一个熟人也没看到⋯⋯突然台下传来一声凄凉的长喊，让他浑身一抖。耳廓旁的尖厉鸣响立刻消逝了，他双眼都要瞪裂了。啊，看到了，喊叫的是个女人，是她，是绮子！旁边有士兵扑过去，把一直往前拥着喊着、头发披散的绮子揪住⋯⋯

中午时分大会结束。又有三个人被枪决。其余人被宣布判处徒刑，宁珂与其他两人正式逮捕——几个全副武装的士兵走上台前，在强烈的正午阳光下掏出手铐和绳索。

宁珂被牵下后台。他总是回头，目光总是追寻那披散的长发⋯⋯牵他的人恼怒了，停下，用膝盖顶他的腰，然后飞快地、狠力地煞紧绳索。宁珂的肩胛骨都快折断了，脖子也给一道绳索勒破。他用力转头，于是看清了煞绳索的人：一张愚蠢凶暴的脸⋯⋯他把带血的唾液吐到了这张脸上。

那人先是一惊，接着猛一扯绳索。宁珂倒在地上。那人狠力用脚踹。他滚动躲闪，奇迹般站起——还没等站稳，那人迎面就是一拳。血哗哗流了一嘴，他吐掉，又挨了一拳。他扭过头，躲避拳头，发觉有颗牙齿被打折了。那人把他的头发攥在手中，拧过他的脸，一下下击打⋯⋯

他昏厥过去，一头栽在河沙上。

"起来！起来！我叫你……"那人踹他的腹部、腰部，又猛力去拽余在手中的绳子……

7

我跋涉于丘陵，嘴唇渴裂……你的羽衣飘过一蓬蓬马兰、玉簪、石竹和百合，双手触摸大地，拂开长长藤蔓、重重叶片，现出一潭碧水。焦渴的孩子，羞怯的孩子，圆圆头顶上飘一绺黑发的孩子。你引领了一个生命。

如今你远去了，魂灵和眼睛，春天的鲜花，夏天的艾草，冬天嫣红的炉火。让骏马去追踪，越过那条浓稠的河流、清澈的河流，寻找家园。什么都没有了，只有一片结了籽的芳草，在晚风中悄悄荡漾。仿佛有柴门推动之声、有一丝气息。你回过头，看到谁赤脚站在那儿。

多么寒冷。谁剥去了你的衣衫？谁驱赶你在大地上游荡？是一个冬春的北风在撕扯，是漫山遍野的荆棘，是瓢泼的大雨和箭镞似的冰凌。思念催促我，焦渴折磨我，它们又像绳索一样勒紧我，把我牵上十字街头。不必犹豫，因为我知道不早了，该上路了。

旅途上全是残枝败叶，是风暴留下的痕迹。踏着它往前，全身被一种感激填满。千里万里的追赶，不歇不倦的追赶，这条路就像人生一样漫长和短暂。那片红木林出现在天际时，马蹄就会响起。火红的驹子腾跃在天地之间，到处都是它们灵捷奔突的身影，只可惜无力揪住那飘飘洒洒的美鬃。这是如何盛大的节日，这节日只为你而降临。这场庆贺会载入史册，让人记住——仅仅是血红的玫瑰花瓣就铺满原野，在烈日烧灼下化为浓浓汤汁渗入泥土……

你把紫红的叶片、柔长的枝条收拢一起，青生生的气味令人回想。没有鞋子没有衣服，在水中在林间，在伸手不见五指的黑夜。光滑的圆脑壳散发出铃兰、苘麻、山芋和麻栎的气味，你用力吮吸。紧紧怀抱着，擦洗了一遍又一遍，用一方淡黄色的家纺软布包裹了，没有乳汁，睡吧。太阳倦了。我们都喜欢灰色的、像午夜大海的那种颜色。讲个北方的故事吧，那连续不停的涛涌之声。讲个北方的故事……我梦见自己化为一只鸥鸟，孤单高傲，展开双翅飞向远方。

翠玉似的水波涟涟无际，荡动激越，溅起的白屑腾到高空，沾上了宝石般的双目。这片浩淼啊，它由泪水汇起，所以它们味道相同，并闪动着眼珠的颜色。岛屿由一只巨鸥化成：它疲累了，寻不到陆地，就落入水中。我哪儿去寻自己的陆地？我飞翔了，向着远方，不愿也不敢降落，为着这孤傲、倔强、炫示和不屈。我要一直飞去，穷穷铺展到天涯的碧波大涌。轰隆隆的巨涛与雷声衔接，闪电是宇宙荡动的柳丝。我只是一只海鸥，雨和涛浇泼不停，双翅尽湿，洁白却未改一丝。

你就在夜色里注视。当我溶进这长夜时，才能挨近你闪电般的乌发。那一天终会有的，可是，坚持吧。它终会有的，于是才能够坚持。不要停止，不要折断，忍着，忍着闪电的烧灼，雷霆的轰击。那目光催促我、牵引我，是声声叮嘱。人的视界里需要有一只飞翔的鸥鸟，永远的鸥鸟。

永久的飞翔就是一场报答、一次祭献。我被如此昭示，于是再不会停止。我一开始就赤身裸体而来，一无所有。一切都是你赐予的，你是一切。为了那可怕的觉悟与感动，我激烈之中只想一刻不停地抓住那火红的、通向冥府的马驹，幻想在彻底的惩罚中获救。这也许太轻捷便当了。没有捷径与坦途，没有侥幸和意外，只有飞翔，飞翔啊。

这里甚至比不上荒漠，因为那里有绿藤与清泉。让双倍的燥裂、焦灼、渴念一块儿来临吧，只有如此才算是一次经历。我的双羽被割开、撕扯、点燃，洒下的血汁又立刻被狂风吹散。云雾渐渐有了颜色，是淡淡的红色。看不见的丝绦缠住了头颅、双翅、两足和躯干，勒出了筋脉骨骼。淡淡的红色。让它们快些折断吧。你的视野里需要一只不悔的鸥鸟啊，让它们折断吧。

我要染上你的颜色，来一次痴想枉求。世上最美丽的一种颜色，玉兰花瓣的颜色。你在清晨走出，伫立窗前，太阳映着你泛出微绿的白色、柔软的长衣。你打开窗子。三只鸽子绕着一棵橡树盘旋。其中一只洁白如雪。你伸出手，它落在上面。你的面颊贴在它的躯体上，然后又吻它圆圆的额头。它重新加入那两只的盘旋。这个清晨，到处都充满了幽幽的香气。怎么办啊，我的孩子，口吐呓语的孩子，你梦见了什么……

一片大漠，一片水波，一匹红马，一只鸥鸟。就是它们，是旋转的星辰，是渍红的水雾，是摧折的树林，是化为汤汁的顽石。心底荡动的是绝望的狂欢，是尽情尽性的疯癫。然后就沉寂下来，听一根银针悄然跌落。空旷的荒原、白皑皑的大野、流沙静滞的高丘、漫漫无声的长河。你在哪里，我在哪里？我看到雪原上你那飘扬的红巾，草地上你那纯白的裙裾。我盼念你的微笑在丛林边、摇篮旁，在热泪洗涤的脸庞上。

时光真不早了，黑夜来临。那道蓝黑色的沉沉幕布即将拉合。最后的一次怀念出现了。神灵多么恩惠。一只无所不能的手拨动了、推动了，让我往前一步、两步，一直走到怪石嶙峋的万丈险崖。看看吧，这是响彻千年古歌之地，也是再生之地，荣幸之地，是结满了桐树籽儿、开遍白色牛眼菊之地。我伏下身，忍着硌裂筋肉的尖利，去寻找传说中的一切。我真的看到了。多么美啊！一蓬蓬矢车菊、白芨、金盏草、黑百合、丝兰、风铃草和菊芋从幽深难测的渊底翻涌而来，顺着崖壁蔓延，一直铺卷到脚下……感激的泪水涌了出来。

"你不是再也不会哭泣了吗？"

是的。但这是一个人只有一次的时刻，就像割断脐带的那一刻要嚎哭疯唱一样。在这个时刻，一个人感受到的幸福才是真实无误的。人生的怀念之巾是金丝绒的质地，我最后一遍抚摸它。

急躁地奔赴其中，因为这诱惑太大，这期待太久。我知道闭上眼睛轻轻一纵，也就进入了怀抱。双唇渴裂，必将有最终的畅饮。你在这儿备下了无边的酒浆，接纳一个长久追赶的儿子。你纯白无瑕的衣衫、乌亮的长发、清澈的眼睛，我都看到了。收留吧。

8

导师朱亚！以前总认为你走得太匆促，你留下的是可怕的沉重……今天看命该如此，你总算找到了一个承受者——每想到这里我脉管中都有一阵热流涌过。我同时想到的还有更早那个惊心动魄的场景：你面对导师陶明离去的那一刻……我多么幸福。

默默地做过了一切，然后就是等待了。我自认为倾尽了全力。母亲般的平原啊，我们一块儿等待吧。

关于东部大开发的传言越来越盛。传说先遣班子已经组成，一位重要首长担任总指挥。新闻媒介似乎给予了证实，因为不止一次报道中外人士去东部考察参观之类的消息。与之形成对照的是，03所却沉寂如常。无声无息的一座大楼。连一点不怀好意的嘻笑都没有。每天我在办公室枯坐半日，偶尔走上走廊张望，下班再回那间小宿舍……没有谁跟我说什么，我也不再去询问什么。这期间我又找过苏圆。每当隐隐感到有什么逼近了时，总想听听她的声音。可惜她总也不在。

那个集中在招待所的班子已经解散，黄湘等人已回所里上班，但就是不见他的影子。他接替了朱亚，那间办公室却总是大门紧闭。有人说有关部门召开的汇报会早已结束，八大科研部门都有代表参加，03所的裴济和黄湘肯定去了。这都是不祥之兆。

一天早晨我听说裴济来所里了，就直接去他的办公室。挨近了那个门时心里才蹦出一个问号：找他干什么？不知道；但我要面对一些人了，无论是裴济、黄湘，还是别的什么人。咚咚敲门，没有回应。又敲了一会儿，旁边一扇门打开了，一个黑脸秘书探出头："你穷擂什么？"

我盯他一眼，继续敲门。

"说你呢！有事找处室领导，动不动找所长——觉得自己算个人物了？"

"我找他是我的事儿；你也可以找，无论你算不算个'人物'！"

黑脸口吐脏字嚷起来，还掐着腰挪过几步。我不想理睬。他干嚎，大概自己也弄不明白是否该动手。

走廊两边都有人探头。后来一位处长悄无声息过来，拍了拍我的胳膊，示意去一下。我这才离开那个掐腰的家伙。

处长的胡茬刮得铁青，两眼像塑胶扣子。他让我坐了，又倒一杯白水递给我："很早就想约你谈谈了，没机会。你写的那几份材料都在这儿。"他随手从一旁抽出一叠打印稿。我失声嚷起来："它怎么到了你手里？"他笑了："从有关部门转来。所长很重视，他忙，没有时间，让我仔细看一遍，特别叮嘱要尊重不同意见……"

我直盯着他："这不是什么'不同意见'，而是真实情况。"

"那为什么不向所领导反映，擅自往外捅！"

"我一开始就向所长谈过。后来才明白没用。他们故意要那样，他和黄湘存心要那样！"

处长哼一声："东部大开发国内外注目，不是哪几个人就可以吹掉的，这要有点自知之明。现在不谈这个，还是谈谈朱亚吧！本来人死了，很多事情已不必追究，可是现在看，还是不得不跟一些人讲明白……"

我知道"一些人"主要指我。

"本来他的一些问题调查中发现很严重，怕影响他的治疗，也就半途而废了。今天看，把问题讲明白还是必要的，免得有人越陷越深。我想提醒你，你是负有责任的，只是组织上考虑你不太明了真相……"

我终于忍不住："我有自己的判断，这也是了解那个'真相'之后。

没有人比我的导师更磊落，是有人太卑鄙了，也太残酷……朱亚是累死在自己岗位上的！”

"朱亚围绕东部大开发做文章，就是要搞掉所长；他在很多方面诽谤所长，已经犯了诽谤罪——所长几次住院都与他有关。还有，有些谣言，就是通过你传播的……”

这真是耸人听闻！我一时给惊呆了。

"你立刻回头还来得及——我希望你能把送走的所有材料都收回，其余事情嘛，由我来替你解释。”

这种赤裸裸的威胁还是有些出人意料。谁想到这座堂皇的大楼内，某一个房间内正发生这样的事？它使我浑身一阵战栗，那种受辱感让我不能支持。两只手掌有些烫，如果不能尽快浸到冰水里，就只能把面前的桌子掀翻——这样也许会缓解一点点……他被我直盯盯的目光弄疼了，迅速站起："你要干什么？你！"我凑近他的耳廓，尽可能清晰地告诉：

"你知道吗？你不过是瓷眼很不像样的一条狗。”

他叫了一声跳开，两手抓住了椅子，像要抡起来。最终椅子还是待在原地。

接下去的嚷叫我都不想听了。

……从这一天开始，沉寂的时期结束了，无论是对我还是对另一些人，还有这座大楼……春天即将来临，可是这个春天我们将在冰水里浸泡一会儿，再无暇去探望那一片烂漫的春花。河冰在激流的冲撞下要忍受、坚持，最终在一个伸手不见五指的黑夜，"嘭啦——嘎嗒"一声，破裂开来。但即便是个冷风刺骨的春天也好啊。

黄湘要当副所长的消息在楼上传递，只是未成事实。不过他的确接管了朱亚原来负责的一摊。一天，他头上随随便便扣了顶帽子，叼着烟，一派得意的模样，溜进我的办公室。他用歼灭性的目光盯着我，并不说话。这样有一两分钟，突然大喝了一声：

"站起来！"

我仍然坐着。

"给我站起来！"

我把手中的笔放下："为什么要站起来？"

他捏烟的手比画着："领导来了你欠欠身子都不，真是太傲慢了！你现在了不起，觉得跟上朱亚混成了个人物，其实什么也不是！你们的事儿很快就要暴露，他离开了，你就活该一个人受吧！"

虽然很长时间没有见到黄湘，但一个人能在这么短的时间内里里外外变成一个无赖，还是有点始料不及。我注意了一下他的脸色神态，知道他并未喝酒。

他继续嚎："你想得倒美，以为三戳两戳就把这座大楼弄塌了？你不过是条小虫子，那些大蟒还不知杀了多少……"

他失态了，喊得太响，只一会儿就有人过来把他揪开。黄湘一边走一边斜眼看我，目光极凶。

他走了。我一直坐在那儿，两手都是汗水。我知道自己并没有惧怕。该来的就来吧，我似乎做好了全部准备。现在最牵挂的只是那片平原的结局。

曾经使我长期费解的是，他们为什么要让朱亚率领那支勘察队？这不是自寻苦吃吗？现在我似乎明白一点了：勘察结果太出乎预料，他们原以为那只是一次例行公事；还因为这需要长达几年的时间，又是艰苦的野外作业，必须派一位所领导，于是就挑朱亚了。他们万万想不到朱亚会如此地固守，寸土不让。而在有关方面"大开发"的强烈欲望面前，瓷眼一伙又没有其他选择。

这种结论使我心里变得冰凉。

在导师身边，在平原面前，我又会有别的选择吗？

　　9

记得来 03 所工作的第二年，这座大楼曾经有过一阵可怕的痉挛。好在很快就停止了。有人追查所谓针对瓷眼的各种"谣言"，甚至借核查辱骂瓷眼的匿名信为由，偷查了几十份人事档案。他们的矛头直指朱亚。当时我相信导师对这一切还不够敏感，因为他没有任何异样的表现，只是一声不响做每天的事情。这是一个多么奇特的人，长了一张肃穆的、颜色灰暗的脸，几乎每时每刻都沉迷于工作。也许他身上散射出的某种神秘力量击中了一些人，让他们恐惧。

当时我对 03 所的历史尚不清楚，也刚刚听说陶明教授其人，更不了解他、朱亚与瓷眼等人的纠葛。这笔账沉得太深了，对于一个年轻人而言它是那么陌生。谁有兴趣心事重重抚摸它的细部？可是舍此又怎么会理解今天？

那一次兴师动众表面上被制止，实际上一直未能中断，这是我从基地归来后才逐渐明白的。即使在朱亚率领勘察队进行最艰苦的野外作业、连连吐血的日子里，也仍旧有人在一定范围内搜罗编织他的罪状。那一次被制止的原因，黄湘的解释是所长想"饶恕"了；而真实的情况恰恰相反，是风声太大，太过分，引起了上边干涉。在这个过程中黄湘依旧是最活跃的人物之一。他后来谈到这些也很得意。记得有一次他来办公室闲聊，胖女人说："查来查去，谁也没整着。"黄湘说："你知道什么！不过是闲了搅一搅，让他难受……"几句话给我留下擦不掉的印迹。当我面对朱亚瘦削的面庞，心里就涌过难忍的疼痛。是的，对于他们来说，这只是一场残酷的游戏；而对于导师来说，却是一种可怕的磨损！

我永远记得，在 03 所，不止一个人手上沾了导师的血……

那些日子里，几乎所有与导师来往密切的人都受到了刁难和不同程度的威胁。

今天这场游戏仍在持续，不同的是导师没有了。

与黄湘和处长冲突之后，一个早晨我与苏圆在楼梯上相遇。因为两次找她都没见，这时就加快步子走到她身边，声音里有抑制不住的兴奋："苏圆！我找过你……"

她继续往前，语气淡淡的："有事吗？"

"……"我站下了。

她在二楼拐弯处停下，从高处望我。当她触碰到我的目光时，又把脸转开。我心中不知从哪儿泛起一股勇气，噔噔跑上几步。我的声音艰涩极了，但说得很清楚："我想和你好好谈一次，有很多话要说……让我们约个时间吧！"

她抬起头。这时对面有一个人过来，她赶忙放低了声音："再说。"走开了。

就是这天傍晚，黑脸秘书用欢快的语调给我下了一个电话通知：明天上班时间到某街某号办公室，有人要找我谈话。他的语气告诉我这是个很糟糕的事儿。但这种谈话是必须去的。我预料这是对勘探汇报的诘问，或顶多是与之有关的一些事情。

按时来到那个地方。屋内空空，只有一个条桌、几把椅子；在条桌对面几米远放了孤零零一把椅子——它让我看了不舒服。

又等了一刻钟，进来两个人：一男一女，都穿制服。他们把一个夹本砰地往桌上一放，坐下，根本不想打招呼，脸色阴沉。女的顶多二十岁，扎了毛刷刷辫，在中年男子点烟时，拔出自来水笔等待记录。男子瞥瞥我，问了姓名籍贯单位，民族甚至性别……这显然是一场审问。我拒绝回答。

他提问的方式很专业化：有时绕成一个陷阱，有时单刀直入。主要围绕如下问题：你曾多次在不同场合诽谤所领导生活作风腐败，证据是什么？你曾多次在不同场合说过，所领导的主要学术著作是剽窃，证据又是什么？

所有问题在03所都是公开的秘密……这不必回答，因为它隐藏杀机。如果答一句：这是大家都知道的、常常议论的事实啊！那么审问者就会立刻抓住话柄："谁知道？谁议论过？"接下去将找不到一个人站出来，因为谁也不会承认。

更为阴险的是审问者直接让我拿出证据，这样我无论否定或肯定，都等于接受了一个前提：诽谤了瓷眼！

我不会在这种阴谋中低头。愿冥冥中的陶明和朱亚扼住那些丧心病狂者的喉咙！愿那只洁白的鹭鸟——此时早已化为冤死的厉鬼，扑向那些仍然逍遥人间的恶魔……

我的蔑视激怒了这个男人。他不停地拍桌子，把烟蒂踩灭，背着手在我身边转动。后来他终于忍不住，又喊来两人。他们把我推搡进旁边一个黑屋子："什么时候考虑好了什么时候出来！狗东西……"

这间小屋有五六平方，一尺宽的小窗子镶了钢条。屋内有一张脏腻不堪的小床。虽然刚刚上午九点多钟，屋内已是黄昏光色。小床上那条渍了不知多少汗汁的蓝被子让人恶心，它使人想到这里呆过各种各样的人。至于是否要在此过夜，这完全看他们肆虐的程度。他们想干什么就干什么……我不愿沾那张小床，就倚墙而立，闭着眼睛。脑子里一片模糊，什么也记不起。不知为什么，此刻我的眼前出现了一大束鲜艳逼人的月季花！我紧闭着眼睛，因为担心一睁眼它就消逝……想啊想啊，这一大蓬月季何等熟悉。想起来了，这是在导师最后日子里，一位匿名者献上的！

直到今天，在这间小屋里，我还固执地认为它是苏圆送的……身上热辣辣的，我开始低低呼唤她的名字。她的身影如此清晰完美地凸现。我从未这样急切地想见她，想在她耳边声声诉说。我需要她。我在这座城市，不，在这人世间真的没有一个亲人……最后我还记起了那次没有确定的约会。

门开了，中年男人进来。天已接近黄昏。"滚吧！到这里算一小段，明天接上——以后什么时候叫就什么时候来，直到你老实了为止……"

曲曲折折的街巷一直走到漆黑。天冷得出奇，春天又延迟了。回自己宿舍要乘五站汽车，可我只想走下去。路灯大多都毁坏了。来往的行人匆匆而过，他们当中没有一个熟人。我多次幻想自己的兄长会从夜色中一步迈出来，牵上我的手……

不知走了多久，总算到了一个小窝——今夜如此地渴望归来。我拖着沉沉的步子上楼。走过一条短廊，倚在了绿色的门上——只是此刻我才恍然大悟，深深吃了一惊，额头立刻冒出汗来——我来到了苏圆的宿舍！

我犹豫着，心快要跳出胸膛了。门很快打开，苏圆"啊"了一声。她怔住了。"我……顺路走过……"

她好像点了点头。

她住在这么好的地方，我每看到一次都忍不住惊叹。一个人占据了两室一厅，而且铺了地毯。微弱的灯光；那套高级音响正放轻音乐。看来她用过饭了，屋内有淡淡的咖啡味儿。站在厅里，可以看到里间那张大床。多么好的床，上面铺了浅黄色的真丝床罩。

她坐在旁边，说了什么我没听清。她让我离开吗？没听清……我一直沉默。我这次只想说一点简单的、实在的，它类似男人深思熟虑之后的一个重大决定——虽然这只是一时冲动……沉默了一会儿，我抬头看着她：

"苏圆，我特意赶来，只想说一句：我非常非常喜欢你。这是真的；

我总是想念你。我有点离不开你了……"

她一点也不惊讶。但我看到她低了头。

屋内一点声音也没有。音乐何时停了?

她在微微摇头。"不,苏圆!"我两手扳住她的肩膀。她的脸离我只有几公分。她一直看着我。我好像看到了一层若有若无的泪光。她把我的手扳开,然后抚弄起我的头发。她在上面吻了一下。我说:"不,我让你回答,你应该说点什么……"她的手停止了。她开始吻我。这一次她真的哭了。"……苏圆!我想让你嫁给我。我会爱护你——如果你愿意,跟我到平原上,再不就到我流浪过的大山里去……我们盖一座小屋。离开 03 所吧!真的!我今夜来说的就是这个……"

她不回答,只用接连不断的吻堵塞我的话。后来她伏在我的耳边,声音小得快要听不见了:"……什么都明白。真感谢你。不过我早就想告诉你,我们不会在一起——这是真的,是对你好。今夜我们要一块儿。天亮了再分手,把一切忘掉……"

"为什么?"

她环视这屋子:"你听到那些传说了吗?瓷眼有很多女人,也包括我……"

"我不信!"

"那你看到我住的这套房子,真的什么也没想过吗?你太迂了……"

我想去捂她的嘴巴,但两手一点力气也没有。

"你好好保护自己,小心点吧!我只能告诉你这些……今夜之后就忘记吧,我也会忘记……"

我马上就要离开。我听到了自己的牙齿磕打声。这个夜晚真冷到了极点……我站起来了。

我以为她在分别的一刻会哭。没有，她微笑的眼睛里充满了宽宥。

第十三章

1

　　宁珂苏醒后，发现自己躺在湿漉漉的碎石上。旁边几尺远就是一张小床。他努力想着，记不清是自己从床上跌落下来，还是那些人根本就没往床上放。他们可能只是把他架进门，胡乱往地上一扔了事。他伸手动脚、张嘴巴，都会引发剧疼。嘴里的凝血把口腔内膜与牙齿、舌头等粘住了，稍一动嘴巴就一阵撕裂的疼痛。他慢慢等待舌头润湿一点，一丝丝活动，半晌才张开了嘴巴。他试着张开很大，张到最大限度。他忍住了疼。

　　大概是上午十一点钟。他从窗户上射入的阳光判断了时间；还有，他料定这是晴朗的一天。外面有稀疏的蝉鸣。小屋有十几平方米，卵石垒成的墙基；窗子不大，窗棂外面照例镶了铁条。屋内空空，除了小床还有一张白木桌——桌上摆了几只大碗。难忍的饥饿泛起，他往小桌那儿移动，当伸手能摸到桌腿时，就抓住它往上攀……终于伏在了桌上。疼痛使他屏住呼吸，一动不动。刺鼻的酸霉味儿。原来几份饭菜都是馊的。他把鼻子贴近——一嗅过，最后选定其中一份。不敢咀嚼，只勉强喝一点汤汁。嘴上的血渍染了碗沿。他盯着这暗红色，闭闭眼睛。后来他把饭团抠出塞进嘴巴，不顾一切吞咽……大口喘息，汗水淋漓。他坐在小床上。

小屋里极闷，出奇地潮湿。蜥蜴在墙上蹿跑，蚊虫大白天嗡叫叮人。离小床不远有一个木制便桶，里里外外都是干结的粪便。他终于明白这令人作呕的气味是怎么来的。窗口有人伏身看了一会儿，咔啦一声把门打开。一个戴了套袖的老头走到桌旁，收起瓷碗，又低头看看便桶，走了。

他现在想知道自己在什么地方。这种小屋不像城区的房子。这座城市他可太熟知了，它的每一条巷子差不多都亲手抚摸过。可他不认为眼下离城区太远。他极力回忆每一个细节，什么都记不起。那时耳廓阵阵鸣响，尖厉的声音让他不能支持，就连喝斥也听不见——那些人见他无动于衷，就格外愤怒。他听到她在人头攒动的台下呼叫，看到她披头散发地扑来……这个场景算凝在脑海中了！他想永远忘掉这个场景，它会让他心尖滴血。他明白勒伤打伤难以危及生命，心上流血才是危险的。

把一切都遗忘吧，几十年了，看到的太多，想过的太多。神灵为了挽救他，使用了特殊的方法：一只又一只拳头迎着额头直捣过来。如此凶悍无情，一下又一下。它在告诉我什么？

远远离开那座让人心烫的城市吧，越远越好。离开那些扑扑跳动的心灵，离开白玉兰的绿荫。如果去死，那就倒在一条陌生偏僻的沟壑。

夏天的烈日烤灼这座卵石垒成的小屋，让它在正午化为灰烬，在午夜化为石流。让我熔铸其间吧。我是没有情感没有记忆的沙粒与泥土，是十月秋洪冲刷在河道里的粉尘碎石……

一连几天过去，他没有踏出小屋一步。每天都由那个戴套袖的老头送来一碗覆了白菜条的糙饭。他渐渐可以站起，在屋内走几步，可以在窗前观望。在这有限的视野中，他发现这小屋与另几座小屋相邻，并一块儿被一道有铁丝网的高墙围住。一些背了步枪的士兵在活动，沉默无声，面色冷肃。这显然是一处看守地。但他记不起城内有这样一处监狱或类似监狱的地方。以前他曾到关押犯人处去过，那是城南郊一个看守所，小城解放后所有人犯都要押在那儿。作为城管会领导人，他去那儿提审犯人，而且常常是突击审问。午夜两点突然将白亮的手电光射到脸上，那是很令犯人慌恐的……眼下这个看守地不大，但好像格外严密，透着一股说不清的杀气。

入夜，蚊虫一团团在床边搅弄。他不得不用衣服把脸包起。只是一会儿，汗水就把全身湿透。伤口钻心痒疼，他爬起来走，一刻不停，直到精疲力竭再躺下。这样一连过上好几夜，身上再没一点力气时，才有一次熟睡。有几次被深夜的尖嚎惊醒了，坐在暗影里倾听。辱骂声传过来，还有噼噼啪啪的击打声、嚎哭声和求饶声："饶了我吧！哎呀饶了我吧——"有一天他听到了一个老人的告饶之声，又痛又怜。他为这个人感到害羞。

有好多次他把那个告饶的男人想象成自己，这让他心惊肉跳。呼叫之声此起彼伏，从不同的方向响起，让人弄不清此地同时有几个人遭到折磨。"说不说？你这个混账！"一个粗暴冷酷得使人发抖的声音吆喝着，又是噼啪的抽打、又是号叫……宁珂极力分辨，终于明白：这儿不是监狱，也不是一般的看守所，而是集中审讯嫌疑犯、尚未判刑的犯人的地方。这是一个服刑犯一开始所要经历的最为可怕的一个阶段。

这天进来一高一矮两个人。高个子有五十岁，瘦削，青黑色的脸，一双眼透着狠劲儿，嘴唇是黑紫色。奇怪的是他不畏炎热，穿了军衣，腰上甚至扎了油渍渍的皮带。跟在身边的是个年轻人，有两撇鼠胡。年轻人进门就说："喂，你听着，这是尚科长……"尚科长的眼睛仿佛要从对方身上剜下一块肉，上上下下打量，说：

"你在这儿是块独料儿，有人叮过，让我们沉住气。有话直说吧，我这儿一视同仁，不管是谁。就是一张铁嘴，我也得让它开个缝儿——希望咱俩别伤了和气！"

他们临离开时留下几张纸，一瓶墨水。

所有问题都是以前反复提过的。多么残酷的追逐、疯狂的剿杀！宁珂在这之前无论如何不会想到自己的同志会产生如此的想象、令人毛骨悚然的质疑。他明白，在这样的提问面前，辩白既无用也多余。他记起刚刚被捕的日子曾给殷司令写的满满几张纸、那些寻求理解的申诉，多么可笑啊！他再也不会那样做了。

两天过去，几张纸上没有一个字。

第三天尚科长找他谈话。在一间有铁皮门扇的屋子里，尚科长拿出了最大的耐心。他告诉宁珂：我可是第一遭花这个闲工夫！咱还是好说好商量，谁也别惹了谁。

几个钟头过去，宁珂没说什么。

"你他妈是哑巴？你有什么了不起？死到临头还硬撑！我就有权把你毙了，连个报告也不用打！就地处决，上报的花名册多几笔就完了！你信不信？"

宁珂看了他一眼。这个人，还有以前审过自己的两个，都一律丑陋怪异。他心中涌过难言的痛楚。他好像最近才产生了这种痛苦。

一对锥子般的目光逼过来。这样一会儿,他突然伸手抓住宁珂的手臂,猛地一扯。毫无防备的一下,宁珂的脸擦在地上,刚刚结疤处、没有受伤的地方,都一块儿擦破。没等他爬起,那人又跨前一步,抓住头发一拉、一抡。宁珂的身体一旋,噗一下给抡到了两米多远的地方。

科长站在一边点了支烟。他吐痰,大口吸着,走来,看了地上趴的人足有十分钟,一下踩住那只流血的手。他用劲儿一转脚跟,想听到一声尖叫,没有。他拔下烟,又是一转脚跟。仍然没有那样的尖叫。他弯腰想看看怎么回事。刚一低头,宁珂猛一下咬住他的脚踝,顺劲儿拧住一条腿。他栽到了地上,躲过那对沾血的拳头,一边滚动一边大喊……门推开了,几个看守拧住了满脸淌血的宁珂。

科长跳起来,揍他的脸、肚子、胯部,直到他昏死过去……

2

那个炎热的夏天宁珂不记得参加了多少次公审会、游街示众和连夜审讯。他为自己那根弦的坚韧而暗自惊讶。好多次他在心中默念:就要折断了,马上要折断了……靖子,我再也见不到你了,你的脸庞在眼前闪跳,快看不见了。我要走进黑夜了……这默念一停,他真的栽倒了。可后来他还是苏醒过来,还是重新站立……

这期间有三五次特殊的经历。一天清晨天还不亮,门外响起咚咚的奔跑声，进来两人架起他。"奶奶的，就别浪费粮食了，今天打发你走了！"他被急躁的士兵架着，脚不沾地拖出门外。他要自己站立，他们就猛力拉扯。后来又有人捆他，捆个十字，用力煞紧，最后再挂一个牌子，拖上一辆敞篷车……他没有恐惧，只有庆幸。最后的总结来临了。绮子，还有那些难忘的战友，你、他、他们——特别是你！就这样分手吧。泪水因为思念而旋动，但没有涌出。他曾在黑夜里一千次下过遗忘的决心，差不多成功了。除了绮子，他真的使一个个面孔都模糊了。可是当最终的思念和忆想涌起时，简直化为不可遏制的狂涛巨澜……他伸长脖子遥望四周——这个簇新的、热乎乎的、婴儿一般的世界啊！太阳还没有出来，天空一抹红云，夏麦刚刚收割，绿色点点；一丛丛灌木在路边渠畔上摇动……真想不顾一切跳下来，搂住那丛光叶绣线菊，抚摸它亲吻它……

喝斥、推搡；有人在颠簸的车上还忙着为他做最后准备：扎上裤脚、往嘴里系一条带子——它勒得难受极了。这是防止他到时候呼喊。擂鼓似的心跳，一阵涌起一阵平复。这不是恐惧，这是突如其来的喜悦和悲恸，交织难分，使人难以承受……一切都完结了，漫长短暂得让人厌烦！唯一使他感到绞痛的是她……不再回顾了，上路吧！

烈日升起，四周像热水浇泼过一样。车子三晃两晃驶进闹市——好像是黑马镇！这座镇子啊，饱受蹂躏的摇篮啊，你那个游子这般模样归来……人群蜂拥，喊喊喳喳指点着。没有一个人认出他！是的，尽管他离开没有多久，但时代变了。时代使人双眼迷离。

又有五六人五花大绑押上车子，车子重新开动。转过了三个主要街道，太阳升得更高。照例是围了白席子的会场，他们几个给拖上飞跑，箭一般拖到台子中央。大会开到半截，台下的人群像沸水一般拥动。宁珂知道这时主持人在宣布处决命令。他闭上了眼睛。太阳要把一切都融化，它开始施展自己的魔力。魂魄在强光下升腾，浮到云端，从空中俯视攒动的人头；一会儿他们冒出浓浓的蒸汽，纸人儿一样轻飘了，在微风里颤动不止……有人呼叫几声，又是箭一般拖走捆绑的人。他们被士兵架到车上，然后一直架着，随车往前。人流太稠了，车子开得极慢。每个车上都有一个高音喇叭在嘶叫，像屠宰手的哭泣。

又是树木稀疏的河边，又是干涸的河道。宁珂被揪下车，由两人架往河心。一会儿他和另一个就落到了后边，眼睁着那三个捆绑的人被架到更远一点，然后又被按跪了。一排士兵在检查手中的枪。一股从未有过的冲动和急切像火焰一样从头顶浇泼下来，他大声呼叫，只是舌头被布条勒住了。他催促两边架他的人快些，快些走啊，马上要开始了，我们落到后边了！谁知两边的人狠狠扳住他，不让他动。四周人群涌动、呼叫，最后又是死一样沉静。枪响了，不如预料的那么响。三个人都倒在河沙上。宁珂这才明白，自己和旁边的人不过是陪绑者、观望者。"可耻！"两个字吐在了舌尖上……

游街和公审的间隙就是审讯。除了偶尔几次白天进行，大多审讯都安排在半夜。他的沉默使审讯者暴怒和费解，他们疯狂地发泄，恨不得马上摧毁这个人。但他奄奄一息时，又有人急匆匆赶来抢救。科长是审讯的主持者，轮番搞下去，直到主持人也疲惫和绝望。

夏天过去，秋天也过去。冬雪飘落的日子，宁珂的小屋滴水成冰。

他现在已经知道这处看守地大约在小城东郊，即那场解放小城的惨烈战斗开始之地……如果在这片开阔地上流尽最后一滴血，该有多么幸福！这出奇的完美总不属于自己。如今要在这片炮火翻掘过的松土上一点点流血了，这是另一种滋润的方式。这儿原来如此寒冷，真是始料未及！他蜷伏在床上，薄薄的被子只能盖住身体的三分之二。窗外的看守走动着，脚下发出冰块的碎裂声。

半夜门又被打开。几个人嬉笑着："太冷了不是？起来烤火！"他们不由分说把他架起，一直拖出门去。雪在月色下泛光，屋前空地上因为泼了水，此刻结了一片冰。他们架着他走过冰地，来到一间大屋子——几次审讯都在这里进行。科长披着棉大衣坐在一大盆嫣红的木炭旁。屋子暖和极了。宁珂直眼盯着那个可爱的火盆。后来又赶紧把眼睛转开。

"来来，把他揪近一些！"科长嚷。

几个人推他一下。"不要以为一声不吭就没法儿治你。其实罪行一条条清楚着呢！不过是看看态度，老实一点就轻判；顽抗到底，就打发你回老家——你也亲眼见了，杀个人一动手指就行，省劲得很。"科长嫌热，脱下大衣，"也不要以为自己是个'独料'，前些天外地抓了一个师级干部呢！你小子！"

科长使个眼色，有人上前揪他的头发，让他站直，又踢脚踝，直到把他踢倒。"今晚上烤火，让你舒服点儿！"

宁珂在他们的哀嚎声中没有多少惊讶。他已经习惯了这些人的花样。这哀嚎在午夜里会传得很远，甚至有点凄切——宁珂觉得这声音那么熟悉。他想了许久才想起，在山区老家附近那个兵营被捕时，往死里折磨他的一个老兵油子就发出过这样的哀嚎！

几个人过来脱他的衣服。他倾尽全力抵抗，他们不得不喊来两人帮忙。科长在一旁看，并不动手。宁珂被脱得精光。几个人大呼小叫，嬉笑着揪紧他的胳膊往外拖。"鞋子也脱掉，也脱掉！"科长嚷。

他们把他拖到刺骨的寒风中，拖上泛亮的冰地。万枚钢针穿过腠理，扎进肌骨，他在冰面上跳动，蜷起，再跳动……"哈哈，这一下好了吧？你老实了就举举左手——不举？那你就蹦跶吧！"

风把雪粉扬过来，扑到脸上、头发上。像踏在赤炭上，他听到了烙去皮肉的滋滋声。烧灼顺着两腿往上，腹部、胸部，大片大片皮肉变得焦黑，浓浓的烟雾罩住了他——这乳白色的血肉汁水化成的雾气一霎时笼罩四野，风不见了，雪不见了，树木不见了，只有乳雾一片……他听见母亲或绮子，或其他人，是个女性，在重重雾霭之后呼唤……呼唤阵阵急促，又变得极为尖利。

……

这个冬天他死过几次又活转过来。那根弦真是坚韧。春天快来吧，绿色蓬勃的时候是生长的季节。人要活着，要生长。他的手指抠在窗棂上，一多半的指甲都脱落了。

春天也许真是重要的。围墙外边事情稍稍起了一点变化，剧烈的追剿排查告一段落，甚至有几个案子得到了甄别。这其中偶有牵涉宁珂，却不足以构成解脱的证据。他仍得关在这座卵石砌成的小屋中。

有一天，大约是暮春时节，他终于听到了一个宣布，案子作结：判处七年徒刑——任何抗议都不起作用，尽管他们没有一条像样的证据，宣判之后就解押服刑地，他总算离开了九死一生的狼穴。

那天他被架到一辆大卡车上。他感到它在向南驶去。做梦也想不到新的去处会如此熟悉。它是南部山区，是他发誓一辈子不再归来的故地……宁家大院不远处的兵营改成了一座监狱，原先兵营的围墙和角楼正好被利用。

每天天不亮一溜犯人押出来，在看守的严密监视下走到大山脚下；然后每人发一支钢钎或一把锤子，开始敲凿大山……

3

你隐入了苍茫，听不见叩问。每天都盯视那流动缠绕、飘忽瞬变的一片，准备捕捉那一跃。什么都没发生。双眼被天光烤灼，它随时会失去光明。彩色锦缎在南风里呼呼震响，我伸出筋脉凸暴的手。会有那一刻吗？你回答我……风在山岈上鸣鸣，小楸树发出口哨，池鹭在翱翔。那片枝叶披撒的红木林啊，挽留我沉迷我，绝望旋舞。这叩击陪伴的永生，这永生追逐的叩击！你在哪里？

那匹火红的马，那匹雪白的马，一并奔跃。到处都是它们的踪迹，却无法挨近那美鬃与长尾。它们是白玉兰墨绿叶片的两面，是红云与白云，是一对眼睫和孪生的兄妹。它们飞驰而去。我幻想挽留和拦截，滚热的心与渺小的手。最后一次挨近我，濡湿我，再生我。我该毫不犹豫啊。

长茅草疯一般茂长，荒芜了群山与大野，遮住了红果与鸮鸟。小鹌鹑的鸣叫如不成音调的笛子，百灵羞声敛口。长茅草纠缠撕扯，在太阳下伸出焰舌舐遍大地。藤蔓筋络罩住东南西北，握住泥土和岩石。韧长的枝叶仍在迷长疯蹿，大风搅动千里。我伏下身躯，把头颅紧贴其间，让生鲜浓旺的汁液染个周身遍体。筋络飞快攀来绕去，午夜时分只有青葱蓬绿的一片。这融入和遮隐是长久的喜悦，是皈依的充实，是跟随的真诚，是吸吮的感谢。我知道一道白色的闪电会在某一刻腾过南北，燃起无边的长蔓和纠葛。爆亮的炽白，熊熊的焰舌，与白色闪电结成一体。这渴望啊，这如同一地茅草般疯长的无边渴望！

你不是为了我才来。可我是因为你而生。你捧起滑亮的白泉浇在发上、颈上，我侍立一旁。记忆中寻过这泉，它们原来都独自相守。我们一起去吧，它的面孔让人过目不忘。你是我的孩子、兄弟、胸前的珍宝；是流泪的果子，月亮下的流泉；是哭泣和欢笑，是睡梦中的吃语，是有一天伴你死亡的生灵。你在悲怆的秋天吻过我，让我有了一个毫无邪欲的唇与额。你在严寒的冬夜温暖了我，让我感知永不消逝的春色。窗上的冰凌印上奇幻的图案：母亲怀抱一个婴儿，形与神、婴儿稚弱的毛发，一派毕肖。这是神灵在午夜的一次轻描，是个预言了。

我曾恐惧过什么？最后那一刻也不过如此。就为了掩住这怦怦心跳，我必须一再地离去。我甚至没法待在偌大一座城市里，曲折回环的街巷和蜂拥的人流也割不断这怯懦之弦。让我到无望的荒原上，去静默或狂奔，去寻找自己的午夜。海流徐徐化入夜色，鸥鸟悄然降落屋顶。一颗蓝星在南天闪烁，永恒的北斗默然伫立。风把干燥的白沙吹起来，吹露出一只只贝壳。珍珠遗失了，悬在一个不贞的妇人颈上。远航的船要在黎明时分归来，载着一两个想入非非的醉汉。没有他们的港，只有一道千年不变的沙岸。没有海盗，只有草匪。没有甘露，只有浊酒。我在这儿悄立遥望，把怯懦埋进镶满了贝壳的沙子。

在大地上无声地来去，在深夜进入你的城堡。嘶哑的车笛响了一百年，伴着生死悲欢。蹑手蹑脚踏上滚烫的城街，路灯都变成熟透的柑橘。强抑着回想、顾念和欣喜，牙齿颤动得好厉害。走啊走啊，长长的城街没有尽头，从早到晚是一个环形的黎明。走啊走啊，这仿佛是一个千年古堡，万年老城，在它果核般严密精制的小巢中，睡着一个满室芬芳的公主。探险似的快乐，偷窃似的惊慌，小心地一步步踏去，两手飘动如翼……忽然一声鸣笛、流浪汉的一句长嗥，让我戛然终止。

睡吧，黎明；睡吧，躺平了的小鸟。羽白的衣衫轻扫记忆，一尘不染。我的叩击时急时缓，是黎明前融进乳雾的梆子。我是催逼黎明的人，也是被催逼的人。贫困饥渴催逼我，气血催逼我，枪刺催逼我，怦怦心跳也催逼我。我如今赤身裸臂，用十二磅的大锤叩问了。火星四射，令人想起那一夜营火。锤击和迸溅，呵护和怒斥，火夏和冰冬，都是同一片叶子。你躺在一片毛茸茸的叶子背面，睡着了。我一声声叩击，怕吵醒你，又为了吵醒你。睡吧，黎明；睡吧，躺平了的小鸟。

有一天我会像吹散的种子，散进这一片茫茫之中；这之前先要割断柢与蒂，先要有一次碎裂。撕扯之疼是难免的，为了容忍就豺狼般长嗥。我有一天会长个漫山遍野，寻到缬草、紫萼、小斑叶兰、石斛、柴点杓兰、宝铎草，在它们身边驻足生根。因为你在它们之间。你注意清晨草芒上的露滴吧，那是人世间永恒的泪珠。它们闪烁，哭泣，等待。风把它们摇落，渗入泥尘。泣哭的紫荨啊，你有永不干涸的泪滴！欢笑的紫荨啊，你有永不干涸的泪滴！我的紫荨啊，我双手托举的紫荨啊，你泣哭你欢笑，你微微展放苞朵，都在摇撼整个世界。它全部的不幸都被你孕含了，包容了，预示了和告知了。你是苍茫中争夺太阳的花冠。

童年时期的一次失落，铸成这样的一生。那天你牵上我的手，在圆鼓鼓的小指甲上吹一下，拍打抚摸，直到把我揣进怀中。昨天被一片薄薄的、散发着清香的衣襟遮去，跨入了富足温情的明天。一只咩咩的小羊，一个拳头大的兔子，你都收到手边。你是万物的乳母。我们在吸吮中最不能忘记的，就是你腮上的泪痕。吸吮着，垂落着。你究竟为什么而悲伤？是什么预兆在使人绝望？你按在额头、肩部和脊背上的手掌，阵阵颤动。你看到了那个分离的时刻吗？

分离终要来临。这是谁与谁的分离？母与子？你与她？婴儿与脐带？人与大地？为了报答和复仇，将万死不辞。这是有声无声的誓言，是必定抓住的真实。让时光流动吧，让枯叶扑地吧，四季变幻，雨雪交织，都无法使我忘记。你告别的声音啊，轻轻的，淡淡的；你害怕有什么尖锐划破。没有个例外，那尖锐刺破了一片，深深的。鲜血流着，伤口永不复合。

那匹白马将蹄音消逝在天际流云之中。它飞动的美鬃长尾偶一显现，倏地隐去。雾霭遮去了十万大山，把声声叩击化解了、掩去了。还是不停地叩击，叩击。

我的紫荨啊，我的双手托举的紫荨啊！

4

是的，这场砥砺早就开始了，它起始于很早以前、没有记忆的那个时刻。这条长长的弦会折断吗？他们得意的笑容挂在唇边，似乎太早了。我一步跨进 03 所走廊，正看到黄湘叼着烟在办公室门前盯视，像看一只中弹的动物。我打开自己的门，又砰一声关上。办公桌上早就放了一张纸条，上面写着让我某月某日到某个地方去。把它扔进纸篓。我在想可能发生的一切，直想得浑身热烫。是的，也许真的要顺来路走回那片平原、那座大山了。它们容我要我。它们不会嫌弃一个流浪的儿子。我心上热辣辣的，站起又坐下。

电话铃响了，抓起后没有一丝声音。那边先挂断了。我马上想到了苏圆。她说得多好，最好的办法是遗忘。做得到吗？如果真是一个梦多好。天哪，顺着那个曲折的巷子，小半天时间就可以找到那幢楼———幢其貌不扬的灰楼。二楼，从东数第三个单元左门……是的，我怎么就从来没有想过呢？我只是看着那双眼睛，四周的一切都忽略了。我不愿去想，不能去想，我不能在真实和臆造的两个世界里同时失去……这是最悲惨的事了，无论对于她还是我。没有办法，承受吧，忍受吧，遗忘吧，走开吧，等待吧！……可惜都做不到。

做点什么？

一间肮脏的屋子、两个审讯者，都在等我，那张纸头刚刚被我抛掉。这就是眼下的真实，它是导师的故事的延续……从头回忆关于苏圆的一切：相识、长谈，直到昨夜。难言的厌恶和常常泛起的崭新的感激。这感激是什么？为了什么？是最后的提醒和催促？她在让我走开，走向属于自己的地方。是的，这份关切是不该被遗忘的。

黑脸秘书不断打电话催我，说接受调查是一个公民应尽的义务，还说顽抗的结果只会更糟——"也不光问了你一个，别人都很主动。剩下你自己，不说也没用！"

他的话让我吃惊。我第一次知道这幢大楼里不止一个受到了传讯。

我很快得知这是真的。那些平时与我和朱亚来往密切的人，大多都被传讯了。他们的回答被一一录下，本人过目后又按了手印。其中有两个刚毕业的实习生吓得哭鼻子，病倒了。与此同时是瓷眼的住院：他在总院高级病房有一套房间常年保留。这一次选择的时机当然别有用心。

黄湘砰砰敲门。还没等我去开门他就在外面骂开了："你他妈的怎么了？快开！"我打开门，他气呼呼跨入。胡子　起，四下看看，见屋内的确只有我一人，才大喘一口。"你的胆子不小啊！硬撑？这次恐怕不行。你的材料我们掌握很多，问题不少啊；敢硬撑，又算一条……"

"我藐视你们一伙，包括那些传讯的人。你们是非法的。"

"你敢说非法？好，你藐视，这是你说的！"

"我说的。你有什么办法能证明传讯合法？"

黄湘盯了我有一刻钟，吐了烟蒂，摔门而去。

我尽可能镇定了一下。需要做些什么？我想必须要求有关部门制止对科研人员的传讯和拘押，必要时联合他人一起；其次是形成相应的文字材料。最为重要的是导师临终的嘱托：保卫平原。我重新核对了所有数据和记录，并产生了一个新的想法：将勘察留下的原始记录大部复印交出，让其成为难以磨灭的佐证。这样瓷眼一伙在评估报告书上做手脚将非常尴尬，还极有可能惹怒八大科研部门……留下的时间不多了，这是一场并非仅仅关乎自己命运的一搏。我丝毫不敢延缓。

整整一天都在埋头工作。为了保险，我坐出租车到远处复印和处理资料，然后又去主管单位和执法部门。

接待者对已经发生的传讯拘押表示一概不知。这使我不得不想：是瓷眼一伙在做手脚。眼下什么事情都可能发生，这并不让人吃惊。

但令人惋惜的是，有关部门并没有马上出面遏制。结果还是有人上门逼我，威胁意味越来越浓。我不再上班，也绝不去那个肮脏之地。有一天，正像他们警告过的那样，一辆车子开来了，跳出两三个人……

还是那间屋子，还是那两个人。穿制服的中年人得意地在屋里踱步，把一根高压电棒砰一声放下。扎毛刷辫的姑娘盯着我。中年男子抱着两臂走来走去，不时一瞥。"收拾你这样的，就像踩死一条虫……"

我记起03所也有人说过类似的话。我说："如果我是一条虫，那么最好是一条益虫；这总比当一条生疥的疯狗好。"

他提起高压电棒，在我额头那儿指点："你敢骂我？你很嚣张！告诉你，怎么处置你，我说了就算！定你个诽谤罪并不过分；还有……你的问题要严重得多！你想伙同一些别有用心的人破坏'东部大开发'，胆子蛮大。你是个什么东西呢？嗯？"他的两眼突然瞪得又红又大，憋了憋，炸雷一般吼道："告诉我，你父亲是干什么的？嗯？！"

不知那根高压电棒是否触到了额上，只觉得脑海中发出轰的一响，一股烫人的血流涌来。我注视一下，那根黑色的电棒垂在他手里……我耳旁全是那几个字：你的父亲！你的父亲！你的父亲！……

"告诉我！告诉我！嗯？！"

他继续逼我。我闭上了眼睛，伸手按住两个像石子一样硬的眼球。它们胀得要爆开了，我只得使劲按住……我知道，苏圆手中的人事档案早被一伙人翻烂了，他们很早就做过了一切。原来的预料一点没错。我的父亲，我的父亲啊！那个坐在轮椅上度过残年的人、还有其他一些人，你们是了解我的父亲的——不仅了解我的父亲，还了解整个的家族。求助于别人的鉴定最终失败了；我终于明白，最重要的是自我鉴定。我睁开眼睛，站起来。

他逼人的眼睛被我的目光刺中了。我一直盯住他，一字一字告诉：

"你不是问我的父亲吗？那你听着，也记下来——我认为，人世间极少有一位父亲能像我的父亲那样，让后一代感到如此自豪！"

……

5

因为传讯，03 所大楼再也无法保持往日的宁静。人们在议论、猜测，弄不懂事件会以何种方式结束。瓷眼仍然在医院待着，由黄湘按时去汇报。由于我一连十几天没有上班，所内许多人传说我已经被长期拘留审查。03 所的传闻越来越多，后来又涉及其他一些科研文化部门。也许因为风声渐大的关系，有人终于出面遏制了。传讯的事再没人提起，频频到宿舍和机关来打扰的陌生人也不见了。

我又回到办公室，回到了一个痛苦犹豫之地。又见到了苏圆，她神色平淡打个招呼，总是尽可能地回避我。她仍然那么迷人，这显而易见。她按照自己说的做了：忘掉一切。

在楼内我有一些年轻朋友，也有几个中老年朋友。他们无一例外用略显惊讶的眼神看我，只表露了一点节制的热情。我非常理解。只有极少数朋友敢于背后议论和判断刚刚过去的风暴。他们说审讯者显然已对死人不感兴趣，主要是整治活人，杀一儆百。他们预计事情不会就此完结，瓷眼还有新招。对此我不存幻想。一开始我就知道：对他们的挑战是很危险的。不同的时代总有那么一些命运相似的人：挑战者与被挑战者，天生的胜利者与天生的失败者，不可侵犯者与固执的质疑者……

谈话中我偶然得到了一个消息：那个坐在轮椅上的人大概快要走完全部人生旅程了。由于他是这座城市里一个声名卓著、难以被遗忘的人，也因为他是一直被我特别留意的一个人，所以当我捕捉到这一信息时，产生了一种既惊讶又复杂的感觉。我马上想到这是一个与我们全家有着重大干系的事件。好长时间我不能平静，心怦怦乱跳，一时把什么都忘记了。

我觉得自己应该去探望，哪怕是最后一瞥……

去医院的路上，不知为什么眼前总出现那个推动轮椅的姑娘——他漂亮的外甥女，我有些厌恶自己，但那个形象还是挥之不去。我知道自己十有八成是代表父亲去探望一位老人的；要知道，他总算是父亲的一个战友啊，尽管是一个可怕的战友、一个糟糕的合作者。不管怎么说，我绝不是为他的外甥女而去的。

在走廊上等待的时间够长了。由于某位重要首长来了，医院领导在陪伴。我亲眼见随员怀抱一大束鲜花，它们由康乃馨、玫瑰、麦蘗菊等组成，绚丽到了极点。在病房门口，改由首长亲自怀抱那束花。我意识到自己该有这样一束花，来得太匆忙了……好不容易该我了，有关人叮嘱一句：少说话，抓紧时间。

他的外甥女守在外边一间。里边静极了。她一眼就认出了我，两眼睁大。我觉得她的鼻梁变得更尖了，简直准备在未来的一天戳破爱人的脸。前两年我曾频频拜访过那个行将就木的老人，她对我熟极了。

我对她点点头，用眼睛询问是否可以进病室？她下巴点了点，我才走进去。一个穿白衣服的女护士在旁边站着，正观看悬起的输液瓶。这张床比一般的病床大一倍，所有布单都簇新洁白。一张软床，使病人陷下去，显得又黑又小。这个老人太小了，即平常说的，剩下了一把骨头。一个曾经叱咤风云的人。多么怪异。他闭着眼，急促地呼吸。原以为我们之间起码可以对视一眼，看来已不可能了。他大概沉入了最后的回忆。我料定这回忆中包括了战争岁月，并将想到一个人——我那不幸的父亲。联想到这些年我对他的打扰，不知为什么心中有些快慰。

屋里一阵香气飘过。注意看了看，发现除了几大束探望者送来的鲜花外，还有几大盆常绿植物、正开得艳丽的盆花。屋内有一个橱子、一对沙发、一台彩色电视机，而且还有一个外间。这比上次朱亚住过的病室不知好多少倍，好得让人吃惊……可惜病人已无力享受这一切了，他双目紧闭，一只手抽动着，抬起几寸高，又在下体那儿停住；一会儿又抬起。

女护士看到了，慌慌弯腰去掀被子——原来老人下体赤裸着，正插着导尿器，导管连接一个塑料软袋。女护士把有些胀大的软袋处理了一下，又动了动管子之类。这一切做得非常熟练，毫无拘谨。

离开时我想：让一个男护士来做也许更恰当，也许……我不懂这些。不过可以肯定的是，这是我对一位老人生前的最后一次打扰了。

他快了，我亲眼看见了。这是真的。这样的老人在世上已经很稀少。这个世界曾经非常依赖这样的老人。他们身上有着奇怪的魅力——与我的父亲属于同一个时代，却属于压根不同的两种人。我在离开医院大门的最后，又一次叮嘱自己：记住啊，他是父亲的一个战友。

从医院回来，一踏上办公室走廊，就见到黄湘在焦躁地踱步。他看到我，就站下等待。我开了门，他跟进来。

我没有理他，只是翻看桌上的书籍资料。

"你干得不错！不过不要高兴得太早，你的事儿还没完。你不老实，就一辈子没完，不信试试看……"他的声音比过去低得多，好像有意不让外面的人听到。

"你们随便吧。这没有什么了不起。我等着呢！"

"我也等着——你小子听见了吧？我也等着！……"

他气冲冲走开。最后一句让我稍有费解。

但只一会儿，那个与我吵过的处长又来了。他脸上奇怪地堆笑，显得分外无耻。"你也太倔了。这样不好。有些事情裴所长知道了，不想让人往深里究。你怎么就没有自知之明？快自己收收场吧……"

我明白，他和黄湘是指我在那份评估报告后面提供的新材料，以及对非法传讯等事件的回击。对此我已做了最坏的打算。我没有再回答处长一句话。

接二连三的威胁出现了。我无动于衷。在午夜，在极为孤单无援的感觉中，我就回忆着一个人在山区流浪的日子，回忆在导师身边的日子……同时我还关注着那位老人，等候那个消息。

他去世了！三天之后将举行告别仪式。

这天晚上我回宿舍晚了点儿。因为错过了到食堂打饭的时间，就到街上买了点零食。一个朋友来过，送他走后已是夜间十点左右。我摸黑往四楼上爬，半截碰上两个人下来。他们挤在一块儿挡了我，我闪开一点，他们又挡。我终于明白他们要干什么。我想返身下楼，其中的一个猛一下把我撞倒，接着另一个扑上来。我抱住了他的腿，他滚动下去了。我想寻个武器，他们中的一个却抢先抢起了橡皮棍。一场撕打开始了，不久我就失去了知觉……

醒来已是午夜三点。首先看到的是月光下一摊暗红的血。怎么流了这么多血？一点点爬上楼，奔到洗手间——脸上有割伤，头发被揪掉了好多，胯部、大腿根，都受了伤……

我一连躺了两天两夜。这是他们送来的一个警告。我知道黄湘、那个黑脸秘书结交了不少黑道人物，他们什么都做得出来。第二天傍晚门响，费力起来开了门，一个人也没有。一低头，看到门侧放了一束花、几盒罐头……那浓郁的菊香啊。我险些流出泪来。

第三天下午，总觉得有什么事情非要去做不可。想得头疼才记起：老人下午四点的告别……我坐起来。

好不容易赶到郊外那间大厅。从头至尾参加了告别仪式。与朱亚那天不同的是，没有下雨，广场上也没有那么多人。整个过程中，我总觉得是在代表父亲，参加战友的葬礼……

两腿疼痛欲折。从郊外一直地走、走，我不想坐车。这是一个火红的黄昏，一天的彤云。深春的风不急不徐地吹拂。浑身的伤、特别是脸上的割伤，都剧烈地痒起来……

我望着暮色，突然站住了。我在想：是的，离开那座大楼的时刻到了。……

6

由于一场莫名其妙的雨雪，忽冷忽热的天气，曲府大院那几棵著名的白玉兰只形成了蓓蕾，没有绽放。在闵葵的记忆中，这是从未有过的。眼看它们在灿烂的阳光下从蒂托萎落，从不信预兆的她也有点犹豫了。她把这一变故看成是一次辞谢。好像有什么正悄然告别。"该来的都来了，该走的都走了，还要怎么？"她在心里默念，端详树下那一溜石凳。

这是下午三四点钟，绤子还在卧床。从医院赶来的那位大夫为她诊过两次，最后一次不知是安慰还是实情相告：不要紧，她会站起来的。这位大夫是曲予生前一手栽培的，对曲府情深谊厚。他是在太阳落山之后，穿了大衣，戴了一顶古怪的礼帽、一副过大的口罩才跨进门来。这副装束使他有些不好意思，他一边叹息一边脱下，一件件重重地扔在一旁。曲绠躺在那张宽宽的、华丽的软床上,消瘦使她颧骨微凸。一张脸白得没有一丝血色,两道眉毛显得更黑了。医生和闵葵一起扶她。他试了脉象、看了瞳仁,一丝不苟地听诊,伸出一个竹制压舌板,瞧了舌苔和咽部。医生留下几粒像糖果一样的红色药片,又开了几剂汤药。他说这是内火攻心,要等待这一阵慢慢过去。

在先后经历了曲予的被暗杀、淑嫂的自尽和小慧子失踪之后,闵葵已经没有了泪水。她终于明白,神灵让她寻到一座院落一位少爷,就是让她承受来了。感激那些难忘的日子就是了,比起它们,眼下的这些也许可以忍受。当宁珂被捕的消息传来时,由于毫无提防,也由于这是在折损曲府最后的一个指望,她当即与女儿一块儿倒下了。但她还是先于女儿明白过来:自己必须站起,必须咬住牙关,必须挺住。

她一个人时从头细细想过:怎样进了曲府,怎样服侍老太太和老爷。她现在还难以忘记老太太那像婴儿般红润的厚唇,还有抚摸小手炉轻轻呷茶的模样。她对老太太毫无怨恨。好几次了,她曾打开堆放上一辈子物品的那个房间,去触摸存留了他们气息和体温的什物:一串珠子、一副手杖。她回忆老爷晚年咳嗽的声音,还记得有一只灰百灵能把这种声音模仿得惟妙惟肖。从海北归来听说,老爷的死也与这只百灵有关。那是一个早晨,全家人都听到了老爷的剧烈咳嗽,这声音粗烈,连绵不绝;跑去一看才发觉是那只老百灵。它见家人围观,就更起劲地咳起来;正咳着突然双翅一抖,嘴巴翕动几下,从横木上掉下来死了。当时大家都看到老爷就站在旁边,瞧过了这一幕,背过手回屋里了。当晚他就得了重病,不久就过世了……她想着海北的日子、乘坐的那艘华丽客轮,以及粗鲁的船长赠予她和曲予那杯加糖的咖啡。一切都是簇新的，宛若眼前。世事如风一样吹来逝去，转眼半个世纪了，院内这些白玉兰还亭亭玉立，英国人海关的钟楼按时敲响，只有曲府的人经受了沧桑巨变。她的回忆总是在异国人投降那儿停止，因为再往下就是极为伤心的事情了。

树下这溜石凳上坐过的人可太多了。几乎所有光顾曲府的人都要来这儿，享受那浓郁的芬芳，或看一眼碧绿的枝叶。数念那些客人的名字，等于翻过小城半个世纪的历史。她曾与丈夫一起到海港接过一位举世闻名的将军：他有一张威严的阔脸；他在石凳上用过茶，还在曲府过了一夜。第二天是曲予陪他，乘坐了当时全城最好的一辆黑色轿车游览市容。将军建议在沿海那条石板路旁安放几个石凳。后来造访过这儿的还有几位学界政界要人；其中一位大学问家不合时宜地留了细细发辫，用异常优美的洋话与海关太太对答，引起曲绡一阵惊讶。再来的有宁周义、胖女宁缬……闵葵特别盼望那个阿萍能来，可惜这打算落了空。听曲绡说，那是一个貌美绝伦也温柔过人的妇人，人见人亲、人见人敬，闵葵为无缘见识这样一位女性而长久惋惜。她还记得宁珂第一次来曲府。那个严肃拘谨的青年哪！与他前后到来的还有殷弓、飞脚、许予明、李胡子……

走廊上那一溜鸟笼又该添食了。院内各种小动物已成负担，近来伺服它们的事儿只靠她一人了。曲予在世时几乎饲养各种动物：羚羊、猫与狗、鸽子、乌鸦、龟，品种繁多的鸟、鱼，矮种马、骆驼、蟒蛇、刺猬，甚至是被当地人公认为极不吉祥的鸮鸟……随着战事吃紧和公务繁忙，这些动物都先后送人了。他甚至打算胜利后建一处动物园，并由自己兼任第一任园长。他去世后动物进一步疏散，眼下只有一只黑白花公猫、一只耷耳本地狗和悬起的一溜鸟笼了。闵葵一边喂鸟一边想：曲府的人已经没有工夫悲伤，因为来不及了。世道给这个大院里的人只留下一条路，那就是活下去。

她想到这儿眼前开朗了许多，草草喂过最后一只画眉就去看曲绺了。她要告诉女儿刚刚想到的几句话。

曲绺服过几剂药，终于可以自己坐起；后来又能扶墙站立、到卫生间。那个医生再一次来诊过，轻松地穿上那件臃肿的大衣走了，从此再没踏进曲府。闵葵跨进绺子的房间，发现女儿正在读一本过时的杂志；她转过脸，让闵葵一阵吃惊：这张脸前一天还有厚厚堆积的愁云、痛不欲生的神气，这时像被一阵风吹光了；取而代之的是坚毅、沉着和果决。这张异常美丽的脸庞除了大病一场留下的苍白而外，全是令人安慰的神气。仿佛她在病榻上自己成熟了——这使闵葵不由得想到女儿独自一人经受了何等折磨，孩子终于明白眼下曲府的人到底该做些什么。

她叫了一声"妈妈"扑到怀中，闵葵觉得女儿的身体轻盈得像一只小鸟。她颤颤抖抖去抚摸那刚刚梳理过的长发、擦过润肤油的脸。"孩子，过去了的就过去吧，我们只把该做的事儿想好，做得一丝不差。只要人还在，什么都在；珂子还会回来，我们等他……你爸在荷兰时，我就在海北等他，等啊等啊……"

曲绺点头："妈妈，我什么都明白；今后就由我多做些吧……"

7

　　曲绩没有在意今年的白玉兰是否开放，对一地萎褪的苞朵视而不见。倒是一个折断的大枝杈引起了她的注意。墙檐瓦有一处脱落，摔成几半。可以想见有人攀过。她模糊记起半夜狗叫，因为太困了没有在意。

　　一整天她都留意院内各处，并未发现丢失什么。这种特殊的造访太令人不安。她没有告诉母亲。直到下午，她才觉得院内过于沉寂，想了想，想起从早晨起就没有见到狗。它几处常去的地方都没有；最后在花圃内的几棵小香蒲那儿找到了它：蜷着，嘴上沾着泡沫。它显然是被人毒死的。

　　她擦干眼泪，把它埋在了小香蒲中间："它大概喜欢这个地方。"

　　曲绩第一次觉得曲府太大了，大得远非母女俩所能守望。早在父亲离去之前，一多半屋子就上了锁，各种物品都整理归拢了。因为办医院购买医疗器械，父亲做主卖掉一大批器具，其中包括历时两个世纪的精细家具，有西洋钟、古琴和字画等。曲绩只对母亲说：闲下来，该把遗存的东西分类做个细目了。

　　曲绩在父亲的书房里到处翻找，然后又去别的屋子……这终于引起了闵葵的注意。"妈妈，我是找爸爸那支枪。"闵葵摇头："不用找了，殷弓和飞脚拿走了。队伍上缺枪，你爸就给了他们……"

　　墙外是一个越来越喧闹的世界，巨大的声浪不断传过来。"他们像过节一样。"曲绩说。闵葵看看女儿："就是啊，胜利了。""胜、利、了……"曲绩重复着，动手整一条提水用的粗绳。一个星期内已经有两次停水，结果不得不动用那口深井了。这在战时也是极少见的。

街道上有很多会议催曲府的人去参加。一个四十多岁的凹脸妇女成了街道上的头儿，人们都唤她"主任"；她经常光顾曲府，启发母女两人：多捐一些罢！她们无动于衷。当一次次重复这句话时，闵葵终于忍不住："曲府捐出的正经不少呢，捐了一所医院，还捐出了两个男人呢！"最后一句让主任大睁双目，发出一阵奇特的鼻音。

　　最让人受不住的是凹脸主任尖尖的眼神。她不邀自入地到绮子和闵葵房间，捏捏带荷叶边的枕套；还拧了拧那个柜子大小的收音机。闵葵和绮子尽可能满足她的要求。只有一次绮子顶撞过她，那是她太多嘴多舌的缘故。她瞥着母女两人说：

　　"有外人进来可要说一声啊，让组织知道。有男人在这儿借宿吗？"

　　曲绮立刻应一句："你这是什么意思？你嫌这一家人还活着啊！……"

　　闵葵和曲绮从新旧杂物中找出了一大批衣物献给贫民，还向新建的一所小学提供了十二套半新的桌椅、三张沙发……

　　初夏时节，一场绵绵细雨下了一个星期。三个男人穿着锃亮的雨衣走进曲府，闵葵把他们引入长廊，一个个才把连衣帽掀开。闵葵立刻认出其中的两个是宁珂的同事——城管会的领导。他们自宁珂被捕后第一遭登门！闵葵立刻想到有什么重要的事情……她把他们请进客厅，又让绮子端茶。

　　其他两个人很少露出笑容，只有那位五十多岁的人不停地微笑："这个……早该来了。有什么困难没？哦，虽然是这种情况，也可以提……"

　　曲绮满脑子都是宁珂，她后来打断他："你们是他的同事，该了解他。

他肯定受了诬陷！我们一点信儿都得不到……现在想知道的就是宁珂的案子，他在哪？身体怎样？"

闵葵直直盯着这个五十多岁的人。

他还是微笑："哎，这个，这个就复杂了……我们也不了解，案子牵涉许多年前的事了……现在嘛，也挺好；劳动嘛，他总是要干一点。改造个三五六年也就出来了……"

"我要去看丈夫——以前提了多次没有答复，这太过分了！"

"这个嘛，哎，这个我要报告上去，嗯，今个不说这些罢，今个是因为——'老丹'，你说说看！"

"老丹"从怀中掏出一张图，指指点点："经研究决定，考虑到市政需要，财务紧张，征用部分民居……曲府大院系百年老宅，宇阔厅敞，从西起十八……"

"老丹"念时，闵葵身子挺直了。曲绡待他刚刚停息就问："没收我们的房子？"

头儿笑着解释："不不，是借用，借用……"

"那就不能写'征用'，只能写'借用'。"

"改改这个字，改改……"头儿对"老丹"说。

曲绡望着母亲。闵葵只看着那一溜儿白玉兰树。

几句赞扬她们全都没听见，耳旁全是淅淅沥沥的雨声……

整整两天时间，闵葵和绡子都在收拾东西。来人把大半房屋封住，然后又垒了一道隔离墙。她们只剩下了七八幢房子，从此进出也只能走角门了。

一个多月之后，又来了一些陌生人，其中几个还穿了军装。他们向闵葵和曲绪简单通报一声，就动手封剩下那几幢堆满物品的房子。闵葵和曲绪极力阻拦，对方不加理睬；有人一边干一边咕哝："臭东西，不把你们扫地出门就算面子啦！"

　　天黑以前，许多辆大车满载着曲府的东西，穿过人群聚集的大街，驶过广场……不到一天时间，全城都传着一个令人震惊的消息：曲府被抄了！

　　就在当天，曲绪直接去找殷弓。门岗拦她，拗不过才差人通报，一边捂着嘴笑：随便要见司令，真可笑。可只有一刻钟的时间就传下话来：司令要见。

　　殷弓许久没见曲府的人了。在他看来面前这个妇人依然那么年轻，冰冷的岁月居然没能给她一点损伤。而曲绪眼中的殷弓却变了许多：老了些，那副小骨骼因发胖而不堪重负，腹部也特别显大。尽管对方极力表现得和蔼，还是让她感到了一种难言的峻厉。她陈述曲府的一连串劫难，特别指出曲予是开明士绅，是烈士，他的家不该被抄……她最后强烈要求去探望丈夫。

　　殷弓听过了，神色依旧。"你说的有道理，不过宁珂与曲先生的东西很难区分。尽量吧。探望嘛，这要由其他部门决定，我只能代为转达……"最后他再三希望她们母女能保重身体，有事找他等等；并说：曲府对胜利的贡献，任何时候都不会被遗忘，这与宁珂的案子不同……

　　曲绪尽管仍积了一腔怨愤，但对最后的话还是有一丝丝感动。她回头对母亲复述，母亲一声不吭。

漫长的等待开始了。等待交还那些东西吗？等待那个人吗？等待新的季节吗？不知道。

　　陆续有东西归还。主要是一些书和陈旧杂物。更多的东西不见了……她们对于书的返回特别欣慰。

　　一些陌生人不断骚扰。他们借口检查赖着不走……墙外传来阵阵喧嚷，还不断有鞭炮声和锣鼓声。好不容易挨过了一个夏天。秋叶飘落时，闵葵对绮子说：

　　"我们该离开了。"

　　她们决定雇一辆马车，只带上必需的物品……去哪儿？母女俩不约而同地想到了清濛。

　　那个曲府最忠诚的男仆，现在远居荒原，独自搭了一座茅屋——奔那座茅屋吧！

　　离去的前夜难以安眠。从明天开始就要在荒原上等待了……月亮升起来，她们伏在窗前看那些高大的玉兰树。

　　曲绮眼前一一闪过父亲、淑嫂、小慧子的面容。最后，她仿佛直视着宁珂，觉得他近在咫尺！

　　直到瞅得酸疼了她才闭上眼睛。她在心里默念：爸爸，你知道吗？我和妈妈天一亮就要离开，离开就再也不回了。我们家以全部的热情、生命和鲜血投入的这份事业成功了，胜利了；但我们一家却失败了。这是真的吗？真的，虽然我不知道为什么……

　　……

　　落叶飘飘的黎明，一辆马车出了城区，穿过市郊，一直向着东北方……那片雾霭笼罩的茫野驶去……

      8

    我相信这是在一生中最艰难的时刻里听到的一声问候。这只纤弱的、力拔千斤的手，招回了那飘摇淡远的一丝，让其归来。从此手与心在一起，生生不倦地诉说。那个漫长的夜晚，暖煦的热流覆过周身，从一排茁壮的青杨到防波堤，是深蓝的湖。我们都看到一只鹭鸟无望地吟唱，涕泪交流。它怀想，思念，独自迈出了茂密的小香蒲。

    夜色里闪动的颜色，在视网中结为永恒。无数次迷蒙四顾，伸长双臂触探，扶住石壁。午夜的钟声啊，徐徐移动的指针啊，把乳白色的黎明的薄膜划破了。我在这恐慌的时辰里必须依偎，沉入和回避。那铺天盖地的一片淋漓啊，那无遮无拦的奔流啊，溢满了大地与江河。

    一片秋黄之中，我拨开荆藤、草须，开辟那条路径。巨石嶙峋的峡谷，美鹿直立的遥望，都不能使我偏移。我要找到昨日的红木林，让紫蔷薇一样芬芳柔软的枝条披挂两肩。它覆盖了全部童年的躯体、少年的额头、青年的眸子，它用混合了瓜叶菊的体息安慰我。丝瓜的长蔓在攀援，金色地衣草在匍匐；只是一次安憩的瞬间，人与整个原野已经丝络相连。我的孩子啊，我的双眼如同旺泉的孩子啊，你总是包裹着枫叶编成的头巾。扯下来，看一眼你削短了的亮发吧。我已经怀抱你翻过了千山万壑，在柞树叶下安睡吧。

不必寻求什么奇迹，不必期待隐喻和显现。我已经感动了、得知了、谨记了。从此只需注视和回报，只需守望了。你不必原谅我，也不必饶恕，虽然它是渴念中的一瓣。我到雪封的高原无私无求，仅仅为了验证一副无欺的目光。让冰凌刺破虚念、割断羁索吧。寒冷彻骨之地有一束神奇的花，它开得多么绚烂……妈妈，我一遍又一遍梦念高原。

那个时刻还不到。一切都先自确定了、标界了。这是追思不绝，让额头生满茧花的时光；是祭与偿、忍与韧的岁月。河水流过十三道石滩，洗涤出光洁的鹅卵，大风把群山梨花扬成了雪，悄悄滋长的笛音就吹响了。我会沿它的悠长与委婉走去，一直走出盆地，登上山巅；当我见到阳坡上粗实的松干迎风剥落时，就会长啸一声归来。弓满了，箭镞飞去，月亮跃出山坳了。

风霜洗尽了斑驳浅痕，大刀的割伤还在。它是我的标识，是盲目的亲人搭手之处。一滴一滴，赤热的浇洒啊，在磨洗的毛孔上流过。这奔走这耗伤，这捡起又丢下的死亡……只为了这一天吗？我捧起你的手，你的脸庞，你长长的目光——它在我手上流动、回旋，又顺着双臂涌上脖颈、双颊、额头、须发。它裹紧了周身。

这就是归来啊。这就是亲情啊。这是人最后的一个恩惠和欣悦。那些伤悲的歌声全部敛起，热辣辣的鼓点震动起来。我的孩子啊，在这第一个春天里我要为你裁一幅橘红色的衣装，把你牵到山茱萸开花的山崖上，引你看老鹫和硕大的榉树。那个没牙的老汉在唱自己浪漫的故事，他弯腰帮一只小羊跃上岩坎，伸展的十指就是婴羔的摇篮。你春阳下发烫的脑壳啊，快抵住我的胸口。小蜥蜴在流沙上探头观望，稚嫩的双唇开始品咂大把大把的春光……

　　当我望着这片苍茫，倾听不倦的敲击，还在幻想那一双白羽。那是人世间最纯美的颜色，是飞翔的花，是炽亮的电。它化为蜀葵的苞朵落上眼睑，助我安眠。它让我记起骏马的故事，看见那光闪闪的躯体驰过棘丛、沃野、林莽，穿行十万大山。你是伴它飞去的精灵啊，是水和光，是雪花和兰草，是含笑远望的母亲。

　　那几个字就是几颗润湿的种子，在我心房里一天天焐大。我不得不吐露，再一次地吐露——

　　我爱你。

缀　章

曲府与宁府

宁府

老老爷　　他是一个崛起在大山丛中的传奇人物。像所有人一样，活着的时候本来是很朴实、很真实的一个人，随着年代久远，就在人们口中变成了半人半神的怪物。因为没有照片传下来，所以模样也成了大问题。有人说他身高八尺，面如赤炭，常常身着盔甲一类的东西。还有人说他身量不高，貌不惊人，别看是那么大的财主，还是穿草鞋披破衣，衣服上连个扣子也没有，通常不过是用一根草绳胡乱系一下而已。现在看后一种说法倒颇为接近真实，起码是更为令人信服吧。

宁府在这个人出现之前，总的来说还是寂寂无名的，起码没有什么可以供人茶余饭后谈论。而这个人凭借过人的能力，如山里人所独有的狡狯和勤劳，竟然出人头地了。可以想见宁家经过了几代人的积累，到了他这里才有了一点财主的模样。还因为这儿是一片极其贫瘠的山地，所以一旦出现一个稍稍像样的家族，就会得到当地人绘声绘色的描述，把小猫说成了老虎。这就是口耳相传的结果。

但无论如何，真实的情况是到了他这一代，宁家终于可以称为"宁府"了：拥有了一万多亩山地，还盖起了一片青堂瓦舍，筑了围子，有了角楼。

后来山地又扩展为两万多亩（也有人说是三万亩），最后到底拥有多少土地已经很难说得清了。这一代的山民整天在地里苦做，过路的问一句给谁耕种？都说：给宁家老爷哩。

宁家究竟凭什么获取了这么大一片山地，说起来简直有点神奇。直到他这一代为止，宁家还没有出过一个"官人"，上溯几代都是土里刨食的人。最早在山中落脚的宁家人可能是逃荒的流民，据说来自山北平原一带，离海边不远。可到底是哪一年哪一世，谁也说不清了。既是海边上来的，那么在祖祖辈辈居住大山的人看来就差不多算是"天外之人"了。"他们长了一张吞吃大鱼的嘴哩！"山民们说。还说："龙王过腻了就到海边村子里串串门儿，留下个把小崽儿也不稀罕。"意思是说海边的人都是怪种，比山里人厉害得多，山里人根本不是他们的对手。总之发了大财的人大半都有异秉，绝非辛苦成就的功业。这样一说，当牛当马也就心安理得了，不仅不再嫉恨他们，而且还多了一份敬畏。山里人愿意用各种有趣的故事打扮宁家的人和历史。

老老爷几乎成为宁家发迹之初的全部。好像以前的宁家人都不过是虚虚晃过一下，真正脚踏实地干过一场的只有这个人了。他集勤俭勇敢仁慈智慧于一身，所以宁家在他手里变得繁荣昌盛无可匹敌也就不足为怪了。

当年人们所知道的大山两边的巨富，除了山里的宁家，还有一个就是平原上的战家花园了。那时候大多数人还不知道海滨小城里有另一个富豪：曲府。关于曲府的消息要晚一些，所以当时山里人谈论最起劲的一个话题就是："到底战家厉害还是宁家厉害？"所有的故事都围绕这一主题展开，讲得曲折迷人。山地人对战家花园十分陌生，只是朦朦胧胧知道他们是平原的代表和象征，同样不得了呢。

说起来，战家花园是个神奇古老的家族，至少也有八百年的历史了，族上出过好几个京官，就像一些人说的："那可是个官宦人家啊！"尽管如此，让山里人认输是绝不可能的，他们宁可让这种不可思议的富贵大大地打一些折扣才好，比如在可以理解的范围内重新诠释一下。

山里人津津乐道的有这样几个故事。

一个是宁家老老爷去平原大城（其实很可能只是那个海滨小城）做买卖的事儿。那天老老爷夜里宿在一个客店里，经历了一番有趣的事儿：晚餐时间到了，老爷子抄着衣袖去了伙房，要了一碗蛋花汤。正这时又进来一个衣着时鲜的少爷，不用说就是战家子弟了。战家少爷见了山里老大哥就一脸的不屑，不想坐在同一张桌子上吃饭，可是看了看也没有别的地方可去，就蔫着脸坐下了。少爷故意逞能，不光要了一碗蛋花汤，还要了鱼和鸡。白花花的大馒头冒着香气端上来了，跑堂的一人三个摆在他们面前。谁知山里老大哥根本不抬眼看那些大白馒头，只是哧楞一声解开了扎腰的草绳，从衣服里掏出了一个黑面窝窝嚼起来。他嚼得可真香。战家少爷心里发笑，嘴上却说："老哥，放着大白馒头不吃啃那粗食？"山里老哥说："我吃不惯那东西，咱出门得有更顺口的吃物啊。"这样说时，战家少爷鼻子就一蹙一蹙的，后来还是忍不住把头探过来了。原来他嗅出了一种特别的香味。

下面就该战家少爷伸手讨要了：取一块黑面粗窝窝，先是小心地放进嘴里品了品，然后就大口吞食起来。这一下不要紧，少爷噎得眼泪都出来了，吃完了还要。山里老哥只好又解了一遍腰上的草绳，把衣服里揣的最后一块窝窝也给了他。原来这黑面粗窝窝不是一般的麦子麸皮做成的，更不是红薯芋头粉蒸出来的，而是用树上结的什么果子做成的。那真是又甜又香，咽下许久还满嘴清香，比天底下最好的点心还要强上十二分。战家少爷吃遍了山珍海味，可就是没尝过这等山里美食，就问："老哥，这是什么稀罕吃物啊？"山里老大哥摸摸胡子说："一般物件儿，没什么好的，不过是板栗晒干了磨成面，再加上榛子啊核桃啊，蒸的时候要用大香瓜汁儿调弄出来。烧锅子的柴草别乱用就行，只能用芝麻秸。"战家少爷听傻了眼，后来非得问问老哥的来历、非要跟他交个朋友不可。老哥眯眯眼说："咱是山里的土人，姓宁，不过是有些山峦罢了。"战家少爷立刻站起来鞠躬，说：原来是宁家老爷啊，咱真是有眼不识泰山啊！

　　接上的故事说的是，自从那一回战家宁家接上了头，也就少不了一些来往。因为这是离得最近的两大富户，尽管被一架大山隔开了，也还是相互吸引着往一块儿凑。那一次战家少爷回家去禀报了城里的奇遇，一下就引起了老当家的注意。这个老当家年纪也不少了，白胡子拉碴的，一天到晚坐在红硬木太师椅子上，抽的是青铜水烟袋，手边还有玉石手串子摩挲着玩。有穿红灯笼裤的小丫环又叫书童，在旁边一颠一颠侍候，一会儿添水了，一会儿用烟钎子捅烟袋了，时不时还得给老头子捶个后背什么的。反正是人间能享的福全让他享了，人间享不着的福也就没有办法了。有人说老当家从五十岁开始修炼长生功，从此不近女色。事情坏就坏在他以前太好女色了，大大小小一共十多个老婆，还不算随手拈来的一些丫环使女和奶妈。他突然改了脾性，让一些女人好不懊恼，都说那些传功的人真是断子绝孙的短命物件。老当家胡须皆白，腿脚轻快，眉毛长出一寸多长，也是白的。他半夜起来让穿灯笼裤的丫环往光身子上泼洒刚出井的凉水，连个短裤也不穿。刚开始丫环害羞，闭着眼端水，遭了喝斥才敢睁眼。老当家浑身水淋淋的跳进院子里，摸起石锁就当空舞弄起来。月光下几个老婆丫环都伏在窗户上看，啧啧不已，说天哪，战家花园的好日子大概快到头了。有个女人说："什么呀，他不过是想长生不老，想一直执掌这份家业呢。"众女人听了立刻往地上吐一口："啊呸，这样活着还不如死了好哩！"

老当家早就知道山里边也有个不小的财主，只不过从不往心里去，暗说：那个土鳖物件有个什么好的？不过是年头月尽收几斗租子罢了。这一回听了少爷说起吃黑面窝窝的事，一下来了精神。他也想尝尝那口新鲜，就像刚刚修炼的长生功一样，全凭一股好奇。

有一天，老当家就学那个山里财主的模样，身上也穿了破衣，脚上蹬一双草鞋，然后让家丁抬上一直往南走。进了山里，远远地看见一片青砖大瓦房，他就打发抬轿的人回去了。他自己在宁家老宅大门口转悠，过了半晌，见大门里出来个系草绳的老头儿，心想这大概就是那个人了，赶紧弯下腰吭吭哧哧不抬头。出来的也真是宁家老老爷，原来他每天都要出来拾粪，背一个筐子，把村边路口上的牛马粪便收拾到家里，以备春天往田里施。老老爷问："你这是怎么了？"战家老爷苦着脸："俺是饿成了这样。"老老爷说："那还不好说？你跟我回去就是，晌午快到了，咱俩一块儿吃顿饭不就成了。"战家老爷谢了，两手拱起来施礼，想不到这姿势模样让老老爷一眼就看出了名堂：前些日子遇到的战家少爷也是这副架式。他又留心瞧了瞧，发现对方的破衣襟下露出了一个玉石坠儿，心里更加明白了。他只是不说，扯上对方的手叫着："走吧，不管穷富，来到咱家门口的都是客。"

战家老爷进了宁府就歇不住眼了，东瞅西看只觉得又好奇又好笑，心想这真是一户又大又蠢的土财主啊，看这房子盖的，一幢一幢倒是精工细凿的，那石头缝儿线都勒不进，门窗扇都是山里的老松木做的，又粗笨又结实。可就是房子的式样太土气了，冬天没有透风的地方，暖和倒是肯定的，到了夏天看看不热死这窝山猪？他脸上笑吟吟的，有时不由得走了神。宁家老老爷说："平原上的官人莫笑话咱了，咱这里是山沟旮旯儿，有口吃的就不错了，哪比得上您啊！"战老爷心里一怔，说："我一个伸手要饭的进了府里不敢睁眼哩，咱这辈子哪见过这大阵势？你这是藏在老林做朝廷、扎进深山当大王啊！"宁家老老爷鼻子里一哼说："山里人不通文辞儿，反正来了贵客都得好好招待，一个蒸猪头、八大碗烧酒。"说着拍几下巴掌，管饭菜的厨子腰扎白围裙出来了。老老爷朝他比画几下，他"嗯"一声去了。

两个老爷坐在炕桌旁等着上饭菜，心里都在嘀咕对方。战老爷一会儿咕哝一句："饿啊饿啊！"宁老爷说："有你吃的。到时候看咱俩谁的饭量大。"正说着两个大猪头端上来了，一边一个冒着白汽，还有十六碗烧酒一字摆开。宁家老老爷说一声"啖吧"，伸手撕开皮肉就吃起来，吃一口端起酒碗敬一下，然后一仰脖子喝进去。战老爷不想被比下去，就鼓起劲儿吞食，一口肉一口酒吃得正香，只可惜吃了半个猪头就咽不下去了，酒才喝了两碗。宁家老爷吃完了半个猪头，中间出去了一趟，回来又把剩下的半个吃了，顺手把余下的几碗酒咕咚咕咚灌进肚里，然后又出去了一趟。他回来时扭着脖子往门外嚷："怎么才上两个猪头啊？要待客就不能小气，再来一个大猪头、八碗烧酒！"战老爷一直瞪着大眼看他大吞大嚼，这会儿赶紧叫道："快别了，我吃不下，吃不下了啊！"宁老爷说："你这点饭量能办什么大事？你吃的喝的太少了啊！"正说着又一个大猪头上来了，宁老爷让也不让，抓过来一顿疯啃，一眨眼就吃光了半个，然后又出门一会儿。转回来时，宁老爷把剩下的半个猪头和几碗酒都收拾进肚里。战老爷真是看傻了眼，接下去再也不吭一声。宁老爷抹抹嘴又喊："饭吃完了，再来点瓜果梨桃爽爽口。"一大筐桃子梨子上来了，战家老爷只拿了一个，看了看咬一口，难以下咽。可是宁老爷吃了梨子吃桃子，一口气吃下了半筐。

有了这一场会面，战家老爷再也不敢小看山里的宁家了。他那天差不多是一跌三撞出了宁府。宁家老爷出门送客说："哦咦，酒没喝了三碗就醉了？就这点肚量？"战老爷本想一个人出山，宁府这边早就跑颠颠追来一顶大轿，不由分说就把他弄了上去，然后轿夫们撒开丫子往前直跑，又快又稳。后面的宁家老爷赶上几步喊："战老爷没有吃饱，他饿着肚子怕颠哩，好生给我抬轿！"轿里边的人一听叫自己"战老爷"，头上立刻出了一层汗珠，心想：这山里的土财主真是厉害啊，不光有吓人的饭量，还会神算呢。

原来传说宁家有一件祖传的宝器，叫"消食器"。它由鲁班做成，机关复杂到了极处，一个人无论吃了多少东西，只要把它对准肚脐按一会儿，立刻就像什么东西也没吃过一样。战家老爷眼瞅着热气腾腾的猪头皱眉时，宁老爷几次出门，就是去使用这件宝器的。可是战家老爷一辈子都蒙在鼓里，回了战家花园一天到晚叹气，反反复复说着一句话："了得，大山里出了异人了！"

关于宁家老老爷的故事还没有完。这是因为战家毕竟是出过京官的人家，他们对大山里的财主很难放在眼里，一想起来就如鲠在喉。战家老爷那一次尽管只吃了半个猪头，可回到家里还是心口难受了十几天，最后不得不传来郎中。郎中烧制了玉米芯子灰、高粱秸子灰，让他用水冲服了三天才算治好。三天里老当家不停地照镜子，每次都看见嘴角上淋漓着两道黑灰，于是就骂一声："土财主"……

战家少爷知道父亲被宁家捉弄了，就暗里发誓要把这户土财主从根上收拾了。

少爷知道宁家的所有本事都在那片山峦上，就去山里暗暗走过一遍，发现不过是一片穷山恶水，连一块大点儿的肥沃田地都找不到。而战家最多的是什么？是钱。战家的钱多到了让人头疼的地步，那真是要多少有多少。战少爷听人说宁家老爷最喜欢的东西就是钱，为了钱可以连命也不要——于是他决心用钱把宁家的大片山峦买下来。

有一天战少爷骑着高头大马去了宁家，穿了一身绫罗绸缎，连大马身上的饰物也是金银做的，所以一出现在大山里，被阳光一照，差一点把山上开石头的长工们吓死。他们放下镢头就往宁府跑，说不得了啦，快出门看看是什么王爷来了吧！宁家老老爷不紧不慢束上草绳出了门，手打眼罩一看，立刻知道是平原上的豪门；再一看，又认出是跟他分吃过黑面窝窝的那个少爷。

少爷可比老爷直爽干脆多了，见了宁家老当家没有几句话就说了："你不是喜欢钱吗？还不如把这片山峦卖了，换座金山银山多好！"宁家老爷稍一愣神，然后摆摆手："我不用那么多钱，你去山上转转看，穷山恶水也没什么好的，值不了几个子儿，你战家花园看着给吧！"战少爷一听心里乐坏了，心想土财主到底没有见过大世面啊，看来这桩买卖算是好做了。他问：到底要出多少钱啊？宁家老爷又紧一紧腰上的草绳："咱俩到山上看看再说吧。"

宁家老老爷领少爷爬山，刚爬了半座山少爷就大呼小叫受不了啦，汗水把一身好衣服都湿透了。他喘着对宁家老爷说："不用实地端量啦，你干脆出个价吧，多少钱一座山？"老爷皱皱眉，伸手摸摸一株小树说："这山倒没有什么不舍得的，可是这些树啊，都是我眼看着长起来的，你得先让它们高兴才行哩。""我怎么让它们高兴啊？"老老爷咂咂嘴："这么着吧，你一棵树赏一枚小钱就行，不用给我，只给树，就挂在树杈上，然后这片山峦就归你了。"少爷一脸惊喜："这恐怕不合适吧？只挂一个小钱？这也太便宜了吧！我们战家花园还没寒酸到那个地步呀！"老老爷摆摆手："朋友一场嘛，我说话算话，就这么办吧，你千万别再客气啦。"

他们就这样说定了。战家少爷害怕宁家老爷反悔，立下了一张按手印的字据，然后才打马回家取钱。少爷一溜牵出十匹大马驮了钱，口袋里都是从钱庄里兑换的小铜钱，心想这样的小钱扔在地上俺还不愿弯腰拣呢，挂在树杈上又怕什么？他同时雇来了十几个长工，都是往树杈上挂小钱的人。十几个人挂了一天，一座山头才挂了半坡，前边还有许多山头哩。没有办法，少爷第二天又找来了十多个人。二十几个人在大山上奔忙了十几天，打马回战家花园驮了许多次小钱，结果事情还像是刚刚开头。第二十天上，战家少爷终于急了，好不容易才找到了背篓拣粪的宁家老爷，一见面就连连作揖："老爷快饶了咱吧，咱这山峦不买了！"老爷耐着性子把一团牛粪铲到篓里，抬起头问："怎么了？""再挂下去战家花园就得倾家荡产了！""不会吧？不过是一个树杈挂一个小钱。""可你家的树杈太多了，咱挂几年也挂不完哪，快饶了咱吧，咱那契约还是废了罢。"

就这样废了契约。照理说宁府可以因为毁约从战家花园讨回一大笔钱，可宁家的老老爷到底是出了名的仁厚，说钱嘛，也就算了，今后战家花园养的牛啊马啊，所有的粪便都得送给宁家，"俺要往山峦上使哩，俺喜欢这些大臭物件哩！"

宁吉父子　　他是宁府一个有名的败家子，名气丝毫不亚于神奇的老老爷。正因为他是具有转折意义的人物，所以写史的人总是偏爱这样的角色，有时根本不问功过是非乱涂一气，把这样一个糟糕的家伙描述得光彩夺目。不过好在宁吉不是一般的败家子，尽管的确是他一手搞垮了一个富豪之家。他的神奇性格比起我们所熟悉的那些套路中的人自然朴实多了，因为他的怪异是天生的。有人说要论古怪的程度，在所有的宁府人物中，唯有他才可以与老老爷比个高下，所不同的只是一个向南一个向北：他们一个使家道中兴，一个令宁府衰落，却都是让人着迷的、身上缠满了故事的人。

由于他出生时宁府已经富得不耐烦了，所以这个宁吉自小没有养成勤俭持家的习惯。也许老老爷在世时对一切早有预料，为防止偌大的宁府有一天会被不肖儿孙折腾个精光，在过世的前一年就给三个儿子分了家。宁吉的父亲在三十岁以前倒也安分，无非像另外两个兄弟一样安安稳稳过下来，好好经营自己名分下那一片山峦，并且把府中的大小事情料理得有头有绪。三十岁之后他的脾性突然变了，不在家里好好做祖传的营生，也不再顾恋妻子家小，一天到晚跑到山里去玩。他如果在哪个崖口上遇到一株好树、一眼泉水，都会恋恋不舍，每隔三两天还要跑回去看一看。在宁吉长到五六岁的时候，做父亲的有一天突然对老婆长长叹了一声说："这大院里的日子真像老牛拉磨一样，一天一天瞎转圈子，实在没意思啊！"然后就弯腰收拾东西，说要一个人去山上住。"这不是睁着眼胡闹吗？你半辈子了往哪里跑？"夫人去扯他的袖子，被他一下甩开了。

令人难以置信的是，宁吉的父亲在三十四岁这一年的初秋真的住到了山里。

那是他看好的一个地方，自然有一个甜甜的泉眼，让他一天到晚喝得肚子溜圆。开始的日子他只是搭了一个窝棚，后来就动手凿山，叮叮当当干得有滋有味。日子一天天过去，半年之后他竟然凿出了一个大洞，而后又在洞里凿出石桌石凳，凿出了带窗棂的小窗。泉水被他引进了洞里，甚至引到了用山草搭起的铺子旁边。他让几个长工帮忙从府里运来了米面之类，然后就在大山里过起了修行般的日子。他在洞前开出了一块平地，上面种了蔬菜，还养了羊和猫。

夫人抱着宁吉上山叫男人回去，因为一个大院缺了当家的可不行。谁知住在石屋里的人见了他们毫不动心，根本没有回去的意思。没有办法，夫人和孩子只好在石屋里住了一夜。小草铺子只有两尺来宽，小宁吉给塞在角落里，他们夫妇两人非要紧紧挤在一起才能躺下。夫人半夜流着泪说："快让我再怀个孩儿吧，我儿女成群也好有个后路。"宁吉父亲说："谋事在人成事在天，看看吧，不过这大山里冷巴巴的我看也不是个怀孩子的地方。"果然，那一夜没有怀上孩子。夫人实在挤不下，只好拉着儿子的手在太阳爬出山凹时下山了。

宁吉十岁以前最重要的记忆，那就是母亲差他去山上一趟趟寻父。其实小宁吉越来越着迷于父亲的石屋，一去就不愿回家了。但他不敢在山上过夜，因为母亲说了，儿子不回去她就不睡。最难过的是大年除夕的晚上，其余的两个宁府都火火爆爆热闹得令人眼红，这边却透着无比的凄凉。鞭炮也放了不少，但谁都知道这边的当家人住在山上。"那个老爷脑子可能出了毛病。"院里的长工私下这么说。也有人议论，猜测宁家的这个老爷大概想修行一种奇怪的功法，这种功法是见不得女人的，所以也就躲开了。这期间发生过一个让宁吉一生不忘的怪事，其实也是凶险的事：有一天半夜雕花木格子窗被慢慢扭开了，一个粗壮的男子喘着爬进来，二话不说就压在了母亲身上。母亲的嘴被捂住了，喊出的声音很怪，最后宁吉才听清了那几个字："孩儿快来！"宁吉的蒙眬睡眼刚刚睁开，几乎什么也没想就取了白天放在枕边的一块花石头，"吭哧"一声砸在了那个男人的头上。那个男人啊啊大叫着捂住流血的头，另一只手提着裤子就往外跑了。母亲下半夜一直搂着宁吉，含泪望向月亮说："好孩儿，就当是你爸死在山里了。"

天亮了宁吉真的去山里看看父亲死了没有。父亲活得很好，不瘦不胖，胡子又黑又长。宁吉向父亲诉说了夜间的凶险，父亲站了起来。不过这样站了只有十几分钟，又重新坐了。父亲接下去没有说什么，动手熬起了亲手种的山谷粥。这粥比山下的要香许多倍。宁吉喝过粥就下山去了。

宁吉记得这一年大年初三的傍晚，父亲从山上回来了，而且这次归来再也没有返回。夫人以为是儿子不断去山上寻父的结果，其实并非如此。这里面的真实缘故直到许多年之后母子俩才弄明白。起决定作用的那个事件发生在大年三十晚上——这事儿有些玄，但就是没法儿让人不信。因为谁都知道宁家的这个老爷虽然做事怪异，但从不说谎。

那年三十日晚上，老爷在山上一个人准备过年了。他剁好了白菜和肉，又和了面，要包几碗水饺。过年的水饺是非吃不可的，虽然他一点也不喜欢这种食物。这时候山下的鞭炮已经噼噼啪啪响起来了，太阳也落下去了。他把案板什么的刚搬到石台上，突然就听到西风中有个奇怪的声音。他一怔，耳朵贴近窗子听了一会儿，听清了是一个姑娘在哭。"哦咦，大年三十姑娘家来山上哭，你说这事儿蹊跷了不是！"他忍不住往外走，拍打着手上的面粉。

西风不紧不慢吹着，真的掺和了一个姑娘的哭声。越往前走，哭声越大。他又走了十几步，终于看到了一块青石板下倚了个大姑娘，胖胖的，穿了花衣服，大辫子垂到屁股那儿，正搓着眼睛哭呢。"哦哟孩儿，大年三十来山上哭啊？"他一问，姑娘抬眼望过来，那神气不知怎么让他打个战抖：这姑娘俊眉俊眼大脸圆圆的，可就是打眼一看让人心上发怵。不过他心里可怜她，没有想别的，只问为什么哭哭啼啼不好好在家过大年哪？姑娘哭诉说：她的家就在山下边，父亲和母亲吵架，她去劝架，父亲就打了她，还把她赶出门来，不让她在家过年。宁老爷一听眼中冒火："还有这样混账的父亲！走吧孩子，咱旁边就是个过年的地方，我保证大年三十让你吃上饺子！"说着拉上姑娘的手就走。姑娘扭捏了一下："你说大爷咱这样好么？""傻孩子怎么不好？大年三十不吃饺子还行？走吧！"

就这样，他们一起包水饺，他擀饺子皮，她填馅子。宁家老爷低头做活，不知怎么总是嗅见一股骚气。一会儿，他又听见了"咯吱咯吱"的声音，眼角一瞅，发现那姑娘在他不注意的时候偷吃生肉呢。他吃了一惊，大吸一口凉气，但表面上不露一丝痕迹，只继续擀饺子皮。这时候骚气越来越浓了，吃生肉的声音也越来越大了。他心里"嗯"一声，认定这是怎么回事。因为他从嗅到骚气那一刻就在琢磨：大年三十了，一个姑娘家真的挨了父亲打骂，也不至于一口气跑到大山上啊，再说天这么冷，冰碴儿一串串的，她是怎么爬上来的？这事儿真是越想越玄啊。"如果不是我弄错了的话，不是我一个人在山上孤单得有点想家了，那么我就不会傻到连个'骚皮子'都认不出来！"他在心里嘀咕，一边去摸那把菜刀。"骚皮子"就是狐狸，大山里传说中常有狐狸闪化成人形出来害人的事儿。他想回手给她一刀，但正要动手又在犹豫：万一砍错了怎么办？这可要做下大孽啊。他害怕了，手里的刀也就放下了。这样忙活了一会儿，他想起了一个办法：听人说凡是妖物闪化的物件，只要喝了酒都会现出原形来；而且那些人不人鬼不鬼的东西差不多个个都喜欢讨酒喝！想到这里他一拍膝盖，大声说："闺女，天这么冷，咱爷儿俩干吗不先喝几盅再包饺子？咱让酒暖暖身子就好了！"姑娘立刻两眼放光："咱家还有那东西啊？""那还用说？都是我老汉亲手酿的，有瓜干酒，还有野葡萄酒，你喝哪样呢？"姑娘的大眼水灵灵的，这会儿直勾勾看着他："就喝有劲道的吧！"宁老爷说一声："我看也是！"说着就从旮旯里搬出了瓜干酒坛。

他们你一盅我一盅喝了起来，只喝了不到半个钟头，姑娘就大模大样伸手捏生肉吃了。这样又过了一会儿，宁老爷一歪头，真的瞥见了姑娘身后有一条大尾巴；再一正眼，那尾巴又变成了黑黝黝的大辫子。这样变来变去有好几次了，于是宁老爷咬了咬牙，偷偷把刀摸到了手里。姑娘喝得脸蛋红红的，这样瞅上去更好看了。宁老爷端量再三，心里说："我还真不舍得砍杀你哩，大眼儿水灵灵的，不过我也不能眼瞅着让一个妖怪半夜把我活活啃了啊！"这样咕哝三两遍，闭了闭眼，挥手就是一刀。

因为离得太近了，尽管闭着眼，砍中是绝无问题的，所以手起刀落，只听"吱呀"一声长叫，一道火线从小窗上蹿出去了。姑娘无影无踪了。宁老爷手脚全麻了，瘫在地上，好长时间才低头去找那把菜刀；刀落在菜盆旁边，刃子上全是彤红的血。他搓搓眼，走出石屋，这才发现天乌黑乌黑，地上全是冰碴儿。他立刻小声呼叫起来："老天，不得了哩，开了杀戒了，我的老天！"他摸索着进屋，赶紧点亮了灯笼，出门后第一件事就是去照窗前：他估计得不错，有一大串血珠从窗口洒下来，一直往前，没有个终止。他顺着血珠往前寻去，心要跳出了胸口。这血迹越来越淡，但总算没有断掉，从荆棵绕开又滴上了石板小径，最后竟然从崖底穿过，洒向了更高的岭子边上。他往手上呵一口气，一直盯住这血迹走下去。

在对面山岭的一个大悬石下面长了茂密的榆树丛。他扒开树丛往里走，心里说："快了。"一片乱石总是绊他的脚，他最后差不多在地上爬了一截路才算挨近了高处，那是一个黑乎乎的地方。他小心地把灯举起，这才看出是一个半敞半隐的大洞。"我的天，我今个不被她吞吃了就算命大了。"这么说着，拣个石头往里扔一下。没有任何反应。他又往前摸了几步，把灯笼探进洞里：天哪，又看到血滴了，比一路上看到的还要多。血滴的更里边是什么？毛茸茸一团，一动不动。他反复端量，壮着胆子凑近，最后看出是一只死去的狐狸。不错，雌性，颈喉那儿中了一刀。她微睁着眼哩，不过一点气息也没有了。

这一夜宁老爷没有吃饭。包了一半的水饺就放在案板上。他蜷在草铺上一动不动。他想的一直是那个胖乎乎水灵灵的姑娘，最后流下了泪水。"可怜的闺女，我凭什么就敢说你半夜里要害我啊？你也许是大冷天里饿坏了，变化出人的模样来跟我讨一口吃的，我却一刀把你结果了！我这辈子不得好报，不信就等着瞧吧！"他哀叹一夜，没有入睡，在心里盘算一件大事。天亮了，他也想好了：下山去吧。他认为自己手上沾了大山的血，再住下去会有大麻烦的，不如赶紧返回宁府，去和老婆孩子把最后的日月过完吧。这样挨过大年初二，他背着一些杂七杂八的东西下山了。当时太阳升起很高了，太阳照着他那张发青的脸。

宁吉记得父亲最后的岁月中疯疯癫癫，什么都想试一下，唯独厌恶府里的正事。因为许多年来夫人过惯了没有男人的日子，所以仍旧像过去一样独自奔忙，府里的下人只对她唯命是从。这一来倒让山中归来的老爷自由流畅地干起了一些荒唐事，比如说从集市和其他场所出其不意地领回一些"异人"：变戏法的、会武术的、算命的，还有下一手好棋的人、无疼割鸡眼的人。这些人在宁府住下来总是好吃好喝，一天到晚只陪着老爷。宁吉记得自己二十多岁时，府里来了一个神医，声称能够让人返老还童。老爷于是召集全家人聚在一起，半是命令半是规劝，让他们吞下那个医生弄出来的一些丹丸。宁吉年纪尚轻，他的问题不是怎样"还童"，而是快快成长接管家业，所以不必吞服了；而夫人从心里厌恶丈夫领回的各色人等，只是应付而已：一手接下丹丸，另一手就扔进了马桶。只有老爷一个人忠实地听从医嘱，结果服用了半个多月后面红耳赤，见了府里的女人就双手乱抖，眼神也不对了。老爷一辈子好吃好喝，游手好闲，其他的毛病却从来没有啊！夫人知道男人大半要出乱子，就让人偷偷换下药丸，并且一步不离地跟随他。尽管这样，一天半夜老爷还是赤脚跑出了屋子，待夫人发现后已经晚了。十几个下人打着灯笼去找，每个角落都转遍了，就是不见踪影。后来黎明时分有赶车的来拍门，说看见一个赤身裸体的男人抱着路边一棵树，看样子是不行了，快去看看罢！夫人脸色马上黄了。她只叫上最忠实的一个仆人去了，结果看到的果真是一丝不挂的老爷：人早就没气了。

老爷死后第二年，老夫人也病故了。宁府的老爷于是成了年纪轻轻的宁吉。一个全新的时代就这样开始了。

宁吉好像突然发现自己长大了，对一切都没有准备。一大群身怀绝技的人依旧被称为"大师"，他们在宁吉身边得到的恩宠比前一个老爷还要多，以至于发生了这样的怪事：那个畏罪潜逃的做丹丸的家伙竟然又回来了。府里的下人见了他大吃一惊，马上禀报宁吉，说快些绑上送官府吧。谁知宁吉不仅没有如此办理，反而备下酒宴款待了他，说人嘛，这一辈子干什么还没有个失手的时候？咱大可不必对一些有能为的人求全责备。这一番话让一桌"大师"流出了眼泪，那个江湖郎中哭得最重，发誓说要一辈子做宁吉老爷的牛马。宁吉说这怎么行呢？我有马呀！原来他比过世的父亲还多了一个嗜好：喜欢骏马。

宁吉爱马是出了名的。只要是浑身一色的马，都被他视为宝驹。他在宁府造起了第一流的马厩，而且把所有中意的马都依照古代战马的模样打扮起来，他自己则少不了制作几套武士服装。所以宁府的人最熟悉的就是骑马挎枪的宁老爷，喜欢看他策马而去的身影。不过当他的坐骑被腾起的烟尘隐去时，人们心里又不由得泛起一阵怜惜。他们担心宁府的富贵不能长久，自己依靠的这株大树终有一天倒塌。这种不安在另外两个宁府的比照下就显得更为严重了：其余的宁家除了把原有的山峦经营得井井有条，已经开始把余下的财力和精力用到了大山之外，正在周边的一些大中城市开了钱庄和布店之类。特别是宁吉的三叔宁周义，这是一个人最早走出大山的人，年纪轻轻就读了大学堂，后来又在商场官场上厮混，到宁吉懂事时已经不知做了怎样的高官，结交的人物一个比一个显赫。宁周义偶尔回宁府看看，都是跟随一大帮护卫，县太爷想巴结还围不上边呢。宁吉眼里谁也算不了什么，几个同族叔伯兄长都爱答不理的，可是唯独害怕宁周义。他只要听说三叔回来了，第一件事就是打马出门躲起来。宁周义可能对这个异类多少有些好奇吧，尽管每一次回来都是行色匆匆，但时不时还要问一句："宁吉呢？让他来见我。"管家总是恭恭敬敬答一句："回老爷，我家老爷云游去了。"宁周义笑了。他知道这是侄子交待下来的一个说辞。什么"云游"啊，那不过是在山里山外转转，顶多是在平原上兜几圈，与那帮好吃懒做的"大师"们一起荒唐几日而已。

宁吉二十多岁娶来一个如花似玉的富家小姐，开始的一两年里恩恩爱爱，后来他就像疯癫父亲一样，忙得再也顾不上她了。"有其父必有其子，这话真是一点不假。"守在宁府的年轻夫人抱着少不更事的儿子，眼泪汪汪望着窗子。她不知道自己的丈夫准备怎样打发这一生，懊丧而又好奇。她每逢看到丈夫望向天边的奇怪目光，都觉得自己嫁给了一个介乎于传说和现实之间的人物。凭一个妻子的敏感和悟性，她深知丈夫不是一个沾花惹草的人，这个男人忠诚、热烈，也极其善良。他绝不是因为追逐女性才要四处奔波流荡，而是因为天生的好奇和不安，因为从父亲身上遗传下来的那种莫名的躁动和怪异。对此她只有长叹，而没有一点办法。

宁吉真的是一个热烈的人，也是一个深藏了忧郁的人：有一种说不清的企盼得不到满足而让其产生了深刻的沮丧。他这个人正是以极大的好奇心和流浪的品性，稍稍遮掩了一种更可怕也更常见的东西：颓废。这种情绪和气质在当年的乡下还是一种崭新的、不曾被人理解的东西，是真正的陌生之物，所以人们对其无法命名，而只说这样的人是"怪人"。"哦，宁吉嘛，那是大怪人哩。"山里人在许久之后回忆时还这样说。愿意追究一下的，不过再加上一个批注，说："宁吉嘛，跟他爹一样，就是那样的脾性。"这就接近了血脉之谜。血脉是神秘的，一提到它，连那些最自以为是的人也得掩了嘴巴。血脉类似于"品种"，用山里人的话说："这没办法，天生就是这么个物件嘛。"

也有人认为宁吉是个富得不耐烦的那一类纨绔子弟，后来的那些行为举止皆可依此解释。其实这是所有认识当中最为浮浅的一种。宁吉的游历和嬉戏是伴随勇敢的，比如他暗中引来一帮土匪抢劫自家的那件事，几十年里都让人津津乐道，可是几十年里谁也没有在分析中击中要害。多数人只说这是怪人手笔，是瞎胡闹；但他们却忘记了，宁吉要在整个过程中冒极大的生命之危。

事情是这样：那一次宁吉在外面结交了一帮打家劫舍的土匪，喝酒中谈得投机，心上一热，就说起了山里有一户宁家，如何如何值得一试，到头来会有怎样大的收益等等。当这帮土匪的精神真的被撩拨起来了，决定要去干一家伙时，他自己就先自溜回家里待命去了。结果当然是一场激烈的冲突，由于宁府事先早有准备，土匪自然沾不到便宜。后来土匪准备退了，火器还在交射之中，只听得一声厉嚎，有一个古代武士打扮的人从火光中冲出，他骑着大马，威武非凡，像是刀枪不入，冒着枪林弹雨就杀出来了。劫匪们正打得吃力，又哪里见过这等阵势，哀号一声就赶紧逃蹿了。

更有意思的是故事的结尾：宁吉外出游荡时特意又找到了那帮劫匪，

彼此寒暄之后，又说到了那次交火。宁吉叹息："你们没有得手完全是偶然的，因为宁府那时候的事我也不知道：他们府中这些年出了一个英雄——有了这个人，别说你们这一伙了，就是调集精兵一个团、就是个个手持上好的火炮洋枪，恐怕也奈何不得他啊！"劫匪们边听边点头，除了自认倒霉，再就是一脸的神往。宁吉与他们喝酒，神聊，从中得到了最大的快慰。

这就是宁吉的生活。他没法忍受日常的平庸。除了骑马游历、结交一些古里古怪的朋友，另一个嗜好就是下棋赌钱之类。与他下过棋的人都说这是世上最不可救药的臭棋篓子，而且许多年下来没有一丝长进。奇怪的是他的棋瘾又特别大，所以到处查访象棋高手，结果方圆几十里的名手都与之过了招。渐渐人们都知道这种对局是多么枯燥，所以个个躲闪，最后他只好携一副精美绝伦的棋具到远处求战。如果因为天气的原因不能远行，他就用赌输赢的办法在府内与人博弈。这样当然不难找到对手——那些下人，包括老实巴交的长工，都乐于用这种方法从老爷手里赢钱。对方几局棋下过，一把铜钱掖进腰里，咧着大嘴就离开了。

宁吉赌钱的本事不可小视，除了玩棋不行，其他倒也样样精通。他在赌桌上本来输赢相抵，只由于过分迷恋，再加上酒喝得太多，总是最后把口袋掏干净。那些熟悉宁吉脾气的人在开赌之前总是先招待他喝上一场，这让他输了钱又要感激对方："和你这样大方的人在一起，就是输了钱我也高兴。"与他打牌的人当中，最起劲的就是那些上一代留下的、或后来新入宁府的"大师"们。这些人白天睡觉，晚上精神特别足，专门陪老爷下棋或打牌。他们当中有个上了年纪的土匪，就因为会使双枪，所以得到了宁府两代人的推崇。宁吉最爱看他倒地爬行、一边滚动一边扣响扳机的模样。可是宁吉的枪法却始终糟糕透顶，除了一只公鸡，他差不多从来没有打中过什么。那只大公鸡因为长得格外健壮，在一大群母鸡中过分张扬了，接二连三地欺负异性，把它们颈上的毛啄得四下飞散，最后终于引起了宁吉的震怒。他把那只公鸡结果了。府中人听到枪响跑出来，看到老爷手提冒烟的长筒枪，脸色青得吓人。

宁吉骑马游历的日子越来越多，每次出行的时间也变得越来越长。过去最多是出门一个星期归来，后来是半个月、一个月。他最后一去不归的行程是从三叔身边开始的：本来说要找宁周义玩耍几天，后来不慎说出了远行的目的，让三叔大吃一惊——他说要去南方，非要一直走到南国不行，不见到真正的"小南蛮"不回来。本来宁周义就对这个不务正业的侄子忧心忡忡，这一回朦胧知道了事情的结局会是什么。他料定那个宁府最终只会留下一个孤单的女人、一个尚未成人的儿子。一场酒宴之后，宁周义让卫兵拴了侄子的马，然后把人囚禁起来。

宁吉从来没有忍受过这样的拘束，这一下不得了啦，他开始号叫、跺脚、不停地踢打门窗，后来就仰躺在地板上不再起来。宁周义太忙，也许是故意冷落，许多天里不见侄子一面。这时候只有婶母阿萍经常过来看他。阿萍要小宁周义二十多岁，是个南方的小夫人，模样精制优美，人也温柔到了极点。她的出现才让狂躁的宁吉稍稍安静下来。阿萍怜惜这个一心远行的人，只是规劝，让他在风雨不宁的世道里更多地顾恋一下妻儿老少，宁家传下这一份家业不易啊。宁吉哭了，这是他长大成人之后少有的啼哭。他在比自己还要小的婶子面前哭得像个孩子。哭了一会儿，一擦眼泪坐直了身子："放我走吧，我去了南方看一眼，吃过那里的醉虾就回来。"阿萍说这道菜我也会做啊，你干吗非要去南方不可？

阿萍每天都送来醉虾。宁吉到后来干脆不再吃饭，只瞅着窗外出神。阿萍知道事情不可挽回了，于是瞒着丈夫，偷偷打开了囚室的门，还给了那匹纯色的大马。

宁吉去了南方，从此杳无音讯。大约是他走后的第三年，宁府里燃起了一场大火，把宁吉的家产——原来宁府三分之一的房舍，连同一百年来的积存全部烧了个精光。大火直烧了三天三夜，然后又是一场大雨，给这儿留下了一个面积大得吓人的黑色废墟。

宁周义　　这是一个生不逢时的俊杰。如果在和平年代，他会是一个不折不扣的清正官吏。这个人生得仪表堂堂，学问也好，可能是宁家几十年里最出色的一个男人。他受过新式教育，是宁家转向城里商业活动之后成长起来的第一茬人物。他曾为理想热烈求索，在三十岁之前就加入了革命党，并捐出了许多钱财。后来就是失意，是面对一片残局的心灰意冷。好在这个人是外冷内热，最终也没有萎缩在产业经济的龟壳里，而一直关注着急剧变化的时局。

由于他与一些头面人物的特殊关系，当时半岛地区的党阀军阀都对他敬畏有加。可惜在长达二十多年的时间里，他基本上是碌碌无为的。因为他找不到可以为伍的人，而且像历史上某些满腹经纶的人物一样，有时难免眼高手低——先是尝试几次，尔后索性旁观起来。他越来越多的叹息让许多人都听到了，一些政要邀他共事，听到的也依旧是这种叹息。后来不少人开始冷落他，他有点百无聊赖，只得把心思花在了生意上、孙子宁珂身上；还有，他越来越珍爱自己的南方小妻子了。宁珂是宁家那场大火之后余下的一个光杆少爷，一个让宁周义喜爱不已的英俊少生。本来宁周义在老家的妻子李家芬子不失时机地将宁珂收在手边，正打谱把他视作亲生儿子一样蓄养调教出来，想不到回家探视的宁周义连这个机会也不给，回城时就把孩子领走了。李家芬子为此哭了好几天，哭自己的命运。她比宁周义还要大几岁，是他的结发夫人。她生有一个女儿，后来也随父进城了。多年来只有她和一帮下人守着这个深宅大院。她不知自己的命为什么会这么苦，一开始迁怒于城里的阿萍，后来又想：没有阿萍也会有别的人——男人既然像钻天的鹞鹰那样飞翔了，他就不会把老家的妻子带在身边。还好，他是一个好人，正派人，毕竟没有三妻四妾的，而且每年里都要回宁府住些日子。在他们后来一起度过的那些日子里，她每听到男人半夜发出的深长干咳，心上都要一阵阵揪疼。

　　阿萍在婚后的一段日子里是尴尬而愧疚的。她竟不知怎么度过这样的日子，每逢在镜子里看见自己就有些忐忑。她从很小就对自己的身体敏感得不得了，每一点微小的改变都会让她惊讶和不安。她发觉自己的脸庞更圆润更细腻，眉头一夜之间就舒展开来，鼻翼轻轻翕动，整个神气甚至不听自己调度；脸色红得吓人，有时又突然变得煞白，鼓鼓的额头上满是汗珠。她惊异于一个好男人的耐心和爱力、仁慈和博学，他的气概与无法言说的深奥。她相信自己今生都无法弄得懂这个男人在想什么、他内心深处那些悠远可怕的期待。她自己感到得意与不安的，是对方更多地把她当成一个孩子来呵护。是的，她是宁珂的奶奶，可许多时候更像是他的大姐。

　　宁周义在心情最恶劣的那些年里都待在阿萍身边。他自己发觉有些过于沉溺在儿女情长之中了，只可惜没有任何办法。他可以和阿萍从喝早茶开始一直待到下午三点，这个时间既非一人躲入书房，也不让对方离开。有时阿萍在厨房或别的屋子耽搁得稍稍长了一些，他这边就要呼喊起来。"你啊，真是一个大孩子。"阿萍有一次竟这样吁叹。她想和他一起走入回忆，想听听宁府的过去、特别是男人的半生劳顿，可他一句也不愿提及过去。他大概想更多地抓住眼前，活在两个人狭小而温暖的世界里。他嗅着她头发上散出的栀子花的香气，悄声在她耳旁吐出一句："这是我一生最惬意的日子。"阿萍抬起头，试图从他的目光中寻找一丝夸张的神情，没有。他是那么安详沉静，唯有两颊带着一点年轻人的红润，这在花白的鬓角下显得格外动人。

　　只有夜晚不眠的时刻宁周义才一个人度过。这段时间他在书房里磨蹭，除了阿萍为他送去一碗甜羹，再无别人打扰。他不再像过去那样频频出入半岛地区的几个城市，除了去一次南京和东北，没有到过更远的地方。但这个特殊的时期快要结束了，它的一个主要标志，就是一个外号叫"蜂腰姑娘"的机要秘书的到来。这个姑娘不苟言笑，最初出入这里时没有引起阿萍的注意，但后来她在男人屋里越呆越长，终于让其不安起来。"蜂腰姑娘"是从南京来的，能说一口流利的英语，偶尔穿上军装，漂亮得让人不敢正视。她是那种落落大方的姑娘，好像从一开始就不打算隐瞒什么。不过这个姑娘究竟是他刚刚结识的，还是早有来往，阿萍却无从判断。宁周义的目光变得热烈起来，这使阿萍的胆子也大了许多，终于在"蜂腰姑娘"离开后问了一句："老相好吗？"宁周义摇头："以前只在会议上见过，五年前吧。""哎哟，五年前她还多么小啊！"阿萍惊呼。宁周义再次说明："只见过一两面。""那她就追过来了？""不，她在做自己分内的事。"阿萍笑出了眼泪。

后来，"蜂腰姑娘"在宁周义外出的一些日子里向阿萍道出了一切。她说："在这样的乱世，一个女人除了好好爱一个男人，还有什么事情可做！"阿萍不由得点头，但马上又回了一句："是的，大概我们宁先生和你想得一样。他再也无心做别的事情了。"阿萍认定这是宁周义一生里唯一的一次艳遇，不仅原谅了对方，而且尽可能地给予理解。不知为什么，她觉得这很像一个热血男儿征战前的一场豪饮——她在内心里为这样的比喻而惊讶。她夜里睡不着，每逢宁周义不在身边时就要泪水潸潸。

宁周义与"蜂腰姑娘"在一起的时间不多不少正好一年。一年之后的春天，正午时分，阿萍发现宁周义在二楼拐角的小厅里喝茶，一抹阳光照在花白的头发上，整个人显得如此衰老。正在她凝视丈夫的时候，又发现那只端杯子的手有些抖，好不容易喝进嘴里的水也顺着嘴角流下来。她"咦"了一声跑过去，为他揩去脖子上、衣襟上的茶水。大概他是走神了，不过显而易见的是，这个人正在迈入老境，虽然年纪还没有那样大。阿萍的泪水哗哗流下来，宁周义的大手一遍遍抚摸她的头发，自语一样说："这一切该结束了。"她不知道这指了什么？指与"蜂腰姑娘"的关系还是其他？她不知道，只是有些惧怕。

不久宁周义就开始打点去半岛的行装了。阿萍原以为丈夫是要回一次老家，于是要求与他同行。谁知男人摇头，很干脆地否决了。她不知道丈夫正谋划一个大事，要亲手在半岛组织一支队伍，并取得了重要派系的支持。他认为等待和观望、以及颓丧的时间已经够长了，一切都该有个了结。他就像一个杰出的演员开始一场告别演出一样，对场地、行头，一切的一切都准备得格外用心。经过了这一场，他真的就要退出人生大舞台了。阿萍发现宁周义在出发前的几天里又变得生气勃勃了，在分手的前夜甚至又恢复了十年前才有的温存，一遍又一遍地吻她，在耳边说着一些无法听清的絮语：啰唆而又甜蜜。

就这样，漫长且又急促的半岛之行开始了。宁周义一生不愿接近行伍，但却是一个满腹韬略的人。他这次不可避免地卷入了可怕的争夺之中，并在整个形势处于劣势的局面下取得了令人惊诧的成功。不过一场冤仇就此结下，对方放言：总有一天会把他活宰了。宁周义说自己从来没有私敌，对方既然如此，即说明这些人是怎样狭小的器局，即便得了江山也不会有什么作为。他自己是个彻头彻尾的悲观主义者，对自己的事业也早已不抱希望。他常说的一句话就是：知其不可为而为之。他最喜欢的一个诗人是自沉汨罗的屈原，有一段时间竟亲自动手把厚厚的《楚辞》译为白话诗。他钟爱白话诗，却对当时流行的一些白话诗人嗤之以鼻："哼哼呀呀的，总是没有来由地激动。"他对阿萍夸张地念出一些句子："'啊，女郎！女郎！我的女郎！'"他念着念着大笑起来，笑弯了腰。阿萍问怎么了？他说这些诗句让他走神了，他想起了一个谐音：女狼。他说还想起了另一个词：色狼。阿萍说：你多么顽皮啊。

宁周义对阿萍的爱是无法言说的。人世间有这样的理解和给予，真是让人嫉羡。对此李家芬子是铭心刻骨的。她作为结发夫人有理由在心里把阿萍打入十八层地狱，但最终还是感动多于嫉恨。她在最后的日月里甚至喜欢上了这个身材娇小的女人，唤她"妹妹"。但李家芬子隐隐觉得，自己的丈夫如此长久地迷恋而不能自拔，总是不祥的。她担心丈夫有一天会因为这种沉迷而失去清晰的计算，落入什么险恶的陷阱。

李家芬子估计得不错。一个长期孤寂的老女人往往会有特别的预感。那年春天阿萍被一支武装用计软禁在东部一座城市，以便吸引另一个更大的猎物。一般来说这种险境是不难预料和判断的，可是宁周义这一次竟直奔陷阱，结果只能是束手就擒。

那是残酷的战争年代，一拨人草率地结束了宁周义的生命。而这个生命曾经是那样地杰出。他严厉地磨炼自己，准备做一番无私无畏的大事业。但一切还是化为泡影。这是那个年代里数不清的悲剧之一。

宁缬　　她是李家芬子的亲生女儿，宁周义唯一的子嗣。她常常因为有一个俊美的少年宁珂喊自己姑姑而兴奋不已。宁缬算不得一个美丽的女人，也不够时髦，但就是格外惹人注目。她长得高大健硕，面庞阔大明亮，眉眼疏朗，常常咧开很大的嘴巴里露出一排雪白整齐的牙齿。大概因为过早地离开了李家芬子，父亲宁周义又没有好好管束的缘故，她在十六七岁的时候就长成了一个泼辣女人，成为宁周义的一块心病。当时她看上去已经十分成熟，身高在一米七以上，胸部高耸，两腿粗壮，最爱穿一双高筒皮靴。

当年的艳俗画报已经在私下流传，让宁缬手不释卷，并将其中的不良女子奉为楷模。她常叹没有遇到一个上好的摄影师或洋画匠，不然自己的身体也会大放异彩。她有一次在阁楼上孤芳自赏了一会儿，然后就连声喊起了宁珂。宁珂一踏入这间脂粉气逼人的屋子就看到了一个半裸的姑姑，抬腿就往楼下跑去。宁缬不失时机地喊了一嗓子，他略一犹豫，就被对方一把逮住。"姑姑让你干点什么也敢偷懒，你的胆子可真够大的。"宁珂低头咕哝："我一会儿再上来。"宁缬在他的额头亲了一口："你这个小嫩孩儿早晚被人一口吞了。"她从一旁取出一个器具，宁珂认出是一台照相机。"来，快给姑姑按按快门儿。"宁珂只好依从。这一次他从镜头里仔细看了她的肉体，想起了书上说过的一个词："尤物"。他咔嚓一声按了快门，手冻得像冰。

那天阁楼上的宁缬亲了宁珂的额头三次，还张开血盆大口吓唬："快走吧小嫩孩儿，姑姑火了一巴掌把你打杀！"宁珂逃离火场一般跑下楼去，身后是一阵哈哈大笑。宁缬对着镜子扭动，高一声低一声说："小生这厢有礼了！"她后来穿上衣服，下楼扳住阿萍的肩膀，故意叫着"阿猫妈"："阿猫妈，你说我多大嫁人才好呢？"阿萍并不气恼，因为已经习惯了。她知道只要宁周义不在，这个胖女儿什么都敢做。她说："那要你爸同意呢。""我会偷着嫁人的。说不定我会一口气嫁上仨俩的。"

宁缬很快喜欢上了一个黑瘦的青年军官，因为她被对方摘手套的动作迷住了。有一天她跟他走过了三条街，最后缠着他进了一座影院，然后就是深夜不归。黑瘦军官是一个副司令的公子，那一阵正要去国外出一趟公差，宁缬硬是不让他走，嚷叫着："你一走我就死了，肯定死了！"她把他的嘴唇咬破了，认为对方无法带伤出门。可最后年轻军官还是走了。宁缬在阁楼上大睡了三天，第四天浓妆艳抹出门去了。她对阿萍说："阿猫妈，我这个人哪，现在一天不恋爱都不行！""孩子，这会出事的，你哪知道世道是怎样的坏啊！"阿萍不是疼惜这个早熟的女子，而是为宁周义难过。宁缬嚷着："我是生不逢时啊！"她一扭身子走了。阿萍盯着她的背影说："不，你正是乱世的孩子。"

宁缬唯一惧怕的人就是父亲。因为这畏惧，只要宁周义一回家她就要找个借口出门。她有时说要跟人学画、学琴，甚至是学拳术；有时又说要去找人学洋话、学马术、学黑白棋，最后却什么都没有学会。有一阵宁周义因为大半时光都是在家里度过的，宁缬就说想母亲了，然后真的回了山里的宁府。在李家芬子身边的宁缬是绝对自由的，她既撒娇又撒野，母亲对这个长年不在身边的亲骨肉不知怎样疼爱才好，已经顾不得忧愁。她夜里摸到女儿的睡床边抚摸她，她就嚷："痒死了烦死了！"李家芬子拍打她，有时在旁边搂她一会儿，她索性用被子蒙了头。母亲抚弄着她说："我孩儿大瓜一样滑胖，我孩儿吃下了什么山珍海味啊。"宁缬在被子里大声叫道："谁都喜欢摸我。男的说我是大老虎呢！"

在宁府期间，她几乎同时爱上了两个人：一个是护卫宁府的那帮士兵的头目，一个是活动在半岛地区的宁珂战友。卫兵头目骑大马穿皮靴，在马背上驮着宁缬往河滩茅草地上跑，结果惹出了极大的怨愤。有一天河边林中打出了猎枪霰弹，两人虽然毫发无伤，还是把他们吓了一跳。护兵头儿后来得知宁缬与另一男人的关系时，就提出了一个令人吃惊的了结办法：决斗。结果在河滩丛林后面真的发生了一场残酷又洋派的杀戮。那一天宁珂正好受叔伯爷爷之托去老家找姑姑，得到消息一起往出事地点跑。他们刚刚跑到林子边上，就听到了一声钝响。穿过林子，发现卫兵头儿躺在那儿，额头侧面有一个小小的血洞，整个人像睡着了一样。

另一个男人就是宁珂的战友。在宁缬所有风卷残云般的情事中，唯有这次爱恋显得深刻非凡。她因为这个男人，死活不听宁珂规劝，绝不离开宁府。而这个男子是那支革命队伍中数一数二的情种，无论多么正气无邪的女人，只要与之相处一会儿就由不得要心动。他这个人与其说是风雨年代的战士，还不如说是一个烽火恋人，更宜于慰藉战场上那班凄凉的心情。有一个女首长听说了他的一些事迹，半信半疑地要亲自考察一番，结果同样坠入了情网。"如果他能够再坚强一些、如果他具备一定的理论素养，那就更好了。"事后女首长这样总结——谁也不知道她是什么意思。

宁缬每次与决斗中胜出的男子在一起，总要让他的一身伤疤吓住。"老天，这青一块紫一块的，你受了多少磨难啊！喂，女首长好吗？"她睁着一双亮晶晶的眼睛问他。他使劲绷着嘴唇："首长哪儿都好，就是嘴里有一股死老鼠味儿。"宁缬哈哈大笑。他严肃地说："我们是讲究'下级服从上级'的。"宁缬说："大概有了你，我这辈子再也不会去爱别人了。"他对这个丰腴的肉体感到一阵阵的惊诧：火红的肌肤一天到晚热腾腾的，就像刚刚出锅的发糕；粗粗的长腿毫不显得臃肿，臀部极像一匹骒马。他说："你知道我不是一个安分的人，可我还是得说，我从来没有见过你这样的好东西。为了你，除了革命之外我什么都可以拿来交换。"宁缬瘪瘪嘴："就拿'革命'交换不行吗？""别胡闹了，这怎么行！"他一挥手断然拒绝。

宁珂的战友说到做到，后来是因为一个突来的任务不辞而别的。为此宁缬痛不欲生，一遍遍质问宁珂人哪里去了？是不是被侄子藏了起来？宁珂说那人工作的性质就是这样的，到底去了哪儿谁都不能说，因为这是革命的秘密！"我恨死'革命'了，我跟你们势不两立！"宁珂冷冷地看着放荡的姑姑，说："我劝你还是不要这么反动吧！"宁缬吐一口："呸！"宁珂再次劝她快些回到城里，并用叔伯爷爷的威严压制她，她却始终昂着脖子："现在不是过去了，现在我什么都不怕了。"宁珂明白，姑姑这一回真的是无可救药了，也稍稍有些感动。

宁珂那一次失望而归。他万万想不到的是，这竟是他和姑姑的最后一面。后来战事吃紧，宁珂到了队伍上，一直在山区和海滨小城之间奔波。这期间他连宁周义和阿萍奶奶都极少见到。一年之后，他听说宁缬失踪了，跟一个谁也不认识的什么人去了南方，音讯全无。他再次惊异于这样的事实：南方对于宁家好像有着神秘的吸引，他们竟然一个接一个地消失在那儿，就像从人间蒸发了一样——他又想起了自己的父亲。

宁珂　　作为宁吉的儿子，一个破落之家的少爷，他的一生常常陷入矛盾的思绪之中。他不知道最初该留在李家芬子身边，还是跟从一路风光的叔伯爷爷走开。从此命运急转直下，他将有一个完全不同的人生旅程了。当他最后遭遇了非人的折磨，不得不在漆黑的角落里日夜沉思时，他想得最多的就是两个字："如果"——如果不是有那样一位迷恋传奇、不得安生的父亲；如果不是发生了那样一场大火；

如果不是有那样一位了不起的叔伯爷爷……他发现在命运的链条上，所有的环节都像事先铸造好了，它们环环相扣，缺一不可。仿佛从出生的那天起，一切都被神灵之手仔细而机巧地安排过了，他只是依照一种既定的道路走下来。

宁珂的磨难大致一分为二，以半岛地区的政权更迭为界。战争年代虽有几次死里逃生，但大致还是一波三折地过来。对他摧残最厉的一次是被捕：在牢狱中，敌人对这个献身革命的少爷格外凶狠，如果不是最后叔伯爷爷出面救助，他肯定要命丧九泉。就是那一次，他算好好领教了什么叫作"动刑"，知道了灌辣椒水的滋味，知道了两个壮汉会怎样轮换抽打一个吊起来的男人。那真是生不如死。但尽管如此，在军队进入半岛首府、轰轰烈烈开进海滨小城的前夕，他受到的致命一击还是叔伯爷爷的被捕。他的一生有一半是系在这个人的身上，而更可怕的是，自己命中注定了要站在与之敌对的营垒中，彼此相互痛惜却又无可奈何。他那时候已经是一个胜利者，而宁周义正等待宣判。

宁珂那一次参加了对宁周义的决审。他知道上级如此安排的深意。在对一个儒雅老人的生死之决中，其实潜藏着更为残酷的另一场验证。整个过程中宁珂脸无血色，生不如死，因为他的脑海里最无法排除的就是阿萍奶奶的面容。他在心里哀求，祈祷上苍保佑这个女人。他知道宁周义手上沾有鲜血，这个人绝无生还的希望。最后的一天，宁珂发现自己的头发一夜之间白了许多。他永远不会忘记宁周义在押赴刑场前一天的面容：安详、慈爱，像看一只小羊一样望向他。他们被应允有一场谈话，但他觉得这时口腔中的每一个字都重得吐不出搬不动。他唯有一个心愿，就是战友们在最后的时刻不要用粗鲁的方式对待这个老人。

　　他相信自己的一部分都随着那一声钝钝的枪响分离了，死亡了。刚刚镇定下来他就想：怎样再见到阿萍。他愿以自己的余生来侍奉她，与她待在一起，永不分开。他做出了这个决定之后连自己都怀疑，怀疑神灵能否给予这样的恩赐。结果不出所料：阿萍选择了南方，回自己的出生地去了。又是南方，它收留了宁家的一个遗孀。

　　对宁珂来说，除了一场胜利带来的欣悦，再就是爱人给予的安慰了。也许最后真的是曲婧给了他生命的慰藉。仅仅是有了曲婧，宁珂才相信今生忍受的任何磨难都是值得的。他永远不能忘记自己的战友、那个叫殷弓的司令员说过的一句话——那是当对方知道了他这段婚姻之后说的——那意思也许压根就没有清晰地表达过，也许只是他的心灵准确无误地捕捉了而已——"一个人竟能享用如此的幸福！你必会遭到报应的，因为这太过分了！"他好像看到殷弓因为这一句诅咒而浑身战栗，脸色发青，那对薄薄的嘴唇都变得乌紫。他当时被触动了一下，但并没有深刻的理解。他实在是被浓浓的爱意给淹没了。当年结婚是需要组织批准的，这使他在期待中变得愈加幸福。

　　他和曲婧的结合既顺理成章又颇为偶然。如果不是那一次使命之行，不是那一次神秘的造访，他怎么也不会结识海滨小城的曲府。满眼的喜悦和惊奇不知从何而来，他只是觉得这座小城太美了，整个曲府像这座古老的城市一样焕发了青春。在与曲予老爷愉快交谈之后的一个下午，他一个人正在园中小径上徜徉，一抬头，看到了花圃中一高一矮两个女子。那高个子姑娘让他不敢盯视。他装作去看天上的彩云，把头转向一边。

但后来他还是忍不住深深地瞥了一眼，然后慌慌走开。在一个侧门那儿，他差点与一个男仆撞个满怀。"哦，我打听个事儿，那高个子姑娘……"男仆说："她是小姐嘛。"原来那个让人再也无法忘怀的女子就是曲绪。回忆那个场景，他总觉得那会儿看到了一只洁白的鸽子：全身没有一丝污痕。空中有淡淡的、簇新的白玉兰的清香。

他与曲绪结合了。组织上让他们在东部城市的一所陈旧的木楼里度过了最幸福的时刻。他做梦也想不到的是，后来就是在同一座木楼里，有人设计诱捕并软禁了阿萍奶奶，从而让宁周义踏上了不归路。

海滨小城解放之初，殷弓和他成了最繁忙的人物。但他们已经不在同一个部门了，殷弓仍然是驻军的头儿，而他则转到了地方，出任城管会的三号首长。几乎没有时间和曲绪待在一起，那个寒冷逼人的冬天，他不记得有多少个夜晚是在办公室和衣而卧，一睁眼就是满窗的冰凌。也就是在这些日子里，他开始慢慢体味殷弓那句话了，那句关于婚姻的诅咒。

曲府的磨难和宁珂的磨难连在一起。他想不到自己这一生会被自己人——被胜利者关进牢中。伴着胜利的凯歌，是他的阵阵哀嚎。那实在是无法忍受的痛苦，这痛苦无边无际，一度淹没了全部希望。这时没有了殷弓的声息，也许对方只需轻轻一句，一切也就完全不同了。他企盼着来自战友的一声呼唤，可是无声无息。他面对着沉默的石头。深夜他想着曲绪，一阵阵心痛。他害怕妻子等不到那一天，怕她因绝望而白了头发。他无法想象曲府怎样度过这个春天。

好在他入狱时曲府老爷已经不在人世了。那同样是一个悲惨的故事。

翁婿两人最后的一段日子颇不愉快。曲予固执地维护自己的几位朋友，而宁珂却认为其中的某些人是危险的敌人。"你的证据呢？"老人问。宁珂脸色铁青，因为这时候任何分析和辩解的言辞老人都听不进去了。他曾试着跟踪过一个叫"飞脚"的人，还挥枪打落了他的礼帽。这个"飞脚"是一个地下交通员，岳父在晚年简直被他迷住了。当宁珂把那只带洞眼的礼帽放到曲予面前时，老人仍然不以为然："这种礼帽满街都是。"他说着拿起来放在鼻子上嗅了嗅，大约是想从洞眼上闻到一丝硝味儿吧。

从那次交谈直到老人惨遭暗算，"飞脚"一直没有出现。宁珂在牢狱中不停地琢磨这个人物，心想出狱后必须做的，就是花大力气查访这个神出鬼没的家伙。他当时不知这是多大的奢望，不知一旦进了自己的监狱，一生都会失去自由。

那时除了计划查访叛徒，宁珂狱中还在不停地想着阿萍奶奶。他决计有一天要跋涉千山万水去南方。这条路线极有可能是父亲当年走过的。他要亲手揩干她的泪水。时间在回忆中闪烁流逝，一眨眼十年二十年过去了，亲人一个个都散开了、消失了。而近在眼前的时光才是缓慢难熬的，他也不知道这样的囚禁生活会持续多久。他恐惧自己队伍中的某些人，并为这些人的出现而深感惊讶。他不信这是真的：自己的营垒中原来也汇集了最卑劣最无耻的人渣。这些人渣葬送了另一些人，接着还会葬送全部的希望。不信等着瞧吧。

李家芬子　她嫁给宁周义时刚刚十七岁，是个粗手大脚的女子：宁府选择女人是要小脚的，她的一双天足却被相中了，真是怪事。她脸庞俊美，身量高大，由宁周义的母亲一眼看中，说一声"好个婆娘哩"，没过几天就被花轿抬进了府中。宁周义小她几岁，长得细瘦，高挑个儿：她做梦也想不到五六年后丈夫会成为那样的一个英俊男子，更想不到最终会成为主宰她命运的人。因为她在威气森森的宁府里低声下气是一回事，在婆母沉沉的目光下头都不敢抬是一回事，与小夫婿单独一起时又是另一回事了。入夜，她把瘦弱的夫婿搂在怀里，两只粗壮的胳膊把他松松地环住，东歪一下西倒一下，像是将其放在一个摇篮里。宁周义十分羞涩，从开始到最后都是如此。他好像无师自通地弄懂了许多，只不过羞于实践。他像面对一个介乎母亲和妻子二者之间的奇怪角色，有时亲昵地、直愣愣地盯着她两只高大的乳房。他吸吮却得不到奶水，得不到记忆中芳香甜美的馈赠，这不禁使其失望中倍生恼恨，于是发狠地亲吻起来。他扭动着高大的妻子，不知是撒娇还是发泄，反正只一会儿就热汗涔涔地睡着了。李家芬子皱着眉头笑了，伸手抚弄他湿湿的、圆圆的脑壳。她依旧抱着他。

有一阵宁周义像个尾巴一样跟着李家芬子，他们之间的主从关系是非常清楚的。这使母亲十分不快。老太太把儿子叫到屋里训斥说：你是宁家的男人，你才是这里的主心骨，她要好好服侍你才是。宁周义点头，心里说：她好着呢，她服侍我已经够好了。宁府里都知道少爷有了一个依赖的女人，这个女人真是人间一宝啊：敢说敢做，头脑开明，两条腿像大马一样在府中踏来踢去。她甚至打破宁府多年的规矩，走出大门，一口气登上山峦，要看看长工的活计、看看一年来的收成如何。她站在烈日下连个斗笠也不戴，只让太阳把脸庞烤成红薯的颜色。她从太阳底下归来时总有一股烧熟了的玉米香味儿，这使宁周义迷恋不已。丈夫一年之后总算是长大了，能够毫无拘谨地坐在机凳上让媳妇为他洗脚。他偶尔从上往下端量她分得齐整的头缝，看她胸前那两个为未来的生命准备的永恒的面包。他没有去抚摸她的头颅和肩膀，因为这时候他已经有了一个男人的矜持。

李家芬子在婚后最初几年里用完了一生的荣耀和自豪。她在日渐衰老的婆母那儿，在一院子唯命是从的仆人那儿，都成了一个有尊严、有魄力的人物。她甚至发现了一个女人尤其需要一个小一些的男人，这样的男人会使她更加自信。她在一切方面都增加了居高临下的感觉，不仅好为人师而且无愧无悔。想想看，宁周义以一个少爷之尊都要依从她、恳求她，何况是他人？李家芬子这些年里胖了，壮了，但个子没有更高。出人意料的是那张脸，白中透红，还出奇地细腻和鲜艳，就像桃子一样，有一层难以察觉的粉茸。有一个在宁府服务了二十多年的男仆有一次不小心离得太近，看着这张脸，竟然两手哆嗦长时间不能聚神。而这个男仆是出了名的拙笨，从来不动声色，没有一点男女私情。李家芬子当时看在眼里，若无其事。

她是在当家的老太太十分衰弱的日子里怀上一个孩子的。宁周义这时候添了出门求学的心思，觉得待在妻子身边稍稍有些烦琐。他不敢违抗她的意旨，只要是她的话，他一定是依照着做下来。"快些，咱要有个孩子啦。""嗯。""我想要个女孩。""那就女孩吧。"这样努力了一年左右，连老太太都急了。老太太被扶到儿媳屋里，撩开她的衣襟看了看，又伸手丈量着什么，按按肚脐。李家芬子咬牙，咳嗽，脖子都红了。

宁周义出远门求学了。这一走将改变一切，尽管他自己对那个前景毫无预料。一个月之后李家芬子身上有了讯息，但整个宁府的喜悦并没有传到远方的学子那儿。孩子降生了，报个母子平安，可惜还是晚了三个月。那边的丈夫其实并没有多少激动，因为他正被全新的天地吸引着，那里的一切才使他昂奋不已，有许多时候他完全忘记了宁府的事情。直到孩子一岁多了，扭扭扎扎在花园里学步的春天，宁周义才回了一次大山。因为这时候发生了一件大事：老太太去世了。

葬礼隆重。宁周义发现宁府原来遗留了这么多事情。悲伤过了，忙碌过了，剩下的工作多如牛毛。他发现自己成了宁府的真正主人，而且一时好像还离不开这里——弄不好一辈子都要留在这个深宅大院了。不过他远不是从前那么软弱和依从了，如果不是因为母亲的去世，他会立刻摆脱这片大山，马上就回到那个大城市去。

李家芬子生育之后变得消瘦了一些，仿佛身上的一切特征都迅速转移到了女儿宁缬身上：小家伙出奇地肥胖，活泼欢快，满院都是她稚嫩的声音。宁周义怀抱幼子，喜悦好奇，但目光常常望向远处。李家芬子絮絮叨叨，看着日夜思念的男人，时不时要流出眼泪。"休学来家吧。""不。""宁府交给谁啊？我一个女人家。""我会为你找个帮手的。"李家芬子发现丈夫远比以前有了主见，整个人从里到外都变了。她发现他身子壮实了一倍，唇上的胡茬又黑又硬，夜间脱下衣服，光滑有力的肌肤上播散出一种挥发油的气味。这气味在两年前是若有若无的、淡淡的，而这时浓烈了，直顶人的鼻孔。她哭着拥住他，再次劝他留下、留下做个真正的老爷吧。

结果宁周义只在府中停留了两个月。府中的事情被一一安排，并当场指定了一个忠诚的男仆做了辅佐李家芬子的人，做了"管家"。而后就是分别，是更长的离家。他临走之前把那个比自己年龄还要大一些的新任管家叫到跟前，托付他："这里就交给你了。从你父亲那一辈开始，你们就一直是宁府的人。"男仆感受了无比的威严，差一点当即跪下："老爷放心，我会像爱护自己的性命一样护着宁府。我会照顾太太。"宁周义鼻子里吭一声："她自己照顾自己就够了。""是的，老爷。"

　　李家芬子感激宁周义在最初离开的日子里给了她一个孩子。"小缬子，来妈妈这儿！"她一喊，胖胖的小家伙就摇头摆脑跑来了，像个小狗一样。她亲吻孩子，觉得孩子嘴巴里有一股水仙花的香气。她如今不愿把心思分在别处了，只信任那个男管家。她没有忘记这个人几年前闪闪不安的眼神，但不去想它。她不时要听管家从头禀报一些府里的事情，不过一句也不往心里记。她想丈夫，想远处的一些事情，对这个男人的絮叨充耳不闻。"山上收成比去年减了一成五。城里布店不错。老爷在世时开那个钱庄，如今换了掌柜。""唔，我都知道了。"其实她什么都没听清。

　　宁缬长到十岁了，只见了父亲两面。第三次见父亲时她已经十三岁了，身个已经比二十岁的姑娘都要高大。宁周义这次归来把女儿携走了，他坚持让孩子在城里接受新式教育。"你们都走了，那我还留在府里干什么？"李家芬子问。宁周义摇摇头："你不能离开，你得留下了。"没有讨价还价的余地，眼前的丈夫被外边的风吹了几年，变得出奇地威严，还有点冷漠，说一不二。父女俩走了。李家芬子的头发唰唰变白。

男管家无微不至地照料她，她开始用心听他说话了。

有一天夜里天阴得可怕，李家芬子心里烦躁，就早一些躺下了。刚刚躺下，窗外响起了男管家的声音："太太，天不好了，我让府里人起来搬坯吧？"那是在场院上晾晒的干坯，下雨前当然要收起来。她眯着眼问一句："天怎样了？""一个星一个星的了。""那不是好天吗？""我是说一个雨星一个雨星的了。"她咬咬牙关："你让府里人起来吧。"一会儿她听到了杂乱的脚步声，又一会儿，窗外有闪电亮了一下。窗外又是管家的声音："太太，土坯全收起了。"她像睡着了一样没有吭气。外面大着声音又说一遍，她有些烦："有话进来说吧，别在雨地里干嚎。"外面"嗯"一声，推开未闩的门板走进来。一个大男人走路竟没有一点声音，这让李家芬子心上发慌。男人就坐在床下的硬木扶手椅上，不再说话。她翻动一下身子说："天一阴我浑身的骨节就疼，你给我按巴按巴。"

这个夜晚雨水不小，闪电刺眼，但雷声不大。李家芬子卧在那儿，先是隔着被子让管家按，后来不得不照实说一句："这被子太厚了。"男人不得不掀了被子，结果被又大又白的躯体吓懵了，嗓子吭吭响，两手抖了抖，"哇"一声跳下床去，又跑到了门外。他最后按着胸口进来，怔在床下。"上来呀。好好服侍。""嗯，"他又上床了。这一次他按得又细又准，手都不抖一下。可只一会儿太太就仰躺了，他的手马上又抖了。太太闭着眼，身子颤得厉害，说："治病这事啊，心诚才灵。"男人说："你身上穴位太多了，可咱不敢按哩。""你放心按就是。"男人抚弄到她的乳部时，她"啪"一下打开了他的手。他哭了。她说："哭哭就好了。"他们按了半夜，彼此都哭了。不过她没有发出哭声。最后两人又坐了喝茶说话。李家芬子说:"老爷走时把宁府托付给你,算是没输眼力。咱这是宁府啊,不能像牲口一样。主人就是主人,仆人就是仆人。"管家深深点头。

后来的日子里,只要天阴了管家就进太太的屋子给她按一会儿,太太尽管只穿很少的衣服,可是二人总算秋毫无犯。有时按累了,李家芬子就拿来一些点心分吃,说:"你说咱这是练了哪家功呀?说出来别人也不信,最后你是你我是我。"有一回李家芬子过意不去,也要为管家按一会儿,刚刚伸手去解他的衣服,他就慌乱大叫:"使不得,使不得啊!"她又来了十多年前的霸道劲儿,三两下就给他扯光了。男人硬邦邦的躯体卧着,她这儿捏捏那儿戳戳,随处都抚弄一会儿,说:"多做山上的活儿才能长这么壮实,正经是个'山里老大哥'呢。"她叹息,为他穿好衣服。这次管家离去时说了一句:"俺终身不娶了。""怎么?""俺被你摸了。"

他们单独相聚的时间越来越多了。可是让人难以置信的是,直到李家芬子去世的时候,她与这个男人仍然还称得上清白。这也是她始终能够坦然面对宁周义的原因。宁周义在晚年回宁府的次数突然多了起来,有时候还带着阿萍。李家芬子对阿萍这个南方女人的好奇心大到不可思议,总想从暗处探听一些秘密。她总是说:"咱男人,咱老宁啊,"说起来就挤着眼,好像要引出对方一番私房话一样。可阿萍的口风很紧,总是尊敬有余,从不对李家芬子嬉笑一句。这使李家芬子嫉恨起来。

不过李家芬子最终还是喜欢了这个南方姑娘,夸她的骨骼小巧、皮肉细嫩;还有,夸她大鱼一样的流线型身廓。"我是老了,身上有股臭皮子味儿；不过我见了姊妹这样的细嫩人儿还是喜欢。你呀，身上香喷喷的，小手不大正好抓宝。周义要是不一口接一口亲你，你就不用理他。这个男人心硬啊，嘴也硬，他有时候一年里不会说一句亲热话儿。当然了，对你又会是另一回事了，我估摸他会像小猫似的，用小抓儿挠你呢！""大姐！""真的姊妹家，我一见你的小舌头又红又薄翘翘着，就知道你们两个亲热起来会没白没黑的。看看我家老宁的身子骨吧，骑上大马就蔫着。以前他可是个帅人儿，在马上颠了一天，从河堤上回来还昂着身子呢！不过你最后总得为他生出个把孩儿来吧，你得让他老来得子，抱着娃娃，摸着娃娃的小脚丫上楼下楼才行，你说呢姊妹？"阿萍不知该怎么回答，脸红一阵白一阵。她瞅着这个已经满头灰发的衰老妇人，突然明白宁缬像谁了。那个胖胖的姑娘有时口无遮拦，说起话来就像眼前的人。她叹了一声。

李家芬子后来与阿萍从心里和解了。因为她总归是要深爱丈夫的宝物。她明白宁周义这几十年里都依仗着这个南方女人——她的无微不至的呵护才好好活下来。既然任何抱怨都是无济于事的，那就不如诚心实意地对待一个无辜的好人。她拉住阿萍的手，在其光滑的后脑壳那儿摸呀摸呀，用尽了柔情。她突然觉得阿萍比自己的女儿要可爱许多，也可信许多——宁缬后来几次归来，李家芬子失望之极：这个女儿长得胖大无比，谎话无边，对唯一的母亲传来唤去，毫无敬重可言。

李家芬子在宁周义最后一次归来时，重温了十八岁才有的幸福。她发现这一次的丈夫返老还童了，懂得亲昵了，老胳膊老腿不再沉甸甸的，一次又一次靠近她，还小心翼翼地捏了捏她那双有名的大脚。他只在家里待了一天，天蒙蒙亮时看着窗子说一句："真怪，鸡怎么还不叫呢？"就是这简简单单一句话，让李家芬子又一次回想了十八岁的短促之夜：又瘦又小的夫婿总是害怕鸡叫，因为鸡一叫她就得离开，起床为一家人准备早餐了。那时宁府的新媳妇不得像其他人一样，不能享受仆人的服侍。

宁周义那次算是一生的告别，告别结发之妻，更是告别宁府。从那以后他再也没有回来，直到死在离老家不足二十里的那条大沙河边上。

李家芬子也随丈夫去了另一个世界——奇怪的是她本不知道那个噩耗，当时只是在门口石狮子旁晒太阳，突然觉得天上黑了一下，然后就直挺挺地躺下了。

大师们　　　"大师"是个洋词儿，不过在当年还是土气十足的，它不过是"大师傅"的省略，起码在宁府是这样。从老老爷那一茬开始，宁府就有一些有趣的人物进进出出。到了宁吉父亲这一代，这一嗜好算是盛大起来了，他不知从哪儿找来这么多身怀绝技的人。这些人不仅有本事，而且十有八九还有恶习，比如说偷盗、通奸、撒弥天大谎等等。奇怪的是只要他们有了一招常人所不及的手艺，宁家老爷就一切皆能原谅，并奉为上宾。他对府里的下人、对后一代，一直这样训导说："见了大师得行礼！见了大师连声招呼也不打？"

山里人一连许多代过去，对大师们的种种行径还是流传许多，故事不断，颇多争执。比如说他们从老一辈听来的事情，虽觉得真假莫辨，但出于对先人的尊重，还是尽可能地信从，一直为大师们的神奇能力申辩。他们这样做的原因当然还有许多，其中主要是对现实的不满：眼前的生活太平庸了，连个能力超群的人都没有，连个"异人"都没有。别的经国大业不用说了，只说割鸡眼这一类小到不能再小的事情吧——宁府当年有个指甲老长、一脸黑灰的家伙，使用一把挖耳勺大小的刀子，在病人的脚上一拨拉，鸡眼就没了。"流不流血？"有人伸长了脖子问讲述者，对方一摆手："流血也不怕，大师有一种白油，往刀口上一抹，鲜血立止。"众人咝咝吸气，他又补充："有一年上我爸和我二大爷一块儿去东山上挑粪，一头黄牛起了性，乱跑乱尥，二大爷力气大哩，上去扭它的脖子，它蹭蹭一蹦，扬起的后蹄甲把左腮帮子弄豁了！老天，血哗哗流啊，这得结多大的疤！你想想，人都破了相了，日后找个家口都难！结果哩？宁家老爷说不怕，喊来了大师，唰一下抹上白油，又把伤口捏住，说一声'着'，再把手拿开，咦，又是大光滑脸儿了。这都是咱自家遭过的险事呀，谁能拿长辈开这大玩笑？"大家都咂嘴磕牙，一块儿信服了。

大师当中的一多半人是不愿洗澡的，所以这些人的显著特征是异味太重。据说人的一些奇能是要附着于肉体的，那么经常冲洗绝不是什么好事情——说不定哪一根弦给碰着了，"嘣"一声断了。乱搓乱洗，这是人类才有的毛病啊！看看那些虎呀豹的，还有猫，噌噌噌一纵无影，它们什么时候一天到晚洗个不停？身上脏腻还有个好处，夏天蚊子叮不进，冬天冷风吹不透。人身上的脏腻就像生命的蜡层，是正经宝贵之物。这一类道理大师们个个皆知，他们对宁吉的父亲传授讲解，一度果然让老爷采纳。于是人们都看到宁老爷总是满脸土痕，鼻子两侧挂着可笑的一片黑灰。可惜这样坚持了没有一个月，就被患上洁癖的夫人骂出门去。老爷惧内是出了名的，这一来他宁可失去一些法力也要每日沐浴了。

一个脏得出奇的独臂大师会看星相、会用手指钻砖。他能从晴朗的夜空里看出大到国家、小到宁府的全部隐私，所以老爷的事全不瞒他，因为试过几次，瞒了也是白瞒。他从星星的位置、月亮的晕圈上能看出宁府人丁是否兴旺、财源是否茂盛，甚至还能推断出一些更细小更幽秘的事情。比如说他有一次将唯一的长臂抬起来，指着老爷的鼻子说："说说吧，说说你那年夏秋在山上怎样干那档子事儿。"老爷的脸抽动了一下，磕磕巴巴问："什、什么事儿？""就是树后边那事儿。"老爷瘪着嘴四下看看，一拍膝盖："也罢，就讲了吧。"老爷就把去年夏天在山上与一妇人野合的事讲了出来，最后说："你知道我是不太情愿这种事的，那一天实在是邪门了。"大师说："这个我能明白。"独臂大师经常用那双无所不知的眼睛盯得府中丫环全身乱抖。其中一个丫环半夜起来烧香，被黑影里那只铁样的手臂擒住，吓得不发一声。

宁府因为有一帮大师，所以生活中的所有难题都迎刃而解。如一匹宝贵的青花骒马难产，府里人快急死了，最后是一个大师从酒醉中醒来，一搓眼跑到了牲口棚里。他在众目睽睽之下干净利落地完成了一整套烦琐事项：先是口中念念有词，而后又在骒马身上东摸西按，对在它耳朵上说悄悄话，还在它柔软的嘴上大亲了一口，然后挽起袖子。老天，他将半截手臂都插进它的肚子里去了。只是一袋烟的功夫，活蹦乱跳的小马驹就出世了。还有一个府中的下人多年抱怨妻子不能生育，求助大师，人家慨然应允。那女人后来腆着肚子，逢人便夸大师如何善解人意，如何没有架子，几乎没费什么大事就让她怀上了。男人眼看着妻子，满面欢欣，差一点掉下泪来。"我怎样才能回报这大恩情哩？"他问大师。大师焦黄的手指夹着烟蒂，眯着眼说："没什么，日后就当成亲戚走动罢。"

老爷去世之初，大师们纷纷不安起来。但这样的时间不长，他们都发现新老爷在许多方面比前人有过之而无不及。比如他除了格外喜好武术火器之类，视野似乎更为广阔，在接手管理大院的第一年就亲自寻来一个变戏法的、一个通晓炼丹术的。一个在当地颇有名望的老中医曾为太太诊过病，看了府中丹炉冒出的青烟，不无忧虑地说："这样的丹丸恐怕是吃不得的。"宁吉对老中医的话极为反感，认定这是嫉妒，为了回敬，就当他的面取出一粒丹丸吞下。宁吉不仅自己服用这种东西，还倡议府中人人都服。好在他并不强迫别人。这样没有半年，宁吉发现自己两眼昏花，视物重影，这才慌慌找到中医。老中医从炼制丹丸的草药金石中发现了一种叫"莨菪"的东西，大为惊骇。

因为宁吉后来更多地出门远游，所以大师们许多时候群龙无首。他们争执不断，打仗斗殴，动不动就拿出看家本事伤人。至于最后那一场毁灭宁府的大火，有不少人断定是丹炉引起的。还好，大火把宁家大院烧了个精光，也烧掉了这群大师们的栖身之所。从此，一些使人留恋的身影从这里消逝了，而且在长达几十年的时光中再也没有出现。

曲府

曲贞　　如果仅仅是翻阅族史，也许会对这个曲府的奠基人物颇为失望。我们当然知道那会是一些什么文字：结实然而干瘪，没有什么趣味。它无非说这个人怎样坚韧和精明，能够准确判断时势，从身居要职的皇上命官到自主自为的实业家，走过了一条怎样的道路等等。这些文字并没有记载他的音容，我们既无法从中得知他的身高，也不知道他生气的样子、笑的样子。

确凿无疑的是，曲贞的发迹与海滨一带的黄金开采史连在一起。根据翔实的记录，最早是战家花园一位回家省亲的京官得知民间采金的事情，于是细细考察，回京后禀奏皇上，这才有了后来"发凿山谷"的敕令。姓战的京官被任命为首位督办，他回来后第一件事就是招募通晓盐铁经济的官吏和商人。曲贞当时年轻，是一位精干的石场主，从小熟悉山脉开采，也就被督办收入麾下。老督办励精图治，凭借超人的毅力为皇上开拓半岛地区的采金业，结果无论在当时还是后来，这里都堪称全国最大的金场。可惜督办积劳成疾，刚踏入事业的顶峰即撒手人寰。新接任的督办是一个宦官，极受朝廷重用却不通实业，在很长时间内难有作为。他只有更多地依靠老督办手下的人，其中曲贞成为最受赏识者，几乎参与了所有重要事项。宦官在任只有三年，离去时对上大力举荐，终于使曲贞有幸在四十岁的盛年做了第三任督办。

督办在当年是怎样重要的角色，今天已难以想象。除了首任督办为四品，宦官和曲贞都是五品，不过这已经是令人畏悚的高官了。当时精通矿业的官吏实属凤毛麟角，自然算得上国之栋梁。曲贞如果在官场上谨言慎行，必会一路春风。但也许是命运周折，也许因为其他，反正他在得意时节突然勒马，从此终止仕途。他辞去了督办一职，转而在海北和南方几个城市兴办铁场和纺织业。此举在当时尽管突兀，却没人视为惊人手笔，倒是引来一片叹息，个个遗憾。

如果翻一翻野史，发现除了一些与黄金有关的美丽传说，如"金娃娃"之类的故事之外，更多的倒是斑斑血泪。民谣说"万两黄金一条命"，其实不仅没有夸大，而且还远远不及。极其原始的开掘方式，不顾矿工死活的官家监工，一切都在吞噬人命。一次塌方、一场溢水，会使上百人死在采掘坑道里。当年恶性事故频仍，督办给上面的奏章却极少如实禀报。朝廷要的是灿灿黄金，不是从远处飘来的血腥味儿。曲贞在六十岁以后正逢清廷末路，以他过人的精明推定，当年想必是有所畏惧。六十改辙，为时不晚，曲贞到底还是识时务的俊杰，引领曲府走上了另一条道路。

从此曲府就变得干净多了。几代下去，人们就会忘记一个督办的残酷，转而谈论的倒是他的仁厚和经营之道。但有一些传说还是不朽的，它们要彻底消逝也难。不过所有的传说总是宽宥高官，而对中下层官吏却毫不留情，一个个都成了凶神恶煞。其实如果督办个个清正仁慈，下面的官吏又怎么会如狼似虎。说白了他们只是不同的虎狼，仅仅是性情有别而已。传说中的那位宦官是白面书生模样，一到任上就擦眼抹泪，因为在朝中看惯了锦衣玉食，突然一派粗粝的大山险壑横在眼前，还有这群面黄肌瘦的矿民，难免珠泪垂落。他在任上不用说大施仁政，一些规矩也改了。曲贞既是他的门生，少不了也是个慈悲人物。

传说曲贞身量不高，仅有一米六几，精瘦坚实。他属于骨骼紧凑有力、肌肉韧壮的那一类，传说早年曾在石场路上赤手空拳打死了一条母狼。要知道一个矿主在当时一般不会独身行路，因为那时半岛西部群山里狼群蹿动，而且还有花斑黄虎。如果一只牲口不慎闯到山里，或是单个山民去了沟涧，一天不见，十有八九就是饲了山兽。山里人知道，最大的凶险是遇到雌性虎狼，因为它们大半为了小崽出来拼杀，势不可挡。所以曲贞年轻时的勇力可想而知。与之不同的是，他娶的妻子却是一位身高马大的人，这因为曲家执意要找一个高爽人儿改改门庭，美丑倒在其次。传说中的曲贞夫人一双大足，一张阔脸。曲贞一生都由这位丑夫人襄助，厮守终生，传为美谈。

传说中对曲夫人的丑大半是言重了。曲府后人个个标致，这就让人怀疑他们会有一个奇丑无比的祖母或曾祖母。口耳相传的故事总免不了夸张，因为说得不堪一些，只会更加突出男人的忍韧和坚贞。的确，在当年动辄三房四妾的官宦那儿，曲贞真是一个罕例。他发迹后不仅没有再娶，而且从来没有绯闻。传说有一个高官在他接手督办之前就起意把女儿许配过去，女儿对曲贞也心仪已久。只是曲贞从未动心。高官委婉相劝，曲折利诱，都未成功。小姐还亲手绣了香囊，一面绣上"心曲"，一面绣上"归贞"，连起来就是"心归曲贞"。她让丫环把香囊送给曲贞，曲贞看了看，就把它装上一颗石子退了回去。小姐弄不明白，高官掂了掂说："他这是说自己'心如顽石'啊。也罢，不识抬举的东西！"

小姐又恨又嫉，一心想捉弄一下这个采金场上的小官。有一天她让母亲设了酒宴，故意请了几对夫妇，其中就有曲贞和他的丑夫人。小姐故意要出对方的丑，就让劝酒的做了手脚，在夫人的杯子里投了醉酒的东西。结果不到两杯，夫人就醉了，呕吐不止，眼也斜了，那模样实在吓人。想不到曲贞一看立刻放下杯子，不顾一切奔过去为夫人揩了脏物。谁知刚刚揩掉，又一口呕吐在曲贞的官服上。曲贞草草擦净，然后向大家作一个揖，弯下腰背上夫人就走了。

曲贞做了督办之后，仍然沿用上一任的怀柔之方，下令所有钻洞子的采金人不得在地下延时过月，而且十天里要有一次肉菜送进洞里。过去的采金人一旦钻进深洞也就等于入了地狱，上边的监工不发一声令，他就得待在下边吭吭哧哧抡锤子，让人一天两次把矿石吊上来，再把食水吊下去。在洞底待的时间最久的，有的可长达三年，如果不是死在洞里，一爬上地面眼也要瞎了。曲贞除了施行不逾两月的新规，还让采金工的妻子十天半月下一次洞子。据说这是丑夫人的提议。丑夫人身高志旺，从不离开曲贞，故深知分离之苦，就让男人颁布了这条新规。这一来采金人个个感激，说："老天，青天大老爷说来就来了！"

曲贞是个笃信命相的人。早在做石矿主的时候，他就找一个算命先生看过。先生拆了他的八字，又捏弄几下头骨和脚趾，提起笔来写下一首五言诗，说："回家看去罢。"曲贞半路打开纸片一看，只见上面写道："腚大脸如驴，爱护莫走失；一生得富贵，袅袅听琴笛。"这时他刚刚二十多岁，并未婚配，所以有些迷茫。想不到转过年来就有人提亲，先是老母亲看了女子，接上又是两人会面。谁知不看则已，一看曲贞心里就洞开了两扇门。原来这个姑娘一如命相先生诗中所言：腚大并高高蹶起，一张脸有些粗糙，长长的真像驴脸。他在心中惊呼：天哪，这就是了。

好像就是从这桩稀奇的婚姻开始，曲贞的命运发生了变化。如果依照命相先生的推定，这位丑大的女人恰是他事业的最好辅佐，其阴阳五行及其他不可言说的一切都在暗中襄助。这些族史上当然没写，唯一能够佐证的，仅是后来发现的曲姓祠堂挂像：有一位夫人端坐大圈椅子上，面貌粗憨，脸膛拉长。由于没有注明这女人是谁，人们也就推断为曲贞夫人。关于夫人的故事多起来，简直要压过了五品老爷。故事中说她是个宽厚的好人，常为苦命的挖金人讨回公道，把那些欺压百姓的监工弄得叫苦不迭。还说她力大无穷，能单手举起一个碌碡，走在山路上遇到个把虎狼，扯着后腿就撕劈了。故事最有趣的部分是渲染她的温柔贤良：别看对恶人和畜类凶狠无比，对自家的小男人却是格外贤淑。她冬天只要一有空闲就为男人捶肩按足，冬夜里还要将其搂在怀中驱寒，半夜起来煮鸡子，凌晨为他做甜羹；说起话来像呵气，哄起人来像小猫。不管人前人后，只要听到半句不利于男人的话立刻恼怒。

最感人的是后来曲贞做了督办，她瞅着穿了官服的男人模样俊美，于是自觉粗丑，不便陪伴他到人前去，就三番五次提出纳妾的事。曲贞拒绝了，她就从坊间寻得一个面容姣好、能画梅兰竹的小女子领到府里。当时只说做个勤杂，实则华衣美食供养着，只想寻个机会推给老爷。曲贞开始并未理会，后来悔恨不迭。说的是一日黑灯瞎火，夜近三更，曲贞酒醉后摸上卧床，亲亲热热睡去。醒来时已是满室通明，小女子一丝不挂偎在一边。曲贞慌慌跳起，这才看到夫人早在厨间熬好了甜羹。小女子穿好衣服坐在床边，曲贞呆傻了。夫人牵上小女子的手说："如此这般，老爷就不能再变了。"

无论怎样，反正结局还是那样，曲贞一生只有一位夫人。

他成为站在源头上的不朽者——纵观历史，几乎所有的大家族都有这样的一个人物；也正是因为他们的存在，一段不平凡的历史才能存在，也才能开始。

老爷　　这里说的"老爷"是曲贞的孙子。也就从他开始，曲府里的人物才在族史中变得更加清晰和可信。而曲贞父子多少都有点模糊不清，只能更多地依赖传说。到了老爷这儿，一座曲府才无可置疑地矗立在海边小城里，从此这个府第的一切才备受关注。有人曾比较过平原上的两个富豪——战家花园和曲府——哪一个更为显赫？从记载上看，战家花园出过京官，兴盛的时间更早一些；而到了曲府老爷这一茬，两家好像就难分伯仲了；再到后来，也许曲府的底气还要更足一些呢。战家花园名声低落，主要是因为几个男人远走他乡，甚至去了大洋彼岸；而曲府的后人都把功夫用在海北或江南的几个城市，有切近的业绩。

就从老爷这一代开始，曲府走入了鼎盛期。这个时期只有大山里的宁府声望依旧，但那里的基业实际上已经一分为三：因为"鸡蛋不放在一个篮子里"，宁府深居大山，虽然经受几番风雨，却仍然屹立着。曲府老爷是个极有城府的人，少言寡语，谋事稳妥，审时度势不失一着。他在五十岁之前即将城里的产业整饬完毕，处置了本来就不多的地产，可愈加专心于城里的事业。

从前的曲府是百分之百的中式建筑，内部修饰更是古香古色。到了老爷手中，他试图改变一下。他毕竟见多识广，领悟一些洋人技巧，对抽水马桶和沙发之类十分赞赏。所以在后来的曲府可以看到中西合璧式的设置，家居装饰既有硬木桌椅，又有皮面沙发；有传统古玩字画，又有新购的西洋油画。老爷五十岁以后甚至读起了翻译小说，口中常常咕哝："安德烈氏……"

老爷活到这把年纪似乎更为晓悟人生奥秘，从此不再苦苦奔波，海北江南的事业只让别人打理，自己把大半时间都用在这座海滨小城，热心于改造年代久远的曲府。他开始重视它的下水系统，一口气整治了半年才稍稍满意。原来的厅堂摆设如此老旧，拙笨土气，以前竟从未发觉……一切都花去了他不少时光。一年折腾过去，府里的人都松了一口气。老爷从此真的足不出户，除了每日里读读书、打打太极拳，再就是逗弄园中的几种动物。他亲手把府中的书房扩大了二三倍，所有最新印出的书籍必须及时纳入。他好像对生意事项愈加厌烦，一本本账目都翻得潦草，有时甚至推给下人。太太不放心，但从来不敢多问。

太太最幸福的时刻就是听男人讲一段西洋故事，或看他在宣纸上用功：大字写得越来越多，尽管别人都说有个模样了，本人却极不满意。他让夫人学梅和兰，让丫环们学古琴。一杯清茶是他的最爱，每逢阴雨天里还要喝一杯咖啡。"这物件属于燥品，"老爷指着咖啡说。谁也不知道他的依据是什么。他认为只有在水中舒展如新的绿叶才是滋养阴气、含蓄安静的东西，能让人坐下来品咂光阴。与咖啡的道理一样，他觉得西洋书籍、器具，如皮面沙发之类，都是"燥品"。由于曲府地处海滨，里面添置一些"燥品"当是必不可少的。老爷由此得出的一个结论就是：曲府之所以许多人面容不舒，腰腿有疾，主要原因就是阴冷有余，湿气太重，缺少平衡阴湿的"燥品"。所以他才要疏下水、开窗户，一口气捣烂了二十多扇又窄又小的木格子窗，让木匠换上了光明大亮的玻璃洋窗。

有了咖啡，老爷几乎不再吃曲府常备的一些药丸。这些丸子都是太太信奉的一位老郎中搓成的，据说可以防寒湿，让人不长骨刺。曲府里的上一代起码有三四个人为骨刺困扰，本来是五脏六腑都还健康，只因骨刺作祟，萎缩颓丧日甚一日，最后整个人都垮下来。种种弊端在老爷这里化繁为简，一句"阴湿"，所有的毛病都打发了。老爷的见解是一回事，曲府里崭新的气象又是一回事：所有人都发现府里到处变得明亮了，而且廊里厅堂，时不时飘出好闻的咖啡香气。去过曲府的客人都说：那就是不一样啊，府里有了"阔匪"！开始这样说时，外面的人还以为是府中召来了一个手脚大方、气度非凡的怪异人物，后来才知道"阔匪"指一种深色液体。"那颜色呀，就像酱油一样。"许多人为了试一下这种饮品的滋味，极想做一回曲府的客人。

老爷晚年既是一个变革者，又是守旧的大家长。他的威严日益增加，一切都在不动声色之间。府中所有人都能感受到老爷无所不在的气息和声迹，他的目光、呼吸和脚步。这使他们备感拘束。因为五十岁以前的老爷忙于外边的事情，府里基本上是夫人统辖。那是温厚、滞涩、拘谨而严格的礼法，以及诸如此类的奇怪组合。现在则不然，老爷只用了一年多的时间就把这一切全部改变了。府中最得力的几个仆人，如一直侍候在太太身边的闵葵，在府中默默劳作的清淉，都在努力适应这一变化。

老爷对下人的宽厚有口皆碑。海滨小城里的人说：谁能到曲府做事，那大半是前世修下的福分。他们看到从曲府出来的人，无论主仆，都穿得体面时新，颜色和怡，举止安详。人们无法设想这座小城如果没有曲府会沦落到怎样的地步。小城人从来引以自豪的，一是有一个通航的海港，上面泊起的白色客轮真是漂亮极了，那昂昂的汽笛声简直就是在骄傲地宣示什么；再就是历史悠久的曲府了，那一片建筑内有着多么神秘的包容，连围墙后面透出的玉兰花树都在喻示和展现独一无二的昨天。在整个平原甚至半岛地区，几乎所有的新鲜物件都首先收集在曲府，而后才陆续出现在其他地方。显而易见的是，这儿文明的节奏因为曲府的存在而大大加快了。人们私下里常常自问自答：半岛地区谁的学问最大？当然是曲府老爷。"老爷还戴了金丝眼镜呢，怀表也改成了手表。"

　　老爷还有一个得意的儿子曲予。他一直被置于最好的管教环境，从小跟在老爷身边，稍大一些又送入新式学堂。有一天，老爷与回来休假的儿子谈论"安德烈氏"，发现对方懂的比自己还多，稍稍招惹一下即大谈北美洲开拓史，谈法兰西大革命，有说不完的天外传奇。老爷十分满意，只是板着脸，转而让其背诵诗书章节。少爷面无难色，不仅口气流畅，而且接下来的诠释也好。老爷心花怒放，盯住儿子新式学生装的铜纽扣看了许久，让人端来两杯咖啡。"断不可被洋物风化，这些你须记住。"少爷点头。

　　老爷在儿子整个的休假期间大致还算愉快，只是看他动手为一个西洋诗人塑像、忽发奇想调弄泥巴时，才不得不出面制止。这引起了儿子的极大不快。老爷当时预感到，一旦曲府易手，不可避免的一些变故就要发生。没有办法，这是时代风习，无论曲府愿意与否，结局将无可逃脱。他只希望儿子不要走得太远，希望他能够有所恪守，尊行一些不变的礼法。老爷的这些忧虑越来越重，最后终于变得忍无可忍了。

少爷这一次触犯的是曲府的大忌。他竟然爱上了一个叫闵葵的女仆。这首先使老太太怒不可遏，继而让老爷大失所望。与儿子的谈话无法正常进行，其他办法也无济于事。事实上当一种威严被冒犯之后，一切也就无计可施了。也许因为绝望，一生善良仁慈的老太太才使出了狠毒的一招：一槌击中了闵葵的头部。

闵葵昏迷了许久。那简直是一次死而复生。少爷的心却由此横下来，与闵葵双双出逃了。

这是老爷一生遭受的最大侮辱，也是老太太无法接受的一次打击。他们从此走上了末路。

太太　　她的美貌在海滨小城是出了名的，谁都知道曲府中有了一个天仙，但真正见过的却很少。当年老爷在外面自由恋爱了，府里则为他挑选了一个儿媳。老爷当时正在海北做事，自己相中了一个满族姑娘。姑娘贤淑端庄，漫长脸上生了一双媚眼，让老爷无论如何受不了。他们私订终身的时候，那边的曲府传过话来了，让年轻的老爷快回去一趟罢。他似乎有个预感，告别那天两人几乎一夜没睡，就在庭院里走走坐坐，伴着一轮明月。当时年轻人个个腼腆，他二人以前连手都没有碰一下，这一夜也迟迟不敢亲昵。眼看公鸡叫了，天一亮他就要上路了。两双手好不容易扯到了一起。姑娘叮嘱：快去快回啊！老爷说：嗯。他们手扯着手一动不动。后来姑娘一晕，老爷只好慌慌抱住。她呼吸急促，双目紧闭，他差一点给吓坏了。突然，她睁开那双媚眼笑了。他们在黎明时分第一次接吻。老爷问："你怎么长这么好看啊？而且，古里古怪的模样。"姑娘说："实话告诉你吧，我不是满人，也不是汉人。我是'老毛子'后人哪，俺爷爷是'老毛子'。""老毛子"就是俄罗斯人，这让老爷咝咝吸了一口凉气。他伸长鼻子在她的腋下颈下嗅着："真怪，你没有狐骚气，听说'老毛子'都有狐骚气。""'老毛子'和汉人生下的孩儿最好呢，不信你就试试罢！"老爷说我这辈子非要试试不可。

老爷回去了。他做梦也想不到这边为自己准备了一个怎样出色的姑娘。父母相中的儿媳是平原东部一个镇上的，从小跟父亲在江南过生活，不仅会说一口软软的南语，而且还识字。她的皮肤也像南方人一样粉细娇嫩，一双大眼黑得让人心跳。小巧的鼻梁，深长的鼻中沟，沉默无语，坐在那儿又稳重又端庄。她的个子没有海北姑娘高，还稍稍嫌胖了一点。整个见面的过程她没有说一句话，只是在两人分手时瞥了年轻的老爷一眼。

尽管后来老爷一千个不愿意，也还是忘不了那一瞥。他对父母流泪相诉，说自己无论如何不能娶这个姑娘了。母亲问："她不好吗？""不，是个好姑娘。不过……不过我答应了'老毛子'的孩儿，我要返回海北。"父亲一听怒火中烧，一拍桌子喝道："大胆孽子敢私订终身！"年轻的老爷赶紧跪了。他心里一直闪动着那双妖媚的眼睛。曲府主人当即决定：这一次他不能走了，不圆房就别想回去。年轻的老爷哭了一夜，一遍遍呼唤着海北姑娘。没有办法，那就圆房吧。

新娘在头一个月里几乎没有开口说话。年轻的老爷由惊讶到好奇，有时一直盯她半天。从开始的拘谨到后来的亲昵，他发现对方总是不应一声。她似乎使用了一种特异的手语，从爱抚到其他，无一耽搁，只是没有一句语言的沟通。"多么怪啊，哎呀曲府真是娶来了一个聪明的哑巴。"他注意到了妻子的机灵通透：心里无所不晓，只是羞于表达或故意回避而已。有一次他实在忍不住，不得不在半夜举着灯火照遍了她的周身，发现她浑身无一瑕疵；然后他把灯火搁在近处，伸手扒开了她的下颌。他取了一个竹板压住了她的舌头，认真地查看口腔，像一个老练的大夫那样。这一次她吃吃笑了。"真的哑巴？"她笑着摇头。这一夜他们何等恩爱，但像过去一样，她还是没有说一句话。

一个月过去了，年轻的老爷对新娘爱恋愈深，一半因为绝望，一半因为甜蜜，竟然很少想到返回海北。正这时从海北回来一个伙计，悄悄告诉了一个消息："老毛子"姑娘等不下去，已经嫁人了。年轻的老爷默默流了一会儿泪，没发一声。突然有一只手在他的背上抚摸，一回头：是她。"难过吗？"老爷一下跳起来抱住了她："你终于说话了！"她为他揩干了泪眼："让我们从头开始吧！"

从此年轻的夫人变得光彩照人，言行举止无不得体，成为府中人人赞叹的人物。老老爷和太太格外高兴，认定曲府今后必有大好前程。每当年轻的老爷开始无休无止的缠绵时，夫人就说："让我们作诗吧。"她令人惊喜地当即吟出一首五言诗，让丈夫半晌不语："花雕一斗尽，李杜半句吟；可叹朝云去，东坡也丧魂。"老爷说："天，我输掉了，自愧不如。"他一会儿又感叹："真是奇怪啊，我为什么当初就会那样呢？

险些弄丢了一个宝物！"夫人哭了，哭着亲吻丈夫："你也该去海北料理生意了，且放心走吧，府里有我呢。"

老爷去了海北，夫人在府中照料得无微不至，老老爷和太太满意，下人也个个服膺。没有半年功夫，老老爷和太太索性让年轻夫人主持府中事务，两人只安心去喝香茶了。夫人的美貌已无法遮掩，因为她既要主持事务，就不得不在府中奔波，偶尔还要让女仆陪伴出门。这就让外面的人一窥姿容，少不了引起一片惊讶。城里的人说曲府从天外弄来一个仙子，说不定是从月亮上下来的呢，走路像水漂，说话像呵气，举手投足就像白鹭轻扇翅膀。总之既是仙子就不可多看，看多了眼睛要毁的，会辨不清颜色，最后连稼禾也分不出来。

夫人主持府中事务没有几年，老老爷和太太就相继去世了。年轻老爷从此不得不经常回到府中。他在海北和江南转悠的时间也够多了，一直忙得不可开交。短促的相会让老爷发出一阵感叹："我花上两辈子的时间陪你都不够用，如今倒忙成这样。我不会一直奔忙的。"夫人说："你万万不可有这等想法，你是曲府的老爷啊！"她催促男人上路，还用小楷抄一首五言诗放进他的行囊。她一个人闲下来就习字，除了写一手好楷，又练行书。她曾临过一年欧体，因为总也不得要领只得割爱。她让府中的仆人都沾一下文墨，这个作诗，那个写大字，不识字的就猜灯谜。到了五十岁以后，夫人也开始也像丈夫一样阅读新书了，见到府中人手持一本武侠小说就贬斥一句："粗俗。"

夫人晚年安详幸福，这是指老爷的心从海北和江南的生意上收回的头几年。自从她挥动木槌打破了那个叫闵葵的女仆的头颅，幸福时光即随之完结。那一天到来时，尽管老爷正为儿子的事情愤懑难消，面对女仆流淌一地的鲜血也还是受到了深深的震动。他开始有些不信，因为夫人连一只鸡都不忍宰杀，并且一直对下人体贴入微。他看过了昏迷的闵葵又看夫人，见她手抚暖手炉端坐，深长的鼻中沟一动一动，双唇还像过去那样红润。夫人六十多岁了，可头发还是黑的，脸上少有皱纹。这使老爷更加相信那个推测了。

那是一个冰雪天，闵葵去野外时突然发现了一棵桃树：尖梢上有一枚鲜红的桃子。"这该不是传说中的仙桃吧？"她在心里惊呼一句，心怦怦跳。这样的季节，又是冰天雪地，那枚桃子却红得逼人。她小心翼翼摘下，一路揣在怀中，一进府中就喊太太。太太吃了这枚桃子，说味道鲜极了。太太抚摸闵葵，觉得她除了身个小一点，随处都像个娃娃。太太惊异的是以前怎么就从来没有发现这一点？她捏弄闵葵的手和胳膊，还按了按那个圆圆的脑壳，试了试皮肉厚不厚。她喜欢这样做。闵葵流出了眼泪。她暗中咬了一下老夫人的衣襟，离开了。她在心中一直把太太当成母亲的。

太太真的有点返老还童了。她夜间向老爷叙说自己身体的变化：头上银丝减少，而且变得更加密致；皮肤有了光泽，嘴唇愈加红润。老爷惊异于近在眼前的事实，又一次手持灯火好好看了一遍妻子的躯体，结论是：她在一年多的时间里至少减去了十岁。

就在第二年的春天，太太动用了那把洗衣槌。从打击的部位、使用的力气来看，老爷知道夫人是要一棒子结果了这条小命的。

曲予　　一个人如果在诞生之前知晓自己的命运，必要恐惧，必要拒绝来到人间。曲予一生都在感悟自己，一生都深陷迷茫——只在最后的时刻，仰躺在潮湿的泥土上，听着高粱地里愈来愈远的马蹄声，才渐渐接近了那个谜底。

少年时代从学堂回到曲府，他从未觉得这长长的回廊、精致的花园，还有这府中的男女仆人有什么怪异，觉得一切都是自然而然、从来如此的。府中有几个比他小一些的丫环，比如闵葵她们，一个个畏首畏尾的样子，倒让他觉得不可思议。他想和她们在园中玩一种"跳城"的游戏，她们都躲开了。他试图教闵葵识一些字，对方也摇头。后来他发现闵葵只跟老太太在一起：母亲作画她就研墨，有时母亲还手把手教她在宣纸上添一两笔。

年纪稍大一些，曲予被送到大城市读书了。一个全新的世界向他敞开时，他偶尔会忘记曲府。每每想起老家，他却怀疑自己最终是否还会返回。他甚至参加过一两次学潮，结识了几个影响自己一生的人。越是后来，越是不想再回曲府。他发现与父亲很难谈得拢。母亲依然如故，一丝不苟地打扮自己，整个府中的肃穆气氛有一多半是从她身上弥散出来的，笼罩了每一个角落。他无法忘记从小在母亲身边依偎的感觉，尽管长成了一个挺拔如白杨的小伙子，也还要时不时地贴近她一会儿。母亲像抚摸一件珍爱的珠宝那样把他牵住，问他分别以来的一些事情。他想告诉一些最激动人心的场面，还有他那几个奋不顾身、热烈求索的同窗，但发现母亲对这一切都不感兴趣。"孩子，瞧你衣服上沾这么多土，你钻到哪里去了啊？""我在书房里的。"母亲端量他："那怎么会这么脏啊？""我在翻找一些角落。"母亲拍打他："千万莫要迷了眼睛，孩子。"有时他要与男仆清濂一起做点力气活，母亲就沉下声音："孩子，那是下人做的，你该把心放到别处。"可是曲予觉得与清濂在一起干活，如把冬天用的木炭从土中挖出，把一些蔬菜放进一个又深又湿的地窖里，真是无比有趣！

就是在母亲身边徘徊时，他第一次注意到了闵葵。"天哪，她不声不响长成了这样！"他在心中惊叹。那一夜他失眠了。他竟然无法忘记她的模样。后来好多天，他都在心中默默复制她的样子：圆圆的脑壳，稍稍翘一点的鼻子，不大的身量；特别是那双又亮又大、眼角微微上挑的眼睛……她像什么呢？他想来想去，心里就有了一个再亲昵不过的比喻：一只小鹌鹑。"我有了多么可怕的渴望啊，大概要一辈子藏在心里了。"他一遍遍叮嘱自己，从此不敢再到母亲的屋子，因为他害怕，害怕母亲那双洞察一切的目光。

老爷正在无声无响地计划儿子的事情。他正读"安德烈氏"的故事，叠起的书放在大圈椅子旁的卷边木几上，"我们家也该有一个人出洋了。战家花园先走一步，我的孩子不能耽搁了。"曲予如果早上几个月、几天，听到这番话会深表赞同，甚至还会欣喜若狂。但现在就不同了。他现在有了一个无法放弃、无法割舍的什么横在心上。几天来他试着背诵一些诗章；还有，与清濂一起去园子里做活——可惜怎样都不能遗忘。面对老爷一个沉沉的决定，他一时无语。"你听到了吗？""我，不太喜欢'安德烈氏'。"老爷拍了一下扶手："哒。"他慌乱中知道答非所问，立刻上前一步："父亲，我，我是说出洋的事不急的。让我把眼前的学业修好，我会按您的吩咐去做。"老爷鼻子里一吭，挥挥手。

曲予不再像刚刚回到曲府那样，焦虑地等待一些朋友的消息。他灼热的心思只因一个小巧的女人滋生。他鼓励自己产生一些胆大妄为的想法，比如在她经常出入的门边挡住去路，然后坚决而突兀地说出一切；或者干脆修一封工整的情书，让一个仆人送到她的手中。打算颇多，最后却被自己一一否决。他发现自己眼睛充血，嘴唇上一层层脱皮，手足都有些发烫。"这样当然不行，这是可笑的。"他像对朋友说出了一个判断那样，干脆地挥了挥手。为使自己不再改变主意，就于当天下午干净利落地完成了一件繁重的任务：拦住闵葵，说出一切。

闵葵傻在了那儿，先是害怕，然后是不可变更的回绝口气。但他像被预先告知了一个结局，只满怀信心地重复着那几句话。

从此他再也无法安静和沉着。闵葵的胆子太小了，他总是不失时机地帮助她，要打消她全部的疑虑和不安。"这是可能的吗？一个女仆嫁给这座百年老宅的少爷？"所有疑问都被他解答了。他告诉她这是一个前所未闻的时代，我们的全部惊慌失措都缘于那个简单的事实：从未打开眼前的窗，没能望望远处的世界——远处发生了什么？在一簇簇翻腾的高卷云后面，正有隆隆的雷声呢。一切都不再一样了，一切都不是我们在曲府中感受和看到的样子，你很快就会知道的。"所以，"——曲予抓紧她又小又糙的手，"我们的主意坚定下来，就会改变一切。""一切？""是的，一切。"

他们长时间待在一个又小又闷的屋子里，这儿就是闵葵的房间。他们挨近了，她靠在他的胸前，一下下亲吻学生装上那枚锃亮的铜扣子。

他不得不把她托起来，以便让她能够亲吻到下巴以上的部分。她亲了，哭了。"怕吗？""不，我是第一次。像做梦。""不是做梦，再真实不过了。""嗯。你的个子真高。""那我就把你举起来。""不，让我翘起脚来好了。"

就像一个受过新式教育的青年人那样，他大大方方与母亲讲了自己的爱慕、两人做出的决定。老太太深长的鼻中沟动了动，一时无语。他借口看望老爷，实际上是慌慌跑开了。他们再也不敢堂皇地到府中的其他地方去了。可是在小屋中待了一会儿，外面就有人喊闵葵："该给太太上茶了。"少爷很快也被清漏叫到了父亲的屋里，老爷的打扮让他一见面就吃了一惊：一件有暗色花纹的绸布长衫，头顶是久已不戴的瓜皮帽；一杯茶早已凉了，手里是一对石头圆球。父亲盯了他一眼，不屑地移开了目光。"父亲，"对方像没有听到。他又叫了一声，父亲看也不看，只挥挥手说："走开吧，无用的东西。"

那种轻蔑会让曲予记一辈子。父亲如果仅仅是失望倒也好多了，可是他对唯一的儿子所表达的仅仅是一种厌恶。曲予有些惊惧，回到自己房间里才渐渐想过来：自己并没有做下什么大逆不道的事啊，只不过是恋爱了，爱上了一个人。父亲的厌弃仍然是"主人"对"下人"的那番心境，是受一个隐晦曲折的曲府逻辑驱使。他突然明白了：父亲仍旧是一个深宅大院里的老爷，这样的老爷并没有因为喜欢一本新小说、喝一杯浓浓的咖啡，因为使用抽水马桶和皮革沙发之类而改变什么。现在的所有问题集中到一点就是——要么屈从，要么背叛。

也就在曲予痛苦徘徊的时刻，老太太挥动了那把木槌。曲予赶去时，闵葵因大量失血已昏迷过去。她的头发被剪去了大半，躺在那儿，头上厚厚的纱布像是一团压顶的雪。他心疼得浑身颤抖，异常悲愤——在她床前沉默的一会儿，一个铁样的决心在胸间生成了。

曲予与伤口刚刚愈合的闵葵偷偷乘客轮去了海北。这次出逃安排得极为周密，事先没有走漏一点风声。这还要感谢那个与老爷交情笃深的船长，这一次他竟然援助了两个年轻人。当曲府老爷和太太发现两人一齐消失了时，惊得脸色都变了。他们暂时无从判断两个人的行踪——最初以为是去了他读书的那座城市，半年之后才从生意人口中得知两个人去了海北。

曲予在海北期间完成了一生中最重要的转折。这是因为他对大海对面的那座府第完全失去了希望。他不止一次告诉小妻子：我们再也不会回到那里了。为了谋生，他在当地一家荷兰人开的诊所里学医，其余时间帮闵葵补习文化，以便让她在不久的将来进入一所女子学堂。当时即便在海北这样的大城市也没有像样的西医，所以荷兰人的诊所颇受欢迎。这儿特别擅长眼科，这也让曲予高兴。他曾对闵葵说："再也没有比眼睛更重要的器官了。"几年内曲予技艺长进很快，荷兰人对他非常赏识。又是两年过去，荷兰人要回国了，他想让曲予去国内的一所医学院。闵葵鼓励了丈夫。

曲予离开了三年。他行前尽可能为她安排好一切，让她进了企盼已久的那所女子学堂。三年啊，让闵葵望眼欲穿。三年里一点声音都没有，倒是先后传来了大海另一边的消息：老爷去世了；一年之后太太也离开了人间。这些消息使闵葵哭了很久。她记起了老夫人的全部好处：夫人就是自己的再生母亲啊，曾经像对待亲女儿那样对待自己。闵葵头上早就结了一个大疤，一点也不疼了。她不再恨那个人，她甚至想这是母亲对孩子最严厉的管教。她宁可相信老人在愤怒的那一刻手足无措，不知怎么就打在了致命处。她既然拣回了一条命，于是就忘不了老夫人的模样，忘不了那一杯茶、那个精致的暖手炉。"太太，您该带我一起走啊，我会在那边为您端茶的。"一句话出口，赶紧掩上了嘴巴。她又想起了即将归来的丈夫，她可不愿将他一个人遗在海北。

曲予终于回来了。闵葵可以向他流利地读出一段国文，而他则时不时地将荷兰语混杂进来，惹得两人一起大笑。丈夫归来第二个星期，闵葵有一天眼圈突然红了，她望着海的那一边、那个大宅院的方向咕哝了一句："也许我们该回去了。"曲予这才知道两位老人已经去世。

他当时紧紧攥着小妻子的手，咬着牙关。

他们就赶在玉兰花开放的季节返回了曲府。府里一片萧索，沉静无声。一些仆人走掉了，一些还在。那个忠心耿耿的清滢和远房亲戚淑嫂一起迎接了他们。大家都流出了泪水。

"老爷，茶放在这里了。"清滢退着离开，曲予把他喊住了："再不要叫我'老爷'，就喊我'先生'吧！""是的，老爷。"他应一声走开。曲予后来又纠正了五六次，收获甚微。他回忆这个与自己年纪差不多的人，奇怪的是很多往事都记不起来。府中所有人都知道这是老老爷在世时收留的一位遗孤，像亲生儿子一样在老老爷身边长大。不同的是他没有去外面上学堂，只做了曲府的领班。曲予归来之后才发现一个触目的现实：为了服侍曲府，年长自己一两岁的清滢竟然还没有婚配。

曲予让闵葵问一下清濡的终身大事——或者干脆由她操办一下？谁知刚才还笑吟吟听他说话的妻子立刻变了脸色："这是你们男人之间的事，这事还是你去说——要不就找淑嫂吧。"曲予瞥了一眼满脸红涨的闵葵，知道清濡的事情只有自己出面解决了。

　　曲予直接提出了婚配问题，谁知这在清濡那里竟引起了剧烈的反应。他慌得差点跑掉，脸色红一阵白一阵，口吃起来："我这、这不急——这不能的。""为什么？""我一辈子就侍候老爷了。""可你总得成个家啊。""不，我一个人更好。"清濡青青的头皮总是刮那么干净，这使曲予看出他这一刻连头顶也开始发红。曲予大惑不解。在他无声地离去时，曲予心里开始难过起来。曲予在想一个为曲府贡献一生的人应该获得怎样的酬谢；还有，曲府无权拥有一个奉献终生的奴隶，无论曲府曾经怎样帮助过这个人。

　　一连三天，曲予都在想清濡的事情。第四天上，他把自己的决定告诉了闵葵。闵葵一声不响，一直望着窗外。曲予走近了才发现妻子珠泪满脸。"你同意我的决定吗？"闵葵点点头。

　　端午节后的第一个上午，早晨八点多钟，清濡正手持一把喷壶走过回廊，曲予把他叫住了。他们一前一后走进书房前面的小厅。曲予对颇为迷惑的清濡说："我们应该像兄弟一样，但事实上……怎么说呢？只能说曲府耽搁了你的前程。时光变了，曲府也不是过去的曲府了。我与闵葵商量，你该有自己的日子了，该去过更自由的生活。"清濡听得身上打战，后来目光直直地看过来。曲予想转过脸去，但对方硬是盯住他："老爷，我清濡有什么过错吗？""不，恰恰相反，曲府应该永远感激你。""那为什么要我离开？""我已经说过了。清漏兄弟，请相信我和闵葵的好意，你不能一辈子这样啊。""闵葵？她也是这个意思？"曲予点点头。清漏在小厅里踱开了步子，接下去再也没说一句话。

第二天清漏开始收拾东西。曲予取来很大一笔钱。清漏跪下了，说：老爷不收回这笔钱就不起来。曲予略有严厉地说："这是你半生的辛苦！你还要安置自己的日子呢！你也要我跪下吗？"清漏哭了起来。他哭着把那一大笔钱收下。

在曲予返回曲府的第二年，由他创办的海滨小城唯一一座西医院开始接纳病人，并很快美名远扬。这其实是整个半岛地区最好的西医院。都知道小城里有了一个从西洋回来的老爷，此人仁厚开明，医术高超，特别擅长眼疾。也就因为曲府和西医院的双重名声，半岛地区的大半名流都成了曲予的朋友。也就在事业一帆风顺的第三年夏天，曲府接待了一位显赫人物，这就是在省会身居要职的宁周义。当年的宁周义气宇轩昂，穿一身浅色亚麻布服装，走在炎热的泥路上，却显得一尘不染。"一个多么儒雅的人！"事后很久曲予还这样对闵葵回忆说。他当时并不知道这就是大山里的另一望族——宁府里走出来的人物。

曲予后来接待了又一位宁府里的人，他就是宁珂了。这使曲予眼睛一亮：嗬，宁家的人真是一个比一个英俊。当时的宁珂刚满二十六岁，正在东部城市的一个钱庄里为叔伯爷爷效力。他来曲府是暗中受托，来搭救一个人的。曲予把全部喜爱藏在心里，只彬彬有礼地与之交谈。当时的曲绡小姐已是亭亭玉立，这曲府唯一的千金马上就要过二十岁生日了。那一天上午她和一个叫小慧子的女仆在花园里剪枝，让宁珂远远地看到了一个颀长的身影。那是他们的第一次相遇。

宁珂来海滨小城的次数开始多起来了。曲府里所有的人都喜欢这个年轻人，特别是闵葵和曲绡，她们在用特别的目光看他。曲予知道如果不发生其他变故，一切都将水到渠成。奇怪的是女儿的终身大事仿佛早已决定，无论是谁都无法变更。做父亲的对此只有等待中的一丝欣慰，而没有什么特别的兴奋。午夜里，突然有深长的悲哀袭来，让他打了个寒战。他推了被子坐起，久久地看着夜色，吓了闵葵一跳。

事实上宁珂与曲绡当时并没有走到一起，他们只从对方的眼睛中读懂了什么。那些话，那些致命的字眼，谁也没有勇气吐露。

曲予极愿帮助宁珂。因为受海北的朋友影响，他许久以来就站在了这一边。海北那些人有的是当年学潮中结识的，有的是他们引见的。在海北生活的一段时间里，这些人频频出入他和闵葵那间温馨的小屋，对女主人的烹调手艺大加赞赏。他们回到海滨小城后仍然与那帮朋友保持了联系。而宁珂的到来，当然也与那一帮人有关。

一个叫"飞脚"的地下交通员比宁珂早一步踏入了曲府，并成为曲予的忘年交。这个人据说有一个过人的本领，就是可以在半天的时间里横穿整个半岛。这在那个年代简直近乎一个传奇，也让"飞脚"本人自豪。只是没人亲眼见他飞驰在平原和山区的模样：双臂张开如翼，半是行走半是飞翔，人送外号"鸟人"。"鸟人"与曲予在一起时，除了神聊各地见闻，还不断穿插一些玄妙的论述，让曲府主人十分快意。因为"飞脚"与宁珂同属一个阵营，所以免不了就一些内部事情相互协调——他们只是到了小城解放前夕才发生了摩擦，那时曲予坚决维护"飞脚"，而没有支持自己的女婿。

这对翁婿两人来说都是极为痛苦的一段经历，那时连闵葵都不知道该站在哪一边更好。宁珂当时不仅警惕着"飞脚"，而且对岳父密切交往的许多人产生了疑虑。两个人越来越难以谈得拢了。此刻平原和山区的斗争已进入最激烈的阶段，曲予当然无法超脱。他是革命营垒的坚定盟友，并为之付出了所有的热情。

但曲予仍然没有亲眼看到胜利的结局。在小城解放前夕，他倒在了城郊的一片高粱地里。那是一次可耻的谋杀。从此海滨小城失去了自己最好的大夫、最儒雅的绅士、最富有的人，失去了一个最正派最博学的男人。

闵葵　　她来自半岛最北端，那是离小城一百多公里的乡下，真正的穷乡僻壤。她初来小城时有点发懵。她早就没了父亲，母亲和她一起住在亲戚家。后来有人介绍她到城里的富庶人家当丫环，就哭着出门来了。当时她只有十二三岁，挎着一个包袱，里面是两件补丁叠补丁的衣服。因为从小吃不饱穿不暖，身子格外纤细，人送外号"谷秸"。她离开故土，唯一高兴的事就是把那个羞人的外号甩在身后了。

她想不到会跨进这样厚的一道门槛。多么大的府第啊，让人看一眼头都发晕。领班说她的职责就是当太太的使唤人儿，端茶倒水，做些小零碎活儿。一点都不累，只是害怕。领班看过了她的破衣服，一抬手就扔进了一个盛杂物的木桶里。她想哭，又忍住。里外换上了新衣服，这之前还洗了澡，使用了香喷喷的肥皂。在让人浑身濡红的水蒸气里，她想说的一句话就是：我在这儿当牛当马也愿意啊。

当时清漉比她只大几岁，已在曲府生活了许久，举手投足都像府里的人。他的话很少，一双大眼睛东瞥瞥西瞅瞅，让闵葵觉得这是一个无所不知的人。闵葵有不明白的地方就暗中问他，他不作答，但愿意帮她。

半年过去，闵葵像变了一个人。她胖了，皮肤有了光泽，脸色又红又艳。太太说："到底是年轻啊！我年轻时脸色也这样。"她的身个却没有长高多少，这是最令人焦心的。她希望自己长太太那么高，这样就有力气干活了。她听说多吃饭多运动就能增强骨骼发育，结果多方努力还是无济于事。太太知道了她的忧虑，就说："孩子，别折腾了，就这样吧。你天生就是小骨骼的人，这样也好。"她的一颗心怦怦跳，从心里感激太太。不过同伴当中有人告诉，她长得非常匀称，可爱极了。她暗中照过镜子，发现自己真是变得不敢认了：脸庞比从老家来的时候亮多了，大辫子黑乌乌的。

她忽略了自己的眼睛，这才是最不应该的：一双眼睛睫毛长得有些过分，扑闪着让人想起重瓣蜀葵；多么深的两个紫黑色水潭啊，又清又亮，里面有无从察觉的涟漪；还有微微翘起的鼻子，它预示了顽皮而倔犟的性格……她无声无息地在府中来去，只为太太一人奔忙。有人说她是太太的宝贝，是太太穿在身上的贴身小棉袄。

闵葵不知该怎样侍奉女主人才好，在心里不止一次说：让我喊你一声母亲吧！我进府里第二年生身母亲去世了，从此你就是母亲啊！平时，只要太太那双温热的大手一挨近，她的一颗心就扑扑跳，因为真害怕在那一刻叫出来——那会十分冒昧的。

她是在始料未及的情况下被少爷爱上了。这当然是后来的事。这之前她还感受到了另一双注视的眼睛，只是不敢迎接。她不愿多想，想多了脸上会发烧。"哎呀天啊，这就是曲府里的事儿啊，我马上就要慌死了！慌死了！"她把一切都压在心中，只默默做事，跟太太学画。太太高兴了还教她一两个字，但她总也记不住。太太有时候像抚摸暖手炉一样捂捂她的脑壳，说："年轻人火力真大，瞧多热。"太太有时捏弄她的脑瓜、肩膀，拍打她，发出"啧啧"声。她在心里只对太太一个人亲。

　　闵葵不知该怎样报答太太的恩情。她不敢说出那么多的感激和爱，只默默的。有时她实在忍不住，就一下下亲吻府中那几只顽皮的小猫。它们的小嘴洁净无比，被亲过了就不停地舔着嘴唇，一直盯着她看。"你们多么可爱啊！你们是什么也不知道的咪咪！"她抱起它们，像抱着自己未来的孩子。

　　如果她在以后回顾自己的一生，一定会格外留恋初来曲府的几年。那才是她安怡幸福的时光。那时她觉得府中洁白的玉兰花都是为自己一个人开放的。后来就见到了少爷：一个穿了洋装的男子，身材高高，不苟言笑，总是双手插在裤兜里走来走去。她万万想不到的是，毫无准备的大事情要在她与他之间发生。他竟然会这样，老天，他什么人没见过啊，他居然伸手一指，挑中了我。"这就是命啊，这是老天爷的安排吧？"晚年闵葵就这样询问着，仰望着天空。

　　初恋的幸福不必说了，但同时迎来的还有可怕的颠簸。好在巨大的希望一直没有熄灭，它支撑着一个弱小的女人走下来。可是她怎么也想不到的是，自己这一生的苦难才刚刚开始。没有办法，因为这真是上天的安排。她直到离开人世都这样认为。她曾经在最后的时光里设想过另一种选择，另一个结局，但刚开了头就打住了。她觉得连想一想都是罪过。

清濡　　他那时很像年轻的和尚，光头，沉默，无私无欲。曲府里没有谁让他这副打扮，只是多年下来，觉得他就该是这个样子。他身上一直穿了深色衣裤，人显得干练、严肃。他不笑，这就让新来的人害怕。其实他是一个和蔼的人，而且有些羞怯。许多人传说他会武功，还说这功夫是从少林寺学来的。那是言过其实。从他被老爷收留下来，直到长成一米七八的大个子，离开曲府的时间从未超过两天。他倒是喜欢一点拳脚，但那不过是自己比画一下而已，为了健身增力，为了服侍老爷。这是一个忠诚的人，他的一生都属于曲府。

也许没人能够相信，一个人竟然可以没有自己的私利。但清濡的确是这样的人，老爷在世时忠于老爷，换了少爷执掌大院，他还是同样的忠诚。更奇怪的是，他从小在曲府里长大，老爷待他如同自己的孩子，但他仍然能够分毫不差地找到尊卑，一切合乎主仆礼法。可以说他是一个天生的仆人。他在曲府里是这样，离开了曲府也是这样。

老爷在世时曾让他与曲予一块儿进学堂。但经过一再督促，他只去过几次，后来怎么也不去了。他说最该好好识字的是少爷，自己会写名字也就可以了。老爷日后又催促了几遍，他说已经学会了管账，还噼噼啪啪拨弄了算盘给老爷看。老爷啧啧称奇，说好一个聪明的孩子。清濡说我在府里有好多事情要做呢，这里忙得实在离不开啊，反正既会写名字又会算账了，还要再学什么呢？老爷拗他不过，只好作罢。清濡的确是个内心精细的人，他没上几天学，却能认下许多字，还能勉强读下皇历来。但尽管如此，府里的人大致还是把他看成文盲。

在清濛十六七岁时，一个冬天，有人禀报太太，说快去看看吧，他大概痴了，光着身子在冰上走呢。老太太在回廊拐角那儿往外望，一眼看到清濛只穿了一个短裤，浑身光着在花园小湖的冰盖上跑动，还从砸开的冰窟中掬水往身上搓，直搓得热气腾腾。太太和丫环不敢近前，太太让人去问，清濛回答是：洗冰澡。原来他从天一入秋就在冷水里洗浴，一直坚持下来。除此而外他还要在清晨和黄昏练一阵子：一对石锁被抡起来，当空耍出了花儿。人们都看到清濛身体长得越来越壮，肌肉凸起，一条条青筋都暴起来。

他是曲府中最壮实的人，而闵葵则是最娇弱的人。她用惊异的目光看着他，想说点什么，可对方总是板着脸。有一天闵葵随一个厨子去海港鱼市买鱼，事毕厨子返回，一转身发现少了闵葵，放下手里的鱼就要去迎。正这时清濛过来了，两个人就一起奔向海港。在鱼市拐角那儿他找到了闵葵。原来她在卖丝线的摊子前耽搁了一下，心急的厨子就走远了。她往回走时，一个脸上生疙瘩的穿香云纱的男人目不转睛盯着她，对旁边的同伙说："真好物件啊！"旁边的人挤着眼笑。疙瘩脸凑到跟前，掏出一把瓜子给她，她转身闪开。旁边的人又笑，疙瘩脸就尾随着走了一段路。闵葵捂着耳朵跑起来，疙瘩脸就大声喊叫，一次次挡住去路。

清濛赶到时，闵葵正捂着耳朵。他把闵葵藏到身后。疙瘩脸和三两个嬉皮笑脸的人围过来。他们向他吵了几句，清濛一声不吭。他们又喊什么，他还是不吭。"把这个哑巴推一边去。"疙瘩脸说。几个人往上凑，清漓就护着闵葵退开，找个机会拉上她就跑。"咦，就这么走了？"他们声声嚷叫，穷追不舍。清漓索性站下。疙瘩脸伸手指点着，还从腰间掏出了一副铁鞭。清漓闭了闭眼。铁鞭发出"忽悠忽悠"的声音。对方逼近了，清漓突然一伸手攥住了铁鞭，接上猛地一扯，一脚，把疙瘩脸踢中了。另几个家伙上来援手，都被清漓打得青头乌面。铁鞭扔在地上，清漓弯腰去拣，疙瘩脸和几个家伙撒腿逃了。

从那以后闵葵叫清漓"哥哥"了，清漓总是瓮声瓮气应一声。又是三年过去，清漓长得更壮，胡茬更黑。有一天闵葵端了一大盆瑞香，累得呼呼喘，旁边一只大手一下就托了过去。是清漓。让闵葵惊讶的是，清漓的另一只手里还提了一大桶水呢。她想去接下那桶水，人家却闪开了。他先把水放到缸边，然后又把那盆瑞香端端正正放到了案几上。"多么香，多么好的花啊，"清漓搓着手说。闵葵一下呆住了，因为这是她听到的最出乎意料的一句话——她从来没有听到这个人用这么亲切的语气说话——以前他的口中顶多发出"好""对""是啦"几个字。当她转脸看他时，正好迎上了一双深切的目光。她甚至听到了它们相撞那一刻欢快而羞惭的声音。清漓很快把脸转到一边，她还想说点什么，但对方飞快走开了，头也没回。

闵葵那天慌得难以支持。太太看出了什么，问怎么了？她说头痛呢。她不得已才撒了谎。从此闵葵总觉得有一双深深的目光在追随自己，它们从夜色、从花园，从一切的角落里延伸出来。但是当她用心去寻找这双目光时，却连个影子也不见。偶尔看到清漓走过，闵葵就慌乱，但对方头也不抬就过去了。

这就是清漏在那年春天的特别经历。但没有多久，也就是几个月之后吧，就发生了老太太用木槌击破闵葵脑壳的事。整个事件让清漏觉得有五雷轰顶之感。但表面上看他这儿什么事也没有发生——像过去一样勤快地做着一切，洗冷水浴，在清晨和黄昏时分练那一对石锁。

后来就是闵葵和少爷的出逃。消息传来的第二天，府里的人都发现清漏的脸色发青，手上包了纱布：问他怎么了？他说是不小心碰伤了。真实情况是他一夜未眠，早晨又在石锁上狠狠击了一拳。

老爷和太太过世了，新的主人回到了曲府。"太太。"他低头轻声呼叫。闵葵在第一年里没有应过一声。"太太。"他总是这样叫着。不知过了多久，闵葵终于能够回一声了。

后来曲予提出了让清漏成家立业的事。这又一次让他全身战栗。

然而他没有其他选择，既是曲府的人，从灵魂到肉体都是，也就不可能违抗这里的老爷。他只是不知如何处置老爷交给的这一大笔钱。回老家去吗？他没有老家——他从小流浪，已经不记得哪里才是出生地。他只在心里认定自己就是这座海滨小城的人。但他无法留在城里，他害怕一抬眼就看到那幢显赫的建筑。于是他一直向北，走出了城郊，也还是向北。

在这个秋天，他来到了城郊东北部那片莽野。这里只有稀稀疏疏的村庄，到处都是林木和荒草——再往北就能听到扑扑的海浪了。他盘算了许久，回望着远处的小城，终于在心里做了个决定。

这个秋末他买下了一片荒地，搭了一座茅屋，一有时间就在屋子前后植些果树。可是他手里的一大笔钱才花掉了一个零头。他把余下的钱装在了一个瓦罐里，然后埋在了院角的一棵桃树下。

　　淑嫂　　她是曲府的一个远房亲戚。她的男人十三岁即去了海参崴，头几年还有消息，偶尔往回寄钱，后来就一点音讯也没有了。这在当年的半岛地区没有什么稀罕，那里的人把江南视为畏途，却惯于往北闯荡，近一些是到海北的几座城市，再往北，也就到了海参崴。那座城市上的半岛人多得不得了。同时，一些白俄由海参崴中转，一批批来到了半岛。这边的人已经对街上摇晃的"老毛子"习以为常了。那些长得金发碧眼的男女在集市上买东西，卖主以为他们听不懂当地话，就开一些过火的玩笑，想不到立即遭到反驳和讥讽。他们操着地道的半岛话，还夹杂一些土语俚语：原来这些人从三两岁就跟随父母漂洋过海了。这种双向移民活动一直延续到1930年左右，淑嫂的小丈夫不过是赶了个尾声。他当时是跟叔父走开的，后来大概因为世道大乱，回不来了。

　　淑嫂与闵葵的年纪差不多，比闵葵进曲府的时间还要晚几年。她们两人以姐妹相称。淑嫂极少提到自己的丈夫，在她眼里那个人只是个孩子。因为分手时他就是个又黄又瘦、头上有一撮浓发的顽皮鬼，临走还跟她吵了一架。她比他大不了几岁，可懂的事情却多了许多。她那天眼泪汪汪去码头上送行，眼瞅着一个小丈夫无情无义地走了。

　　在曲府待久了，她就把这里当成了真正的家。婆家的人以前来过几次，后来出洋的人没了音讯，他们大概自觉没脸，也就不管淑嫂了。老太太在世时待淑嫂不薄，暗里常常为她叹息。多好的一个姑娘，高挑个，白皮肤，大眼水灵灵的，可惜是个寡妇命。男人没了消息，死活不知，可她仍旧是他的人，不能重新找主儿。这是做女人的规矩。

老太太过世后，有很长一段时间由淑嫂料理府中事情，这样一直到曲予和闵葵归来。不久闵葵怀孕，淑嫂又忙了，要陪闵葵，要吩咐人做府里杂事，还要代闵葵管起一笔笔账目。府里的日常开销，很烦琐的一些事情，她都打理得有条不紊。除了府内的劳碌，有一段时间她还要去医院做护理，因为战争开始了，医院每个星期都要接受一批伤员，人手突然吃紧了。

她在去医院之前与曲予还是清清白白的，尽管她对这个男人一直钦敬爱慕。整个曲府中最让她不能安静的就是这个男人了，可她知道自己一辈子都不会吐露心曲。那一次因为不慎受伤——很麻烦的玻璃割伤，一些破碎的渣子要用镊子一点点弄出，从胸脯和肩膀几处做起；而且很不巧，那天要由曲予亲自来做。结果是，不得已裸开的躯体散射出一束洁白的光，一下把疲惫不堪的曲予院长刺伤了。

那些日夜不停的救治、一批接一批的伤员，让曲予一连十几天待在医院里，几乎没有一夜充足的睡眠。所有人都看到院长头发蓬乱，面色发青，两眼布满了血丝。这种情形在十多年里是从未看到的。淑嫂心痛得暗中流下了眼泪。只有哭过了才好受一些，不然的话她会发疯的。

曲予事后还感到惊讶的是，尽管自己与淑嫂在曲府生活了这么多年，可是最少知晓的就是她了。他对一个女人的忠贞与温柔、缠绵和羞涩，还有通体没有一丝瑕疵的肉体，都大大吃了一惊。那一刻，他的一丝愧疚也被淹没了，因为没有任何力量能支撑他站起来，他竟然与之无法分离。他们那一次没有说一句话，后来也是一样。但他们彼此都知道今生是不可分开了。

淑嫂事后不敢对闵葵隐瞒什么。闵葵的痛苦深不见底，对淑嫂的怜悯也深不见底。她说："谁知道呢，也许这就是命啊，妹妹！"她们有一刻是抱在一起的，那时彼此痛惜。淑嫂要收拾东西离去，最终是闵葵阻拦了她。接下去两人又哭。哭过之后，淑嫂长长地舒了一口气。

她们经过一场推心置腹的交谈，赢回的是长久的安宁、一种夹带苦味的幸福。闵葵与淑嫂之间算得上无微不至地关切和牵挂，相互安慰和鼓励，在那个多事之秋谁也离不开谁了。她们一起读书、呵护曲绺，一起商量府里的事情。因为曲予越来越多地卷入外面一些纷争，已经无暇顾及日常事务，这样直到可怕的一天——曲予遭到埋伏。那是最卑鄙的一次谋杀。

闵葵尽管生不如死，但她不能撇下偌大一个曲府，还有女儿曲绺。

淑嫂则找不到更多活下去的理由，她虽然设法挣脱那个结局，但用尽了所有力气仍未成功。在一个伸手不见五指的黑夜，她摸到了曲予生前过夜的那个房间，一直依偎了许久许久，然后开始告别。

她使用了一根白绫。

曲绺　　就因为她，半岛上两个显赫的家族才联结在一起。这种结合如果早上一百年也许会带来真正的辉煌和荣耀。可惜这场热恋来得太晚了，结果只成为走向结局的一个安慰、一个又甜蜜又苦涩的插曲。当最后的时刻，宁府与曲府伴随着战争的硝烟一起消逝了时，只剩下了他们两个人，各自代表自己的家族，在同一座屋檐下艰难度日。

这许多年里，没有一个宁姓或曲姓的人去看望过他们。真的消逝了，关于两个府第的神话完全破灭了——再过许多年，有人会认为它们是否真的存在过还是一个问题呢。

曲绣和宁珂后来在荒原茅屋里顽强地活着，挣扎着，好像就为了以此证明：过去的一切都并非妄谈。如果他们也从荒原上消失了，那么一段历史也许真的不复存在。

曲绣五官长得像母亲，身材则像父亲，整个人高爽、美丽。从背影上看她又有点像淑嫂，只有离得近了才会发现她们之间的区别有多大：淑嫂是典型的半岛女子，体态丰润，面容姣好，极其温良贤淑；曲绣端庄的面庞蕴藏了某种锐利，神色明亮，眼睛稍凹，肩是平的，或许闪现一点异族人的风韵。虽然从血脉上无可考证，但这个特征随着年龄的增长而变得更为显著，有人说年近六十的曲绣——那个晚年凄苦的茅屋主人——眼睛更凹了，还多少有点鹰钩鼻子的模样。

曲绣的命运与曲府和宁府的遭际紧密相连。她在二十年以前是一位真正的"小姐"，身边有仆人，一切不必自己操心，只需好好读书，滋生和体味与生俱来的那份高贵。那时她撒娇不多，尽管身边有母亲父亲，还有淑嫂。后者才是她长长依恋的人，因为她发现淑嫂比母亲还要宠爱自己。

当然是宁珂改变了她的一生。他让她知道了以前的生活是多么平淡无奇，多么缺波少澜。他们走到了一起，命运中却有这么多别离和等待。她一人苦守，忐忑不安没有尽头。有时她想：也许自己找到的是一块真正的金子，随时都会被贪婪的双手抢掠一空。她想象自己一生都要像个女侠一样去守护，最后却发现自己竟是如此纤弱。

她从宁珂那儿得知了公爹的传奇故事。那个未曾谋面的人引起了她的阵阵好奇。那个骑在大红马上驰骋的形象使她不再忘怀。每逢宁珂离家的日子，她总是想象儿子也像父亲一样，正骑在一匹大马上奔驰。当然她担心丈夫的命运也是如此：莫名其妙地走失。

随着父亲的去世、淑嫂的离开，还有清潏与曲府的分手、一些人的失踪，曲绪再也不存奢望了。她要迎接更为冷酷的结局，并且做好了承担的准备。她看着越来越瘦小、然而面色更加趋于坦然平静的母亲，觉得这真是曲府里的一个奇迹啊。她暗中为母亲祈祷。

那个更加不幸的结局如期而至：宁珂被捕了。

曲府大院变得空空荡荡。母女两个要应付一切：来府中搜查的人，没收部分物品的人，征用房屋的人。这些人当中有许多曾是宁珂的部下，现在却个个神色冷肃。这期间曲绪与母亲有过一次对话——夜间睡不着，她问母亲："不是胜利了吗？"母亲答："胜利了；不过我们家失败了。"

风声越来越紧，海滨小城已经不宜再待下去。正好这时传来一个讯息：那一年清潏出了曲府，就在城北的那片荒野上筑了个小小茅屋。曲绪与母亲合计了一下，立即决定去荒原找清潏。

她们日夜不停地收拾一些杂物，然后又悄悄雇来一辆马车。

黎明之前，当全城人还在熟睡之时，母女俩乘一辆马车离开了。

小慧子　　如果说她是闵葵的孩子，一定不会有人怀疑。她也是那么娇小，也是忽闪着一双乌黑的眼睛。只要保留了闵葵年轻时印象的，都会说小慧子像极了。也许出于对老太太的怀念和模仿，当年有人把这个可怜巴巴的孤女领给闵葵时，她马上就决定收留下来。从此曲府里就有了这个"小不点儿"。此时的闵葵已经是府里的"太太"了，而小慧子也差不多成了当年闵葵的角色。曲绡当年只有十几岁，小慧子正好伴她玩耍。曲绡后来上的是全城最好的学堂，她一回家就钻进书房里，小慧子也常常被小姐拉进光线阴暗的书房里。小姐的严厉是装出来的，小慧子只咿咿呀呀读上一会儿就溜掉了。

小慧子还跟曲绡学着演戏。小姐在学堂与同学们排练话剧，有声有色的表演曾让前去观看的曲予激动不已，他甚至在台下盘算女儿的演艺生涯了。后来是一个偶然事故才让他打消了这个念头。那是发生在初夏演出队里的事，起因是一名中年教师追随演出队在城乡各处转悠，竟然不回学校不回家。他痴痴迷迷看着台上，完全被曲绡迷住了。有一天演员刚要卸装，中年男子突然闯到了后台，一下把曲绡扯到了旁边，扑通一声就跪下了。曲予于是明白了女儿有多么危险，明白了演艺生涯有多么不适合她。

曲绡退出了学生演出队，有时就在府内做起功夫来。她把一招一式教给小慧子，两个人虽然演不了成本的戏，但一些片段还是被她们认认真真排练下来。她们要在府中演出了，闵葵和曲予高兴地放下手边的事情，并让府里所有人都来观看。

有一次曲予的那个朋友"飞脚"正好来了，也坐在那儿看起来。她们认真演下来，一点不像在家里，而是十分正规的演出：化了妆、穿了讲究的戏服。"飞脚"看得走了神，一会儿又不停地咳嗽。由于太专注，旁边的人都看出了"飞脚"五官上的一个小毛病：轻微的斗鸡眼。淑嫂当时只一瞥就看出来了，还发现这个人脸上的肌肉不停地抽动。

"飞脚"有几次在窗外偷看曲绪读书，曲绪就拉合了窗帘。小慧子有几次走在园中石板路上，"飞脚"迎面过来，竟嬉笑着挡住去路。小慧子夜里不敢出门，因为总觉得有人在小屋四周啪哒啪哒走路。她怀疑是那个叫"飞脚"的客人。这个人平时戴了礼帽，扎了宽宽的腿带子，黑绸衣服上还垂下一截怀表链子。曲绪与小慧子背后常常嘲笑这一身打扮，有一次被曲予听到了，立刻被斥责一句："不能这样说我们的客人。"小慧子不敢吱声，可是曲绪反驳说："他太装模作样了。"曲予说："你们不懂。""他游手好闲呢，他做什么事情啊？"曲绪还是坚持。曲予板起了脸："小孩子们不懂的。"

小慧子常常被曲绪打扮得怪模怪样：一会儿是背带裤子，一会儿是长裙；发型不是改成这样就是改成那样。她一开始不敢这样往外走，后来大家知道是小姐为她做的，于是看了只是笑。不过当小姐有一次为她搽胭脂时，她还是拒绝了，说："小姐和我一起搽吧。"为了说服小慧子，曲绪这一次真的搽了。她们俩真的像亲姊妹，一起出出进进，嘀嘀咕咕。

对小慧子产生深刻影响的一件事当然是曲绪的恋爱。她突然发现两人之间的距离变得如此遥远。对方有了美好的心事却不能与之分享，那个叫宁珂的英俊男子与她在一起了。小慧子的孤单没人能够理解，于是她只好更多地与淑嫂在一起。但是她发现有许多话根本无法对淑嫂吐露。

只要"飞脚"来到曲府，小慧子就要关在自己屋里。她害怕对方那双直盯盯的眼睛。这眼睛可真是怪啊，除了有些斗鸡眼，还特别地尖亮，就像锥子一样。淑嫂有一次对小慧子小声叮嘱一句："不要和那个'飞脚'说话。"小慧子吓得心扑扑跳。可是她在心里安慰自己："我不怕呢，老爷，太太，还有曲府里所有的人，都会保护我呢。"

可惜这样的境况很快就要过去了。时局动荡，曲府里接二连三发生了不测，先是曲予被害，淑嫂自尽，接着又是宁珂长期离开，大院里只剩下了几个女人。"飞脚"有好长时间不再光顾曲府，小慧子知道这与曲予先生出事有关：曲府里再也没人接待他了。小慧子怀念曲先生，更怀念淑嫂，她在淑嫂做出那个可怕的抉择前一个月，还有过一次吓人的经历。她当时因为害怕，怕极了，就对淑嫂说了。淑嫂却不如她想象的那么惊讶，只是静静地听着，咬着牙。大概淑嫂也没有更好的主意，只是让她等等看，不要慌张。

事情是这样的：由于曲先生出了事，曲府的人一下陷入了惊惧和悲哀之中。但也就在这样的日子里，"飞脚"不声不响地出现了。他像个大官那样背着手走路，得知宁珂不在，就躺在了过去常宿的那间客房里。那天半夜小慧子爬起来，因为她好像听到了有人在窗外咳嗽。她坐了一会儿，忍不住好奇开门看了看。外面是一片挺好的月光——她也不知道为什么要踏着这片月光走出……事后她说是因为恐惧——可是恐惧只能使人一动不动地待在屋里。总之那个夜晚她出去了，一直踏着月光往前走。墙角有一片小香蒲，它们旁边卧了那条热情的护院狗。小香蒲在夜风中抖动，她走了过去。就在她挨近小香蒲的时候，突然有一只大手一下攥住了她；还没等她呼叫出来，另一只手就迅速封住了她的嘴巴。一阵热烈的话语让她全身发抖，她听出了一个熟悉的男声。

在小香蒲中，那个人把她强暴了。

事情过去了一个多月，她还是日夜不安，因为她快要挺不住了。有一天她一把攥住了淑嫂的胳膊，说出了一切。可是她隐去了那个男人的名字。淑嫂猜中了。她大声否认。她只说那是一个翻墙而至的生人，一个小城的歹人。

最后的日子来到了。曲府一片萧索。秋天对于曲府是多么残酷啊。"飞脚"像个幽灵一样又一次出现了，叼着粗长的雪茄，见了小慧子就不停地呷动那根烟，又是一副斗鸡眼。他有一会儿挨近了她，小声说："该从长计议了！"小慧子躲开一步，他就向她挤挤眼。这天夜里他伏在小慧子窗下，哀求她开门，终于没能达到目的。黎明前他又来到窗下，威胁说小慧子再不离开就晚了：曲府必遭灭顶之灾。

小慧子一整天吓得脸色蜡黄，不知该不该把这句可怖的诅咒告诉闵葵和曲绡？这天她出门买米，刚拐过一个墙角，一辆破旧的美式吉普就驶了过来——她往旁躲闪，驶近的车子就把她逼到了墙根。车门打开了。令她尖叫出来的是，开车的不是别人，正是头戴礼帽的"飞脚"。这个人皱着眉头，一声不响就把她提上了车子。"砰"一声关了车门，吉普车飞快驶进了一团烟尘里。

殷弓　　这个人不能算曲府里的人，但由于与曲府的关系实在太密切了，因而不可忽略。如果有一个愿意追究族史的后来者，必定要好好琢磨一下这个人。他会这样记录殷弓：一个专心于残酷斗争的人，一个军人、地下工作者，一个钢铁做成的人、百折不摧的强者，一个冷如寒冰的人、忘恩负义的人，同时也是一个名留青史的功臣、一个被战友救下性命却最终对其袖手旁观的人，一个高官、一个双手沾满鲜血然而得到善终的人。

无论是曲府还是宁府，可能都会诅咒他。但这无济于事。历史的一页翻过了，尔后无声无息。

殷弓身上凝聚着一个时代的隐秘。他的瘦小总是让初次见面的人发生误解，因为谁都会轻视他，对他的身个、发青的嘴唇，也许还有一双小脚，产生一些毫无根据的轻蔑，认为站在面前的会是一个低能者，一个懦夫，一个无足轻重的人。但他们很快就会发现自己犯了多大的错误。接下来的一些事实会让他们大吃一惊：老天，这个人的力量到底是从哪里来的？难道他浑身都生满了心眼和力气？

他是由一些极其矛盾的东西构成的。他独身一人像个圣徒，韧忍负重，为自己崇尚的事业贡献一切，可以不食人间烟火；可是面对一位使之心动的女性又会全身颤抖，为突然袭来的热爱变得魂飞胆丧，咬牙切齿。但是这种情形对他来说只有一次，失去后即一生不再出现。所以他年届五十还是个童男子，见了女人目不斜视。直到五十二岁，他才勉强考虑了一下自己的婚姻。对方是一个文艺兵，一个黄毛丫头，面容尚好，沉默寡言，初次见到大首长吓得一声不吭。殷弓则不经意地瞥了几眼，点点头就离开了。新婚之夜很快到来，但殷弓几乎把这个日子忘掉了，直到深夜两点还在开一个会议，会上因发火而拍得双手胀痛。回到洞房，余火还是顶得心烦。他对任何不应有的疏失、玩忽职守，更不要说其他荒唐行为了，都绝不通融。当新娘羞红的面庞转向他时，他才突然觉得今夜有些特别：温暖而寂静。可是，这个夜晚太孤寂了——那本来就寥寥可数的贺喜者因为等得太久离开了，更多的人却压根不敢靠近这位严厉的首长。

他后来生了六个孩子，都是男孩。

在他的眼里，曲府是一个奇怪的、罪恶的存在。这个历史悠久的深宅大院曾让他十分为难，不知该怎样对待。对他来说，无论是山区还是平原，也无论是沿海或者内陆，只要突然出现一座或一片堂皇的建筑，都立刻会让他产生厌恶。他面对它们有一种手指骨节发胀的奇怪感受。这些建筑只能属于名门贵族，或庙宇教堂，当然也还有学校或医院之类。他在战争间隙甚至是胜利之后，就曾以各种名义下令摧毁了不止十几处大规模的建筑。有一次行军，他们的队伍宿在一片百年历史的大宅里，早晨离开时他端量了一会儿，说："我们身后的敌人还不是要住在这里？让敌人屯兵，还不如烧了它！"于是这里的大火一连烧了一个星期，而他的队伍早就走远了。

曲府让殷弓为难的是，这里住了一位绅士，而且又受到上级的明令保护，因为这个人对我们的事业提供了难以估价的巨大帮助；特别令殷弓难以忽略的是，这个姓曲的老爷和他的翁婿一起，挽救了自己仅有一次的生命。不过这个阴暗曲折的大宅既然存在了上百年或更长的时间，那么里面必定隐藏了许多黑暗。他不止一次宿在那儿，就亲眼所见，那里有太多的安逸和奢华；还有，漂亮女人太多了！

这些女人，殷弓认为是不可过于集中在一处的。这怎么可以？皓齿明眸，一簇一簇的，还不是成了三宫六院？她们也太过分了，身着绫罗绸缎，说话蚊子似的，细皮嫩肉，正常情况下应该为革命做多少贡献！然而没有，她们只在这里过着秩序井然的生活——殷弓私下里不止一次骂过粗话。他知道，如果他有绝对的、不受干扰不打折扣的决定权，那么他将把她们毫不留情地打发到世界上最寒冷的地方，那时候她们想嫁个粗手大脚的山民都不成。

殷弓对曲府宅院里的仆人、茶、书房，还有盛开的白玉兰，一切都厌恶到了极点。但一时又没有什么办法。让他特别不能容忍的是后来——自己的战友宁珂竟然娶走了曲府里的小姐。他知道宁珂来自哪里，那也是另一个大家族。这么说事情绝非偶然，这些人骨子里是渴望混血的。那么好吧，清算和焚烧的日子一旦来临，末日审判也将同时来临，你们可不要害怕。你们瑟瑟打抖的日子为期不远了——这不是预言，这是规律、是真理！

殷弓与那个文艺兵组成了一个家庭。当他们正在耐心地、一个接一个地生出自己那六个儿子时，与他一起出生入死的战友宁珂却要经受一场接一场的生死考验。宁珂在监狱里、大山劳改营中，后来又在海边的监督劳动中挣扎。看吧，这就是报应。殷弓对一切都了如指掌，只是从不提起往事，不提一个人的名字。妻子比初婚时胖了，接二连三的生育不但没有弄垮她的身体，反而让其愈加强壮。他常常叫她"小猪"，她则愉快地答应。他挂在嘴边的一个口头禅就是："日不尽的小猪，干不完的工作。"的确，战后多少事情需要他这样的人亲自料理，而其他人，比如后来人，一个个既不可信又不中用。他常常忙到深夜，累得咳嗽连连。

他怀疑自己得了肺病，去拍了片子，又请来最好的医生看。医生阿谀奉承，说他不仅没有一点毛病，"而且——怎么说呢？你好比长了一副铁肺！"

可惜，看病之后仅仅三年，殷弓就长卧不起了。毛病仍然出在肺上。他死了，讣告发在了一份大报上，连同那张令人生畏的黑白照片。

飞脚　　因为他是曲府的朋友，曲予在世时交往最多的人，所以同样要予以记录。他是当年一支队伍上的红人，是殷弓的左膀右臂，是超越于一般之上的特殊人物。在许多情况下，这种人物大致可以不受惩罚。他的公开身份是买卖人、江湖义士，实际则是一个地下"交通员"。

传说中他有一个了不起的特长：能够日行几百里，飞跑起来脚不沾地。据说后来——大概是胜利之后吧，有一位老首长对传说感到好奇，就要亲眼见识一下。首长是一位南方人，他对跑起来"脚不沾地"的奇人大惑不解，问："你伢子怎么就有这本事呢？""飞脚"不慌不忙脱了鞋袜，让首长看他的脚心：那儿长了一撮黑毛。"哦哟，耳听是虚，眼见为实。"老首长惊呼着，想亲手摸摸那毛发，可"飞脚"一下把脚抽回了，说："脏气的，不好的。"首长搓着手掌叹息："真是'大千世界无奇不有'啊！我们革命队伍中有这等神兵天将，何愁不胜！唉，你的功劳怎么估计都不过分啊！"首长的眼圈不知为什么红了。

"飞脚"进城后不为一般人所知，那片半岛平原上的人还以为他失踪了——极有可能是牺牲了。其实他解放后一直太太平平，居功而不自傲，颇受信赖，不久即当了粮食局长，工作和生活十分顺利。美中不足的是他渐渐胖了，面白须黄，牙齿凸出，很像一只肥大的老鼠。

他从平原上半是威胁利诱、半是劫持的那个姑娘做了新娘，许多年后夫妻关系都不和睦，吵架是常有的事。吵嘴时妻子就说："你算什么啊，骗子，把脚心上粘了猪毛出去骗人！"这是"飞脚"最听不得的一句话，他用皮带抽打着桌子说："你懂个鸟！我年轻时就那么长着哩，年纪一大才脱了，你不让我粘它——要知道秃子还戴假发哩！"妻子从不信他的话。她有时半夜醒来望着窗外的星星说："别看我给他生了两个孩子，我恨他啊。""飞脚"有一次听到了，就拽着她的手狠狠往怀里扯，说："没有良心的东西，找了个男人当了局长，还想三想四，惹我火了一鞭子赶你进坏人堆里。要知道你年轻时和敌人是一伙的。嗯。"妻子再不敢吭声。

妻子一个人时不停地回忆往事，叫着太太老爷和小姐，还叫他们的名字。随着年龄的增长，这种怀念越来越深。有一年暑假，她以度假旅游为名，领上两个孩子去了半岛。那一次他们直赴海滨小城，在不复存在的曲府旧址上徘徊了许久。这里一切都变了，当地人当然没能认出她的模样。她也比年轻时胖了许多，还掉了一个门牙。她的两个孩子不像"飞脚"的样子，眉眼多少有点像她，这让她多少感到一点安慰。她一度想对儿子们讲讲往事，想让他们多少恨一些父亲，但后来还是作罢。

怀旧之情不仅是女人才有，在"飞脚"这儿也愈来愈重了。随着离休的日子来临，他开始考虑写一部回忆录了。可是因为这一辈子都没有接近文墨，所以一天伏在那儿也写不下几行字。最后他决定找一个代笔的人，为他写成一部不大不小的书，书名就叫《飞脚传奇》。这个人找到了，是一个行家里手，曾为企业家写书大赚了一笔。不过这次写家在工作中还是被"飞脚"的事迹感动了，写着写着就有些忍不住，最后不得不用韵文表达一腔感佩之情："跨过了万水千山，穿过了烽火硝烟，啊，你是雪兔银驹，飞驰向前，向前，千里关山踏遍，只是一眨眼……"

一九九四年一月草于东八里洼
二○○四年四月十七日三稿于万松浦

图书在版编目（CIP）数据

家族 / 张炜著 . —济南 ：山东教育出版社，2016
（张炜文存）
ISBN 978-7-5328-9245-7

Ⅰ.①家… Ⅱ.①张… Ⅲ.①长篇小说 - 中国 - 当代
Ⅳ.① I247.5

中国版本图书馆 CIP 数据核字（2015）第 312852 号

总 策 划： 刘东杰
出版统筹： 祝　丽
特邀编辑： 马　兵
责任编辑： 白汉坤
装帧设计： 王承利　宋晓军
手稿摄影： 曹清雅

张炜文存
家　族

张炜著

主　管：山东出版传媒股份有限公司
出版者：山东教育出版社
（济南市纬一路 321 号　邮编：250001）
电　话： （0531）82092664　传真：（0531)82092625
网　址：sjs.com.cn
发行者：山东教育出版社
印　刷：济南精致印务有限公司
版　次：2016 年 3 月第 1 版　2016 年 3 月第 1 次印刷
规　格：720mm×1092mm　16 开本
印　张：42.5 印张
字　数：491 千字
书　号：ISBN 978-7-5328-9245-7
定　价：85.00 元

（如印装质量有问题，请与印刷厂联系调换）印厂电话：0531—88783898